HEYNE BÜCHER

W0399945

Fantasy

Herausgegeben von Friedel Wahren

Von **Robert N. Charrette** erschienen in der Reihe
HEYNE SCIENCE FICTION & FANTASY:

Im BATTLETECH®-ZYKLUS:

Wölfe an der Grenze · 06/4794
Ein Erbe für den Drachen · 06/4829
Wolfsrudel · 06/5058

Im SHADOWRUN™-ZYKLUS:

Laß ab von Drachen · 06/4845
Wähl deine Feinde mit Bedacht · 06/4846
Such deine eigene Wahrheit · 06/4847
Trau keinem Elfen · 06/4985
Gerade noch ein Patt · 06/5483

SCHATTENKRIEG-TRILOGIE:

1. *Prinz des Dunkels* · 06/9090
2. *König des Unheils* · 06/9091
3. *Ritter des Zwielichts* · 06/9092 (in Vorb.)

DIE CHRONIKEN VON AELWYN:

1. *Der Turm der Zeit* · 06/9113 (in Vorb.)
2. *Das Schlangenauge* · 06/9114 (in Vorb.)
3. *Der magische Pakt* · 06/9115 (in Vorb.)

ROBERT N. CHARRETTE

KÖNIG DES UNHEILS

Zweiter Roman
der Schattenkrieg-Trilogie

Deutsche Erstausgabe

WILHELM HEYNE VERLAG
MÜNCHEN

HEYNE SCIENCE FICTION & FANTASY
Band 06/9091

Titel der Originalausgabe
A KING BENEATH THE MOUNTAIN
Übersetzung aus dem amerikanischen Englisch
von Christian Jentzsch
Das Umschlagbild malte Michael Herring/
Hankins & Tegenborg Ltd., New York

Umwelthinweis:
Dieses Buch wurde auf chlor- und
säurefreiem Papier gedruckt

Deutsche Erstausgabe 8/2000
Redaktion: Joern Rauser

Erstveröffentlichung bei Warner Books, Inc., New York

http://www.heyne.de
Printed in Germany 2000
Umschlaggestaltung: Nele Schütz Design, München
Technische Betreuung: M. Spinola
Satz: Schaber Satz- und Datentechnik, Wels
Druck und Bindung: Ebner Ulm

ISBN 3-453-17227-2

Inhalt

Für Mary,
auch wenn du weit weg bist

Prolog

»Das Signal ist jetzt seit zehn Minuten stabil.«

Sörli nahm die Aussage der Technikerin mit einem Nicken zur Kenntnis und machte einen zufriedenen Eindruck. Pamela Martinez hatte ihn selten so positiv und umgänglich erlebt. Darüber hätte sie wohl erfreut sein sollen, aber sie fühlte sich viel zu unsicher in Bezug auf dieses ganze Unternehmen, um über irgendetwas erfreut sein zu können. Vieles von dem, was sie taten, war ein Wagnis. Sie war unsicher, was die Gründe ihres Handelns betraf, unsicher, was ihre Erfolgschancen anbelangte, und in allererster Linie unsicher, ob sie überhaupt daran beteiligt sein sollte. Nicht zum ersten Mal kamen ihr Zweifel an der Weisheit ihrer Entscheidung, persönlich anwesend zu sein.

»Legen Sie den Kanal auf Schirm eins«, sagte Sörli zu der Technikerin.

Sie sah Wilson, den Operationsleiter, an, um sich dessen Zustimmung zu holen. Er nickte unmerklich. Beruhigt berührte die Frau Schaltflächen auf ihrer Konsole. Sofort flackerte Licht über den linken Wandschirm, da sich eine Reihe von Datenfenstern öffnete. Oszillierende Linien krümmten sich in bunten Wellen, Flußdiagramme veranschaulichten Maschinenkapazitäten und mehrere Fenster zeigten durchlaufende Texte. Alle Fenster waren mit Abkürzungen und alphanumerischen Codes beschriftet, doch die sagten Pamela fast nichts. Die meisten dargestellten Informationen waren technische Verweise auf Maschinen und Systeme, von denen sie keine Ahnung hatte, aber sie kannte sich gut genug mit Anzeigen aus, um zu erkennen, daß sich nicht alle Parameter im grünen Bereich bewegten.

»Verstärken Sie das Grundliniensignal, Omi«, sagte Wilson. Die Technikerin gehorchte und verursachte Veränderungen in den meisten der durch die Fenster rauschenden Datenströme. Die Leistungsdaten wurden besser. Nickend strich Wilson sich den Bart. »So ist es besser.«

Sörli begutachtete die Daten.

Da es ihr an Sörlis Einsicht mangelte, überließ Pamela ihn seiner Betrachtung. Er würde entweder zufrieden sein oder nicht. Er riskierte bei diesem Unternehmen mehr als sie, da er leibhaftig daran teilnehmen würde. Sie würde sich auf sein Urteilsvermögen verlassen.

Welche andere Möglichkeit hatte sie?

Von ihrem Platz neben Wilsons Stuhl in der Mitte der Hauptkonsole konnte Pamela den gesamten Kontrollraum überschauen. Sie konnte die großen Bildschirme erkennen, die die linke und rechte Wand der Kammer bildeten. Unter ihnen, auf der Hauptebene, befanden sich ein Dutzend Arbeitskonsolen, die alle bemannt waren. Die Hälfte gehörte zum linken Schirm, über den gewaltige Datenmengen huschten, während die andere Hälfte für den immer noch dunklen Schirm an der gegenüberliegenden Wand verantwortlich war. Jenseits der Konsolen ragte die Schutzwand aus Perspex auf und jenseits dieser durchsichtigen Schutzwand befand sich die erhobene, bisher jedoch noch leere Bereitschaftsplattform in einer kleinen Sektion.

Blind und taub für alles außer ihrer Aufgabe waren die Techniker völlig auf ihre Interfaces konzentriert. Auch die für den rechten Schirm zuständigen Techniker gingen in der Gemeinschaft mit ihren Konsolen auf, obwohl der Schirm noch dunkel war und es auch bis kurz vor Einsatzbeginn bleiben würde. Verstand auch nur einer von ihnen, woran sie teilnahmen? Höchstwahrscheinlich war sich jeder einzelne nur seines kleinen Anteils am Gesamtunternehmen bewußt, unwissende Rädchen im Getriebe von Sörlis Plan. Was hatte er ihnen erzählt, was hier und heute versucht wurde?

Sie starrte durch das Perspex. In die Wand auf der anderen Seite der Plattform war das silbern eingerahmte, vier mal vier Meter messende Glasfasergeflecht eingelassen, das Sörli Transitnetz nannte. Sie hatte seiner Einsatzbesprechung gelauscht und, soweit ihr dies möglich war, nach Bestätigungen für die theoretische Grundlage dessen gesucht, was er vorhatte – doch es gab sehr viel, das weder beweisbar noch überprüfbar war. Sie war immer noch nicht sicher, ob sie glauben sollte, daß es das leisten würde, was er behauptete. Das System, das er entwickelt hatte, war schlicht zu... unnatürlich.

Unnatürlich oder nicht, Sörlis Transitnetz mußte einfach funktionieren. Sie hatte ihr gesamtes freies Budget und noch einiges mehr in dieses Projekt fließen lassen. Sie würde dieses Unternehmen nicht mehr lange geheimhalten können. Der vierteljährliche Rechenschaftsbericht der Nordamerika-Gruppe war in einer Woche fällig und mittlerweile waren viel zu viele Leute in die Sache verwickelt – und es gab hundert andere, kleinere Sorgen. Trotz Sörlis Zusicherungen, daß keiner seiner Leute reden würde, und trotz der Bestätigungen der psychologischen Profile, das gesamte Personal werde standhaft bleiben, glaubte sie einfach nicht, daß so viele Leute bei einem derartig großen Unternehmen schweigen würden. Besonders dann nicht, wenn es klappte. Sie sah sich mit einer hohen Wahrscheinlichkeit damit konfrontiert, daß die Informationen über das Charybdis-Projekt verfrüht durchsickern würden.

Zeit, Zeit, Zeit.

Rearden sagte, sie würde Sörlis Datenschutz in zwei Tagen durchdrungen und dann auf seine privaten Dateien Zugriff haben. Blieb ihr noch genug Zeit? Nur dann, wenn Sörli im Zuge des heutigen Erfolgs nachlässig wurde. Sie hatte gehofft, in einer Position zu sein, die es ihr gestattete, den arroganten kleinen Mann aus dem Weg zu fegen, sobald das Unternehmen beendet war, aber Rearden hatte ihr noch nicht beschafft, was sie brauchte. Ihr gefiel die Vorstellung nicht, zu handeln, bevor sie nicht sicher war, im Besitz der Geheimnisse zu sein, die er ihr vorenthielt. Aber sie würde handeln, wenn sie mußte. Es war wichtiger, daß Mitsutomo-sama wußte, wer für das Projekt verantwortlich war, als eine vollständige Liste der technischen Einzelheiten zu haben. Mit der ganzen Macht von Mitsutomo Keiretsu im Rücken würde Sörli nicht mehr lange Geheimnisse haben. Natürlich würde sie dann nicht die ausschließliche Kontrolle über diese Geheimnisse haben, aber sie war ziemlich sicher, daß sie dennoch in der Lage wäre, die Situation zu ihrem Vorteil zu steuern.

Sie würde rasch handeln müssen, um aus einem Erfolg Kapital zu schlagen. Glücklicherweise war sie so gut wie bereit. Passarelli aus der Abteilung Öffentlichkeitsarbeit hatte ihr zugesichert, er werde den ›Bericht‹ für Mitsutomo-sama bis Geschäftsschluß fertig haben.

Sörli murmelte vor sich hin. Etwas hatte ihn aus der Ruhe gebracht. Ein Blick auf den Schirm zeigte nichts offensichtlich Beunruhigendes.

»Läuft alles gut?« fragte sie.

»Gut genug.«

Gut genug war eben nicht gut genug. Für sie stand hier zu viel auf dem Spiel. »Das *ist* das Signal, das Sie zu Caliburn führen wird. Ihr Einsatz *wird* dieser Bedrohung ein Ende bereiten.«

»Es ist das Signal, das stimmt schon«, sagte er, während er weiter auf die Datenfenster starrte. »Wenn wir schnell genug sind, können wir ihn daran hindern, es herauszuziehen. Wenn uns das gelingt, wird alles besser.«

Genau das wollte sie hören. »Wir werden der Magie ein für allemal ein Ende bereiten.«

»Das habe ich nicht gesagt.«

Sie fuhr zu ihm herum. »Sie…«

»Ich sagte, danach gäbe es weniger Chaos«, entgegnete er brüsk. Dann fuhr er in nüchternerem Tonfall fort. »Und das wird es tatsächlich. Wenn Caliburn weiterhin beträchtliche Magie bindet, lassen sich die Dinge leichter regeln. Viel leichter.« Er beugte sich über Wilsons Schulter und legte die Hand auf eine ganze Reihe von Druckschaltern. »Lassen Sie den L-L-Scan durch das Aufhellerprogramm auf Kanal C laufen.«

Wilson schlug Sörlis Hand weg und schnauzte: »Er liegt längst auf Kanal C.«

»Dann legen Sie ihn auf D«, schnauzte Sörli zurück. Ohne abzuwarten, ob Wilson gehorchte, stapfte er die Treppe zur Hauptebene herunter. Auf halbem Weg durch die Kammer blieb er stehen und warf einen Blick auf den Schirm. Er nickte angesichts dessen, was er dort sah, dann requirierte er ein Konsolenmikrofon und befahl: »Alle Einsatzteams zur Plattform.«

Ein Dutzend Männer, die Einsatzteams, kamen durch eine Tür gegenüber der Perspex-Wand und marschierten die Treppe zur wartenden Plattform empor. Jedes Teammitglied trug einen weiten schwarzen Overall. Sie hielt nach den Fasern der Schaltkreise Ausschau, die in die dunklen Kleidungsstücke eingearbeitet waren, konnte aber keine Spur von ihnen entdecken. Sie hatte gedacht, die Leute würden auch gepanzert sein, aber Sörli hatte gesagt, daß sie dem System ohnehin schon zu viel abverlangten. Daraufhin hatte sie ein kleineres Einsatzteam vorgeschlagen und er hatte gesagt, es sei ohnehin schon zu klein.

Welche Männer für die Teams ausgewählt wurden, war ebenfalls ein kontrovers diskutierter Punkt gewesen. Die meisten waren klein und untersetzt. Sörli hatte darauf beharrt, daß diese Statur für die arkane Natur des Systems am geeignetsten sei. Nur McAlister war überdurchschnittlich groß – und er war einer von nur drei regulären Mitsutomo-Leuten. Sie hatte mehr reguläres Personal einsetzen wollen, doch Sörli hatte immer wieder betont, das Transfersystem habe restriktive biologische Parameter. Er verfügte ganz einfach nicht über genügend reguläres Personal mit den erforderlichen körperlichen Merkmalen. Er hatte McAlister ersetzen wollen und darauf verwiesen, anstelle von McAlister zwei Männer mit der idealen Statur schicken zu können. Sie hatte jedoch auf McAlister bestanden. Der Mann wog allemal zwei beliebige Glücksritter auf – und die Tatsache, daß er ihr treu ergeben war, steigerte seinen Wert noch mehr. Daraufhin hatten sie sich auf den Kompromiß geeinigt, daß Sörli die übrigen Teammitglieder auswählen würde. Sie hatte ihn diese Schlacht gewinnen lassen, da sie es vorzog, die Entscheidungsschlacht bis zu einer bedeutenderen Konfrontation aufzuschieben.

Die Teammitglieder waren mit Adler Arms Kar-99s bewaffnet. Das Kar-99 war ein Sturmgewehr vom Kaliber 5mm. Es war relativ kurz, und das lange 40-schüssige Magazin ließ es merkwürdig schaftlastig aussehen. Man hatte ihr versichert, daß es sich um eine ausgezeichnete Waffe handele, die bei paramilitärischen Organisationen und den Militärs vieler von der EG dominierter Länder in der Vierten Welt weitverbreitet sei. Sie hätte mehr Zutrauen in die Waffe gehabt, wenn sie von Arisaka hergestellt worden wäre, einem ihrer Handelspartner innerhalb der Konzernfamilie Mitsutomo Keiretsu, aber die Mitglieder des Einsatzteams sollten nichts bei sich haben, was sie mit dem Konzern in Verbindung bringen könnte. Das Kar-99 wurde wie die Hälfte der Ausrüstung des Teams von der Konzernfamilie Adler hergestellt, einem Rivalen Mitsutomos. Sollte Adler ruhig ins Kreuzfeuer geraten, falls das Unternehmen schiefging.

Abgesehen von den Sturmgewehren hatten die Teammitglieder kaum etwas dabei, das den Namen Bewaffnung verdiente, ein Ausrüstungsstandard, den sie nicht für klug hielt. Wieder das Argument der ›restriktiven Parameter‹. Tja, Sörli mußte sehr zuversichtlich sein, was seine Einschätzung des Gefahrenpotentials betraf. Schließlich war er selbst ein Mitglied des Einsatzteams.

Sörli blieb vor der Perspex-Tür stehen, die den Kontrollraum und die Einsatzkammer verband. Die Hand auf der Klinke, drehte er sich zu Wilson um.

»Fokus erfaßt?«

Wilson tippte eine Frage an den Computer ein. »Erfassung positiv.«

»Fahren Sie das System hoch.«

Er blieb vor Konsole Eins stehen, um seine Ausrüstung zu überprüfen. Wilson, der sehr verärgert aussah, starrte Sörli an. Schließlich fragte er: »Probelauf?«

»Nein«, sagte Sörli, ohne aufzuschauen. »Ich will sofort in den Transit.«

»Das kann ich nicht unterschreiben«, sagte Wilson, was Sörli dazu veranlaßte, wie angewurzelt stehenzubleiben. »Das Signal liegt lediglich am Rande des grünen Bereichs.«

Sörli funkelte Wilson an. »Wollen Sie damit sagen, daß es nicht funktionieren wird?«

»Ich will damit sagen, daß wir uns ohne Probelauf außerhalb der Sicherheitsparameter bewegen.«

»Die Sondierung wird vielleicht bemerkt.«

»Wir würden keine Masse transferieren. Der Energiefluß wäre minimal.«

Sörlis Kiefer spannten sich. »Ich sagte, ein Probelauf wird vielleicht bemerkt. Fahren Sie das System hoch.«

Wilson lehnte sich zurück und verschränkte die Arme vor der Brust. Sein graumelierter Bart ragte weit nach vorn, als er das Kinn vorschob.

»Nein.«

Sörlis Augen blitzten, doch Wilson gab nicht nach. Schließlich sagte Sörli zögernd: »Also schön. Machen Sie den Probelauf.«

Wilson drückte auf eine Taste, und Pamela sah, wie der Techniker an Konsole Fünf eine rasche Folge von Befehlen eingab. Ein paar Augenblicke später verkündete Fünf: »Wir haben einen Bumerang! Probelauf erfolgreich!«

»Irgendeine Veränderung in der Fokuserfassung?« fragte Wilson.

»Keine Veränderung.«

Wilson schaute auf den Schirm, dann wieder auf Sörli. Er grinste. »Ich sagte es Ihnen doch. Alle Werte sind stabil. Ich glaube nicht, daß wir bessere bekommen. Sie setzen jetzt besser Ihren Hut auf.«

Sörli nahm seinen Helm von Konsole Eins und klemmte ihn sich unter den Arm. Er nahm seine Waffe, eine Schrotflinte, die am Konsolenpult mit seiner laminierten Oberfläche lehnte, und hängte sie sich um. Er öffnete die Tür zur Einsatzkammer.

»Bringen Sie uns einfach durch, Wilson.«

»Ich erledige meinen Job. Erledigen Sie Ihren.«

»Wir besprechen das später«, gab Sörli zurück. Er ging durch die Tür und schloß sie hinter sich.

»Kondensatoren aufgeladen«, verkündete Techniker Drei. »Eine Minute bis Einsatzbeginn.«

Sörli gesellte sich zu den Männern auf der Plattform, wobei seine Begrüßungsworte von den Mikrofonen aufgeschnappt und übertragen wurden. Auf seinen Befehl setzten die Männer den Helm auf. Anders als die Overalls ließen die glatten, matt lackierten Kopfbedeckungen schwache Spuren der Schaltkreise unter der äußeren Schutzschicht erkennen. Als die dunklen, einheitlichen Visiere heruntergeklappt waren, verloren die Männer jegliche Individualität. Nur der hochgewachsene McAlister war noch als er selbst zu erkennen. Er hob sich von Sörlis handverlesener Truppe ab, der einzige Mann, dessen Loyalität sie sich sicher sein konnte. Alle anderen waren Sörlis Männer.

Sörli hatte Pamela die Augen für die Gefahr geöffnet, in der die Welt schwebte. Er hatte ihr ihre schreckliche Realität gezeigt und ihr eine Möglichkeit geboten, etwas dagegen zu unternehmen. Doch trotz all seiner Hilfe blieb Sörli ein verschlossener Bastard. Und er hatte immer noch zu viele Geheimnisse. Wie zum Beispiel das, woher ein Teil der Ausrüstung für sein Transitnetz stammte. Und wie es bewerkstelligte, was es bewerkstelligen sollte. Einmal hatte sie ihn dazu gebracht, ihr die Prinzipien zu erklären, aber sie hatte abgewunken, noch bevor er allzu weit gekommen war. Sie hatte nicht zu entscheiden vermocht, ob er ihr Unsinn auftischte oder nicht. Hätte es sich um eine gewöhnliche Technologie gehandelt, hätte sie Experten auf ihre Untersuchung angesetzt. Doch auf diesem Gebiet gab es keine Experten.

Nur Sörli.

Sie haßte es, sich auf ihn verlassen zu müssen, aber sie stellte auch fest, daß sie sich wünschte, er möge dieses Abenteuer überleben.

»Zehn Sekunden bis zum Einsatz.«

Die rechte Bildschirmwand erwachte zum Leben, als die Teammitglieder die ComEye-Systeme in ihren Helmen einschalteten. Zwölf Fenster, eines für jeden Mann, in zwei Reihen angeordnet. Sörlis Fenster stand für sich allein, von den anderen abgesetzt. Jeder ComEye-Sichtmonitor zeigte, was der Mann sah, der ihn trug. Ein kleineres Fenster teilte die telemetrischen Daten mit: die Lebensfunktionen des Mannes und den Status des Einsatzanzugs.

Das Telemetrie-System ComEye war ein Produkt von Tsurei und daher zur Mitsutomo-Familie zurückverfolgbar, aber es gab kein besseres System. Pamela war nicht bereit gewesen, den Erfolg der Mission zu gefährden, indem sie ein unterlegenes Produkt benutzte, obwohl es mit Mitsutomo in Verbindung gebracht werden konnte. Es war ein beliebtes und allgemein verbreitetes System.

»Drei Sekunden.«

Das Geflecht des Transitnetzes leuchtete und pulsierte, da Licht in allen Farben des Regenbogens durch die Glasfasern zuckte.

»Transfer einleiten«, sagte Wilson.

Eine Scheibe aus flackernder Farbe erschien in der Mitte des Geflechts. Sie wurde größer, bis sie das Geflecht verdeckte und ihr Durchmesser etwa einen und einen halben Meter betrug. Der tiefste Punkt schwebte zehn Zentimeter über der Plattform. Das Schillern und Flackern der Farben beruhigte sich, bis sie zu einem kreisförmigen Regenbogen erstarrt waren, der ein milchiges Weiß umgab. Angeblich ein Fenster zu einer anderen Welt. Pamela konnte nichts in dem milchigen Weiß erkennen. Hatte es funktioniert?

»Tor geöffnet«, sagte die Frau hinter Konsole Eins.

Die Stimme der Technikerin klang auf eine unheimliche Weise gelassen. Pamela hatte das Gefühl, ihr Rückgrat werde von eisigen Fingern massiert.

»Signal ist stark«, sagte Fünf ruhig und kühl.

Wie war es möglich, daß sie so wenig empfanden?

»Träger ist stark«, verkündete Techniker Neun. »Grünes Licht für Transfer.«

Das war der Augenblick.

Sörli wandte sich dem von einem Regenbogen umrandeten Weiß zu und trat einen Schritt vor. Er zögerte einen Augenblick, dann sprang er über die Regenbogenschwelle und verschwand im Milchweiß.

Sörli war zwar ein unbequemer Mann, aber er hatte Mut.

Pamelas Augen zuckten nach rechts und suchten Sörlis Monitor auf dem Wandschirm. Alle Werte waren normal. Der ComEye-Sichtschirm zeigte nur Schnee, abgesehen vom Tsurei-Logo in der unteren linken Ecke, das angeblich bedeutete, daß das System korrekt arbeitete. Sie mußte dem Versprechen des Logos glauben. Tsurei stellte Produkte von höchster Qualität her.

Wo lag also das Problem?

Sie beugte sich über Wilsons Schulter und sprach in sein Konsolenmikrofon. »Sörli?«

Keine Antwort.

»Steht die Sprechverbindung?« fragte sie.

»Laut Anzeige arbeiten alle Systeme einwandfrei«, erwiderte Wilson.

»Warum antwortet er dann nicht?«

»Wahrscheinlich haben wir es mit einer Verzögerung in der Übertragung zu tun. Die Theorie legt nahe, daß es eine Zeitverschiebung geben könnte.«

Aus dem Lautsprecher drang statisches Rauschen.

»Transfer abgeschlossen.« Sörlis Stimme klang verzerrt und kaum verständlich. »Sieht so aus, als hätten wir sie erwischt. Erstes Team, überwechseln.«

Fünf Männer sprangen in das Tor. McAlister und das zweite Team blieben auf der Plattform, den Blick starr auf das Tor gerichtet.

»Kartenübersicht«, befahl Pamela, als der erste der fünf in dem beunruhigenden Weiß verschwand.

Die Systemmonitore auf dem linken Schirm verschwanden, um dann in kleineren Versionen weiter unten wiederaufzutauchen. Der Hauptteil des Schirms zeigte eine schematische Darstellung der Räumlichkeiten, die Sörli an ihrem Bestimmungsort vorfand, ein Bild, das aus Sörlis Telemetriedaten extrapoliert wurde. Die Genauigkeit der Projektion würde zunehmen, wenn auch die anderen Teammitglieder Daten lieferten. Der Computer skizzierte eine Karte der Gegend rings um das Tor. Wände, Türen, Mobiliar und Treppen waren in Grün dargestellt, wobei die Intensität der Farbe ein Maß für die Genauigkeit der Position und der Identifikation der angezeigten Gegenstände war. Das Zielgebiet schien ein großer Raum zu sein, der mit einem Sammelsurium exotisch geformter Möbel und anderer Gegenstände gefüllt war.

Die Teammitglieder tauchten nacheinander als dunkelblaue Punkte auf der Karte auf, da der Computer sich ihrer Position und Identität sicher war. Pinkfarbene Punkte verschiedener Intensität zeigten den Standort anderer im Zielgebiet anwesender Personen. Einige der Punkte waren ziemlich blaß – da der Computer ihre Position nicht mit ausreichender Genauigkeit bestimmen konnte –, doch neben den Punkten, die die Teammitglieder darstellten, erschien – wo bekannt – ein Name. Die pinkfarbenen Punkte waren mit einem digitalen Code gekennzeichnet, der die Sicherheit angab, mit der die zu dem entsprechenden Punkt gehörende Person korrekt identifiziert worden war. Es gab acht pinkfarbene Punkte, aber nur vier davon waren mit Namen versehen: Reddy, Black, Bennett und Arthur.

Sörli blieb am Übergangspunkt, während die fünf Mitglieder des ersten Teams in einem Halbkreis ausschwärmten, der sich zögernd den pinkfarbenen Punkten näherte. Ein Teammitglied hielt hinter einem grünen Hindernis inne. Sein ComEye-Monitor lieferte kein klares Bild, sondern zeigte die verwaschene Darstellung von etwas Hohem und Schlankem, dessen Abschluß ein kreuzförmiger Gegenstand bildete.

Caliburn? Das Schwert im Stein?

Immer noch *im* Stein. Also war das Unternehmen ein Erfolg. Arthur hatte das Schwert noch nicht gezogen.

Aber war das Unternehmen tatsächlich ein Erfolg?

Niemand meldete irgendetwas – und der Blick von oben war äußerst frustrierend: nur Punkte und Linien. Es war nicht *real*. Die ComEye-Bildschirme halfen nicht viel. Die schlechte Übertragung machte es so gut wie unmöglich, die Bilder auf den Schirmen mit der Karte in Übereinstimmung zu bringen. Die Situation behagte Pamela nicht. »Haben wir Virtualität?«

Wilson warf einen Blick auf seinen persönlichen Schirm. »Unzureichende Gewißheit.«

»Verdammt.«

Der pinkfarbene Punkt mit der Bezeichnung Arthur ging zu der Stelle, wo Pamela Caliburn wähnte. *Nein!* Nicht jetzt, da sie so dicht vor einem Erfolg standen.

»Zweites Team, vorwärts! Transit!« befahl sie.

McAlister führte seine Leute durch das Tor.

»Eine Waffe ist abgefeuert worden«, sagte einer der Techs.

Pamela sah auf die Karte. Der mit Arthur bezeichnete Punkt war nicht mehr pinkfarben, sondern gelb, was eine neutralisierte Gefahr bedeutete. Der mit Black bezeichnete Punkt blinkte abwechselnd gelb und pinkfarben. Zwei der nicht bezeichneten pinkfarbenen Punkte verschwanden.

Die ComEye-Schirme lieferten weiterhin schlechte, verwirrende Bilder von merkwürdig schattenhaften Gestalten. Durch einige der Bilder zuckten Lichtblitze. Das statische Rauschen, das aus den Lautsprechern drang, geriet ins Stottern. Der Rhythmus hatte die Regelmäßigkeit von Schnellfeuersalven.

»Das ist keine von unseren Waffen«, sagte Fünf.

Sörlis Stimme durchbrach das statische Rauschen. »Wir haben es nur mit einem einzigen Schützen zu tun. Team Eins, nehmt ihn unter Beschuß. Team Zwei, stürmt seine Stellung.«

Über die ComEye-Monitorschirme zuckte ein rötlicher Blitz, und Donner grollte aus den Lautsprechern.

Eine Explosion!

Vier der ComEye-Monitore wurden sofort schwarz. Tote Männer. McAlister stürzte aus dem Milchweiß heraus, landete auf der Bereitschaftsplattform und blieb reglos liegen. Sörlis Arm und Schulter sowie ein Teil seines Kopfes erschienen in der Transferkammer. Auf einem der ComEye-Schirme stieß die mit den Armen rudernde Silhouette einer Gestalt gegen eine Scheibe von gleißender Helligkeit. Sörlis Arm war ausgestreckt. Seine Hand streifte den Rand des Tors. Er schrie auf und das Geräusch wurde sowohl von seinem Helmmikro als auch von den Mikros in der Transferkammer übertragen. Dann wurden Hand und Arm in den Regenbogen gesogen und verschwanden einfach. Die wild rudernde Gestalt auf dem ComEye-Schirm verschwand in der gleißenden Scheibe.

Pamela warf einen Blick auf Sörlis Monitor. Anders als bei den Männern, die gestorben waren, war Sörlis Monitor nicht schwarz. Das bedeutete, er war nicht tot, oder? Ein zweiter Blick ließ sie an ihrer Annahme zweifeln. Die Statusbalken der Lebenszeichen blieben unverändert und wiesen keine der für Puls und Atmung typischen Bewegungen auf. Das Bild auf dem ComEye-Schirm zeigte ein stetes, wesenloses Grau.

»Was ist mit Sörli?«

Niemand antwortete ihr. Niemand rührte sich. Im Kontrollraum schien die Zeit stehengeblieben zu sein.

»Wilson, was ist mit Sörli?«

»Ich weiß es nicht.« Der Operationsleiter klang benommen.

So hatte das Unternehmen nicht ablaufen sollen. Nicht so kostspielig.

Pamela las den Namen von dem Monitor ab, der Sörlis Verschwinden gezeigt hatte, während sie Wilsons Mikrofon zu sich drehte. »Jensen, was geht da vor?«

Nichts.

Sie mußte es wissen. »Jensen, antworten Sie!«

»Die Verbindung ist unterbrochen«, sagte Wilson.

Davon wollte sie nichts hören.

Plötzlich drang Jensens Stimme durch den Lautsprecher. »Pirscht euch von links heran.« Er gab seinem Team Befehle. Pamela schlug Wilson auf die Schulter.

»Ich dachte, die Verbindung sei unterbrochen. Warum können wir sie dann immer noch hören?«

Wilson zuckte die Achseln. »Der Computer sagt, die Verbindung ist unterbrochen.«

»Zum Teufel mit dem Computer! Ich will mit ihnen reden.«

»Scheiße!« Wieder Jensen. »Er hat das Schwert!«

Das konnte nicht sein! Pamelas Blick zuckte zu Jensens Monitor. Der ComEye-Schirm zeigte eine an den Rändern unscharfe menschliche Gestalt, die ein Schwert schwang. Das Schwert fuhr herunter und der Bildschirm wurde dunkel. Jensens Statusbalken wurden rasch kürzer und verschwanden dann völlig.

Die akustische Verbindung zum Transferteam war plötzlich störungsfrei. Schüsse, Rufe und Schreie hallten durch den Kontrollraum.

Zwei weitere Monitore wurden dunkel.

Pamela war entsetzt. Was ging da vor? Sörli hatte zu viel für sich behalten. Jetzt war er verschwunden – und das Unternehmen geriet zur Katastrophe. Was würde jetzt geschehen? Alles war ein einziges Chaos. Alles fiel auseinander.

Nein!

Panik würde nicht helfen. Panik half nie. Sie mußte sich fassen. Jemand mußte klaren Kopf behalten, sonst würde tatsächlich alles auseinanderfallen. Sie rang ihre Furcht nieder.

»Bringen Sie sie zurück«, befahl sie. »Benutzen Sie den Rückholcode.«

»Ist nicht mehr nötig.« Wilson zeigte auf die Bereitschaftsplattform. »Sehen Sie doch!«

Zwei untersetzte Gestalten tauchten aus dem Milchweiß auf und brachen auf der Plattform zusammen. Eine blieb auf dem immer noch reglosen, blutüberströmten McAlister liegen.

Drei. Nur drei waren zurückgekehrt.

Und Arthur hatte das Schwert.

Ganz schlecht.

Eine Alarmsirene heulte.

»Schalten Sie das Gitter ab!« schrie Wilson. »Schalten Sie es ab, bevor es zu einer Überladung kommt.«

Die Techniker reagierten mit hektischer Aktivität. Der Regenbogenring zog sich zusammen. Sie beobachtete den langsam schrumpfenden Ring mit Schrecken. Als der Regenbogen das Milchweiß geschlossen hatte, räusperte sich jemand, der hinter ihr stand. Sie drehte sich um.

Vor ihr stand eine Gruppe von Männern in Anzügen. An jedem Revers funkelte die Mitsutomo-Anstecknadel. Keines der Gesichter schaute freundlich drein, und sie erkannte das erste.

Ryota Nakaguchi.

Sie schluckte. Nakaguchi war ein *Kansayaku*, offiziell ein Buchprüfer des Konzerns, aber in Wirklichkeit eine Art Feuerwehrmann, der unangenehme Dinge erledigte. Gerüchten zufolge hatte Nakaguchi sogar direkten Zugang zu Mitsutomo-sama persönlich. Er war die rechte Hand des alten Mannes. Und er räumte Schweinereien auf. Hochwirksam. Mehr als ein Abteilungsleiterkopf war auf sein Bestreben hin gerollt. Bis jetzt hatte sie geglaubt, ihre Stellung als Leiterin der Nordamerika-Gruppe mache sie unantastbar für Nakaguchi.

Etwas explodierte jenseits der Perspex-Wand. Sie hörte Trümmer gegen die Schutzwand prallen. Sie hatte Angst hinzuschauen.

Nakaguchis kalter Blick verriet ihr, daß sie nicht unantastbar war.

»*Konichiwa,* Ms. Martinez. Ich glaube, Sie haben einiges zu erklären.«

Teil 1

VERBINDUNG MIT DEM ÜBERNATÜRLICHEN

Kapitel 1

Es war Freitagabend – und in der Einkaufsgalerie von WoGe 3 war es voll, wie er gehofft hatte. Er machte sich ein wenig Sorgen, erkannt zu werden, aber nicht allzu große. Zum letzten Mal war er vor fast einem Jahr hier gewesen. Er kleidete sich jetzt anders und trug auch sein Haar anders. Mehr als ein flüchtiger Blick war nötig, um in ihm den John Reddy zu erkennen, der früher hier gewohnt hatte. Aber andererseits war er auch nicht mehr dieser John Reddy. Diesen John Reddy hatte man begraben, nachdem er bei einem Einbruch ins Woodman Waffenmuseum ums Leben gekommen war, wo er als Nachtwächter gearbeitet hatte. Der Vorfall war durch alle lokalen Medien gegangen, und es stand auch so in den Polizeiakten. Was folgte, waren Beileidsbekundungen an die Adresse der um ihren Sohn trauernden Mutter, einem Sohn, der seinem längst verstorbenen Vater gefolgt war.

Die Beleidsbekundungen waren ein wenig verfrüht.

In der Galerie wimmelte es von Leuten. Es waren so viele, daß das Wachpersonal nicht jede einzelne Person betrachten konnte. Er war nur einer unter vielen. Er schlenderte angelegentlich dahin und versuchte, nicht allzu offensichtlich zu erkennen zu geben, daß sein Ziel die Eingangstüren des südlichen Wohnturms waren. Niemand sprach ihn an. Niemand rief schockiert oder überrascht seinen Namen.

Er verspürte leise Enttäuschung.

Er verspürte eine viel größere Enttäuschung, als er den Eingang zum Wohnturm erreichte. Er hatte darauf gehofft, daß jemand die Tür offen gelassen haben würde, ein übliches Vorkommnis an einem regen Freitagabend. Doch sie war nicht offen. Sie war geschlossen und versiegelt. In der Wand neben der Tür glänzte matt die Sicherheitsleiste aus poliertem Metall und Plastik. Der Computer hinter dem Sicherheitssystem funkelte ihn mit dem frechen roten Auge des aktiven Lichts an. Er würde sofort wissen, wer er war, wenn er die Hand auf die Erkennungsplatte legte, ein notwendiger Schritt bei der Aktivierung des Systems. Dem Computer waren seine neue Kleidung und sein Haarschnitt gleichgültig.

Das Problem war, daß er dem Computer seine Anwesenheit nicht verraten wollte. Der Computer war Mitsutomo. Er hatte kein Interesse daran, den väterlichen Konzern wissen zu lassen, daß der verlorene Sohn zurückgekehrt war.

Unentschlossen herumzustehen, würde nur Aufmerksamkeit erregen. Nur für den Fall, daß jemandem sein Aufenthalt aufgefallen war, schaute er sich um, ließ den Blick wahllos und ungerichtet umherwandern und versuchte wie ein benebelter Teenager auszusehen, der rein zufällig vor dem Zugangskorridor stehengeblieben war. Er schlurfte weiter, wobei er ein wenig schwankend ging, um den Eindruck noch zu verstärken.

Nur für alle Fälle.

Es mochte sinnlos sein – und war es wahrscheinlich auch –, aber er tat es dennoch. Es hatte zu lange gedauert, genügend Mut dafür zusammenzukratzen, wieder hierher zu kommen, um nun aufzufliegen, nur weil er ein Amateur im Schleichen und Schnüffeln war.

Als er den Korridor zum dritten Mal passierte, sah er zwei Männer vom Typ angepaßte Lohnsklaven um die Ecke biegen. Er änderte seine Richtung und betrat in dem Augenblick den Korridor, als die beiden gerade die Tür erreichten. Der eine legte die Hand auf die Erkennungsleiste, ohne den Blick von seinem Kumpel zu nehmen. Der andere sah, wie John sich näherte.

John sah die Überlegung in den Augen des Mannes. Womit bekam er es hier zu tun? Mit einem verdreckten Teenager, der soeben heimkam, oder mit einem Räuber? Oder noch schlimmer, mit einem Burschen von der Straße, der ihnen ihren wohlverdienten, lockeren Lebensstil zum Vorwurf machen und um ein Almosen bitten würde?

John sah Mr. Konzern nicht in die Augen. Keine Gefahr, Mister. Nur ein Junge. Ich will nichts von Ihnen. Nur, daß Sie mir die Tür aufhalten.

John war nah genug, und die Konzern-Höflichkeit ließ ihn gerade so lange zögern, daß er die Tür packen konnte, bevor sie zuschlug.

»Entschuldigung«, sagte Mr. Konzern. Sein Lächeln war vollkommen synthetisch und löste sich schneller auf als eine Fastfood-Verpackung bei Regen.

»Null Problemo«, erwiderte John.

Der Straßenslang entlockte Mr. Konzern und seinem Kumpel ein Zucken. Mr. K glaubte, er habe sich verrechnet und hätte die Tür schließen sollen. Sein Kumpel dachte eindeutig genauso. Sie waren zwar zu zweit, während John allein war, aber sie waren dennoch nervös. Sie waren zu behütet. Viel zu behütet.

Er bedachte sie mit einem Grinsen, bei dem er ein wenig die Zähne zeigte. Nicht genug behütet, besagte das Lächeln. Sie zuckten.

Die Fahrstuhlkabine traf ein, und Mr. Konzerns Kumpel glitt hinein und hieb auf den Schließknopf. Die Türen streiften Mr. Ks Fersen beim Einsteigen. John ließ sie gehen. Sie hatten für heute genug Nervenkitzel gehabt. Er nahm die Treppe.

Im Treppenhaus brauchte man kein Knöpfe zu drükken, die vielleicht vom Computer überwacht wurden. Das Treppenhaus bestand vollständig aus Beton, Geländer und Stufen waren aus Stahl. Es war kühl darin und die Schritte hallten. Da er wußte, daß es ein langer Aufstieg war, zügelte er sein Tempo. Kein Grund zur Eile. Nicht jetzt.

Auf dem Absatz der dreiundzwanzigsten Etage blieb er stehen und starrte auf die große, auf den Beton gemalte ›23‹. Er konnte die schwachen schwarzen Umrisse erkennen, mit denen vor langer Zeit die Drei zu einer Acht geschlossen worden war. Das war Yaels Idee gewesen? Wie lange war das jetzt her? Ein ganzes Leben. Er war kein Kind mehr.

Wenigstens nicht diese Art Kind.

Ein Jammer.

Er zog an der Feuerschutztür und erstarrte, kaum daß er sie mehr als ein paar Zentimeter geöffnet hatte. Ein Fahrstuhl hielt gerade in der Lobby, seine Türen öffneten sich bereits. Er konnte nicht das Pech haben, daß diese beiden Lohnsklaven im Dreiundzwanzigsten wohnten. Nein, in diesem Fall wären sie lange vor ihm angekommen. Er erhaschte einen Blick auf eine gebückte Gestalt mit einem vertrauten Schlurfschritt. Es war noch schlimmer: Mr. Johnson, ein Nachbar, der ihn kannte. Er ließ die Tür ins Schloß gleiten, wobei er sie festhielt, um sicherzugehen, daß der Vorgang geräuschlos ablief.

John ließ dem Mann Zeit, zur Tür zu gehen, noch mehr Zeit, um sie zu öffnen und seine Wohnung zu betreten, und noch ein wenig mehr Zeit, um kein Risiko einzugehen. Er war sicher, daß Mr. Johnson ihn wiedererkennen würde, und er wollte nicht wiedererkannt werden. Als er glaubte, er habe lange genug gewartet, ging er den Flur entlang, den Mr. J genommen hatte. Weder zählte er die Türen noch achtete er auf die Wohnungsnummern. Er wußte ganz genau, wie viele

Schritte nötig waren. Schließlich blieb er vor der Tür stehen.

In dem Schlitz über dem Schloß steckte kein Namensschild.

Wohnte seine Mutter überhaupt noch hier?

Das fehlende Namensschild war keine Antwort. So etwas kam schon mal vor, unbedeutende Ausbrüche von Vandalismus seitens der Kinder in der WoGe. Teufel noch mal, er hatte es früher selbst getan.

Jetzt stand er also hier. Und was nun?

Dieses Schloß ließ sich nicht so leicht überwinden wie das unten. Dies war eine private Wohnungstür. Das Schloß würde nur die eingetragenen Bewohner erkennen und akzeptieren. Er kannte nicht allzu viele Tote, die in WoGe 3 gewohnt hatten und noch im Sicherheitscomputer geführt wurden. Es gehörte zur üblichen Sicherheitsroutine, seinen Totenschein zu speichern und seine Zugangsberechtigung aus dem Speicher des Computers zu löschen.

Er konnte auf den Besucherknopf drücken und den Wohnungsinhaber bitten, ihn einzulassen. Wenn seine Mutter nicht mehr hier war, konnte er sagen, er habe sich in der Etage geirrt, oder eine ähnlich harmlose Erklärung abgeben. Doch wenn seine Mutter noch hier wohnte, war es gewiß nicht die richtige Vorgehensweise, seine Rückkehr anzukündigen.

Sollte er das Schloß ausprobieren? Systeme irrten sich manchmal. Vielleicht war sein Erkennungscode doch nicht gelöscht. Wie würde seine Mutter reagieren, wenn er nach einem Jahr Abwesenheit gesund und munter und ohne ein Wort hereinplatzte? Und was, wenn jemand anders eingezogen war? Man hatte ihm gesagt, seine Mutter sei umgezogen, aber seine Quelle war ein ausgewiesener Lügner. Vor der Tür zu stehen wie ein betrunkener Schwachkopf, brachte ihn auch nicht weiter.

Er drückte auf den Besucherknopf.
Zehn Sekunden.
Zwanzig.
Dreißig.
Eine Minute verstrich. Niemand kam an die Tür.
Er kannte die Gewohnheiten seiner Mutter sehr gut. Sie hatte eine Sprechanlage im Badezimmer, im Schlafzimmer und sogar in den Wandfernseher integriert. Sie haßte es, Besuch zu verpassen. Natürlich mochte ein Fremder die Dinge anders handhaben. Er drückte wiederum auf den Knopf.
Nichts.
Er schaute auf Kartenschlitz und Handauflage des Schlosses. Er besaß keine Karte mehr, aber das Schloß sollte sich auch öffnen, wenn es den Handabdruck eines Bewohners erkannte und die Person einen bestimmten Code eingab, eine Sicherheitseinrichtung für den Fall des Verlusts der Karte. Er erinnerte sich ganz genau an den Code und sein Handabdruck hatte sich nicht verändert. Bedeutete diese Sicherheitseinrichtung, daß das System der Wohnung mit dem Mainframe des Gebäudes verbunden war, oder speicherte es die Codes in seinem eigenen winzigen Silikonhirn? Er hatte sich über derartige Dinge niemals Gedanken gemacht, als er noch hier wohnte, aber verborgene Computerverbindungen gehörten zu den Dingen, über die er sich jetzt Gedanken machen mußte. Würde ein Versuch, die Tür zu öffnen, irgendwo in den Mitsutomo-Computern gespeichert werden, wo Leute es sehen konnten, die ein Interesse daran hatten, ihn zu finden? Er wünschte, er hätte es gewußt. Er wünschte, er hätte noch ganz andere Dinge gewußt. Zum Beispiel, wie man so ein Schloß aufbrach oder die Codes knackte.
Teufel noch mal, er war nicht hergekommen, um im Flur herumzustehen.
Er legte die Hand auf die Platte und gab den alten

Code ein. Praktisch im gleichen Augenblick hörte er das Geräusch eines zurückschnappenden Riegels. John, der sein Glück immer noch nicht fassen konnte, probierte den Türknopf aus und stellte fest, daß er sich drehen ließ. Irgendein Sicherheitstechniker hatte sich Arbeit erspart und sich nicht die Mühe gemacht, die Codes eines Toten zu löschen. Was nicht weiter überraschend war. Die meisten Leute, die von den Toten auferstanden, würden keine Tür öffnen müssen. Wenigstens brauchten sich die Geister, über die er gelesen hatte, keine derartigen Gedanken zu machen. Sie gingen einfach durch Türen hindurch. Vielleicht hatte der Techniker dieselben Geschichten gelesen, vielleicht auch nicht. Doch wie es auch dazu gekommen war, er hatte Zutritt. Er öffnete die Tür und trat hinein.

Die Wohnung sah noch genauso aus, wie er sie in Erinnerung hatte, wenn man davon absah, daß sie dunkel und leer war und der Wandschirm sich im Bereitschaftsmodus befand. Bei seiner Mutter war er das nie. Er war immer an, wenn sie zu Hause war und zeichnete auf, wenn nicht. Aber es war die Tatsache, daß die Möbel noch genauso aussahen wie vor einem Jahr, die ihm verriet, daß er seine Mutter hier sehr wahrscheinlich nicht antreffen würde. Sie hatte es nie länger als sechs Monate ohne eine Veränderung in der Einrichtung ausgehalten. Die Wohnung war immer noch in den Farben des letzten Herbsts gehalten. Wie lange war sie schon weg? Es gab keine Staubschicht, die darüber hätte Aufschluß geben können. Darum würden sich die Reinigungsbots gekümmert haben. Der Computer würde das Datum der letzten Benutzung der Wohnungssysteme kennen, aber er würde ihn nicht danach fragen. Er hatte schon genug mit seinem Eindringen riskiert.

Doch wenn seine Mutter nicht mehr da war, warum war die Wohnung dann nicht leer oder für einen neuen

Bewohner hergerichtet? Und wenn sie nicht weg war, warum hatte sich dann nichts verändert? Manche Leute ließen nach dem Tod einer geliebten Person alles so, wie es war, aber Marianne Reddy hatte das nicht für ihren Mann getan, so sehr sie ihn auch geliebt hatte. Sie hatte John ebenfalls geliebt, aber er glaubte auch nicht, daß sie für ihn ein derart besessenes Verhalten an den Tag legen würde.

Er dachte wieder an den Computer. Vielleicht hatte sie eine Nachricht hinterlassen. Aber das war ein alberner Gedanke. Wenn, dann jedenfalls nicht ihm. Er rührte den Computer nicht an.

Er warf einen Blick in ihr Zimmer. Es war ordentlich und aufgeräumt und machte denselben Eindruck des In-der-Zeit-erstarrt-seins wie das Wohnzimmer. Er schaute in den Kleiderschrank. Es gab Kleidung, aber die Auswahl kam ihm irgendwie unvollständig vor. Er war jedoch nicht ganz sicher, da er der Garderobe seiner Mutter niemals besondere Beachtung geschenkt hatte. Er öffnete ein paar Schubladen und fand kaum Unterwäsche und ähnliche Dinge. Ihre Toilettenartikel und ihr Lieblingsschmuck waren verschwunden. Es war so, als habe sie für eine Reise gepackt, von der sie nicht zurückgekehrt war.

Wohin war sie gegangen? Würde sie zurückkehren? Lebte sie überhaupt noch? Als er an die Rücksichtslosigkeit der Leute dachte, die John und seine Freunde gesucht hatten, wußte er, daß er sich dessen nicht sicher sein konnte. Seine Hoffnung sie hier und in Sicherheit vorzufinden, hatte sich zerschlagen. Vielleicht, wenn er früher gekommen wäre. Aber das war er nicht. Er hatte es immer wieder aufgeschoben und jetzt, da er endlich den Mut aufgebracht hatte und hergekommen war, traf er sie nicht mehr an. Bennett hatte ihm gesagt, sie sei nicht mehr hier, aber John hatte ihm nicht glauben wollen. Bennett war ein berechnender

Lügner. Bennett hatte außerdem gesagt, sie sei in Sicherheit, was John wiederum hatte glauben wollen, aber Bennett hatte schon so oft gelogen, daß John einfach nicht mehr wußte, was Wahrheit und was Lüge war. Jetzt wußte er, daß diese eine Aussage Bennetts der Wahrheit entsprach, war aber immer noch nicht schlauer in Bezug auf die andere.

Er fühlte sich niedergeschlagen.

Als dies noch sein Heim gewesen war, hatte er sich immer in sein Zimmer zurückgezogen und sich in ein gutes Buch oder einen guten Film vertieft, wenn er sich so fühlte. Vielleicht half es jetzt etwas, wenn er einen Blick in sein Zimmer warf. Und wenn es wie der Rest der Wohnung unverändert war, konnte er ein, zwei Dinge mitnehmen, die er gern bei sich haben würde. Bei seiner Flucht letzten Herbst hatte er keine Gelegenheit gehabt, irgendetwas mitzunehmen.

Sein Zimmer war nicht ganz so, wie er es in Erinnerung hatte. Das übliche Durcheinander auf Fußboden und Schreibtisch war aufgeräumt und Dinge waren umgestellt worden. Seine Mutter tat das manchmal. Auch ohne das vertraute Chaos hatte das Zimmer etwas Einladendes an sich. Er wanderte umher, hob Sachen auf und stellte sie wieder zurück oder schob sie in seine Tasche. Mit diesem Zimmer waren viele Erinnerungen verbunden, aber sonderbarerweise schien das nicht der Grund dafür zu sein, daß es sich nicht leer anfühlte.

Wie die Ausstrahlung seiner Mutter den Rest der Wohnung durchdrungen hatte, so herrschte auch hier eine weibliche, jedoch eine andere. Eine vertraute. Fayes Ausstrahlung. Johns Zimmer war das einzige in der Wohnung, in dem Faye Zeit zu verbringen gepflegt hatte. Seit seiner Rückkehr aus der Anderswelt hatte er sie nicht mehr gesehen. Das Gefühl ihrer Nähe schien ein spöttisches Echo seiner sicheren, heimeligen Vergangenheit zu sein.

Faye war seine Gefährtin, so lange er zurückdenken konnte. Während seiner Kindheit und Pubertät hatte niemand anders an ihre Existenz geglaubt, denn sie war unsichtbar und nur John hörte sie sprechen. Ein imaginärer Freund, hatten sie gesagt, aber John hatte immer gewußt, daß sie wirklich war. Man hatte ihn zu Psychiatern geschickt, um ihn von einer ungesunden Fixierung auf eine kindische Phantasie zu befreien, doch John war standhaft geblieben. Trotz allem, was sie sagten, hatte er doch immer gewußt, daß sie wirklich war. Faye war dieser Hauch von Magie gewesen, von dem er wußte, daß die Welt ihn brauchte, um wirklich vollständig zu sein. John hatte gelernt, den Psychiatern zu erzählen, was sie hören wollten. Er und Faye hatten oft über die Leichtgläubigkeit dieser angeblich so gelehrten Seelenklempner gelacht.

In der Anderswelt war sie so wirklich gewesen, daß er sie hatte sehen, hören und berühren können. Wirklich genug, um zu wissen, daß sie eine Frau war und er… Tja, es hatte keinen Sinn, daran zu denken. Als er sich in der wirklichen Welt wiedergefunden hatte, war sie nicht mehr bei ihm gewesen. Er hatte sich wochenlang nach dem Grund dafür gefragt. Er hatte sich davon zu überzeugen versucht, nicht zu erwarten, sie je wiederzusehen.

Erinnerungen weckten Gefühle in ihm. Auch wenn er sie nie wiedersah, er würde sie nie vergessen können. Sie war ein fester Bestandteil seines Lebens. Er wünschte, sie wäre bei ihm gewesen. Jetzt.

Fast glaubte er, sie spüren zu können. Obwohl es keinen Grund gab, warum sie da sein sollte, fragte John unwillkürlich: »Faye?«

Er spürte, wie sich etwas rührte. Es war kein Geräusch, auch keine Bewegung, aber trotzdem war etwas da. Sein Blick irrte im Zimmer umher.

»John?«

Ihre Stimme war schwach, als höre er sie aus großer Entfernung. Zu seinem Erstaunen wurde ihm klar, daß er sie mit den Ohren wahrnahm.

»Träume ich, John?«

Es war ihre Stimme! Sie war tatsächlich hier! Aber wo? Eigentlich gab es keinen Ort, wo sie sich verstecken konnte.

»Wo bist du?«

»Hier, John.«

Er wandte sich in die Richtung, aus der ihre Stimme kam, doch er sah sie nicht. Aber er spürte sie. Sie war bei ihm und umschlang ihn in einer ätherischen Umarmung. Ihre Geste war zart wie eine kühle Frühlingsbrise. Er versuchte die Umarmung zu erwidern, doch es gab nichts, was er hätte anfassen können.

Sie lachte. »Das solltest du besser wissen.«

Sollte er? »Was ist geschehen?« Als er sie zuletzt gesehen hatte, war sie ebenso wirklich gewesen wie er selbst. Wirklich genug, um sie zu berühren, sie zu halten und ihn so reagieren zu lassen wie jetzt auch, so nämlich, daß sich der Stoff seiner Jeans unangenehm spannte.

»Dies ist die sonnenbeschienene Welt, John. Ich bin hier nicht besonders stark.«

Stark genug, um ihn trotz seiner Befürchtungen hinsichtlich einer möglichen Blutsverwandtschaft in Mitleidenschaft zu ziehen. Ihre Worte zielten jedoch nicht auf die Anziehung ab, die von ihr ausging. Sie hatten etwas mit ihrem magischen Wesen zu tun. »Ich verstehe das nicht. Ich dachte, die Dinge hätten sich geändert.«

»Das haben sie auch.«

»Warum kann ich dich dann nicht mehr sehen?« Oder anfassen?

»Wir sind nicht mehr in der Anderswelt.«

»Soll das heißen, ich kann dich nur dort sehen?«

»Ich glaube schon.«

»Aber du weißt es nicht?«

Sie lachte wieder, ein melodischer Wohlklang in seinen Ohren. »Ich gehöre nicht zu den Großen, die das Herz der Welt verstehen. Sei froh, daß wir wieder zusammen sind. Ich bin es jedenfalls.«

»Ich auch.« Obwohl er sie immer noch berühren wollte.

»Ich bin froh, daß du zurückgekommen bist. Ich bin hier, seit die Herrin mich in dieses Gefilde zurückgeschickt hat. Ich wußte nicht, wohin ich sonst gehen sollte. Es war sehr einsam.«

»Niemand ist hier gewesen?«

»Nicht, seit die Männer von der WoGe die Türen abgeschlossen haben.«

»Also hast du meine Mutter nicht gesehen?«

»Deine Mutter? Ach so, du meinst Marianne Reddy?«

Er hätte sie beinahe gefragt, wen sonst, beherrschte sich aber und sagte nur: »Ja.«

»Ich weiß nicht, was mit ihr ist. Bei meiner Rückkehr hierher war niemand da. Und seitdem sind nur die Männer von der WoGe hier gewesen. Ich habe immer gehofft, du würdest – John, da kommt jemand.«

Das hatte er bereits vermutet. Seine Kopfhaut juckte. In den letzten paar Wochen auf der Straße hatte er oft so ein Gefühl gehabt, wenn jemand nach ihm Ausschau hielt.

Er hörte, wie die Wohnungstür aufgeschlossen wurde.

»Es sind zwei«, flüsterte sie.

John bemerkte den flüchtigen Eindruck eines Spiegelbildes im Wohnzimmerfenster, bevor er die Schlafzimmertür schloß und sich damit die Sicht nahm. Er hatte zwei Männer in der Uniform der WoGe-Sicherheit mit dem Mitsutomo-Logo auf der linken Hemdschulter gesehen.

Verdammt, es gab tatsächlich eine direkte Verbindung zwischen dem Schloß und der Mitsutomo-Sicherheit.

»Ich verstecke dich so wie in MaxMix Manor«, flüsterte Faye.

Da er es schon einmal erlebt hatte, war John diesmal zuversichtlicher. Er stand vollkommen reglos da, als einer der Wachmänner sich der Tür zu seinem Zimmer näherte.

»War die nicht geschlossen?« fragte der Mann im Flüsterton.

»Ich kann mich nicht erinnern«, erwiderte sein Partner.

»Ich glaube schon.«

»Okay, okay. Ich bin unmittelbar hinter dir.«

Die Tür flog auf und gab den Blick auf einen hochgewachsenen Sicherheitsmann frei. Er hatte seine Waffe gezogen. Der andere Mann hielt ebenfalls eine Pistole in der Hand. Der größere Wachmann betrat vorsichtig das Zimmer und sah sich nervös um. Sein Blick strich ohne das geringste Zögern über John hinweg.

»Du wirst nervös, Floyd«, sagte sein Partner.

»Diese Bude ist mir unheimlich«, sagte Floyd. »Du warst beim letzten Mal nicht dabei, Charley, sonst wärst du genauso nervös wie ich.«

Charley zuckte die Achseln und halfterte seine Pistole. »Sehen wir uns die anderen Zimmer an.«

Floyd verließ Johns Zimmer, steckte seine Waffe ein und half seinem Partner bei der Durchsuchung der restlichen Wohnung. Als sie fertig waren, betätigte Floyd sein Sprechgerät. »Kendall hier. Wir sind in Süd 23G. In der Wohnung ist niemand.«

»Sind Sie sicher?« antwortete eine Stimme aus dem Lautsprecher.

»Ich sagte Ihnen doch, daß wir niemanden gefunden haben.«

»Bleiben Sie dort«, befahl die Stimme. »Rühren Sie nichts an, bis Gower und sein Team bei Ihnen sind.«

»Wilco.« Floyd schaltete das Sprechgerät aus. »Gott, ich hasse diesen Gespensterquatsch.«

»Bleib ruhig«, sagte Charley. »Dieser Gespensterquatsch ist kein Problem. Sie brauchen mindestens eine Stunde, bis sie hier sind. Und wir müssen in der Zeit nicht Streife gehen.« Charley lümmelte sich aufs Sofa und schaltete mit einem gesprochenen Befehl die Videowand ein. Er schaltete sich durch die Kanäle, bis er eine Wiederholung des letzten Krieges im Nahen Osten fand. Floyd gesellte sich zu ihm und half ihm dabei, sich die Show anzusehen.

Faye stieß John an.

»John, sie werden bleiben, und ich kann dich nicht ewig unsichtbar machen. Wir sollten verschwinden.«

»Dann laß uns gehen.«

Die Tür schwang ihm in den Weg.

»Wir kommen nicht einfach an ihnen vorbei«, sagte Faye.

»Warum nicht? Sie können dich nicht sehen, und du sorgst dafür, daß sie mich auch nicht sehen können.«

»Wenn du dich bewegst, funktioniert der Zauber nicht.«

»Oh.«

»Aber ich kann sie ablenken. Dann kannst du zur Tür laufen. Wir treffen uns draußen.«

»Was schwebt dir vor?«

Sie antwortete nicht, da sie bereits verschwunden war.

In der Küche klirrte etwas.

Die beiden Wachmänner sahen einander an. »Reinigungsbots?«

»Ich schalte sie ab«, sagte Charley.
»Hast du das nicht schon getan?«
»Wir sehen besser mal nach.«
»Verdammt noch mal, ich hasse diese Wohnung.«
Sie zogen ihre Waffen und gingen zur Küche.
»Scheiße!« rief Floyd. »Sieh dir das an.«
John tat es nicht. Er lief zur Tür. Die Wachmänner hatten ihre Aufmerksamkeit zu sehr auf die Küche gerichtet, um ihn zu bemerken. Als er die Wohnungstür öffnete, klirrte es erneut in der Küche. Charley rief: »Paß auf!« John huschte auf den Flur. Die Tür schlug hinter ihm zu und schnitt Floyds Flüche ab.

»Wohin gehen wir, John?« fragte Faye. Sie war wieder bei ihm.

»Erst mal weg von hier«, sagte er. Er wußte nicht, wohin, aber alles war besser als die WoGe. Hier erwartete ihn nur noch Ärger, und auf Ärger war er nicht sonderlich erpicht. Aber irgendwie beschlich ihn das Gefühl, daß der Ärger mittlerweile erpicht auf ihn war.

Faye und er nahmen den Fahrstuhl nach unten. Es hatte keinen Sinn mehr, sich deswegen noch Gedanken zu machen. Mitsutomo wußte, daß er hier gewesen war. Während John und Faye WoGe 3 verließen, sahen sie weder andere Sicherheitsleute noch irgend ein Zeichen von Gowers Team.

*

Der Elf bewegte sich zwischen den Welten. Es war jetzt leichter als noch vor ein paar Monaten. Es würde noch leichter werden. Einstweilen konnten jedoch nur gewisse Leute den Weg finden. Er wies seinen Begleiter noch einmal an, dicht bei ihm zu bleiben, so daß die Magie des Übergangs ihn erfassen würde.

Sie tauchten in einem kleinen Park mit Ausblick auf den alten Stadtkern auf. Providence hatten sie sie genannt. Was für ein Hohn! Wie so viele ihrer Städte war sie früher eine Insel des Unrats auf dem Land gewesen. Jetzt hatte sich der Unrat ausgebreitet, bis sich die einzelnen Pusteln zu einem Streifen des Leblosen und Lebensraubenden vereinigt hatten. Jetzt waren das Grün und das Lebensspendende die Inseln. Sie nannten es urbaner Sprawl. Seine Bezeichnung dafür ließ sich in keine ihrer Sprachen übersetzen. Sie besaßen keine ausreichend obszönen Wörter.

»Hääss-liich«, sagte sein Begleiter, während sein Blick über die Wolkenkratzer und Straßen und Lichter wanderte.

»Aber deinesgleichen kann Unterkunft zwischen ihren Hochhäusern finden. Aus diesem Grund bist du nützlich für mich.«

»Luuft niicht riich-tiig.«

»Ja. Du mußt vorsichtig sein. Die Magie ist noch nicht stark genug, um dir überall das Fliegen zu gestatten.«

Sein Begleiter entfaltete seine Flügel und schlug ein paarmal versuchsweise mit ihnen, als wolle er seine Feststellung überprüfen. Er grunzte eine Zustimmung.

»Nimm das.« Der Elf reichte ihm ein Kleidungsstück. Den Rest hatten andere Jäger bekommen. »Finde ihn, wenn du kannst.«

»Fiinde. Weerde Euch niicht eent-täu-scheen, Heerr.«

»Das hoffe ich, Gorshin.« Der Elf hatte dieses Versprechen schon zu oft gehört. Er hoffte, daß es diesmal eingehalten werden konnte. »Geh.«

Gorshin verließ ihn in einem unbeholfen wirkenden flatternden Gleitflug, der ihn der Stadt entgegen trug. Der Elf drehte sich um und ging den Weg zurück, auf dem er gekommen war. Es gab Angelegenheiten, die seiner Aufmerksamkeit bedurften.

Kapitel 2

»Ihr persönliches Interesse an diesem Unternehmen ist lobenswert, Ms. Martinez.«

Hätte Nakaguchi nicht geschrien, hätte Pamela ihn über das Dröhnen der Triebwerke nicht verstanden. Es hatte keinen Sinn, das Schreien zu erwidern. Sie bedachte Nakaguchi mit einem höflichen Lächeln, das er nicht verdiente. Er schien zufrieden zu sein und setzte seinen Weg ins Cockpit fort. Pamela starrte wieder aus dem Fenster und auf die Berge, über die sie flogen.

Wieviel wußte *Kansayaku* Nakaguchi? Jedenfalls wußte er genug, um ein paar Namen zu erwähnen, die Pamela ihren Vorgesetzten verheimlicht zu haben glaubte. Was noch? Wenn er *alles* wußte, wie er behauptete, warum hatte er ihr Unternehmen dann nicht bloßgestellt? Statt dessen hatte Nakaguchi sich in das Charybdis-Projekt eingeklinkt, ohne sie auszuschließen. Eine unübliche Vorgehensweise. Was hatte er vor?

Sie beabsichtigte es herauszufinden, und dieser Flug bot ihr die erste Gelegenheit, sich Aufschluß über seine Absichten zu verschaffen. Nachforschungen in diesem Teil der Welt waren nicht Teil *ihres* Programms gewesen, doch Nakaguchi hatte den Flug hierher unter Verwendung für Charybdis vorgesehener Mittel arrangiert. Seine Erlaubnis, sie mitkommen zu lassen, hatte sie überrascht. Dumm von ihm. Sie hatte vor, die Gelegenheit auszunutzen.

Der Geräuschpegel in dem Hubschrauber, einem Aureohuida Caballo, war entsetzlich. Konzerneigenes Material wäre leiser gewesen, aber Mitsutomo Keiretsu war zwar einer der in der ökonomischen Weltgemeinde führenden Megakonzerne, doch seine Präsenz in Südamerika war nicht sonderlich stark, und so fehlte es an einigen der üblichen Reiseannehmlichkeiten. Sie hatte den Verdacht, daß Nakaguchi absichtlich ein derart minderwertiges Transportmittel ausgewählt hatte.

Der Caballo bockte jetzt in den trügerischen Gebirgswinden, da die mit Kippflügeln ausgestattete Maschine sich den aufragenden Granitklauen näherte. Pamela umklammerte ihre Armlehnen. Sie hatte sich längst angeschnallt und sah zu, wie die Leichtfertigen unter den anderen Passagieren sich jetzt mühten, ihre Gurte anzulegen und dabei etwas Würde zu bewahren. Nakaguchi schien der unruhige Flug Spaß zu machen, aber die meisten der anderen sahen aus, als sei ihnen übel. Der auf den Magen schlagende Flug war auch nicht gerade nach Pamelas Geschmack. Sie hörte das widerliche Geräusch von jemandem, der sich hinter ihr übergab, und hoffte, daß es dem Unglücklichen noch gelungen war, seine Kotztüte zu benutzen.

Der Ruck, als das erste Rad aufsetzte, unterschied sich kaum von den Bocksprüngen, die der Hubschrauber während des Landeanflugs ausgeführt hatte. Pamela dachte nicht einmal daran, ihren Gurt zu lösen, bevor sie nicht sicher war, daß alle vier Räder aufgesetzt hatten und die Maschine sicher auf dem Boden stand.

Duncan Middleton, ihr persönlicher Assistent, gesellte sich zu ihr, als sie den letzten Gurt löste. Er war das einzige Mitglied ihres Stabs, dem Nakaguchi die Erlaubnis zur Teilnahme an diesem Flug erteilt hatte.

»Mr. Hagen scheint sich in der Luft nicht sonderlich wohl zu fühlen«, bemerkte Duncan mit einem selbstzufriedenen Lächeln.

Pamela warf einen Blick zurück, als sie aufstand und in den Mittelgang trat. Hendrik Hagen sah blaß, mitgenommen und krank aus. Helle Sprenkel in seinem dunklen Bart wiesen ihn als den Passagier mit dem schwachen Magen aus. Wäre er einer ihrer Leute gewesen, hätte sie Mitleid oder doch wenigstens so etwas wie Mitgefühl empfunden. Wie die Dinge lagen, verspürte sie eine unbestimmte Zufriedenheit angesichts des Unbehagens des Mannes.

Hagen war zusammen mit der zweiten Welle von Nakaguchis Invasion aufgetaucht. Auf der Personalliste wurde er als Spezialist für Öffentlichkeitsarbeit geführt, offensichtlich ein Deckmantel für seine tatsächliche Funktion in Nakaguchis Organisation. Ihre Leute hatten noch immer nicht herausgefunden, was genau er eigentlich für Nakaguchi tat.

Wenn er etwas gefaßter war, sah Hagen Sörli sehr ähnlich. Tatsächlich hatte Pamela bei ihrer ersten Begegnung mit ihm geglaubt, er *sei* Sörli. Aber er hatte sie nicht wiedererkannt – und der Sörli, den sie kannte, hätte das Zusammentreffen nicht ohne eine Bemerkung verstreichen lassen. Nichtsdestoweniger war die Ähnlichkeit so stark, daß sie einige Nachforschungen angestellt hatte, um sich zu vergewissern. Dabei hatte sie herausgefunden, daß Hagen fast so lange zu Nakaguchis Stab gehörte, wie Sörli auf ihrer Gehaltsliste gestanden hatte. Soweit ihre Quellen wußten, waren die beiden Männer nicht mehr miteinander verwandt als durch die Tatsache, daß beide mit Kleinwüchsigkeit geschlagen waren.

Ein lächelnder Nakaguchi kam aus dem Cockpit. »Der Pilot möchte Sie alle wissen lassen, daß er nicht sehr stolz auf unsere Landung ist. Er sagt, er habe unter den gegebenen Umständen aber sein Bestes gegeben. Und daß es irgendetwas mit dem zusätzlichen Gewicht zu tun hat.«

Daß Nakaguchi seine Begutachtung der versammelten Passagiere mit einem Blick auf Pamela beendete, war gewiß kein Zufall. Worauf spielte er an? Er hätte ihr die Erlaubnis mitzufliegen verweigern können.

»Wenn dieser Fund so wichtig ist, wie Sie zu glauben scheinen, ist es nur angemessen, daß ich dabei bin.«

»Habe ich etwas anderes behauptet?«

Sein unschuldiger Blick war höchstwahrscheinlich sehr wirkungsvoll bei Büromädchen, aber Pamela fiel nicht darauf herein. »Nicht direkt.«

Er hörte mit der Maskerade auf und schlug einen vertraulicheren Ton an. »Ms. Martinez, sie sind noch immer Leiterin der Nordamerika-Gruppe. Nominell. Ich bin sicher, Ihre geografischen Kenntnisse reichen aus, um zu wissen, wo wir uns befinden.«

Das taten sie. Was sie jedoch nicht wußte, war, warum er sich ihr gegenüber so nachsichtig verhielt. Hatte sie irgendetwas in der Hand, dessen sie sich gar nicht bewußt war? Das würde sich noch zeigen. In der Zwischenzeit würde sie sich an das halten – und benutzen –, was sie tatsächlich in der Hand hatte. »Der Aufenthaltsort ist unwichtig. Dies ist ein Unternehmen im Rahmen des Charybdis-Projekts.«

»Natürlich ist es das. Und das Projekt wird auch immer noch auf Ihrer Organisationstabelle geführt. Aber ich glaube, ich brauche Sie nicht daran zu erinnern, wer tatsächlich das Kommando hat.«

»Mein Name steht auf den Bewilligungen. Ich habe ein Recht darauf, hier zu sein.«

»Und dementsprechend sind Sie hier. Ich muß mich fragen, warum. Sie waren bisher damit zufrieden, andere die Arbeit tun und die Risiken tragen zu lassen. Warum jetzt plötzlich dieses starke persönliche Interesse?«

»Die Zeiten ändern sich.«

»In der Tat. Jetzt mehr als je zuvor. Aber Ihr Charybdis-Projekt hat Ihnen das bereits demonstriert, nicht wahr?« fragte er mit einem wissenden Lächeln.

Er schien keine Antwort zu erwarten, also gab Pamela ihm auch keine. Sie erwiderte lediglich das Lächeln. Sollte er sich ruhig fragen, was wohl dahinterstecken mochte!

Mit einem Krach und einem Rumpeln öffnete sich die Luke und fuhr die Treppe aus. Jemand polterte sie herauf und rief nach ›Señor Nakaguchi‹.

»Hier«, sagte er.

Nakaguchi erwies sich als ebenso ungehobelt wie der Einheimische, indem er die Konzernetikette in den Wind schrieb. Die beiden unterhielten sich kurz, und zwar so leise, daß der Lärm der herunterfahrenden Triebwerke ihre Worte übertönte. Nakaguchi verließ den Hubschrauber, ohne mit einem anderen der an Bord Anwesenden auch nur ein Wort zu wechseln. Verärgert setzte Pamela sich wieder und sah sich den Abmarsch von Nakaguchis Stab an. Hagen war der letzte, der die Maschine verließ. Er blieb neben ihrem Sitz stehen.

»Er wird es eilig haben«, sagte er.

»Und?«

»Sie sollten sich vielleicht etwas Passenderes für die Kletterpartie anziehen.«

»Für die Kletterpartie?« Sie tat so, als wisse sie nicht, wovon er redete. Duncan hatte vor Beginn des Flugs Nakaguchis Memorandum abgefangen, das seinen Stab anwies, Bergsteigerausrüstung mitzubringen, und sie hatten sich entsprechend vorbereitet.

»Wir steigen auf einen Berg.«

»Ich verstehe. Warum erzählen Sie mir das jetzt?«

»Um Ihnen Ärger zu ersparen. Ich kann für eine entsprechende Ausrüstung sorgen, wenn Sie wollen.«

»Nein, danke. Das wird nicht nötig sein.«

Hagen zuckte die Achseln. »Tun Sie, was Sie wollen.«

»Das werde ich«, sagte sie zu seinem Rücken, als er den Hubschrauber verließ.

Als Nakaguchi zurückkehrte, trugen Pamela und Duncan bereits ihre engsitzende Mountaineer-HiClimber-Kleidung, ihre Rücksäcke waren gepackt und warteten nur noch darauf, angelegt zu werden. Nakaguchis Stabsmitglieder waren immer noch mit ihrer weniger anspruchsvollen Ausrüstung beschäftigt. Nakaguchi schien überrascht zu sein, und zwar – der Art nach zu urteilen, wie er sie zweimal von oben bis unten betrachtete – sowohl ob der Figur, die ihr HiClimber enthüllte, als auch ob der Tatsache, daß sie ihn trug und bereit zum Abmarsch war. Charakteristischerweise verbarg er seine Überraschung hinter einer Attacke.

»Haben Sie auch nur die leiseste Vorstellung, wohin wir unterwegs sind?« fragte er.

Sie paßte sich in ihrer Erwiderung seinem herablassenden Tonfall an. »Ein wenig heuchlerisch, mich zu tadeln, weil ich nicht weiß, was vorgeht, wenn Sie keine Berichte an mich weiterleiten.«

»Sie haben keine Berichte erhalten? Ich bin schokkiert. Untersteht das Charybdis-Projekt nicht Ihrer direkten Aufsicht? Natürlich tut es das, nicht wahr? Sie haben es mir gerade noch selbst gesagt. Offenbar hat es irgendwo in der Übermittlungskette einen Fehler gegeben. Vielleicht sollten Sie Ihren Stab einer eingehenden Überprüfung unterziehen. Ich hatte angenommen, Sie wüßten, warum wir hier sind.«

»Ich bin nicht in der Stimmung für Ihre Spielchen.«

»Spielchen? Sie glauben, ich veranstalte Spielchen?«

»Sie scheinen eine große Vorliebe dafür zu haben.«

»In der Tat. Die habe ich. Und wissen Sie was, ich

spiele immer, um zu gewinnen. Ich bin sicher, daß Sie diese Einstellung nachvollziehen können. Aber hier und heute geht es nicht um Spielchen. Es geht um Geschichte. Oder vielmehr um Zeit. Die Vergangenheit trifft die Zukunft.«

»Heben Sie sich die Werbesprüche für die Prolls auf.«

»Die sind nicht die einzigen, die Inspiration brauchen, Ms. Martinez. Mitsutomo hat sich hier an ein großes Unternehmen gewagt. Wir stehen kurz vor dem Beginn eines neuen Zeitalters, eines neuen Lebensstils.« Nakaguchi bekam auf eine unangenehme Weise immer mehr Ähnlichkeit mit den Bibelpredigern der Religionssender. »Die Welt war nicht immer so, wie sie heute ist. Früher gab es einmal Riesen auf der Erde. Und das alles zu einer Zeit, als ein Riese zu sein noch etwas anderes bedeutete, als ein Megakonzern zu sein. Damals waren die Menschen noch Helden und in der Lage, durch die Welt zu gehen und sie sich auf eine Art untertan zu machen, über die moderne Menschen spotten und die sie magisch nennen. Die Uneingeweihten tun diese Dinge als Legenden und Phantastereien ab. Aber Sie haben bereits einen Vorgeschmack auf die Realität erhalten, die all diesen Geschichten zugrunde liegt. Sie wissen, daß manche Geschichten mehr als nur Märchen sind. Dieses Wissen macht Sie zu einem der Pioniere, die den Kurs in die Zukunft festlegen. Sie haben einen Vorgeschmack auf die Macht erhalten, die diejenigen erwartet, welche die Kühnheit besitzen, die Hand auszustrecken und danach zu greifen.«

Was sie erhalten hatte, war ein Vorgeschmack auf die Katastrophe. »Legenden sind nicht fundierte Phantastereien. Sehr gefährlich in der modernen Welt.«

»Nicht fundiert? Keineswegs.« Nakaguchi setzte seine belehrende Ansprache fort. »Haben Sie sich nie gefragt, warum bestimmte Mythen auf der ganzen Welt verbreitet sind? Die bloße Beharrlichkeit und weite Verbreitung solcher Mythen lassen bereits Rückschlüsse auf ihren Wahrheitsgehalt zu. Im Kern derart weit verbreiteter Geschichten muß es ein Körnchen Wahrheit geben, ein Fundament, auf dem diese Geschichten aufbauen. Denken Sie an die überall auf der Welt erzählten Legenden über Helden, die schlafen und auf die Zeit ihres Erwachens warten.«

»Das Zeitalter der Helden ist vorbei«, erwiderte Pamela. Falls es je eins gegeben hatte.

»Es ist vorbei? Die Mythen besagen, daß die Zeit der Helden wiederkommen wird. Sehen Sie sich den Zustand an, in dem die Welt sich heute befindet. Könnten wir nicht den einen oder anderen Helden gut gebrauchen? Sagen wir: einen Arthur mit seinem Traum von Camelot oder einen Karl den Großen, der sich den Horden in den Weg stellt, die die Zivilisation niederreißen wollen. Oder einen Siegfried, der Riesen und Drachen erschlug. Bedenken Sie, was so ein Mensch heute ausrichten könnte.«

»Heutzutage gibt es keinen so großen Bedarf für Drachentöter. Ein Ritter in glänzender Rüstung kann gegen eine automatische Waffe nicht viel ausrichten.«

»Ihre Sichtweise ist äußerst engstirnig. Diese Männer waren nicht allein aufgrund ihrer körperlichen Fähigkeiten Helden. Ein Mann, der bei seinen Zeitgenossen annähernd Gottstatus erreichte, mußte mehr sein als ein simpler Krieger. Er mußte alle für einen großen Mann, für einen wahren Führer erforderlichen Eigenschaften und Fähigkeiten besitzen. Im Kern sind diese Eigenschaften und Fähigkeiten heute noch genau dieselben wie damals. Menschen sind immer noch Menschen. Solch ein Mann hätte die Möglichkeit, jede Welt zu verändern, in der er lebte.« Nakaguchis Stimme bekam einen verschwörerischen Unterton. »Aber so ein Mann braucht Unterweisung, um die Veränderungen verstehen zu können, die während seines Schlafs stattgefunden haben, Unterweisung, die zu leisten wir Gewehr bei Fuß stehen müssen.«

Gewehr bei Fuß stehen müssen? Trotz der Hitze der Sonne fröstelte Pamela plötzlich. »Sie haben einen Schläfer entdeckt.«

»Sehr gut, Ms. Martinez. Ja, wir haben einen Schläfer gefunden, einen Mann, dessen Leben durch die Kraft der Magie über die Jahrhunderte erhalten wurde. Ich glaube, es handelt sich dabei um einen Mann, der das Gleichgewicht in dieser sonderbaren neuen Welt, mit der wir konfrontiert werden, verändern kann.«

»Zum Wohle Mitsutomos?«

Seine Antwort kam mit einem kaum merklichen Zögern. »Selbstverständlich.«

»Und wer ist dieser Schläfer?«

Anstelle einer Antwort wandte Nakaguchi den Blick ab und richtete ihn auf etwas hinter ihr. Sie drehte sich um und sah, wie sich ihnen ein kräftig gebauter Mann näherte. Der Mann trug verschmutzten Drillich und einen verbeulten Hut und sah mehr als nur ein wenig anrüchig aus. Er ergriff das Wort, sehr laut, bevor er eine angemessenere Gesprächsentfernung erreichte.

»Gut, daß Sie hier sind.« Der Mann sprach Mexikanisch, aber sein Akzent war nicht städtisch. Seine dunkle Haut und die Hakennase besagten, daß etwas vom alten Blut in seinen Adern floß, also nahm sie an, daß er aus dem südöstlichen Landesteil stammte. Er bedachte sie mit einem raschen, anzüglichen Blick und sagte zu Nakaguchi: »Reisen Sie mit Annehmlichkeiten, Patrón Nakaguchi?«

Wußte er, daß sie ihn verstand? Machte es ihm überhaupt etwas aus?

»Ms. Martinez ist eine leitende Angestellte Mitsutomos«, sagte Nakaguchi.

»Verzeihung, Señora. Wir bekommen hier draußen nur wenige leitende Angestellte großer Konzerne zu sehen.« Es klang nicht so, als sei seine Entschuldigung ernst gemeint.

»Ms. Martinez, das ist Joaquín Azaña. Joaquín ist der Leiter des Entdeckerteams. In gewissen Kreisen, die sich mit Antiquitäten befassen, ist er wohlbekannt.«

Eine höfliche Art zu sagen, daß er ein Grabräuber war. Er hatte gewiß die Manieren eines solchen. Er bedachte Pamela mit einem kaum mehr als angedeuteten Nicken und richtete seine Aufmerksamkeit ganz auf Nakaguchi.

»Wenn Sie die Stelle heute noch sehen wollen, müssen wir jetzt aufbrechen, Patrón. Es bleibt nicht mehr viel Zeit bis zum Einbruch der Dunkelheit.«

»Sie haben doch gewiß Licht dort oben.«

»Ja, natürlich. Aber nur batteriebetriebene Lampen. Nicht genug für eine ganze Nacht.«

»Dann nehmen wir noch mehr mit.«

Azaña trat von einem Fuß auf den anderen. »Dort oben ist nicht viel Platz. Es ist besser, wenn wir vor Einbruch der Dunkelheit wieder ins Lager zurückkehren.«

»Angst vor der Dunkelheit, Mr. Azaña?« fragte Pamela.

»Nein«, antwortete Azaña etwas zu schnell. »Es ist nur wegen der Schreibtischhengste. Im Dunkeln wäre es auf dem Berg zu gefährlich für sie.«

Pamela steckte ihre Haare unter den Bergsteigerhelm und schnallte sich ihren Rucksack um. »Dann machen wir uns wohl am besten auf den Weg, nicht wahr?«

Azañas Blick wanderte von ihr zu Nakaguchi.

»Ms. Martinez hat recht.«

»Ja, Patrón.«

Sie verließen das Lager in einem wirren Haufen, bis

der Weg sie zwang, hintereinander zu marschieren. Azaña übernahm die Spitze gefolgt von Nakaguchi. Es gab einen Augenblick der Spannung, als Hagen Anstalten machte, sich an die Fersen seines Bosses zu heften, und Duncan ihm den Weg versperrte. Der kleine Mann kochte, gab aber nach einem kurzen Blick auf Pamela nach. Sie übernahm die dritte Position mit Duncan im Schlepptau und ließ Hagen einfach stehen. Als Pamela zurückschaute, stand der kleine Mann noch immer dort und schaute finster drein. Der Rest von Nakaguchis Leuten hatte ihn ebenfalls überholt.

Azaña erklomm den Berg wie ein Lama, und seine zuvor geäußerte Besorgnis hinsichtlich der ›Schreibtischhengste‹ schien nicht so weit zu gehen, daß er Rücksicht auf ihr nicht sehr hohes Marschtempo nahm. Nakaguchi folgte dem Mexikaner auf dem Fuß und Pamela, die keine Schwäche zeigen wollte, quälte sich, um mitzuhalten. Die Breathe-EZ-Akklimatisierungstablette, die sie genommen hatte, erhöhte ihre Sauerstoffaufnahme, so daß die Kletterpartie nicht so gefährlich war, wie sie dies sonst gewesen wäre, aber die hinter ihren Augen pochenden Kopfschmerzen weckten in ihr beinahe so etwas wie Sehnsucht nach der gewöhnlich zu erwartenden Höhenkrankheit. In diesem Fall hätte sie wenigstens ohnmächtig werden und sich eine Pause gönnen können, ohne das Gesicht zu verlieren. Wie die Dinge standen, quälte sie sich und stärkte die Kopfschmerzen mit ihrer Überanstrengung. Sie überhitzte sich jedoch nicht. Der HiClimber-Anzug tat seine Schuldigkeit und sorgte dafür, daß ihre Körpertemperatur in einem akzeptablen Bereich blieb.

Der Weg, wo es denn einen gab, wurde schmaler und trügerischer, auch steiler, so daß sich ihr Marschtempo verlangsamte. Jedesmal, wenn sie sich umschaute, lag Duncans rot-weißer HiClimber weiter zurück. Nakaguchis Männer in ihren blauen Rocker-Anzügen passierten ihn einer nach dem anderen. Eine Stunde nach Beginn des Marsches war er ans Ende der gesamten Gruppe zurückgefallen. Andererseits erwies Hagen sich als hervorragender Kletterer und überholte die anderen Helfer Nakaguchis mühelos. Er verlangsamte sein Tempo, als er unmittelbar hinter ihr war.

»Toller Anzug«, sagte er. Er trug einen der blauen Rocker-Anzüge, aber ihr fielen einige Accessoires auf, die nicht zur Standardausrüstung gehörten. »Wie haben Sie es herausgefunden?«

»Ich spiele diese Art Spiel nicht zum ersten Mal.«

»Ich werde es nicht vergessen.« Er ließ sich etwas zurückfallen, um ihr Spielraum zum Klettern zu geben.

Der Mexikaner führte sie auf die im Schatten liegende Bergseite und damit aus der Wärme der Sonne heraus. Kaum aus der unmittelbaren Sonneneinstrahlung getreten, spürte Pamela, wie sich Wärme in ihrem Anzug ausbreitete, da sich die Heizung des HiClimber einschaltete. Es war kalt hier oben, und nur der HiClimber bewahrte sie davor zu spüren, *wie* kalt.

Der Anstieg war hier flacher, leichter zu bewältigen, aber sie kletterten dennoch eine halbe Stunde. Wenn der Rückweg ebenso lange dauern würde, bezweifelte sie, daß sie vor Einbruch der Dunkelheit wieder im Lager sein würden.

Vor sich sah sie Azaña über eine Gebirgswiese schlendern. Bis sie die Wiese erreicht hatte, erklomm der Mexikaner bereits einen fast senkrecht aufragenden Felssturz. Nakaguchi folgte ihm dichtauf. Azaña erreichte die Kuppe des Felssturzes, stieg über einen Haufen kleinerer, loser Felsbrocken hinweg und schien dann im Berg zu verschwinden. Nakaguchi wich einigen Steinbrocken aus, die der Mexikaner losgetreten hatte, und verschwand dann ebenfalls. Pamela trottete über die Wiese und musterte die Felsen über sich. Keine Spur von den beiden. Sie machte sich an den Aufstieg. Als sie sich der Kuppe des alten Felssturzes näherte, sah sie, daß der Haufen kleinerer Felsen ihr die Sicht auf eine kleine dunkle Öffnung in der Felswand versperrt hatte. Es handelte sich um eine Höhle.

Es gelang ihr, über den Steinhaufen zu steigen, ohne eine Lawine auf Hagen, der soeben an der Basis des Felssturzes angelangt war, herabregnen zu lassen. Nakaguchi hatte keine derartige Rücksicht auf sie genommen.

Der Höhleneingang war kaum einen Meter hoch. An den Rändern der Öffnung lagen Steinhaufen, die auf einen Durchbruch schließen ließen. Sie nahm an, daß der Haufen, über den sie gestiegen war, aus Bruchstücken der ehemaligen Felswand bestand. Sie kroch in die Dunkelheit, um sich Azaña und Nakaguchi anzuschließen. Drinnen war mehr Platz, genug, um sich zu erheben. Das tat sie, um sich dann den Staub von den Knien ihres HiClimber zu wischen. Azaña schaltete soeben eine batteriebetriebene Laterne ein.

Das Licht wurde von den in den Fels eingebetteten Mineralien tausendfach gespiegelt und enthüllte einen beengten Raum, kaum größer als eine öffentliche Toilette. Es roch nach Staub. Auf dem Boden lagen noch mehr Steinbrocken, viele davon mit etwas verkrustet, das wie gehärteter Lehm aussah. Lehmziegel? Eine schmale Spalte in der Wand gegenüber war teilweise noch durch eine zweite Ziegelmauer verschlossen. Es lagen genug Bruchstücke herum, um den Schluß nahezulegen, daß die Spalte ursprünglich völlig zugemauert gewesen war. Das Licht der Laterne enthüllte nichts jenseits der halb eingerissenen

Mauer. Sie konnte nur tiefe Dunkelheit dahinter erkennen.

»Hier befanden sich die Opfergaben?« fragte Nakaguchi.

Azaña nickte.

Nakaguchi untersuchte einen lehmverkrusteten Steinbrocken. »Die zweite Mauer war unversehrt?«

»Wie ich schon sagte, Patrón. Heil und unbeschädigt. Bis auf die rituellen Löcher.«

Steine knirschten draußen vor der Höhle und Azaña erschrak. Hagens kurze, breitschultrige Gestalt erschien im Eingang. Er kam herein, so daß es noch enger wurde, und begutachtete die Kammer mit einem mißbilligenden Stirnrunzeln. Er hob einen der verkrusteten Steine auf und stocherte in dem gehärteten Lehm herum. Sein Stirnrunzeln vertiefte sich.

»Nun, Mr. Hagen?« fragte Nakaguchi.

»Sieht überzeugend aus«, erklärte er. »Waren Sie schon drinnen?«

»Noch nicht.«

»Es wird noch eine Zeitlang dauern, bis die anderen eintreffen.«

Nakaguchi nickte. »Zeigen Sie mir die innere Kammer«, befahl er Azaña.

Azaña drückte sich an ihm vorbei, wobei die Laterne seltsame Schatten an die rauhen Wände der Kammer warf. Sie mußten sich seitwärts durch die Öffnung in den Berg zwängen. Azaña führte sie durch die Dunkelheit, seine Laterne war die einzige – schwache – Lichtquelle. Pamela gefiel die Vorstellung nicht, Nakaguchi in die Dunkelheit zu folgen, aber das war immer noch besser, als hierzubleiben und darauf zu warten, daß er zurückkam, um aus zweiter Hand zu erfahren, was er gesehen hatte. Er war nicht gerade eine zuverlässige Quelle. Pamela nahm die Schutzbrille ihres Bergsteigerhelms ab und betätigte die Lichtverstärkerfunktion. Es half ein wenig. Die Laterne lieferte nun so viel Licht, daß sie erkennen konnte, wohin sie ging. Sie achtete darauf, nicht direkt ins Licht zu schauen.

Als Azañas Schritte zu hallen begannen, wußte sie, daß sie in einem weitläufigeren Raum angekommen waren. Sie war erleichtert. Neues Licht flammte auf, als der Mexikaner eine zweite Laterne einschaltete. Pamela setzte rasch die Brille auf. Es hatte keinen Sinn, sich blenden zu lassen.

Azaña hatte sie in eine fast zehn Meter durchmessende kreisförmige Kammer geführt. Die Wände waren von menschlicher Hand geglättet und verkleidet worden. Sie waren mit Gemälden und Glyphen bedeckt, die eine Menge Ähnlichkeit mit denjenigen besaßen, die sie in Mexiko City gesehen hatte. Die Gemälde wirkten alt. Einige waren mit einer glasähnlichen Kalkschicht überzogen, wo mineralhaltiges Wasser aus dem Gestein gesickert war. Die herumliegenden Werkzeuge ließen keinen Zweifel daran, daß eines der nicht mehr so gut zu erkennenden Gemälde erst kürzlich freigelegt worden war.

»Die sehen aztekisch aus«, erklärte sie.

»Das sind sie auch«, antwortete Nakaguchi geistesabwesend. Er schien völlig in die Betrachtung einer besonders verschlungenen Glyphe versunken zu sein. Hagen nahm eine Laterne und baute sich vor sich hin murmelnd neben ihm auf.

Pamela verstand das nicht. Was hatten aztekische Wandgemälde hier zu suchen? »War das hier nicht Inka-Gebiet?«

»Ebenso wie das jedes anderen Stammes«, sagte Hagen.

»Wie meinen Sie das?« fragte sie ihn, aber der kleine Mann achtete nicht auf sie.

Nakaguchi riß sich von der Glyphe los und ging zu

einem türgroßen Fleck fast unverzierter Wand. Mitten darauf, knapp einen Meter über dem Boden befand sich ein dunkler Kreis. Drei kleinere Kreise darunter berührten den Boden. Nakaguchi fuhr mit den Fingern über die Wand und dann über – nein, in – den dunklen Mittelkreis und machte ihn damit als Öffnung kenntlich.

»Es ist alles intakt«, sagte er verträumt. »Das Orakelloch. Die Wege des niederen Lebens. Alles.«

»Wie ich Ihnen sagte, Patrón. Die Arbeiter wollen diese Wand nicht aufbrechen. Oliváres hat ihnen gesagt, daß dies ein schlimmer Ort sei, ein Ort großer Magie.«

»Was versteht dieser Oliváres schon davon?«

»Die Arbeiter sagen, er sei ein Zauberer.«

»Ein was?« fragte Pamela. Sie traute ihren Ohren nicht.

»Ein Zauberer«, wiederholte Azaña.

Vor zwei Jahren hätte sie den Mann ausgelacht. Jetzt hielt sie ihre Zunge im Zaum.

»Und ist er einer?« fragte Nakaguchi.

»Woher soll ich das wissen, Patrón?«

Hagen schaute von der Glyphe auf, die er betrachtet hatte. »Lassen Sie die Höhle sprengen«, sagte er plötzlich.

Nakaguchi schnaubte verächtlich. »Machen Sie sich nicht lächerlich.«

Hagen zeigte auf die Glyphen und antwortete: »Können Sie die nicht lesen?«

»Gut genug.«

Pamela war überrascht. »Was besagen sie?«

»Sie besagen, daß dies der Ort ist, wo die gefiederte Schlange auf den Tod wartet«, erwiderte Nakaguchi.

»Sprengen Sie die Höhle«, wiederholte Hagen in eindringlicherem Tonfall.

»Nein«, schnauzte Nakaguchi.

Pamela fand das Zerwürfnis der beiden äußerst interessant.

In vernünftigerem Tonfall fuhr Nakaguchi fort: »Ohne Ihre Hilfe hätten wir diese Höhle niemals gefunden. Und jetzt wollen Sie sie zerstören?«

Hagen funkelte ihn einen Augenblick lang an, während die Kiefermuskeln unter seinem Bart arbeiteten. »Ich dachte, Sie hätten begriffen, welche Gefahr von den Schläfern ausgeht.«

»Ich begreife die Macht, die sie verheißen.«

»Sie sind ein Narr.«

»Und Sie laufen Gefahr, Ihren Job zu verlieren.«

Vielleicht bei dir, Nakaguchi. Pamela betrachtete Hagen langsam als möglichen Verbündeten. Doch sie brauchte viel mehr Informationen. »Ich habe Sie das schon einmal gefragt, Nakaguchi. Sind Sie noch immer nicht bereit, mir zu sagen, wer dieser Schläfer Ihrer Ansicht nach ist?«

»Bisher war ich nicht sicher. Jetzt bin ich es.«

»Und wer ist er?«

»Die Mayas haben ihn Kukalcan genannt. Die Guatemalteken nannten ihn Gugumatz. Ich nehme an, sein aztekischer Name ist am geläufigsten: Quetzalcoatl. Sie hatten unterschiedliche Sprachen, aber für sie alle war er die gefiederte Schlange.«

»Quetzalcoatl?« Pamela konnte es nicht glauben. Diese Schläfer sollten doch angeblich Menschen sein. War Quetzalcoatl nicht ein Gott?

»Sie haben gewiß schon von der Legende gehört?«

Sie hatte Geschichten gehört, aber das war schon lange her. Götterlegenden waren Dinge aus ihrer Kindheit, längst vergessen.

Nakaguchi wartete ihre Antwort nicht ab.

»Quetzalcoatl galt in der mittelamerikanischen Region als ziemlich einflußreich, wenngleich er kein Eingeborener war. Er und seine Begleiter kamen mit einem Schiff von einem Ort weit im Osten. Da er schwarzhäutig war, sollten Sie eine ziemlich gute Vorstellung davon haben, woher er tatsächlich kam, zumindest, was den Kontinent betrifft. Er war ein Wesen mit gottgleichen Kräften, der ein Zeitalter des Friedens und Überflußes brachte. Als er verkündete, er könne nicht länger bei ihnen bleiben, waren die Primitiven sehr traurig, aber das änderte sich, als er sagte, er werde zurückkehren. Sie warteten auf ihn, verarbeiteten seine Taten zu Mythen und vergaßen niemals sein Versprechen zurückzukehren. Als die Spanier kamen, hielten die aztekischen Küstenwachen die glänzenden Rüstungen der Conquistadoren in spe fälschlich für sein Zeichen und ihre Ankunft für die Erfüllung der Prophezeiung seiner Rückkehr. Sie irrten sich natürlich.«

Pamela wußte genau, wie gründlich die Azteken sich geirrt hatten. Mexiko litt immer noch unter den Folgen dieses fatalen Irrtums.

Nakaguchi zuckte die Achseln. »Und selbstverständlich ist er kein Gott. Die schlichten Leute, die seine wahre Natur nicht verstehen konnten, erhoben ihn in ihrer Ehrfurcht lediglich in diesen Stand.«

Hatte Pamela richtig gehört? »Sie sagten, *ist*. *Ist* kein Gott.«

»Natürlich habe ich in der Gegenwart gesprochen, Ms. Martinez.« Nakaguchi wandte sich wieder der unverzierten Wand zu und strich mit den Fingern über die Kante des Lochs. »Quetzalcoatl ist nicht tot. Er schläft nur und wartet auf die Zeit seiner Wiederkehr.«

Nakaguchi zog einen Kletterhammer aus seinem Gürtel. Hagen trat vor und legte ihm unter Mißachtung jeglicher Konzernetikette eine Hand auf den Arm.

»Wenn Sie die Höhle schon nicht sprengen wollen, lassen Sie wenigstens alles so, wie es ist.«

»Nehmen Sie die Hand weg«, sagte Nakaguchi kalt.

Nakaguchis Stimme klang so hart wie Stahl und so scharf wie eine Glasscherbe. Hagen nahm die Hand weg und trat einen Schritt zurück. Mit dem Hammer in der Hand starrte Nakaguchi Hagen an, bis der kleine Mann noch einen Schritt zurückwich.

Nakaguchi drehte sich wieder zur Wand um. Er schob Werkzeug und Hand in die Dunkelheit des mittleren Lochs, verdrehte dann das Handgelenk, um die Spitze des Hammers hinter einem unsichtbaren Widerstand zu verhaken. Er zog. Vom Rand des Lochs breiteten sich spinnennetzförmig Risse aus. Nakaguchi zog noch einmal. Lehmziegelstaub spritzte nach draußen, als sich ein Stein in der Wand bewegte. Nakaguchi zog und zerrte, bis er den Stein aus der Wand gerissen hatte und er ihn hinter sich zu Boden warf. Er ging die Wand erneut an und löste zwei weitere Steine aus der Mauer, bis er ein halbmetergroßes Loch geöffnet hatte. Er schaute hindurch.

»Azaña, die Laterne!«

Der Mexikaner trat näher. Pamela drängte sich ebenfalls weiter vor. Schließlich war sie mitgekommen, um an der Entdeckung teilzuhaben. Sie wollte etwas sehen. Azaña schob die Laterne ein Stück weit in das Loch. Licht drang in die Schwärze dahinter und wurde von etwas darin als rötliches Funkeln reflektiert. Pamela keuchte, als ihr klar wurde, daß sie ein goldenes Gesicht sah, das eine heitere Gelassenheit ausstrahlte. Türkise und Smaragde bildeten ein Stirnband, aus dem ein Federbusch ragte. Das königliche Gesicht regte keinen Muskel und zuckte nicht einmal mit der Wimper.

»Quetzalcoatl!« keuchte Azaña.

Der Mexikaner sprang zurück und ließ die Laterne fallen, doch Hagen fing sie auf, bevor sie auf dem Boden zerschellen konnte.

Nakaguchi bearbeitete die Wand mit verbissener Entschlossenheit, bis er genügend Steine entfernt hatte, um sich hindurchquetschen zu können. Pamela und Hagen wechselten einen besorgten Blick. Nakaguchis Hand schob sich von der anderen Seite durch das Loch.

»Die Laterne!« rief er. »Die Laterne!«

Hagen gab sie ihm ab und quetschte sich dann selbst durch das Loch. Pamela hatte nicht den Wunsch, einem Gott zu begegnen, aber sie wollte auch nicht bei dem verängstigten Azaña bleiben. Sie schlüpfte durch die Öffnung, wobei sie sich fragte, zu welcher Sorte Narr sie gehörte.

Wie die Kammer auf der anderen Seite der Mauer war auch diese verkleidet und mit Wandgemälden geschmückt. Nakaguchi stand in der Mitte und beugte sich zu der sitzenden Gestalt und dem Thron herunter, der die kleine Kammer beherrschte.

Der Schläfer gab durch nichts zu erkennen, daß er bei Bewußtsein war.

Dann erkannte Pamela den Grund dafür. Das goldene Gesicht war gar kein Gesicht, sondern eine Maske. Eine Totenmaske? Sie schaute genauer hin. Die Gestalt auf dem Thron schien in einen Mantel aus Federn gehüllt zu sein. Durchaus angemessen für Quetzalcoatl. Wo die Gliedmaßen der Gestalt aus dem Mantel ragten, waren sie wie die einer Mumie stockähnlich und verschrumpelt. Irrte Nakaguchi sich? War sein Schläfer nur eine Königsmumie? Solch ein Fund hätte gewiß große archäologische Bedeutung, wäre aber für das Charybdis-Projekt kaum von Interesse.

Doch es war die Lösung, wie Pamela sie vorzog, wenn man ihr sagte, soeben sei ein uralter Gott wiederentdeckt worden.

»Die Museen werden sich über Ihren Fund freuen«, sagte sie zu ihm.

»Er ist nicht für die Museen.«

»Öffnen Sie die Augen, Nakaguchi. Es ist nur eine gottverdammte Mumie!«

Nakaguchi starrte die Mumie auch weiterhin an. »Öffnen Sie lieber die Augen, Martinez.«

Pamela schaute sich die verwitterte Hülle des uralten indianischen Herrschers genauer an. Die Maske war wunderbar, ein Kunstwerk. Der Umhang war früher einmal wunderbar gewesen – und würde es vielleicht wieder sein, wenn die Restauratoren den Staub der Jahrhunderte entfernt hätten. Dieser alte König mußte einmal ein mächtiger Herrscher gewesen sein, um solch ein erlesenes Gewand zu rechtfertigen. Es fiel ihm in fließenden Falten um die Beine. Ein Jammer, daß die Federn so schmutzig geworden waren.

Die Federn?

Sie sah genauer hin. Was sie für Federn gehalten hatte, waren überhaupt keine Federn, sondern ein Haufen Insektenschalen, die von einer steilen Schräge vom Thron gefallen waren. Winzige vertrocknete Leichen. Bleiche Knochen kleiner Tiere lagen zwischen den leeren Hüllen in kleinen Haufen rings um den Thron und in Garben an den dunkleren Armen der Mumie.

Ein Windhauch wehte durch die Kammer und wirbelte Staub auf. Die Federn in der Krone raschelten. Nickte der maskierte Kopf? Oder spielten Licht und Wind ihren Augen einen Streich?

Nakaguchi drehte sich zu ihnen um.

»Meine Herren, meine Dame, darf ich Ihnen den Herrn des Windes vorstellen? Sein Wind wird ein Wind des Wandels sein, und er wird unsere Segel auf unserer Fahrt in die Zukunft blähen.«

Pamela kam der Windhauch sehr, sehr kalt vor.

*

Er bemerkte die Anwesenheit anderer in der Nähe.

Zeit war vergangen.

Viel Zeit.

Wieviel, wußte er nicht.

Er war schwach.

Sehr schwach.

Ihre Auren brannten wie entfernte Feuer in der Nacht. Winkten ihn zu sich. Er tastete danach, wobei er sich seiner Schwäche nur allzu bewußt war. Er war begierig, hungrig. Er hielt inne.

Die Aura des nächsten von ihnen war anders. Zuerst war er nicht sicher, warum, dann verstand er.

Dieser trug das Zeichen.

Sein Drang würde unerfüllt bleiben. Einstweilen. Der Hunger war stark, aber sein Wille war stärker. Er hatte so lange gewartet.

Er konnte noch etwas länger warten.

*

Officer Shirley Hamett öffnete die Tür ihres GM Urban Patroller und sah sich um, bevor sie ausstieg. Außerhalb der getönten Perspex-Fenster sahen die Dinge auch nicht besser aus. Irgendetwas war passiert, seit sie auf ihrer Streife zuletzt hier vorbei gefahren war. Was es auch war, die ganze Gegend sah demolierter aus, als es für diesen Abschnitt urbaner Fäulnis üblich war. In einem Müllhaufen, der sich wie eine Lawine aus der Gasse hinter dem alten Lagerhaus von Mallon Brothers ergoß, brannte ein Feuer. Das Feuer machte die Gasse für sie zu einem Mysterium. Die Infrarot-Schaltkreise ihres Tsurei ComEye-Helms wurden mit der Hitze nicht fertig. Der gewöhnliche Schaltkreis war nicht viel besser, jedenfalls nicht aus diesem Blickwinkel.

Sie stieg aus dem Wagen und lauschte.

Stille. Sie Straßen waren still und leer. Das Nichtvorhandensein von Straßenleben war das eindeutigste Anzeichen dafür, daß hier etwas vorgefallen war. Die einzige für sie erkennbare Aktivität war der knisternde Müllbrand. Wo also fand der Kampf statt, der gemeldet worden war?

»Hier spricht eins-Zulu-zwölf«, sprach sie in ihr Helmmikrofon. »Ich bin am Tatort, Ecke Harris und Lovatt. Hier ist alles ruhig. Over.«

»*Zzzchk* Zulu *crkkkk. Kckckzz* Dienstleiter. Wir haben kein Bild. *Bzzzz.*«

Na, so eine Überraschung. Es hatte den Anschein, als versagten die verdammten Tsurei ComEye-Helme öfter, als sie funktionierten. So viel zur militärischen Spitzenqualität. Sie wußte, es half auch nichts, daß sie sich ganz in der Nähe der alten Bahngleise befand, so daß sich ein Haufen Gebäude zwischen ihr und dem Tower befanden. Aber das milderte ihren Ärger in keiner Weise. Die verdammten Konzerne glaubten, sie konnten ihren ganzen alten Schrott an die Cops verscherbeln, nur weil die für die Regierung arbeiteten und es der Regierung gleichgültig war, was sie kaufte, solange die Konzerne immer hübsch Schmiergelder zahlten. Und die Medien behaupteten, die *Cops* seien korrupt.

Natürlich half es auch nicht, daß Fumble Freer an der Dienstleiterkonsole saß. Freer war auf technischem Gebiet eine Katastrophe. Wahrscheinlich hatte er wieder Kaffee auf die Tastatur geschüttet oder sein Unterhaltungsprogramm mit den Dienstkanälen gekoppelt und damit das System lahmgelegt.

»Hier spricht eins-Zulu-zwölf. Versuche einen anderen Kanal. Geben Sie durch, wenn etwas ankommt.«

»*Zzzchkzz*-zwölf. Immer noch nich-*ikkkk crkkkk.*«

Na großartig. Warum hatten sie hier keine Laser-Satellitenverbindung wie im Baltimore-Washington-Sprawl? Wahrscheinlich deshalb, weil es nicht die Art halbherzige Lösung gewesen wäre, wie sie die ach so klugen Politiker der New-England-Kooperative bevorzugten.

Herumzumaulen brachte sie auch nicht weiter. »Dienstleiter, ich sehe mich mal um.«

»*Nkatck*, eins-Zulu-zwölf. *Bzz-chratckkk. KKanzz* [knack] *xck* Verstärkung unterwegs.«

»Wiederholen, Dienstleiter. Wie war das mit der Verstärkung?«

Knistern und Rauschen.

Das war der Lauf der Dinge. Verstärkung waren Leute und Ausrüstung, auf die man sich verlassen konnte. Man mußte damit arbeiten, worauf man zählen konnte. Auf Freers Versprechen, daß weitere Streifenwagen unterwegs seien, verließ sich ein schlauer Officer nicht. Wenn sie wartete und die versprochene Verstärkung nicht auftauchte, war sie diejenige, die erklären mußte, warum sie so viel Zeit untätig verbracht hatte. Die hohen Tiere hatten für furchtsame Officers nichts übrig, insbesondere für furchtsame weibliche Officers.

Shirley schaltete ihr Sprechgerät auf den Kanal ihres Wagens um. »Hey, Partner, sorg mal für etwas Licht hier. Lass es hoch einfallen.«

Ihre Verbindung zum Spatzenhirn des Patroller war gut. Dafür hatte sie gesorgt. Die Miete für das Spatzenhirn bezahlte sie aus eigener Tasche, aber das Geld war gut angelegt.

Kies knirschte unter den Reifen, als der Patroller sich drehte und die Scheinwerfer auf sie richtete. Der Streifenwagen war nicht zu groß, aber sein Computer würde dessen Einfahrt in die Gasse nicht zulassen. Die Bewegungssteuerung war nicht differenziert genug, eine weitere Sparmaßnahme. Dennoch, der Wagen konnte sich vor der Einmündung postieren und sie versperren, während er ihr gleichzeitig Unterstützung zukommen ließ. Die Scheinwerferlichter des Streifenwagens hoben sich etwas und überfluteten die Gasse mit Tageslicht, so daß scharf umrissene Schatten auf das Gebäude geworfen und die Flecken der Dunkelheit weiter in die Gasse gedrängt wurden. Etwa in der Mitte der Gasse huschte etwas aus dem jähen Lichtkegel. Die Filter in ihrem Visier paßten sich noch immer an – und sie sah es nicht sonderlich gut.

Zu groß für Ratten.

Noch jemand war in der Nähe. Vielleicht ein Zeuge. Sie sollte es eigentlich herausfinden. Sie umging das Feuer und betrat die Gasse.

Nach gut fünf Metern stieß sie auf die erste Leiche. Der Mann trug eine zerfetzte Kunstlederjacke der Bestien. Die Bestien waren eine mächtige Gang in diesem Bezirk. Wer immer sich auch mit ihnen angelegt hatte, er forderte den Ärger geradezu heraus. Sie hoffte, dies war nicht der Beginn eines Bandenkrieges.

Die zweite Leiche war ebenfalls eine Bestie. Ebenso wie die dritte. Sie zählte ein halbes Dutzend und nicht ein einziges anderes Opfer. In einer der Leichen erkannte Shirley Mag Quidellia, einen der härtesten Krieger der Bestien. Es würde mit Sicherheit einen Krieg geben.

Doch wer konnte so eine starke Abordnung der Bestien angegriffen haben und ohne eigene Verluste davongekommen sein?

»Hey, hey, die Lichter machen ganz kribblig«, sagte eine Stimme aus der Dunkelheit.

Sie drehte sich um und suchte den Sprecher. Trotz ihrer Sehhilfen war es nicht leicht, ihn zu entdecken. Er war ein Schatten im Schatten eines Müllcontainers.

»Komm raus, wo ich dich sehen kann«, befahl sie. Sie griff nicht nach ihrer Waffe. Das wäre verfrüht gewesen.

Der Bursche, der hervorkam, war ein dunkelhäutiger, schlaksiger Typ, der sich mit überraschender katzenhafter Gewandtheit bewegte. Shirley öffnete den Schutzriemen an ihrem Waffenhalfter. Der Bursche trug eine ärmellose Bestienjacke. Dem Sitz nach zu urteilen, war es nicht seine.

Als er vortrat, hob er eine langfingrige Hand mit spitzen Nägeln, die im Licht glänzten. Implantate? Er drehte die Hand in den Scheinwerferstrahlen des Patroller hin und her. »Es brennt irgendwie, weißt du. Verdirbt mir die Laune. Gibt mir so ein Gefühl, als sollte jemand dafür leiden, daß die Nacht zum Tag gemacht wird. Ist nicht richtig, weißt du. Die Welt hat eine anständige Ordnung. Ist nicht richtig, diese Ordnung durcheinander zu bringen. Wir haben's nicht gern, wenn Leute die anständige Ordnung durcheinander bringen. Hab ich recht?«

Knirschende Stimmen murmelten zustimmend, da noch mehr schlaksige Gestalten aus den Schatten rings um Shirley traten. Es waren acht oder neun. Sie war nicht sicher, was für Kleidung sie trugen. Irgendwie war es schwierig, sie richtig zu erkennen. Das bedeutete Ärger. Sie hoffte, Freer hatte nicht nur heiße Luft abgelassen, als er ihr Unterstützung versprach. Sie brauchte Hilfe. Sie mußte Zeit gewinnen, damit die Hilfe sie auch erreichen konnte.

»Anständige Ordnung? Nennt ihr Burschen euch so?«

Ihr Gelächter war wie das Kreischen von Metall auf Metall. Sie grinsten sie an, und ihre Zähne spiegelten das Licht, Zähne, die spitz zugefeilt waren. Alle trugen rote Wollmützen als Gangfarben und alle hatten sich verstümmelt. Die Burschen gehörten offenbar zur ganz harten Sorte, aber sie hatte noch nie etwas von dieser Gang gehört.

»Wir sind neu in der Stadt«, sagte einer der Burschen. »Wollen unseren Spaß haben. Kannst du uns zeigen, was Spaß macht?«

Sie zog ihre Waffe. »Ich glaube, ihr solltet vielleicht woanders suchen.«

Sie lachten sie aus.

Ohne Warnung warf sich einer von ihnen auf sie, flog ihr mit ausgestreckter Krallenhand entgegen. Sie reagierte. Die Arisaka Enforcer bockte in ihrer Hand. Die Filter in ihrem Helm dämpften den Knall der Waffe. Sie wußte, daß sie den Burschen getroffen hatte. Sie wußte auch, daß die 10mm-Kugel seinen Flug nicht aufhalten würde. Sie warf sich zurück und konnte ihm gerade noch ausweichen. Sie spürte, wie seine Krallen über ihre Arm-R-Plast-Weste kratzten.

Die anderen standen da und sahen zu, wie er auf den Asphalt der Gasse schlug.

»Das wollt ihr doch ganz sicher nicht«, sagte sie zu ihnen. Sie lachten sie wieder aus. Gott im Himmel, sie hatte es mit Ausgeflippten zu tun.

Der Bursche, der sie angesprungen hatte, kam langsam wieder auf die Beine. Ganz zweifellos Ausgeflippte. Knurrend stakste er auf sie zu. Sie erschoß ihn noch einmal. Er wurde herumgewirbelt und landete mit dem Gesicht auf dem Asphalt, blieb aber nicht lange liegen. Er kam lachend wieder auf die Beine.

Sie saß mächtig in der Scheiße.

Er tänzelte vor ihr hin und her und machte Luftsprünge und Kapriolen. »Zu stark für dich. Viel zu stark! Viel, *viel* zu stark«, krähte er.

Dann fielen die anderen über sie her und sie kämpfte um ihr Leben.

»Sie greifen einen Gesetzeshüter an«, dröhnte es aus dem Lautsprecher ihres Patroller. »Stellen Sie den Angriff sofort ein. Ihr Verhalten wird aufgezeichnet und vor Gericht gegen Sie verwendet werden. Stellen Sie den Angriff sofort ein. Sie greifen einen…« Der Wagen leierte weiter seine Sprüche herunter. Mehr konnte der

Patroller nicht. Die NEK hatte die teureren, bewaffneten Versionen nicht genehmigt.

Krallen zerfetzten ihre Uniform und bohrten sich in ihr Fleisch. Sie rissen ihr den Helm vom Kopf und nahmen dabei ein Stück von ihrem Ohr mit. Dabei sah sie zum ersten Mal ihre Gesichter aus der Nähe. Gott im Himmel, das waren keine Menschen! Zähne gruben sich in ihre Kehle.

»Officer außer Gefecht«, meldete der Patroller. Es war das letzte, was Shirley hörte.

Kapitel 3

Chardonneville war ein winziges Dorf nördlich von Metz. Seit siebenhundert Jahren hatte niemand mehr dort gewohnt, bis ein exzentrischer Milliardär namens Gourgaud beschlossen hatte, es zu seinem Eigentum zu machen. Er hatte sich ein idyllisches Dörfchen als rustikale Zuflucht anlegen wollen, als eine Art Asyl vor dem einundzwanzigsten Jahrhundert. Doch die Ausschachtungsarbeiten hatten ein mittelalterliches Dorf und darunter eine noch ältere Siedlung zu Tage gefördert. Vor zwölf Jahren waren die Ausgrabungen in archäologischen Kreisen eine Sensation gewesen. Es hatte Tagungen und Ausstellungen gegeben. Man hatte sogar ein Museum *in situ* in Erwägung gezogen, aber Gourgaud hatte davon nichts hören wollen. Er sorgte dafür, daß in der gesamten Gegend alles ausgegraben wurde, was vorhanden war, bis nichts mehr im Boden und alles kartografiert, katalogisiert und konserviert war. Ein Teil des Materials wanderte nach Aachen, aber das meiste wurde nach Cluny verschifft. Gourgaud hatte die Ausgrabung, Katalogisierung und Veröffentlichung finanziert, dabei aber einen Vertrag aufgesetzt, in dem festgelegt wurde, daß die Arbeit am Chardonviller Material überall, nur nicht in Chardonville stattfinden dürfe und keine weiteren Ausgrabungen erlaubt seien. Er wollte kein Museum und keine Touristen. Also sorgte er dafür, daß es dort nichts mehr gab, was für sie von Interesse war. Er wollte, daß man seine winzige Domäne in Ruhe ließe.

Doch Gourgaud starb, bevor er die Gelegenheit

bekam, in sein kleines Dorf zu ziehen. Die Leute, die er als Bewohner seiner kleinen Domäne eingestellt hatte, waren bereits eingezogen, und als bekannt wurde, daß der Träumer gestorben war, packten viele von ihnen ihre Sachen und gingen, einige aber blieben auch, da ihnen das idyllische Landleben gefiel. Aus Chardonneville war ein gewöhnliches verschlafenes kleines Dorf geworden, zu klein, um außer für seine Bewohner noch für irgendwen von Interesse zu sein. Die Medienberichte über die Ausgrabungen waren mittlerweile vergessen. Chardonneville blieb ein geachteter Name in einem kleinen Kreis archäologischer Koryphäen, aber an der kitschigen kleinen Nachbildung eines mittelalterlichen Weilers, die der Milliardär gebaut hatte, lag ihnen wenig. Sie hatten die Funde, die Lagepläne, die Daten und die Karten – welches Interesse blieb da noch für das Phantasiedorf eines Milliardärs?

Chardonnevilles Geschichte war interessant, eine nette kleine Mär über die Exzentrizitäten der Reichen.

Sie war außerdem eine Lüge.

Chardonneville mochte wie ein gewöhnliches Dorf aussehen, aber da es von Anfang an geplant war, gehörte jede Person, die dort lebte, dem Geheimdienst der Europäischen Gemeinschaft oder der Familie eines Agenten an. Das verschlafen wirkende Dorf war die Tarnung für den unterirdischen Komplex des europäischen Hauptquartiers der Abteilung M, einer geheimen Einrichtung, die sich der Aufgabe verschrieben hatte, die Mysterien der Magie und die Helden aus uralter Zeit, deren Erwachen ein neues Zeitalter anzukündigen schien, zu erforschen und beherrschen zu lernen.

Elizabeth Spae arbeitete für die Abteilung M. Eine Situation, die zu ändern sie in Erwägung zog, und das nicht zum ersten Mal.

Die Beleuchtung war grell und schmerzte ihre

Augen. Sie wußte, daß man ihr dieses Unbehagen absichtlich bereitete, weil sie sich nach jeder der vorangegangenen Sitzungen beschwert hatte. Das Licht war von der Art, wie es bei Gefangenenverhören Verwendung fand, und blieb, wie es war, grell und unangenehm. Sie war zwar keine Gefangene, aber dies war mit Sicherheit ein Verhör, das dritte in ebenso vielen Wochen, seit sie und Holger Kun nach Chardonneville zurückgekehrt waren.

Spae gefiel es nicht, verhört zu werden. Ihr gefiel weder der grelle Schein der Lampen noch deren Gluthitze. Ihr gefiel auch nicht der schroffe Widerhall der harten Wände und der kalte Boden unter den Füßen. Und ihr gefiel nicht, daß sie die Fragesteller nicht sehen konnte, die sich hinter den Wänden verbargen.

Sie wußte, daß Magnus' gesamtes Team im Schatten hinter jenen Lampen versammelt war. Sie hatte sie alle gesehen, bevor sie die blendenden Lampen einschalteten: Reinholt Gere, Doktor Essenbach, L'Hereaux, den unerträglichen Dagastino und Magnus selbst. Weil *er* anwesend war, blieb sie. Von ihnen allen nötigte nur er ihr Respekt ab. Aber alles hatte seine Grenzen, und sie wußte nicht, wie lange sie sich diese Behandlung noch gefallen ließe. Dennoch hörte sie zu, als Magnus seine Kollegen unterbrach und zum ersten Mal selbst das Wort an sie richtete.

»Dr. Spae, Ihr unvermindertes Beharren, der amerikanische Schläfer sei König Arthur, bringt die Abteilung in eine schwierige Lage.«

Im grellen Licht und in der Hitze der Lampen war Elizabeth Spae nicht sonderlich beeindruckt von der schwierigen Lage der Abteilung. Wie schwierig war es, sich mit der Realität abzufinden und zuzugeben, daß sie sich in Bezug auf König Arthur geirrt hatten? Angeblich sollte die Abteilung Schläfer finden und ihnen dabei helfen, sich ans einundzwanzigste Jahrhundert zu gewöhnen, und nicht so tun, als seien sie Hochstapler, weil es peinlich war, einen Fehler einzugestehen. »Alles, was ich zu sagen habe, steht in meinem Bericht. Und er heißt übrigens Artus.«

»Wie er sich nennt, ist eigentlich unwichtig. Ist er der Mann, den die Legende als König Arthur kennt, oder ist er es nicht?«

»Ich glaube, er ist es.«

»Hier geht es nicht um Glaubensfragen«, entgegnete Dagastino. »Hier geht es um Fakten. Was Sie *glauben*, ist unerheblich. Wir brauchen Beweise.«

»Könnten Sie uns doch nur ein überzeugendes Indiz anbieten.« Spae sah Essenbachs besorgte Miene beinahe vor sich. Essenbach war eine Magierin, noch dazu eine recht gute. Von ihnen allen mußte sie sie eigentlich am besten verstehen. Die anderen *beobachteten* lediglich die Zunahme der Magie auf der ganzen Welt. Sie hingegen vermochte sie wie Spae zu spüren. Spae hatte Mühe zu verstehen, wie Essenbach sich an dieser sinnlosen und empörenden Fragerei beteiligen konnte, da doch die wichtige Arbeit auf sie wartete, der Magie Zügel anzulegen. Fiel das nicht ebenso in den Aufgabenbereich der Abteilung wie die Entdeckung und Bergung der Schläfer?

»Sie wissen, daß unsere Mittel weitestgehend erschöpft sind, Doktor.« Gere redete mit einer gewollten Langsamkeit, die Spae an einen ihrer Universitätsprofessoren erinnerte. Dieser Professor hatte auch sehr gerne Vorträge gehalten. »Wir können es uns nicht leisten, Phantomen nachzujagen. Wenn dieser Schläfer Arthur ist, brauchen wir ihn.«

»Wir brauchen alle Schläfer«, sagte L'Hereaux. Seine brüske Stimme kam von links. Er hatte sich seit seiner letzten Bemerkung bewegt. »Wenn dieser Mann Arthur ist, muß die Abteilung ihn haben.«

Spae konnte den Sicherheitsmann nicht besonders

gut leiden. Sie mißtraute den Motiven, die hinter seinem Bestreben steckten, sich Zugang zu den Schläfern zu verschaffen. »Wegen des Propagandawerts, oder schwebt Ihnen etwas anderes vor?«

»Wir tun das zum Wohle der ganzen Welt. Die Bedrohung, mit der wir es zu tun haben…«

»Ist im wesentlich nicht näher umrissen«, stellte Spae fest. Alle waren einigermaßen sicher, daß die Schläfer erweckt wurden, um einer großen Gefahr entgegenzutreten, und folglich versuchte die Abteilung, jedes Schläfers habhaft zu werden, den sie finden konnte. Das Problem lag darin, daß niemand – die Schläfer eingeschlossen – wußte, wie die Gefahr aussah, der sie angeblich entgegentreten sollten.

»Umso mehr ein Grund, diesen Schläfer zu finden. Wenn er Arthur ist…«

»Was nach wie vor zu beweisen wäre«, beharrte Dagastino.

»Holger Kun wird bestätigen, daß er der echte Artus ist«, sagte Spae.

»Selbst wenn er das zuverlässig beurteilen könnte, Agent Kun ist nicht in der Verfassung, irgend etwas zu bestätigen.«

Spae wandte sich in die Richtung, aus der Dagastinos körperlose Stimme kam. Wo war Kun überhaupt? Warum war er nicht hier? Was das betraf, warum hatte er an keiner der Sitzungen teilgenommen? »Was soll das heißen, er ist nicht in der Verfassung?«

»Er hatte einen Zusammenbruch«, beantwortete Gere die Frage.

Spae war entsetzt. »Einen was? Er ist ein Mann fürs Grobe. Männer fürs Grobe haben keine Nervenzusammenbrüche.«

»Der Ausflug in die Anderswelt…«

»Oder was tatsächlich vorgefallen ist«, warf Dagastino ein.

»... hat ihn erschüttert«, beendete Gere den Satz.

Das war nicht weiter überraschend. Sie selbst war ebenfalls erschüttert gewesen. Kun haßte Magie und alles, was mit ihr zusammenhing, aber er kam damit zurecht, und zwar sehr gut – weil er ein absoluter Profi war. Dafür bewunderte sie ihn. Ein Nervenzusammenbruch? »Als ich ihn zuletzt gesehen habe, war seine Verfassung ausgezeichnet.« Vor ihrem ersten Verhör. Und vor seinem?

»Mr. Kun ist in guten Händen, Doktor«, versicherte ihr Magnus. Davon hätte sie sich gern persönlich überzeugt, aber anstatt dieses Thema jetzt zu vertiefen, ließ sie Magnus fortfahren. »Mr. Kun ist nicht der Grund für unser Hiersein. Sie sind es, Doktor. Oder vielmehr der Schläfer, mit dem Sie Kontakt hatten. Allem Anschein nach war seine Erweckung sehr wichtig.«

»Er ist nicht Arthur«, warf Dagastino ein.

»Ich wünsche gegenwärtig keine Debatte über seine Identität«, sagte Magnus, wenngleich er sich nicht so anhörte, als halte er dieses Thema für unwichtig. »Wer er auch ist, eines ist klar. Seit seiner Erweckung ist die Anzahl übernatürlicher Vorkommnisse angestiegen. Über die Welt ist mehr Magie gekommen – und damit müssen wir uns beschäftigen. Wir müssen uns mit der Wiederentdeckung dieses Schläfers beschäftigen.«

»Wenn das Ihr wahres Anliegen ist, warum stören Sie dann ständig meine Arbeit? Lassen Sie mich meine Rituale vervollständigen. Ich glaube, ich kann ihn ausfindig machen.«

»Ihre Rituale sind unerprobt«, warf Dagastino ein. »Und stehen auf äußerst wackligem theoretischem Boden.«

»Was wissen Sie davon, Dagastino? Sie können nicht einmal Beschwörungen von Abschwörungen unterscheiden.«

»Das ist unerträglich«, zischte Dagastino. Der Mann war ein Stachel in ihrem Fleisch, seit die Abteilung sie angeworben hatte. Sie waren einander vom ersten Augenblick an unsympathisch gewesen. Aber die Verachtung für ihn hatte sich erst eingestellt, nachdem sie ihn ausgiebig in Aktion gesehen hatte. Spae konnte sich lebhaft vorstellen, wie er rotgesichtig und mit vorquellenden Augen hinter den Lampen stand und sich am Rande eines Entrüstungsanfalls befand. Es war ein schwacher Trost. »Ich habe es nicht nötig, hier zu sitzen und mich von dieser Frau beleidigen zu lassen. Sie war auch schon vor dieser amerikanischen Angelegenheit eine ausgewiesene Unruhestifterin. Sie ist unzuverlässig, unfähig…«

»Das reicht, Dr. Dagastino«, schritt Magnus ein. »Dr. Spae, man hat mich davon in Kenntnis gesetzt, daß es gewisse Möglichkeiten gibt, Ihrem Gedächtnis auf die Sprünge zu helfen. Vielleicht können sie sich unter einer derart kontrollierten Befragung an weitere Einzelheiten erinnern.«

Dagastinos Stimme zuckte hinter der Lichtbarriere hervor wie eine Waffe. »Pentatell wird uns die Wahrheit verraten.«

Pentatell! »Haben Sie das mit Kun gemacht?« Sie hatte einiges über die Nebenwirkungen und Schäden gelesen, die die Droge hervorrufen konnte. Angeblich war sie für stabile Persönlichkeiten ungefährlich, aber keiner der Artikel hatte stabil genauer definiert.

»Wir haben gar nichts mit Mr. Kun gemacht«, sagte Magnus.

Konnte sie das glauben? »Bei unserer Rückkehr hierher war er in sehr guter Verfassung.«

»So sah es aus«, sagte Gere. »Agent Kun scheint jedoch unter einem verzögerten Trauma zu leiden, dessen Ursache zumindest teilweise sein Ausflug in die Anderswelt ist. Man hat mir gesagt, daß solch eine Reaktion unter Berücksichtigung seines Lebenslaufs verständlich ist.«

Sie kannte Kuns Lebenslauf ebenfalls und hatte gesehen, wie gut er in der Anderswelt zurechtgekommen war. Diese Bastarde hatten ihm etwas angetan. Es konnte nicht anders sein. Zumindest würden sie ihm Pentatell gegeben haben. Er würde es genommen haben, falls sie es von ihm verlangt hatten. Er war ein guter Soldat. Ihre Hochachtung vor Magnus' Führungsqualitäten wurden geringer.

Nun, Kun mochte ein guter kleiner Soldat sein, aber Spae war überhaupt kein Soldat, weder ein guter noch sonst einer.

»Ich nehme keine Drogen.«

»Bedenken Sie Ihre Situation, Doktor.« Magnus klang sehr vernünftig. Spae hatte kein Interesse daran, vernünftig zu sein, wenn das gleichbedeutend damit war, sich Chemikalien verabreichen zu lassen. »Wir können Sie nicht zwingen…«

»Verdammt richtig!«

»…aber ich wünschte, Sie würden an den größeren Zusammenhang denken. Wir brauchen eine Bestätigung, und die Anzahl unserer Quellen ist begrenzt. Mr. Kun hat seine uneingeschränkte Zusammenarbeit angeboten, aber sein Zustand war ein Problem. Sie geben selbst zu, ungewöhnliche und surreale Phänomene erlebt zu haben. Ziehen Sie auch die Möglichkeit in Betracht, daß Sie selbst das Opfer eines verzögerten Traumas sein könnten. Die Auswirkungen eines Transfers in die Anderswelt sind unbekannt. Selbst unter Mißachtung der möglichen Auswirkungen der Gehirnerschütterung, die Sie sich beim Feuergefecht mit den Agenten Mitsutomos zugezogen haben, sind Ihre Erinnerungen suspekt. Wir brauchen eine Verifizierung.«

»Wir brauchen *Fakten*«, warf Dagastino ein.

»Bedenken Sie Ihre Situation, Dr. Spae. Nur Sie und Mr. Kun scheinen den Ausflug…«

»Den angeblichen Ausflug«, unterbrach Dagastino.

Magnus setzte seine Ansprache nach einem unmerklichen Zögern fort. »Sie sind einer von zwei Besuchern der Anderswelt, zu denen wir Zugang haben. Mr. Kuns bedauerlicher Zustand macht ihn als Informationsquelle praktisch nutzlos. Was den Rest Ihrer Reisegesellschaft betrifft, so sind alle tot oder vermißt. Dieser Bennett, der Elf…«

»Der *angebliche* Elf.« Wiederum Dagastino.

Magnus räusperte sich. »Bennett ist in der Anderswelt geblieben. Harold Black ist tot. Über den Verbleib des Schläfers haben wir keinerlei Kenntnisse. John Reddy, von dem Sie behaupten, er habe Sie in die Anderswelt begleitet und überlebt, gilt offiziell als tot, bei der Erweckung des Schläfers ums Leben gekommen.«

Das waren alles alte Kamellen. »Das habe ich bereits erklärt. Ich habe das bereits in meinem Vorbericht erwähnt. Es war nicht seine Leiche.«

»Wessen Leiche war es dann, Dr. Spae?« fragte L'Hereaux. »In den Computeraufzeichnungen ist von einer hundertprozentigen Übereinstimmung der körperlichen Merkmale der Leiche mit denjenigen die Rede, die in John Reddys Profil aufgelistet sind.«

»Die Leiche war die eines Normalsterblichen«, sagte Dr. Essenbach. »Es gab keinerlei Anzeichen für eine Verbindung mit dem Übernatürlichen, sieht man einmal von der Todesursache ab. Sagten Sie nicht, Reddy habe behauptet, der Sohn eines Elfenlords zu sein?«

»Bennett hat das behauptet«, berichtigte sie.

»Bennett? Der Elf?« L'Hereauxs argwöhnischer Tonfall bezichtigte sie praktisch der Lüge.

»Ja, der verdammte Elf!«

»Dann hat Reddy selbst nichts von einer derartigen Abstammung gesagt?«

»Er glaubte, was Bennett sagte.«

»Aber Sie glauben es nicht?«

Glaubte sie es? Reddy hatte nicht wie ein Elf ausgesehen, war aber von einer Aura der Magie umgeben gewesen. »Ich weiß es nicht. Ich halte es nicht für ausgeschlossen.«

»Konnten Sie seine Aura nicht lesen?« fragte Dagastino boshaft.

L'Hereaux ließ sie gar nicht erst zu Wort kommen. »Würden Sie sagen, daß Sie mit diesem Mr. Bennett auf gutem Fuß stehen?«

»Nach allem, was vorgefallen ist? Ich glaube kaum.«

»Dann haben Sie einen Kontakt mit einer hochgestellten Persönlichkeit der Anderswelt für die Abteilung verspielt.«

»*Ich* habe gar nichts verspielt.«

»Ach nein? Wer war es dann? Sie waren unsere Spezialistin an Ort und Stelle, Doktor. Wer hatte denn sonst die Verantwortung? Wo befindet sich der Schläfer? Wo ist Reddy?«

Warum war L'Hereaux so ein Quälgeist? Sie hatte all diese Fragen längst beantwortet. »Ich weiß es nicht.«

»Wissen Sie es nicht, oder wollen Sie es nur nicht sagen?«

Lieber Gott, der Mann ließ einfach nicht locker. »Ich *sagte* doch, ich weiß es nicht.«

»Wissen Sie, wer sonst noch in diese Angelegenheit verwickelt ist? Haben Sie Verbindungen zu Interessen von außerhalb, Doktor?«

Also ritten sie jetzt wieder darauf herum. »Sie meinen Mitsutomo?«

»Ich stelle hier die Fragen, Doktor«, sagte L'Hereaux grob. »Welche Rolle spielt Mitsutomo in dieser Angelegenheit?«

»Woher soll ich das wissen? Ich stehe nicht auf ihrer Lohnliste. Nach allem, was ich erlebt habe, scheinen sie eine eher feindselige Einstellung Artus gegenüber zu haben.«

»Und was könnte der Grund dafür sein?«

»Fragen Sie Mitsutomo!«

»Wir fragen Sie, Doktor.« L'Hereauxs Stimme klang unangenehm gelassen.

»Mir gefällt nicht, was Sie da anklingen lassen.«

»Mir auch nicht, Doktor. Mir auch nicht. Mitsutomo scheint mehr zu wissen, als dies eigentlich der Fall sein dürfte. Woran mag das liegen? Agent Kun schien zu glauben, sie hätten eine geheime Informationsquelle.«

Die Abteilung konnte nicht jede kleinste Information über das Wiederaufleben der Magie in der Welt kontrollieren. Mitsutomo war ein mächtiger Megakonzern. Ohne gescheite Köpfe konnte ein Konzern nicht groß werden – und gescheite Köpfe zogen entsprechende Schlußfolgerungen, wenn sie mit Indizien konfrontiert wurden. Wer konnte auch nur ahnen, was sie wußten? »Hören Sie, ich weiß über Mitsutomo lediglich, daß sie Reddy und Black entführt und Black einen Sender eingepflanzt haben. So konnten sie uns in die Anderswelt folgen.«

»Aber Sie haben nicht erklärt, wie Sie es geschafft haben, die Kluft zwischen den Welten zu überbrükken«, sagte L'Hereaux.

»Man braucht einen Magier zur Überbrückung der Dimensionen«, fügte Dagastino hinzu.

»Was wissen Sie davon? Haben Sie es je getan?« fragte Spae verächtlich.

»Ich fürchte, ich muß Dr. Dagastino zustimmen«, sagte Essenbach. »Ein Magier ist unbedingt nötig. Wir besitzen nicht die Fähigkeit, die Dimensionen mit bloßer Technologie zu überbrücken.«

»Hören Sie, ich weiß nicht, wie sie es getan haben, aber sie haben es getan. Mitsutomo hat ein Team in die Anderswelt gesandt und versucht, Artus zu töten.

Außerdem hat ein Überfall auf die Stätte der Erwekkung stattgefunden. Vielleicht war das auch eine Aktion Mitsutomos. Ich habe Ihnen bereits gesagt, daß ich keine Ahnung habe, woher sie von Artus wissen und warum sie ihn umbringen wollen. Ich habe nichts mit ihnen zu tun.«

»Das behaupten Sie«, sagte Dagastino.

L'Hereaux trat an den Rand des Lichtkreises und wurde zu einer erkennbaren Silhouette. »Agent Kuns Bericht bestätigt den Überfall und den Sender. Wir wissen, daß Mitsutomo zumindest teilweise über den magischen Aufschwung im Bilde ist.«

»Wie wäre das möglich, wenn nicht *jemand* sie informiert hätte?« Dagastinos Tonfall ließ keinen Zweifel daran, wer dieser Jemand seiner Ansicht nach war.

»Beschuldigungen sind gegenwärtig nicht angebracht«, sagte L'Hereaux. »Mitsutomo ist in die Sache verwickelt. Bedenken Sie die Konsequenzen: ein Megakonzern, der sich der Schläfer und dessen bewußt ist, was sie darstellen. Das könnte einschneidende Folgen haben. Mitsutomos Interessen sind nicht die Interessen der Welt.«

»Da wäre noch dieser Sörli«, sagte Gere. Das war neu. In den vorherigen Sitzungen hatten sie Sörli nicht zur Sprache gebracht. »Seine Beteiligung beunruhigt mich, Dr. Spae. In einem von Agent Kuns Berichten hieß es, Sie hätten Sörli in Worchester identifiziert, und zwar kurz vor der Erweckung des Schläfers. Ist das korrekt?«

»Korrekt.« So steht es auch in meinem Bericht.

»In Ihrem Abschlußbericht wird er nicht mehr erwähnt. Wie kommt das, Doktor?«

»Wir haben ihn nicht wiedergesehen.«

»Ich finde es äußerst interessant, daß Sie Sörli zu Beginn dieser Affäre begegnet sind und dann nie wieder«, sagte Dagastino.

Gere räusperte sich. »Wie soll ich es ausdrücken? Solch eine Begegnung ist unter Berücksichtigung unserer bisherigen Erfahrungen mit diesem Mann uncharakteristisch.«

L'Hereaux meldete sich hinter ihr zu Wort. Er hatte wieder seinen Aufenthaltsort gewechselt. »Sörli hat mehr als einmal unsere Absichten durchkreuzt. Wir müssen die Möglichkeit in Betracht ziehen, daß er den Schläfer in seiner Gewalt hat. Halten Sie das für möglich, Dr. Spae?« Er hielt inne, dann sprach er von einer anderen Stelle weiter. »Vielleicht hat Sörli Sie davon überzeugt, daß Ihre Interessen eigentlich woanders liegen.«

Spae spürte, wie sie sich innerlich spannte. Wenn Mitsutomo sie nicht requiriert hatte, dann eben Sörli, wie? Man schien sie bereits verurteilt zu haben. »Was wollen Sie damit sagen, L'Hereaux?«

»Ich denke, das ist offensichtlich.«

»Und unangebracht«, sagte Magnus.

»Dr. Spae ist loyal«, sagte Essenbach.

»Bleibt immer noch die Frage nach Sörlis Auftraggebern«, sagte Gere.

»Ich würde meinen, die Antwort darauf ist offensichtlich«, sagte Dagastino. »Mitsutomo.«

Magnus seufzte. »Wenn Mitsutomo Sörlis Arbeitgeber ist, Dr. Dagastino, ist sich der Konzern der Existenz von Magie länger bewußt, als ich es mir auszumalen wage.«

»Ich würde meinen, Sörlis Verbindung mit Mitsutomo kann, wenn sie überhaupt existiert, erst kürzlich zustande gekommen sein«, sagte L'Hereaux. »Ebenso wie andere Verbindungen. Würden Sie mir da nicht zustimmen, Dr. Spae?«

»Um Sörli geht es nicht.« Essenbachs Stimme brach ein wenig. »Können wir vielleicht wieder zur Sache kommen?«

»Aber genau um Sörli geht es«, schnauzte Dagastino. »Besonders darum, ob Spae unter seinen Einfluß geraten ist.«

»Sie können mich mal«, sagte Spae zu ihm.

Dagastino ließ sich zur Abwechslung einmal nicht reizen. »Aber ich glaube, wir haben einen wahrscheinlicheren Schurken zur Auswahl. Bedenken Sie, wie sie sich gegen Agent Kuns Rat mit diesem Elf, Bennett, eingelassen und den Schläfer an die Anderswelt verloren hat.«

Was für ein kleiner Schleimscheißer. Es war ihm egal, welche Argumente er vorbrachte, Hauptsache er konnte ihr damit schaden. »Sie sind also bereit zuzugeben, daß ich tatsächlich in der Anderswelt gewesen bin, wenn Ihnen das gestattet, mich runterzumachen.« Spae sprach weiter und übertönte seine nächste Bemerkung. »Wir wissen nicht, ob Artus in der Anderswelt geblieben ist. Ich denke, er wurde ebenso zurückgeschickt wie Kun und ich, also ist er nicht für uns verloren.«

»Kein Indiz spricht dafür, daß der Schläfer Faery je verlassen hat«, sagte L'Hereaux.

»Die Herrin vom See hat ihr Wort gegeben.«

»Und welchen Wert können wir dem beimessen?«

»Ich habe ihr geglaubt«, sagte Spae mit nachdrücklicher Überzeugung.

»Und deshalb sollen *wir Ihnen* glauben?« Sie konnte sich vorstellen, wie sich Dagastinos Lippen kräuselten. »Sie strapazieren unsere Leichtgläubigkeit, Spae.«

»Und Sie strapazieren meine Geduld«, konterte sie.

»Nicht mehr, als Sie unsere strapazieren.« Magnus schob seinen Stuhl zurück und stand auf, eine Bewegung in den Schatten jenseits des Lichts. »Dr. Spae, in Ihren Berichten stellen Sie einige gewagte Behauptungen in Bezug auf diesen Bennett auf, aber es sind Behauptungen, die Sie nicht erhärten können. Wo ist der Beweis? Ist dieser Elf tatsächlich ein Prinz von Faery?«

»Dieser angebliche Elf.«

»Es reicht, Dagastino!« Etwas ruhiger wandte Magnus sich wieder an sie. »Mr. Kun hat berichtet, er habe Sie beschworen, Ihre Zustimmung zur Expedition in die Anderswelt zu verweigern. Stimmt das?«

»Noch genauso wie beim letzten Mal, als Sie diese Frage stellten.«

Sie war das alles leid, hatte die Spielchen satt.

»Aber Sie sind trotzdem gegangen.«

»In der Tat.«

»Und haben das Unternehmen auch dann noch fortgesetzt, als Mr. Kun zu einem Rückzug in unsere eigene Wirklichkeit riet.«

»Ja.«

»Aus welchem Grund, Doktor?«

»Sie kennen den Grund.«

»Dann wiederholen Sie ihn. Überzeugen Sie *mich*, Doktor.«

Sie seufzte. Der große Mann erwies sich als nicht besser als der Rest. Er war ebenso mißtrauisch und paranoid wie die anderen geworden. Man konnte niemandem vertrauen, der einem mißtraute. Sie hatten den Versprechungen von Lügnern und Zweiflern vertraut.

Sie fühlte sich erhitzt, nicht nur wegen der Lampen. Sie war wütend, sehr wütend. Sie ließ die Gefühle über sich hinweg branden und sammelte ihre Kräfte. Die Hitze der Lampen war sengend. Sie stellte sie sich noch heißer vor, heiß genug, um die Reflektoren zu zerschmelzen. Alle Lampen explodierten mit einem Knattern wie von einem Feuerstoß aus einer automatischen Waffe. Ein paar Sekunden lang schien es so, als sei der Raum in Dunkelheit gehüllt, doch schließlich registrierten ihre Augen wieder die normale Zimmerbeleuchtung. Qualmende und geschwärzte Reflektoren standen in regelmäßigen Abständen herum. Magnus' Leute standen oder saßen reglos da und starrten sie an. Magnus selbst schien nicht belustigt zu sein.

»Ich will wissen, warum Sie auf Bennett gehört haben und nicht auf Ihren Partner.«

Würde er irgendetwas von dem verstehen, was sie ihm sagen konnte? »Wie könnte sich jemand eine Gelegenheit entgehen lassen, tatsächlich die Anderswelt aufzusuchen? Wollen Sie denn gar nicht wissen, wie es dort war, Magnus?«

»Nein«, antwortete er so kalt wie Eis.

»Tja, manche Leute haben etwas mehr intellektuelle Neugier. Würden Sie sich die Gelegenheit entgehen lassen, Dr. Essenbach? *Würden* Sie? Natürlich nicht. Und Sie können sich die Antwort sparen, Dagastino. *Sie* würden die Gelegenheit wahrscheinlich mit Füßen treten, wenn Sie nicht den Segen und die ausdrückliche Erlaubnis aller Menschen in Ihrer Umgebung und insbesondere Ihres Chefs hätten.« Dagastino warf einen nervösen Blick auf Magnus, der ihn aber nicht zur Kenntnis zu nehmen schien. »Verdammt, bis vor kurzem waren wir nicht mal sicher, ob die Anderswelt tatsächlich existiert. Tja, jetzt wissen wir es. Ich war dort. Ich habe sie gesehen.«

»Und sind vielleicht in Ihren Bann geraten?« mutmaßte L'Hereaux.

Sie ging verbal auf ihn los. »Was wissen Sie schon davon? Sie haben doch noch nie mehr Empfindsamkeit für das Arkane an den Tag gelegt als ein Lehmklumpen. Sie und Ihre gottverdammten Leute haben durch ihre Plumpheit mehr okkulte Zeugnisse zerstört, als Sie je sicherstellten.«

»Bitte Doktor…«

Magnus' Tonfall mahnte zur Vorsicht, aber Spae kümmerte das nicht mehr. Sie hatte genug gesehen, um zu wissen, daß die Spionagespielchen nicht aufhören würden. Sie würden höchstens noch schlimmer. Sie war den Argwohn und das Mißtrauen leid. Sie kam auch ohne zurecht. Und auch ohne sie. Und ihre verfluchte Abteilung!

»Ich habe jetzt genug von Ihrem ›Bitte, Doktor‹. Ich habe mich freiwillig bereit erklärt, mit der Abteilung zusammenzuarbeiten, als Sie bei mir angeklopft und mir vorgejammert haben, daß Sie Leute brauchen, die sich mit dem Arkanen auskennen. Und ich habe mit Ihnen zusammengearbeitet. Ehrlich. Nach bestem Wissen. Aber, wissen Sie, als ich sagte, ich würde mit Ihnen zusammenarbeiten, da lag die Betonung auf dem *mit*! Ich bin kein Lakai, und ich bin auch keine Figur, die Sie in Ihren albernen Spielen herumschieben können. Und insbesondere bin ich kein gesichtsloser Arbeitsproll, der sich Ihren Schwachsinn nicht nur bieten läßt, sondern auch noch um mehr bettelt!«

»Doktor, setzen Sie sich«, befahl Magnus.

»Nein! Es reicht mir! Sie können Ihre ganze verdammte Abteilung nehmen und sie sich sonstwohin stecken!«

Ihre Blicke irrten hektisch durch den Raum. Dagastino und Gere waren noch benommen. Essenbach sah entsetzt aus. L'Hereaux war der einzige, der etwas tat. Er beugte sich über eine Konsole und flüsterte etwas – zweifellos rief er seine Schergen.

O nein! Sie würde sich von ihnen nicht einsperren lassen. Dafür würde sie nicht stillhalten! Sie hatten Angst vor dem, was in der Anderswelt vorgefallen war. Na, dann würde sie ihnen zeigen, daß sie dazu auch allen Grund hatten.

Sie entlud ihre Kräfte in einem flammenden Energieblitz, ein strahlend grelles Leuchten. Sie scheuten vor dem Licht zurück, schrumpften förmlich in sich zusammen, da der grelle Schein ihre tintigen Schatten als verzerrte Karikaturen an die weißen Wände warf.

Mochte das Licht sie blenden, so daß sie nicht bemerkten, was sie tat! Mochten ihre Gedanken so verdreht sein wie ihre Schatten an den Wänden! Sie würden sie weder sehen noch sich ihr in den Weg stellen.

Die Wirkung würde nicht lange anhalten, aber eben doch lange genug für sie, um von hier zu verschwinden. Sie wandte sich zur Tür – und aus dem Augenwinkel fiel ihr auf, daß ein Schatten den anderen nicht entsprach. L'Hereauxs Schatten paßte nicht zur geduckten Hocke des Sicherheitschefs. Sie schaute ihn an und sah, daß er nicht wirklich niederkauerte. Er erwiderte ihren Blick.

Sie zeigte ihm den ausgestreckten Mittelfinger.

Er lächelte, und sie wäre beinahe gestolpert, denn in diesem Augenblick sah er aus wie Bennett. Sie fing sich wieder und sah noch einmal hin. L'Hereaux war L'Hereaux.

Sie hatte keine Zeit, darüber nachzudenken.

Sie lief zur Tür. Niemand kam, um sie aufzuhalten. Sie lief weiter.

Hatte sie tatsächlich gesehen, was zu sehen sie geglaubt hatte? Hatte sie es sich nur eingebildet? Es mußte ein Streich sein, den ihr das Licht gespielt hatte, eine Illusion, die auf Ängsten und Übereinstimmungen beruhte. Es konnte nicht wirklich gewesen sein.

Und wenn doch?

Wenn L'Hereaux in Wirklichkeit ein verkleideter Bennett war, war er das schon immer gewesen oder hatte er erst kürzlich die Stelle des richtigen L'Hereaux eingenommen? So oder so, warum? Was wollte der elfische Prinz? Hatte er gewollt, daß sie ihn erkannte? Und wenn ja, warum?

Beim Gedanken an Bennetts Verwicklung in die Sache bekam sie Kopfschmerzen. Sie hatte keine Zeit, sich jetzt damit zu befassen, sie mußte sich um sich selbst kümmern. Sie mußte hier raus, sonst würde die Wirkung ihres Zaubers ungenutzt verstreichen. Sie strebte der Oberfläche entgegen, sehnte sich nach dem klaren, offenen Himmel. Niemand stellte sich dem erzürnten Doktor in den Weg. So dumm waren sie nicht. Sie hatte Freigaben der höchsten Stufe. Jedenfalls noch ein paar Minuten lang.

Niemand versperrte ihr am Ausgang den Weg, aber die wachsamen Augen der Posten beobachteten sie, als sei sie eine Art wildes Tier. Ihr war gleich, was sie dachten, solange man sie in Ruhe ließ.

Sie verließ den Komplex.

Nach dieser Sache würden sie mit ihr nicht mehr zufrieden sein. Sie hatten wissen wollen, was sie in der Anderswelt erlebt hatte, und sie hatte ihnen demonstriert, wozu sie mittlerweile in der Lage war. Vielleicht betrachtete sie die Sache besser als Kündigungsgesuch.

Würden sie sie so einfach kündigen lassen?

Vielleicht würden sie sie daran hindern wollen. Sie kochte immer noch vor Wut und Empörung, während sie den Weg zu ihrem kleinen Haus entlang stapfte. Sie konnten es ja versuchen!

Kapitel 4

Zeit war vergangen.

Wie viel?

Ohne Anblick, Geräusch oder Geruch war das schwer zu sagen.

Staub war ein vertrauter Geschmack. Bewegung ein Gefühl, das mit der… Zeit fremd geworden war. Wie fremd die Zeit geworden war.

Zeit verstrich.

Er wußte, daß er dahintrieb. Er wußte, daß er hungrig war. Er wußte, daß er Nahrung brauchte.

Er war von Auren umgeben, die sich ihm näherten und sich wieder zurückzogen, die umherflitzten wie Kolibris auf der Suche nach Nektar.

Zu schnell, viel zu schnell.

Er wartete. Er hatte Zeit. Er hatte Geduld. Die Belohnung, wenn sie denn kam, würde er auch bekommen.

Die leuchtenden Kolibris brachten ihn an einen Ort der Kälte und Dunkelheit. Ließen ihn allein, nahmen ihr Licht und ihre Wärme mit. Hatten sie die Absicht, ihn einzusperren? Nein. Sie kehrten mit einem kalten, künstlichen Licht zurück, das er spürte, aber nicht sehen konnte.

Sein Hunger kehrte ebenfalls zurück. Er spürte seine Hitze.

Er spürte ihre Hitze. Das Licht winkte ihm zu.

Er wollte.

Er brauchte.

Eines flackerte ganz nah vorbei und hielt sich auf.

Arglos.

An diesem war kein Zeichen, sich von ihm fern zu halten.

Er frohlockte.

Er nahm das Licht, sog es ein, stillte seinen Hunger, wärmte sich.

Licht klopfte an lange geschlossene Lider. Er besaß wieder Sehvermögen. Er weigerte sich, es zu benutzen. Er besaß wieder Kraft, aber nur ganz wenig. Er war noch so schwach.

Die Kolibris flitzten umher, immer noch viel zu schnell.

Er konnte warten.

*

Pamela Martinez war überrascht, daß Nakaguchi sie einlud, der Einrichtung seiner Beute beizuwohnen. Vermutlich wollte er seine Herrschaft über das Projekt demonstrieren. Pamela hatte erwogen, sich anderen Verpflichtungen zu widmen, doch Nakaguchi würde das Nieumann-Labor in der Anlage von Brookfield Chemogenics benutzen, ein Labor, das sie vor Nakaguchis Usurpation geführt hatte. Sie hatte persönlich die Kaufanweisungen für jeden Einrichtungsgegenstand genehmigt, der in das Labor gewandert war. Sie hatte dafür gesorgt, daß das Nieumann-Labor zu den besten auf der ganzen Welt gehörte, eine hochmoderne Anlage für biochemische und biomedizinische Forschung. Sie wollte wissen, was Nakaguchi daraus gemacht hatte.

Und nun, da sie in der Beobachtungsbucht von Labor 1 stand, wußte sie es. Das dunkle, verschrumpelte Ding, das Nakaguchi aus den Anden mitgebracht hatte, wirkte auf dem glänzenden Labortisch völlig fehl am Platz. Seine Häßlichkeit beherrschte den Raum. Es sah so tot aus wie eine x-beliebige Mumie in einem x-beliebigen Museum. Wahrscheinlich noch toter. Oder vielleicht lag es auch nur am krassen Gegensatz zu den vielen glänzenden Maschinen, die alle dem Leben dienten.

Eine Schar Techniker in grüner OP-Garnitur samt Maske hatte sich auf die Peripherie des Labors verteilt und richtete Monitore ein, bemannte Konsolen und justierte Geräte. Einige standen in Trauben herum und diskutierten Dinge mit Stimmen, die das Interkom nur als Summen übertrug. Eine Gestalt löste sich aus der Traube und trat zum Beobachtungsfenster. Der Mann beugte sich zur Beobachtungsbucht. Pamela sah den Äskulapstab auf seiner grünen Garnitur und las das Namensschild: Hasukawa.

»Ich bin bereit, mit der Voruntersuchung zu beginnen, Nakaguchi-sama«, sagte Hasukawa.

»Dann beginnen Sie, Hasukawa-san.«

»Ist das Matsuo Hasukawa?« fragte Pamela.

Ohne den Blick vom Geschehen im Labor abzuwenden, erwiderte Nakaguchi: »Niemand anders.«

Hasukawa war ein weltberühmter Spezialist auf dem Gebiet der Geriatrie. Welche Kenntnisse konnte er in die Untersuchung einer Jahrhunderte alten Leiche einbringen? Warum war er überhaupt hier? »Was versuchen Sie hier eigentlich zu beweisen, Nakaguchi? Ihr ›Schläfer‹ hat bisher nicht zu erkennen gegeben, daß er mehr ist als eine gut erhaltene Mumie.«

»Sie irren sich, Ms. Martinez.«

»Bedauerlicherweise«, sagte Hagen.

Hasukawa ging zum Tisch und begann mit seiner Untersuchung. Was der Arzt auch tat, aus der Beobachtungsbucht war es nicht sonderlich gut zu erkennen. Sie richtete ihre Aufmerksamkeit auf die anderen im Labor und versuchte aus der Ansammlung von Geräten und Maschinen sowie den Monitoranzeigen schlau zu werden. Einer der unbesetzten Monitore erwachte flackernd zum Leben, ein grüner Schnörkel, der träge eine Spur über den Bildschirm zog.

Jemand im Labor schrie auf.

Hasukawa entfernte sich taumelnd vom Untersuchungstisch und faßte sich dabei an die Brust. Er fiel zu Boden. Techniker verließen ihre Stationen und eilten dem gestürzten Arzt zu Hilfe.

»Sieht nach einem Herzanfall aus«, sagte jemand. »Er wird rasch schwächer.«

Nakaguchi beugte sich über das Mikrofon des Interkoms. »Schaffen Sie ihn ins Krankenhaus.«

Einer der grün gekleideten Männer rings um den am Boden liegenden Hasukawa schaute zum Fenster hoch. Er trug ebenfalls den Äskulapstab auf seiner Kleidung. »Ich glaube, dafür bleibt keine Zeit. Wir kümmern uns am besten hier um ihn. Wir haben alles, was wir brauchen.«

»Atemstillstand«, sagte einer der anderen.

Der Arzt wollte sich abwenden, doch Nakaguchis schneidende Stimme ließ ihn erstarren.

»Ich sagte, schaffen Sie ihn ins Krankenhaus. Das ist die übliche Vorgehensweise. Und so werden Sie verfahren. Sie können ihn begleiten, wenn Sie wollen.«

Der Arzt warf noch einen letzten Blick auf das Fenster und kümmerte sich dann um Hasukawa. Nakaguchi wandte sich an einen seiner Adjutanten, Kurita, den Sicherheitsspezialist. »Sorgen Sie dafür, daß meine Befehle ausgeführt werden.«

»*Ho!*« sagte Kurita mit einer schneidigen Verbeugung. Es war die Art Präzision, wie man sie in alten Samuraifilmen sah, und sie ließ Pamela frösteln. Der Adjutant verließ die Beobachtungsbucht im Laufschritt. Sekunden später war er mit einem Trupp von Sicherheitsleuten und einer Bahre im Labor. Sie rissen den Arzt weg, der sich bemühte, Hasukawa zu beatmen, und luden den Spezialist für Geriatrie auf die Bahre. Der Arzt funkelte einen Augenblick das Fenster an, dann eilte er den abmarschierenden Sicherheitsleuten hinterher.

Pamela starrte Nakaguchi an. Der Arzt im Labor hatte völlig recht: Bis sie im Krankenhaus eintrafen, war es wahrscheinlich zu spät, um Hasukawa wiederzubeleben. Nakaguchi verurteilte ihn zum Tode.

»Wenn er stirbt, ist das Ihre Schuld.«

Nakaguchi sah sie an. »Doktor Hasukawa ist ein alter Mann. Es ist sicher bedauerlich, aber alte Männer sterben.«

Pamela kam eine jähe Erkenntnis. »Sie wußten, daß das geschehen würde.«

Nakaguchis Miene blieb auch weiterhin aufreizend verbindlich.

»War irgendwas mit der Leiche? Ist es das? Sind es irgendwelche Bakterien?«

»Zunächst einmal ist Quetzalcoatl keine Leiche. Zweitens sind keine Bakterien im Spiel. Das müßte eigentlich sogar für jemanden mit Ihrer beschränkten Weitsicht offenkundig sein. An seinem Ruheplatz waren wir ihm alle ausgesetzt, und keiner von uns ist erkrankt. Wie können Sie da auch nur auf die Idee kommen, Bakterien könnten die Erklärung sein?«

»Wenn es keine Krankheit ist, was ist es dann?«

Hagen murmelte etwas, doch so leise, daß Pamela nicht einmal sicher war, ob er tatsächlich etwas gesagt hatte, obwohl es geklungen hatte wie: »Böses.«

Nakaguchi schnaubte. »Der Schläfer erwacht.«

*

Er war langsam gewesen, umfangen von der Trägheit des Schlafs. Er war immer noch langsam, wie erstarrt von der Zeit tiefer Träume. Er konnte die Kolibri-Lichter spüren, wie sie ihn umschwärmten. Er wünschte ihre Hitze, brauchte sie, aber er war langsam und sie waren so schnell, so vital.

Was er benötigte, flatterte gerade außerhalb seiner geringen Reichweite, bisher noch unerreichbar. Die Kolibris tanzten näher, quälten ihn, um dann wieder außer Reichweite zu huschen. Die Enttäuschung war beinahe schmerzhaft, da ihre verwirrende Schnelligkeit seine Bemühungen immer wieder vereitelte.

Er brauchte.

Er wartete.

Er hungerte.

Er wartete und bereitete sich vor.

Einer der Kolibris näherte sich ihm. Sein hektischer Flug verlangsamte sich, und er verweilte. Er spürte dessen federleichte Berührung auf seiner papiertrockenen Haut. Die Berührung reichte aus.

Er schlug zu wie eine Viper, mit unerwarteter Schnelligkeit.

Der kleine Vogel zerbrach förmlich bei seiner Berührung. Sein erster Geschmack von der Wärme prikkelte und erregte ihn. Heißhungrig zog er fester, bis die Hitze ihn überflutete. Er hörte beinahe die Schreie des Kolibris. Er sog ihn aus, bis er trocken war. Sein Hunger war kaum gestillt, aber er war stärker, als er es seit…

Jahrhunderten gewesen war!

Wie war es möglich, daß so viel Zeit verstrichen war?

Verängstigt von dem, was er getan hatte, schleppten die Kolibris die leere Hülle ihres Kameraden weg. Sie waren immer noch zu schnell für ihn. Die Kraft, die er hinzugewonnen hatte, war größer als alles, was ihm die kleinen Feuer hatten bieten können, die ihn so lange ernährt hatten, aber er war noch immer schwach und langsam. Immer noch im Halbschlaf.

Er wußte, wie man wartete.

Nach einiger Zeit – nicht so viel Zeit, wie zuvor verstrichen war, aber seltsamerweise erschien sie ihm länger – kehrten sie zurück. Sie hatten sich gegen ihn gerüstet. Sinnloserweise. Sie benutzten totes, dünnes Gewebe, das kaum ihr eigenes Leuchten dämpfte.

Er nahm den ersten, der sich anbot.

Der Kolibri sang ein trällerndes Lied, das wenig Intelligenz erkennen ließ, aber hin und wieder schlug es eine vertraute Saite an. Ein Irrtum, schien es zu verkünden. Er war nicht sicher, was es verkündete. Die Sprache war seltsam.

War so viel Zeit verstrichen, daß sich selbst die Sprache verändert hatte?

Was spielte es für eine Rolle? Das Zappeln des kleinen Vogels wurde schwächer. Er fühlte sich stärker, als Feuer durch seine Adern schoß. Sein Gefühl für die Umgebung wurde klarer.

Der Kolibri flehte und versprach. Was? Gewiß mehr, als er erfüllen konnte.

Beging er einen Fehler? Vielleicht. Es wäre nicht das erste Mal.

Zuerst Stärke, Subtilität im rechten Augenblick. Es war ein ausgezeichnetes Motto, um zu beeindrucken. Es hatte ihm in der Vergangenheit gute Dienste geleistet. Die besten, wenn es im Einklang mit den vorherrschenden Umständen angewandt worden war. Aber was waren die vorherrschenden Umstände? Nach so viel Zeit hatte sich mit Sicherheit viel verändert.

Widerstrebend hörte er damit auf, den kleinen Vogel auszusaugen. Dessen Licht flackerte, erlosch aber nicht. Zufriedenstellend. Bevor er ihn frei ließ, drückte er ihm sein Zeichen auf, um seine Treue zu gewährleisten. Er war noch nicht stark genug, um das Zeichen wahrhaft wirkungsvoll zu machen, aber dieser Vogel war schwach. Was er getan hatte, würde einstweilen reichen.

Er öffnete die Augen, um den ersten seiner neuen Diener zu betrachten.

*

Pamela keuchte, als die Mumie die Augen aufschlug. Sie beobachtete in starrem Entsetzen, wie sie eine verwitterte Hand ausstreckte und sie dem Techniker auf die Stirn legte, der gegen den Tisch gesackt war. Der Techniker erhob sich auf unsicheren Beinen und mit hagerem Gesicht.

»Joel, alles in Ordnung?« fragte einer der anderen.

Joel antwortete nicht. Statt dessen sagte er: »Bringt die erste Versuchsperson herein.«

Die Techniker sahen einander konsterniert und verwirrt an. Ein paar schauten zum Beobachtungsfenster hoch.

»Tun Sie, was er sagt«, befahl Nakaguchi.

Ein paar Minuten später traf ›die erste Versuchsperson‹ ein. Dem Aussehen des Mannes nach zu urteilen, war er einer der obdachlosen Streuner, die Chemogenics manchmal für medizinische Tests benutzte. Man würde von ihm verlangt haben, eine Verzichtserklärung zu unterschreiben, die Chemogenics und Mitsutomo Keiretsu insgesamt von jeder Verantwortung freisprach, sollte sich im Zuge der nicht näher bestimmten medizinischen Experimente, an denen teilzunehmen er sich verpflichtet hatte, ein bedauerlicher Unfall ereignen. So, wie der Obdachlose den Kopf wandte und idiotisch grinste, bezweifelte sie, daß er überhaupt die geistige Kapazität besaß, um zu begreifen, was man ihm gesagt hatte, geschweige denn, eine bewußte Entscheidung zu treffen. Seine beiden Betreuer fuhren den Rollstuhl neben den Untersuchungstisch. Der Obdachlose grinste die Mumie an und sagte: »Wie geht's denn so, Kumpel? Hast du auch unterschrieben?«

Die Betreuer wichen mit unziemlicher Hast zurück, als die dunkle Hand der Mumie sich zitternd erhob.

Joel trat vor und löste den Halteriemen am rechten Arm des Obdachlosen. Er nahm die Hand des Mannes und hob sie den tastenden Fingern der Mumie entgegen. Der Obdachlose fing an, sich zu winden, kaum daß sich die knorrigen Finger um sein Handgelenk geschlossen hatten. Er wehrte sich, bäumte sich im Rollstuhl auf und versuchte sich aus dem eisernen Griff zu befreien. Binnen Sekunden keuchte er. Er sackte erschöpft zusammen. Pamela konnte erkennen, daß das Gesicht des Obdachlosen von einem Schweißfilm bedeckt war, als der Mann den Kopf in den Nacken warf und den Mund zu einem Schrei aufriß. Nur ein gequältes Stöhnen rang sich daraus hervor. Der Kopf des alten Mannes glitt zur Seite, so daß sie sein Gesicht nicht mehr sehen konnte. Mehrere Minuten lang geschah augenscheinlich nichts, dann war es vorbei.

Pamela war nicht sicher, woher sie es wußtc, aber sie wußte es.

Die Mumie öffnete die Hand und ließ den schlaffen Arm des Obdachlosen fallen. Als er auf die Lehne des Rollstuhls fiel, verursachte er ein Geräusch wie ein trockener Stock, der auf Metall fiel. Pamela rechnete halb und halb damit, daß der Arm zerspränge, doch er fiel lediglich leblos in den Schoß des Toten.

»Der nächste«, befahl Joel.

Nakaguchi kicherte neben Pamela.

»Sehen Sie, Ms. Martinez. Es ist möglich, effektiv mit Schläfern umzugehen. Man muß nur dafür sorgen, daß sie zufrieden sind.«

Pamela zwang sich, eine neutrale Miene zu wahren.

Nakaguchi hatte die Grenze überschritten, indem er dieses Ungeheuer zum Leben erweckt hatte, aber jetzt war nicht der rechte Zeitpunkt für eine Herausforderung. Sie würde alle ihre Ressourcen frei setzen und auf die beste Gelegenheit warten müssen. Sie glaubte nicht, daß sie mehr als einen Versuch bekäme.

*

Charley Gordon schlug den Kragen seines Mantels hoch und schaffte es, das eisige Regenwasser auszusperren, das vom Himmel nieselte und langsam seinen Rücken herunterlief. Ein Chrysler Compel, der gerade in das Parkhaus einfuhr, erwischte eine Pfütze und spritzte ihn naß, als er die Kurve nahm. Er zeigte ihm den Finger. Er hatte keine Ahnung, wer hinter den getönten Scheiben des Wagens saß, aber das war ihm auch gleich. Das Arschloch hatte Charley wahrscheinlich nicht mal gesehen.

Er ging die kleine Straße zwischen der Sobanski-WoGe und deren Parkhaus entlang. Die Sobanski war eine der ersten ihrer Art im Bezirk Attleboro. Wie ein Großteil des Bezirks war sie ziemlich heruntergekommen. Pulverisierter Randstein knirschte unter seinen Schuhen, als er in die Lieferanteneinfahrt bog. Es war die dritte, in der er es versuchte. Jimmy Kravatz hatte in der Nachricht, die er hinterlassen hatte, nicht erwähnt, welche Einfahrt er meinte.

Kravatz war eines von Charleys besten Ohren im Bezirk Foxboro. Wenn auf der Straße irgendwas gemunkelt wurde, bekam Kravatz es mit. Das Ohr war wegen irgendeiner Sache ziemlich außer sich, was bedeutete, daß das, worüber er mit Charley reden wollte, vielleicht tatsächlich wichtig war.

In der Nachricht, die Kravatz auf Charleys Anrufbeantworter hinterlassen hatte, hieß es, er müsse

Charley sofort sprechen. Er hatte auch eine Adresse hinterlassen: die Lieferanteneinfahrt hinter der Sobanski-WoGe. Er hatte nicht erwähnt, daß es mehr als eine gab. Dennoch, es war eine für Kravatz typische Adresse, aber sie lag ein wenig außerhalb seines üblichen Reviers.

Er fand das Ohr im Windschatten eines Müllcontainers und nach Schnaps stinkend vor. Er weckte Kravatz mit einem Tritt gegen das Bein.

»Was ist los, Jimmy? Was ist so wichtig, daß ich hier in diese Scheiße kommen muß?«

Kravatz rappelte sich auf und vergiftete Charleys Umgebung mit seinem Atem. »Es geht um Marabeth, Officer Charley. Sie ist verschleppt worden.«

Charley war seit seiner Versetzung zur Sondereinheit kein einfacher Officer mehr, aber man nahm schon einiges in Kauf, um es sich nicht mit einem guten Ohr zu verderben.

»Diese Marabeth, hat sie einen Nachnamen?«

Darüber mußte Kravatz eine Weile nachdenken. »Lankster, glaube ich. Wir benutzen diese Namen nicht sehr oft.«

»Ich überprüfe sie.« Charley griff unter seinen Mantel und tippte eine Anfrage nach einer Marabeth Lankster ein, Schreibweise ungewiß.

»Die werden nichts finden«, sagte Kravatz zu ihm. »Sie haben sie erwischt.«

Ein Lastwagen bog in die Gasse und tauchte sie in das Licht seiner Scheinwerfer. Sie mußten sich hinter den Müllcontainer quetschen, während der Lastwagen über den Asphalt kroch. Der Müllcontainer kreischte, als das Fahrzeug ihn streifte. Kravatz kauerte sich hinter Charley und heulte zur Begleitung des Geräuschs. Charley schrie ihn an, er solle das Maul halten. Zur Abwechslung tat er das auch. Zu gut. Nachdem der Lastwagen vorbeigefahren war, zitterte Kravatz mehrere Minuten lang vor sich hin und war nicht bereit, etwas zu sagen.

Charleys Gürteleinheit summte zum Zeichen, daß die Antwort auf seine Anfrage gekommen war. Er zog sie hervor und schirmte die Anzeige vor dem Regen ab, so daß er sie lesen konnte. Die Liste war kurz. Am wahrscheinlichsten war eine Marabeth Lancaster mit den Eintragungen ›Nicht Gemeldet‹ und ›Vorbestraft‹. Das war sie vermutlich. Wie Kravatz war sie eine in jeder Hinsicht – außer in krimineller – aus dem System Ausgestoßene. Lancasters Vorstrafenregister bestand aus einer ganzen Latte von Drogendelikten, einer Aneinanderreihung von Landstreichereien, ein paar Verhaftungen wegen Prostitution und einer einzigen Anklage wegen Belästigung. Für jemanden von der Straße kein ungewöhnliches Vorstrafenregister.

»Diese Marabeth, ist sie eine enge Freundin von dir?«

»Wir – sie und ich, meine ich. Wir kennen uns schon ziemlich lange. Vielleicht zwei Jahre.«

»Du sagtest, sie sei verschleppt worden?«

Heftig nickend sagte Kravatz: »Sie haben sie sich geschnappt! Direkt an ihrem üblichen Platz!«

Das letzte Mal, als Kravatz eine Person als vermißt meldete, hatte der fragliche Bursche sich vollllaufen lassen und war dann in der falschen Gasse umgefallen. »Wieder mal Flaschengeister?«

»Keine Geister, Officer. Ich hab sie gesehen. Das waren keine Geister.«

»Wen hast du gesehen, Jimmy?«

»Trolle. Das waren Trolle. Große, massige Dinger.«

Spitze. »Wie haben diese Trolle ausgesehen, Jimmy?«

»Ich – ich konnte sie nicht so gut erkennen. Sie hatten Uniformen an. Schöne weiße. Die haben warm ausgesehen.«

Uniformierte Trolle? Das wurde ja immer besser. »Hör mal, Jimmy, für so was habe ich keine Zeit.«

»Ich sag's Ihnen, Officer Charley. Diese Trolle haben sich Marabeth geschnappt. Sie müssen sie zurückholen. Ich glaube, die wollen sie fressen.«

»Weißt du, wohin diese Trolle Marabeth gebracht haben?«

»Sie haben sie in ihren Wagen verfrachtet. Es war ein Honda Losquit, das Modell vom letzten Jahr. Sie wissen schon, das ohne Streifen auf den Stoßstangen.«

Kravatz war ein Verrückter, aber mit Autos kannte er sich aus. »Hast du das Kennzeichen mitbekommen?«

»Nee. Aber es war eins von einem Konzern.«

Uniformierte *Konzern*-Trolle. Wie nett. »Paß auf, Jimmy. Damit kann ich zwar nicht viel anfangen, aber ich kümmere mich darum. Wir tun, was wir können, okay?«

»Sie müssen sie zurückbringen, Officer Charley. Sie müssen irgendwas tun.«

»Ich tue, was ich kann, Jimmy.«

Charley tat, was er konnte. Er schaltete den Recorder an seiner Gürteleinheit ein und nannte die Aktennummer. Dann öffnete er eine Leitung zum Revier, funkte die Vermißtenanzeige herüber und versah sie mit einem ›Officer-verständigen‹-Vermerk. Er würde den Bericht bei seiner Rückkehr vervollständigen. Nicht, daß er sonst viel damit anfangen konnte. Leute von der Straße verschwanden jeden Tag. Dazu bedurfte es gar keiner Trolle, weder Konzern-Trolle noch anderer. Falls man je wieder etwas von Marabeth Lancaster hörte, würde das einem Wunder gleichkommen. Charley hatte schon vor langer Zeit aufgehört, an Wunder zu glauben.

»Pass auf dich auf, Jimmy. Halt dich von diesen Trollen fern. Und wenn du sie noch mal siehst, ruf mich an, okay?«

»Darauf können Sie wetten, Officer Charley.«

Ist den Einsatz nicht wert, dachte Charley, während er zu seinem Auto zurückschlenderte. *Was man alles in Kauf nehmen muß, um seine Ohren bei Laune zu halten.*

*

Kemal war ein Magier.

Oder zumindest würde er bald einer sein. Heute nacht würde er es beweisen. Er hatte sich seit Wochen geläutert, um sich auf die heutige Nacht vorzubereiten, und jetzt war die Zeit gekommen. Die Sterne standen richtig, der Mond war in der richtigen Phase und er hatte alles beisammen, was er für die Beschwörung brauchte.

Der Dolch war das Schwierigste gewesen. Er hatte keine Ahnung vom Schmieden, aber andererseits brauchte er auch gar nicht so viel zu wissen. Wichtig war, daß er ihn selbst machte. Er war davon überzeugt, daß alle seine anderen Rituale genau aus diesem Grund gescheitert waren. Jedes Werkzeug – jedes einzelne – mußte von einem Zauberer angefertigt worden sein. Die Werkzeuge nur zu reinigen, reichte nicht aus. Also hatte er es getan. Er hatte noch die Narben vom Umgang mit dem heißen Eisen, um es zu beweisen. Der Dolch mochte nicht aus dem Eisen eines Meteors bestehen, aber viel fehlte daran nicht. Das Metall stammte aus präatomarer Zeit, vom schmiedeeisernen Gitterzaun eines alten Anwesens auf der East Side, von dem er im Schutz der Dunkelheit ein Stück abgesägt hatte.

Die Zeit war gekommen. All seine Studien, all seine Vorbereitungen würden heute nacht Früchte tragen. Er zog sich aus. Nackt wie am Tag seiner Geburt nahm er seinen Platz in den Zirkeln der Macht ein. Langsam und sorgfältig schloß er sie und intonierte die passenden Beschwörungen, um seine Schutzmaßnahmen zu aktivieren.

War das die Kraft, die ein Kribbeln auf seiner Haut hervorrief?

Als er mit der Beschwörung begann, war er seiner Sache sicher. Die Kraft nahm zu. Er konnte sie spüren.

Er hatte den alten Texten den Namen eines noch immer beschwörbaren Dämons entnommen. Er hatte die Aussprache jeder einzelnen Silbe des Namens geübt, aber niemals den vollständigen Namen ausgesprochen. Er wollte kein Risiko eingehen. Jetzt sprach er den Namen des Geistes aus. Es gab keine Reaktion, aber er rechnete auch mit keiner. Noch nicht. Er sprach den Namen noch einmal aus. Und zum dritten Mal.

Er wartete und wurde immer sicherer, daß sich etwas in der Nähe befand.

Er hörte, wie sein Schlafzimmerfenster aufgeschoben wurde. Mußten Dämonen durchs Fenster kommen? Etwas polterte in seinem Schlafzimmer, während er den Blick auf die Tür richtete.

Eine Gestalt kam heraus. Kein Mensch. Nichts Menschliches hatte jemals derart scharfe Züge getragen. Der Dämon war viel kleiner, als er erwartet hatte. Kemal hatte auch nicht damit gerechnet, daß er bekleidet sein würde. In keiner seiner Schriften war davon die Rede gewesen. Dieser Geist trug die beschlagene Lederkleidung eines Motorradfahrers und einen albernen Predigerhut, nicht gerade das, was er für angemessene Dämonenkleidung gehalten hätte.

»Bleib stehen, Geist. Ich gebiete es dir im Namen des Herrn der Heerscharen. Bleib stehen, sonst befördere ich dich auf ewig in die Grube, indem ich Seinen Namen ausspreche.«

»Geist?« Sein Besucher bedachte Kemal mit einem breiten, zahnbewehrten Grinsen. »Da hast du dich wohl verwählt, Chuckles.«

Er schritt über die erste seiner Schutzbarrieren hinweg.

Das war nicht richtig. Ein Dämon hätte das nicht tun dürfen. Es war ihm nur möglich, wenn Kemal die Schutzsigillen nicht richtig hinbekommen hatte. Er war akribisch vorgegangen. Er konnte keinen Fehler gemacht haben. Oder?

Der Dämon schritt über die zweite Barriere hinweg. Er hatte Krallen an den Händen.

Kemal warf sich herum und lief zur Wohnungstür. Er war noch keine drei Schritte weit gekommen, als er die Krallen im Rücken spürte.

Kapitel 5

John schreckte jäh aus seinem Traum auf. Seine plötzliche Bewegung erschreckte eine Ratte, die gerade durch das Zimmer schlich, und ließ sie gegen die Wand laufen. John lag still da und beobachtete, wie sie sich davonmachte. War es wirklich kaum ein Jahr her, daß ihm der bloße Gedanke an eine Ratte im Haus eine Heidenangst eingejagt hatte? Hier waren sie nur ein Teil des Ökosystems. Auf ihre ganz eigene Art bewundernswert. Sie hatten für sich eine sichere Nische in der Welt gefunden, einen Platz, wo sie auf ihre ganz eigene Art leben und sein konnten, was sie waren. Fast beneidete er sie.

»Alles in Ordnung, John?«

Er spürte die federleichte Berührung von Fayes unsichtbarer Gegenwart wie einen Windhauch in seiner Körperbehaarung. Er trat die Decke weg, die sich um seine Beine gewickelt hatte, und stemmte sich von der Matratze hoch.

»John?«

»Ja, ja. Es geht mir blendend.«

Sie würde wissen, daß er log. Sie wußte es immer. Aber das hielt ihn nicht davon ab. Es war besser, so zu tun, als habe ihn der Traum nicht aufgeregt, besser, so zu tun, als enttäusche ihn ihre Unberührbarkeit nicht. Vielleicht machte sie ihm auch etwas vor. Solche Spiele hatten sie in der Zeit seines Erwachsenwerdens oft gespielt.

Nach seiner Rückkehr aus der Anderswelt hatte das Leben einfach nicht mehr seinen Erwartungen entsprochen. Die magische Sensibilität, die er in jener anderen Dimension gespürt hatte, schien ihn verlassen zu haben. Er spürte sie im Traum, aber da war sie immer mit unangenehmen Dingen verbunden. Er wünschte sich, sie im Wachzustand und ohne den ganzen anderen Ballast empfinden zu können.

Der Traum hatte ihn wie üblich entsetzt. Sein Körper war schweißnaß, und die leichte Brise, die von draußen hereinwehte, ließ ihn rasch abkühlen und frösteln. Er zitterte, wußte aber, daß nicht nur die Kälte dafür verantwortlich war. Es kam ihm so vor, als könne er immer noch die Schüsse und die Schreie der Verwundeten hören. Doch was er zuerst für Schreie gehalten hatte, erwies sich als das Sirenengeheul von Polizeiwagen, die draußen über die Schnellstraße rasten. Ihm wurde bewußt, daß er am Fenster stand und nach draußen starrte. Die Schüsse waren ebenfalls real, aber weit entfernt. In der kleinen Providence-Ecke des Sprawl schien heute einiges los zu sein.

Hier oben in seinem Turm in der Mitte dieser kleinen Ansammlung verwahrloster und größtenteils verfallener Häuser war er von der Gewalt dort draußen abgeschnitten.

Es hatte Vorteile, von der Welt abgeschnitten zu sein.

Aber wesentlich mehr Nachteile.

Ob gut oder schlecht, seit seiner Rückkehr aus der Anderswelt war er auf sich allein gestellt. Er hatte tagelang darauf gewartet, daß Bär und die ECSS-Agenten dort auftauchten, wo er aufgetaucht war. Nach allem, was er wußte, waren sie das aber nicht. Eine Zeit lang hatte er geglaubt, er sei hereingelegt worden, konnte jedoch keinen Sinn darin sehen. Die Herrin vom See hatte gesagt, sie würde sie nach Hause schicken, und da sie John in den Nordost-Sprawl geschickt hatte – vermutlich so nah an Johns Zuhause, wie ihr das möglich war –, nahm er an, daß die anderen an einem Ort gelandet waren, der ihrem jeweiligen Zuhause näher war.

Auf sich allein gestellt zu sein, hatte John verängstigt. Er hatte zu viel Angst vor Mitsutomo gehabt, um sofort nach Worchester zurückzukehren. Er hatte sich einen Schlafplatz in einem leerstehenden Haus gesucht und von Tricks gelebt, die er von Mülltonnen-Harry gelernt hatte, während er die Rückkehr von allen Seiten betrachtete und versuchte, den Mut dafür aufzubringen. Mittlerweile war er in der WoGe gewesen, obwohl es ihm nicht so viel genützt hatte. Er wußte immer noch nicht, was mit seiner Mutter – seiner Pflegemutter, laut Bennett – geschehen war. Doch Blutsverwandte oder nicht, sie war die einzige Mutter, die er je gekannt hatte, und er liebte sie. Bennett konnte nichts sagen, was daran etwas ändern würde.

Und es war nicht etwa so, daß Bennett ihn noch nie angelogen hatte.

Wenigstens hatte er Faye wiedergefunden. In gewisser Weise. Sie war nicht mehr so wie in der Anderswelt. Danach zu urteilen, wie die Reise ihrer beider Leben verändert hatte, hätten sie sich diese Reise ebenso gut sparen können. Sie waren nicht besser daran als zuvor, als sie zum ersten Mal aus Worcester geflohen waren.

Abgesehen davon, daß weder Bär noch Mülltonnen-Harry bei ihnen waren. Harry würde es nie mehr sein und Bär war Gott weiß wo. Es gab nur noch ihn und Faye. Und sie waren allein und abgeschnitten.

Und verändert.

In der Anderswelt war Faye leibhaftig gewesen, eine Frau von beunruhigender Schönheit. All die freundlichen Intimitäten seiner Kindheit schienen in etwas mehr überzugehen. Er hatte es gewollt, war dann aber davor zurückgescheut. Da er ein Elf zu sein glaubte und wußte, daß sie eine Elfe war, hatte ihn die Furcht beschlichen, sie könnten irgendwie miteinander verwandt sein. Vielleicht sogar Bruder und Schwester. Sie waren zusammen aufgewachsen, oder nicht? Wäre es dann nicht falsch gewesen, sich aufeinander einzulassen? Das hatte er jedenfalls befürchtet, doch Faye schien sich deswegen nicht die geringsten Sorgen gemacht zu haben. Er hatte keine Zeit gehabt, sich zu fragen, warum das so war, und bei seiner Rückkehr in die wirkliche Welt hatte er sie verloren. Jetzt waren sie wieder zusammen, und es spielte keine Rolle mehr. Sie war noch einmal seine unsichtbare Spielgefährtin.

War es ihr lieber so, oder konnte sie nur in der Anderswelt leibhaftig sein? Sie hatte gesagt, die Dinge seien hier anders, und er hatte sie nicht gefragt, wie sie das meinte. Er hatte zu viel Angst gehabt zu fragen. Ohne eine Möglichkeit der Rückkehr ins Reich der Elfen mochte die Antwort zu schmerzhaft ausfallen. Was, wenn sie unkörperlich war, weil sie es so wollte? Was, wenn sie nur für einen richtigen Elf körperlich da sein wollte und nicht für die Nachahmung eines solchen, für die John sich langsam hielt?

War seine elfische Abstammung auch nur eine von Bennetts Lügen?

Konnte er etwas anderes sein als eine Nachahmung? Er sah noch so aus wie immer. Er hatte nichts von der Hagerkeit und feenhaften Schönheit eines Elfs an sich. Seine Ohren besaßen keine Spitzen, seine Augen keinen Perlmuttglanz. Er schien derselbe hochgewachsene, schlaksige John Reddy zu sein, der er immer gewesen war. Was spielte es für eine Rolle, daß er sich in der Anderswelt mit einem anderen Gesicht gesehen hatte? Schließlich hatte Bennett ihn erst zu diesem unirdisch spiegelnden Teich geschickt. Er hatte zwar das Gefühl, daß wahr war, was er dort gesehen hatte, aber was, wenn nicht? Was sollte er glauben? Er sah unverändert aus. Niemand, den er auf dieser Seite der

Wirklichkeit kannte, hielt ihn für einen Elf. Für sie sah er aus wie immer, war, was er schon immer gewesen war.

Natürlich gab es Bär, den großen König Arthur. Bär, weil er eben Bär war, sah die Dinge anders. *Er* hatte geglaubt, daß John ein Elf war, und ihn deswegen verflucht, indem er ihn ›eine Schlange in meinem Lager‹ genannt hatte. Zum Teufel mit Bär! Welches Recht hatte er, John zu verurteilen? Ihn nur für das zu verfluchen, was er war? Besonders, da John doch nicht einmal sicher sein konnte, daß es überhaupt stimmte. Bär hätte ihm mehr vertrauen sollen. Bär hätte wissen müssen, daß John noch derselbe war wie immer. Bär hätte daran glauben müssen, daß er noch immer derjenige war, der ihn in den Wochen nach seiner Erweckung davor bewahrt hatte, sein Leben wegzuwerfen, der ihm bis zum Ende beigestanden hatte. Auch als Bär ihn beschuldigt hatte, ein Verräter zu sein, hatte John ihm noch beigestanden. Ihn sogar gerettet!

Und nicht einmal ein Dankeschön dafür bekommen.

Doch Bär hatte einen Elf in John gesehen. Oder nicht? Jedenfalls hatte er so geredet und gehandelt. Oder war das auch wieder einer von Bennetts Tricks gewesen? Schließlich hatten sie sich zu diesem Zeitpunkt in der Anderswelt aufgehalten.

Die Anderswelt war jetzt Vergangenheit. Die Gegenwart war eine dreckige, stinkende Absteige auf der West Side von Providence. Johns Leben war das eines vielleicht verwaisten urbanen Ausgestoßenen ohne Ziel und ohne eine Person, an die er sich wenden konnte. Seine Abenteuer mit Bär hatten ganz sicher eines getan: sein altes Leben zerstört. Ein Jammer, daß sie ihn nicht ganz auf sein neues Leben vorbereitet hatten.

Ein weiterer Polizeiwagen heulte über die Schnellstraße und klang dabei wie eine verdammte Seele auf dem Weg in die Hölle. Er hätte beinahe mitgeheult.

»Was ist los, John?«

Alles. »Nichts. Ich denke nur nach.«

Er spürte wieder ihre federleichte Berührung, ein quälendes Zerrbild ihrer wirklichen Umarmung. Aber ihre Stimme war wirklich genug. Wirklich genug, um ihn an andere Zeiten und andere Gelegenheiten zu erinnern.

»Ich weiß.« Ihr Tonfall war aufrichtig mitfühlend. War da auch ein Unterton des Kummers? »Du hast über Dinge nachgedacht, die dich unglücklich machen. Ich sehe dich nicht gerne so gereizt.«

Gereizt? Ja, wahrscheinlich. »Das Leben ist hier nicht so toll.«

»Wir sind wieder zusammen. Nur das ist wichtig.«

Zusammen? Da sie sich nicht einmal berühren konnten? »Wie können wir…« Er hielt inne, als ihm klar wurde, wie dumm das war, was zu sagen er im Begriff gewesen war. Sie waren jahrelang zusammen gewesen, ohne einander körperlich zu berühren, und es hatte ihm nie etwas ausgemacht. Sie waren die besten Freunde gewesen, glücklich und zufrieden miteinander. Hatte sich so viel verändert?

»Wie können wir was, John?«

Er war zu verlegen, um ehrlich zu antworten. »Wie können wir – äh – wie können wir es besser machen? Das Leben hier, meine ich.«

»Das ist ein guter Platz, John. Er erinnert ein wenig an zu Hause.«

WoGe 3 der Benjamin-Harrison-Siedlung war nie wie diese vom Sprawl vergiftete leerstehende Fabrik gewesen, die aus nichts anderem bestand als einem halben Dutzend Etagen ramponierten Mauerwerks, eingeschlagenen Fenstern, Ungeziefernestern, Graffiti und Abfällen. Es gab keinen Strom und keine Klimaanlage. Keine Einkaufsgalerie, in der man mit seiner Konzernkarte Milliarden Dinge kaufen konnte. Außerdem gab es keine Menschenmengen, Reinigungsbots, Sicherheitstüren, Überwachungskameras und von Mitsutomo bezahlte Sicherheitsleute – also war es vielleicht doch gar nicht so schlecht. Aber *zu Hause*? »Wie kannst du das sagen?«

»Spürst du nicht, daß es in der Luft liegt?«

Der Ort hatte tatsächlich etwas an sich. John hatte es gespürt, als er zum ersten Mal aus dem Regen hereingestolpert war. Er hatte das Gefühl auf seine Erleichterung zurückgeführt, ein Dach über dem Kopf zu haben. Er war in dem Glauben geblieben, es aus reiner Bequemlichkeit zu tun, doch jetzt, da Faye seine Aufmerksamkeit darauf gelenkt hatte, wurde ihm klar, daß es hier tatsächlich – nicht einmal freundlicher, aber – angenehmer war. Vielleicht lag es an Fayes Anwesenheit.

»Ich weiß nicht, was ich empfinde«, sagte er, während ihm klar wurde, daß er hier auch schon vor Fayes Rückkehr *etwas* empfunden hatte. Vielleicht würde er sich hier genauer umsehen müssen, um festzustellen, was hinter der Leere und dem Verfall steckte. Warum hatte er beschlossen, gerade hier unterzukriechen? Abgesehen von der Tatsache, daß das Haus vorhanden und verfügbar gewesen war. Warum von allen verfallenen Häusern im Sprawl ausgerechnet dieses?

Als er über diesen Ort nachdachte, wurde er sich eines unbehaglichen Gefühls, einer Art Jucken am Rande seiner Aufmerksamkeit bewußt, und zwar in der Art, wie er es immer als Kind empfunden hatte, wenn er sicher gewesen war, daß seine Mutter jeden Augenblick herausfinden würde, daß er etwas angestellt hatte. »Mir kommt es nicht wie ein Zuhause vor.«

»Aber es könnte eines sein. Du könntest es zu deiner Domäne machen.«

»Zu meiner Domäne? Nicht gerade ein Palast, wie er

einem Elfenprinz angemessen wäre. Aber ich bin ja eigentlich auch kein Elfenprinz, nicht wahr?«

»Du bist mein Prinz, John.«

Ihre Stimme ließ seine Knie zittern und bei ihren Worten wurde ihm schwindlig. Die ganze Enttäuschung über ihre Unberührbarkeit stieg in ihm hoch und schnürte sein Blickfeld ein, bis er nur noch geradeaus schauen konnte, durch das Fenster direkt vor sich. Vor dem Lichterglanz des Sprawl waren nur jämmerlich wenig Sterne am Himmel zu sehen, eine quälende Andeutung dessen, was verborgen war. Es war nicht richtig!

Einer der einsamen Sterne blinkte, als ihn etwas verblassen ließ, was die Starre seines Blicks löste. Sein Blickfeld normalisierte sich wieder, aber er wollte sich nicht umdrehen. Was gab es dort schon zu sehen? Er starrte auf die Straße, die jetzt in den frühen Morgenstunden ruhig war. Der Tagesanbruch war nur noch ein paar Stunden entfernt. Sogar die Kreaturen der Nacht lagen im Bett. Eine flüchtige Bewegung verriet ihm, daß er sich selbst in dieser Beziehung irrte.

»Jemand kommt«, sagte Faye.

Es stimmte. Die Vorderseite des Hauses lag im Schatten, aber Johns Nachtsicht war sehr gut. Er konnte dunklere Gestalten erkennen, die sich dort im Schatten bewegten. Er konnte nicht feststellen, wer sie waren, aber er zählte vier. Er hoffte, sie würden vorbei gehen und ihre düsteren Absichten mitnehmen, doch sie blieben vor dem Haupteingang stehen, wo sie zu einem Klumpen Nacht verschmolzen. Einer entfernte sich von dem Haufen und ging weiter und um die Ecke des Hauses. Die anderen betraten es einer nach dem anderen.

Die kleinen Häppchen Magie, die er in der Anderswelt gelernt hatte, wirkten in dieser Welt nicht. Er konnte sich nicht unsichtbar machen und die Eindringlinge ausspionieren. Doch Faye war bereits unsichtbar…

»Sieh nach, wer es ist«, befahl er, während er seine Hose nahm. Faye verschwand. Er zog sich so schnell wie möglich an, schlüpfte in seine Jacke und schnallte seine Gurte um. Er steckte seinen Kampfstab mit dem Bronzeknauf in den Hüftgurt und ging zur Treppe. Die oberste Etage war der bequemste Schlafplatz, aber es gab zu wenig Wege nach unten und er wollte nicht in die Enge getrieben werden.

Was der alte Konzern hier in dieser Fabrik auch getan hatte, er hatte Maschinen benutzt. Der größte Teil der unteren drei Etagen bildete eine freie Arbeitsfläche. Ein Irrgarten aus Laufstegen säumte die vor sich hin rostenden Maschinenklötze und bot praktisch zum gesamten Hauptbereich Zugang. Faye gesellte sich wieder zu John, als dieser sich gerade auf einem der höher gelegenen Laufstege duckte und zwei der Eindringlinge dabei beobachtete, wie sie sich einen Weg durch den Schutt im Erdgeschoss bahnten. Es waren fast fünfzehn Meter bis zum Boden, aber die Höhe störte ihn nicht. Leute in diesem Gebäude störten ihn.

»Es sind nur die vier«, meldete Faye. »Nicht mit ins Haus gekommen ist eine Frau. Sie wartet in der Verladebucht an der Tür. Diejenigen im Haus sind alle drei Männer. Einer ist in der Eingangshalle geblieben. Die anderen beiden durchsuchen die unterste Etage.«

Das sah er selbst. »Was glaubst du, was sie suchen?«

»Dich.«

Irgendwie überraschte ihn die Antwort nicht. »Wollen sie nur irgendwen finden oder speziell mich?«

»Speziell dich.«

»Woher weißt du das?«

»Einer von ihnen hat gesagt: ›Dieser Tall Jack ist leicht verdientes Geld‹.«

Ein paar von den Ortsansässigen nannten ihn Tall Jack. Leicht verdientes Geld? Kopfgeldjäger oder gewöhnliche Jäger? »Haben sie auch gesagt, warum sie hinter mir her sind?«

»Nein.«

Natürlich nicht. »Sind es Leute von der Straße oder Konzerntypen?«

»Dem Aussehen und der Sprache nach Leute von der Straße.«

»Die Frau auch?«

»Ich habe sie nicht reden gehört, aber sie sieht so aus.«

John war empört über das Eindringen. Dies war sein Haus, seine Domäne, wie Faye es ausgedrückt hatte. Diese Eindringlinge hatten hier nichts verloren. Noch mehr erzürnte ihn die Tatsache, daß sie ihn für Geld suchten. Er wechselte den Laufsteg, so daß er die beiden Eindringlinge weiterhin beobachten konnte. Sie suchten immer noch den Nordteil ab. Es gab keinerlei Anzeichen dafür, daß sie seine Bewegung bemerkt hatten. Er hatte sich ein halbes Dutzend Fluchtwege zurechtgelegt. Er konnte verschwinden, bevor sie mit dem Erdgeschoß fertig waren. Er konnte, aber er wollte nicht. Er war es leid davonzulaufen.

»Kanonen?«

»Ich habe keine gesehen«, sagte sie.

Schön. Wenn sie keine Kanonen hatten, würde ein etwaiger Kampf ausgeglichener sein. Dem planlosen Suchverhalten der Eindringlinge konnte John entnehmen, daß er sich hier besser auskannte als sie. Noch ein Vorteil. Vielleicht brauchte er gar nicht davonzulaufen. Wenn er sie einen nach dem anderen erwischen konnte... Sie kamen ihm bereits entgegen, indem sie die Hälfte ihrer Leute zur Bewachung der Ausgänge abgestellt hatten.

»Sprechverbindungen?«

»Nein.«

Noch besser. Wenn sie keine Funkverbindung miteinander hatten, würde es schwieriger für sie sein, Verstärkung zu rufen.

John huschte über den beiden die Laufstege entlang. Er blieb neben einer der größeren Maschinen stehen. Vorsichtig kletterte er über das Geländer und ließ sich herab, bis er nur noch an den Händen hing. Seine Füße baumelten frei in der Luft. Er wartete, bis er nicht mehr hin und her schwang, bevor er sich fallen ließ. Er landete lautlos, aber ein wenig schräg auf der unebenen Oberfläche der Maschine und hätte beinahe das Gleichgewicht verloren. Er mußte sich an einer Strebe festhalten, um nicht auf den Boden zu fallen, der immer noch gute sechs Meter unter ihm lag. Bei dem Manöver wurde sein Kampfstab aus dem Gürtel gezwängt. Der Stab glitt heraus und fiel. John fuhr in dem Wissen herum, daß er das Aufschlagen des schweren Bronzeknaufs auf die Maschine nicht würde verhindern können, aber er versuchte es trotzdem. Der Stab schlug jedoch nicht auf. Er hing in der Luft, und der Knauf schwebte kaum mehr als einen Zentimeter über der Metalloberfläche.

»Danke, Faye«, flüsterte er, als er die Finger um den Holzschaft schloß.

»Gern geschehen«, flüsterte sie zurück.

Mit dem Stab in der Hand an der Maschine herunterzuklettern, war schwieriger, aber er wollte das Risiko, daß der Stab sich aus seinem Gürtel löste, nicht noch einmal eingehen. Er konnte sich nicht darauf verlassen, daß Faye nah genug bei ihm war, um ihn noch einmal aufzufangen. Er erreichte den Boden, ohne die Aufmerksamkeit der Sucher zu erregen. John schlich sich näher.

»Hey, Roscoe, warum machen wir eigentlich die

ganze Arbeit?« beschwerte sich einer der beiden in quengelndem Tonfall.

»Weil wir dafür bezahlt werden, Dummkopf«, antwortete Roscoe geistesabwesend.

»Ja, das weiß ich.«

Die beiden setzten ihre Suche in der Dunkelheit rings um die Maschinen fort. Sie waren nicht sehr gründlich. Sie übersahen mehr als ein Dutzend Stellen, wo sich sogar jemand von Johns Größe hätte verstecken können. Taschenlampen hätten ihre Suche wesentlich wirksamer gemacht, aber auch ihren Standort verraten. Trotz ihrer Unterhaltung schienen sie auf Heimlichkeit bedacht zu sein.

John schlich in der Hoffnung näher, daß sie in Kürze eine Trennung für notwendig erachten würden.

»Hey, Roscoe.«

»Was ist jetzt schon wieder, Flake?«

»Warum wartet sie draußen und macht gar nichts und wir suchen hier diese Bude ab?«

»Der Bursche könnte versuchen, durch diese Tür zu verschwinden.«

»Ja, das weiß ich.«

Flake stolperte über irgendetwas und prallte gegen eine der Maschinen. John benutzte die Gelegenheit, um den Mittelgang zu durchqueren. Nach allem, was er beobachtet hatte, ging er davon aus, daß Roscoe der gefährlichere von beiden wäre. Ihn mußte er zuerst ausschalten. Aber jetzt noch nicht – die beiden waren noch zu dicht beisammen.

»Hey, Roscoe, weißt du, was ich denke? Ich denke, sie macht sich falsche Vorstellungen. Ich denke, sie ist sich zu gut fürs Grobe.«

»Ich denke, du denkst zu viel. Sie macht, was sie machen will, weil sie die Verbindungen hat.«

»Wir könnten unsere eigenen Verbindungen haben.«

»Jetzt *weiß* ich, daß du zu viel denkst. Wir werden

bezahlt. Das reicht. Und jetzt halt die Klappe, Flake, sonst hört der Bursche uns kommen.«

»Ach, Roscoe, wir haben hier unten fast alles abgesucht. Hier ist Tall Jack nicht. Er kann uns gar nicht hören.«

»Wenn du noch lauter redest, hört er uns sogar, wenn er auf dem Dach ist. Und jetzt halt's Maul!«

Flake hielt das Maul, größtenteils. Er murmelte vor sich hin, während er weiter in den Ecken herumstocherte. Die beiden Eindringlinge arbeiteten sich durch den alten Lagerbereich. Er war in den höherliegenden Etagen offener – keine Laufstege – als der Hauptbereich, aber im Erdgeschoss wegen all der alten Kisten und dem Schutt auf dem Boden ebenso vollgestopft und unübersichtlich. John hatte immer noch Deckung. Er schlich sich noch näher heran, wobei er versuchte, sich an Roscoe zu halten. Er verlor wieder an Boden, als er abwarten mußte, bis Flake sich von einem Bereich abwandte, der vom bernsteinfarbenen Leuchten einer Straßenlaterne erhellt wurde, deren Licht durch eines der Fenster fiel. Die Verzögerung machte John nervös. Sie hatten ihre Durchsuchung des Erdgeschosses fast beendet und würden bald die Treppe heraufgehen. Oben würde es leichter sein, sie zu trennen, aber schwieriger, sich anzuschleichen. Es gab weniger Versteckmöglichkeiten.

Ein Schatten huschte über den Boden.

Flake sprang zurück. »Was war das!«

»Scheiße, Flake!« Roscoe fuhr herum und duckte sich. Als er nichts Ungewöhnliches sah, richtete er sich wieder auf. »Hörst du jetzt vielleicht mit dem Quatsch auf?«

»Ich habe was gesehen.«

»Was?«

»Ich weiß es nicht.«

Flakes Kopf ruckte herum, da er versuchte, alles

gleichzeitig zu beobachten. Roscoe suchte die Dunkelheit langsamer und sorgfältiger ab.

»Ich sehe nichts.«

»Ich sage dir, ich habe was gesehen.« Der Schatten huschte wieder vorbei. »Da!«

Flake zeigte auf den Boden, wo der Schatten gewesen war. John schüttelte den Kopf. Er hatte zwar nicht gesehen, was den Schatten verursacht hatte, aber was es auch war, es konnte nicht am Boden zu finden sein. Es mußte sich irgendwo hinter den beiden befinden. Er wußte, es war nicht Faye. Sie warf keinen Schatten.

»Das ist draußen«, sagte Roscoe. John war ebenfalls zu diesem Schluß gelangt. »Irgendwas ist an der Straßenlaterne vorbeigeflogen.«

»Ich bin nicht so sicher.« Flake klang verängstigt.

»Das war nur 'n Vogel oder irgendwas.«

»Vögel fliegen nachts nicht«, konterte Flake.

»Hast du noch nie was von Eulen gehört?«

Darüber dachte Flake einen Augenblick lang nach. »Ich hab hier in der Gegend noch nie 'ne Eule gesehen.«

»Dann war's eben 'ne Fledermaus. Fledermäuse hast du schon gesehen, oder?«

»'ne Fledermaus? Ich weiß nicht. Ich bin nicht so sicher, daß es 'ne Fledermaus war.«

»Halt einfach die Klappe und komm weiter.« Roscoe klang ungehalten.

»Ich sag dir, hier drinnen ist irgendwas!«

Roscoes Hand schoß vor, schloß sich um Flakes Kiefer und drehte dessen Gesicht ins Licht. Er starrte seinem Partner eindringlich in die Augen. »Hast du irgendwas eingeworfen, bevor wir hergekommen sind, Flake? Scheiße, Mann, so blöd kannst du doch nicht sein.«

Flake riß seinen Kopf weg. »Ich hab nichts genommen!«

»Das will ich dir auch geraten haben.«

»Hab ich nicht!«

»Dann hast du auch keinen Grund, Sachen zu sehen, die gar nicht da sind. Jetzt komm weiter, wir haben hier noch was zu erledigen.«

Roscoe wandte sich ab und ging weiter zum nächsten Gewirr aus Kisten und Schutt. Flake warf noch einen Blick auf das Fenster, bevor er ihm folgte. Ihre Suche führte die Eindringlinge durch den Lagerbereich, ohne John die Gelegenheit zu bieten, auf die er wartete. Roscoe marschierte über die freie Fläche an der Verladebucht. Flake war langsamer, vorsichtiger. Der Abstand zwischen den beiden vergrößerte sich, doch Flake stand zwischen John und Roscoe und vereitelte damit Johns Plan, Roscoe zuerst auszuschalten. Möglicherweise mußte John nehmen, was sich ihm bot. Roscoe hatte den Verladebereich jetzt hinter sich gelassen und war nun an der Treppe. Wenn er nicht auf Flake wartete…

*

Roscoe betrat das Treppenhaus.

John glaubte nicht, daß sich ihm noch eine bessere Gelegenheit bieten würde.

Er trat hinter dem Stapel Kisten hervor, der ihm Deckung gegeben hatte, und schlich vorwärts. Er hielt seinen Kampfstab vor sich, dessen Bronzeknauf schwer in seiner Hand lag. Mit dem Stab war er nicht so schnell wie mit dem Florett, als er noch gefochten hatte, und er verfügte weder über eine Spitze noch über eine Schneide, aber er hatte ein beachtliches Gewicht, das sich auf der Straße schon mehr als einmal als überaus nützlich erwiesen hatte. Bei einigen Gelegenheiten hatte er bedauert, daß der Stab stumpf war, aber nicht oft. Er hoffte, daß dies keine dieser Gelegenheiten war.

Flake drehte sich um, als John noch vier Meter entfernt stand. Offenbar hatte ihn eine Ahnung gewarnt, jedenfalls kein Geräusch, das John verursacht hatte. Die Augen des Eindringlings weiteten sich, als er John sah. Er stieß einen erstickten Laut aus, schrie aber nicht. Das war John nur recht. Flake sprang zur Seite und Johns erster Hieb verfehlte ihn.

Als er sah, daß John sich bei seinem vergeblichen Hieb eine Blöße gegeben hatte, nahm Flake seinen Mut zusammen und ging auf ihn los. John kehrte mit einem Tempo in seine Ausgangshaltung zurück, die Flake mehr zu verblüffen schien, als ihm als Warnung zu dienen. Er stürmte vorwärts und ließ einen weit ausholenden Schwinger los. John packte den Stab an beiden Enden und wich dem Hieb seitlich aus. Mit dem Stab lenkte er den Hieb zusätzlich ab, bevor er seinen Griff veränderte und das Bronzegewicht auf Flakes Schläfe niedersausen ließ. Der Bursche ging zu Boden wie ein Sack Schmutzwäsche.

John hätte Flake den Bronzeknauf auch mit voller Wucht über den Schädel schlagen und ihn vermutlich töten können, aber er hatte es nicht getan. Er hatte einige Fragen, die beantwortet sein wollten. Ein Schurke mit einer Gehirnerschütterung war ein Schurke, der vielleicht einige davon beantwortete, aber ein toter Schurke würde auf alle Fragen schweigen. Flake schien nicht zu der Sorte zu gehören, die in der Lage war, sich der Beantwortung von Fragen zu entziehen.

Ein lautes Geräusch irgendwo zwischen Quieken und Schrei hallte durch das Gebäude. Kurz. Der Laut verstummte, kaum daß er begonnen hatte. Durch seine Fremdartigkeit erschrocken, fuhr John herum, um sich nach seinem Ursprung umzuschauen. Er schien aus der Gegend des Haupteingangs gekommen zu sein.

Hatte er den Laut als einziger gehört?

»Hinter dir, John!«

Fayes Warnung kam noch rechtzeitig. John fuhr herum und sah, wie Roscoe auf ihn losstürmte, etwas Dunkles und anscheinend Schweres in der Hand. John reagierte unwillkürlich, indem er mit seinem Stab zustach, dessen schmale Spitze Roscoe auf den Solarplexus traf. Luft entwich zischend Roscoes Lunge, und er krümmte sich japsend. Wäre John mit einem Florett bewaffnet gewesen, er hätte Roscoe durchbohrt.

John ließ den Stab auf ihn herabsausen. Es knackte, und der Mann brach zusammen. John stellte fest, daß er nur noch das beschwerte Ende seines zerbrochenen Stabs in der Hand hielt. Er hätte nicht gedacht, daß er so fest zugeschlagen hatte. John bückte sich, um festzustellen, ob Roscoe noch atmete.

Das tat er, aber flach und stoßweise. Kein gutes Zeichen.

»Du hast getan, was du tun mußtest, John.«

Hatte er das? Er sah sich nach dem Gegenstand um, mit dem Roscoe hatte kämpfen wollen. Er hoffte, daß es sich um eine tödliche Waffe handelte. Dann sah er das Ding. Es war ein Totschläger. Die beiden hatten ihn lebendig fangen wollen. War es richtig, einen von ihnen deswegen zu töten? »Glaubst du, er erholt sich wieder?«

»Er ist ein Mensch, John. Menschen sind nicht sehr widerstandsfähig. Derjenige am Haupteingang war es jedenfalls nicht.«

Derjenige am Haupteingang war nicht was? John kam zu dem Schluß, daß er es gar nicht so genau wissen wollte. »Ich will nicht, daß er stirbt.«

»Er hatte hier nichts zu suchen«, sagte Faye kategorisch.

»Ist das nicht ein wenig extrem?«

Seine Antwort bestand aus einem Quietschen, das er mit dem Öffnen der Verladebuchttür assoziierte. Die Frau. Sie hatte er ganz vergessen. Sie mußte etwas gehört haben und kam jetzt nachschauen. Er wollte nicht noch mehr Schwierigkeiten. Vielleicht sah sie, wie die Dinge standen, und er konnte sie zum Rückzug bewegen. Er erhob sich in der Hoffnung, Kapital aus seiner Körpergröße schlagen zu können und beeindruckend auszusehen.

»Du bist als einzige noch übrig«, sagte er, als sie aus den tiefen Schatten rings um die Tür geeilt kam. »Am besten verschwindest du von hier.«

Sie blieb nicht stehen, wurde jedoch langsamer und aus ihrem Laufschritt entstand ein merkwürdig beiläufiges Schlendern. Ohne ein äußerlich erkennbares Zeichen der Beunruhigung registrierte sie die Tatsache, daß ihre Kameraden reglos dalagen. Sie redete ebenso beiläufig, wie sie ging.

»Sieht so aus, als hättest du Roscoe und Flake überrascht. Bei mir ist das nicht so leicht.«

»Da wäre ich nicht so sicher.«

Ohne innezuhalten, sagte sie: »Du bist etwas zu kurz.«

»Was?«

Sie deutete mit dem Kopf auf den gesplitterten Abwehrstab, den er immer noch umklammert hielt. »Du hast nicht mehr das, was du mal hattest, Groß, Blaß und Schön. Du brauchst schon 'nen größeren Prügel als den da, um mich zu beeindrucken.«

Groß, Blaß und Schön? Diese Wendung hatte er doch schon mal gehört. Konnte das sein? Er sah sich die Gestalt vor sich genauer an. Für eine Frau war sie groß und so breitschultrig, daß sie die Schultern ihrer weiten Militärjacke ausfüllte. Die Hose war ebenfalls eine Militärhose, die Schuhe, zwei nicht zueinander passende Aeroboks, hatten jedoch nichts Militärisches an sich. Ihr Gesicht befand sich im Schatten der breiten Krempe eines Schlapphuts, der offenbar schon bessere Zeiten erlebt hatte, bevor sie ihn aus dem Müll holte.

Ein verirrter Lichtstrahl der Straßenlaterne wurde von drei winzigen Chrombeschlägen auf ihrer Wange reflektiert. Er kannte diese Frau. Sie erledigte Jobs aller Art und ihr Revier lag in der Nähe der Barriere. Nach allem, was er gehört hatte, war sie sehr gut.

»Du bist Spillway Sue.«

Sie betrachtete ihn stirnrunzelnd und mit zusammengekniffenen Augen. »Du hast gute Augen. Zeiss?« Sie griff in die Tasche und holte etwas heraus. Ein Ruck der Hand brachte eine zwanzig Zentimeter lange Klinge zum Vorschein. Sie hielt die Waffe mit beiläufiger Sicherheit. »Für erstklassige Augen werden Spitzenpreise gezahlt.«

Sie trat einen Schritt vor, aber ihre Vorsicht verriet John, daß sie nicht so unbesorgt war, was einen Kampf zwischen ihnen betraf, wie sie vorgab. Er fand gute Gründe, seinerseits besorgt zu sein. Ihre Haltung war sehr gut. Als Messerkämpfer war sie kein Neuling. Er warf seinen Stab in die Luft und fing ihn am gesplitterten Ende auf. Als Keule würde er jetzt nützlicher sein. Er konnte einiges damit austeilen, aber der Stab war langsamer als das Messer. Sie begannen damit, sich zu umkreisen.

Mit dem Kreischen von verrostetem Metall, das sich aus seinen verkrusteten Verankerungen löste, und lautem Getöse hob sich eines der Verladetore. Grelles Licht fiel in das Gebäude und überflutete die Kombattanten. John hob seine freie Hand und versuchte seine Augen abzuschirmen. Spillway Sue stand wie angewurzelt da und starrte in das Licht wie eine Ratte, die in den Strahl einer Taschenlampe geraten war. Eine Ratte hätte niemals so perplex ausgesehen.

Eine untersetzte Gestalt trat ins Licht. Wer es auch war, der Mann trug einen langen Mantel, der ihn aussehen ließ wie eine animierte Kiste mit einem Ball obenauf. Der Eindringling mußte sehr zuversichtlich gewesen sein, daß sie keine Kanonen hatten. So deutlich umrissen, wie seine Silhouette jetzt war, gab er ein leichtes Ziel ab. Ein bewaffnetes Ziel, wie John jedoch sah, als der Mann vortrat. Er hielt eine großkalibrige Pistole in der rechten Hand. Als der Mann den Verladebereich betrat, erkannte John, daß er ziemlich klein war. Seine Stimme klang tief und rauh, und zwar so sehr, daß John argwöhnte, der Mann versuche sie absichtlich zu verstellen.

»Ich schlage vor, Sie lassen Ihre Waffen fallen und verhalten sich ruhig.«

Sue, die aus ihrer Erstarrung erwacht war, sagte: »Das ist eine Privatparty.«

»Jetzt nicht mehr«, sagte der Mann. »Versuchen Sie nicht zu fliehen. Meine Leute bewachen die Ausgänge.«

Spillway Sue sah sich mit übertriebenen Gesten um. »Ich sehe außer Ihnen niemanden. Vielleicht lassen Sie alle Ausgänge bewachen, vielleicht nicht. Ich schätze, ich sehe einfach mal nach.«

Sie wich einen Schritt vor dem Mann und in die Richtung der schattigen Sicherheit des Lagerbereichs zurück. Die Pistolenmündung bewegte sich ein wenig, als sie ihr folgte.

»Schätzen Sie lieber nicht«, sagte der Bewaffnete.

Sue blieb stehen. Ihre Zunge fuhr über ihre Oberlippe. John glaubte, daß sie ihre Chancen kalkulierte. Glaubte sie wirklich, vor einer Kugel davonlaufen zu können? Er rührte sich jedenfalls nicht von der Stelle. Als der Mann verlangt hatte, die Waffen fallen zu lassen, war er seiner Aufforderung gefolgt. Jetzt übertönte das Klirren des Bronzeknaufs auf dem Boden Sues Antwort. Sie warf John einen durchdringenden Blick zu und öffnete langsam die Hand, so daß ihr Messer ebenfalls zu Boden fiel.

»Ich heiße Wilson«, sagte der Mann. »Sie kennen mich nicht, aber wir haben einen gemeinsamen Freund. Ein großer Bursche. Auf der Straße nennt er sich Bär.«

»Ich kenne Sie tatsächlich nicht. Und von Bär hab ich noch nie was gehört«, sagte Sue.

»Ich habe nicht mit Ihnen geredet«, sagte Wilson.

Wilson bückte sich und legte etwas auf den Boden. Er stieß den Gegenstand mit dem Fuß an, so daß er auf John zurutschte. Es war ein Videolesegerät. »Darin ist eine CD. Spielen Sie sie ab.«

John hob das Gerät auf und drückte auf den Knopf. Der Bildschirm wurde hell und zeigte den Kopf und die Schultern eines bärtigen blonden Mannes. John erkannte das Gesicht sofort. Es war tatsächlich Bär.

»Jack, es ist wichtig, daß wir uns unterhalten«, sagte der Kopf. »Geh mit diesem Mann.«

Der Schirm verdunkelte sich.

John starrte ihn an. *Das ist alles? Zwei Sätze!* John schleuderte das Lesegerät auf den Boden. Es zerbrach in tausend Scherben aus Plastik und Silikon.

»Was soll das?« fragte er.

»Gute Frage, Mann«, sagte Sue.

»Du bist ruhig und hältst dich raus«, schnauzte John.

»Hey, schon gut, null Problemo. Dann, äh, verziehe ich mich jetzt.«

»Das glaube ich nicht«, sagte Wilson. Er bewegte sich ein wenig und ließ das durchdringende Licht auf seine Waffe fallen. »Im Augenblick ist es sicherer für alle Beteiligten, wenn Sie uns begleiten.«

Sue schüttelte den Kopf. »Ich gehe nirgendwohin.«

»Wen meinen Sie mit *uns,* Wilson? Ich habe kein Wort davon gesagt, daß ich Sie begleite«, sagte John.

Wilson räusperte sich und bewegte seine Waffe ein wenig. Licht glitzerte auf dem Metall. »Ich schlage vor, Sie überlegen es sich noch mal.«

»Was werden Sie tun?« fragte Sue spöttisch. »Auf uns schießen?«

Wilson lächelte dünn. »Das wurde als Weg des geringsten Widerstands vorgeschlagen.«

»Als Tote sind wir aber keine guten Gesprächspartner.« Sue klang nicht mehr ganz so zuversichtlich wie noch einen Augenblick zuvor.

Wilsons Lächeln wurde breiter. »Wer hat etwas davon gesagt, Sie zu töten?«

Ein roter Punkt erschien über dem Lauf von Wilsons Kanone. Ein zweiter entstand auf Spillway Sues Knie. Als sie sah, daß John ihre Beine betrachtete, schaute sie nach unten und sah den Punkt. Sie schrak nicht zusammen, was, wie John fand, von guten Nerven zeugte, aber ihre Stimme klang ein wenig schwach, als sie ihre nächste Frage stellte.

»Was ist mit Roscoe und Flake?«

Wilson zuckte die Achseln. »Da sie so nett waren, unsere kleine Besprechung zu verschlafen, sehe ich keinen Grund, sie mitzunehmen.«

»Werden Sie sie töten?«

Wilson antwortete nicht.

»Sie werden, nicht wahr? Cholly haben Sie schon erledigt, richtig?«

»Wer ist Cholly?«

»Sie wissen schon. Sie haben ihn vorne umgelegt, bevor Sie hier nach hinten kamen, stimmt's? Sie haben Cholly umgelegt und jetzt legen Sie diese Burschen hier um. Wann sind wir an der Reihe?«

Das erklärte Fayes Bemerkung hinsichtlich des Mannes, der den Vordereingang bewacht hatte. Wilson war der Grund. John war froh, daß Faye nichts damit zu tun hatte. Unglücklicherweise mußte *er* sich jetzt mit diesem Wilson auseinandersetzen.

»Sie scheinen vom Tod besessen zu sein, junge Frau«, sagte Wilson.

»Berufsrisiko«, murmelte sie vor allem zu sich selbst. Lauter sagte sie: »Hey, Mann. Was will Shorty überhaupt von dir? Weißt du, von mir aus könnt ihr zwei einfach verschwinden.«

»Ich glaube nicht«, sagte Wilson.

»Warum lassen Sie sie nicht gehen, Wilson? Sie hat nichts damit zu tun, weswegen Bär Sie hergeschickt hat.«

»Tall Jack hat recht«, tönte Sue ins gleiche Horn. »Ich habe damit nichts zu tun.«

»Junge Frau, ich bin als Eskorte für Jack hier. Sie sind bereits durch Ihre bloße Anwesenheit in die Sache verwickelt. Sie komplizieren die ganze Angelegenheit, indem Sie die Sicherheit gefährden.«

»Das tut mir ja sooo leid.«

»Mir auch, junge Frau. Ich habe die Absicht, diesen Auftrag so glatt wie möglich zu erledigen. Leute, die keine Gefahr darstellen, sind auch nicht in Gefahr.«

»Was soll das jetzt bedeuten?«

»Es bedeutet, daß Sie jetzt nach draußen gehen sollten.«

Er beschrieb eine Geste mit seiner Kanone. Spillway Sue sah nicht sehr glücklich aus, als sie seinem Befehl nachkam, aber sie bewegte sich. John war erleichtert. Sie mochte mit einer nicht näher bestimmten Absicht hergekommen sein, ihm zu schaden, aber er wollte sie nicht grundlos tot oder verstümmelt sehen. Er folgte ihr ins grelle Licht. Hinter sich hörte er das leise Schlurfen von Wilsons Schuhen.

Als er auf die Verladeplattform trat, fragte Sue: »Überlassen Sie die Drecksarbeit Ihren Partnern, Shorty?«

»Gehen Sie einfach weiter die Treppe herunter«, entgegnete Wilson.

Im Hof standen zwei Fahrzeuge. Das eine war ein Geländewagen mit besonders viel Bodenfreiheit, das andere eine lange, schnittige Limousine. Die hintere

Tür der Limousine öffnete sich und gab den Blick auf den matt beleuchteten Innenraum frei.

Bär erwartete sie dort nicht. Tatsächlich saß niemand darin. John betrachtete die Fahrzeuge. Niemand stand neben ihnen und beide Fahrzeuge hatten getönte Scheiben. Das Innere und die Fahrer waren abgeschirmt. Nach allem, was John sehen konnte, war Wilson allein.

Das Licht, das Wilsons Ankunft vorausgegangen war, befand sich auf dem Kabinendach des Geländewagens. Als sie die Treppe heruntergingen, erlosch es. Der plötzliche Wechsel der Lichtverhältnisse ließ John beinahe stolpern. Spillway Sue geriet aus dem Tritt und fiel zu Boden. Ihr Kopf fuhr herum, als sie sich wieder erhob.

»Ich sehe keine Rückendeckung für Sie, Shorty.«

John sah ebenfalls keine.

»Das Hochhaus«, flüsterte Faye.

Damit mußte sie das Lantham Building meinen. Es war das höchste Gebäude in der Nähe. Die Verladebucht würde von dort aus zu sehen sein. John ließ den Blick die Fassade entlang wandern. Die meisten Fenster waren dunkle Löcher in der Fassade. Aus einem dieser dunklen Löcher, dicht unter dem Dach, ragte etwas, das große Ähnlichkeit mit dem langen Lauf eines Präzisionsgewehrs hatte. Er hatte das sichere Gefühl, daß jemand hinter dieser Waffe saß: ein Scharfschütze. Spillway Sue folgte seinem Blick. John wußte nicht, ob sie den Scharfschützen sah, aber sie erhob keine Einwände mehr, sondern ging zum Wagen. John folgte ihr.

Bevor er dort ankam, flüsterte John: »Halt dich raus, Faye.«

»John…«

»Keine Widerrede«, sagte er, als er sich bückte, um einzusteigen.

»Eine gute Idee, Elfe«, sagte Wilson.

John erstarrte auf halbem Weg in den Wagen. Er starrte Wilson an. »Sie wissen von ihr?«

»Ich weiß viele Dinge. Arthur wartet, und wir verschwenden Zeit. Wenn Sie Antworten auf Ihre Fragen wollen, steigen Sie jetzt besser in den Wagen.«

John wollte Antworten auf seine Fragen. Er glitt auf den weichen Sitz. Spillway Sue war auf die andere Seite gerutscht und machte sich an den Kontrollen in der Armlehne zu schaffen, doch ohne erkennbares Resultat. Wilson schlug die Wagentür hinter ihnen zu. Einen Augenblick später spürte John, wie die Limousine sich ein wenig nach rechts neigte, da jemand auf dem Beifahrersitz Platz nahm. Dann fuhren sie los.

Erst da fiel John wieder ein, daß Bärs Freunde ihn nicht Arthur nannten.

Kapitel 6

Das Bett, das sie für ihn gemacht hatten, war nachgiebig und mit einem glatten Stoff bezogen, der sich kühl und weich auf seiner trockenen Haut anfühlte. Die Bettwäsche bestand aus demselben leichten Material. Etwas summte unter der Matratze, etwas, das Hitze erzeugte, die ihn wärmte. Das war gut. Es gestattete ihm, seine Kräfte für wichtigere Dinge als die Aufgabe einzusetzen, die Temperatur seines Blutes konstant zu halten.

Das Kissen war ebenfalls gut, flauschig und weich, obwohl es einen ihm unbekannten Geruch hatte. Es war weder mit Daunen noch mit Baumwolle gestopft, diese Gerüche kannte er. Was seinen Kopf so bequem polsterte, hatte, so weit er es beurteilen konnte, niemals gelebt. Es war zu weich, um ein Mineral zu sein, zu nachgiebig in der Struktur. Zweifellos ein Wunder dieses neuen Zeitalters. Wie die Lampen, die nach Blitz rochen. In der Tat, ein Zeitalter der Wunder.

Joel Lee übermittelte seine Befehle, und er lauschte aufmerksam den Worten, die sein neuer Sklave benutzte – und lernte. Ihm fiel auf, daß diejenigen, mit denen Joel Lee sprach, eine andere Person ansahen, bevor sie die Befehle seines Sklaven ausführten. Gewöhnlich hätte ihn eine solche Anmaßung erzürnt, aber er war noch nicht wieder normal. Er war ein Geist, eingeschlossen in einem Körper, den die Reise durch die Zeit hatte steif werden lassen und die Zufuhr frischer Energie noch nicht wieder gelockert hatte. Als seine Kräfte es ihm gestatteten, wandte er den

Kopf, um diese anderen zu betrachten, diese Quelle der Autorität.

Zwei Personen standen dort, wohin die anderen geschaut hatten. Ein Mann, Asiat, dunkle Haare, ernstes Gebaren, und eine Frau lateinischen Blutes, ebenfalls dunkel, aber auf eine andere Weise, und von grimmigem Gebaren. Sie hatte etwas von der Schönheit der Besten der Primitiven aus der neuen Welt, die ihn als König und Gott verehrt hatten. Er spürte, daß einer der beiden derjenige mit dem Zeichen war, der gekommen war, um seinen langen Schlaf zu beenden, aber seine Wahrnehmung war immer noch schwach und so unscharf, daß er nicht sagen konnte, welcher.

Also hatte er nicht geträumt, daß ein Anhänger des Pfads zu ihm gekommen war. Dieser Ort war so fremd und kahl, daß er befürchtet – nein, Furcht war zu stark –, *gemutmaßt* hatte, die Störung seines Schlafs sei eine Art Irrtum. Es freute ihn zu sehen, daß seine Erinnerung an das Zeichen kein Überbleibsel eines Traums war, keine aus der Hoffnung geborene Einbildung. Hier war die Bestätigung. Die Anhänger waren treu gewesen und hatten gewartet, bis die Zeit der Erwekkung gekommen war. Und schließlich waren sie gekommen, um den Schläfer zu wecken.

Wäre sein Geist durch den Jahrhunderte währenden Schlaf nicht so getrübt gewesen, hätte er sofort gewußt, welcher der beiden der Anhänger war. Er musterte sie, beobachtete das feine Wechselspiel von Mimik, Haltung und Gestik. Er konnte erkennen, wer von den beiden höhergestellt war: der Mann. Wie es sich gehörte.

Die Kraft brauchte nicht vergeudet zu werden, wo der Verstand ausreichte.

Doch ein wenig Verschwendung ließ sich rechtfertigen. Zuerst die Stärke. Am besten, sie kamen gar nicht erst auf den Gedanken, daß er so schwach war. Zwar ließen seine Kräfte immer noch zu wünschen übrig,

Kapitel 6

Das Bett, das sie für ihn gemacht hatten, war nachgiebig und mit einem glatten Stoff bezogen, der sich kühl und weich auf seiner trockenen Haut anfühlte. Die Bettwäsche bestand aus demselben leichten Material. Etwas summte unter der Matratze, etwas, das Hitze erzeugte, die ihn wärmte. Das war gut. Es gestattete ihm, seine Kräfte für wichtigere Dinge als die Aufgabe einzusetzen, die Temperatur seines Blutes konstant zu halten.

Das Kissen war ebenfalls gut, flauschig und weich, obwohl es einen ihm unbekannten Geruch hatte. Es war weder mit Daunen noch mit Baumwolle gestopft, diese Gerüche kannte er. Was seinen Kopf so bequem polsterte, hatte, so weit er es beurteilen konnte, niemals gelebt. Es war zu weich, um ein Mineral zu sein, zu nachgiebig in der Struktur. Zweifellos ein Wunder dieses neuen Zeitalters. Wie die Lampen, die nach Blitz rochen. In der Tat, ein Zeitalter der Wunder.

Joel Lee übermittelte seine Befehle, und er lauschte aufmerksam den Worten, die sein neuer Sklave benutzte – und lernte. Ihm fiel auf, daß diejenigen, mit denen Joel Lee sprach, eine andere Person ansahen, bevor sie die Befehle seines Sklaven ausführten. Gewöhnlich hätte ihn eine solche Anmaßung erzürnt, aber er war noch nicht wieder normal. Er war ein Geist, eingeschlossen in einem Körper, den die Reise durch die Zeit hatte steif werden lassen und die Zufuhr frischer Energie noch nicht wieder gelockert hatte. Als seine Kräfte es ihm gestatteten, wandte er den beugte sich tief, eine sinnlose Geste. Joel Lee übermittelte Quetzals Forderung nach Nahrung. Nakaguchi verbeugte sich noch einmal und kümmerte sich darum. Nakaguchis Diener führten einen alten Mann zu Quetzal. Nicht die Frau? Er war enttäuscht. Sie wäre lecker gewesen.

*

Die einzige Beleuchtung in dem Raum war der Widerschein der auf dem Wandschirm geöffneten Fenster und das Leuchten des halben Dutzends Bildschirme und Submonitore auf der C-förmigen Konsole. Nachdem sie die Tür hinter sich geschlossen hatte, blieb Pamela kurz stehen und wartete, bis ihre Augen sich an die Lichtverhältnisse gewöhnt hatten. Die Insassin des Raums gab mit keiner Geste zu erkennen, daß sie Pamelas Eintreten bemerkt hatte, doch Pamela wußte genau, daß der Schein trog. Als Pamela sich an das matte Licht gewöhnt hatte, machte sie die Gestalt der Frau aus, die auf einem Bürostuhl vom Typ Console Queen in der Mitte der Apparatur saß, die den Raum ausfüllte. Sheila Rearden, deren schwammiges Fleisch vom CQ-Stuhl gestützt und gehalten wurde, blieb abgesehen von ihren flatternden Händen vollkommen reglos. Ihre Finger huschten über die Tasten einer virtuellen Tastatur und ihre sich drehenden Hände betätigten Schalter und Hebel, die nur in der Welt des Computers existierten. Rearden war ein Technomancer, ein Zauberer im Kontext der Maschine. Aus diesem Grund hatte Pamela sie eingestellt.

Pamela konnte sich nicht erinnern, wann sie Rearden zuletzt auf ihren zwei Beinen hatte stehen sehen. Die Deckerin verließ ihr Büro nur selten, und Pamela war Rearden noch nie auf den Fluren des Gebäudes begegnet. Doch es war weder Reardens sportliche Leistungsfähigkeit noch ihre Beherrschung der Etikette, die Pamela interessant fand. Rearden brachte Ergebnisse.

»Haben Sie irgend etwas für mich?« fragte sie die Gestalt, die beinahe auf dem Rücken lag, so weit war die Lehne des Stuhls nach hinten geneigt.

»Vielleicht.« Rearden konzentrierte sich weiterhin auf den Wandschirm und weigerte sich, in Pamelas Richtung zu schauen. Die Computerspezialistin trug eine VR-Brille, aber Pamela brauchte ihr Gesicht gar nicht zu sehen, um Reardens Beklemmungen zu erkennen. Sie bemerkte die Anspannung im Körper der Deckerin und hörte sie aus ihrer Stimme heraus, als sie sagte: »Ich glaube, ich komme rein, aber er hat das Zeug mit einem persönlichen Zugangscode und weiteren Schutzmaßnahmen gesichert. Der Vogel wird sein Gefieder sträuben, wenn wir uns den Kram schnappen und mit der Hand in der Keksdose erwischt werden. Sind Sie sicher, daß diese Sache so wichtig ist?«

»Sie könnte lebenswichtig sein.«

Die umherhuschenden Finger verharrten. »Es ist mein Arsch, der geröstet wird, wenn seine Decker meine Fußabdrücke zurückverfolgen.«

»Dann hinterlassen Sie keine.«

»Nicht, daß ich scharf darauf wäre, Ms. M. Ich hänge an meinem Arsch.«

»Nicht nur Ihrer steht auf dem Spiel.«

»Tatsächlich?« Sie drehte langsam den Stuhl, bis die verspiegelten Gläser der VR-Brille auf Pamela gerichtet waren. »Ist diese Sache wirklich groß genug, um das Risiko einzugehen, den Sama-san so richtig wütend zu machen?«

»Ich glaube schon«, sagte Pamela entschlossen.

»Und Sie lassen mich nicht hängen, wenn sie Köpfe rollen lassen wollen? Ich weiß, wie leicht es für einen Pinkel ist – nichts gegen Sie persönlich, Ms. M., Sie sind in Ordnung –, alles auf uns anarchistische Decker zu schieben.«

Pamela beugte sich über die nächste Konsole und drückte mit ihrem Taschencomputer auf das Eingabefeld. Ein neues Fenster öffnete sich, das mit ihrem persönlichen Siegel gekennzeichnet war und ein normales Genehmigungsformular zeigte. Sie berührte den Bildschirm und leitete damit die Übertragung des Formulars zu Reardens Datenbank ein. »Meine eigenen Codes zur Autorisierung Ihrer Handlungen.«

»Überirdisch.« Rearden lächelte. »Sie strahlen alle möglichen positiven Wellen aus. Als könnten wir bei dieser Einstellung gar nicht verlieren.«

»Ich habe nicht die Absicht zu verlieren.« *Oder die Schuld auf mich zu nehmen.* Anarchistische Decker waren berüchtigt dafür, Genehmigungscodes zu stehlen, um ihren Handlungen den Anschein der Legitimität zu verleihen. Pamela hatte bereits einen Bericht über verdächtige Aktivitäten in ihre Datenbank eingegeben. Er würde ihr Leugnen unterstützen, von Reardens Tätigkeiten gewußt zu haben, sollte dies notwendig werden.

Rearden drehte ihren Stuhl wieder zum Wandschirm zurück. Zuckende Finger tanzten in der Luft, da Rearden ihre Magie wirkte, doch ihre mystischen Handbewegungen waren ausschließlich technologische Magie. Pamela wartete.

»Drin.« Der Körper der Deckerin zitterte, als sich Spannung abbaute. »Alles ruhig.«

Pamela stieß einen Seufzer der Erleichterung aus. Sie hatten die Tür geöffnet, ohne einen Alarm auszulösen. Rearden verdiente sich ihr Gehalt.

»Rufe sein Inventar auf den Schirmen drei und vier auf.«

»Welche sind das?«

»Entschuldigung.« Zwei der Fenster an der Wand wechselten die Farbe. »Die gelben Schirme.«

Pamela überflog die Namen und Codes der dargestellten Dateien. Bei den meisten handelte es sich um gewöhnliche Konzerndateien, ein vertrautes Format. Einige wenige ließen interessante Möglichkeiten erahnen, doch nichts schien das zu sein, was sie suchte. Es wäre auch dumm von ihm gewesen, seine Schwachstellen als solche zu bezeichnen. Hinter welchem dieser Namen verbarg sich, was sie brauchte, um Nakaguchi zu Fall zu bringen?

Pamela beugte sich über die Konsole und gab Befehle ein. Ein Faksimile ihrer eigenen Datenbanken erschien im Mittelfenster. »Stellen Sie einen groben Datenvergleich unter Benutzung dieser Sachen hier als Vergleichsbasis an. Rufen Sie alles mit abweichenden Speicherparametern auf. Ich bin ganz besonders an Dateien mit privaten Zugangsfenstern interessiert.«

»Wird erledigt!«

Der Wandschirm verwandelte sich in ein chaotisches Durcheinander aus sich bewegenden Fenstern, die alle einen Hindernisparcours aus Größen, Farben und Formen durchliefen. Pamela nahm an, daß Rearden irgendwie den Überblick behielt, aber sie war in dem Wirrwarr verloren. Wegen ihrer Fachkenntnisse im Computerbereich hatte sie Rearden eingestellt. Pamela ließ die Expertin arbeiten. Schließlich verlangsamte sich das Durcheinander ebenso, wie dies Reardens zuckende Finger taten. Die Deckerin lächelte, verschränkte die Hände und grinste auf eine selbstzufriedene Art. Die Schirme drei und vier nahmen wieder ihre safrangelbe Farbe an, doch das Inventar war erheblich kleiner geworden. Pamela überflog die Namen der Dateien und Verzeichnisse. Sie war nicht überrascht, die Datenbank des Charybdis-Projekts unter den verdächtigen Einheiten wiederzufinden. Sie benutzte einen Laserzeiger, um sie hervorzuheben.

»Damit fangen wir an.«

Rearden machte keine Anstalten, ihre Hände zu entfalten. »Er hat Sperren angebracht.«

»Beseitigen Sie sie.«

»Sie sind komplex.«

»Sie behaupten gern, die Beste auf Ihrem Gebiet zu sein. Können Sie in sein System eindringen oder nicht?«

»Bisher ist alles ziemlich glatt verlaufen, aber an dieser Stelle wird es wesentlich komplexer. Er hat selbst auch einen ziemlich guten Decker. Gute Arbeit, ziemlich elegant.«

»Wollen Sie damit sagen, Sie können es nicht?«

»Nein. Ich will damit nur sagen, daß Nakis Decker überall Verweis- und Protokolldateien hinterlassen hat. Ich kann nicht garantieren, daß ich keine Spuren hinterlasse.«

Und Spuren konnten und würden zu ihrem Ursprung zurückverfolgt werden, zu Rearden und letzten Endes zu ihr. Nakaguchi würde explodieren, wenn er herausfand, daß jemand in seinen privaten Dateien herumgeschnüffelt hatte. Er hatte sich seinen Ruf als Mann für unangenehme Aufgaben nicht umsonst verdient. Köpfe würden rollen. Auch ihrer, wenn er ihre Dementis nicht plausibel fand. War der Inhalt von Nakaguchis Dateien das Risiko wert, das mit dem Versuch verbunden war, sich Zugang zu ihnen zu verschaffen? Konnte das, was in ihnen verborgen war, eine ausreichende Entschädigung dafür sein?

Sie wußte es nicht. Sie hatte jedoch ihre Vermutungen. Sie konnte es sich nicht leisten, *nicht* zu wissen, was sich in diesen Dateien befand. Sie brauchte alles an Munition, was sie kriegen konnte.

»Fangen Sie an«, befahl sie.

*

Drei von Nakaguchis jämmerlichen Opfergaben waren nötig gewesen, bevor Quetzal sich ausreichend gestärkt gefühlt hatte, um aufzustehen. Und aufgestanden war er. Es war ein herrliches Gefühl! Sich wieder zu bewegen! Zu stehen! Zu laufen!

Die Erschöpfung hatte ihn rasch übermannt, und er hatte alle bis auf Joel Lee entlassen und geschlafen. Aber es war ein gewöhnlicher Schlaf gewesen, nicht der Tiefschlaf. Als er erwachte, konsultierte er das Zeitmeßgerät. Stunden waren verstrichen. Nur *Stunden*.

Er fühlte sich wie befreit.

Er *war* befreit. Frei, wieder auf der Erde zu wandeln, frei zurückzufordern, was ihm gehört hatte, frei, seine Rechte als Meister der Mysterien auszuüben, aber in erster Linie frei, sich wieder des Lebens zu erfreuen.

Doch er war immer noch hungrig, obwohl es nicht der unstillbare Heißhunger war, der ihn noch bis vor kurzem verzehrt hatte. Er konnte warten.

Von seinem wunderbar weichen Bett aus begutachtete er den Raum, staunte über die seltsamen Möbel. Alles war so schlicht und schmucklos. Einiges wenige von dem, was er sah, war vertraut, und er ließ sich von Joel Lee die Bezeichnungen für die exotischen Gegenstände nennen. Später würde er der Bedeutung dieser absonderlichen Gegenstände auf den Grund gehen. Einstweilen reichte es ihm, ihre Namen zu kennen. Weil er wußte, daß Namen wichtig waren.

Binnen Minuten erschien Nakaguchi, unaufgefordert.

»Wie fühlt Ihr Euch, Hochverehrter?«

»Begierig, wieder auf den Beinen zu sein.«

»Die Ärzte raten, zuerst zu mehr Kräften zu kommen. Euer Körper ist schwach.«

Dieser Punkt ließ sich leicht korrigieren. Er konnte seine Kraft sofort steigern, doch er brauchte Nakaguchi noch. Der Asiat war auch weiterhin der einzige Anhänger, den er gesehen hatte. Er mahnte sich zur Geduld, zu einer allmählichen Steigerung seiner körperlichen Stärke.

Wie schwach sein Körper auch war, sein Wille blieb weiterhin stark und sein Geist brauchte nicht untätig zu bleiben. Es gab viel über das Zeitalter in Erfahrung zu bringen, in dem er erweckt worden war. Wieviel? Nun, auch das mußte er in Erfahrung bringen. Er konnte lernen, sogar im Bett. Seine Verbindung zu Joel Lee unterdrückte den Geist des Sklaven, so daß er nur begrenzt informatorischen Zwecken dienen konnte. Doch Nakaguchi, der noch unabhängig war, konnte weitaus kompliziertere Fragen beantworten. Doch passives Lernen fand am besten an einem sicheren Ort statt und er mußte sich noch vergewissern, ob dieser Ort sicher genug war. Nakaguchi schien es zu glauben, aber da der Asiat kaum in die Mysterien eingeweiht war, mochte seine Zuversicht fehl am Platz sein. Im Augenblick war Sicherheit von allergrößter Bedeutung. Es gab zu viel, was Quetzal über dieses neue Zeitalter nicht wußte und daher auch nicht vorausahnen konnte.

»Wo liegt dieser Ort?« fragte er.

Beim geringsten Anstoß fing der Asiat an zu plappern. Er war ganz eindeutig eifrig bemüht, zu Diensten zu sein.

»Wir befinden uns in Massachusetts, einem Mitgliedsstaat der New England Kooperative und einem der Gründerstaaten der Vereinigten Staaten von Amerika. Die Vereinigten Staaten sind das vorherrschende politische Gebilde in der nordamerikanischen Freihandelszone. Diese spezielle Anlage liegt im Bezirk Brookfield und wird allgemein als Nordost-Sprawl bezeichnet. Sie ist Eigentum einer Firma namens Chemogenics, einer von vielen Firmen, die zu Mitsutomo Keiretsu gehören, der Welt größtem Megakonzern.«

Nakaguchi machte seine Aussage mit Stolz. Sie war voll von den Einzelheiten, die Quetzal hören wollte, wie Nakaguchi es gewußt haben mußte, aber es fehlten wichtige Einzelheiten, darunter auch die wichtigste. »Du kontrollierst dieses Mitsutomo Keiretsu?«

Die blasse Haut des Asiaten wurde etwas dunkler, als er errötete. »Bedauerlicherweise nicht, Hochverehrter. Aber ich bin ein hochgestelltes Mitglied im Rat dessen, der es tut. Er hört auf mich.«

Nur ein Ratgeber? Die Lage war nicht so, wie sie hätte sein sollen. »Wer herrscht?«

»Der alte Mann. Hiroto Mitsutomo.«

Also war es ein persönliches Imperium. Dies verstand Quetzal. Ein Ratgeber, dem vertraut wurde, verfügte über Einfluß, wenn nicht gar Macht, und bekleidete eine hohe Position in solch einem Imperium. Dennoch, nicht alles war so, wie es hätte sein sollen. Er hatte erwartet, daß die Anhänger sich als Teil der Vorbereitung als bedeutende Mächte auf der Welt etabliert haben würden, aber sie hätten sich nicht so wichtig nehmen dürfen, daß sie Lakaien schickten, um zu tun, was eigentlich ihre Aufgabe war. »Welchen Rang hat Hiroto Mitsutomo?«

»Bedauerlicherweise ist Mitsutomo-sama kein Anhänger des Pfades.«

Diese Antwort gefiel Quetzal nicht. Das war nicht so, wie es hätte sein sollen. Er war noch schwach von der Erweckung, verwundbar. Zu erfahren, daß er hier der Gnade des uneingeweihten Hiroto Mitsutomo ausgeliefert und auf die Duldung eines Ungläubigen angewiesen war, bestürzte ihn. Ganz und gar nicht, wie es hätte sein sollen. Die Lage mußte so schnell wie möglich verändert werden, aber wie? In Unwissenheit zu handeln, war gleichbedeutend mit Scheitern.

Er nahm zur Kenntnis, daß Nakaguchis Begleiter das

lange weiße Gewand der weisen Männer dieses Zeitalters trugen.

»Wie ich sehe, hast du weise Männer mitgebracht. Sollen sie mir von diesem Zeitalter berichten?«

Nakaguchi war vorübergehend ob des Themenwechsels verwirrt, faßte sich jedoch schnell wieder. »Das sind Ärzte, keine Lehrer. Sie sind hier, um Euch zu beobachten und Euch dienlich zu sein, falls nötig. Sie werden Euren körperlichen Zustand überwachen, während das Lernprogramm läuft, das ich für Euch vorbereitet habe. Die Technik ist anstrengend – und wir sind um Eure Gesundheit besorgt.«

Die Worte des Asiaten verwirrten Quetzal. Lernen war noch nie anstrengend gewesen. Aufregend vielleicht, wenn er anderer Meinung als ein Lehrer gewesen war. Insbesondere, wenn der Lehrer ein Untergebener war. »Du schlägst vor, daß du selbst mich unterrichtest?«

»Das würde ich mir niemals anmaßen, Hochverehrter.«

»Dann hast du Bücher mitgebracht?«

»Bücher wären ziemlich sinnlos, bis Ihr die Sprache gelernt habt. Es gibt nur wenige Bücher in den alten Sprachen, und keines von ihnen befaßt sich mit der Gegenwart. Wir werden den Computer benutzen.«

Computer? Das Wort mar merkwürdig. Handelte es sich um einen rituellen Lernzauber? »Erkläre das Wort Computer.«

»Dazu wären Wörter erforderlich, die Ihr nicht kennt, Hochverehrter. Sobald wir Euch eine moderne Sprache nahegebracht haben, können wir über Computer diskutieren. Ich glaube, Ihr werdet sie faszinierend finden.«

Sie führten ihn zu einem seltsam gestalteten Thron, der besser gepolstert war als jeder andere, den er bisher gesehen hatte. Sogar die Armlehnen waren gepolstert. Auf Drängen der Ärzte setzte er sich und sank in das weiche Polster. Die Ärzte gingen, um sich an ihren Geräten und Maschinen zu schaffen zu machen. Quetzal sah zu und versuchte aus ihren Handlungen schlau zu werden. Nach einem Augenblick verspürte er überall da ein Kribbeln, wo er mit dem Stuhl in Berührung kam. Er hob einen Arm, um festzustellen, was ihn befallen hatte, und sah nichts, aber das Gefühl am Arm hörte auf.

»Ein Teil des Überwachungsmechanismus«, erklärte Nakaguchi. »Ein System der Biorückkopplung.«

So viele merkwürdige Wörter. Der Asiat hatte mit Quetzals Reaktion gerechnet und schien nicht beunruhigt zu sein. Nun gut. Einstweilen würde Quetzal ebenfalls nicht beunruhigt sein. Das Kribbeln begann wieder, als er den Arm senkte, aber nach ein paar Herzschlägen hörte die Empfindung einfach auf.

Einer der Ärzte trat hinter dem Thron hervor. Er hielt einen Helm in den Händen, ein glänzendes Ding mit einem Visier und einem Bündel von Schnüren, die hinter den Thron reichten und dort verschwanden. Ein weiterer Arzt näherte sich ihm von der anderen Seite. Dieser hielt einen kleinen Zylinder in der Hand. Der Arzt hob den Zylinder und sprühte einen feuchten Nebel auf die Seite von Quetzals Kopf.

»Kamelgezücht!« fauchte Quetzal. Er hob die Hand, bereit, einen Tötungszauber zu wirken. Der Arzt zuckte zurück. Nakaguchi trat zwischen sie.

»Macht Euch keine Sorgen, Hochverehrter. Das ist nur ein Elektrolytspray, um die Leitfähigkeit für den Helm zu verbessern.«

Noch mehr merkwürdige Wörter. Es spielte keine Rolle, ob diese wässrige Beleidigung eine Verbesserung versprach oder nicht, er störte sich an der Freiheit, die sie sich herausnahmen. »Es ist beleidigend.«

»Ich bitte um Entschuldigung, Hochverehrter, aber es ist nötig für den Computer.«

Quetzal senkte die Hand. Nach einem Augenblick des Nachdenkens war er nicht sicher, ob er die Energie für den Zauber überhaupt hätte aufbringen können. Sollten sie ihn für großmütig halten. »Mir mißfällt das Gefühl des Wassers.«

Nakaguchi grinste, weil Quetzal sich die seltsame Bezeichnung für die Flüssigkeit, mit der man ihn besprüht hatte, nicht hatte merken können. »Das Unbehagen vergeht sehr schnell. Ohne das Elektrolyt wird es Interferenzen im Interface geben.«

»Wäre das ein Problem?«

»Ein gravierendes, Hochverehrter.«

»Ich werde gestatten, mich zu besprühen.«

Er unterwarf sich der Erniedrigung durch den Nebelzylinder des Arztes. Der Geruch wirkte fruchtig, aber doch nicht angenehm. Er war mit einem Geruch des Verfalls unterlegt, der ihn im Verein mit der Kühle des Sprays auf seiner Kopfhaut an das Klettern in die Berge aus den dampfenden Dschungeln darunter erinnerte.

»Würdet Ihr jetzt den Helm aufsetzen, Hochverehrter?«

»Ist das wichtig für deinen Computer?«

»Das ist es.«

»Nun gut.« Quetzal nahm dem Arzt jedoch den Helm ab und setzte ihn sich ohne Hilfe auf. Das Visier war unbeweglich und es gab keinen Sichtschlitz. »Ich kann nichts sehen.«

»Nur nicht mit den Augen, Hochverehrter. Der Computer wird Euch sehen lassen, ähnlich wie bei einer Vis on.«

»Dieser Computer kennt die Mysterien?«

Nakaguchi kicherte. »Der Computer kennt eine andere Art von Mysterium. Seid Ihr bereit?«

Eine andere Art von Mysterium? Quetzals Neugier war geweckt. *Wie* bei einer Vision? Er nickte zustimmend. »Du kannst beginnen.«

Nakaguchi sagte etwas zu den Ärzten. Ohne Vorwarnung dehnte Quetzals Geist sich plötzlich aus, explodierte förmlich nach außen. Beim Wurm im Herzen der Welt! Sein Kopf stand in Flammen! Tausend Bilder überfluteten seine Augen. Geräusche drangen in einer nahezu sinnlosen Kakophonie an seine Ohren, ungebetene fremde Wörter und Begriffe zogen durch seinen Verstand. Was geschah? Er erlebte einen Augenblick der Furcht. Hatte Nakaguchi ihn verraten? Fühlte es sich so an, wenn man besessen war? Steckte ein Verstand hinter dieser Invasion, ein Wille, der seinen eigenen überwältigen würde? Er fühlte sich angegriffen. Die Geschwindigkeit dieser Absonderlichkeit entzündete seinen Geist, verbrannte ihn. Er spürte, wie die Flammen seinen Willen verzehrten und drohten, ihn verglühen zu lassen. Er wehrte sich und erlegte sich Beherrschung und Gelassenheit auf.

Der Angriff hörte plötzlich auf.

Sein Verstand gehörte wieder ihm, da die fremden Bilder verschwanden.

»Ist alles in Ordnung, Hochverehrter? Ihr habt aufgeschrien.«

»Vor Überraschung«, log er. Vor einem Untergebenen eine Schwäche einzugestehen, war eine große Torheit. »Ich war nur überrascht.«

»Es klang so, als littet Ihr Schmerzen.«

»Ein Mißverständnis deinerseits.« Das Eingeständnis, Schmerzen empfunden zu haben, wäre ebenfalls Torheit gewesen.

»Es freut mich, das zu hören, Hochverehrter. Wir haben uns Sorgen gemacht, ob Ihr den Input würdet verkraften können.«

Input. Ein Wort für das, was er erlebt hatte. »Es war… verwirrend.«

»Dann waren unsere Sorgen begründet. Glücklicherweise habe ich eine verminderte Datenzuführung angeordnet. Ich könnte die Techniker anweisen, die Geschwindigkeit des Inputs noch weiter herabzusetzen, falls Ihr das angenehmer findet.«

In der Stimme des Asiaten lag ein Unterton verborgener Befriedigung, eine Andeutung der Freude über seine Überlegenheit. Quetzal konnte es sich nicht erlauben, ihm gegenüber Schwäche zu zeigen. »Es gibt so viel zu lernen.«

»Sehr viel«, bestätigte Nakaguchi. »Wir wollen Euch nur dabei helfen, Euch zurechtzufinden. Ihr müßt unseren Rat annehmen und langsam voranschreiten.«

Müßt? müßt! Er beherrschte seine Wut in dem Wissen, daß er noch schwach war. Einstweilen brauchte er diesen Wurm.

»Dein Computer plappert wie ein Fieberkranker, Wichtiges vermischt sich mit Unwichtigem. Wie könnte ich das nicht verwirrend finden? Sag mir, wie ich über die Stimmen gebieten kann, um die Spreu vom Weizen zu trennen.«

»Wir könnten die Datenzuführung auf bestimmte Bereiche beschränken. Ein Auswahlvokabular zusammenstellen.«

»Tu das.«

»So soll es geschehen. Welchen Aspekt unseres Zeitalters wollt Ihr zuerst studieren, Hochverehrter?«

Eine dumme Frage. »Den Zustand der Mysterien.«

Nakaguchi gab den Ärzten Anweisung, die sich daraufhin mit ihren Apparaten beschäftigten. Wiederum gestattete er ihnen, den Weg zum Computer zu öffnen. Er war jetzt zuversichtlicher. Er hatte erlebt, was der Computer vermochte. Er würde damit zurechtkommen. Er konnte mit ihm ringen, bis er ihn gemeistert hatte.

Die Bilder und Begriffe brannten sich wiederum in seinen Geist, aber sie kamen langsamer und es waren weniger. Er hatte Zeit, jedem zu begegnen und sie zu meistern. Durch den Computer erfuhr er vom bedauernswerten Zustand der magischen Künste in diesem neuen Zeitalter. Wie geweissagt, hatten die Menschen die Große Kunst vergessen und aufgegeben, da die Sterne eine ungünstige Konstellation eingenommen und die Welt ihrer Vitalität beraubt hatten. Da sie Menschen waren, hatten sie das meiste dessen vergessen, was gewesen war, und zwar so vollständig, daß viele nicht mehr an die Macht der Großen Kunst glaubten. In letzter Zeit hatte eine Veränderung stattgefunden, zweifellos eine Bewegung in der Sternenkonstellation. [Wie er sich danach sehnte, sie in all ihrer kalten, wissenden Pracht wiederzusehen!] Dieses Zeitalter entdeckte die Mysterien gerade neu.

Sie wußten so wenig. Das war auch so geweissagt. Seine Erweckung war zu einem glücklichen Zeitpunkt erfolgt, vielleicht zum glücklichsten überhaupt. [Die Sterne würden es wissen. Sie würden es ihm verraten, wenn er sie wieder erblickte.] In diesen Tagen, in denen die Uneingeweihten sich mühten zu verstehen, was rings um sie geschah, würde ein Adept einen gewaltigen Vorteil haben.

Bald würde er in den Gewändern der Macht unter den Menschen wandeln. Ein König war er gewesen – und König würde er wieder sein. König und mehr. Wie viel mehr, das hing nur von seinem Willen ab – und hatte er ihn nicht seinen langen Schlaf überstehen lassen? Er würde viel mehr als nur ein König sein!

Der Fluß der Bilder und Geräusche hörte auf. Warum? Sein Blickfeld verdunkelte sich, und er kehrte wieder in die finstere, normale Welt innerhalb des Computerhelms zurück. Er riß ihn sich vom Kopf und stellte fest, daß Nakaguchi sich über ihn gebeugt hatte.

»Du hast es unterbrochen«, beschuldigte er den Asiaten.

»Eure Lebenszeichen wurden instabil, Hochverehrter. Die Ärzte hielten es für angeraten, die Sitzung abzubrechen. Wir können sie sofort fortsetzen, sobald Ihr Gelegenheit hattet, Euch auszuruhen und wieder zu Kräften zu kommen.«

»Ja, Kräfte. Ich bin hungrig.«

»Ich werde Nahrung für Euch vorbereiten lassen.«

»Noch einen.«

Nakaguchi nickte, da er verstand, und ging. Das Mahl, welches der Asiat ihm schließlich vorsetzte, war armselig, wieder ein jämmerlicher Ausgestoßener, aber der Zustrom der Kraft belebte Quetzal. Er war bereit, mehr zu lernen, aber Nakaguchi und die Ärzte sagten, morgen sei ein besserer Tag dafür.

Er ließ sie ohne Widerspruch ziehen, doch sein Begehren gab er nicht auf. Wer waren sie, ihm vorzuschreiben, wann er seinem Willen folgen durfte und wann nicht?

»Joel Lee, zeig mir, wie man auf Informationen zugreift – ist das das richtige Wort? Solche, nach denen es mich gelüstet.«

Der Sklave zeigte ihm, wie man die Maschinen bediente. Quetzal entdeckte, daß er die Maschine nur teilweise beherrschte, aber einstweilen reichte es. Er verschaffte sich Zugriff auf die historischen Dateien über Mitsutomos Verwicklung in die Mysterien. Während er aufsog, was die Maschinen ihm vorlegten, begann er mit der Ausformulierung einer Strategie.

Er würde sich an die Spitze dieses Charybdis-Projekts setzen, bei dem es sich um Hiroto Mitsutomos Programm zum Studium der Magie handelte. Seine Fähigkeiten und sein Wissen würden ihn unschätzbar wertvoll und unentbehrlich machen, bis er Charybdis unter seiner Kontrolle hatte. Von da ab würde es nur noch ein kleiner Schritt bis zur völligen Kontrolle über Mitsutomo sein.

*

Es gab einen Teil in seiner E-Mail, den Charley Gordon sich immer bis zuletzt aufsparte: die anonymen Absender. Wie üblich waren die meisten Schrott. Einer jedoch nicht.

```
>>21.10.09 * 15.01.58.22 * XXXXX.XXX
LOG #1009.121
AN: GordonC@NECPOLNET*0004.03.874334
VON: <UNBEKANNT>
BETR: MODUS 112.
NACHRICHT:
EINTRAG.JANE DOE 12 * 45.23 * 211008.4.
```

Der Modus-Eintrag in der Betrifft-Zeile verriet ihm, daß die Botschaft im Grunde nicht anonym war. Sie stammte von einem Kontakt aus dem Netz, der Charley adoptiert hatte. Wer dieser Bursche auch war, er hatte ein gutes Gefühl dafür, was merkwürdig war und was nicht – mit anderen Worten, was eine Sache für die Sonderermittlungseinheit war und was nicht. Zweimal hatte er Charley in diesem Jahr bereits mit Daten versorgt, die ihm dabei geholfen hatten, eine Untersuchung abzuschließen, die nirgendwohin führte. Der Bursche war ein richtiger Konsolendetektiv. Natürlich machte er eine Menge intuitiver Sprünge, aber meistens zahlten sie sich aus, nachdem Charley die Beinarbeit erledigt und die Puzzleteile zusammengesetzt hatte.

Jede Mitteilung von ihm wurde anonym übersandt, sogar ohne das übliche Hacker-Pseudonym. Der Bursche hinterließ seine Nachrichten in Charleys Briefkasten und holte sich die Antworten von zufällig gewählten Stellen im Cyberspace ab, deren ›Adresse‹ er Charley jede Woche mitteilte. Diese Art des Verkehrs hatte Charley zuerst mißtrauisch gemacht. Der Bursche war ein regelmäßiger Geist in der Maschine. Weil er ein freundlicher Geist war, hatte Charley ihn ›Caspar‹ getauft, eine Mischung aus Gespenst und Weisem.

Caspar war ein zurückhaltender Bursche, dem seine guten Taten offenbar reichten. Er hatte sich geweigert vorzutreten, um die Belohnung zu kassieren, die er sich für die Informationen verdient hatte, welche er im Billingsford-Fall geliefert hatte. Tatsächlich hatte Caspar sogar verlangt, über seinen Anteil daran Stillschweigen zu bewahren, und zwar unter Androhung eines völligen Rückzugs. Charley hatte mitgespielt. Gute Kontakte waren unbezahlbar, auch wenn es sich um Cybercowboys handelte. Ein schlauer Cop sorgte dafür, daß seine guten Kontakte zufrieden waren. Und Caspar war ein guter Kontakt.

Die ›112‹ war Caspars Fallnummer. Caspar hatte jeder Datensammlung eine Modusnummer gegeben. Übereinstimmende Modusnummern waren gleichbedeutend mit Zusammenhängen, die er zu sehen glaubte. Charley hatte nicht mehr im Kopf, worum es bei 112 ging, also rief er die Nummer auf.

Totes Straßenvolk.

Kein ungewöhnliches Beschäftigungsgebiet für Charley, aber nicht notwendigerweise ein Fall für die Sonderermittlungseinheit. Ein Blick auf die offiziellen Aktenvermerke aller Fälle dieser Art zeigte Charley, daß nur ein einziger der Sonderermittlung übertragen worden war, und diesen einen Fall bearbeitete er nicht einmal.

Aha.

Welche Zusammenhänge sah Caspar hier?

Pflichtbewußt trug er die neue Leiche ein und lud die entsprechende Akte aus dem Leichenschauhaus herunter. Er las sie, während sie in seiner Datenbank gespeichert wurde. Keine Zeugen. Keine verdächtigen Umstände. Eine Routineautopsie nannte Herzinfarkt als Todesursache, ein Herzanfall. Für einen ungefähr sechzig Jahre alten Mann nicht ungewöhnlich. Die routinemäßige Suche nach genetischer Übereinstimmung mit als vermißt gemeldeten Personen lief noch. Alles in allem nichts, was die Aufmerksamkeit der Sonderermittlung rechtfertigte.

Sogar Caspar jagte manchmal Luftschlössern nach.

Leute von der Straße wurden ständig tot aufgefunden und die Steuerzahler der New England Kooperative sahen es nicht gern, wenn ihr Geld für polizeiliche Ermittlungen zum Nutzen Unproduktiver und Nichtregistrierter vergeudet wurde. Seine Konsole summte und erinnerte ihn daran, daß er ausreichend mit Dingen beschäftigt war, deren Erledigung jene anständigen aufrechten Bürger, die sein Gehalt zahlten, in der Tat zufriedenstellen würde. Er schloß die Akte und nahm den Anruf entgegen. Es war der Geschäftsführer des Norwood Hilton, der einen weiteren Vorfall von Vandalismus, hervorgerufen durch Poltergeister, anzeigte.

*

Jerry Constantine entlarvte gerne. Ein Jammer, daß dies nur sein Hobby und nicht sein Job war. Nichts kam dem Nervenkitzel gleich, einen Scharlatan als solchen bloßzustellen. Es vermittelte Jerry ein Gefühl des Sieges, ein Gefühl, etwas getan zu haben, das die Welt brauchte. Es gab zu viele Verrückte, die mit ihrem Unsinn und ihrem Hokuspokus hausieren gingen und zu viele leichtgläubige Menschen übers Ohr hauten.

Die Werbeplakate des Jahrmarkts zeigten keine Bilder des ›Wilden und Wunderbaren Feengoblins‹. Natürlich nicht. Das war ein ganz normaler Anreißer.

Man mußte bezahlen, wenn man ihn sehen wollte. Bezahlen, bezahlen. Natürlich mußte man bezahlen. Geld war alles, was hinter diesen Betrügereien steckte. An der Kasse bestand Jerry darauf, mit seiner Karte zu bezahlen. Er wollte einen Beleg, daß man für diesen Schwindel Geld verlangt hatte.

Jules aus dem Büro war gestern abend hier gewesen und hatte den Feengoblin gesehen. Den ganzen Tag hatte Jules nichts anderes getan, als davon zu schwärmen, wie absonderlich alles war. Alle hatten Jules zugehört. Das ganze Gequatsche hatte Jerry fast wahnsinnig gemacht. Angeblich war Jules ein heller Kopf. Hatte er nicht gerade die Beförderung bekommen, die man Jerry versprochen hatte? Gott, dieser Jules war ein Idiot! Diesen Schwindel auffliegen zu lassen, wäre an und für sich schon ein reines Vergnügen gewesen, aber jedem im Büro demonstrieren zu können, wie dämlich Jules war, versüßte das Unternehmen noch zusätzlich.

»Herhören, Leute. Die Türen werden gleich geöffnet«, rief der Anreißer.

Jerry war bereit!

»Bleibt ruhig, Leute, und klopfen Sie bitte nicht an die Fensterscheibe«, sagte die Assistentin des Anreißers, während die Schlange langsam an ihr vorbeizog. »Bitte bleiben Sie in Bewegung. Schließlich wollen alle das Wunder des Feengoblins sehen.«

Ich frage mich, wie viele Leute ihn noch sehen wollen, wenn ich damit fertig bin. Aber das sagte Jerry nicht laut. In Kürze würde er jedoch eine Menge zu sagen haben. *Nachdem* er den Feengoblin gesehen hatte.

Der Gang war dunkel und von Musik erfüllt – irgendeine sphärisch klingende kosmische Scheiße –, alles sorgfältig kalkuliert, um die Atmosphäre des Geheimnisvollen zu vertiefen. Eine aufgezeichnete Stimme ließ Schwachsinn über die angebliche Lebensweise des

Feengoblins vom Stapel und wie schwer es für den Jahrmarkt gewesen sei, ihn zu erwerben und wie selbstlos es war, daß sie der Öffentlichkeit die Gelegenheit gaben, das Wunder zu betrachten. Jerry glaubte, er müsse jeden Augenblick kotzen.

Dieser Schwindel benutzte die Masche mit dem Einwegfenster. Die Bauerntrottel sollten angeblich vor dem absonderlichen Wunder verborgen bleiben und nur ihrerseits in der Lage sein, es zu beobachten, während der Feengoblin sie nicht sehen konnte. Noch ein kleiner zusätzlicher voyeuristischer Kitzel. Gut fürs Geschäft. Jerry kannte diese Masche bereits.

Jerry war etwas verblüfft, als er das Fenster erreichte. Er hatte einen Zwerg erwartet oder ein stark geschminktes Kind, aber der Feengoblin war nichts dergleichen. Er war zu hager. Selbst ein unterernährtes Kind wäre nicht so mager gewesen. Und die Proportionen waren für einen Menschen ziemlich daneben. Das verdammte Ding war nackt, obwohl es keine große Rolle spielte – es war dort unten ziemlich stark behaart –, aber das würde es dem Jahrmarkt erschweren, den Schwindel in den religiöseren Gegenden abzuziehen. Gab es für bibelfeste Trottel eine andere Version?

Die Jahrmarktsschwindler hatten mit diesem Feengoblin einen ungewöhnlichen Weg eingeschlagen. Er mußte ihnen zugestehen, daß es clever war, ihn nicht so aussehen zu lassen, als sei er geradewegs den Seiten eines der bekannteren Fantasyromane entsprungen. Ihn nicht so aussehen zu lassen, wie die Leute ihn sich vorstellten, gab ihnen einen Vorteil. Vielleicht war es nicht ganz so kommerziell, aber dafür wurde der Entlarvende überrumpelt. Ein guter Schachzug, aber nicht gut genug für Jerry. Er sah sich den Feengoblin ganz genau an. Er kümmerte sich nicht um die wütenden Bemerkungen erzürnter Bauerntrottel, die sich an ihm vorbei drängten und sich beschwerten, er blockiere das winzige Fenster.

Der Feengoblin hatte ungefähr die Größe eines zwölfjährigen Jungen, war aber viel hagerer und auch muskulöser. Nein, Schönheit war nicht das Ziel in dieser Ausstellung. Wiederum gratulierte er im stillen den Urhebern dieses Schwindels zu ihrer Schlauheit.

Der Feengoblin hatte ein schmales, ausgezehrtes Gesicht, das Jerry trotz der ein wenig vorspringenden Kieferlinie seltsam attraktiv fand. Die großen dunklen Schlitzaugen und die langen spitzen Ohren verliehen ihm ein wolfsartiges Aussehen. Er sah sehr wirklich aus, sehr lebendig.

Er begriff einfach nicht, wie sie es anstellten, bis ihm die Erleuchtung kam, daß das Fenster die Antwort war. Es war überhaupt kein Fenster. Es mußte ein Holoprojektionsschirm sein. Wiederum war er beeindruckt. Der Bursche, der das Holovideo programmiert hatte, war gut, wirklich gut. Das Texture Mapping und die Einbeziehung von Licht und Schatten waren superb und von einer Detailgetreuheit, wie Jerry sie noch nie zuvor gesehen hatte.

»Geht weiter, Leute.« Der Kassierer war gekommen und hatte sich Jerry herausgepickt. Seine Zeit war um, das Eintrittsgeld verbraucht. »Viele Leute wollen den wunderbaren Feengoblin sehen.«

Jerry nickte und ging weiter. Er wollte den wunderbaren Feengoblin tatsächlich sehen. Den echten. Er hatte keine Projektorlinsen erkennen können, also mußten sie den Projektor auf der anderen Seite des Schirms aufgebaut haben. Das bedeutete: Er mußte hinter die Bühne kommen.

Einmal aus dem Tunnel heraus, verließ er die Schlange der Bauerntrottel und ihr schwachsinniges Geschwafel über den erstaunlichen Feengoblin. Niemand sah ihn durch die Tür nach hinten schlüpfen.

Vielleicht waren die Urheber dieses Schwindels gar nicht so schlau. Sie hatten die Tür unverschlossen gelassen, und es gab auch niemanden, der sie bewachte. Ein Glücksfall für Jerry.

Er brauchte nicht lange, um den Projektionsraum zu finden. Er war groß, groß genug, um tatsächlich das Quartier des Feengoblins sein zu können, wie er es durch das Fenster gesehen hatte. Hatte die Größe etwas mit dem Erfolg der Technik zu tun, die sie einsetzten? Sie glaubten tatsächlich, ein einfaches Magnetschloß reiche aus, um ihre Geheimnisse zu bewahren. Da kannten sie Jerry aber schlecht. Er holte seinen Entschlüßler aus der Tasche und zog die Kontaktkarte durch den Schlitz. Er brauchte nicht lange, um das Schloß zu knacken. Der Riegel öffnete sich mit einem Klicken, und schon war der Zutritt zum Geheimnis der Schwindler frei.

Er öffnete die Tür, und das Lächeln gefror ihm im Gesicht. Es gab keine Linsen, keine Projektoren, keine Computer. Nur den Feengoblin, der ihn mit seinen tiefliegenden, dunklen, hungrigen Augen anstarrte.

Der Feengoblin grinste Jerry an und zeigte dabei seine spitzen Zähne.

Kapitel 7

Ihren Job bei der Abteilung zu kündigen, war gar nicht so einfach, wie Spae bald herausfand. Sie konnte nicht einfach ihre Sachen packen und gehen. Sie hätte sich denken können, daß ihre Demonstration von Groll – von ihren gesteigerten magischen Fähigkeiten ganz zu schweigen – Konsequenzen haben würde. Sie hätte es nicht tun dürfen. Eigentlich wußte sie es besser, aber ihr Temperament war einfach mit ihr durchgegangen und jetzt mußte sie mit den Folgen leben.

Der Zugang zur unterirdischen Anlage, ihre Werkstatt eingeschlossen, war ihr gesperrt worden. Das war kriminell. Praktisch alles in diesem Labor war ihr persönliches Eigentum. Als sie eine Eingabe gemacht hatte, man möge ihr ihr Eigentum zurückgeben, hatte die künstliche Sekretärin, die darauf antwortete, gesagt, sie müsse ein paar Formulare ausfüllen. Bisher hatte man ihr dreißig verschiedene Formulare zum Ausfüllen geschickt. Die Formulare wurden jetzt ›bearbeitet‹, was, wie sie aus Erfahrung wußte, Bürokratenchinesisch für ›abhanden gekommen‹ war. Glücklicherweise hatte sie einige ihrer wichtigsten Hilfsmittel in der Nacht zuvor für ein privates Ritual aus der Werkstatt mit nach Hause genommen. Sie hatte den Verdacht, den Rest ihrer Ausrüstung und Bücher würde sie nie wiedersehen, wenn sie nicht wieder in den Schoß der Familie zurückkehrte.

Was keineswegs in ihrer Absicht lag.

Sie hatte genug von diesen aufgeblasenen Arschlöchern, und sie wußte genau, daß diese Abneigung auf Gegenseitigkeit beruhte. Trotzdem wollten sie sie nicht gehen lassen. Das hatte sie erfahren müssen, als sie probiert hatte, Chardonneville zu verlassen. Jede Fluglinie, bei der sie es versucht hatte, lehnte ihre Ticketanforderungen für internationale Flüge mit der Begründung ab, ihr Pass sei ungültig. Alle boten ihr an, ein Antragsformular für einen neuen Pass auszufüllen, natürlich mit dem Vermerk ihres Ticketkaufs. Sie hatte darauf verzichtet. Was würde es ihr nützen, einen neuen Pass zu beantragen? Die Abteilung würde ihn ungültig machen, sobald er ausgestellt war – falls er überhaupt ausgestellt wurde.

Als sie ihre Aufmerksamkeit auf andere Reisemöglichkeiten richtete, mußte sie feststellen, daß man ihre Reaktion vorausgesehen hatte. Es konnte unmöglich Zufall sein, daß die Überlandbusse am Tage ihrer Kündigung ihre Fahrpläne geändert hatten und nicht mehr in Chardonneville hielten. In dem winzigen Dorf gab es keine Niederlassungen von Mietwagenfirmen, und sie war nicht bereit, sich zu einem Autodiebstahl zu erniedrigen. Sie war sehr wütend gewesen. Nachdem sie sich so weit beruhigt hatte, daß sie wieder klar denken konnte, zog sie tatsächlich in Erwägung, das Dorf zu Fuß zu verlassen. Nachdem sie sich noch mehr beruhigt hatte, begriff sie, daß auch diese Methode – wie jede andere, was das betraf – nicht praktikabel war. Wenn sie sie tatsächlich unbedingt hier festhalten wollten, würde sie sie damit nur zur Gewaltanwendung zwingen und sie bezweifelte, daß sie eine derartige Konfrontation gewinnen konnte.

Wenigstens waren sie keine völligen Barbaren. Sie war immer noch in der Lage, sich im Dorf frei zu bewegen, und bisher schien auch ihr Haus nicht angetastet worden zu sein. Wenigstens so weit sie das beurteilen konnte. Die elektronischen Systeme behaupteten auch weiterhin, daß niemand das Haus betreten hatte, aber diese Systeme waren von der Abteilung installiert worden und daher suspekt. Ihre magischen Schutzvorrichtungen behaupteten dasselbe, aber trotz ihres verbesserten Magieverständnisses wußte sie nicht, ob sie ganz zuverlässig waren.

Chardonneville gab eine kleine Welt ab. Am dritten Tag ihres Dorfarrests spielte sie in Gedanken mit Chaos und Zerstörung.

Ihre Konsole summte, als sie sich gerade ihre zweite Tasse Morgenkaffee eingoß. Sie wollte den Anruf ignorieren, doch dann sah sie die Identität des Anrufers: Essenbach. Neugierig geworden, gab Spae den Code zur Annahme des Gesprächs ein, beließ es aber ihrerseits bei einer reinen Audioverbindung. Essenbachs Gesicht erschien auf dem Monitor. Sie starrte einen Augenblick erwartungsvoll in die Kamera, bis ihr klar wurde, daß Spae kein Bild sandte.

»Dr. Spae?«

»Ich bin hier.«

Essenbach sah ein wenig verwirrt aus. »Stimmt irgendwas nicht?«

»Das ist eine dumme Frage.«

»Ja, wahrscheinlich haben Sie recht, wenn man die Umstände berücksichtigt. Meine Frage war mehr auf den Augenblick bezogen.«

»Was wollen Sie, Doktor?«

»Wir haben jetzt seit einigen Tagen nichts mehr von Ihnen gehört. Ich habe mir Ihretwegen Sorgen gemacht.«

»Wie nett.«

»Ich weiß, wir haben uns nicht nahgestanden, aber ich bin der Ansicht, daß wir eine gute berufliche Beziehung unterhalten haben. Wir haben eine Menge gemeinsam.«

»Wie zum Beispiel einen bestimmten Verhörraum?«

Essenbach spitzte die Lippen, da sie die Fassung verlor, aber Spae wußte nicht, ob aufgrund der jüngsten Geschehnisse oder weil Spae sie bei ihrer Versöhnungsrede aus dem Konzept gebracht hatte.

»Ich bin nicht glücklich darüber, Dr. Spae. Ich hielt diese Vorgehensweise für nicht gerechtfertigt.«

»Also haben Sie nicht daran teilgenommen.«

Essenbach besaß zumindest so viel Anstand, schuldbewußt auszusehen. »Was geschehen ist, tut mir sehr leid. Ich weiß, daß Sie in letzter Zeit einem großen Druck ausgesetzt waren. Ich wollte Sie nur wissen lassen, daß ich das verstehe. Außerdem wollte ich Sie wissen lassen, daß ich glaube, die Abteilung hat im Umgang mit Ihnen ein wenig das rechte Maß verloren.«

»Nur ein wenig.«

»Mehr als nur ein wenig, wirklich. Sie sind einer der besten hermetischen Gelehrten, die ich kenne. Ihr Fachwissen ist von unschätzbarem Wert – und wir brauchen Sie im Programm, jetzt mehr denn je. Ich hatte gehofft, Sie davon überzeugen zu können, daß Sie Ihre Kündigung noch einmal überdenken.«

Unwahrscheinlich. »Hat Magnus Sie damit beauftragt?«

Die Frage schien Essenbach wieder aus der Fassung zu bringen. »Er weiß nicht, daß ich mich an Sie wende.«

»Darauf würde ich nicht wetten.«

»Wie meinen Sie das?«

»Wie lange sind Sie jetzt schon bei der Abteilung, Dr. Essenbach? Nicht ganz fünf Jahre, glaube ich. Haben Sie für die Abteilung jemals im Außendienst gearbeitet?«

»Was hat das …«

»Haben Sie?« Spaes Stimme klang sogar in ihren eigenen Ohren schneidend.

»Ich habe mit Dr. Dagastino am Cornwall-Projekt gearbeitet.«

»Das Fiasko zählt nicht. Waren Sie je auf einer richtigen Schläferjagd? Ich meine auf der Straße, in der Provinz oder in den Irrenhäusern. Haben Sie je einen Schläfer vor der Orientierungsphase gesehen?«

»Nein, natürlich nicht. Ich bin ein Spezialist für psychometrische Erkenntnis. Die Schläfer als solche fallen nicht in mein Gebiet. Nein, außer Magnus ist mir, glaube ich, bisher noch keiner begegnet.«

»Um die Schläfer geht es gar nicht. Es geht darum, was in ihrer Umgebung vorgeht. Es sind die Leute in ihrer Umgebung, diejenigen, die sie benutzen wollen.«

»Das verstehe ich nicht.«

»Genau das will ich damit sagen. Sie haben die ganzen fünf Jahre in Ihrer Werkstatt und in der Bücherei verbracht. Wie Sie sagten, haben wir eine Menge gemeinsam. Ich habe mich selbst auch ausgiebig mit Theorie beschäftigt, aber dann ist mir die wirkliche Welt ziemlich gewaltsam nahegebracht worden. In den letzten paar Jahren habe ich einen Großteil der Leute, mit denen Sie es zu tun haben, in Aktion erlebt und weiß, wie sie arbeiten. In den letzten paar Wochen habe ich eine recht klare Vorstellung von ihrer Anteilnahme und Besorgnis bekommen. Wenn sie diese Leitung nicht angezapft haben, schneit es morgen in der Hölle.«

»Das würde Magnus nicht gestatten.«

»Glauben Sie, er ist zu edel dafür? Wenn er noch nicht unter ihrer Fuchtel steht, dann nur deshalb, weil er an solchen Spielchen bereits teilgenommen hat, bevor alle anderen geboren wurden. Schauplätze, Kostüme und Requisiten ändern sich, aber die Vorstellung bleibt dieselbe.«

»Tja, wie ich sehe, sind Sie immer noch überarbeitet. Vielleicht können wir ein vernünftigeres Gespräch führen, wenn Sie mehr Zeit gehabt haben, die Dinge zu überdenken. Ich bin sicher, Sie werden –«

Spae unterbrach die Verbindung.

»Ich bin auch sicher.«

Sie lud das Atlas-Programm auf ihrer Konsole und rief eine detaillierte Karte der Umgebung auf. Sie studierte die Karte, bis ihr Magen sie daran erinnerte, daß es wichtigere Dinge zu erledigen gab.

Da sie etwas frische Luft schnappen wollte, beschloß sie, ihr Mittagessen im Café einzunehmen. Sie saß für sich, wie es sich für einen Paria der Abteilung gehörte, eine Insel in einem winzigen Meer aus einem halben Dutzend besetzter Tische. Mit vollem Magen, einer Tasse Cappuccino vor sich auf dem Tisch und einem Lesegerät auf dem Schoß war sie so zufrieden wie schon seit Tagen nicht mehr.

Sie wollte den Eindruck erwecken, als lese sie, gebe sich der Muße hin, vergeude Zeit, aber in Wirklichkeit grübelte sie über das Straßennetz und prägte sich die hervorstechenden Merkmale ein. Eines Tages würde sie verschwinden.

Sie war zwar noch nicht zur Abreise bereit, aber ihr Gehstock – derjenige, den sie mit in die Anderswelt genommen hatte – lehnte an ihrem Knie. Bei seiner Berührung fühlte sie sich einfach besser. Ihr Knöchel wahrte den Kontakt mit ihrem schweren Schulterbeutel aus Segeltuch. Der Beutel war mit einer unersetzlichen Ausrüstung und mit Materialien vollgestopft, Dingen, die im Haus zurückzulassen ihr zu unsicher war. Sie vertraute diesem Waffenstillstand zwischen ihr und der Abteilung nicht ganz.

Ein Mann trat an den Tisch. Sie rechnete damit, wieder einmal den Kellner verscheuchen zu müssen, sah jedoch zu ihrer Überraschung, daß es ein Fremder war. Der dunkelhaarige Mann trug ein Flanellhemd, eine helle Stoffhose, deren Enden in zerknitterten

Socken steckten, und abgestoßene Halbstiefel. Über einer Schulter hing ein Rucksack, und er hatte einen Gehstock in der Hand. Alles war mit einer dünnen Staubschicht bedeckt, als sei er lange gewandert. Vagabundierende Studenten mit diesem Aussehen waren ihr schon öfter begegnet, aber dieser hier schien ein wenig älter zu sein als der übliche Student.

»*Excuséz-moi, mademoiselle*«, sagte er. »*Quesque c'est s'asseoir place?*«

Spae schüttelte über sein schauderhaftes Französisch den Kopf. Er faßte das Kopfschütteln als Antwort auf seine Frage auf, lächelte ein Dankeschön und stellte seinen Rucksack ab, da er einen Stuhl abrücken mußte, um sich zu setzen.

»*Je ne sais tout pas l'habitude,* äh, *accepter sa part de la table*«, sagte er.

»Ich spreche auch nicht sonderlich gut Französisch.«

»Sie sprechen Englisch!« Seine Miene hellte sich auf. Er hatte wirklich ein nettes Lächeln. »Wie entzükkend!«

»Davon bin ich überzeugt.«

Ihre schroffe Bemerkung ließ ihn verstummen, und sie machte sich wieder daran, so zu tun, als lese sie. Als sie nach ihrer Tasse griff, fiel ihr auf, daß er sie anstarrte. Sie trank einen Schluck von ihrem Capuccino. Bevor sie die Tasse abgestellt hatte, redete er schon wieder.

»Kennen wir uns?«

»Nein.«

»Sie kommen mir schrecklich bekannt vor.«

»Ihre Anmache ist noch lahmer als ihr Französisch.«

Er lachte und schüttelte den Kopf. »Tut mir leid. Es war nicht als Anmache gedacht. Sie kommen mir tatsächlich bekannt vor. Aber Sie haben recht, mein Französisch ist nicht so, wie es sein sollte. Ich scheine nicht in der Lage zu sein, mich mit den Einheimischen zu verständigen. Ist meine Aussprache so schlecht?«

»So schlecht ist sie gar nicht. Sie verstehen schon, was sie verstehen wollen.«

»Damit wollen Sie sagen, daß sie sich einen Spaß auf meine Kosten machen?«

»Mit Sicherheit.«

Er runzelte in halb ernsthafter Mißbilligung die Stirn. »Nicht sehr freundlich von Ihnen.«

»Sie sind nicht das freundlichste Völkchen.«

»Sie reden so, als gehörten Sie nicht dazu.«

»Nicht direkt.«

Er betrachtete sie nachdenklich. »Ihr Gehstock läßt auf einen Wanderer schließen, aber trotz Ihres mehr als vollen Schulterbeutels sind Sie nicht entsprechend gekleidet. Dies ist das einzige Café im Ort, und draußen steht kein Wagen oder Fahrrad am Randstein. Die offensichtliche Schlußfolgerung ist demnach die, daß Sie hier leben oder zumindest für einen längeren Aufenthalt zu Besuch sind.«

»Sie sind sehr neugierig.«

»Entschuldigung. Ich wollte Ihnen nicht zu nahe treten. Wie ich schon zuvor zu sagen versuchte, ich kann mich nicht so recht an diese europäische Sitte gewöhnen, sich einen Tisch mit Fremden zu teilen. Wo ich herkomme, teilt man seinen Tisch mit Freunden, und in Gesellschaft von Freunden wird ein lebhaftes Interesse an ihren Gepflogenheiten und Lebensumständen gewöhnlich als durchaus positiv betrachtet. Wenn ich Sie also beleidigt haben sollte, bitte ich vielmals um Entschuldigung. Ich betrachte mich als zurechtgewiesen. Vielleicht finden wir andere Dinge, über die wir uns unterhalten können, so daß ich mich des Glücks erfreuen kann, das mir die einheimische Sitte erzwungener Kameradschaft beschert hat.«

Sein umständliches Geplapper stimmte sie nachdenklich. Es war eine angenehme Abwechslung von den knappen Bemerkungen der Nachbarn. Sie beschloß, sich von ihm eine Weile ablenken zu lassen. »Welches Glück wäre das?«

»Na, Sie natürlich. Wer könnte einem besser beim Essen Gesellschaft leisten als eine charmante Dame, die mich in die Geheimnisse der Einheimischen einweiht?«

»Wohl kaum.«

»Da bin ich anderer Ansicht. Ich finde Sie äußerst charmant.«

»Ich meinte, daß ich Sie wohl kaum in die Geheimnisse der Einheimischen eingeweiht habe.«

»Psst. Da kommt gerade einer.«

Er meinte den Kellner. Er gab die Bestellung in seinem schauderhaften Französisch auf, wobei er jeden Satz mit einem an Spae gerichteten Zwinkern unterstrich. »Es dürfte recht unterhaltsam sein zu sehen, was ich bekomme«, sagte er zu ihr, sobald der Kellner außer Hörweite war.

Sie sprachen über ganz gewöhnliche Dinge wie das Wetter und das Vergnügen einer Wanderung durch die Landschaft. Er schien sehr gerne an der frischen Luft zu sein, was auch seine starke Sonnenbräune bestätigte. Trotz ihres üblichen Interessemangels an derartigen Dingen stellte sie fest, daß sie ihm zuhörte. Er brachte sie sogar dazu, über ihre Studienzeit zu reden, ausgerechnet. Er lachte fast die ganze Zeit, während sie die Geschichte von Professor Wyngarde und der Bibliotheksaushilfe erzählte. Er hörte zu, wenn sie etwas sagte, und schien wirklich an ihr interessiert zu sein. Nicht daran, was sie konnte oder was sie wußte – an *ihr*. So interessiert, daß er kurz nachdem der Kellner ihm sein Essen gebracht hatte, unabsichtlich seine halbe Flasche Mineralwasser in die Blumenvase anstatt in sein Glas goß. Sie lachten beide darüber. Im Glanz seiner Anwesenheit vergaß sie ihre Probleme, bis ihre Armbanduhr summte und sie an andere Dinge erinnerte.

Sie schob die Tasse mit dem kalt gewordenen Kaffee beiseite und packte ihre Sachen zusammen. Er beobachtete sie mit einem Ausdruck der Enttäuschung. Sie fühlte sich schuldig, weil sie ihn so plötzlich verließ, aber ihr blieb im Grunde gar nichts anderes übrig. Andererseits war ein Schuldgefühl ziemlich fehl am Platz. Sie kannte nicht einmal seinen Namen.

»Es war mir ein Vergnügen, Mister…?«

»David«, sagte er, indem er die Hand ausstreckte.

Sie nahm sie und wurde mit einem festen, aber nicht überwältigenden Händedruck konfrontiert. Ihr gefiel die Art, wie er seine Kraft zeigte, ohne sie zur Schau zu stellen. So wohl in Gesellschaft eines anderen hatte sie sich nicht mehr gefühlt seit… nun, seit langem.

»Es war mir ein Vergnügen, David, aber ich fürchte, ich muß gehen.«

»Noch eine Verabredung?«

Einen Augenblick lang glaubte sie, er bitte um eine solche, dann wurde ihr klar, daß er sie wieder nach ihrem Beruf fragte. Diesmal mit einem persönlichen Interesse? Sie wollte keine falschen Vorstellungen in ihm wecken. »Nein, ich muß zu einem Arzt im St. Catherine.«

»Nichts Ernstes, hoffe ich.«

»Nicht meinetwegen. Es ist nur so, daß ich mehrere Tage gebraucht habe, um einen Termin bei Kuns Arzt zu bekommen, und ich will die Gelegenheit nicht verpassen, ihn davon zu überzeugen, mich zu ihm zu lassen.«

»Zu Kun?« Er schien plötzlich ein wenig geknickt zu sein. »Ihr Ehemann?«

»Holger Kun? Kaum. Er ist ein Freund.« David hob eine Augenbraue, was sie dazu veranlaßte, es mit einer anderen Erklärung zu versuchen. »Eigentlich mehr ein Geschäftsfreund. Er ist krank.«

»Tut mir leid, das zu hören«, sagte er, obwohl er eigentlich eher ein wenig erleichtert aussah. »Ich hoffe, Sie werden nicht allzu enttäuscht sein.«

Welch eine sonderbare Bemerkung. »Was wollen Sie damit sagen?«

»Ach, nichts. Nur so eine Ahnung. Das scheint kein Tag für Krankenhausbesuche zu sein.«

»Na, jedenfalls wird es keiner, wenn ich nicht hingehe.«

»Vielleicht treffen wir uns mal wieder.«

»Vielleicht.«

Bei genauerem Nachdenken fand sie die Vorstellung, David wiederzusehen, gar nicht so schlecht. Sie war noch nicht dazu bereit, Chardonneville zu verlassen, und sie konnte die Ablenkung gebrauchen. Er war Wanderer, er würde nicht lange bleiben. Sie konnte sich weitaus weniger angenehme Ablenkungen vorstellen. Vorausgesetzt er war wirklich interessiert. In den letzten Jahren hatten Männer ihr nicht sonderlich viel Aufmerksamkeit entgegengebracht. Andererseits hatte sie diese Aufmerksamkeit auch nicht gerade gesucht, da sie viel zu sehr mit ihrer Arbeit beschäftigt gewesen war. Nun, im Augenblick hatte sie keine Arbeit. Vielleicht war es an der Zeit, an andere Dinge zu denken. David schien wirklich Interesse an ihr zu haben.

War das so merkwürdig? Sie wußte, daß sie kein Titelmädchen vom *Fashion Forward* war, aber sie war auch keine verrunzelte alte Schachtel. Sie hatte gehört, daß manche Männer reifere Frauen vorzogen. David war vielleicht einer von diesen. Sie mußte sich eingestehen, daß sie das hoffte.

Doch nun mußte sie sich erst einmal um andere Dinge kümmern.

Das St. Catherine Krankenhaus war kaum mehr als ein Hospiz, eine kleine Klinik – an der Oberfläche. Die meisten Anlagen des St. Catherine befanden sich unter der Erde. Wie überall in Chardonneville ging hinter der Fassade wesentlich mehr vor.

Das Personal im St. Catherine war nicht weniger abweisend, als es die Leute im Dorf waren, aber es störte sie nicht so sehr. Vielleicht lag es daran, daß Verdrießlichkeit in einem Krankenhaus nicht so fehl am Platz schien. Der Arzt verspätete sich, natürlich. Ein Notfall, natürlich. Sie saß in dem winzigen Wartezimmer und wartete.

Schließlich kam der Arzt durch eine Tür mit der Aufschrift ›Büro‹, von der Spae vermutete, daß sie zu den Aufzügen in die unteren Etagen führte. Er war kleiner als David, aber genauso dunkel und sonnengebräunt. Außerdem sah er nicht alt genug für einen praktizierenden Mediziner aus. Gott, wo waren ihre Gedanken? Heute waren sie zu sehr damit beschäftigt, das Alter von Männern zu schätzen. Spae war die einzige Person im Wartezimmer, und der Arzt kam gleich zu ihr.

»Dr. Spae?«

Sie stand auf und nahm die ihr dargebotene Hand.

»Ich bin Dr. Montague. Entschuldigen Sie die Verspätung. Sie ließ sich nicht vermeiden. Weswegen wollten Sie mich sprechen?«

»Wie geht es ihm?«

Montague hielt sich nicht damit auf, verwirrt auszusehen. »Ah, Mr. Kun.«

»Stimmt genau.«

»Tja.« Montague seufzte, ein geübtes, professionelles Seufzen. »Die Nachrichten sind gar nicht so schlecht, Dr. Spae. Sein Zustand ist stabil. Ich würde sagen, daß es ihm so gut geht, wie man es den Umständen entsprechend erwarten kann.«

»Kann ich ihn sehen?«

»Ich halte das gegenwärtig nicht für ratsam. Er steht unter dem Einfluß starker Beruhigungsmittel. Ich fürchte, er wüßte nicht einmal, daß Sie da sind.«

»Was bedeutet, daß Sie mich nicht zu ihm lassen.«

»Wie ich schon sagte, ich halte das nicht für ratsam.«

»Ich verstehe.«

Montague gab sein ernstes Gebaren auf und nahm seine hilfsbereite Arzt-Persona an. »Aber wenn Sie eine Nachricht für ihn aufzeichnen wollen, kann ich Ihnen versichern, daß er sie sich ansehen wird, sobald er dazu in der Lage ist.«

Sobald sie damit einverstanden waren, meinte er. Aufzeichnungen konnten manipuliert, gefälscht und völlig umarrangiert werden. Sie konnten sogar hergestellt werden. Teufel, nach allem, was sie wußte, hatten sie längst ihre eigene ›Aufzeichnung‹ von ihr angefertigt, die sie Kun vorspielen konnten. Sie fragte sich, was man sie wohl hatte sagen lassen. Würde Kun wohl klar genug gedacht haben, um zu wissen, daß man ihn täuschte? Oder sah sie Ungeheuer und Falschheit, wo es keine gab?

Sie mochte nicht genau wissen, was vorging, aber sie war sicher, daß das, was sie sagten, nicht die Wahrheit war.

Auf diese Weise würde sie Kun ganz sicher nicht zu sehen bekommen. Sie beschloß, höflich zu bleiben, und zwang sich zu einem Lächeln. »Vielen Dank, Doktor. Ich glaube nicht.«

»Nun, wenn ich Ihnen auf eine andere Art behilflich sein kann…«

»Melde ich mich bei Ihnen.« *Damit du dein Ach-tut-mir-ja-so-leid und deine Verkörperung einer Steinmauer an mir üben kannst? Ich glaube nicht.*

Sie verließ das St. Catherine mit dem Gedanken, wieder einen Nachmittag vergeudet zu haben. Auf dem Heimweg traf sie David, der an der Ecke von

Chardonnevilles Hauptstraße und der Gasse, die zu ihrem Haus führte, an einer Mauer lehnte. Ein zufälliges Zusammentreffen? Er hatte den Kopf gesenkt und betrachtete eine Karte. Gehstock und Rucksack lehnten an der Mauer. Allem Anschein nach plante er seinen nächsten Wanderausflug.

Sie erwog, die Richtung zu ändern und den Weg durch die Felder zum Garten ihres Hauses einzuschlagen, um ihm aus dem Weg zu gehen, doch dann fiel ihr wieder ein, daß er gesagt hatte, dies sei kein Tag für Krankenhausbesuche. Er hatte recht gehabt und sie konnte nicht glauben, daß dies nur ein Zufall war. Was wußte er, das sie nicht wußte? Wenn sie ihn nicht jetzt darauf ansprach, sah sie ihn vielleicht nie wieder und würde es nie erfahren.

»Hallo, David.«

Als er ihre Stimme hörte, schaute er auf und lächelte. Er war der einzige in der letzten Zeit, der sich gefreut hatte, sie zu sehen, und die Wärme, die sich in ihr rührte, ließ sie ihr Mißtrauen beinahe vergessen. Seine Frage, so ehrlich sie auch klang, ließ es aber wieder aufflackern.

»Wie ist es im St. Catherine gelaufen?«

»Sie wußten, daß ich Kun nicht zu sehen bekommen würde. Woher?«

Ihre ernsthafte Schroffheit ließ ihn zusammenzukken. »Weil er nicht dort ist.«

»Wenn Sie wußten, daß er nicht dort ist, warum haben Sie es mir dann nicht einfach gesagt?«

»Hätten Sie mir geglaubt?«

»Nein!« Warum mußte er einen so ehrlichen Eindruck machen? »Ja.« Wenn er ehrlich war, warum hatte er es ihr dann nicht geradeheraus gesagt? »Na ja, vielleicht.« Hätte sie ihm geglaubt? »Ach, verdammt, ich weiß es nicht!«

»Also hat man es Ihnen nicht gesagt.«

»Mir was nicht gesagt?«

»Hören Sie. Es ist völlig klar, daß es hier irgendein Problem gibt. Vielleicht ist es am besten, wenn ich mich nicht einmische.« Er griff nach seinem Gehstock. Sie benutzte ihren eigenen Stock, um ihn außer Griffweite zu schlagen.

»So leicht kommen Sie mir nicht davon. Ich will wissen, warum Sie mich angelogen haben. Warum Sie sagten, Sie hätten so eine Ahnung, daß ich Kun nicht sehen werde, obwohl Sie doch die ganze Zeit wußten, daß er gar nicht dort ist.«

Er sah ihr geradewegs in die Augen. »Ich habe Sie nicht angelogen. Ich sagte, ich hätte so eine Ahnung, und die hatte ich auch. Aber ich fürchte, ich habe mich auch nicht sonderlich klar ausgedrückt. Meine Ahnung war, daß Sie Elizabeth Spae sind. Als Sie Mr. Kun erwähnten, wußte ich, daß ich recht hatte und warum Sie mir so bekannt vorkamen.«

Er hatte die ganze Zeit gewußt, wer sie war. Sie war nicht bereit, über die Konsequenzen dieser Erkenntnis und darüber nachzudenken, was dies für ihre unschuldige Plauderei bedeutete. Wie unschuldig war sie gewesen? Sie wollte nicht, daß alles nur eine Lüge gewesen war. Um einen klaren Kopf zu behalten, konzentrierte sie sich auf das, was sie überhaupt erst ins Gespräch gebracht hatte. »Nun, da Sie wußten, daß Kun nicht dort ist, müssen Sie eine Vorstellung davon haben, wo er tatsächlich ist.«

»Nach meinen letzten Informationen vermute ich ihn im Phillips-Sanatorium bei Southhampton in England.«

»In England!«

»Genau.«

Warum wußte er das und sie nicht? »Für einen Wanderer, der nur zufällig durch Chardonneville kommt, scheinen Sie eine ganze Menge zu wissen.«

»Ich habe ein paar Beziehungen.«

Beziehungen, in der Tat. Es mußten beachtliche Beziehungen sein, wenn sie ihm Informationen über einen ECSS-Agenten verschafften. »Wer sind Sie eigentlich?«

»David Beryle.«

»Und wer ist David Beryle?«

»Ein schwer arbeitender Mann.«

»Und für wen arbeiten Sie?«

»Für den, der am meisten zahlt«, sagte er, als sei es ihm peinlich. »Du lieber Gott, habe ich das gerade wirklich gesagt? Ich weiß, was Sie jetzt denken müssen, aber es ist nicht – na ja, sehen Sie, ich bin so etwas wie ein Student von Randerscheinungen, äh, von ungewöhnlichen Phänomenen. Ich habe ein paar Artikel für einige Magazine geschrieben. Ich vermute, daß Sie keinen davon gelesen haben.«

»Sie vermuten richtig.« Sein Unbehagen weckte in ihr ebenfalls Unbehagen. »Also sind Sie ein Reporter?«

»Nicht ganz. Ich schreibe. Mit der Nicht-Belletristik bezahle ich meine Rechnungen, aber sie ist nicht meine eigentliche Arbeit.«

Seine Aussage konnte erklären, woher er sie kannte. Gerade noch einigermaßen plausibel. Aber Kun? »Woher kennen Sie Kun?«

»Ich kenne ihn gar nicht. Er ist nur ein Name für mich. Aber ich dachte mir, daß Sie ihn vielleicht kennen, weil ich auf seinen Namen im Zusammenhang mit dem Vorfall im letzten Jahr in New England gestoßen bin.« Er unterbrach sich selbst, um aufgeregt zuzugeben: »Das ist eine Angelegenheit, zu der ich Sie irgendwann einmal gern befragen würde.« Ihr Stirnrunzeln dämpfte seine Begeisterung. »Jedenfalls habe ich seinen Namen der Beobachtungsliste bei meinem Zeitungsausschnittdienst hinzugefügt – ich habe einen sehr guten – und vor etwa einer Woche hat man mir eine Notiz von einem lokalen Netz über einen Zwischenfall im Phillips-Sanatorium geschickt. Sie enthielt keine Einzelheiten, aber ein Holger Kun war als Patient erwähnt, der dabei verletzt wurde. Das hat mir zu denken gegeben. Ich konnte zwar nicht sicher sein, daß es derselbe Kerl war, aber ich hatte so ein Gefühl, daß er es war, also stocherte ich ein wenig herum, kam aber nicht besonders weit. Dieses Sanatorium hat ein ziemlich gutes System der Datensicherung, die Art, wie sie ähnliche Einrichtungen mit VIP-Patienten haben. Das hat mir noch mehr zu denken gegeben. Gehört Mr. Kun auch der Abteilung M an?«

Die Alarmglocken, deren Läuten sie unterdrückt hatte, klingelten jetzt mit aller Macht. »Was wissen Sie über die Abteilung?«

»Ich fasse Ihre Reaktion als ein Ja auf.«

Er grinste, als habe er einen Pluspunkt gesammelt, was auch der Fall war, aber dafür hatte er auch ein paar bei ihr verloren. »Welches Interesse haben Sie an mir?«

»Vor dem heutigen Tag hätte ich gesagt, ein rein berufliches.«

Vor dem heutigen Tag? Wie lange hatte er sie schon beschlichen? So konnte es nicht sein! Er war nicht so! Konnte es nicht sein! Oder doch? Was wußte sie eigentlich über ihn? »Was meinen Sie mit ›beruflich‹?«

»Damit meine ich eben beruflich. Ich schreibe, wissen Sie noch? Vor ein paar Jahren habe ich für einen Artikel recherchiert und bin dabei auf die Thesen Ihres Doktorvaters gestoßen. Sehr interessant. Ich fragte mich, wohin Ihre Arbeit Sie wohl geführt haben mochte, also grub ich ein wenig tiefer, da ich mir dachte, daß Sie weitergemacht und Ihre Doktorarbeit beendet haben müßten. Ich wollte *Ihre* Thesen lesen, sehen, zu welchen Schlüssen Sie gelangt waren.

Als ich herausfand, daß Sie verschwunden waren, ohne Ihre Arbeit einzureichen, wurden Sie zu einem Rätsel, das es zu ergründen galt.«

Sie war nicht sicher, welche Gefühle diese Erklärung in ihr auslöste. »Soll ich mich jetzt geschmeichelt fühlen?«

»Ich weiß nicht. Ich hoffe, Sie halten mich nicht für einen dieser Freaks, die sich an Leute anpirschen. Ich bin nicht von Ihrem Werdegang besessen oder irgendwas. Ich hatte Ihren Namen und ein paar Schlüsselwörter auf einer anderen Beobachtungsliste. Dabei ist nicht viel herausgekommen, und das hat mich doch sehr überrascht. Vergessen Sie nicht, daß mein Dienst sehr gut ist. Ihre Verbindungen reichen nicht nur zu den üblichen Datenbanken. In dem, was Sie taten, steckte so viel Potential, daß quälend unbestimmte Hinweise mein Interesse nur noch steigerten. Ich hätte nie gedacht, daß ich Sie wirklich einmal treffen würde.«

Seine Erklärung klang plausibel, und sie mußte zugeben, daß sie sich geschmeichelt fühlte, daß jemand so hartnäckig ihre Arbeit verfolgte. Doch sie durfte sich nicht von dem warmen Gefühl blenden lassen, das sein Interesse in ihr weckte. Er klang aufrichtig, und sie wollte ihm glauben. »Warum sollte ich dieser Lügengeschichte glauben?«

»Weil sie wahr ist.«

Sie wollte es glauben, aber die Abteilung hatte ihr gesagt, daß man ihre Vergangenheit vergraben hatte. Wie konnte ein Illustriertenschreiber finden, was die Abteilung vergraben hatte? »Sie sind schrecklich gut informiert. Für wen arbeiten Sie wirklich, Mr. Beryle.«

»Bitte nennen Sie mich David.«

»Ich glaube, ich bleibe lieber förmlich, *Mister* Beryle.« Für ihren eigenen Seelenfrieden. Es gab zu viele Dinge, die nicht zusammenpaßten.

David ließ den Kopf hängen und seufzte. »Ich habe befürchtet, daß es so kommen würde.«

»Offenbar sind Ihre Befürchtungen ebenso zuverlässig wie Ihre Ahnungen.«

»Bitte, Dr. Spae, lassen Sie mich erklären.«

»Sie haben eine Minute.«

»Die reicht vielleicht nicht.«

»Versuchen Sie es.«

»Das ist kein guter Ort.«

Das war ihr im Grunde gleich. »Sie verschwenden Ihre Zeit.«

»Wir werden hier beobachtet.«

»Tatsächlich? Von wem?«

»Von Agenten der Abteilung M, nehme ich an. Das ist ihre Stadt. Wenn wir uns hier unterhalten, werden sie alles mitbekommen, was wir sagen.«

»Natürlich werden sie das. *Sie* nehmen ja auch an dem Gespräch teil.«

Er lächelte und hätte beinahe laut gelacht. »Sie glauben doch wohl nicht ernsthaft, daß ich der Abteilung angehöre, oder?«

»Gehören Sie ihr denn nicht an?«

»Wenn ich ihr angehörte, würde ich Ihnen dann erzählen, wie die Abteilung Kun vor Ihnen abschirmt?«

»Das wäre möglich.«

Er wollte augenblicklich antworten, hielt dann jedoch inne, offenbar um nachzudenken. »Das ist eine ziemlich gewundene Schlußfolgerung. Glauben Sie wirklich, daß es sich so verhält?«

Sie sah, worauf er hinaus wollte. »Jesus, ich werde schon genauso paranoid, wie sie es sind.«

»Wenn Sie sich deswegen Sorgen machen, besteht noch Hoffnung für Sie.«

Hoffnung, vielleicht. Aber das bedeutete nicht, daß sie sich keine Gedanken über ihn und darüber machen sollte, woher er kam. »Wie kommt es, daß Sie so viel über die Abteilung wissen? Und über mich?«

»Das habe ich Ihnen bereits gesagt. Ich recherchiere viel. Und ich bin sehr gut im Recherchieren.«

»Meine Verbindung zur Abteilung ist keine öffentlich verfügbare Information.«

»Ich habe Verbindungen. Auch das sagte ich bereits.«

Es war keine Antwort, mit der sie sich sonderlich wohl fühlte. »Was hat Sie hierher geführt?«

»Nichts hat mich hierher geführt. Ich mache Urlaub. Ich mache hier nur Zwischenstation. Unsere Begegnung war reiner Zufall. Nicht, daß ich mich dadurch davon abhalten lassen werde zu versuchen, Ihnen zu helfen.«

»Ich dachte, Sie wollten sich nicht einmischen.«

»Das wollte ich auch nicht, aber jetzt sehe ich keine andere Möglichkeit mehr. Offensichtlich brauchen Sie Hilfe.«

Seit Ihrer ›Kündigung‹ hatte sie ihre Nächte mit Ritualen verbracht, die den Sinn hatten, Kräfte zu ihren Gunsten zu mobilisieren. War David die Antwort? Als Zauberer konnte man niemals sicher sein, wie sich einem derartige positive Kräfte präsentierten. Wenn die Mobilisierung glückte, bekamen die Ereignisse oft den Anschein eines nützlichen Zufalls, eines Zufalls wie sein Auftauchen hier in Chardonneville. »Von welcher Art Hilfe reden Sie?«

»Was immer ich tun kann. Ich kenne ein paar Leute. Vielleicht kann ich an einigen Fäden ziehen. Welche Art Hilfe brauchen Sie denn?«

Ja, welche Art eigentlich? »Angenommen, ich bin bereit, Ihnen zuzuhören.«

»Wir könnten zu Ihrem Haus gehen und sehen, was uns einfällt.«

»Versuchen wir es lieber an einem neutraleren Ort.«

»Sie trauen mir immer noch nicht, wie? Wie wäre es unten am Wäldchen? Dort können wir wohl kaum abgehört werden.«

Sie kam zu dem Schluß, daß sie bereit war, ihm so weit zu vertrauen. Sie ging mit ihm und ließ ihn reden. Er erläuterte einen Plan, den er ganz eindeutig unterwegs spontan entwickelte. Er hatte eine Art zu reden, die in ihr den Wunsch weckte, einfach nur zuzuhören. Also tat sie es. Er stärkte in ihr tatsächlich den Glauben, daß sie Chardonneville gemeinsam verlassen konnten. Sie trennten sich, als die Sonne die Baumkronen im Westen berührte, und sie versprach, sich am nächsten Tag wieder mit ihm zu treffen.

Doch an diesem Abend, allein in ihrem Haus, kamen ihr Bedenken. Davids Plan hatte beinahe vernünftig geklungen, als er ihn erklärte. Jetzt kam er ihr ein wenig weithergeholt vor, sogar löchrig. Chardonneville war das Hauptquartier für ein ganzes Nest voller Spione, die noch dazu die Unterstützung der besten Magier der Moderne hatten. Wie sollten sie beide dem entkommen? David war nur ein Schreiberling. Sicher, er hatte seine Erfahrungen, aber qualifizierte ihn die Tatsache, daß er ein paar Auseinandersetzungen mit den wenig fähigen Militärs drittrangiger Länder überlebt hatte, wirklich dazu, mit Magnus' Agenten fertig zu werden? Er war zuversichtlich, und als sie ihm in die Augen geschaut hatte, war sie ebenfalls zuversichtlich gewesen.

Nun, da sie Zeit gehabt hatte, darüber nachzudenken, fühlte sie sich nicht mehr so zuversichtlich. Wie konnten sie es schaffen?

Mit ihrer Magie natürlich.

Sie war ihr größter Trumpf. Allein die Tatsache, daß Magnus nicht offen gegen sie vorgegangen war, zeigte, daß sie jetzt Angst vor ihr hatten. Und warum auch nicht? Hatte sie ihnen nicht eine neue Leichtigkeit im

Umgang mit Magie vorgeführt, die alles überstieg, was sie bisher erlebt hatten?

Und dieser Idiot Dagastino wollte nicht glauben, daß sie in der Anderswelt gewesen war.

Doch ihre Angst beruhte auf Unwissenheit. Wie ängstlich würden sie wohl sein, wenn sie wüßten, wie wenig sie ihre neuen Fähigkeiten kannte? Sie hatte so wenig Zeit gehabt, ihre neuen Kräfte zu testen, die neuen Empfindungen zu erforschen, die sie wahrnahm, und ihre neuen Einsichten zu untersuchen. Sie war sehr sicher, daß wenig in ihrem verbesserten Repertoire von Zaubersprüchen mit Magnus' HiTech-Spielzeugen aus dem Spionagegewerbe konkurrieren konnte. Schlimmer noch, die meiste Magie, die sie zu beherrschen glaubte, erforderte Vorbereitung, gewisse Mittel und Ausrüstungsgegenstände, und fast ihre gesamten Mittel und Ausrüstungsgegenstände befanden sich noch in den unterirdischen Labors.

Und Zeit war ebenfalls ein Faktor. David konnte nicht lange in Chardonneville bleiben, ohne die Aufmerksamkeit der Wachhunde der Abteilung zu erregen. Vielleicht wurde er bereits beobachtet. Wenn ihnen ihre Unterhaltung im Café nicht aufgefallen war, der lange Spaziergang, den sie und er durch die Obstgärten unternommen hatten, war ihnen gewiß nicht entgangen. Wenn er Chardonneville morgen früh verließ, würden sie ihn vergessen. Er würde als Größe aus ihren Berechnungen verschwinden.

Und aus ihrem Leben.

Sie war selbst überrascht, wie sehr dieser Gedanke sie bestürzte. Sie gehörte nicht zu der Sorte, die auf ein hübsches Gesicht hereinfiel. Aber ein wenig war sie schon darauf hereingefallen, nicht wahr? Er *war* attraktiv, aber ihre Reaktion auf ihn beruhte auf mehr als nur darauf. Oder? Konnte es sein, daß sie sich deshalb so von ihm angezogen fühlte, weil er ihre Hoffnung war, diesem Durcheinander zu entfliehen? Hätten ihre Probleme mit der Abteilung sie nicht in einen solchen inneren Aufruhr versetzt, wäre sie auch in der Lage gewesen, die Situation mit David besser zu durchschauen.

Sie stand auf und fing an, in ihrem Haus auf und ab zu gehen. Es war ein kleines Haus, beengt. So beengt wie ihr Leben bei der Abteilung. Nach kurzer Zeit fand sie sich dort wieder, wo sie angefangen hatte, nämlich auf dem schweren Polstersessel im Wohnzimmer, wo sie geistesabwesend mit dem unnützen Kram auf dem Beistelltisch spielte. Sie fing sich gerade noch, legte das Tarotspiel weg, das sie befingert hatte, und schalt sich. Diese Verträumtheiten waren sinnlos und reine Zeitverschwendung, aber sie schien sich auf nichts konzentrieren zu können. Nach kurzer Zeit wurde ihr klar, daß ihre Gedanken wiederum abgeirrt waren. Sie hielt etwas auf dem Schoß: das Tarotspiel.

Zufall? Oder drängte ihr Unterbewußtsein sie dazu, etwas zu tun, das nützlich sein mochte? Sie hatte das Tarot zusammen mit einer ganzen Reihe anderer seherischer Hilfsmittel studiert, aber die Karten waren für sie noch nie ein sympathisches Utensil gewesen. Warum wandte sie sich ihnen dann jetzt zu? Anscheinend hatte die Anderswelt sie verwandelt. Hatte sie sie auch in die Lage versetzt, vernünftig mit den Karten umzugehen?

Sie fächerte die Karten aus und wählte die Königin der Scheiben, ihren üblichen Signifikator. Wenn sie sich tatsächlich verändert hatte, war die Königin der Scheiben dann noch die richtige Karte für sie?

Sie zog den Tisch vor sich heran, schaffte sich Platz inmitten des Durcheinanders und legte die Königin in die Mitte. Während sie die Karte betrachtete, mischte sie die Karten.

Hatte sie sich verändert?

Die Karten schienen es zu glauben. Die erste Austeilung lieferte ihr massenhaft Hinweise in diese Richtung, doch nichts Eindeutiges. Eine zweite Austeilung bestätigte ihren Signifikator. Anstatt dadurch entmutigt zu werden, fühlte sie sich seltsam gestärkt. Jedes Umdrehen einer neuen Karte schien ihr Verständnis des Zusammenspiels von Bedeutungen und Positionen der Karten zu vertiefen. Jede Austeilung schien klarer und eindeutiger zu sein. Veränderung war eine bedeutende Komponente. Etwas in ihrem Leben hatte sich verändert oder würde sich noch verändern.

Würde die Veränderung noch kommen?

Die Karten deuteten auf ihre Zukunft, indem sie ihr in letzter Position das Rad des Schicksals zeigten. Eine bevorstehende Veränderung. Sie nahm die Karte und legte sie als Signifikator für eine neue Austeilung aus.

Was war dann ihre Bestimmung?

Als sie die restlichen Karten mischte, schienen sie in ihren Händen zu kribbeln, da die dünne Pappe über ihre Handfläche streifte. Sie verspürte ein Gefühl wachsender Sicherheit, ein Gefühl der Zuversicht. Dies würde eine gute Austeilung werden, ein mächtiger Indikator. Die Karten brachten sich in die richtige Ordnung, gingen die möglichen Permutationen durch, bis sie Kräfte widerspiegelten, die Einfluß auf ihre Zukunft nahmen.

Was würde ihr die Zukunft bringen? Sie drehte die erste Karte um und enthüllte das Gericht, eine Karte der Veränderung, die zu einem eindeutig bestimmten Resultat führte. Das wollte sie, nicht wahr? Doch welche Art von Resultat?

Mit welchen Hindernissen bekam sie es zu tun? Der König der Stäbe, verkehrt herum. Ein finsterer Mann? Gewiß nicht David. In den vorangegangenen Austeilungen hatte er sich als Ritter der Stäbe dargestellt, aber dies war eine Austeilung der Veränderung.

Warum sollte er ein Hindernis sein? Oder deutete die Karte auf eine andere Person? Vielleicht auf Magnus. Er war auf jeden Fall ein Hindernis in ihrer Gegenwart.

Eine weitere Karte zur Beschreibung der Situation: die Fünf der Kelche. Eine seltsame, mehrdeutige Karte, die gleichzeitigen Gewinn und Verlust symbolisierte. Zumindest versprach sie, daß am Ende etwas bleiben würde, auch wenn es nicht das war, was sie erwartete.

Womit konnte sie dann arbeiten? Der Magier. Sie selbst? Ihre Magie? Herrschaft über die Launen der Welt. Damit konnte sie leben.

Zuversichtlich drehte sie die nächste Karte um. Hinter ihr lag die Gerechtigkeit, verkehrt herum. Eine vertraute Position – und leicht zu deuten. Die Abteilung behandelte sie alles andere als gerecht. War es an der Zeit, all das hinter sich zu lassen? Und wofür?

Was kam ins Spiel? Der Ritter der Stäbe. David.

Sie drehte rasch die siebente Karte um, sie selbst oder ihre Einstellung zur Situation. Die Sieben der Schwerter. Hoffnung und Zuversicht. Sie empfand noch nicht so, aber langsam glaubte sie mehr an die vor ihr liegende Lösung.

Eine weitere Karte, der Einfluß jener ringsumher. Der Ritter der Kelche, verkehrt herum. Ein Bote oder eine Einladung? Das mochte ebenfalls David sein. Oder vielleicht war noch ein anderer darin verwickelt. Bennett? Er war hübsch und graziös, aber sie hielt andere Karten als Symbol für den elfischen Prinzen für geeigneter. Außerdem schien dieses Bild nicht zu passen, obwohl sie eine Resonanz zu verspüren glaubte, wenn sie an ihn dachte. Vielleicht sein Sohn, das Wechselbalg? Spae hatte keine Ahnung, was mit dem Jungen geschehen war, aber dies war auch eine Deutung ihrer Zukunft. Vielleicht würden sie sich noch einmal begegnen.

Die nächste Karte sollte ihre Hoffnungen und Ängste zeigen. Sie drehte sie um. Die Liebenden. Die offensichtliche Deutung war, nun ja, offensichtlich. Die Karte konnte außerdem überstandene Prüfungen bedeuten. Sie fühlte sich hoffnungsvoll und ermutigt.

Die letzte Karte würde von dem künden, was da käme, eine Schlüsselkarte in einer auf die Zukunft gerichteten Austeilung. Sie drehte den Hierophant um. War dies der Mann, zu dem sie Zuflucht nahm? Wiederum David? Eine Interpretation der Karte legte nahe, daß sie von Ehe kündete. Manche sagten, die Karte habe eine dunklere Seite, ein Hindeuten auf Gefangenschaft und Knechtschaft. Manche – dieselben? – betrachteten die Ehe als Form der Gefangenschaft.

Nachdem alle Karten umgedreht waren, hatte sie ein Gefühl der Vollständigkeit und Korrektheit. Es schien eine gute Austeilung zu sein. Die Karten lagen richtig und harmonisch.

Aber Heirat?

Sie sammelte die Karten ein und legte den Hierophant als Signifikator aus. Als sie die Karten mischte, spürte sie keine Harmonie in den Karten. Irgendetwas fehlte. Ihre nächste Austeilung war wirr. Ebenso wie diejenige danach. Sie versuchte es mit einem weiteren halben Dutzend Austeilungen, doch keine von ihnen ergab auch nur ansatzweise Sinn. Die Klarheit war ihr entglitten.

Wenn sie überhaupt je dagewesen war. Sie hatte sich mit Tarot noch nie recht wohl gefühlt.

Doch heute war es anders gewesen. Wie anders erklärte sich sonst die Richtigkeit, die – sollte sie wagen, es so zu nennen – Kraft, die sie empfunden hatte? Oder war es nur die Kraft des Wunschdenkens und der Einbildung?

Sie legte die Karten nieder und rieb sich das Gesicht. Sie war müde, so müde wie von der Wirkung eines

Zaubers. Sie ging ins Schlafzimmer und legte sich hin. Fast augenblicklich schlief sie ein. Doch ihr Schlaf war nicht von langer Dauer. Sie erwachte mit dem Gefühl, chaotisch geträumt zu haben. Sie erwog, aufzustehen oder sich auf eine vernünftige Art bettfertig zu machen, aber sie konnte sich nicht überwinden aufzustehen. Sie starrte an die Decke und dachte an die Austeilungen. Einsicht oder Selbsttäuschung? Hatte sie die Wahrheit erspürt oder lediglich ihren Wünschen und Sorgen Ausdruck verliehen, die eigenständige mächtige Faktoren waren? Ihre Gedanken verschwommen und sie nickte wieder ein.

Alles in allem schlief sie in dieser Nacht sehr schlecht.

*

Charley Gordons Gürteleinheit summte mitten in der Schilderung des Portiers aus dem Hilton, was er in Zimmer 746 gesehen hatte. Charley entschuldigte sich für die Unterbrechung und zückte die Einheit. Er wollte gerade die Taste für das Abspeichern der Nachricht drükken, als er das Symbol für ›angeforderte Benachrichtigung‹ aufleuchten sah. Er würde eine schlechte Bewertung in Teamwork bekommen, wenn er nicht prompt antwortete.

Mannys Miene konnte er entnehmen, daß er das Lämpchen ebenfalls leuchten sah. Er wußte, was kam, und es gefiel ihm nicht.

»Ich muß diesen Anruf entgegennehmen, Sir«, sagte Charley zum Portier. »Bitte erzählen Sie Detective Salazar Ihre Geschichte weiter. Ich stoße so rasch wie möglich wieder zu Ihnen.«

Charley entfernte sich ein paar Schritte, um ungestört zu sein und holte die Nachricht auf den Bildschirm.

>>21.10.11 * 05.24.12.56 * XXXXX.XXX
LOG #1012.67
AUTOMATISCHE ROUTINE
AN: GORDONC@NECPOLNET*0004.13.00*874 334
VON: STANISLAUSJ@NECPOLNET*0004.09.12 *233487
BETR: ANFRAGE OFFICER VERSTÄNDIGEN
NACHRICHT: BETRIFFT NICHT REGISTRIERTE KRIMINELLE MARABETH LANCASTER. ÜBEREINSTIMMUNG GENETISCHER FINGERABDRUCK MIT JANE DOE 12 * 45.23 * 211008.4 98% WAHRSCHEINLICHKEIT.
***KRIM*LINKS: DNDLS3492//12*211011.4
JD 12 * 45.23 * 211008.4//ID
JD 12 * 45.23 * 211008.4//MD
JUARZ7892//12*211011.4
UNREG 11*5678238
***GORD*LINKS: KRAVATZ
MODUS 112

Marabeth Lancaster?

Einen Augenblick lang sagte ihm der Name nichts, dann fiel der Groschen. Lancaster war Jimmy Kravatz' verschwundene Freundin. Keine Überraschung, daß sie als Leiche wiederauftauchte.

Charley bestätigte die Datenübertragung auf die GORD"LINKS und speicherte eine Notiz, dem Ohr die Nachricht von ihrem Tod zu übermitteln. Er würde zu Kravatz gehen, sobald ihm Captain Hancock nicht mehr wegen dieser Hilton-Geschichte im Nacken saß.

Teil 2

EINE NOTWENDIGE TÄUSCHUNG

Kapitel 8

»Was soll das alles, Tall Jack?«

»Du weißt genauso viel wie ich.«

Spillway Sue marschierte weiterhin in dem Raum auf und ab, in den Wilson sie verfrachtet hatte. Er war nicht sehr groß, nur etwas geräumiger als Johns altes Schlafzimmer in der WoGe, und die Decke hing so niedrig, daß John sie mit dem Arm erreichen konnte, ohne ihn ausstrecken zu müssen. Nachdem sie die Tür verschlossen vorfand, hatte Sue nach einem anderen Ausgang gesucht. Bisher hatte das Suchen und Stöbern keine Geheimtüren oder Fluchtluken ans Licht gefördert.

John wartete, bis Spillway Sue die entfernteste Ecke des Raums untersuchte.

»Faye?« flüsterte er in der Hoffnung auf eine Antwort und mit der Befürchtung, auch tatsächlich eine zu bekommen. Er hatte nichts gespürt, aber seit er in Wilsons Wagen gestiegen war, fühlte er sich matt und schläfrig. Es war möglich, daß ihm ihre Anwesenheit entgangen war, falls sie ihm nicht gehorcht hatte und in den Wagen geschlüpft war, bevor Wilson die Tür geschlossen hatte. Er rief noch zweimal ihren Namen, doch diesmal waren nicht aller guten Dinge drei. Keine freundliche Stimme flüsterte ihm aus dem Nichts etwas zu. Faye war nicht hier.

Wo *hier* auch sein mochte.

Seine Erinnerung an die Fahrt war ziemlich undeutlich. Er wußte noch, daß er in die Limousine eingestiegen war und Sue hektisch nach irgendwelchen

Kontrollen gesucht, aber keine funktionierende gefunden hatte. Zumindest glaubte John das. Irgendwann, nachdem der Wagen sich in Bewegung gesetzt hatte, verschwamm seine Erinnerung. Ein Eindruck von einer Bewegung war haften geblieben, die zu einem Wagen irgendwie nicht paßte, eine ziemliche Schräglage und eine Abwärtsbewegung, aber vielleicht hatte er das alles auch nur geträumt. Seine Eindrücke hatten diese Qualität. Die Verschwommenheit hatte ihn da nicht gestört, aber jetzt hegte er den Verdacht, daß Wilson etwas mit ihnen angestellt hatte. Ihnen etwas verabreicht hatte, vielleicht eine Droge oder ein Schlafgas.

Der Gedanke, unter Drogen gesetzt worden zu sein, gefiel ihm nicht besonders. Wilson und seine Leute, wer immer sie auch waren, verhielten sich nicht gerade wie Freunde.

Und wer waren diese Leute? John hatte nicht die leiseste Ahnung.

Er konnte sich ziemlich deutlich daran erinnern, wie Wilson die Tür der Limousine geöffnet und John und Sue in einen dunklen Korridor gebeten hatte. Sie waren ziemlich fügsam gewesen. Eine Nebenwirkung der Droge? In dem Korridor war ihm nichts Besonderes aufgefallen, was ihm einen Hinweis darauf gegeben hätte, wer ihre Häscher waren oder wo sie sich befanden.

Mit seiner sonderbaren Mischung aus rustikaler Schlichtheit und chromglänzendem HiTech war der Raum auch keine große Hilfe. Der Boden bestand aus gestampftem Lehm, aber bei der Decke schien es sich um eine einzige nahtlose Platte zu handeln, auf der in kreisrunden Flecken ein weiches rötliches Licht brannte, die einzige Beleuchtungsquelle im Raum. Die obere Hälfte der Wände bestand aus einem ähnlichen Material, doch ohne die leuchtenden Stellen, während die untere Hälfte aus einem schwarzen Gestein bestand, das so glatt poliert und glänzend wirkte, daß John es für Plastik hielt, bis ihm die Struktur und die winzigen Fossilien darin auffielen. Ein Streifen aus einem dickeren Material bildete die Grenze zwischen den beiden Hälften. John hielt es wegen der komplizierten Schnitzereien darin für feingemasertes dunkles Holz. Die phantastischen, ineinander verwobenen Figuren aus Schlingen, Spiralen, Knoten und bizarr verzerrten Tieren zogen den Blick wie magisch an und ließen das Blickfeld verschwimmen.

Vor einer der Wände stand ein kleines Sofa, in der Mitte des Raums ein kreisrunder Tisch mit drei Stühlen. Die Sitzflächen waren weich gepolstert, während die Tischplatte aus dickem, auf Hochglanz poliertem Holz bestand. Eine Computerkonsole mit einem drehbaren Bildschirm stand mitten auf dem Tisch. Er setzte sich auf einen der Stühle und starrte auf den dunklen Schirm. Er glaubte nicht, daß der Computer mit der Außenwelt verbunden war, und selbst wenn doch, wen sollte er anrufen?

Vielleicht würden sie nicht lange hier sein. Er hoffte es jedenfalls. Es gab keine sanitären Anlagen.

Als Spillway Sue ihre ergebnislose Suche beendet hatte, setzte sie sich auf den Stuhl John gegenüber.

»Wer ist denn nun dieser Arthur Bär? Ich kenne ihn nicht.«

Wer kannte ihn schon? »Das ist jemand, mit dem ich eine Zeitlang zuammen war.«

»Konzern- oder Bundesangehöriger?«

»Was? Weder noch. Er ist nur –« Nur was? Ein Mann, der ein Dutzend Jahrhunderte in einem magischen Schlaf überdauert hatte. Ein Mörder. Ein Bandenführer. Angeblich der echte König Arthur. Hatte Spillway Sue überhaupt je von der Legende gehört? Wenn ja, würde sie glauben, daß der Mann, der sie inspiriert hatte, im

Hier und Jetzt lebte und atmete? »Er ist nur Bär. Nur irgendein Bursche. Mehr nicht.«

»Jeder mit Verbindungen wie diesen muß einem Konzern oder der Regierung angehören. Das ganz große Geld oder der ganz große Einfluß oder beides. Das ist hier 'ne ziemlich abgefahrene Bude, und wir sind nicht gerade mit den öffentlichen Verkehrsmitteln hergekommen.«

»Hast du irgendeine Ahnung, wie wir eigentlich genau hergekommen sind? Oder wo ›hier‹ ist?«

Sie setzte zu einer Antwort an, um innezuhalten und eine Minute lang nachzudenken. »Weißt du, ich hab keine Ahnung, wie wir hergekommen sind. Ich muß eingeschlafen sein.« Sie beugte sich anklagend vor. »Sag mal, du hast nicht...«

»Was habe ich nicht?«

»Du fragst. Also hast du nicht.« Sie lehnte sich wieder zurück. Ihr Blick huschte im Raum hin und her, während sie an einem Fingernagel kaute. »Muß ziemlich guter Stoff gewesen sein, den sie uns verpaßt haben. Ein paarmal hatte ich das Gefühl zu fliegen.«

»Ich kann mich nicht erinnern, den Wagen verlassen zu haben.«

»Ich auch nicht. Ziemlich guter Trick, was? Diese Burschen haben ganz nette Spielzeuge. Weißt du, was sie spielen?«

»Ich glaube nicht, daß sie spielen.«

»Was wollen sie dann, hm? Sie wollten *dich*, nicht mich. Mich haben sie nur mitgenommen. Für dich ziehen sie diese Schau ab. Klär mich auf. Wer ist der Boß und worum geht's?«

Wenn er das nur wüßte. Dies war jedoch eine Gelegenheit. »Vielleicht können wir ja tauschen. Roscoe und Flake haben dich als Anführer des Überfalls auf meine Bude bezeichnet. Wer hat dich beauftragt und was wollen deine Auftraggeber von mir?«

»Diese beiden sind nur Muskeln von der Straße. Dämliche Kerle mit viel zu großer Klappe.«

»Sie sagten, du hättest die Verbindungen. Was sind das für Verbindungen?«

»Das ist streng vertraulich.«

»Ich könnte dasselbe sagen.«

Sie musterte ihn mit einem harten, abschätzigen Blick. »Vielleicht könntest du das. Aber ich glaube, das wäre kein faires Geschäft. Du hast so viele Fragen gestellt, daß man meinen könnte, du hast gar keine Ahnung, worum es bei dieser Sache eigentlich geht.«

»Ich weiß über Bär Bescheid.«

»Ich hab keinen Bär gesehen. Nur diesen Wilson und seine tollen Spielzeuge. Wilson sagt, wenn ich mich ruhig verhalte und keinen Ärger mache, kriege ich auch keinen Ärger. Vielleicht gebe ich Shorty Gelegenheit zu zeigen, daß er keinen Blödsinn verzapft hat.«

Sein Bluff hatte nichts gebracht, war aber einen Versuch wert gewesen. Er konnte sie drängen, aber er war nicht mit dem Herzen dabei. Vielleicht konnte die Konsole mit ein paar Informationen aufwarten. Sie würde keine schlauen Bemerkungen machen. Er rückte den Stuhl näher an den Tisch. Er war kein toller Hecht von einem Decker wie *CyberCowboy Chang*, aber er kannte sich ein wenig aus. Vielleicht konnte er dem System etwas entlocken.

Fünf Minuten, in denen er jede ihm bekannte Möglichkeit ausprobierte, etwas aus dem System herauszuholen, brachten ihn nicht weiter. Er wollte seine Versuche gerade einstellen, als das Gerät summte und der Schirm sich erhellte. Wilsons Gesicht tauchte auf.

»Reddy?«

John machte sich nicht die Mühe zu antworten. Er war sicher, daß Wilson sehen konnte, mit wem er sich unterhielt.

»Ich weiß, daß Sie da sind und mich hören können. Wie fühlen Sie sich?«

»Was geht Sie das an?« fragte Sue.

»Wie ich sehe, hat sich die junge Frau erholt. Was ist mit Ihnen, Reddy?«

»Also haben Sie uns tatsächlich betäubt«, beschuldigte ihn John.

»Sie klingen gut. Natürlich sind Sie betäubt worden. Es war zu Ihrer eigenen Sicherheit«, antwortete Wilson in nüchternem Ton. »Wenn Sie je wieder von hier verschwinden wollen, ist es am besten, wenn Sie nicht wissen, wo Sie sind.«

»Und wo sind wir?«

Wilson kicherte. »Unter dem Berg.«

»Ist das irgendein Codewort?« fragte Sue.

John bedeutete ihr zu schweigen und antwortete. »Was wollen Sie von uns?«

»Ich will, daß Sie sich auf eine Unterredung vorbereiten.« Ein Abschnitt der Wand öffnete sich und gab den Blick auf einen weiteren Raum frei. Von seinem Platz konnte John wenig mehr als ein Bett sehen. Spillway Sue sah es offenbar ebenfalls.

»Hey, das ist doch nicht irgendein verrücktes Züchtungsexperiment!«

»Keine Sorge, junge Frau. Es gibt getrennte Betten für Sie.« Ein zweiter Wandabschnitt zu einem weiteren Schlafraum öffnete sich. Sue zuckte die Achseln und hievte sich von ihrem Stuhl hoch. Sie ging zur Tür und schaute hinein. »Nicht schlecht! Daran könnte ich mich gewöhnen.«

John hoffte, daß das unnötig war. Nun, wenigstens für ihn. Spillway Sue konnte ihren eigenen Weg gehen.

Sue betrat den Raum und verrenkte sich den Hals. »Wo ist denn die – schon gut.« John hörte das leise Zischen eines sich schließenden Paneels.

»Also schön, Wilson. Wir sind jetzt allein. Worum geht es bei dieser Unterredung? Wo ist Bär?«

Anstelle einer Antwort sagte Wilson: »Duschen Sie. Ziehen Sie sich um. Beruhigen Sie sich. Ich hole Sie um zehn ab.«

»Woher soll ich wissen, wann das ist?«

Wilsons Gesicht wich einigen Zahlen auf dem Bildschirm. Sie zeigten ›9:11:43‹ an. Die Sekunden verrannen.

Wunderbar.

Duschen konnte und würde er, wenn sie die Anlage zur Verfügung stellten. Johns letzte lange heiße Dusche lag schon eine Weile zurück. Sich umziehen? Vielleicht. Wenn sie die Kleidung zur Verfügung stellten. Aber wenn Wilson ihm etwas von seinen Sachen gab, würde John für diese Unterredung schlecht gekleidet sein. Sich beruhigen? Unwahrscheinlich, solange er so vollständig in ihrer Gewalt war.

Da sie im Augenblick das Sagen hatten, konnte er nicht viel tun. Er sah sich das Schlafzimmer an und stellte zu seiner Erleichterung fest, daß die Dusche modern und nicht rustikal war. Er probierte das Wasser aus. Es war heiß. Er streifte seine Kleidung ab und nutzte die Gelegenheit, indem er sich den dampfenden, nassen, seifigen Empfindungen und dem Trommeln des Wassers hingab und seine Probleme wegschwemmen ließ.

»Neun Uhr fünfzig«, verkündete eine künstliche Stimme.

Widerstrebend drehte John das Wasser ab. Wenn seine Häscher es mit der Zeit so genau nahmen, hielt er sich besser daran. Er wußte nicht genug über sie, um es riskieren zu können, sie gegen sich aufzubringen. Noch nicht.

Als er aus dem Badezimmer trat, öffnete sich ein Paneel neben dem Bett. Ein Wandschrank. Ein Handtuch um die Hüften gewickelt, stöberte er in den Sachen herum. Es gab einen Anzug – konservativ geschnitten – samt passendem Hemd, Schnürsenkelkrawatte und glänzenden schwarzen Kragenspitzen. Die Sachen sahen aus, als hätten sie seine Größe, waren aber ganz und gar nicht sein Stil. Auf einem Regal fand er Unterwäsche und zog sie an. Die saubere Baumwolle fühlte sich gut auf seiner sauberen Haut an. Doch die Vorstellung, den Anzug anzuziehen, war zu merkwürdig. Er zog seine alte Hose wieder an und schlüpfte in seine Stiefel. Der Geruch nach altem Leder und die weiche Geschmeidigkeit seiner Jacke waren vertraut und tröstlich und erinnerten ihn an seine Zeit bei den Dons. Es war eine gute Zeit gewesen, die beste, seit er Worcester verlassen hatte.

Als er den zentralen Raum betrat, war Wilson bereits da und döste anscheinend vor sich hin. Er merkte auf, als John an den Tisch trat.

»Fertig?« fragte Wilson.

»Fast«, antwortete Spillway Sue aus ihrem Zimmer. John erhaschte einen Blick auf sie, wie sie durch den Raum flitzte, um irgendwas aus dem Badezimmer zu holen, und schnappte nach Luft. Offenbar hatte sie eine beeindruckende Auswahl an Kleidern entdeckt. Sie sah aus, als sei sie zu einem Zug durch die Clubs bereit und als könne sie dabei ein paar neue Trends setzen. Ihr Aussehen paßte nicht im geringsten zu seinem Bild von ihr.

Sie ging zur Tür, während sie sich noch ihre dunklen Locken frottierte. Als das Paneel sich vor ihrer Nase schloß, stieß sie einen leisen Schrei aus und sprang vorwärts. Sie war nicht schnell genug, um es zu schaffen, bekam aber eine Hand zwischen die Tür. Das Paneel bestand darauf, sich zu schließen, ob ihre Gliedmaßen im Weg waren oder nicht. Irgendwie gelang es ihr, ihre Finger zu retten. Sues Protestgebrüll wurde jäh abgeschnitten, als sich das Paneel endgültig schloß.

»Hey«, wandte John ein. »Was soll das denn?«

»Sie ist nicht eingeladen«, sagte Wilson.

Teile und herrsche war eine alte Taktik. »Mir gefällt die Vorstellung nicht, sie hier allein zu lassen.«

»Ihr wird nichts geschehen, solange sie sich benimmt.«

»Sie ist in ihrem Schlafzimmer eingesperrt. Wie kann sie da Ärger machen?«

»Nun, es sollte ihre Möglichkeiten minimieren.«

Wilson zeigte auf die Tür und deutete damit an, daß John vorausgehen sollte. Im Korridor war es dunkel, doch nicht mehr ganz so schlimm wie zuvor. War die Düsternis von der Droge hervorgerufen worden? Diesmal nahm John zur Kenntnis, daß Wände und Boden die gleichen waren wie im Wartezimmer. Unglücklicherweise waren mehrere der Torbögen, die sie passierten, nicht so hoch wie die Wartezimmertür. John stieß sich den Kopf am ersten, aber die Erfahrung veranlaßte ihn, sich bei den übrigen zu ducken. Ein Experiment, seine größere Schrittlänge auszunutzen, um Entfernung zwischen sich und Wilson zu legen, endete vor einer verschlossenen Tür. Wilson schloß ohne Eile zu ihm auf, und das Paneel öffnete sich. Sie gingen weiter.

»Darf ich Sie etwas fragen?«

»Ich antworte, wenn ich kann«, erwiderte Wilson.

»Sie halten Sue doch nicht als Geisel, um ein gutes Benehmen meinerseits zu erzwingen, oder?«

»Würde es etwas nützen?«

»Nein«, antwortete John in dem Versuch, entschlossen zu klingen. Tatsächlich war er gar nicht so sicher. Der Blick, den er auf Sue hatte werfen können, nachdem sie unter der Dusche gewesen war, hatte ihn nachdenklich gemacht. Sie sah ganz anders aus als noch in seinem Unterschlupf. Was wußte er überhaupt von ihr? Mit Sicherheit wußte er nur, daß er der Grund für Sues Anwesenheit hier war. In gewisser Hinsicht fühlte er sich verantwortlich. Er hoffte, Wilson würde das nicht herausfinden, weil er sich wirklich keine Sorgen deswegen machen wollte, mit Drohungen gegen eine Person zu etwas gezwungen zu werden, die sein Leben bedroht hatte, als sie zuletzt Herr ihrer Entschlüsse gewesen war.

Sie betraten eine kleine Kammer, die bemerkenswerte Ähnlichkeit mit einer Fahrstuhlkabine hatte. Wilson trat hinein und drehte sich zur Tür um. John tat es ihm nach und sah, daß es keine Kontrollen gab.

»Wilson. In Begleitung von Reddy.«

Die Tür schloß sich und der Aufzug fuhr nach unten. Die Fahrt war ruckfrei. Ohne eine Etagenanzeige hatte John keine Ahnung, wie weit hinunter sie fuhren. Die Kabine hielt mit einem kaum merklichen Ruck, und die Tür öffnete sich in einen weiteren dunklen Korridor. Wilson führte ihn hinaus.

Vor ihnen ging eine kleine Frau in einem Laborkittel. Sie warf einen Blick über die Schulter und beschleunigte ihre Schritte. Sie blieb vor einem geschlossenen Tor stehen, legte die Hand auf die Wand daneben und verschwand durch die Tür, als das Paneel sich öffnete. Als John und Wilson es erreichten, hatte es sich wieder geschlossen. John hielt nach den Kontrollen Ausschau, die die Frau offensichtlich benutzt hatte, konnte aber keine entdecken. Da Wilson einfach weiterging, hielt er es für nicht ratsam, stehenzubleiben und die Wand zu untersuchen.

Sie folgten einigen Abzweigungen und schritten durch viele offene Paneele und an noch mehr geschlossenen vorbei. Wie viele Leute waren hinter jenen Türen verschwunden, kurz bevor Wilson und John um die jeweiligen Ecken bogen? Was war dies für ein Ort? Die anonymen Wände und Türen lieferten keinerlei Hinweis, so daß John genügend Raum für wüste Spekulationen blieb.

Schließlich erreichten sie eine Doppeltür, die sich von allen anderen unterschied, die er auf ihrem Irrweg gesehen hatte. Es handelte sich um große Portale aus dunklem Holz, die mit Reliefs aus einem goldenen Metall verziert waren. Reihen um Reihen merkwürdiger Gesichter funkelten ihn an wie mißbilligende Gargyle. Wilson ging zu den Türen, stampfte zweimal mit dem Fuß auf und sagte etwas, das John nicht richtig verstand. Es mußte sich um ein Codewort handeln, denn als er es ausgesprochen hatte, schwangen die Türen nach innen und gaben den Blick auf einen größeren Raum frei, als John ihn bisher in dem Komplex zu Gesicht bekommen hatte. John konnte nicht sagen, wie groß er war, da er in Schatten und stygische Dunkelheit getaucht war, aber er spürte, daß er riesige Abmessungen hatte.

Wilson stieß John aufmunternd an und ging mit ihm durch das Portal in den Raum.

Zu beiden Seiten der Kammer ragten in parallelen Reihen massive, drei Meter durchmessende Säulen aus poliertem Stein wie Urwaldriesen in die Höhe. In der Dunkelheit war nicht zu erkennen, wie hoch die Säulen reichten. Metallische Sprenkel und Adern ließen das Material exotisch aussehen. Die Säulen funkelten wie zu Zylindern gerollter Nachthimmel. Das Licht, das von den eingebetteten Mineralien reflektiert wurde, kam aus zwei Strahlern, die von oben herabschienen und drei Meter durchmessende Lichtkreise auf den Boden zeichneten. Einer der beiden Strahlen fiel auf eine leere Fläche des mosaik-gefliesten Bodens, während der andere, etwas weiter entfernte einen etwas erhöht liegenden Bereich ausleuchtete, der mit Maschinen und Konsolen vollgestopft war. Inmitten dieser HiTech-Ausrüstung stand ein massiger Stuhl aus schwarzem Stein der Tür zugewandt. Zwei gemeißelte Drachen bildeten die krumme Lehne des Stuhls und wanden sich schlangenförmig an den Seiten herunter, um sich mit den Nasen zu begegnen und eine Fußstütze zu bilden. Elfenbeinerne Zähne ragten aus den gemeißelten Kiefern, und zwischen den Augenbrauenwülsten funkelten rote Edelsteine. John fand es ausnehmend schwierig, den Blick von den Augen der Drachen loszureißen.

Die Schatten dieser erstaunlichen Kammer waren belebt. John schätzte, daß sich in der Dunkelheit an die zwei Dutzend Personen bewegten. Die meisten trugen einen grauen oder lohfarbenen Overall. Ein paar trugen auch eine lange Schürze oder Robe. Bei diesen Lichtverhältnissen ließ sich das nur schwerlich unterscheiden. Es schien, daß jedes Gesicht, auf das sein Blick fiel, bärtig war, manche geradezu übermäßig. Doch das Auffallendste an den versammelten Leuten war die Tatsache, daß die größten von ihnen John gerade mal bis zur Brust reichten. Hätten sie sich in einem Hotel oder Konferenzsaal gefunden, wäre John vielleicht auf den Gedanken gekommen, in eine Tagung kleinwüchsiger Menschen geraten zu sein. Doch das konnte hier nicht der Fall sein.

Und Wilson – John musterte seine Eskorte – paßte sehr gut ins Bild. Er war ein wenig größer als die anderen, und wo John ihn für untersetzt gehalten hatte, wirkte er jetzt – verglichen mit den Bewohnern dieses Ortes – geradezu schlank. Wer waren diese Leute?

John erinnerte sich, wann er zuletzt so viele kleine untersetzte Personen an einem Ort gesehen hatte: bei dem Überfall Mitsutomos auf den Palast der Herrin vom See. Damals hatte er sich nichts dabei gedacht. Jetzt fand er, daß es ihm hätte auffallen müssen, aber in der Anderswelt war so viel merkwürdig gewesen.

Waren diese Leute Teil eines speziellen Unternehmens von Mitsutomo? Hatte Mitsutomo eine genetische Subspezies gezüchtet? Wenn ja, warum? Und was wollten sie von ihm?

»Wer seid ihr, Leute?«

Mehrere von ihnen flüsterten untereinander, und jemand, den John nicht sehen konnte, lachte. Nur Wilson antwortete ihm.

»Angeblich sind Sie ein heller Kopf, Reddy. Haben Sie es immer noch nicht herausgefunden?«

»Sind Sie Chimären von Mitsutomo?«

Mehr Geflüster. Schallendes Gelächter. Wilson kicherte. »Mitsutomo hätte gern derartige biotechnische Fähigkeiten.«

Nicht Mitsutomo? John erblickte einen Mann mit einem buschigen Bart, der fast so breit wie lang war. Nein, diese Leute waren weder gewöhnliche Kleinwüchsige noch genetische Züchtungen. Es mußte eine andere Antwort geben. »Manche von Ihnen sehen wie Zwerge aus. Wie richtige Zwerge, meine ich, wie Zwerge aus der Sage. Sind wir in der Anderswelt?«

Wilson sah ihn an. »Können Sie das nicht feststellen?«

»Sie sind tatsächlich Zwerge, oder? Ihr seid gar keine Menschen.«

»Nicht mehr als Sie, Wechselbalg«, erwiderte Wilson.

Johns Verblüffung nahm noch um einiges zu. »Sie wissen Bescheid?«

»Wir sind ein ziemlich neugieriges Völkchen. Wir erfahren viele Dinge, von denen wir eigentlich nichts wissen dürften.« In die Zwerge kam Bewegung. Wilson bemerkte es ebenfalls. Er hob den Kopf und starrte beinahe verzückt in die Richtung des Tumults. Er faßte sich wieder und erteilte John einen Befehl. »Treten Sie ins Licht.«

John scheute davor zurück. Sie waren kurz vor dem

ersten leeren Lichtkreis stehengeblieben. Jetzt wollte Wilson, daß er ihn betrat, offenbar allein. Irgendetwas ging hier vor. »Wo ist Bär?«

»Sie werden ihn in Kürze sehen. Zuerst haben Sie noch eine Audienz.«

»Eine Audienz? Sie meinen, so ähnlich wie bei einem König?«

»Sehr ähnlich. Jetzt seien Sie still und treten Sie ins Licht.«

Er stieß John an und schob ihn vorwärts. John stolperte in den Lichtkreis und stellte fest, daß das Licht es ihm praktisch unmöglich machte, etwas anderes zu sehen als den Lichtkreis rings um sich und den anderen erleuchteten Bereich mit dem Podest. Er hätte ebensogut auf einer Insel aus Licht in einem Meer der Dunkelheit gestrandet sein und eine andere, unerreichbare Insel anstarren mögen. Er spürte die Blicke der versammelten Zwerge auf sich ruhen. Das Wissen um ihre Aufmerksamkeit bereitete ihm Unbehagen, als er zur Mitte des Kreises schritt. Auf diese Weise hatte er etwas mehr Zeit zu reagieren, falls ihn etwas aus der Dunkelheit anfiel.

Stille senkte sich über die Kammer. Alle schienen auf etwas zu warten.

Irgendwo schlug eine Trommel einen tiefen, pulsierenden Ton an, dann noch einen. Er hörte, wie sich die Zwerge in der Dunkelheit unruhig bewegten. Oder vielleicht veränderten sie auch nur ihre Stellung, um besser sehen zu können. Wilson tauchte aus der Dunkelheit auf und blieb am Rand von Johns Lichtkreis stehen. Der Zwerg starrte auf den Lichtkreis mit dem Drachenstuhl, also schaute John ebenfalls in diese Richtung.

Die Trommel schlug zwei Töne an, als ein rundlicher Zwerg mit einem schneeweißen Bart, der fast bis auf den Boden fiel, ins Licht trat und das Podest bestieg.

Wilson verbeugte sich vor dem Neuankömmling, als sei er ein König. Vielleicht war er das tatsächlich. Der Zwerg trug zwar keine Krone, schien aber eine Art Zeremoniengewand zu tragen, und sein langsamer steter Gang besaß etwas Herrschaftliches.

Der König – wenn er denn einer war – setzte sich auf den Thron – wenn es denn einer war. Bedächtig stellte er je einen Fuß auf einen Drachenkopf und korrigierte den Fall seiner Robe, bis sie die funkelnden Augen verhüllte. Offenbar zufrieden legte er die Ellbogen auf die Armlehnen, verschränkte die Hände und beugte sich vor, bis die Hände seinen Mund verdeckten. Seine große Hakennase ragte über die verschränkten Finger hinaus. Im Schatten der buschigen Augenbrauen funkelten seine Augen so strahlend wie die Juwelenaugen der Drachen, nur schwarz anstatt rot.

Unter ihrem Blick bekam John eine gute Vorstellung davon, wie eine Maus sich fühlen mußte, wenn sie von einer Katze in die Enge getrieben wurde. Er machte Anstalten, einen Schritt zurückzuweichen.

»Bleiben Sie, wo Sie sind«, flüsterte Wilson.

Er blieb. Fünf Minuten stand er so da. Niemand sagte etwas. Niemand rührte sich. Erwartete man von ihm, daß er irgendetwas tat? Wilson hatte ihm nichts gesagt und John hatte keine Ahnung, was sich ziemte. Sie hatten ihn hergebracht. Sollten sie da nicht beginnen?

Das Schweigen dauerte an.

Sie hatten gesagt, Bär wolle ihn sprechen, aber John hatte bisher keine Spur von Bär gesehen. War alles nur ein Schwindel?

»Ich will Bär sehen«, sagte er impulsiv.

»Du wirst hier keine Forderungen stellen, Wechselbalg«, sagte der sitzende Zwerg mit donnernder, knirschender Stimme. »Würdest du darum *bitten*, könnte solch ein Wunsch gewährt werden. Deine Art gibt immer nur Befehle und stellt Forderungen, wo eine höfliche Anfrage angebracht wäre. Es war sehr klug von mir, dich zur Beurteilung vorführen zu lassen, bevor du zum Schläfer gebracht werden sollst.«

Zur Beurteilung? Die Sache gefiel John nicht. Tatsächlich fand er die Formulierung geradezu anmaßend. »Mich beurteilen? Für wen, zum Teufel, halten Sie sich?«

»Du kannst mich Kranekin nennen.«

»Ich *kann* Sie auch einen Entführer nennen. Schließlich haben Sie mich von Ihrem Lakaien mit Waffengewalt verschleppen lassen, mich unter Drogen gesetzt und mich Gott weiß wohin gebracht. Aber wo wir uns hier auch befinden mögen, ich wette, wir haben dabei eine Staatsgrenze überschritten, und das macht es zu einem Staatsverbrechen. Ich möchte wetten, die Bundespolizei hätte großes Interesse an diesem Ort hier. Und es wird mir ein Vergnügen sein…«

»Genug davon!« donnerte Kranekin, indem er beide Fäuste auf die Armlehnen niedersausen ließ. »Deine Proteste sind nutzlos. Die Menschen werden dir nicht helfen. In ihren Datenbanken wirst du als tot geführt. Du stehst nicht mehr unter dem Schutz dieses Rechtssystems. Hier unterstehst du *meinem* Gesetz.«

»Ist das eine Drohung?«

»Das mag sein.« Kranekin lehnte sich gegen die Drachen. »Du zeigst die Arroganz deines Vaters. Trittst du in seine Fußstapfen?«

»Was wissen Sie über meinen Vater?«

»Du hast meine Frage nicht beantwortet.«

»Und Sie haben meine nicht beantwortet.«

»Wie ich schon sagte, arrogant.« Kranekins Tonfall veränderte sich. »Willst du Informationen tauschen?«

Die plötzliche Veränderung der Gangart machte John mißtrauisch. »Vielleicht.«

»Wir kennen viele Geheimnisse.«

»Darauf möchte ich wetten.«

»Offenbar mehr als du.«

»Vielleicht möchten Sie etwas von Ihrem geheimen Wissen mit mir teilen.«

»Ohne Gegenleistung?« Kranekin schüttelte den Kopf. »Unwahrscheinlich.«

»Ich habe diese ganze Geheimniskrämerei langsam satt.«

»Eine merkwürdige Einstellung für jemanden deines Blutes. Entweder spielst du deine Rolle besser, als ich es für möglich gehalten hätte, oder deine elfische Erziehung läßt tatsächlich zu wünschen übrig. Welche Garantie kannst du mir geben, daß du nicht das Werkzeug deines Vaters bist?«

»Fragen Sie mich etwa, ob ich für Bennett arbeite?«

»Ist Bennett der Name, den er dir genannt hat?«

»Sie sind doch derjenige, der angeblich alle Geheimnisse kennt.«

»Ich wollte es von dir hören. Bist du sein Werkzeug?«

»Soweit es mich betrifft, kann Bennett dahin gehen, wo der Pfeffer wächst.«

»Er spricht aus dem Herzen«, sagte eine tiefe Stimme aus der Dunkelheit.

»Das entspricht meiner Schlußfolgerung«, bemerkte Kranekin. Sein Schnurrbart zuckte, als verzögen sich die Lippen darunter zu einem Lächeln. »Ich finde deinen Mangel an Ehrfurcht vor dem Vater sehr beruhigend.«

Toll.

Kranekin fuhr fort. »Gewisse Leute haben angedeutet, du könntest eine Hilfe sein, was den Schläfer betrifft.«

»Sollten Sie daran denken, mich zu benutzen, um Bär zu irgendwas zu zwingen, vergessen Sie's. Er wird sich nicht beugen.«

»Offensichtlich kennst du seinen Lebenslauf nicht sonderlich gut.«

»Er kennt den wiedergeborenen Mann.« Das war wieder die Stimme aus der Dunkelheit.

John wünschte, er hätte über das blendende Licht hinaus sehen können. Er wollte wissen, wer auf seiner Seite war. Er würde sich mit einem unsichtbaren Befürworter zufrieden geben müssen. Er war mit einer unsichtbaren Freundin aufgewachsen. Eigentlich sollte er daran gewöhnt sein.

»Vielleicht kennt er den Mann tatsächlich«, räumte Kranekin ein. »Wir werden sehen, ob der wiedergeborene Mann ihn auch kennt.«

Kapitel 9

Quetzal hatte Erfahrung im Umgang mit merkwürdigen, scheinbar ungeordneten Umgebungen und der Auseinandersetzung mit ihnen, bis er eine Ordnung darin erkennen konnte. Nakaguchis Computerumgebung war nicht einschüchternder als einige der astralen Dimensionen, die er kannte. Wie er es gemeistert hatte, sich in diesen Dimensionen zu bewegen, so meisterte er es auch, sich in dieser Dimension der Daten zurechtzufinden.

Die Denker der gegenwärtigen Ära wußten erstaunliche Dinge, und die Handwerker waren zu ehrfurchtgebietenden Leistungen fähig. Doch trotz all ihres gesammelten Wissens, trotz all ihrer staunenswerten Artefakte gab es sehr viele Dinge, die er wußte und sie nicht. Hinter der Realität steckte mehr, als ihre Philosophien zuzugeben bereit waren.

Sie bestritten viele Dinge, die er als unveränderliche Tatsachen kannte. Doch vieles von dem, was sie öffentlich erklärten, verstand er überhaupt nicht. Er würde nicht ihren Fehler machen. Er würde von ihnen lernen. Ein umfassenderes Wissen über die physikalische Welt konnte seiner Beherrschung der spirituellen nur förderlich sein.

Und er würde sie beherrschen.

Aber er war nicht so dumm, blindlings vorwärts zu stürmen, wo sich doch so viel verändert hatte. Er würde die Welt ringsumher ausspionieren und sie gründlich kennenlernen, bevor er sich weiter vorwagte.

Es war eine viel gewaltigere Aufgabe, als er sich vorgestellt hatte, als er die Pläne für seinen Schlummer schmiedete. So vieles hatte sich verändert! Es gab so viele Dinge zu lernen! Glücklicherweise versetzte der Computer ihn in die Lage, es schnell zu tun. Das Tempo, mit dem Informationen gesammelt und begriffen werden konnten, war schwindelerregend. Noch erstaunlicher war die Menge an Informationen, die es überhaupt gab. Es war so viel, so viel.

Er hatte so viele Fragen. So viele, daß er sich nicht wohl damit fühlen würde, ihrer aller Beantwortung nachzugehen. Wenn alles gut verlief, würde später noch Zeit für diese faszinierenden Fragen sein. Und wenn seine Pläne scheiterten, waren alle Fragen gegenstandslos. Einige der Fragen verlangten sofortige Antworten – und auf diese mußte er seine Aufmerksamkeit richten.

Was war mit den anderen geschehen? War die Zeit wahrhaftig gekommen? Die wichtigste Frage von allen war vielleicht die, wer bereit war, sich ihm in den Weg zu stellen.

Wenn Nakaguchi ein wahrer Anhänger war, lagen viele Antworten in den von ihm vorbereiteten Archiven. Doch wie gut vorbereitet diese Dateien auch sein mochten, einige Antworten würde Quetzal anderswo suchen müssen. Einstweilen würde er nehmen, was zur Verfügung stand, und die Landschaft der Computerwelt durchstreifen. Er würde die Minen der Dateien finden und in ihnen nach Diamanten suchen.

Doch seine Suche wurde durch Empfindungen aus der physikalischen Welt gestört: Joel Lee, der ihn anstieß und seine Aufmerksamkeit zu erregen versuchte. Da er unter Quetzals Bann stand, konnte Joel Lee kaum unabhängig denken. Seine Handlungsweise würde eine Reaktion auf Quetzals Befehle sein. Widerstrebend unterbrach Quetzal seine Jagd nach Antworten. Die Rückkehr in die Welt außerhalb des Computers erfolgte rasch und ohne die Verwirrung, die er noch am Ende seiner ersten Exkursionen erfahren hatte.

Durch die gläserne Trennscheibe zum nächsten Raum sah Quetzal den Grund für seinen Rückruf. Nakaguchis Sicherheitschef war gekommen. Joel Lee hatte sich korrekt verhalten. Dennoch kam Kuritas Störung unwillkommen.

»Laß ihn herein«, befahl Quetzal.

Kurita war ein Asiat wie dessen Herr Nakaguchi, wenngleich von präziserer und pedantischerer Art. Der Mann trat forschen Schrittes vor Quetzal und verbeugte sich.

»*Ojama shimasu*, Kendall-sama.«

Quetzal starrte ihn an, während Joel Lee übersetzte. ›Kendall‹ würde die Störung nur entschuldigen, wenn sie von größerer Bedeutung war als der falsche Name, auf dessen Benutzung der Sicherheitschef bestand.

»Sprich Englisch«, befahl Quetzal. Er hatte das japanische Sprachprogramm noch nicht gänzlich verarbeitet. Es gab so viel zu tun.

»Wie Ihr wünscht, Kendall-sama. Nakaguchi-sama wünscht in Erfahrung zu bringen, ob Euer neues Quartier Eure Zufriedenheit findet.«

Quetzal brauchte sich nicht extra in der Suite umzuschauen, um zu wissen, daß dieser Ort besser war als der kalte, öde Raum, den sie medizinisches Labor nannten. Er konnte es in jeder Faser seines Wesens spüren. Trotz der Tatsache, daß Umgebung und Klima von Maschinen kontrolliert wurden, war es hier lebendiger. Seine Zeit in der kalten Einöde war vorbei.

»Nakaguchi hat einen seltsamen Boten ausgewählt, um sich nach meinem Wohlbefinden zu erkundigen.«

»Der *Kansayaku* befiehlt, ich gehorche.«

»Bewundernswert«, stellte Quetzal aufrichtig fest. »Natürlich gibt es noch mehr.«

Kurita nickte. »Ich habe die persönliche Ehre, Euch melden zu können, daß die Sicherheit in der peruanischen Simulationskammer gewährleistet ist. Die Artefakte aus Peru sind installiert worden und alles ist so, wie Ihr es verlangt habt. Die Kammer ist bereit für Eure Inspektion.«

»Gut.« Die Kammer würde als Meditationszelle und Werkstatt dienen, wenigstens so lange, bis er Zeit hatte, etwas Besseres einzurichten.

»Es wäre eine Ehre, wenn Kendall-sama die Kammer bald inspizieren würde.«

»Ist das dein Wunsch oder Nakaguchis?«

Kuritas Gesicht stellte eine starre Maske dar, die jede Gefühlsregung oder Reaktion verbarg. »*Itachimashita*. Verzeiht mir, Kendall-sama. Ich wollte nicht respektlos sein. Mein Team hat sehr hart gearbeitet.«

»Und die Leute warten darauf, die Bestätigung zu bekommen, daß ihre Arbeit beendet ist.«

»Es verhält sich so, wie Ihr es sagt.«

»Sie können entlassen werden.« Er legte keinen Wert darauf, daß ihm jemand über die Schulter sah, wenn er die Kammer ›inspizierte‹.

»Aber Kendall-sama…«

»Sollte etwas nicht zufriedenstellend sein, kümmern wir uns später darum.«

»Jawohl, Kendall-sama.«

Kurita machte keine Anstalten, sich zu verabschieden.

»Was noch?« fragte Quetzal. Er wurde der Störung langsam überdrüssig.

»Ich möchte Kendall-sama in aller Bescheidenheit an die Tagung des Aufsichtsrats von Cytronics erinnern, die heute stattfindet. Nakaguchi-sama glaubt, sie könnte für Euch von Interesse sein. Nakaguchi-sama läßt fragen, ob der Anzug, den er Euch geschickt hat, akzeptabel ist. Wenn nicht, läßt sich ein anderer beschaffen.«

»Ich werde teilnehmen.« Die Funktionsweise dieser Konzerne zu verstehen, war in diesem neuen Zeitalter von ausschlaggebender Bedeutung. Er hatte bereits Ideen, wie er sie manipulieren konnte, aber das Lernen vom Computer ähnelte dem Lernen aus einem Buch. Es konnte einem nicht alles vermitteln. Das Sammeln praktischer Erfahrung war vordringlich.

»Um teilzunehmen, ist es erforderlich, diese Anlage zu verlassen.«

»Besprich die Einzelheiten mit Joel Lee.«

Kurita nickte forsch. »Außerdem möchte ich Kendall-sama in aller Bescheidenheit an die für heute morgen angesetzte Besprechung erinnern.«

»Mit William Jeffries. Ich weiß.«

»Mr. Jeffries befindet sich bereits im Haus.«

Und berät sich zweifellos mit Nakaguchi.

Bis zum geplanten Beginn war noch fast eine Stunde Zeit. Hielten sie ihn für so zerstreut, daß er eine Unterredung mit dem höchstrangigen Anhänger des Pfades aus dieser Gegend vergessen würde?

Die Überbringung durch den Sicherheitschef verlieh dieser Aneinanderreihung trivialer Botschaften mehr Würde, aber sie waren keine Erklärung für Kuritas Anwesenheit. »Diese Botschaften sind unbedeutend.«

»Eure Einsicht demütigt mich, Kendall-sama.«

Er hatte die Perser für umständlich gehalten, bis er den Japanern begegnet war. »Sag mir, warum du wirklich hier bist.«

Kurita neigte gehorsam den Kopf. »Da ist die Angelegenheit, daß ihr den gesicherten Bereich der Anlage kürzlich mehrfach ohne Begleitschutz verlassen habt.«

»Was du beunruhigend findest.« Quetzal fand beunruhigend, daß er entdeckt worden war.

»Der *Kansayaku* hat mich mit Eurem Schutz beauftragt. Ich kann Euch nicht beschützen, wenn Ihr meine Leute zurücklaßt.«

»Ihre Gesellschaft ist unwillkommen.«

»Bei allem Respekt, Kendall-sama, derartige Wagnisse sind ungesund.«

»Ich finde sie äußerst erfrischend.«

»Um ganz offen zu sein, Kendall-sama, Eure Handlungsweise gefährdet die Sicherheit dieses Unternehmens.«

Das würde nicht Nakaguchis Hauptsorge sein. Er wäre über Quetzals zunehmende Unabhängigkeit beunruhigt. »Und hast du Nakaguchi über diese Gefährdung der Sicherheit des Unternehmens bereits informiert?«

Kurita ließ sich einen Augenblick Zeit, bevor er antwortete. »Die Berichte sind fertig.«

Aber nicht abgeschickt.

Ein glücklicher Augenblick. Den es auszunutzen galt. Quetzal ging Kurita einen Schritt entgegen. Der Sicherheitschef spannte sich und bewegte sich dann mit der Gewandtheit einer Schlange, um Quetzals Hand abzuwehren, die zu Kuritas Gesicht unterwegs war. Quetzal war beeindruckt von Kuritas Reaktionsgeschwindigkeit, aber das änderte nichts. Quetzal krümmte einfach die Finger und berührte Kuritas Hand. Mehr als den Hautkontakt brauchte er nicht, um seine Absicht auszuführen.

Er drang in Kuritas Geist ein und versuchte ihn zu umhüllen. Kurita wehrte sich dagegen und bekämpfte ihn sogar. Das war überraschend. Kurita war kein Adept. Doch Quetzal hatte bereits im ersten Augenblick Maß genommen: Die Kraft des Sicherheitsmannes würde nicht reichen, um Widerstand zu leisten. Kurita hatte Kraft, aber sein Geschick in dieser Auseinandersetzung der Willenskraft war praktisch nicht vorhanden. Das Ergebnis stand fest. Quetzal verstärkte den Druck. Kurita sank auf die Knie, gab seinen Widerstand jedoch noch nicht auf. In der Tat ein starker

Wille, aber eben doch nicht stark genug. Er schloß seinen Griff um den Geist des Mannes und spürte, wie dieser sich hilflos darin wand. Zufrieden ließ er die Hand sinken. Kurita kauerte sich zusammen.

Die Anstrengung hatte ihn ermüdet, aber sie würde sich auszahlen.

»Sag Nakaguchi, daß ich mit deinen Vorsichtsmaßnahmen zufrieden bin«, befahl er. »Sag ihm außerdem, daß ich mich in der Frage meiner Bedürfnisse ganz auf seine Großzügigkeit verlasse.«

Es würde kein lästiges Tratschen vor Nakaguchi geben. Kurita gehörte jetzt ihm. Der Sicherheitschef konnte Quetzals Kommen und Gehen vor Nakaguchi verheimlichen und diesen gleichzeitig überwachen. Ein weiterer Schritt nach vorn auf dem langen Weg zur Herrschaft.

Einstweilen war es angebracht, diesen Weg verstohlen zu beschreiten. Sollte Nakaguchi ruhig glauben, daß sein Gefühl der Überlegenheit wohlbegründet war. Die Unverschämtheit des Mannes würde später ihren verdienten Lohn finden. Gegenwärtig reichte es Quetzal, den Eindruck des unwissenden Besuchers aus uralter Zeit zu erwecken. Wenn er bereit war, seine Absichten zu enthüllen, würden die Dinge anders aussehen.

Der Wurm würde aus der Dunkelheit empor kriechen, um seinen Platz im Licht einzunehmen.

*

Reardens Bericht enthielt weniger nützliche Informationen, als Pamela gehofft hatte. Viel weniger. Nakaguchis Datenbank schien mit Sperren innerhalb von Sperren gesichert zu sein, und bisher war es Rearden noch nicht gelungen, die vielversprechendsten Dateien zu öffnen.

Aber die Dateien, zu denen Rearden sich hatte

Zugang verschaffen können, waren durchaus interessant. Sie boten einen Einblick in alles, was Nakaguchi für die Quetzal-Kreatur vorbereitet hatte. Sie erkannte einige der Programme aus Cytronics' umfassender Palette von Lernprogrammen wieder. Einige der einfacheren Programme würde Keiretsu auf der Elektronikmesse im Frühjahr der breiten Öffentlichkeit vorstellen. Die für das Lernprogramm vorgesehenen Dateien entsprachen größtenteils dem, was man erwarten konnte, wenn man einen Mann aus einem anderen Jahrhundert auf den heutigen Stand der Dinge bringen wollte – abgesehen von denjenigen, die sich mit dem Okkulten befaßten. Nur diejenigen, die wußten, was auf der Welt vorging, würden diese Informationen einschließen. Nur sie wüßten, daß sie wichtig waren.

Nakaguchi wußte Bescheid.

Er gehörte zu den Kräften, die die Veränderung herbeiführten.

Sie wünschte sich, die Datenbank möge etwas enthalten, das sie benutzen konnte, um ihn zu Fall zu bringen, um seine Pläne zu vereiteln.

Natürlich gab es derartige Informationen, aber die mochten ihr ebenfalls schaden. Manche von ihnen konnten Keiretsu schaden – und damit letzten Endes auch ihr. Es mußte doch *irgendetwas* geben!

Sie sandte Rearden einen Befehl, die Suche fortzusetzen und beschäftigte sich mit dem Studium dessen, was sie in der Hand hatte. Vielleicht hatte sie etwas übersehen.

*

»Hey, Gordon, schläfst du, bist du tot, oder hast du nur dienstfrei?«

»Ich bin tot«, erwiderte Charley, ohne sich zu rühren.

»Und ich hatte schon Angst, deine Schicht sei zu Ende.«

Johnston wußte, daß Charley im Dienst war. Als Bereitschaftssergeant war es seine Aufgabe zu wissen, wer Dienst hatte und wer nicht und wer da war und wer nicht. Es war nicht seine Aufgabe, seine Nase in Charleys Büronische zu stecken, aber der fette alte Mann war ein übertrieben diensteifriger Bastard.

»Du siehst aber nicht aus, als wärst du im Dienst«, beschwerte sich Johnston.

»Ich sagte doch, ich bin tot.«

»Das wirst du bald tatsächlich sein, und der Captain befördert dich persönlich ins Jenseits. Die Zentrale hat mich gerade benachrichtigt, daß dein Speicher schon wieder voll ist. Dein Computer verschickt Meldungen, daß er keine neuen Mitteilungen mehr aufnehmen kann. Und nimm die Füße vom Schreibtisch.«

»Verstanden.« Charley ließ die Füße, wo sie waren.

»Unternimm irgendwas deswegen.«

»Bin schon dabei.«

»Sofort!«

Widerwillig nahm Charley die Füße vom Tisch und stellte sie auf den Boden. Diese verdammte dämliche Software. Die Hilfsprogramme sollten eigentlich ein Segen sein. Die optimale Durchlauf-Überwachung sollte eigentlich melden, wenn ein Cop überlastet war, um seinen Einsatzleiter wissen zu lassen, daß er Hilfe brauchte. Typisch Gewerkschaft, wo etwas, das angeblich eine harmlose Hilfe sein sollte, sich in einen Schuß verwandelte, der nach hinten losging und die Karriere torpedierte. Jeder, der jemals in der Abteilung gearbeitet hatte, wußte, daß ein Cop *immer* mehr als seine offiziellen Fälle mit sich herumschleppte und es manchmal eine Zeitlang dauerte, einen Fall endgültig zu klären. *Optimaler Durchlauf, am Arsch!* Falls die Programmierer je einen Spielraum für Prioritäten vorgesehen hatten, dann hatten sie ihn nicht gut genug geschützt. Wie die Dinge lagen, wurde ein innerdienstliches Memorandum über die Reinhaltung der Kantine als ebenso wichtig eingestuft wie eine Anfrage, einen Officer zu verständigen, und die Hilfsprogramme luden alles in den Speicher und schlugen Alarm, wenn sie nichts mehr hineinstopfen konnten. Die Überwachung gab Leuten wie Johnston etwas in die Hand, das sie gegen Leute wie Charley benutzen konnten, die mit Leuten wie dem Captain Ärger hatten. Jetzt konnte er nur noch eines tun, den Speicher leeren und einen Verweis vermeiden, vorausgesetzt, es war nicht schon längst einer vermerkt.

»Computer, eingehende Botschaften. Sofort sortieren. Botschaften sofort zu Subschirm 3 senden. Subschirm 3, sofort einschalten.«

Das machte die Auflistung leserlich. Er sah sich die eingehenden Botschaften ebenfalls an. Wenn er eine gute Vorstellung hatte, worum es dabei ging, speicherte er sie in einer Datei ab. Die anderen las er nur, wobei er sich die anonymen Botschaften bis zuletzt aufsparte. Wie üblich waren die meisten Schrott, aber eine erregte seine Aufmerksamkeit. Wiederum von Caspar.

```
    >>21.10.12 * 23.11.38.79 * XXXXX.XXX
    LOG #1012.67
    AN: GORDONC@NECPOLNET*0004.13.00*874
334
    VON: <UNBEKANNT>
    BETR: MODUS 112
    NACHRICHT: DIE ANTWORT. SETTAWEGO
BUILDING LOBBY.
    10.13.13.59. PERS. ANW.
```

Modus 112? Charley konnte sich nicht mehr erinnern, worauf die Verweisnummer sich bezog. Auf was auch immer. Caspar teilte ihm mit, daß derjenige, der hinter dem Fall steckte, heute kurz vor 14 Uhr im Settawego Building sein würde.

Wie spät war es? »Computer, Zeitangabe, sofort.«

»1322.58«, erwiderte die Maschine mit ihrer häppchenweisen Stimme. Die Technik der Erzeugung einer Computerstimme hatte eine über fünfundzwanzigjährige Geschichte und trotzdem klangen sie zusammengeschustert. Vielleicht war es auch Absicht. Oder die Programmierer waren einfach Stümper.

Aber Programmierer waren nicht das Problem. Die Uhrzeit war es. Caspars mutmaßliche Enthüllung würde in weniger als einer Stunde stattfinden.

Wo, zum Teufel, war das Settawego Building? »Computerauskunft: Standort Settawego Building. Sofort.«

»Definiere Suchparameter.«

»Global.«

Nach einer Pause meldete sich die Maschine wieder: »Verweigert. Wenn Sie die Suche fortsetzen wollen, schränken Sie bitte die Parameter ein.«

Wahrscheinlich zu teuer für das Budget der Abteilung. Jedoch verfügbar mit der richtigen Freigabestufe, die ihm nicht zur Verfügung stand. Vielleicht benötigte er keine globale Suche. Hätte Caspar nicht darauf aufmerksam gemacht, wenn das Gebäude nicht in der Nähe wäre?

»Computer, Zugriff auf Datei: Modus 1-1-2 und kopiere alle geografischen Angaben in ein Unterverzeichnis. Sofort. Name des Unterverzeichnisses: Settawego. Sofort.«

»Erledigt.«

»Gut.« Das war schnell gegangen. Die Daten mußten überschaubar sein. Schön, daß auch mal etwas klappte. »Suche Settawego Building. Sofort.«

»Definiere Suchparameter.«

»Zugriff auf Unterverzeichnis Settawego und suche

in allen dort aufgelisteten Bezirken des Sprawl. Zeige Ergebnis in neuem Fenster. Sofort.«

»Bestätigt.«

Das Codewort für ›Bleib ruhig sitzen, du Flasche, und warte‹. Charley rief Modus 112 auf, um sein Gedächtnis aufzufrischen.

Richtig.

Totes Straßenvolk. Caspar sah offenbar einen Zusammenhang, was mehr war, als Charley konnte. Tote Streuner tauchten ständig auf. Was machte diese so besonders? Was noch wichtiger war, was brachte Charley auf den Gedanken, daß sie in Charleys Ressort fielen?

Auf dem Bildschirm blinkte in einem neuen Fenster die Adresse des Settawego Building auf, und er schob die Frage beiseite. Ihm blieb gerade noch genug Zeit, um es zu schaffen, wenn der Verkehr nicht zu schlimm war.

*

William Jeffries war ein ältlicher Mann mit spärlichem Haar so blaß wie seine Haut, einer klapprigen Sammlung von Knochen und ausgeleierten Sehnen in einem weiten alabasterfarbenen Trainingsanzug. In seinem knöchellangen weißen Mantel und mit dem dicken Schal aus Angorawolle um den Hals sah er wie ein Geist aus, doch Quetzal konnte die Energie in ihm spüren und ihrem Geschmack augenblicklich entnehmen, wie sie geschürt wurde. Als Jeffries die Hand zu dem an diesem Ort und in diesem Zeitalter allgemein üblichen Gruß ausstreckte, verweigerte Quetzal sie. Die Hinfälligkeit des Mannes war abstoßend.

Ohne es zu beabsichtigen, hatte Quetzal damit an Status gewonnen. Jeffries schien die Weigerung, ihm die Hand zu schütteln, als ein Beharren auf die Rangordnung aufzufassen. Der Mann murmelte eine Entschuldigung ob seiner Anmaßung.

Quetzal hatte einen Adept von größeren Fähigkeiten erwartet. War dieser Mann ein Hochstapler? Nein. Er konnte keiner sein. Jeffries folgte allen Formen der Begrüßung und zeigte damit, daß er die Zeichen und Worte kannte, die für einen Initiat des inneren Kreises der Anhänger angemessen waren. Doch Quetzal spürte keine reale Macht, wie sie Jeffries eigentlich hätte umgeben müssen. Er war ein Mann von bestürzender Widersprüchlichkeit, ein ungeeignetes Rädchen für Quetzals Maschinerie.

»Es ist mir eine außerordentliche Ehre, Euch kennenzulernen, Hochverehrter«, verkündete Jeffries hochtrabend. »Ich habe die Zeichen gesehen und die Träume erlebt, aber bis zu diesem Augenblick hatte ich nicht ganz daran geglaubt, daß die Zeit tatsächlich gekommen sei.«

In der Tat, ein ungeeignetes Rädchen. Wenn Jeffries nicht daran geglaubt hatte, warum hatte er dann seinen Akoluth geschickt, um Quetzal zu erwecken? Wußte der Mann nicht, was eine irrtümliche Erwekkung Quetzal kosten konnte?

Quetzal lauschte Jeffries weiteren sinnlosen Schwärmereien mit wachsender Ungeduld. Er hatte angenommen, diese Unterredung habe noch einen anderen Sinn als den, das Verlangen eines alten Mannes nach Lob zu stillen. Für solche Dinge gab es eine rechte Zeit und einen rechten Ort. Lob wurde am besten in einem Forum gespendet, wo andere von den Ehrungen derjenigen, die treu und tatkräftig dienten, inspiriert wurden. Wenn Jeffries eine derartige Bestätigung brauchte, bitte. Aber nicht hier und jetzt. Quetzal wollte den bestmöglichen Nutzen daraus ziehen. Außerdem mußte er den Kontakt zu seinen Anhängern verbessern. Er hatte nicht die Absicht, sich noch lange von der schützenden Hand des unwissenden und uneingeweihten Hiroto Mitsutomo verhätscheln zu lassen.

»Triff alle notwendigen Vorbereitungen, deinen Zirkel zu versammeln«, befahl er.

»Sagt uns, wann Ihr sie beehren wollt, Hochverehrter, und sie werden da sein«, sagte Jeffries.

»So bald wie möglich.«

»Wie Ihr wünscht.«

Nakaguchi bedachte Jeffries mit einem Seitenblick. »Hochverehrter, bei einigen Angehörigen des Zirkels wird es eine Weile dauern, bis sie hier eintreffen können. Sie sind über die ganze Welt verstreut und kümmern sich um Eure Angelegenheiten.«

»Um meine Angelegenheiten? Ich habe keine derartigen Befehle gegeben.« Noch nicht.

»Sie arbeiten hart, um Euch in Übereinstimmung mit den alten Mandaten den Weg zu bereiten.«

»Ja«, sagte Jeffries. »Und sie sind sehr eifrig. Unser Verständnis der Mysterien mag begrenzt sein, aber wir wissen, was vor der großen Stunde getan werden muß. Da ihnen der Zugang zu den höheren Künsten fehlt, benutzen Eure Anhänger die geringeren Künste, um Menschen zum Pfad zu bekehren. Wir waren sehr fleißig. Wir wenden alle uns zur Verfügung stehenden Mittel an, um die physikalischen Veränderungen herbeizuführen. Ihr habt gewiß die Dateien gelesen. Ihr habt gesehen, mit welch durchschlagendem Erfolg es uns gelungen ist, die Welt gegen sich selbst zu wenden. Das ist sehr erfreulich, nicht wahr?«

»Ich habe die Dateien gelesen.« Aber er würde erst glauben, daß die berichtete Desertifikation, Verschmutzung und allgemeine Umweltzerstörung so weit verbreitet waren, wie in diesen Dateien behauptet wurde, wenn er es mit eigenen Augen gesehen hatte. Wenn seine Anhänger tatsächlich für diese Dinge verantwortlich waren, dann hatten sie den großen Wandel in der Tat weit vorangetrieben. »Alles scheint in Ordnung zu sein.«

Jeffries strahlte zufrieden. »Dann wißt Ihr, daß wir gut gedient haben.«

Er wußte nichts dergleichen. Er hatte nur ihr Wort für ihre Taten. Vielleicht waren sie tatsächlich treu und gewissenhaft gewesen. Aber vielleicht schmückten sie sich auch mit fremden Federn. Vielleicht hatte die Welt sich ohne ihr Zutun verändert. Für jemanden, der für sich persönlich so wenig erreicht hatte, nahm Jeffries eine ganze Menge für sich in Anspruch. Wahrscheinlich zu viel. »Viel ist erreicht worden, aber alles ist noch nicht, wie es sein sollte. Es bleibt noch mehr zu tun.«

Jeffries war unverzagt. »Gebiete uns, Hochverehrter. Führt uns auf den Glitzernden Pfad. Wir haben Euch aus dem großen traumlosen Schlaf gerufen, auf daß Ihr uns führt. Gebt einen Befehl und er wird ausgeführt, denn wir lechzen danach, Euch zu Gefallen zu sein. Wir haben Euch die Treue gehalten, wie Ihr sehen werdet. Groß sollen die Belohnungen für die Treuen sein.«

»Und Gerechtigkeit soll denjenigen widerfahren, denen unrecht getan wurde«, sagte er, indem er die rituelle Wendung vollendete.

Den beiden Männern vor ihm eignete die Inbrunst wahrer Gläubiger. Gewiß, sie hatten eigene Ambitionen, aber das war kein Verbrechen. Vielmehr war es die Triebfeder für Vortrefflichkeit, die Stärke des Drachen. Nun, da er wieder wach war, konnte ihre Stärke nutzbar gemacht werden.

»Versammle den Zirkel. Ich werde meine Begleiter auswählen.«

»Wenn der Hauch des Drachen über dem Land liegt, wird Der Starke sich erheben und die Getreuen führen«, intonierte Jeffries.

»Er wird aus seinem Schlaf erwachen und den Kopf zur Sonne heben, die in der Pracht seines strahlenden

Gefieders erzittern und verblassen wird«, fuhr Nakaguchi fort.

»Heil Dem Erwarteten«, sagten sie gemeinsam. »Heil dem Herrn des Wandels.«

Quetzal sonnte sich in ihrem Glauben, da er die Hitze ihrer Überzeugung in dem geheimen Kanon spürte. Er war sicher, daß beide von ihnen glaubten, sie würden zu den auserwählten Begleitern gehören. Glaube war ein Werkzeug, für einen Magier ein ganz besonders wichtiges. Er würde es benutzen und sehr gut benutzen, denn er war ein geschickter Handwerker. Doch die Veranlagung eines Werkzeugs zu kennen, war ebenso wichtig wie die Kenntnis der richtigen Benutzung. Ein makelbehaftetes Werkzeug konnte die Arbeit auch des geschicktesten Handwerkers verschandeln.

»Geht jetzt. Tut, wie ich euch geheißen habe.«

Jeffries bestand auf weiterem Geplapper und weiteren Rezitationen aus dem geheimen Kanon, doch Quetzal brauchte seinen Befehl nicht zu wiederholen – obwohl nicht viel gefehlt hatte. Als sie gegangen waren, rief er Kurita zu sich. Der Sicherheitschef kam fast augenblicklich.

»Ihr wünscht, *Tono*?«

Nachdem er Kurita zu seinem gebundenen Diener gemacht hatte, hielt er es für klug, sofort seine Kenntnisse in der Muttersprache des Mannes zu vertiefen. Worte waren die Begrenzungen der Gedanken. Vor der Unterredung mit Jeffries war nur Zeit für eine kurze Lektion gewesen, aber das Wort ›Tono‹ hatte er gelernt. Es bedeutete Lehensherr. Wie charmant, daß Kurita diesen Ausdruck benutzte, obwohl er es ihm nicht befohlen hatte.

»Bring mir sofort das heutige Opfer.«

»Jawohl, *Tono*.«

Kurita ging jedoch nicht, da er genau spürte, daß Quetzal noch ein weiteres Anliegen hatte. Der psychische Kontakt war offenbar sehr gut. Quetzals impulsive Übernahme Kuritas hatte sich als unvorhersehbar klug erwiesen. Kurita versprach, ein sehr gutes Werkzeug zu sein. Die Zeit war gekommen, *seine* Veranlagung zu prüfen.

»William Jeffries ist ein Hemmnis«, sagte er.

»*Wakarimasu.*«

Verstehst du tatsächlich? Unwahrscheinlich. Doch Kurita verstand seine Rolle – und das reichte. Die meisten gebundenen Diener zeigten wenig Initiative, doch Kurita war so versiert in seiner Rolle, daß Quetzal sich darauf verlassen konnte, daß er sie auch ohne seine beständige Aufmerksamkeit ausfüllen würde. Kurita gehörte zu der Sorte, die gut in dem war, was sie tat, und seine Dienstbarkeit würde das nicht beeinträchtigen. Der kalte, präzise Mechanismus von Kuritas Verstand versprach bewundernswerte Resultate. Quetzal konnte Jeffries aus der Gleichung streichen.

»Warte, bis er die Versammlung organisiert hat, die ich angeordnet habe.«

»*Wakarimasu.*«

Quetzal lächelte. Es war tröstlich zu wissen, daß es in diesem neuen Zeitalter auch gute Diener gab.

Nakaguchi kehrte von der Verabschiedung des dem Untergang geweihten Jeffries in dem Augenblick zurück, als Joel gerade die sterblichen Überreste des Opfers entfernte. Nakaguchi machte ihm Platz, wobei er dem Diener und seiner Last nur einen flüchtigen Blick zuwarf. Seine Aufmerksamkeit konzentrierte sich ganz auf Quetzal.

»Dies ist ein großer Tag für den Orden«, frohlockte der Mann.

»Einer für die Annalen«, gab Quetzal ihm recht. »Beginnt nicht gleich die Aufsichtsratssitzung?«

*

Pamela kehrte immer wieder zu den okkulten Dateien zurück. Ihr fiel auf, daß es die ersten waren, auf die Quetzal zugegriffen hatte, um sie danach völlig zu ignorieren. Warum? Waren das alles alte Hüte für ihn? Wahrscheinlich. Aber wie konnte Quetzal fünfhundert Jahre okkulter Theorie kennen, wenn er in der ganzen Zeit geschlafen hatte? War es möglich, daß er die Dateien aus einem anderen Grund überging?

Waren sie vielleicht fehlerhaft? Ging Nakaguchi von falschen Voraussetzungen aus? Arbeitete er aus diesem Grund mit einem Ungeheuer wie Quetzal zusammen?

Gute Fragen, aber sie wollte Antworten.

Sie stellte einen Vergleich zwischen Nakaguchis Dateien über okkulte Geschichte und denjenigen an, die sie in ihrer Datenbank zusammengetragen hatte. Der Editor stellte starke Gemeinsamkeiten und Übereinstimmungen fest, hob aber auch einige signifikante Unterschiede hervor. Sie setzte den Editor auf die Suche nach Gemeinsamkeiten zwischen den Daten an, die nur in Nakaguchis Dateien auftauchten, und erhielt eine große Anzahl von Verweisen und Passagen aus einem Buch namens *Die Verborgene Herrlichkeit*. Eine der Passagen bezeichnete das Buch als Wasserscheide okkulter Philosophie.

Sie erinnerte sich nicht an den Titel.

Die Datenbank der öffentlichen Bibliothek beantwortete ihre Anforderung eines Downloads mit einem ›nicht verfügbar‹. Es gab auch keine anderen Werke von diesem Autor. Sie sah ihr Verzeichnis okkulter Werke durch und obwohl sich kein Exemplar fand, was nicht weiter überraschend war, gab es doch einen Vermerk darüber.

Von Sörli. Als sie Sörlis Kommentar las, verstand sie, warum der Titel ihr nichts gesagt hatte. Er tat den Buchautor, W. E. J. Magus als Verrückten und den Inhalt des

Buchs als die Phantastereien eines Wahnsinnigen ab. Er mußte das Buch als unwichtig für ihre Ausbildung in arkanen Dingen betrachtet haben. Warum? So viele okkulte Artikel, auf deren Lektüre Sörli bestanden hatte, waren ihr wie Phantastereien von Wahnsinnigen vorgekommen. Wodurch unterschied dieses Buch sich von ihnen?

In der Annahme, der Autor würde leichter zu finden sein als ein einzelner Titel, wandte sie sich an Gemmatics, eine von Keiretsus Verlagsgesellschaften. Die Vielzahl von Dienstleistungen, die Gemmatics anbot, enthielt auch eine Datenbank der Pseudonyme. Es war eine sehr große Datenbank. Ihre Überprüfung ergab, daß der Name ›W. E. J. Magus‹ William E. Jeffries gehörte. Für Jeffries war kein Sterbedatum angegeben, was die Vermutung nahelegte, daß er noch lebte.

Sie setzte ein Suchprogramm auf Jeffries an und lehnte sich zurück, um die Ergebnisse abzuwarten. Sie hatte das Gefühl, daß sie etwas auf der Spur war. Das Wissen, wer Jeffries war und welche Einstellung er zum Okkulten hatte, würde ihr etwas über Nakaguchi verraten, der ganz zweifellos ein Schüler von Jeffries und Anhänger seiner okkulten Weltsicht war.

Willst du den Schüler kennenlernen, informiere dich über den Lehrer.

Ein Verrückter, hatte Sörli gesagt. Diese Charakterisierung mochte ebenso gut auf Nakaguchi zutreffen. Sie mußte mehr über die Art des Wahnsinns erfahren, die ihn zerfraß und die auch Keiretsu zu zerfressen drohte.

Ihre Konsole verkündete, daß es an der Zeit war, sich zur Aufsichtsratssitzung von Cytronics zu begeben.

Jeffries würde warten müssen. Sie schaltete die Datenanzeige von Bildschirm auf Datei um. Keiretsus

Computer waren die besten der Welt. Bei ihrer Rückkehr würden die gesuchten Daten auf sie warten.

*

Charley schaffte es fünf Minuten vor der angegebenen Zeit zum Settawego Building. Gut, daß er sich im Revier in Needham aufgehalten hatte, um dem Hilton und der laufenden Untersuchung der dortigen Vorfälle näher zu sein. Das Gebäude war ein schwarzer Quader mit einer Umrandung aus Sandbeton, ein nicht sonderlich bemerkenswertes Beispiel für die Architektur zu Beginn des Jahrhunderts. Doch er kam sich dumm vor, als ihm klar wurde, daß es sein Bestimmungsort war. Das Norwood Hilton war nur einen Block entfernt. Seit einer Woche kam er ständig hier vorbei.

Der Bau atmete Konzern aus jeder Pore, aber wie bei vielen Gebäuden seiner Art prangte kein Logo an den oberen Etagen, das seinen Besitzer auswies. Er sah nichts, was auf den Besitzer hindeutete, bis er vor dem Haupteingang stand, wo ein diskretes Logo von Mitsutomo Keiretsu über den Türen in die Marmorfassade eingelassen war.

Hatte Kravatz nicht gesagt, jemand mit dem Mitsutomo-Logo hätte sich Lancaster geschnappt?

Mitsutomo gehörte zu den Größten unter den Großen. Wenn er sich mit dem Konzern anlegte, konnte das üble Folgen für sein weiteres Leben haben. Er hoffte, was immer Caspar hier gefunden zu haben glaubte, hatte tatsächlich mit einem der Schildfische zu tun, die sich in den öffentlichen Etagen des Gebäudes des Konzernhais eingemietet hatten, und nicht mit dem Hai selbst. Charley war als Fisch selbst nicht groß genug, um eine Konfrontation mit Mitsutomo zu überleben.

Als er das Gebäude betrat, setzte Charley seine Tsurei Seeing Eyes auf. Die lichtempfindliche Brille enthielt eine Glasfaserkamera und ein Kurzstreckenmikrofon, die Bild und Ton zu seiner Gürteleinheit übertrugen. Saubere Aufzeichnungen waren vor Gericht zulässig und hatten dabei geholfen, mehr als einen Vergewaltiger in die psychochemische Therapie zu verfrachten. Nicht, daß er einen Gerichtsbeschluß gehabt hätte, der ihm die Aufzeichnung gestattete. Und nicht, daß er für eine Aufzeichnung auf Konzerngelände einen bekommen würde. Aber die Benutzung der Brille für private Zwecke war nicht illegal. Sie war eine großartige Gedächtnishilfe.

Die Lobby war der Grund einer gähnenden Grube von einem Atrium, eine sechsstöckige Scheune. Ein Halbgeschoß bildete eine zweite öffentlich zugängliche Etage und füllte einen kleinen Bruchteil des vertikalen Raums aus. Geschäfte, Kioske und Restaurants machten den größten Teil der Mieter aus, aber es gab auch ein paar kleinere Geschäftsbüros. Die meisten der letzteren befanden sich auf der Halbetage. Mehrere Reihen von Fahrstühlen zum Konzernhorst beherrschten das Nordende und wurden von einem verglasten Sicherheitsbereich verteidigt. Die transparente Barriere hatte einen Tentakel zu einem Privateingang ausgebildet. Charley sah dort mehrere Limousinen warten. Der Rest der Lobby war offen und lebendig und voller Menschen.

Hätte Caspar nicht etwas genauer sein können?

Charley machte sich noch mit dem Grundriß vertraut, als sich bei einer ganzen Reihe von Fahrstühlen mit Exerzierplatz-Präzision gleichzeitig die Türen öffneten. Wahrscheinlich eher mit computer-koordinierter Präzision. Eine Phalanx von Pinkeln flutete aus den Fahrstuhlkabinen. Einige formierten sich zu einer Doppelreihe, eine Ehrengarde von Schafen, die auf die VIPs ihrer Herde warteten. Der Rest ging weiter zu den wartenden Limousinen.

Tolle Schau.

Charley erkannte die Frau sofort, als sie aus dem mittleren Fahrstuhl trat. Pamela Mertinez. Dies war eigentlich nicht die Art von Revier, in der sich der oberste Boß von Mitsutomo NAG gewöhnlich herumtrieb. Offenbar ging mit dem Konzern einiges vor.

Eine Sache für die Sonderermittlungseinheit? Charley hoffte nicht.

Die Parade der Pinkel wurde interessanter, als er sah, daß Martinez nicht die einzige Person in ihrer Kabine war. Zwei Burschen verließen sie nach ihr, ein elegant gekleideter Japaner und ein zerbrechlich aussehender Schwarzer mit weißen Haaren. Die Etikette bei asiatisch-stämmigen Konzernen schrieb vor, daß die höhergestellten Personen zuletzt herauskamen. Wer waren diese Burschen, die offenbar einen höheren Rang bekleideten als der oberste Boß von Mitsutomo NAG? Sie waren Charley völlig unbekannt. Er drückte auf den Aufzeichnungsknopf seiner Gürteleinheit. Falls er Interesse hatte, konnte er sie später überprüfen.

Die Lakaien umschwärmten die hohen Tiere von Mitsutomo auf die übliche Art und eskortierten sie zu den wartenden Limousinen. Das hatte nichts Merkwürdiges an sich. Obwohl ein paar komische Käuze dabei waren. Charley bemerkte einen Zwerg im Kielwasser des Japaners und zwei Pinkel mit schwarzledernen Arzttaschen hinter dem Schwarzen. Keine typischen Pinkel, aber auch kein Fall für die SEE.

Nachdem die Limousinen abgefahren waren, schien es in der Lobby viel ruhiger geworden zu sein – als sei gerade ein Sturm hindurchgefegt. Charley wartete und hielt Ausschau nach etwaigen Merkwürdigkeiten. Um nicht aufzufallen, setzte er sich auf einen Sessel im Aufenthaltsbereich in der Nähe der Aufzüge, wo er sowohl den Haupteingang als auch einige der Nebeneingänge im Blick hatte. In regelmäßigen Abständen ging er zum Haustelefon und täuschte einen Anruf vor, als bemühe er sich, jemanden im Haus zu erreichen. Während er nicht aufzufallen versuchte, kam und ging 14 Uhr. Er wartete noch weitere zehn Minuten und dann noch mal zehn, weil Caspar ihn bisher noch nie enttäuscht hatte. Er sah noch immer nichts, was eine Untersuchung der SEE gerechtfertigt hätte.

Modus 112, wie?

Die Person, die jemandem von der Straße noch am nächsten kam, war eine unabhängige Vertreterin, die sich am Empfangspult vor dem Eingang zum Mitsutomo-Reservat angemeldet hatte. Ihre Kleidung war zu extravagant für eine Konzernangehörige, aber sie war auch viel zu sauber und ihre Schuhe wirkten viel zu makellos, als daß sie auf der Straße leben konnte. Hier gab es keine Nichtregistrierten. Insbesondere keine *toten* Nichtregistrierten.

Die Antwort, ja?

Sicher.

Was hatte Caspar sich nur dabei gedacht?

Kapitel 10

»Es... geht ihm nicht gut«, sagte Kranekin in warnendem Ton, als sie vor einer Tür stehenblieben, die sich in nichts von dem Dutzend anderer unterschied, die sie passiert hatten.

John bedachte den Zwerg mit einem durchdringenden Blick. »Wie meinen Sie das?«

»Vielleicht ist am besten, wenn du dir selbst ein Bild machst.«

Kranekin nickte Wilson zu, der die Hand auf den Türrahmen legte. Lautlos glitt die Tür auf und gab den Blick in einen gut beleuchteten Raum frei, den John trotz der Wände aus Holz und Stein sofort als Krankenzimmer einstufte. Er hatte so einen Geruch an sich. Die flackernden Monitore einiger Maschinen verliehen der Beleuchtung etwas Unruhiges. Bär befand sich in der Mitte des Raums, aber er lag nicht im Bett. Er hielt sich in einem mit einer Flüssigkeit gefüllten Tank auf, der direkt aus *Stellar Wars: Die Letzte Generation* zu stammen schien.

Sie hatten Bärs Bart abrasiert, um ihm eine Atemmaske anzupassen. Die frisch entblößte Haut war von aschgrauer Farbe, die von der dunkleren Tönung seiner sonnengebräunten Wangen überdeckt wurde. Er hatte so viel Gewicht verloren, daß John sich fragte, ob er überhaupt in der Lage gewesen wäre zu stehen. Wie lange befand er sich bereits in dem Tank?

John betrat den Raum, nachdem Wilson ihn dazu aufforderte. Keiner der Zwerge sagte irgendetwas. Sie ließen John ungestört schauen.

Ab und zu kam Bärs Stimme aus einem Lautsprecher neben dem Tank. Sie war schwach und die Worte klangen seltsam. Er redete in der Sprache, die John ihn hatte benutzen hören, als die verrückte Zauberin Nym ihn aus seinem Schlaf aufgeweckt hatte. John verstand immer noch kein Wort von dem Geplapper.

John war wie betäubt und mehr als verwirrt. Bei seinem Entschluß, die aufgezeichnete Einladung anzunehmen und sich mit Bär zu treffen, hatte er im Grunde nicht gewußt, was er zu erwarten hatte, aber das hier war es jedenfalls nicht. Eines war klar: Bär war nicht in der Verfassung für eine Unterhaltung.

»Er hat diese Aufzeichnung gar nicht gemacht, nicht wahr?« wandte John sich an Kranekin. König oder nicht, der weißhaarige Zwerg schien hier das Kommando zu haben. »Er hat gar nicht nach mir geschickt. Sie haben es getan.«

»Eine notwendige Täuschung. Wir sind nicht davon ausgegangen, daß du allein dem Wort unseres Agenten trauen würdest. Die Nachricht war zwar gefälscht, um dein Vertrauen zu gewinnen, aber der Inhalt der Nachricht ist wahr. Artus braucht deine Hilfe.«

Hilfe brauchte er, so viel war sicher. »Was haben Sie mit ihm gemacht?«

Wilson antwortete. »Wir haben versucht, ihm dabei zu helfen, sich auf die Gegenwart einzustellen, und zwar unter Benutzung eines beschleunigten Lernprogramms. Das ist zwar eine neue Technik, aber bisher hatten wir damit nie Probleme. Unglücklicherweise gab es ein paar unerwartete Komplikationen. Artus ist in eine Art Delirium gefallen, in dem er weder eine feste Zeit noch einen festen Ort kennt. Wir hatten gehofft, Sie könnten ihn verankern.«

»Er braucht dringend deine Hilfe, John Reddy«, sagte Kranekin.

»Sie meinen, *Sie* brauchen meine Hilfe.«

Kranekin zuckte die breiten Schultern, eine Bewegung, die den Fluß seiner Haare und des Bartes kaum störte. »Das ist in diesem Fall dasselbe. Wir versuchen ihm zu helfen.«

»Zu Ihrem Nutzen.«

»Wir machen uns gewisse Sorgen«, bestätigte der Zwergenboß. »Aber in dieser Angelegenheit sind wir verpflichtet, alles zu tun, was wir können, um ihn wieder gesund zu machen.«

»Ihn wieder gesund zu machen? Er wäre nicht so, wenn Sie nicht mit seinem Verstand herumgepfuscht hätten.«

»Er war damit einverstanden und wir haben alle nur denkbaren Vorsichtsmaßnahmen ergriffen. Es ist unklar, ob wir an seinem Zustand Schuld sind«, sagte Kranekin schroff.

»Andererseits sind wir für die Technologie verantwortlich«, sagte Wilson. »Wir sind uns über unsere Verpflichtung im klaren und wollen ihr gerecht werden, was der Grund dafür ist, warum wir Sie hergebracht haben. Sind Sie bereit, ihm zu helfen?«

»Warum? Damit Sie ihn kontrollieren können?«

»In seinem gegenwärtigen Zustand ist er für keinen von Nutzen, nicht einmal für sich selbst. Er würde Sie in einer vergleichbaren Lage auch nicht im Stich lassen.«

John war da nicht so sicher. Bär war sehr gut dazu in der Lage, Leute einfach fallenzulassen. Er war bereit gewesen, Mülltonnen-Harry im Stich zu lassen, als dieser sich mit John in den Klauen Mitsutomos befunden hatte. Natürlich hatte Bär gewußt, daß Harry ein Goblin war, und nichts mit ihm zu tun haben wollen. Er war gekommen, um John zu holen. In jenen Tagen hatte John sich des etwas dubiosen Status' eines *Comes* erfreut, eines engen Kameraden von Bär, aber da hatte Bär auch noch nichts von Johns Abstammung gewußt.

Würde er John im Stich lassen? Es hatte eine Zeit gegeben, da hätte John dem Zwerg zugestimmt und die Frage verneint. Aber jetzt? Bei ihrer letzten Begegnung hatte Bär John einen Verräter genannt. Keine Haltung, die auf guten Willen und Kameradschaft schließen ließ.

Doch John erinnerte sich auch an andere Worte – freundlichere. Das war der Bär, an den John sich viel lieber erinnerte. Er schaute in den Tank und fühlte sich selbst ein wenig krank. Der Mann im Tank sah wie keiner der beiden Bärs aus, an die er sich erinnerte. Wer konnte sagen, wie dieser Mann ihn betrachten würde? Wie kamen diese Zwerge dazu, Vorhersagen in Bezug auf Bärs Einstellung zu machen?

»Woher wollen Sie wissen, was er täte?«

Kranekin ließ sich mit seiner Antwort einen Augenblick Zeit. »Wir haben einige Erfahrung mit ihm.«

Was sollte das nun wieder heißen? Dieser Kranekin sah so alt wie ein Fossil aus. Konnte es sein – »Sie meinen, Sie kannten ihn schon früher, als er, äh, König war?«

Kranekin nickte ernst und sagte: »Wir kannten Artus, den König.«

Wir? War das jetzt der *pluralis majestatis*? »*Sie* kannten ihn *persönlich*?«

»Unsere Geschichte steht hier nicht zur Debatte. Du stehst zur Debatte.« Kranekin zeigte auf den Tank. »Bist du bereit, ihm zu helfen?«

John starrte auf die zerbrechliche Gestalt, die in dem Tank trieb. Er konnte nicht an sich halten, sondern mußte fragen: »Wie gefährlich ist es?«

Wilson überraschte ihn. »Für Sie oder für ihn?«

John überraschte sich selbst, als er plötzlich ebensolche Angst um Bärs Zukunft verspürte wie um seine eigene. Diese Zwerge waren für Bärs Zustand verantwortlich. Was, wenn sich sein Zustand noch verschlimmerte? Was, wenn John so endete wie Bär?

»Für uns beide.«

»Für dich besteht keine Gefahr«, versicherte ihm Kranekin.

»Was ist mit Bär?«

»Sein Zustand kann sich nur verbessern.«

Manche Leute sagten, der Tod sei besser als eine schwere Krankheit. John war jedoch nicht sicher, ob er das auch glaubte. Konnte er Bär helfen? Gott wußte, daß er Hilfe brauchte.

»Bist du gewillt, es zu versuchen?« fragte Kranekin.

John schluckte. »Ja, ich denke schon.«

»Bist du bereit, es zu versuchen?«

»Sie meinen, hier und jetzt?«

»Haben Sie heute noch einen dringenden Termin?« fragte Wilson.

Die plötzliche Eile machte John mißtrauisch. »Sie haben mir nicht sonderlich viel Grund gegeben, Ihnen zu vertrauen.«

Wilson nickte. »Zu Ihrer eigenen Sicherheit, falls Sie sich geweigert hätten zu helfen.«

»Sie meinen, damit ich nicht so viel gewußt hätte, wenn Sie mich hätten laufen lassen?«

Kranekin nickte.

»Sie hätten mich tatsächlich laufen lassen?«

»Sicher«, sagte Wilson. »Warum denn nicht?«

»Spillway Sue auch?«

»Mit demselben Argument. Sie hat noch weniger gesehen als Sie.«

»Ich wünschte, ich könnte Ihnen glauben.«

»Das kannst du«, sagte Kranekin. »Du kannst gehen. Du brauchst Artus nur den Rücken zu kehren.«

John gefiel die Art nicht, wie der Zwergenboß es formulierte. Sicher, er kannte den Preis dafür zu gehen, aber wie hoch war der Preis dafür, zu bleiben und zu helfen? Die Zwerge sagten, er sei nicht in Gefahr. Sie sagten, Bär brauche ihn. Aber stimmte das? Sie hatten ihn belogen, um ihn hierher zu bekommen. Logen sie jetzt auch?

»Was ist, wenn ich sage, daß ich gehen will? Was passiert dann mit Bär? Was werden Sie mit ihm machen?«

»Du bist nicht die einzige Möglichkeit, die wir haben«, sagte Kranekin. »Vielleicht nicht einmal die beste.«

»Die meisten unserer Ärzte befürworten ohnehin eine andere Art der Behandlung«, stellte Wilson fest. »Eine Radikalkur.«

Kranekin zeigte auf den Tank und sagte: »Du vergeudest *seine* Zeit, Reddy. Vielleicht vergeudest du sogar sein Leben.«

Der Versuch, ihm ein Schuldgefühl einzureden, war keine Art, John zur Mithilfe zu bewegen. *Er* hatte Bär nicht in diese Lage gebracht. Sollten sie doch zusehen, wie sie ihre Fehler ausbügeln konnten. Warum sollte er ihnen helfen? Sie hatten noch nie etwas für ihn getan.

Dennoch irrten Johns Blicke immer wieder zum Tank. Bär sah so hilflos aus, so... was? John war nicht sicher, aber er wußte, daß irgendetwas in ihm schmerzte, wenn er Bär so ansah. Doch was konnte er tun? Er war weder Arzt noch Psychologe. Er hatte keinen Doktor in irgendwas, geschweige denn in etwas Nützlichem. Er war zu nicht viel zu gebrauchen.

Bär war gekommen und hatte John gerettet, als Mitsutomo ihn entführt hatte. John war Bärs *Comes* gewesen. Als Bär ihm das Angebot gemacht hatte, war John begeistert gewesen. Eine Zeit lang hatte John sich als Knappe des bedeutendsten Ritters der Welt gesehen, eines Ritters, der ein paar Fehler hatte und ziemlich überholt war, aber nichtsdestoweniger eines Ritters.

Ein Traum hatte sich erfüllt. In gewisser Weise. Schuldete er Bär nicht noch etwas? Was, wenn er ihm tatsächlich helfen konnte?

Er hatte Bär Caliburn zurückgegeben und ihm das Leben gerettet. Und Bär hatte sich nicht einmal dafür bedankt. Hatte er damit seine Schuld Bär gegenüber nicht beglichen? Hatte er sie nach der grundlosen Anschuldigung des Verrats nicht sogar mehr als beglichen? Er war quitt mit Bär, oder nicht?

Als John die abgemagerte Gestalt Bärs betrachtete, wurde ihm klar, daß sie noch nicht miteinander fertig waren. Bärs Anschuldigung des Verrats war tatsächlich grundlos gewesen. John hatte sie Bär sehr übelgenommen, nicht nur weil sie grundlos war, sondern weil Bär voreilige Schlüsse gezogen hatte. Bär hatte aufgrund dessen, *was* John war, nicht *wer* er war, geglaubt, er habe ihn verraten. John hatte Bär zeigen wollen, wie sehr er sich geirrt hatte. Aber dazu hatte er keine Gelegenheit mehr gehabt. Nun, diese Gelegenheit bot sich ihm jetzt.

Eine Gelegenheit, die, selbst wenn alles gutging, sie beide in größere Schwierigkeiten bringen konnte als je zuvor. Er hatte nur das Wort der Zwerge dafür, daß sie helfen wollten und Bärs Freunde waren. Sie verhielten sich jedenfalls nicht wie Freunde. Aber wenn John nicht mit ihnen zusammenarbeitete, würden sie etwas anderes mit Bär anstellen. Vielleicht etwas Schlimmeres. In dem Wissen, daß er es vermutlich bereuen würde, fragte er: »Was soll ich tun?«

Kranekin nickte brüsk und gab irgendein Zeichen mit der Hand. Einen Augenblick später öffnete sich eine Tür, die John bisher nicht bemerkt hatte, und gewährte drei Zwergen in weißen Laborkitteln, die fast über den Boden schleiften, Einlaß. Ihre Bärte waren wie der von Wilson kurzgeschnitten, aber sie waren mehr wie Kranekin gebaut, fast so breit wie lang und mit einem dicken, soliden Bauch. Trotz ihrer konventionellen Kleidung und Frisuren wären sie auf jeder Straße als nicht-menschlich aufgefallen.

Einer der Weißkittel hielt einen klobigen Helm in der Hand. John konnte Chips und Drähte im durchsichtigen Plastik des klobigen Dings erkennen. An Zapfen auf beiden Schläfen waren transparente Halbmasken befestigt, die Augen und Nase des Trägers bedecken würden. Kranekin nahm den Helm und reichte ihn John.

»Er ist nicht sehr elegant, aber funktionell«, sagte der Zwergenboß. Er klang ein wenig verlegen.

Nicht sehr elegant? Der Helm war häßlich. »Tja, das Ding wird es nicht auf die Titelseiten der Modemagazine bringen. Was ist das?«

Wilson antwortete ihm. »Ein Interface. Ihre Fahrkarte in die virtuelle Umgebung, die wir eingerichtet haben.«

Ein virtueller Helm? John hatte bisher noch nichts dergleichen gesehen. In den Spielhallen und Geschäften gab es nur schicke Brillen, Handschuhe und Cockpits. Zwar war die Vorstellung, mit einer ausgeflippten virtuellen Umgebung herumzuspielen, durchaus reizvoll, aber die Umstände waren weniger nach seinem Geschmack. Zumindest wollte er wissen, wohin sie seinen Geist zu versetzen gedachten. »Von was für einer Umgebung reden wir hier?«

»Zunächst von einer, die er gut kennt. Wir müssen zuerst seine Vergangenheit wiederherstellen, bevor wir uns mit seiner Gegenwart beschäftigen.«

Und was ist mit der Zukunft? John glaubte, er solle diese Frage besser nicht stellen. Er fürchtete sich ein wenig vor der Antwort, die er bekommen mochte. Würde er Bär helfen oder ihn lediglich Kranekin und seinem Volk in die Hände spielen? Er nahm den Helm.

»Setzen Sie sich zuerst«, schlug Wilson vor.

»Wohin?«

Der Zwerg zeigte hinter John. Dort stand ein Polstersessel, der aussah, als sei er aus einem Passagierflugzeug geholt worden. Woher kam dieser Sessel? Bei ihrem Eintreten in das Zimmer hatte er noch nicht da gestanden. Wilson grinste, als John den Sessel mißtrauisch beäugte.

»Es ist keine Magie«, sagte der Zwerg.

Und John glaubte ihm. Er wußte nicht, warum, aber er tat es. Doch wenn es keine Magie war, wie war der Sessel dann hinter ihm aufgetaucht?

»Nur eine ausreichend weit fortgeschrittene Technologie«, sagte Wilson wie als Antwort auf seine unausgesprochene Frage.

Wie die Türen, vermutete er. Sie erschienen in scheinbar soliden Wänden. Der Sessel mußte durch eine Öffnung im Boden gekommen sein. John hielt nach einer Fuge im Boden Ausschau, fand jedoch keine. Vor dem Eintreten der Weißkittel hatte er auch nichts gesehen, was auf eine Tür hingedeutet hätte, aber sie mußte von Anfang an dagewesen sein. Auch bei ihrer ›ausreichend weit fortgeschrittenen Technologie‹ war es unwahrscheinlich, daß die Zwerge immer erst eine Öffnung schufen, wenn sie eine brauchten. Höchstwahrscheinlich konnten sie diese Dinge nur sehr gut tarnen. Ein holografisches Trugbild? Um welches System es sich auch handeln mochte, Mitsutomo oder einer der anderen Megakonzerne hätte mit seiner Vermarktung ein Vermögen verdienen können.

»Legen Sie den Helm an und setzen Sie sich.«

John tat, wie ihm geheißen. Die Weißkittel beschäftigten sich mit etwas hinten an der Rückenlehne des Sessels. Nach mehreren Minuten sagte einer von ihnen: »Fertig.«

Ein anderer trat in Johns Blickfeld und sagte: »Schließen Sie die Augen.«

John tat es.

»Öffnen Sie sie.«

Für einen Augenblick glaubte John, sich wieder in einem der Wälder auf der Anderswelt zu befinden. Doch nur für einen Augenblick. Es war anders hier. Und zuerst hatte John keine Ahnung, woher er das wußte. Dann lauschte er. Es fehlten die merkwürdigen Laute und Regungen, die er in diesem anderen Gefilde ebenso gehört wie gespürt hatte. Dieser Wald war trotz seiner Vielfalt von Bäumen und Pflanzen, seiner umherhuschenden Kleintiere und Vögel tot. Oder vielmehr hatte er nie gelebt. Es war ein virtueller Wald, die Computerdarstellung einer Landschaft. John fragte sich, wie weit er sich erstreckte. Wurde er neu aufgebaut, wenn er seine Blickrichtung änderte, oder waren alle Bäume irgendwo fest gespeichert? Wurden die Waldwesen per Zufallsgenerator erzeugt, oder war jedes einzelne ein eigenes Programm und lebte ein virtuelles Leben in diesem virtuellen Wald? Vermehrten sich die kleinen Tiere virtuell, oder wurden sie einfach neu erzeugt? Wie diese virtuelle Welt auch funktionierte, sie war dem Besten, was er in den Spielhallen gesehen hatte, um Lichtjahre voraus. In den Spielhallen funktionierten nur der Seh- und der Hörsinn. Hier konnte er die verfaulten Blätter riechen und den Wind auf der Haut spüren. Ein Senzaround-System wie in einem Kino.

Ihm wurde bewußt, daß er stand. Er konnte sich nicht erinnern, sich vom Sessel erhoben zu haben. Mochte er sich auch noch so große Mühe geben, er nahm nichts von seinem auf dem Sessel sitzenden Körper wahr. Das war noch besser als Senzaround.

Er hob eine Hand. Es war tatsächlich seine. Bis hin zu der Narbe am Mittelfinger, die er sich im Alter von drei Jahren geholt hatte, als er versuchte, einen Videoschurken zu schlagen. Er schaute an sich herab. Die Gestalt war vertraut, die Kleidung jedoch nicht. Er schien eine weite, um die Hüften gegurtete Tunika und Sandalen zu tragen, eine Kluft wie aus einem mittelalterlichen Kostümfilm, noch dazu aus einem der besseren. Die Kleidung wirkte echt. Er hatte sogar ein Schwert umgeschnallt. Überraschenderweise fühlte die Kluft sich bequem an, alles eingetragen und angepaßt wie ein altes T-Shirt und eine Jeans. Sogar das Gewicht des Schwerts an seiner Hüfte schien genau richtig zu sein. Sein alter Studienfreund Will Brenner wäre vor Neid grün geworden. Oder vielleicht auch nicht. Will hatte nie großes Interesse an virtuellen Welten gehabt und zog es vor, wenn seine Anachronismen körperlicher Art waren.

Zumindest hätte es Will begeistert, ein Schwert umgegurtet zu haben. Will hatte sich kein Schwert leisten können. Als er an das Schwert dachte, konnte John nicht widerstehen. Seine Hand schloß sich um das Heft und er zog die Klinge aus der Scheide. Sie war fast einen Meter lang und die Balance zu halten war ein wenig ungewohnt. Die Klinge hatte eine Doppelschneide und eine etwas zu abgerundete Spitze, so daß sie sich nicht besonders zum Zustoßen eignete. Das Schwert war ohne Zweifel spitzenlastig. Der geriffelte Griff erinnerte ihn an etwas. Die Vertrautheit bohrte in ihm. Als er den in den Handschutz geprägten Adler sah, fiel es ihm wie Schuppen von den Augen. Es handelte sich um ein römisches Kavallerieschwert, ein *Spartha*. John hatte eines in einer Ausstellung im Woodman Waffenmuseum gesehen. Diese Waffe sah genauso aus.

Er schwang es ein paarmal. Nur um ein Gefühl dafür zu bekommen. Es war nicht die Art Schwert, die er bevorzugte, aber einem Berittenen würde es gute

Dienste leisten. Er stellte sich vor, wie er sein Pferd antrieb und mit erhobener Klinge auf einen Feind losstürmte. Dann…

Dann schob er das Schwert wieder in die Scheide. Er war kein Reiter und er stürmte auf niemanden los. Mit gezogenem Schwert umherzuwandern, war etwas, das nur Helden in schlechten Fantasyromanen taten. Sich so zu verhalten, war eine sichere Methode, sich einen Pfeil oder Bolzen von Leuten einzufangen, die ansonsten freundlich gesonnen sein mochten. Obwohl er davon ausging, daß er sich um derlei Dinge keine Gedanken zu machen brauchte. Die Zwerge kontrollierten die Simulation und sie erwarteten gewiß nicht, daß er gegen jemanden kämpfte.

Oder vielleicht doch? Schließlich hatten sie seinem virtuellen Selbst ein Schwert gegeben.

Er schaute sich in der Waldschneise um. Es war niemand da, den er hätte bekämpfen können. Oder mit dem er hätte reden können. Was war da los? Kranekin hatte gesagt, die Umgebung sei Bär vertraut, was man von einem Wald durchaus annehmen konnte, aber Bär war nicht da. Was sollte John jetzt tun? Er versuchte die Frage laut zu formulieren, da er annahm, daß die Zwerge ihn überwachten und hören konnten. Er bekam keine Antwort.

Also sollte er es wohl selbst herausfinden. Für hilfreiche Freunde waren diese Zwerge nicht sehr hilfreich.

Er sah sich noch einmal um, gründlicher diesmal. Zu seiner Linken schien der Wald lichter zu werden. Im Gebüsch war eine Lücke, bei der es sich offenbar um einen Pfad handelte.

Okay. Ein Wink mit dem Zaunpfahl.

Er folgte dem Pfad. Nach einigen Minuten führte dieser ihn zum Waldrand. Er stand da und sah eine wellige, mit Bäumen bewachsene Hügellandschaft.

Die Bäume standen sowohl einzeln als auch in kleineren oder größeren Gruppen. Es wirkte wie Ackerland, aber abgesehen von einer Handvoll Hütten in der Nähe eines Baches sah er keinerlei Spuren menschlicher Tätigkeit. Rauch stieg von den Hütten auf, aber nicht von Herdfeuern. Das noch verbliebene Stroh und Flechtwerk war geschwärzt. Von mehreren Hütten stiegen immer noch breite, unregelmäßige Rauchsäulen auf.

John hielt nach Menschen Ausschau, lebendigen und anderen. Zuerst sah er niemanden, doch dann trat ein Mann hinter einer der Hütten hervor. Der Mann ging umher und begutachtete die Verwüstung. Er war stämmig und kam ihm bekannt vor.

Bär.

John setzte sich in Bewegung und ging auf ihn zu.

Bär sah mehr wie er selbst aus, vital und stark, nicht wie die abgemagerte Hülle, die im Tank trieb. Er trug eine rote Tunika mit einem Rock, der ihm fast die Knie bedeckte. An den Füßen trug er Schnürsandalen, die ihm bis zur Mitte der Waden reichten. Ein breiter, mit Metall beschlagener Gürtel schnürte die Tunika an der Hüfte ein. Ein halbes Dutzend beschlagene Riemen reichten ihm von der Brust bis über den Schritt. Ein weiterer Riemen verlief von der rechten Schulter zur linken Hüfte und trug ein Schwert in einer Scheide. Mit einem jähen Schock erkannte John das Heft Caliburns. Das Schwert wirkte viel gepflegter als in der Anderswelt, wo John es zuletzt gesehen hatte.

»Artus!«

John erkannte seine Stimme, aber er hatte nichts gesagt. Er nahm an, daß die Zwerge ihr Programm starteten.

Bär wandte den Kopf. Er hielt nach der Person Ausschau, die seinen Namen gerufen hatte. Er sah John. Bär blinzelte und kratzte sich den Bart, als versuche er eine halb vergessene Erinnerung auszugraben. Er schien John nicht wiederzuerkennen, setzte aber eine höfliche Miene auf und kam ihm entgegen. Als er noch ein paar Meter entfernt war, fragte er: »Kenne ich Euch?«

John empfand eine unbestimmte Enttäuschung. Diesmal sprach er selbst für sich. »Etwa nicht?«

»Ich glaube nicht.«

»Das ist John, Artus«, sagte Wilson, der plötzlich neben Bär auftauchte.

John wandte ebenso den Kopf wie Bär. Woher war der Zwerg gekommen? Und warum war er ebenso gekleidet wie Bär?

»Und wer seid Ihr?« fragte Bär.

»Ich bin Wills Sohn.«

»Wahrhaftig?« Bär legte den Kopf ein wenig schief und musterte den Zwerg. »Ihr habt eine gewisse Ähnlichkeit mit ihm.«

Wilson lächelte. »Wie mein Vater Euch gedient hat, so bin auch ich gekommen, um Euch zu dienen.«

Bär nickte. »Will der Zwerg war einer meiner Vertrauten und stand sehr hoch in meiner Achtung.«

»Ich hoffe, dasselbe zu verdienen.« Wilson und Bär schüttelten sich die Hände – oder vielmehr die Handgelenke. Jeder umschloß das rechte Handgelenk des anderen. Als sie fertig waren, packte Wilson John am Arm. Sein Griff war schmerzhaft stark, als er John zu Bär herumdrehte. »John hier hofft, Euch ebenfalls dienen zu können. Er ist ein wackerer und recht tapferer Bursche.«

»Ist er das?« Bär musterte John durchdringend. »Wünscht Ihr, mir zu dienen?«

»Ich denke schon.« John sah Wilson an. »Deswegen sind wir hier, nicht wahr?«

»Das sind wir«, sagte Wilson.

»Nun, ich brauche wackere Männer. Wenn Wills Sohn

für Euch eintritt und sagt, daß Ihr ein würdiger Begleiter seid, dann mögt Ihr Euch mir anschließen.« Artus drehte sich um und rief: »Bedwyr! Pwyl! Seht mal her! Der Sohn von Will dem Zwerg und der junge John sind gekommen, um sich unserem Kampf anzuschließen.«

Kapitel 11

Spae war schlagartig hellwach, da sie aus einem Traum hochschreckte, in dem ein wie der Ritter der Stäbe gekleideter David sie aufgehoben hatte und mit ihr in die untergehende Sonne geritten war. Sie hatte sich in seinen Armen sicher gefühlt. Er hatte sich zu ihr heruntergebeugt und seine Lippen waren über ihre Nase gestreift und hatten sie förmlich elektrisiert. Dann hatten seine Lippen ihre gesucht und sie war – aufgewacht.

Sie fühlte sich wieder wie ein Schulmädchen.

Doch Schulmädchen waren keine ausgebildeten Magier und wurden nicht insgeheim von der Abteilung überwacht. Sie schon. Und aus diesem Grund war sie jetzt auch wach, anstatt im Traum in Sir Davids Armen zu liegen. Jemand sondierte ihre Schutzvorrichtungen. Sie spürte die Berührung, als dieser Jemand an den Schutzvorrichtungen zupfte und sie testete, und sie erkannte die plumpe Hand Dagastinos in den Manipulationen. Sie jagte eine Energieladung durch das Feld, die ihn zurückschleuderte.

Nimm das, du neugieriger Bastard!

Hatte Magnus die Genehmigung zu dieser Sondierung gegeben?

Spielte das eine Rolle?

Sie wollten nicht, daß sie ging, und sie würden sie nicht ewig in ihrer Bastion schmollen lassen. Wie lange noch, bis sie ihre Schlägertypen schickten, um sie wieder in den Verhörraum zu schleifen, wo man sie mit Drogen und allen anderen Mitteln der Überredung bearbeiten würde, die sie für angebracht hielten?

Die Karten hatten gesagt, daß ihre Gegenwart und unmittelbare Vergangenheit von Aufruhr und Mißtrauen geprägt seien. Sie hatten ihr David als Lösung aufgezeigt und vielleicht war er das tatsächlich. Sie wünschte nur, sie hätte sich dessen sicher sein können. Der Wahrheit der Austeilung, ihrer Gefühle für David und dessen, was sie tun sollte. Aber am meisten wünschte sie, sicher sein zu können, aus Chardonneville und von der Abteilung wegzukommen.

Das Tarot hatte ihr eine Lösung versprochen und David war Teil dieser Lösung.

Die Karten sagten Veränderung voraus. David sagte, sie sollten verschwinden. Welche Veränderung konnte für sie größer sein als die, aus der Abteilung auszusteigen und all das hinter sich zu lassen? Hier steckte sie in einer Sackgasse.

Sie nahm ihren Beutel und stopfte noch ein paar Dinge hinein.

Entweder die Flucht gelang ihnen oder sie gelang ihnen nicht, aber in diesem Fall würden sie es wenigstens versucht haben.

Sie machte sich auf, um sich mit David zu treffen, wie sie es verabredet hatten.

Chardonnevilles Café war so gut wie leer, da die meisten Einheimischen wieder zu ihrer unterirdischen Arbeit und die meisten der übrigen zu ihren oberirdischen Alibitätigkeiten zurückgekehrt waren. Granvie, der vermeintliche Bürgermeister des Dorfs, warf Spae einen mürrischen Blick zu, als sie sich im Eingang begegneten. Die Haltung des alten Mannes beschäftigte sie lediglich einen Augenblick lang, weil sie unmittelbar darauf David sah. Er saß an dem Tisch, wo sie am Tag zuvor zusammen gegessen hatten. Er sah munter, ausgeruht und hoffnungsvoll aus, als er ihr zuwinkte.

Sie ging voller Freude zu ihm. Von seinem bloßen Anblick besserte sich bereits ihre Laune.

Sie plauderten miteinander, wie Zufallsbekanntschaften dies getan hätten, bis der Kellner Spaes Bestellung aufgenommen hatte, dann sagte David: »Wir müssen Chardonneville sofort verlassen.«

»Sofort?« Spae hatte damit gerechnet, daß er das sagen würde, aber sie war plötzlich verunsichert. Sie würde so viel zurücklassen.

»Ja, sofort. Sie sind uns auf die Schliche gekommen.«

Sie wollte es nicht glauben. Vielleicht irrte er sich? »Woher weißt du das?«

»Heute morgen hat jemand mein Zimmer durchsucht, während ich im Badezimmer war. Ich nehme an, daß es nicht das Zimmermädchen war. Ich will verdammt sein, wenn ich weiß, was sie gesucht haben. Beweise dafür, daß wir Umgang miteinander haben, nehme ich an.«

Schuldig allein des Umgangs wegen. Das bloße Gespräch mit ihr hatte ihn in den Augen der Abteilung bereits verseucht – und sie hatten nur miteinander geredet. Sie hatte sich noch nicht endgültig für Davids Plan entschieden. Aber sie drängten sie. »Dagastino hat heute morgen versucht, meine Schutzmaßnahmen zu sondieren. Ich war der Ansicht, er könnte aus eigenem Antrieb gehandelt haben.«

»Unwahrscheinlich. Sie sind mißtrauisch. Bald werden sie mehr tun, als nur sondieren.«

Sie fürchtete, daß er recht hatte. Aber ihnen mußte doch noch etwas mehr Zeit bleiben. In ihrer impulsiven Hektik, heute morgen Dinge in ihren Beutel zu stopfen, hatte sie ein paar vergessen, die sie nicht zurücklassen wollte. Sie war nicht vorbereitet. David auch nicht. Er hatte seinen Rucksack nicht dabei. Sie konnten noch nicht aufbrechen.

»Wir können nicht sofort verschwinden. Ich habe

nicht alles, was ich brauche, und du mußt auch noch deine Sachen holen.«

»Wir *müssen* sofort verschwinden. Wir müssen beide mit dem auskommen, was wir haben, denn wenn ich in meine Pension zurückkehre und du noch mal in dein Haus gehst, sind wir in Schwierigkeiten. Sobald wir uns trennen, werden sie mich holen. Vor *mir* haben sie keine Angst.«

»Wir könnten zusammen bleiben. Zuerst zu deiner Pension gehen und dann zu meinem Haus.«

»Das würde ihnen über jeden Zweifel hinaus beweisen, daß ich dir zu helfen versuche. Während wir packen, werden sie handeln. Das ist nicht gut. Wir müssen sofort aufbrechen. Wenn wir jetzt gehen, sind unsere Chancen am größten, weil sie sich noch nicht organisiert haben.«

Das alles kam ihr so überstürzt vor. David lächelte und legte ihr die Hand auf den Arm. Seine Berührung erfüllte sie mit neuer Zuversicht.

»Es wird schon klappen. Wir sind schlauer als sie.«

Er kannte Magnus nicht. »Wie kannst du so etwas sagen?«

»Das ist leicht. *Ich* habe nie für die Abteilung gearbeitet – und *du* hast gekündigt.«

Das hatte sie in der Tat.

David nahm seine Hand weg und zog sich wieder ganz auf seine Seite des Tisches zurück, als der Kellner mit ihrem Frühstück kam. David tat so, als sei der Kellner Luft für ihn.

»Das ist wirklich ein wunderschöner Morgen«, sagte er. »Und die Landschaft ist ganz bezaubernd. Die meisten Leute hier haben mich mehr oder weniger geschnitten, aber Sie sind sehr nett zu mir gewesen. Ich hatte gehofft, Sie dazu bewegen zu können, einem Fremden auf der Durchreise noch eine Gefälligkeit zu erweisen.«

»Und die wäre?« spielte sie mit.

»Wie ich schon sagte, der Morgen ist sehr schön und ich bin hierher nach Frankreich gekommen, um mir die Sehenswürdigkeiten anzusehen. Vielleicht könnte ich Sie dazu überreden, mir einige hier in der Umgebung zu zeigen. Ganz besonders interessiert mich alles aus der Zeit vor der Revolution. Hier muß es doch altertümliche Dinge geben. Habe ich nicht irgendwo gelesen, daß es dieses Dorf schon im Mittelalter gegeben habe?«

»Mindestens so lange.«

»Nicht schlecht«, sagte er. Der Kellner verschwand im Haus, und er nahm ihre Hand und drückte sie beruhigend. »Tatsächlich nicht schlecht. Eine Besichtigung der Sehenswürdigkeiten ist ein guter Anfang, um von hier zu verschwinden.«

Sie hoffte es. »Meinst du, sie glauben, daß wir lediglich einen Spaziergang machen wollen?«

»Wir können das nur hoffen. Wenn ich meinen Rucksack zurücklasse, wird das sicher helfen. Es wird auch helfen, daß du nicht in dein Haus zurückkehrst. Aber du mußt dein Frühstück aufessen und ich muß meinen Kaffee austrinken, sonst werden sie ganz sicher mißtrauisch.«

Der Kellner tauchte wieder auf und machte sich an den leeren Tischen in ihrer Nähe zu schaffen. Sie unterhielten sich über die Gegend und das Wetter, während Spae frühstückte. David trank seinen Kaffee aus, als sie den letzten Bissen verzehrte. Sie bezahlten ihre Rechnung und gingen. Während sie die Straße entlang gingen, mußte er sie immer wieder auffordern, ihn auf die vermeintlich interessanten Sehenswürdigkeiten hinzuweisen. Sie erklommen den Hügel, von dessen Kuppe man den besten Überblick über das Dorf hatte, als David verkündete: »Wir werden verfolgt.«

Er sagte ihr, wohin sie schauen sollte. Es war Granvie. Der Bürgermeister inspizierte die hölzerne Fußgängerbrücke, die sie überquert hatten, um zum Hügelpfad zu gelangen. Granvie sah harmlos aus, wenn man keinen Grund hatte, ihm gegenüber mißtrauisch zu sein. Doch Spae wußte, daß er zur Abteilung gehörte.

»Ich nehme an, sie sind uns auf die Schliche gekommen«, sagte sie.

»Das ist nicht sicher. Kann sein, kann aber auch nicht sein. Es scheint nur diesen einen Beobachter zu geben, und wir sind längst über die Grenze hinaus, die sie dir bisher zugestanden haben. Dieser Bursche könnte ganz gewöhnliche Routineüberwachung sein.«

Sie war weiter vom Dorf entfernt als je zuvor nach ihrer Kündigung. Wenn die Abteilung sich jetzt noch nicht auf sie stürzte, wußte man dort vielleicht nicht, daß sie und David die Absicht hatten auszureißen. Auszureißen? Was dachte sie sich nur? Es klang so kindisch. Doch kindisch oder nicht, sie riß tatsächlich aus. Oder, wenn sie dem Tarot Glauben schenken sollte, lief sie auf irgendetwas zu. Ja, das gefiel ihr besser. Doch ganz gleich, ob sie ausriß oder auf etwas zulief, bald würde sie sich festgelegt haben. Die Abteilung würde sie nicht viel weiter kommen lassen, ohne etwas zu unternehmen.

»Wenn wir weitergehen, wird Granvie Hilfe anfordern, und wir kämen nicht weit. Sie haben Fahrzeuge. Wir können ihnen nicht entkommen.«

Davids Lippen spannten sich. »Dann dürfen wir ihn nicht Bericht erstatten lassen.«

»Du meinst doch nicht…«

Er schaute sie überrascht an. »Was? Du glaubst doch nicht, daß ich davon geredet habe, ihn *umzubringen*, oder?«

Tatsächlich hatte sie das. Sie befand sich schon zu lange in Gesellschaft der Schlägertypen vom ECSS.

»Ich mag vieles sein, aber ich bin kein Actionheld aus irgendeinem Roman. Tatsächlich hatte ich gehofft, daß du einen magischen Trick auf Lager hast, um ihn in Schlaf zu versetzen oder so.«

Sie kannte die Rezepte für einige Schlaftränke, aber sie würde kaum in der Lage sein, Granvie dazu zu bringen, einen zu trinken, selbst wenn sie einen zur Hand gehabt hätte. »Ich bin auch keine Zauberin aus irgendeinem Roman.«

»Schade. Kannst du überhaupt keine Magie anwenden?«

»Ich habe nicht sonderlich viel Erfahrung.« Abgesehen von ihrem Ausraster im Verhörzimmer beschränkten sich ihre Erfolge mit ihren gestärkten Fähigkeiten auf das Labor. Sie war ziemlich sicher, daß ihr gefühlsmäßiger Zustand zur Stärke ihrer Magie beigetragen hatte. Konnte sie hier und jetzt irgendetwas Wirkungsvolles unternehmen? Es kam ihr unwahrscheinlich vor. Sie hatte nichts, was Granvie gehörte, um einen eventuellen Zauber auf ihn richten zu können.

»Könntest du ihn ablenken?« fragte David. »Oder ihn glauben machen, daß wir in eine ganz andere Richtung gehen?«

Sie schüttelte den Kopf. »Eine sich bewegende Illusion könnte ich unmöglich aufrecht erhalten.«

»Wie wäre es dann mit einer stationären? Etwas, das ihn in die falsche Richtung schauen ließe.«

»Das würde nicht lange funktionieren.«

»Dann *könntest* du es tun?«

»Vielleicht. Aber ich glaube, mir kommt gerade eine bessere Idee. Setz dich hin, als wärst du müde.«

Mit einem fragenden Blick tat David, wie ihm geheißen. Sie ging ein kurzes Stück den spärlich bewaldeten Hügelhang hinab und sah sich um. Sie entdeckte ein paar Zweige. Es gab Büschel hoher Gräser und reichlich alte Blätter, die sich unter Büschen gesammelt hatten. Alles nicht schlecht. Sie sah ein paar kleine Weiden, die in der Nähe einer leichten Senke wuchsen. Als sie daran vorbeiging, schaute sie zur Hügelkuppe hoch. David saß noch immer dort und betrachtete das Dorf.

Vielleicht konnte sie etwas tun.

»Jetzt leg dich hin«, rief sie ihm leise zu. »Und tu so, als ob du ein Nickerchen machst.«

Sie suchte noch ein wenig, dann kehrte sie zu David zurück. Er öffnete ein Auge, als sie sich setzte. »Bleib still liegen«, flüsterte sie, und er rührte sich nicht. Gut. Granvie konnte aus der Entfernung nicht erkennen, ob die Augen geöffnet oder geschlossen waren, aber er würde es bemerken, wenn David sich bewegte.

Sie schloß die Augen und konzentrierte sich. Granvie stand immer noch auf der Brücke, die Arme auf das Geländer gestützt, und gab vor, in den Bach zu schauen. Er wußte, daß er es nur vorgab, weil sie in ihrem jetzigen Zustand erhöhter Wahrnehmungsfähigkeit die Intensität der auf sie gerichteten Aufmerksamkeit *spüren* konnte.

Was war das Beste? Etwas, das seine Aufmerksamkeit ablenken und gleichzeitig glaubhaft sein würde. Sie brauchten etwas Zeit. Was würde den umherschleichenden Bürgermeister dazu veranlassen, seinen Posten zu verlassen und nachzusehen? Ein anderer Schleicher vielleicht.

Sie konzentrierte sich auf das Bild eines schwarz – nein, in Tarnfarben – gekleideten Mannes, der durch das Wäldchen unweit der Brücke kroch. Sie widmete sich ganz besonders den Geräuschen, die so ein Mann verursachen würde. Geräusche waren leichter zu erzeugen. Sie hielt sich das Bild fest vor Augen und ließ ihre Gedanken ausgreifen, um das Bild zwischen die Bäume jenseits der Brücke zu versetzen. Sie zwang die Geräusche, wirklich zu werden.

Sie wandte den Kopf zum Dorf, behielt Granvie jedoch weiterhin im Auge. Der Bürgermeister schien von ihren Bemühungen nichts zu merken.

Sie stellte sich vor, wie sich der nicht existierende Schleicher durch die Blätter schob, wobei jedes einzelne leise über den Stoff seiner Kleidung strich. Der Schleicher war leise, aber nicht völlig lautlos. Sie ließ ihren Phantommann auf einen trockenen Zweig treten. Ein Knacken! Leise, aber als Geräusch weit tragend.

Granvies Kopf ruckte zum Wäldchen herum.

Es gelang!

Granvie warf einen Blick zum Hügel. Spae blieb reglos und tat immer noch so, als habe sie die Anwesenheit des Bürgermeisters noch gar nicht zur Kenntnis genommen. Granvie richtete sich auf, schaute zum Wäldchen, dann wieder zum Hügel. Verstohlen glitt er ins Gebüsch.

Spae führte ihren Phantommann von der Brücke weg. Sie ließ ihn mehrere Minuten weglaufen, bevor sie den Zauber aufhob. Granvie würde einige Zeit für die Rückkehr brauchen. Diese Zeit mußten sie nutzen.

Sie sprang auf. »Los, David. Wir haben einiges zu tun.«

Er folgte ihren Anweisungen und half ihr dabei, Zweige und Blätter zu holen und Grasbüschel auszureißen. In aller Eile schichteten sie alles zu einigermaßen humanoiden Haufen zusammen. Sie war nicht zufrieden mit ihrer Arbeit, aber sie hatten nicht genug Zeit, um es besser zu machen. Sie fummelte in ihrem Beutel herum und suchte etwas, dessen Verlust sie verkraften konnte. Ihre Armbanduhr blieb an etwas hängen. Die Uhr würde reichen. Sie streifte sie ab.

»David, gib mir etwas von dir.«

»Wie zum Beispiel?«

»Irgendwas. Einen Stift, ein Taschentuch. Egal, was.«

Er zückte ein Taschentuch. Sie nahm es und steckte es in einen der Haufen, die sie zusammengetragen hatten, dann ihre Uhr in den anderen. Sie nahm Davids Hand und zog ihn den Hügel hinab und zu der Stelle, die sie auf ihrem Kundschaftergang ausgewählt hatte. Sie stolperten die letzten Meter und lagen kurz darauf in der Senke unweit der Weiden. Sie bedeutete ihm zu schweigen, als er Fragen stellen wollte.

Sie mußte sich konzentrieren.

Hoffentlich blieb ihr genug Zeit.

Konzentrier dich, sagte sie sich. *Konzentrier dich!*

Sie bildete den Anschein, indem sie sich konzentrierte, bis das Bild sich festigte. Dann entspannte sie sich. Sie hatte getan, was sie tun konnte. Entweder es gelang – oder nicht.

»Was hast du getan?« flüsterte David.

Gott, konnte er es denn nicht sehen? Hatte es nicht funktioniert? »Ich habe das Zeug auf der Hügelkuppe mit einem Zauber belegt, glaube ich. Es müßte so aussehen, als hielten wir dort ein Nickerchen. Kannst du es nicht sehen?«

»Ich – ja, ich glaube, ich kann es sehen«, sagte er. Er klang nicht überzeugt.

War es so schlimm? Sie schaute selbst. Alles, was sie sehen konnte, waren Blätter, Gras und Zweige. Ach, verdammt!

Es blieb keine Zeit mehr, es noch einmal zu versuchen.

Aus ihrem Versteck in der Senke sahen sie Granvie aus dem Gebüsch unweit der Brücke treten und zum Hügel schauen. Er schrie nicht auf. Er lief nicht zum Dorf zurück. Er schaute nur zum Hügel empor.

Funktionierte es?

Offenbar davon überzeugt, daß die beiden sich nicht bewegt hatten, suchte der Bürgermeister sich ein Plätzchen im Schatten einer alten Eiche, setzte sich und lehnte sich an den Stamm. Er schien sich auf eine lange, langweilige Wache einzurichten.

Ihre List war geglückt.

Ihre *Magie* hatte gewirkt!

In einem plötzlichen Aufwallen der Zuversicht war sie plötzlich sicher, daß ihre Flucht gelingen würde. Sie drückte David kurz an sich. Sie benutzten die Weiden als Deckung und arbeiteten sich den Hügel auf der anderen Seite herunter. David ging voran. Unten angekommen, nahm er sich einen Augenblick Zeit, um sich zu orientieren. »Wohin gehen wir jetzt?« fragte sie.

»Ein ganzes Stück einfach querfeldein. Ich glaube, ich habe die Niederlassung einer Mietwagenfirma in einem Ort ein paar Meilen westlich gesehen. Wir mieten uns einen Wagen und fahren nach Dijon. Das müßte weit genug von allen Fluchtrouten entfernt sein, die sie zuerst überprüfen werden. Dort gibt es auch einen kleinen Flughafen, der für unsere Zwecke reichen wird. Am besten, wir verlassen die EG so schnell wie möglich.«

»Aber ich habe keinen Pass. Die Abteilung hat dafür gesorgt, daß er ungültig ist.«

»Hmm. Tja, das erschwert die Dinge.« Er schwieg einen Augenblick. »Vielleicht kann uns Lebeau helfen.«

»Lebeau?«

»Jemand, den ich in Paris kennengelernt habe. Aber ich glaube, wir werden damit fertig, wenn es sein muß. Nach Paris zu kommen, macht alles etwas kitzliger.«

Davon war sie überzeugt. »Wer ist dieser Lebeau?«

David antwortete sehr bedächtig. »Jemand, der Beziehungen zu einigen Leuten hat, die uns vielleicht helfen können.«

»In der Regierung?«

David kicherte. »Eigentlich nicht.«

Spae war über seine ausweichenden Antworten nicht

erfreut. »Ich habe genug von Leuten, die ›eigentlich nicht‹ zur Regierung gehören.«

»Keine Sorge. So ist es nicht.« Er kicherte wieder. »Diese Leute sind noch weniger versessen auf die Regierung und deren legale und halblegale Arme als du, wenn das überhaupt möglich ist.«

»Dann sind sie Kriminelle?«

David bedachte sie mit einem Seitenblick. »Wir können es uns nicht leisten, zu wählerisch bei den Leuten zu sein, die uns jetzt helfen.«

»Ich weiß nicht, David.«

»Natürlich könntest du auch einen Zauber wirken, der uns aus der Gemeinschaft bringt.«

»Nein, das kann ich nicht.«

»Dann bleibt uns keine andere Möglichkeit. Aber hier herumzustehen, bringt uns auf keinen Fall weiter.«

Sie marschierten los. Er war in viel besserer körperlicher Verfassung als sie, aber er schien ihr die Ruhepausen nicht zu verübeln, die sie in dem welligen, bewaldeten Gelände auf ihrem Marsch querfeldein einlegen mußte.

Unterwegs überlegte Spae, was sie sich mit dieser Flucht einhandelte. Noch hatte sie sich nicht mit Kriminellen eingelassen – falls Davids Freunde überhaupt Kriminelle waren. Sie war ihnen noch nicht begegnet, also konnte sie sie auch nicht beurteilen. Und wenn es sich tatsächlich um Kriminelle handelte, war immer noch Zeit, sich etwas anderes zu überlegen. Sie und David konnten eine andere Möglichkeit finden, den Kontinent zu verlassen, oder vielleicht mußten sie ja auch gar nicht aus der Gemeinschaft heraus. Wohin wollten sie überhaupt fliehen?

»Bist du sicher, daß wir die Gemeinschaft verlassen müssen?« fragte sie ihn, als sie wieder einmal Rast machten.

»Ich halte es für das Beste, wenn wir dich irgendwo unterbringen, wo der ECSS nicht ganz so einflußreich ist.«

Das klang logisch. Magnus würde es nicht gefallen, seinen einzigen Magier zu verlieren, der schon einmal in der Anderswelt war. Aber der Arm des ECSS war lang. »Wohin sollen wir gehen?«

»Die Staaten wären wohl die beste Lösung. Ich kenne dort einen Haufen Leute, die uns mit Freuden helfen werden.«

»Noch mehr Kriminelle?«

»Eigentlich nicht«, sagte er mit einem ansteckenden Lächeln. Sie erwiderte das Lächeln. »Und jetzt komm weiter. Wir müssen in Bewegung bleiben. Der alte Granvie wird nicht ewig auf diese schlafenden Blätter hereinfallen.«

Kapitel 12

Als John in sein Quartier zurückkehrte, saß Spillway Sue im Gemeinschaftsraum. Offenbar hatte Wilson sie aus dem Schlafzimmer gelassen, nachdem er John mitgenommen hatte. Sie schien überrascht zu sein, ihn zu sehen. Und auch ein wenig erleichtert.

»Wo bist du gewesen?« überfiel sie ihn, während sie von ihrem Stuhl aufsprang. »Was haben sie mit dir gemacht?«

»Sie haben mich zu Bär gebracht.« Im Augenblick stand ihm eigentlich nicht der Sinn danach, ihr das näher zu erklären.

»Zu Bär? Er ist also tatsächlich hier? Wer er auch sein mag. Wo ist eigentlich ›hier‹?«

John hatte Kopfschmerzen von all dem virtuellen Training, das er hinter sich hatte. Er war müde. Zu müde, um sich mit Sues hektischer Energie auseinanderzusetzen. »Keine Ahnung.«

»Was soll das heißen, keine Ahnung? Du hast schließlich als einziger von uns diesen Raum hier verlassen.«

»Es soll heißen, daß ich es nicht weiß.«

»Was weißt du denn?« Sie schaute ihn spöttisch an, die Hände in die Hüften gestemmt.

Er seufzte. Sie würde ihn erst in Ruhe lassen, wenn er ihr etwas erzählt hatte, also berichtete er, was er auf dem Weg zum Audienzzimmer gesehen hatte. Seine Schilderung dunkler leerer Korridore beeindruckte sie nicht, also erzählte er ihr, daß jeder, den er bisher gesehen hatte, ein Zwerg sei, um ihr anschließend noch vom Audienzzimmer und seiner Begegnung mit Kranekin zu berichten. Gegen Ende von Johns Schilderung fing sie an, auf und ab zu marschieren.

»Und dieser Kranekin ist also der Boß von dem ganzen Laden hier?«

»So sieht es aus.«

»Was hast du, was ich nicht habe? Wie kommt es, daß ich noch nicht mit dem Boß gesprochen habe?«

»Wilson ist meinetwegen gekommen, erinnerst du dich noch? Du bist nur mitgekommen, weil du zufällig da warst.«

»Nicht freiwillig, Jack. Nicht freiwillig. Und was habe ich davon?« Sie wedelte mit den Armen und schloß das gesamte Quartier in ihre Geste ein. »Ich werde hier in diesem Loch eingesperrt, das wie ein Motel Twelve für Androiden aussieht.« Sie stampfte auf den Lehmboden. »Androiden-*Bauern*. Niemand kommt, um mich auszufragen. Der einzige Kontakt, den ich bisher hatte, war eine Stimme aus dem Nichts, die mir gesagt hat, sie hätten Unterhaltung für mich in der verdammten Konsole. Nichts als dämliche Unterhaltung!« Sie trat gegen den Tisch und brachte den Computer damit ins Wackeln. »Unterhaltung für Prolls und Schwachsinnige vielleicht. Ein Haufen Videospiele, alte Filme, Musikvideos vom letzten Jahr – stell dir das vor, *vom letzten Jahr!* – und *nichts* davon live. Keine Nachrichten. Keine Verbindung zum Netz. Nichts *Sinnvolles*! Kommen diese halben Portionen von Entführern aus einer anderen Dimension oder was? Ist ihnen denn nicht klar, daß man in einer Konservenbüchse wie dieser hier leicht durchdrehen kann und anfängt, den Mond anzuheulen? Das heißt, wenn es einen Mond zum Anheulen gäbe. Wie kommt es, daß ich hier eingesperrt bin, während du rumläufst und ihren gottverdammten Boß sprechen kannst? Was macht dich hier zu so 'ner großen Nummer?«

Sie holte Luft und gab John Gelegenheit, zu Wort zu kommen.

»Hör mal«, sagte John, indem er sich langsam von seinem Stuhl erhob. Er steuerte sein Schlafzimmer an. »Können wir morgen früh darüber reden? Ich bin völlig erledigt.«

»Morgen früh? Woher sollen wir hier in dieser Konservenbüchse wissen, wann morgen früh ist?« Sie folgte ihm. »Es gibt kein Licht. Es gibt keine Fenster.«

Er blieb vor der Tür stehen, und sie stieß gegen ihn. Sie wich zurück und setzte ihre Tirade fort. »Dieser Laden ist total daneben! Ich hasse ihn, ich hasse ihn, ich hasse ihn!«

Auf der anderen Seite der Tür war ein Knopf in der Wand, der bei seinem Weggang noch nicht da gewesen war. Er war froh darüber. Er drückte darauf, und das Paneel schloß sich und schnitt ihr das Wort ab. Er schaffte kaum die paar Schritte zum Bett, fiel mehr darauf zu, als daß er ging. Das gedämpfte Hämmern gegen seine Tür verfolgte ihn bis in den Schlaf.

*

John stolperte aus der Dusche. Er hatte noch immer Kopfschmerzen, aber sein Magen beklagte sich noch mehr. Wann hatte er zuletzt gegessen? Offensichtlich vor einer ganzen Weile. In seinem Unterschlupf hatte er nicht so gut gegessen und bisher hatten seine Häscher sich nicht die Mühe gemacht, ihn mit Nahrung zu versorgen.

Wie aufs Stichwort drang Wilsons Stimme aus dem verborgenen Lautsprecher. »Frühstück in zehn Minuten.«

Johns Magen knurrte begierig.

Beim Ankleiden überlegte er, was es zu bedeuten hatte, daß Wilson die Mahlzeit Frühstück nannte. Als

Wilson ihn mitgenommen hatte, war es Nacht gewesen. Eine unbestimmte Zeit war verstrichen, während man ihn in drogenumnebeltem Koma an diesen Ort gebracht hatte, dann hatte die Sitzung mit Bär stattgefunden, die wiederum eine unbestimmte Zeit gedauert hatte, und dann hatte er geschlafen. Konnte dies noch der nächste Morgen sein? Er versuchte die Teile des Zeitpuzzles auf verschiedene Arten zusammenzusetzen, fand aber keine Möglichkeit, alles in eine derart kurze Spanne zu stopfen. Wenn also mehr Zeit verstrichen war, warum war er dann nicht hungriger? *Hungrig genug*, knurrte sein Magen. John bückte sich, um seine Jacke aufzuheben, und nutzte die Bewegung aus, um ein Bein zu heben und mit der Fußspitze auf den Knopf neben der Tür zu drücken. Er richtete sich auf und war hindurch, bevor das Paneel sich vollständig geöffnet hatte.

Wilson erwartete ihn am Tisch des Gemeinschaftsraums. Die Konsole war verschwunden. Statt dessen standen Geschirr und zugedeckte Teller auf dem Tisch. Als er John aus dem Schlafzimmer kommen sah, nahm Wilson eine silberne Karaffe und goß etwas davon in die Tasse des Gedecks für eine Person. Das Kaffeearoma traf Johns Geruchssinn wie ein Hammerschlag und sein Magen drängte ihn zu einem sofortigen Sturm auf den Tisch.

John hielt sich zurück. Der Tisch war nur für eine Person gedeckt. Wilson mochte bereits gefrühstückt haben, doch was war mit Sue? Die Tür zu Sues Schlafzimmer war geschlossen und Sue war nirgendwo zu sehen.

»Wo ist Sue?«

»Sie schläft noch. Ich dachte, Sie würden ein ruhiges Frühstück zu schätzen wissen«, sagte Wilson fröhlich.

John wußte ein ruhiges Frühstück immer zu schätzen. Und er hatte nicht noch mehr von Sues Fragen beantworten wollen. Er hatte selbst einen Haufen Fragen und mit ihr am Tisch würde er nie Gelegenheit gehabt haben, Wilson die eine oder andere zu stellen. Dennoch stellte er fest, daß ihn ihre anscheinend erzwungene Abwesenheit störte.

»Ich habe ein paar Fragen, die ich gern beantwortet hätte«, sagte er zu dem Zwerg, als er sich setzte.

»Davon bin ich überzeugt.« Wilson zog einen Mundwinkel hoch, als Johns Magen seine Ungeduld herausknurrte. »Aber Sie sollten zuerst etwas essen. Sonst wird der Kaffee kalt.« Der Duft war appetitanregend. Wilson nahm den Deckel von einem der Teller und enthüllte einen Stapel Pfannkuchen. »Greifen Sie zu.«

Das tat John, da er zu dem Schluß kam, seine Fragen auch beim Essen stellen zu können.

Es dauerte eine Weile, sich alle Teller anzusehen. Er nahm ein Häppchen von allem, wobei er noch beim Aussuchen kostete. Alles sah gut aus und schmeckte noch besser. Als sein Teller voll war, machte er sich ernsthaft darüber her. Wie sich herausstellte, war er so damit beschäftigt, sich vollzustopfen, daß Wilson die erste Frage stellte.

»Halten Sie Spillway Sue für vertrauenswürdig?«

John hatte darüber noch nicht nachgedacht und gab eine entsprechende Antwort. »Warum wollen Sie das wissen?«

»Jetzt, da wir wissen, daß Sie uns helfen, kann ich andere Vorkehrungen für Sie treffen.« Seine Geste umschloß das Quartier. »Das heißt, wenn Sie es wünschen.«

Wilson war plötzlich sehr zuvorkommend. Vielleicht konnte er diesen Wandel in seiner Einstellung ausnutzen. »Sie meinen, sie freilassen? Das ist eigentlich das, was sie will.«

»Das ist noch nicht ratsam.«

»Wie Sie schon sagten, ich bin bereit, Ihnen zu helfen – und Sie waren schließlich nur hinter mir her und nicht hinter ihr. Wollen Sie mir sagen, warum Sie nicht gehen kann?«

»Nein.«

»Aha.« So viel zu einer positiveren und kooperativeren Einstellung. »Meinen Sie, Sie können sie mit etwas beschäftigen, das sie zufrieden- oder zumindest ruhigstellen wird?«

»Nichts wird sie ruhigstellen«, erwiderte Wilson mit einem vertraulichen Zwinkern. »Wollen Sie getrennte Quartiere?«

John hätte beinahe ja gesagt. Sue kam mit ihrer Gefangenschaft nicht sehr gut zurecht. Wenn sie von John, dem einzigen anderen Nicht-Zwerg an diesem Ort, getrennt wurde, nahm ihre Platzangst vielleicht noch zu. Sie hatten sich unter wenig freundlichen Umständen kennengelernt, aber sie befanden sich in derselben Zwangslage. Sie war vielleicht nicht die angenehmste Gesellschaft, aber sie war das, was einem Verbündeten im Augenblick am nächsten kam. Und bei Licht betrachtet, wollte *er* auch nicht allein unter Zwergen sein. Also sagte er: »Nein, wir kommen schon zurecht.«

Wilson nickte grinsend. »Wie ein Drache mit einem Panther.«

»Was meinen Sie damit?«

»Stellen Sie sich eine Katze und einen Hund vor, die in denselben Käfig gesperrt sind.« Eine Glocke ertönte. »Zeit für die nächste Sitzung mit Bär.«

John hatte kaum mit seinem Frühstück begonnen. War noch genug Zeit für ein paar Bissen? Er starrte auf seinen leeren Teller. Er hatte alles aufgegessen.

Wilson winkte ihm von der Tür aus zu. »Sie können später mehr bekommen. Ich habe noch nie einen Elf gesehen, der so schnell so viel gegessen hat. Versuchen Sie wie einer von uns auszusehen?«

John erhob sich und spürte die Schwere in seinem Bauch. »Ich bin zu groß.«

»Das haben Sie richtig erkannt. Kommen Sie. Bär wartet.«

*

Bär betrachtete die Reihe seiner Männer und nickte jedem zu, wenn er ihrem Blick begegnete. Als Bär John ansah, lächelte der König. John stellte fest, daß er das Lächeln erwiderte.

Bisher gab es keine Anzeichen dafür, daß die Sachsen in ihrem Lager etwas von ihrer Annäherung bemerkt hatten. So hatte Bär es haben wollen. Sie machten ihre Waffen bereit, während sich im Sachsenlager nichts Ungewöhnliches tat.

So hatte John es sich nicht vorgestellt, als er davon geträumt hatte, ein kühner Ritter zu sein und einem König zu dienen, aber es kam der Sache schon näher als die Zeit, die er mit Bär auf der Straße verbracht hatte. Es war schmutziger und bei weitem nicht so zauberhaft wie Johns Kindheitsträume von der Ritterschaft, aber in Bärs historischer Zeit hatte es noch gar keine richtigen Ritter gegeben. Allerdings hatte es richtige Krieger gegeben – und in dieser Simulation war er einer von ihnen.

Die Simulation war so überzeugend, daß er manchmal Schwierigkeiten hatte, nicht zu vergessen, daß er sich in einer befand. Es sah nicht nur wirklich aus, es fühlte und hörte sich auch so an und roch auch so. Diese Zwergensimulation war um Lichtjahre besser als jedes Abenteuer in einer Spielhalle. John glaubte, daß nicht einmal militärische Ausbildungssimulationen so detailliert waren.

Während er die arglosen Sachsen unter sich betrachtete, fragte er sich, ob die Zwerge Magie benutzten, um die Computereffekte zu verstärken, aber noch während er die Frage in Gedanken formulierte, wußte er bereits, daß dies nicht der Fall war. Er wußte nicht, warum er so sicher war, daß keine Magie im Spiel war, aber er wußte es. Dies war Technik, reine Technik – Magie, aber reine Techno-Magie.

Bär hob Caliburn und ließ das Schwert herabsausen. John und die anderen brüllten los, rannten über die Hügelkuppe und stürzten sich auf die überraschten Sachsen.

*

Jessie nahm sich eine Auswahl von Nuke 'Em Fertigmahlzeiten aus der Tiefkühlbox des Supermarkts. Sie achtete nicht darauf, was es für Mahlzeiten waren, Hauptsache sie enthielten keine Erbsen. Ihre Freunde mochten keine Erbsen.

Sie erinnerte sich noch an den Morgen, als sie aufgewacht war und das fertig gegossene Modell für Greyshelda Prototypes auf ihrem Arbeitstisch vorgefunden hatte. Sie hatte die Arbeit nicht erledigt. Sie hatte keine Ahnung, wer es getan hatte. Aber sie konnte es sich nicht leisten, das Geschenk auszuschlagen. Es hatte ihr ermöglicht, ihre Arbeit vor Ablauf der Frist abzuliefern. Als sie jedoch nach erfolgter Lieferung nach Hause gekommen war, hatte ihr plötzlich die Vorstellung, daß jemand ihre Werkzeuge benutzte und in ihrer Werkstatt arbeitete, während sie schlief, eine panische Angst eingejagt. Die nächsten paar Tage hatte sie bei einer Freundin verbracht, da sie zu viel Angst davor gehabt hatte, allein in ihrer Wohnung zu bleiben.

Jetzt glaubte sie, daß es ziemlich albern war, Angst zu haben. Es gab nichts, wovor sie sich fürchten mußte. Ihre Freunde waren nicht furchteinflößend. Sie hatte noch nie an gute Feen geglaubt, aber sie hatte immer darauf geachtet, was ihre Sinne ihr sagten. Ein fertiges Modell war ein fertiges Modell. Und wenn es auf magische Weise entstanden war, dann gab es eben Magie auf der Welt. Und es war billige Magie, wenn man sie mit ein paar Fertigmahlzeiten kaufen konnte.

Jessie erkannte ein Sonderangebot, wenn sie eines sah.

Sie wärmte die Mahlzeiten auf, bevor sie ins Bett ging, und stellte sie auf ihre Werkbank neben die Gußformen und ausreichend Material für die drei Kopien, die der neue Vertrag verlangte. Ihr Liefertermin war morgen früh um zehn Uhr. Sie schlief voller Zuversicht ein, daß die Kopien am nächsten Morgen fertig sein würden.

Als sie aufwachte standen sie auf dem Tisch.

Jessie sang unter der Dusche. Es würde ein wunderbarer Tag werden.

Kapitel 13

Nakaguchi stand nicht auf, als Pamela sein Büro betrat. Dieser Bruch der Etikette verhieß nichts Gutes. Bevor sie den Raum halb durchquert hatte, sprach er sie an.

»Geht es um Ihren Etat?«

»Genau darum geht es.« Er hatte ihren Finanzplan geändert und ihn an das Keiretsu-Hauptquartier geschickt, ohne sich damit aufzuhalten, sie von seiner Einmischung zu unterrichten.

»Das dachte ich mir. Ich bin im Augenblick sehr beschäftigt, Ms. Martinez. Wenn Sie mir noch etwas zu sagen haben, das nicht in Ihrem Memorandum stand, sagen Sie es und machen Sie es kurz.«

»Sie haben das Memo gelesen.« Sie wollte, daß er es fürs Protokoll bestätigte.

»Ja.«

»Und?«

»Und, nein, Ihr persönlicher Etat wird nicht wieder auf seine ursprüngliche Höhe aufgestockt. Ich habe eine bessere Verwendung für das Geld.«

Sie hatte gar nicht damit gerechnet, das Geld zu bekommen.

»Und?«

»Und was, Ms. Martinez? Ihre Einwände sind zur Kenntnis genommen und Ihre Bitte um Änderung wird in Erwägung gezogen. Ihre Anschuldigungen sind irrelevant.«

»Nicht für Mitsutomo-sama.«

»Für jeden, für den ich beschließe, daß er sie hört.«

»Mitsutomo-sama wird etwas anderes sagen.«

»Sind Sie da so sicher? Haben Sie vergessen, daß ich Mitsutomo-samas Stimme bin?«

Sie hatte es nicht vergessen. Sie war nur nicht so sicher, daß Mitsutomo-sama wußte, was seine ›Stimme‹ sagte. »Sie machen einen Fehler.«

»Ist das eine Drohung, Ms. Martinez?«

»Es ist eine Warnung. Ihre Faszination für Quetzal ist gefährlich. Dieses Ungeheuer ist gefährlich. Sie gefährden Keiretsu.«

»*So ka*. Ich glaube, daß möglicherweise Sie diejenige sind, die den Fehler macht.«

»Mitsutomo-sama wird nicht gutheißen, was Sie mit diesem Ungeheuer anstellen.«

»Eine inkorrekte Annahme.«

Hatte Nakaguchi die Erlaubnis des alten Mannes, dieses Greuelwesen zu hegen und zu pflegen? Mitsutomo-sama war im Geschäftsleben rücksichtslos, aber er war kein Mörder unschuldiger Menschen.

»Ich glaube, Sie handeln auf eigene Faust. Irgendwie haben Sie von meinem Charybdis-Projekt erfahren und jetzt versuchen Sie, es für Ihre Zwecke zu übernehmen. Sie wildern in fremdem Revier.«

»Wirklich? Der alte Mann hat mich hergeschickt, oder etwa nicht?«

Nakaguchi machte einen so selbstsicheren, zuversichtlichen Eindruck. Rearden hatte gesagt, er habe die Zustimmung des oberen Managements für seine privaten Dateisperren. Irrte sie sich möglicherweise in Bezug darauf, daß Nakaguchi auf eigene Faust handelte? »Mitsutomo-sama weiß von dem Projekt?«

»Natürlich. Haben Sie sich für so schlau gehalten, es verheimlichen zu können?«

Das hatte sie in der Tat.

»Was glauben Sie, warum ich hergekommen bin? Um einige geringfügige Etat-Ungereimtheiten zu untersuchen? Mitsutomo-sama weiß von Ihrem Steckenpferd, aber er ist ungehalten über Ihre zögerlichen Fortschritte. Jetzt, da Charybdis der Kontrolle eines verantwortungsbewußten und angemessen aggressiven Leiters untersteht, fühlt er sich viel wohler. Die Möglichkeiten inspirieren ihn und er spricht von einer neuen Firma, möglicherweise einer ganzen Gruppe, die Nutzen aus unseren bahnbrechenden Entdeckungen ziehen soll.«

»Welchen Entdeckungen?«

»Sie gehören tatsächlich nicht mehr zur ersten Garde, nicht wahr?«

Sie wußte, daß er recht hatte. Sie wußte auch, daß er sie reizen, sie wütend machen wollte. Es war ihm gelungen.

»Ich bin der *Leiter* der Nordamerika-Gruppe. Das Projekt fällt in meine Zuständigkeit.«

»Nicht mehr lange. Da ist die unbedeutende Angelegenheit der Etat-Unregelmäßigkeiten. Und da sind möglicherweise noch andere Angelegenheiten, die Rechtsverstöße enthalten. Keiretsu kann keine hochrangigen Firmenangestellten unterstützen, die in illegale Aktivitäten verwickelt sind.«

»Die dabei erwischt werden, meinen Sie.«

»Trotzdem. Übrigens, wie geht es Mr. McAlister? Haben Sie eine Schadenersatzforderung von ihm im Hinblick auf die von Ihnen zu verantwortende rücksichtslose Gefährdung seines Lebens erhalten?«

McAlister war ihr treu ergeben. Sie würde nicht zulassen, daß Nakaguchi Zweifel säte. »Falls es eine gibt, weiß ich, woher der Rat stammt, eine zu stellen.«

Nakaguchi lächelte salbungsvoll. »Ms. Martinez, ich bin erschüttert über Ihre feindselige Haltung. Derartige Feindseligkeit steht nicht im Einklang mit der Harmonie, nach der wir bei Keiretsu alle streben. Könnte es sein, daß Sie in unserer Konzernfamilie nicht mehr glücklich sind?«

»Ich bin Mitsutomo-sama treu ergeben.«

»Es freut mich, das zu hören, will heißen, der alte Mann freut sich, da ich nicht nur Mitsutomo-samas Stimme, sondern auch sein Ohr bin.« Er lehnte sich zurück. »Es wäre bedauerlich, sollte ich ein verstimmtes Mitglied der Keiretsu-Familie dabei hören, wie es die Harmonie in der Familie bedroht. Derart fehlgeleiteter Zorn könnte solch eine Person leicht zu törichten Handlungen veranlassen, Handlungen, die bedauerliche Konsequenzen nach sich zögen.«

Das *war* eine Drohung. Pamela saß stumm da und verbiß sich ihren Zorn. Er würde jeden Augenblick den Preis für das Fortbestehen der Harmonie nennen. Sie fragte sich, ob sie in der Lage wäre, ihn zu zahlen.

»Ich kann ein großzügiger Mann sein, Ms. Martinez. Kehren Sie in Ihr Büro zurück. Kümmern Sie sich um die normalen Angelegenheiten der Nordamerika-Gruppe. Vergessen Sie Charybdis. Vergessen Sie Quetzal. Halten Sie sich an Dinge, die Ihnen vertrauter sind, dann gibt es vielleicht keinen Grund für drastische Aktionen. Keiretsu ist groß genug, um viele divergierende Wege miteinander in Einklang zu bringen.«

Was? War das alles?

»Schauen Sie nicht so schockiert, Ms. Martinez. Ich will Ihre Stellung nicht.«

Was willst du dann? Fast hätte sie die Frage laut gestellt.

Nakaguchi lächelte milde. »Denken Sie über die Vorteile einer Zusammenarbeit nach.«

Lieber würde sie mit einer Giftnatter zusammenarbeiten. »Das werde ich.«

»Gut. Und nun… Ich habe in der Tat viel zu tun.«

Sie erhob sich ein wenig schwankend und verließ

sein Büro. Sie war noch immer verwirrt. Die Enthüllung, daß Mitsutomo-sama alles wußte, hatte ihren Plan zunichte und ihre Drohung, Nakaguchis unabhängige Ambitionen bloßzustellen, wirkungslos gemacht. Sie hatte geglaubt, alles verloren zu haben, aber Nakaguchi hatte sie wiederum verblüfft. Sie haßte die Art, wie er ihr immer einen Schritt voraus war. Noch mehr haßte sie die Art, wie er seine Überlegenheit zur Schau stellte. Es mußte eine Möglichkeit geben, ihn ein wenig zurechtzustutzen.

»Ms. Martinez.«

Es war Hagen, eine von Nakaguchis Kreaturen. Aber stimmte das überhaupt? Alle seine anderen Speichellecker ließen sie links liegen. Was brachte den kleinen Mann dazu, aus der Reihe zu tanzen? Sie erinnerte sich daran, daß er noch in der Höhle geraten hatte, das Quetzal-Ding zu vernichten, und auch an seine gemurmelten Bemerkungen, als Nakaguchi das Ding mit dem ersten Opfer gefüttert hatte. Zumindest in der Frage des Schläfers vertrat Hagen eine andere Ansicht als Nakaguchi. Aber war sie abweichend genug, um von Nutzen zu sein?

Sie blieb stehen und sah den kleinen Mann an. »Ja?«

»Einen Augenblick Ihrer Zeit, bitte.« Er wirkte ängstlich, besorgt. »Nicht lange. Einen lohnenden Augenblick.«

Die Neugier diktierte ihre Antwort: »Ich glaube, ich habe einen Augenblick frei.«

Hagen führte Pamela zu seinem Büro und weigerte sich zu sprechen, bis die Tür sich hinter ihnen geschlossen hatte – und auch dann bat er sie lediglich, Platz zu nehmen. Hagen aktivierte seine Konsole und verbrachte einige Zeit damit, Routinen aufzurufen und den Monitor zu studieren. Ihr Blickwinkel gestattete ihr, einen Teil des Bildschirms einzusehen, nicht genug, um etwas lesen zu können, aber doch so viel, daß sie einige der Anzeigen erkennen konnte. Es handelte sich um Sicherheitsprogramme, Anti-Lausch-Routinen und Kontrollanzeigen. Hagens Besorgnis mochte echt sein, aber vielleicht zog er auch nur eine Schau ab. Und selbst wenn er dafür sorgte, daß diese Besprechung nicht mitgehört werden konnte, war es immer noch möglich, daß er sie aus Gründen der persönlichen Sicherheit aufzeichnete, keine unbillige Vorsichtsmaßnahme. Sie wartete geduldig, so neugierig, daß sie ihm einen gewissen Spielraum einräumte. Seine Beschäftigung mit dem Computer dauerte eine Weile. Schließlich schien er zufrieden zu sein, doch selbst da sprach er noch sehr zögerlich.

»Ms. Martinez, kann ich Ihnen vertrauen?«

»Mit welcher Maßgabe, Mr. Hagen?«

»Einstweilen nur mit der Maßgabe, mir unvoreingenommen zuzuhören. Und das, was wir besprechen, streng vertraulich zu behandeln.«

Solange Vertraulichkeit in seinem Interesse lag. Sie mußte ihre eigenen Interessen schützen. »Haben Sie die Absicht, das Wohlergehen Keiretsus zu bedrohen?«

»Sie und ich, wir wissen doch beide, daß eine derartige Bedrohung längst existiert.«

»Soll heißen?«

»Habe ich Ihr Wort?«

»Es wäre mir eine Freude, in jeder Angelegenheit zum Wohle Keiretsus mit Ihnen zusammenzuarbeiten.«

»Eine vorsichtige Antwort, Ms. Martinez, die ich akzeptiere. Seien Sie versichert, daß ich nicht versuche, Sie auf irgendeine Weise dazu zu verleiten, Keiretsu zu verraten. Wir wissen beide, daß bereits jemand anders Keiretsu verrät.«

»Und wer soll das sein?«

»Nur wer? Ich würde doch meinen, daß Sie ein Interesse daran haben zu erfahren, *wie* dieser Idiot alles in Gefahr bringt, was Ihnen lieb und teuer ist.«

Sie verlor langsam die Geduld mit Hagens ausweichender Art. »Was fürchten Sie eigentlich, Mr. Hagen?«

»Zuerst Ihr Wort, dieses Gespräch vertraulich zu behandeln.«

»Also gut.« *Innerhalb gewisser Grenzen.* »Solange mein Schweigen Keiretsu nicht gefährdet, behalte ich alle Geheimnisse, die Sie mir verraten wollen, für mich.«

»Ihr Wort darauf?«

»Mein Wort darauf.«

»Ich nehme Sie beim selbigen.«

Ach ja? Nur wenn er eine Aufzeichnung machte, was sie in Anbetracht seines Verhaltens mehr und mehr bezweifelte. »Nun, da dies geklärt ist, was ist das für eine Gefahr, die Sie so sehr fürchten?«

»Die größere Gefahr kennen Sie, glaube ich. Was die unmittelbare Gefahr betrifft, so haben Sie sie gesehen. Sie waren dabei, als er sie in der Schlafkammer losgelassen hat.«

»Quetzal.«

»Nicht nur Quetzal, sondern das Verderben, das ihn umgibt.«

Quetzal war von nichts umgeben außer von Nakaguchi und seinem Kreis, dem Hagen angeblich angehörte. »Wollen Sie damit andeuten, daß Ihr Vorgesetzter eine Gefahr für Keiretsu darstellt?«

»Nakaguchi ist eine Gefahr«, sagte er mit einem zögernden Nicken. »Bevor Sie aber zu dem Schluß kommen, ich sei ein undankbarer Verräter, lassen Sie uns über eine damit im Zusammenhang stehende Angelegenheit sprechen.«

Ein undankbarer Verräter an Nakaguchi mochte genau das Werkzeug sein, das sie brauchte. Vielleicht sprang hier doch noch etwas für sie heraus. »Um welche Angelegenheit handelt es sich?«

Hagen bedachte sie mit einem flüchtigen Lächeln irgendwo zwischen freundlich und verschwörerisch. »Sie hatten mehrere Jahre lang eine Person namens Sörli in Ihren Diensten. Er hat sich in Ihrem Stab hochgearbeitet und Sie in vielen Dingen beraten, dazu zählt auch die ursprüngliche Einrichtung Ihres geheimen Charybdis-Projekts. Letzten Endes wurde er zu Ihrem Hauptagent in allen Angelegenheiten, die mit Charybdis zu tun hatten. Haben Sie ihm vertraut?«

Die Frage kam unerwartet. Ob sie Sörli vertraut hatte? Was wußte Hagen, was sie nicht wußte? Was für eine Zeitbombe hatte Sörli hinterlassen? Sie gab eine nichtssagende Antwort, von der sie hoffte, daß sie Hagen zum Weiterreden veranlassen würde. »Er war ein Geheimniskrämer.«

»Ja, das war er, nicht wahr?« Hagen klang so, als sei er weit entfernt, als erinnere er sich an persönliche Erlebnisse mit dem verschiedenen Sörli. Nach einer kurzen Pause fügte er hinzu: »Notwendigerweise, fürchte ich. Oder wenigstens glaubten wir das damals.«

Notwendigerweise? Wir? Sörli war tatsächlich ein Geheimniskrämer gewesen – und Hagen war ganz offensichtlich eines seiner Geheimnisse. Pamela mußte mehr in Erfahrung bringen. Der kleine Mann wollte ganz offensichtlich reden. Wer war sie, ihn davon abzuhalten? »Und jetzt haben sich die Zeiten geändert?«

»Das haben sie in der Tat. Wenn wir zusammenarbeiten wollen, um die Gefahr abzuwenden, die über uns allen schwebt, werden Sie mir so vertrauen müssen, wie Sie ihm vertraut haben.«

»Er hat immer Vertrauen von mir verlangt und selbst keine harten Fakten geliefert. Ich war mit dieser Vereinbarung nie wirklich glücklich. Jetzt haben sich, wie Sie sagen, die Zeiten geändert. Ich neige nicht mehr zu derart blindem Vertrauen, und Sie haben mir noch keinen Grund genannt, warum ich mich auf Sie verlassen sollte.«

»Ein fairer Einwand. Es steht mir jedoch nicht frei, Ihnen die Art von Beweis zu liefern, die Sie vorziehen. Ich kann Ihnen keine harten Fakten dafür anbieten, daß wir vertrauenswürdig sind.«

Da war dieses ›wir‹ schon wieder und diesmal ohne offensichtlichen Bezug zu Sörli. »Jetzt haben Sie zum zweiten Mal ›wir‹ gesagt. Vielleicht möchten Sie das näher erklären.«

»Damit Sie mir vertrauen können?«

»Es wäre ein Anfang.«

»Ihnen den Grund für meine Benutzung des ›wir‹ zu erklären, würde Sie in ein Geheimnis einweihen, das nur wenige Angehörige Ihrer Rasse kennen.«

Ihrer *Rasse*? Was hatte die Rasse damit zu tun? Wovon redete der kleine Mann überhaupt? Pamelas Gedanken überschlugen sich. Der kleine Mann? Sörli war auch ein ›kleiner Mann‹ gewesen. Sie erinnerte sich an sein Beharren, es seien kleine Leute erforderlich, um in die Anderswelt einzudringen. Plötzlich waren ihr zu viele kleine Männer in diesem Geschäft. »Wollen Sie damit andeuten, es sei kein Zufall, daß Sie und Sörli... sich beide sehr ähnlich sehen?«

Hagen nickte gewichtig. »Wir sind vom selben Schlag.«

»Nicht... vom menschlichen Schlag?« gelang es Pamela zu fragen.

»Wir gehören einer anderen Rasse an.«

Pamela spürte, wie ihr der Schweiß in eiskalten Rinnsalen an den Seiten herunterlief. »Sind Sie Wesen aus der Anderswelt?«

»Absolut nicht.« Hagens ernste Miene wich einer sonderbaren Belustigung. Bestürzenderweise kicherte er auch noch. »Nicht im mindesten. Weit davon entfernt. Sörli und ich gehören beide einer Organisation an, einem Geheimbund, wenn Sie so wollen, der sich der Arbeit gegen die Machenschaften eben dieser Wesen verschrieben hat. Wir wehren uns gegen die Irrationalität der Magie. Und haben es schon immer getan. Unser Ziel ist, solchen Dingen wie Quetzal ein Ende zu bereiten, denn wir kennen sie schon aus alter Zeit. Wir waren mehr als einmal das Opfer ihrer Teufeleien. Uns Zwergen ist es nicht immer gelungen, so effektiv zu sein, wie wir gern wären, aber wir haben ein sehr langes Gedächtnis und sind sehr geduldig.«

Zwerge? Sie sah Hagen an, seine breiten Schultern, den Vollbart, die Hakennase. Wenn man ihn in ein Robin-Hood-Kostüm steckte, würde er wie eine Gestalt aus dem Märchen aussehen. Aber Zwerge waren Fabelwesen.

»Sie glauben mir nicht«, sagte Hagen.

»Überrascht Sie das? Sie haben mir gerade erzählt, daß Sie ein Wesen aus einem Märchen sind.«

»Sie haben auch an Goblins geglaubt, als Sörli Ihnen den Kopf des Boggles aus dem Museum gebracht hat.«

Wie hatte er davon erfahren? »Sie haben sich in meine Dateien gehackt.«

»Nein, ich nicht. Das war Sörli. Er hat außerdem Berichte über seine Verbindung zu Ihnen abgeliefert. Ich weiß alles, was er getan hat, während er in Ihren Diensten stand. Sie beide waren ein gutes Team. Wenn man die Umstände bedenkt.«

Welche Umstände? daß Sörli sie belogen und manipuliert hatte? Und dieses Wesen wollte, daß sie ihm ebenso vertraute, wie sie Sörli vertraut hatte. Sie hatte Sörli nicht vertraut, jedenfalls nicht sehr. Sie hatte mit dem kleinen Mann, mit dem – Gott, konnte es stimmen? – Zwerg, zusammengearbeitet, später dann sogar an die Anderswelt und die Elfen geglaubt, die Sörli bekämpfen wollte. Aber sie hatte ihm nie vertraut. Sie hatte nur gefürchtet, was er fürchtete. *Der Feind meines Feindes ist mein Freund*, behauptete das alte Sprichwort, aber ›mein Verbündeter‹ war angemessener. Sie hatte in ihrem Leben genug Erfahrung gesammelt, um zu wissen, daß man einem Verbündeten nur in Grenzen vertraute, wenn man schlau war. Nur ein Dummkopf glaubte alles, was einem ein Verbündeter erzählte. Was sollte sie also hier glauben?

Sie holte tief Luft, um sich innerlich zu beruhigen. »Warum sollte ich glauben, was Sie mir erzählen?«

»Weil Sie spüren können, daß ich die Wahrheit sage. Weil Sie gesehen haben, daß es mehr Dinge auf der Welt gibt, als die skeptischen Wissenschaftler Ihrer Rasse Sie glauben machen wollen. Weil Sie wissen, daß wir ein gemeinsames Anliegen haben. Oder vielleicht auch aus einem ganz anderen Grund. Es fällt Ihnen nicht leicht zu verarbeiten, was ich gesagt habe, aber ich bin sicher, daß Sie die Wahrheit meiner Worte bald einsehen werden. Sie können zu gar keinem anderen Schluß gelangen.

Wir sind natürliche Verbündete, Sie und ich. Unsere Rassen sind ebenfalls Verbündete. Meine Art wurde auf dieser Erde und in dieser Wirklichkeit geboren, ebenso wie Ihre, und wir leben länger, als Sie dies wissen können, in Harmonie zusammen. Unsere Rassen sind anders als die seelenlosen Kreaturen der Anderswelt.

In vergangenen Zeiten haben unsere Rassen schon oft zusammengearbeitet. Im Laufe der Jahrhunderte hat Ihre Art viel Hilfe und Rat von meiner bekommen, obwohl davon in Ihrer Geschichte wenig verzeichnet ist. Ihr größer gewachsenen Leute nehmt euch selbst sehr wichtig. Aber dies ist kaum die Zeit, alte Klagen zu wiederholen. Wie ich schon sagte, wir haben in der Vergangenheit in Harmonie zusammengelebt. Diese Zeiten können wiederkehren, aber nur, wenn wir handeln, um die vor uns liegenden Gefahren zu bannen. Die Anderswelt bedroht unsere Harmonie. Ihre und meine Art müssen wiederum gegen einen gemeinsamen Feind zusammenstehen. Wir kämpfen für eine gemeinsame Sache. Wir haben ein gemeinsames Interesse daran, den Einfluß der unnatürlichen Kreaturen jener anderen Realität auszuschalten.«

»Kreaturen wie Quetzal?«

»Unglücklicherweise ist Quetzal einer von Ihrer Art. Zwar vom Lockruf des Chaos verführt, aber ein Mensch. Ursprünglich jedenfalls.«

»Wie können Sie das sagen? Ich habe gesehen, wie er Doktor Hasukawa und den anderen das Leben aussaugte. Dieser Quetzal ist kein Mensch. Er ist ein monströses Vampirwesen aus der Anderswelt.«

»Quetzal stammt weder von der Anderswelt noch ist er ein Vampir. Gut, in gewissem Sinn ist er ein Vampir, aber diese Bezeichnung wird normalerweise für eine andere Art Ungeheuer benutzt. Selbst wenn Quetzal ein Vampir wäre, würde das nichts an seiner Herkunft ändern. Ihre Legenden besagen, daß ein Vampir vor seiner Verwandlung ein gewöhnlicher Sterblicher war, also gibt es an Ihrer genetischen Verwandtschaft nichts zu deuteln. Aber Genetik ist hier vollkommen irrelevant. In diesem Fall ist nur wichtig, daß Quetzal sich dem Bösen verschrieben hat, daß er den falschen Glauben annahm und dem Chaos anheim gefallen ist. Er ist getäuscht worden. Wenn man ihn nicht aufhält, wird er andere mit in dieses Verhängnis reißen. Das Chaos ist verführerisch, aber seine Versprechungen sind die einer von den Pocken befallenen Hure. Am Ende ist der Preis viel größer, als man denkt. Für die Gefallenen gibt es keine Hoffnung auf Erlösung.«

Pamela fühlte sich schwindlig. Sie hatte Sörlis Geschichten über Magie und die Anderswelt geglaubt. Sie hatte sogar so gehandelt, als sei alles wahr. Bei Gott, sie *wußte*, daß es wahr war! Aber aus Sörlis Mund hatte alles ganz anders geklungen. Die Bedrohung kam von außen, von anderswo. Magie und ihre Irrationalität war von woanders gekommen, von einem Ort, vor dem man sich abschirmen konnte. Menschen konnten daran keinen Anteil haben. Sie waren sicher vor dem Wahnsinn.

Die Macht, die aus der magischen Anderswelt in die wirkliche Welt hineinleckte, hatte das Potential, das Universum umzugestalten. Sie hatte sich vor dieser Veränderung gefürchtet und gegen sie gearbeitet. Jetzt hatte es den Anschein, als habe sie einen Kampf geführt, ohne den Einsatz zu kennen und ohne die Opposition zu verstehen, mit der sie es zu tun hatte. Menschen konnten das Chaos benutzen, die Magie beim Schopf packen und sie ihrem Willen unterwerfen. Es würde Menschen geben – Menschen wie Quetzal? –, die eine derartige Macht ungeachtet der persönlichen Folgen mit offenen Armen empfingen. Sie würden nur die Macht sehen. Macht war verführerisch, das wußte sie nur zu gut. Menschen – Menschen wie Nakaguchi? – würden diese neue Straße zur Macht beschreiten und das normale Gefüge der Welt zerreißen. Und wo würde sie dann bleiben?

Hagen mußte sich irren. Quetzal mußte ein Wesen aus der Anderswelt sein.

»Ich kann es nicht glauben«, sagte sie.

»Sie meinen, Sie wollen es nicht glauben. Ich fürchte, Sie müssen es glauben. Quetzal ist das Böse in Menschengestalt.«

»Aber Sörli hat so etwas wie Quetzal nie erwähnt. Alle magischen Wesen kamen von anderswo. Sie waren nicht menschlich.«

»Hat er Ihnen nichts von den Schläfern und von der Gefahr erzählt, die von ihnen ausgeht?«

»Er hat mir erzählt, die Erweckung der Schläfer setze Magie frei. Ich fürchtete das Chaos, das dies hervorrufen würde, und das war mehr als genug ein Grund zur Furcht. Sörli hat nie auch nur angedeutet, daß es sich bei den Schläfern um Wesen wie Quetzal handelt.«

»Sie sind nicht alle wie Quetzal. Quetzal ist die unmittelbare Gefahr, gegen die wir uns vereinen müssen. Der Einfluß dieser Kreatur auf Nakaguchi wächst von Stunde zu Stunde. Nicht mehr lange und Quetzal beherrscht mehr als nur Nakaguchis Gedanken.«

Obwohl sie die Antwort bereits zu kennen glaubte, fragte sie: »Was schlagen Sie vor?«

»Quetzal muß vernichtet werden«, sagte Hagen sofort.

Sörli war ebenfalls sehr blutrünstig gewesen. Eine Eigenart der Zwerge? »Ermordet, meinen Sie?«

»Man ermordet keinen tollwütigen Hund.«

Man bringt ihn zur Strecke. Wie man alle Erinnerungen daran unterdrückt, daß der Hund früher einmal zur Familie gehört haben mag. Man mußte an die Sicherheit der Familie denken und dafür sorgen, daß ihr nicht noch mehr Schaden zugefügt wurde. Doch Euphemismen änderten nichts am Wesen der Tat. Töten war Töten. War Töten hier die Lösung?

»Nakaguchi wird jeden derartigen Versuch verhindern wollen.«

Hagen nickte. »Seine Opposition muß vermieden werden.«

Wie weit war Hagen bereit zu gehen? »Oder überwunden?«

»Falls nötig.«

So blutdürstig. War sie so anders? Hagens Vorschläge waren ihr nicht gänzlich unsympathisch. Wenn

Hagen Nakaguchi eliminierte, starb mit ihm auch die Gefahr für Ihre Position. Sie würde wieder die Kontrolle haben.

Sie hob den Blick und begegnete Hagens. »Ich nehme an, Sie haben einen Plan.«

»Tatsächlich sogar mehrere.«

»Für Notfälle.«

»Genau.«

»Ich glaube, es könnte interessant werden, mit Ihnen gemeinsam an einem Projekt zu arbeiten, Mr. Hagen.«

»Ganz meine Meinung, Ms. Martinez.«

Kapitel 14

Die Welt war so viel größer als früher. Zwar konnte Quetzal aus seiner Suite nur einen kleinen Teil dieser weiten Welt sehen, aber selbst der überwältigte ihn manchmal.

Häuser, Häuser, so weit das Auge reichte und noch darüber hinaus. An jedem einzelnen funkelten Lichter, die aus der Ferne wie Sterne aussahen. Diese von den Menschen gemachten Sterne waren ein armseliger Ersatz für die echten Sterne. Wie bedauerlich, daß diese Imitationen das Echte verbargen.

In diesem neuen Zeitalter waren nur wenige Sterne zu sehen, wenn man zum Himmel schaute. Das Leuchten der Menschen-Fäule, die Sprawl genannt wurde, verzehrte sie und trübte sogar das Mondlicht. Dennoch gab es Lichter am Himmel – Positionslichter von Flugzeugen. Diese bunten Lichter, die mit großer Geschwindigkeit über den Nachthimmel zogen, waren ein weiteres von der Menschheit erschaffenes Zerrbild der himmlischen Pracht.

Er hatte die Nacht immer gemocht – wenn er in der Lage gewesen war, die Sterne zu sehen und mit ihnen zu reden. Jetzt waren die Nächte anders. Ganz anders. Seine Nächte waren jetzt seine Tage, da seine Allergie gegen das Sonnenlicht stärker wurde.

Die Einschränkung gefiel ihm nicht, aber er hatte kaum eine Wahl. Seine Reaktion auf die Sonne war eine unvermeidliche Nebenwirkung der Magie, die er angewandt hatte, um sich in dieses neue Zeitalter zu versetzen. Mittlerweile war das volle Tageslicht sogar schmerzhaft für ihn. Welch eine Ironie, daß sein erneuertes Leben ihn an die Dunkelheit kettete. Imhotep würde in trockener Belustigung lächeln, könnte er ihn in diesem Zustand sehen.

Er hoffte, daß die Knochen dieses alten Bastards schon vor langer Zeit zu Staub zerfallen waren und sich mit dem Wüstensand vermischt hatten, so daß sie bis in alle Ewigkeit ruhelos von den Winden der Sahara verweht würden.

Ein reines Nachtleben war eine Einschränkung. Er haßte Einschränkungen. Er beschloß, einen Ausweg zu suchen. Er würde eine Lösung finden. Wenn man genügend Macht hatte, gab es immer eine Lösung. Schlimmstenfalls mußte er warten, bis der Glitzernde Pfad geöffnet war. Danach war alles möglich.

Unglücklicherweise war diese Zeit noch nicht so nah, wie er gehofft hatte.

Die Versammlung der Anhänger war eine Enttäuschung für ihn gewesen, obwohl er ohne das geringste Problem die Lücke ausgefüllt hatte, die Jeffries' bedauerliches Ableben hinterlassen hatte. Tatsächlich hatten sie ihn als ihren neuen Anführer willkommen geheißen und gesagt, es sei nur angemessen, wenn das Alte sterbe, um Platz für die neue Ordnung zu machen. Er hatte gelehrt, er hatte gelobt, er hatte gewarnt und sie waren von seinen Worten trunken gewesen wie vom besten Wein. Er hatte sich an ihrer Speichelleckerei berauscht und ihr Glaube an seine Macht hatte ihn beflügelt.

Aber er hatte eigentlich erwartet, mit Magiern zusammenzuarbeiten. Keiner der wenigen Anhänger, nicht einmal die Mitglieder des inneren Zirkels, hatten mehr Meisterschaft der Mysterien erkennen lassen als ein Adept. Viel Potential, aber wenig Konkretes. Mit der Zeit konnte er das ändern, aber einstweilen waren es seine Erwartungen, die verändert werden mußten.

Sein Traumschiff zerschellte am seltsamsten aller Felsen.

Warum waren seine Anhänger so verkümmert? Es lag nicht daran, daß es keine Magie für sie gegeben hätte. Er konnte sie überall spüren. Es gab mehr Energie hier als bei seinem Rückzug in die Traumkammer, viel mehr. Er spürte, wie die Wesen aus der Anderswelt in den Schatten umherhuschten. Wie lange war es her, daß sie so zahlreich gewesen waren? Als die Magie aus der Welt gewichen war, hatten sie sich in die Anderswelt zurückgezogen. Offensichtlich war die Zeit des Rückzugs vorbei.

Wo waren also die Hexer und Zauberer, die Magier und Schamanen? Die für mächtige Zauber erforderlichen Energien waren vorhanden. Warum benutzte sie niemand? War irgendein Faktor am Werk, den er nicht verstand? War die Opposition mittlerweile so begabt, daß sie in der Lage war, sich vor ihm zu verbergen? Das war undenkbar. Die Folgen für die Öffnung des Glitzernden Pfades wären zu groß.

Torheit! Was die Weisen dieses Zeitalters Paranoia nennen würden. Es konnte nicht sein!

Und tief im Herzen wußte er, daß es nicht so war. Auch in diesem neuen Zeitalter gab es Manipulatoren der Mysterien. Sie waren nicht so mächtig, wie er erwartet hatte. Und es waren sehr wenige. Aber waren sie jemals wirklich zahlreich gewesen? Von den wahren Meistern hatte es nie viele gegeben.

Einer näherte sich ihm gerade, das wußte er. Er hatte sie in der vergangenen Nacht gespürt, als er in den Astralraum geglitten war und sich ein Bild vom bedauernswerten Zustand seiner Anhänger gemacht hatte. Der Kontakt mit ihr war flüchtig gewesen, nur eine leichte Berührung. Er hatte einiges von der Verschwommenheit erfahren, die die höheren Ebenen in diesem Zeitalter durchdrang, aber der Kontakt mit ihr hatte gereicht, um ihre Existenz zu bestätigen und einen Eindruck von ihrer Macht zu bekommen. Sie war am Himmel über dem Meer, eine eindeutige Bestätigung ihrer Macht. Die Färbung ihrer Aura verriet ihm, daß sie sich nicht dem Wurm verschrieben hatte. War sie ein Gegner – oder klammerte sie sich an die falsche Hoffnung der Neutralität? In beiden Fällen mußte er ihr gegenübertreten.

Aber jetzt noch nicht.

Er war noch zu schwach, um ein Duell mit einem Meister in Erwägung zu ziehen. Wenn er besser vorbereitet war, würde er ihr gegenübertreten. Vielleicht würde er ihr anbieten, sich den Anhängern anzuschließen. Ihre Fähigkeiten würden ein Gewinn sein. Konnte sie sich die Macht vorstellen, die ihr gehören konnte?

Wenn sie so dumm war, sich ihm zu verweigern, würde er sie zerschmettern oder als gebundenen Diener nehmen. Noch besser, er konnte ihr ihre Essenz rauben und sich ihre Vitalität einverleiben. Wie würde die Seele einer Magierin schmecken? Wahrhaftig berauschend. Der Gedanke daran weckte seinen Hunger.

Er rief Nakaguchi, um sich von ihm das Opfer dieses Abends bringen zu lassen.

Der Asiat handelte prompt, aber das Häufchen Elend auszusaugen, das er brachte, stachelte seinen Appetit nur weiter an, anstatt ihn zu befriedigen. Die jämmerlichen Wesen, die Nakaguchi ihm brachte hatten bereits zu viel von dem verloren, was er daran begehrte.

»Ich brauche mehr.«

»Das wäre unweise.« Die Haltung des Asiaten kündete von einem Anflug von Mißbilligung.

»Unweise sind nur die jämmerlichen Opfergaben, die du zur Verfügung stellst.«

Nakaguchi nahm die Warnung nicht zur Kenntnis,

die Quetzal ihm damit zukommen ließ. »Wir müssen vorsichtig sein«, sagte er. »Wenn zu viele Leute verschwinden, wird man auf uns aufmerksam. Dann werden Fragen gestellt. Ihr habt bereits mit Euren Ausflügen eine Entdeckung riskiert. Mitsutomo –«

»Mitsutomo! Wem gehört deine Loyalität, Nakaguchi?«

»Ich folge dem Glitzernden Pfad.«

»Du folgst dem Pfad deines Ehrgeizes. Gib Acht, daß du nicht vom wahren Weg abkommst. Jene, die auf die Öffnung des Glitzernden Pfades warten, erkennen nur unbeirrbare Loyalität an. Für jene, die zwei Herren dienen, ist kein Platz. Vergiß Mitsutomo.«

Nakaguchi ließ sich nicht einschüchtern. »Das wäre ebenfalls unweise.«

Die Unverschämtheit des Mannes ließ die ohnmächtige Enttäuschung auflodern, die in Quetzal brodelte. Er schlug Nakaguchi ins Gesicht, so daß er gegen die Wand flog.

Glaubte er, es mit Sterblichen zu tun zu haben?

»Unweise? Unweise! Was weißt du schon von Weisheit? Was *kannst* du überhaupt wissen? Du bist ein kurzlebiges Wesen. Hättest du so lange gelebt wie ich, hätten deine Worte vielleicht Gewicht. Deine Worte sind die eines blinden Kindes.«

Der Asiat war aschfahl geworden, als er sich erhob, wobei er den Arm umklammert hielt, den Quetzal getroffen hatte. Wortlos wich er zurück. Quetzal lachte höhnisch über die Furcht, die in Nakaguchis Augen glomm. Der Hund hatte den Schlag eingesteckt, ohne sich zu wehren. Der Asiat floh und ließ Quetzal allein in seiner Suite.

In seinem Käfig.

Aber er war nicht hilflos. Er hatte die Verbindung zu den Anhängern des inneren Zirkels hergestellt. Er hatte jetzt Möglichkeiten, die nicht mehr der Kontrolle Mitsutomos unterlagen. Und erst an diesem Morgen hatte Nakaguchi gemeldet, daß alle Resonatoren, deren Bau er befohlen hatte, an günstigen Orten aufgestellt worden seien und nur noch auf ihre Aktivierung warteten. Quetzal war nicht dazu bereit, sie schon zu aktivieren, da ihm noch mehrere entscheidende Informationen fehlten. Die Hauptarbeit, für die er Nakaguchi gebraucht hatte, war jedoch getan. Er brauchte sich nicht mehr auf den Asiaten mit den zwei Gesichtern zu stützen.

Und in Wahrheit brauchte er sich auch nicht mehr einsperren zu lassen.

Es war an der Zeit, neue Pläne in die Tat umzusetzen.

Er wandte sich dem breiten Fenster zu, aus dem die Außenwand seiner Suite bestand. Sein Ausblick auf die Welt. Nordwestlich von seiner Suite ragte ein hohes Gebäude auf. Buchstaben aus rotem Licht verkündeten seinen Namen: ›*Hilton*‹. Es war ein Ort, an dem Reisende abstiegen, eine Herberge von irrsinniger Größe. Eine ganze Ortschaft konnte in diesem einen Gebäude wohnen. Von den Fenstern dieses Gebäudes konnten die Bewohner wie Götter auf die Straßen unter ihnen starren. Früher einmal waren derart luftige Aussichtstürme das ausschließliche Privileg von Magiern gewesen.

Wollten sie damit Anspruch auf Macht erheben?

Narren und Hunde, alle miteinander!

Er *war* Macht.

Mit einer Geste seiner Hand zerschmetterte er das Fenster und ließ die Scherben nach draußen regnen. Der Wind heulte herein und war weitaus kälter als Mitsutomos klimatisierte Luft. Er schritt durch das Fenster und in die Nacht hinaus.

Sollten sie *das* mit ihren Maschinen nachmachen!

Indem er sich an den Ätherlinien herabließ, schwebte er langsam zum Boden herab.

Die Glasscherben, die ihm vorangegangen waren, hatten ein halbes Dutzend unglückliche Passanten durchbohrt. Einer war tot, aber die anderen wanden und krümmten sich in verschiedenen Stadien der Qual. Er schlenderte gemächlich zu den Verwundeten und berührte einen nach dem anderen. Und einer nach dem anderen hörte ebenso auf zu schreien wie zu atmen. Ihre Schmerzen verliehen ihrer Essenz einen Beigeschmack, und die neue Kraft, die ihn durchflutete, ließ ihn schwindeln.

Hoch oben leuchtete die rote Schrift der Arroganz.

Jetzt nicht mehr.

Auf seinen Befehl flackerten die Buchstaben auf, sprühten Funken und erloschen. Mit den Buchstaben erlosch sämtliches Licht in dem Gebäude.

»Möge die Dunkelheit der Anbruch des neuen Zeitalters sein!« schrie er laut.

Er würde es allen zeigen. Er entfernte sich vom Settawego Building, seinem Käfig. Wo er vorbeiging, erloschen die Straßenlaternen und das Licht in den Häusern und Schaufenstern.

*

Mitchell Benton gehörte nicht zu der Sorte, die sich auf Dinge einließen, die keinen beträchtlichen Gewinn versprachen, also unternahm er nichts, als er den ersten entsetzten Schrei der Frau hörte. Er erledigte gerade einen Job – für den er einen Haufen Geld bekam –, und seinen Zahlmeistern würde es nicht recht sein, wenn er sich auf eine Sache einließ, die die Polizei auf den Plan rufen mochte. Frauen, die belästigt wurden, zogen unweigerlich die Cops an. Nicht, daß es hier in dieser Gegend viele Cops gab, was denjenigen, der die Frau belästigte, dazu motiviert haben mochte.

Es ging ihn nichts an.

Sie schrie wieder – aus vollem Halse –, als er gerade seinen Laster erreichte. Er sah sich um. Sein Laster und ihr Motorrad waren die einzigen Fahrzeuge weit und breit. Dieses Stück Prärie war so gottverlassen, daß er sich kaum vorstellen konnte, daß irgendein Perverser ausgerechnet hier in diesem Rasthaus einer Frau aufgelauert hatte. Vielleicht hatte sie irgendwas genommen, worauf sie schräg abfuhr. Das war eine andere Art Köder für die Cops, aber eine Art, mit der er noch weniger zu tun haben wollte.

Er schloß seinen Laster auf. Eine Frau, die hier allein unterwegs war, mußte damit rechnen, mit möglicherweise auftretenden Problemen auch allein fertigwerden zu müssen. Seine Befehle verlangten von ihm, Phantomen nachzujagen, aber das waren Phantome, von denen seine Bosse wollten, daß er ihnen nachjagte. Drachen sollte er töten und mitnehmen, aber die Rettung von Jungfrauen stand nicht auf seiner Liste. Sein Vertrag schrieb ihm nirgendwo vor, so zu tun, als sei er Sir Galahad. Und da sie für die Fracht bezahlten, mußte er ihre Interessen schützen. Er glitt hinter das Steuer.

Das Rasthaus explodierte in einem Feuerball, der die Nacht taghell erleuchtete. Bentons Augen schlossen sich vor dem Blitz, doch die Geräuschdämpfer setzten nicht ein. Es gab keinen Knall. Benton verstand das nicht. Der Umfang der Explosion reichte für ein paar Kilo C8, aber es gab keinen Knall.

»Halten Sie immer Ausschau nach dem Ungewöhnlichen«, hatte sein Boß gesagt. »Besonders nachts.«

Das hier war mit Sicherheit ungewöhnlich.

Es wurde noch ungewöhnlicher, als die Frau aus den rauchenden Trümmern des Rasthauses gerannt kam, und zwar verfolgt von einem Wesen von der Größe, Gestalt und Zotteligkeit eines Bären, das auf zwei Beinen lief.

Bären liefen nicht so, was bedeutete, daß es sich bei diesem Verfolger nicht um einen solchen handeln konnte.

Die Frau lief zu Bentons Laster, was bedeutete, daß das Wesen in dieselbe Richtung lief. Was wiederum bedeutete, daß Benton auf dem besten Weg war, in die Sache verwickelt zu werden.

Er griff hinter sich und nahm das Gewehr aus der Halterung. Die Waffe sah wie ein Jagdgewehr aus, wie das von Marcus Preiss signierte Sondermodell des Remington Hawkeye – aber sie war etwas ganz anderes. Benton war zuversichtlich, daß es der Aufgabe gewachsen war. Er ging die verschiedenen Einstellungsmöglichkeiten durch und traf seine Wahl, als er aus seinem Wagen stieg.

Sein Schuß traf das zottlige Ding in der Brust und schleuderte es zurück. Er konnte die blutige Höhlung erkennen, die die Explosivmunition in die Brustmuskeln des Dings gesprengt hatte. Benton hatte es eigentlich in der Schulter treffen wollen, doch seine Geschwindigkeit falsch eingeschätzt – es lief anders als alles, was er bisher gesehen hatte. Nicht, daß es eine Rolle spielte. Der Schock, den eine Wunde dieser Größe bewirkte, tötete auch das größte Tier. Das Ding kippte hintenüber.

Die Frau stolperte gegen ihn, außer Atem und erschöpft. Er brachte sie zum Laster, wo sie sich anlehnen konnte. Sie sah nicht so gut aus, wie er zuerst gedacht hatte, als sie ihm auf dem Fußweg zum Rasthaus begegnet war. Tatsächlich sah sie ziemlich abgespannt aus. Er hatte sie zwar gerettet, aber sie entsprach nicht seiner Vorstellung von einer Jungfrau.

»Alles in Ordnung mit Ihnen?« fragte er.

»Es geht schon.« Ihre Stimme zitterte. »Ist es tot?«

»Gott, ich hoffe es.«

Sie betrachtete die Leiche des haarigen Dings und schauderte. Sie konnte jederzeit in einen Schockzustand fallen. Das störte ihn. Sie mußte an weniger blutige Dinge denken. Er legte ihr einen Arm um die Schulter und drehte sie von der Leiche weg.

»Ich heiße Johnson«, sagte er. »Wie heißen Sie, Lady?«

»Nym«, sagte sie, wobei sie immer noch versuchte, den Kadaver im Auge zu behalten. »Es hat sich bewegt.«

Benton ließ sie los und fuhr herum, die Waffe im Anschlag. *Scheiße!* Das Ding bewegte sich tatsächlich!

Er verpaßte ihm noch eine Kugel. Aber er hatte geschossen, ohne richtig zu zielen, und die Patrone riß dem Ding nur ein Schnitzel aus dem Bein. Die Bestie heulte vor Schmerzen, ließ sich aber nicht davon abhalten aufzustehen. Die furchtbaren Wunden, die sie erlitten hatte, verlangsamten sie nur. Sie hätten das Ding eigentlich töten müssen.

Benton lief es kalt über den Rücken. Das war seltsam. Zum Teufel mit seinen Befehlen, er wollte es tot sehen. Er zielte auf die Schnauze der Bestie und drückte ab.

Das Ungeheuer sprang vorwärts, als Benton schoß. Die Kugel traf es in den stämmigen Hals. Blut, Fleischfetzen und Knochensplitter flogen in alle Richtungen. Die Bestie brach zusammen und der Kopf fiel ihr von den Schultern, als sie zu Boden sank.

Diesmal ließ Benton das Ding nicht mehr aus den Augen, bis das Blut aufhörte, aus den zerfetzten Arterien zu spritzen. Er wollte ganz sicher sein, daß das Ding auch tot war.

Als er sich umdrehte, um nachzuschauen, wie es der Frau ging, war sie nicht mehr da – als habe sie sich in Luft aufgelöst. Vielleicht hatte sie das sogar. Er scannte die Gegend, konnte aber keine Wärmemuster entdecken, die groß genug für einen Menschen waren.

Verrückt.

Aber erledigt.

Diese Episode fiel ganz eindeutig unter seines Bosses Definition von ›ungewöhnlich‹.

Vielleicht war ein anständiger Gewinn für ihn drin. Er hatte den Kopf des Dings nicht wie beabsichtigt zerstört, und Köpfe standen auf der Liste seines Bosses ganz oben. ›Köpfe sind gut identifizierbar‹, hatte sein Boß gesagt. Es sah so aus, als würde sein Boß einen bekommen, der in der Tat der Identifikation bedurfte.

Benton stieg in den Laderaum seines Lasters und holte einen von den kleinen Konservierungssäcken heraus. Die großen waren nicht groß genug für den gesamten Kadaver, also mußte er wählerisch sein. Er packte den Kopf in den Sack. Aus der Nähe betrachtet hatte die Mischung aus tierischen und menschlichen Zügen eine beunruhigende Wirkung auf ihn, aber diese beunruhigenden Züge verrieten ihm auch, daß es zweifellos richtig war, den Kopf mitzunehmen.

Sein Boß hatte gesagt, er solle alle Spezies vor Tagesanbruch eintüten und versiegeln. Er hatte keinen Grund genannt. Welchen Unterschied machte der Tagesanbruch?

Nun, er war jedenfalls nicht mehr fern.

Er verstaute den Kopf in einem der Kühlfächer und schloß den Laster, bevor er zum Führerhaus ging. Er konnte Bericht erstatten, worauf man ihm befehlen würde, sofort zu einem Treffpunkt zu fahren, aber er konnte auch noch eine Weile warten. Er beschloß zu warten. Er lehnte sich gegen die vordere Stoßstange und wartete, das Pseudo-Hawkeye immer griffbereit.

Als die ersten Sonnenstrahlen auf den Kadaver fielen, fing er an zu qualmen. Binnen weniger Minuten war nur noch feine Asche von ihm übrig, die von der Morgenbrise davongeweht wurde.

Benton fragte sich langsam, ob man ihm genug bezahlte.

Kapitel 15

Spillway Sues Kopf ruckte hoch, als die Tür aufglitt. Sie entspannte sich, als sie sah, daß John allein war. Wilson hatte ihm gestattet, allein in sein Quartier zurückzukehren, und er hatte keine große Mühe gehabt, sich zurechtzufinden. Sein Gefühl des Wohlbefindens war wie weggeblasen, als er sah, womit sie sich beschäftigte. Sue hatte die Konsole geöffnet, und mehrere Einzelteile lagen verstreut auf dem Tisch. Als die Tür sich hinter John geschlossen hatte, fuhr sie fort, im Inneren des Computers herumzuwühlen.

Er schüttelte den Kopf. »Das wird ihnen bestimmt nicht gefallen.«

»Das ist ihr Problem«, erwiderte ihre gedämpfte Stimme.

»Ich bin überrascht, daß nicht längst jemand gekommen ist.«

»Sie waren schon da.« Sie zeigte mit dem Daumen über die Schulter, was Johns Aufmerksamkeit auf einen dunkel und fettig aussehenden Schmierfleck an der Wand richtete. John bemerkte drei andere Schmierflecken, jeweils einen an jeder Wand des Zimmers. »Es gefiel ihnen nicht, was ich mit ihren Videokameras getan habe, also sind sie gekommen, um nachzusehen. Ich habe ihnen gesagt, daß es *mir* nicht gefällt, ständig beobachtet zu werden.«

»Und dann haben sie gesagt, du kannst ihre Maschinen auseinandernehmen?« Wilson hatte gesagt, sie würden eine Beschäftigung für sie finden. Ihr zu gestatten, ihre Konsole zu zerstören, schien eine seltsame Art von Gastfreundschaft zu sein. »Haben sie dir nicht gesagt, daß du damit aufhören sollst, als sie gekommen sind?«

»Da habe ich nichts gemacht. Nur rumgesessen. Ich habe ihnen gesagt, wenn sie mich beobachten wollten, könnten sie ja bleiben. Sie haben abgelehnt.« Ein lautes Knacken entlockte ihr einen Fluch. John roch Ozon. Sie zog Kopf und Hände aus dem Gehäuse. Sie sank auf einen Stuhl und sog an ihrem Finger, während sie deprimiert auf die Eingeweide des Computers starrte. »Verdammt! Ich kenne mich mit diesem Scheiß nicht gut genug aus.«

John hob eine Platine auf. Er wußte ein wenig über Computer, aber so etwas wie das hier hatte er noch nie gesehen. »Kannst du das Ding wieder zusammensetzen?«

»Sicher.«

Er war sicher, daß sie log, sagte aber nichts. »Wilson sagte, daß er uns bald Essen bringt. Er wird nicht sehr gut auf dich zu sprechen sein, wenn er die Konsole so vorfindet.«

»Was will er denn tun – mich einsperren?«

»Warst du wieder den ganzen Tag hier eingesperrt?« John war sicher, daß er das nicht ertragen hätte. Kein Wunder, daß sie versuchte, den Käfig zu zerstören.

»Nee. Heute haben sie mich aus meiner Zelle gelassen.«

»Das ist gut. Vielleicht vertrauen sie dir langsam.« Obwohl ihre Zerstörung der Konsole gewiß die gegenteilige Wirkung haben würde.

»Mir vertrauen? So ein Schwachsinn. Sie haben die Tür geöffnet. Dämlich, dachte ich. Aber gut für mich. Wenigstens dachte ich das vor meinem Spaziergang. Hier gibt es nur Korridore und noch mehr Korridore. In den meisten gibt es noch nicht mal Türen, aber manchmal flippt ihr Innenarchitekt auch aus und streut ein paar Türen ein, die weder Klinken noch Summer noch Tastaturen noch sonstwas haben. Man kann nur dorthin gehen, wohin sie einem sagen, daß man gehen soll. Dieser ganze verdammte Ort ist wie ein Videospiellabyrinth mit zu geringer Auflösung.«

Bei seinem ersten Ausflug hatte John ähnlich empfunden. Heute war er am Morgen zu erpicht darauf gewesen, zu Bär zu kommen, um es zu bemerken, und gerade zu erschöpft, um Interesse dafür aufzubringen. Als er darüber nachdachte, wurde ihm klar, daß er abgesehen von dem Audienzzimmer zwischen diesem Quartier und Bärs ›Krankenzimmer‹ auch nur Korridore gesehen hatte.

Sue redete immer noch. »Und weißt du was? Du hattest recht, Jack. Hier wimmelt es von genetisch verkrüppelten halben Portionen.«

»Das sind Zwerge.«

»Sag ich doch. Mein lieber Freund, die sind vielleicht klein! Ich habe absolut niemanden gesehen, der wenigstens so groß wie Wilson ist. Das war ziemlich nervig, total daneben. Ich bin mir vorgekommen wie 'ne Mißgeburt von einem Riesen.«

Also hatte Sue auch einige von den Zwergen gesehen. Vielleicht erklärte das, warum sie heute ruhiger war als gestern. »Wilson hat gesagt, sie würden sich heute etwas Interessanteres für dich einfallen lassen.«

Sie schnaubte verächtlich. »Das haben sie. O ja, das haben sie. Wenn man ein Mittagessen in einer Cafeteria und eine Trainingseinheit in einem Fitnessstudio *Spaß* nennen kann. Natürlich gibt es solchen Spaß und solchen.« Sie zog einen kurzen Metallstab aus der Tasche. »Sie haben zu viele Hanteln im Gewichteraum herumliegen lassen.« Sie wog den schweren Metallstab in der

Hand und schwang ihn versuchsweise. »Liegt gut in der Hand.«

»Sie werden dir den Stab wieder wegnehmen.«

»Sie können es ja versuchen.« Sie schwang ihn wieder, um dann ansatzlos mit ihm zuzustoßen. »Ja, sie können es ja mal versuchen.«

»Abendessen in zehn Minuten«, verkündete der Lautsprecher.

Sue machte sich in aller Eile daran, die Einzelteile der Konsole wieder in das Gehäuse zu stopfen. Als John sie in ihrer Hast ein wenig ziellos hantieren sah, half er ihr. Sie sah ihn scheel an, als er die erste Platine nahm und ihr reichte, sagte jedoch nichts. Kaum hatten sie das Gehäuse geschlossen, hörte John das leise Klikken des Verriegelungsmechanismus' der Tür. Sie glitten beide auf einen Stuhl und versuchten unbeteiligt auszusehen.

Es war verschwendete Liebesmüh.

Die Tür öffnete sich für ein Wägelchen. Ein Wägelchen ohne Begleitung. Das mit Essen beladene Wägelchen rollte aus eigener Kraft vorwärts und blieb vor dem Tisch stehen. »Bitte stellen Sie nach dem Essen Gläser, Geschirr und Besteck wieder auf den Wagen«, sagte es. »Benutzte Servietten können in den Schlitz auf der linken Seite gesteckt werden.« Ein grünes Lämpchen leuchtete auf, um anzuzeigen, welche Seite die linke war. »Bitte drücken Sie den Griff herunter, wenn der Wagen beladen und zur Rückkehr in die Küche bereit ist.«

»Wohin stecken wir das Trinkgeld?« fragte John.

Das grüne Lämpchen erlosch, aber das Wägelchen beantwortete seine Frage nicht.

Sie aßen. Sue bewies, daß sie keine Tischmanieren kannte. Sie redeten nicht viel beim Essen. Als sie fertig war, hantierte sie mit der Konsole herum und schaffte es zu Johns Überraschung, das Videoabspielgerät zu aktivieren. John beendete seine Mahlzeit zur heiseren Lachkonserve von *Die Nöte und Leiden des Martin A. Felloe,* einer schon sehr lange laufenden Sitcom aus den Anfängen des Jahrhunderts – über ein Software-Genie, das mit seinem ersten Programm Milliardär geworden war. John hatte von der Serie gehört, aber noch nie eine Folge gesehen. Jetzt sah er auch nichts davon, weil Sue den Bildschirm zu sich drehte. Was ihm blieb, war die Hoffnung, daß der Humor optischer Natur war, denn keiner der Witze war komisch. Sue rührte keinen Finger, um John dabei zu helfen, die Reste der Mahlzeit und das Geschirr auf das Wägelchen zu laden. Er nahm an, daß sie es nicht gewöhnt war, hinter sich aufräumen zu müssen, also beklagte er sich nicht. Aber wenn sie eine Zeitlang hier blieben, würde sie es lernen müssen. Er schickte das Wägelchen los, und als er sich umdrehte, stellte er fest, daß Sue ihren Platz vor dem Monitor verlassen hatte, da sie mittlerweile auf der Couch lag und die Decke anstarrte. Martin A Felloes Nöte entlockten dem digitalen Publikum auch weiterhin laute Lacher.

Sue sah irgendwie anders aus. Er wußte nicht, wie oder warum. Vielleicht lag es am Licht, aber sie sah irgendwie ruhiger aus als sonst. John hätte sich vorstellen können, wie sie durch die Galerie in WoGe 5 schlenderte oder an der Universität studierte. Sie hätte ein ganz gewöhnliches Mädchen sein können. Abgesehen davon, daß sie die gestohlene Hantelstange herausgeholt hatte und sich damit geistesabwesend auf die Hand schlug. Ein angepaßtes Mädchen hätte so etwas nicht getan.

»Weißt du, was ich will«, fragte sie wehmütig. Sie wartete seine Antwort nicht ab. »Ich will die Sonne sehen. Den Himmel, weißt du? Ich will wieder draußen auf der Straße sein, wo es Leute gibt. Leute, um Gottes willen, nicht diese verdammten Männchen.«

»Das sind Zwerge.«

»Und wenn sie Marsianer sind, das interessiert mich nicht! Ich will hier raus.«

John konnte nicht einfach eine Tür öffnen und sie losschicken. »Rede mit Wilson.«

Sie stemmte sich hoch und schob die Stange wieder in ihre Jeans. Ihr Gehabe veränderte sich, als sie auf den Beinen war, wurde weicher. Ihre Stimme wurde ebenfalls weicher. »Weißt du, hier gefällt's mir im Grunde nicht, und dieser Wilson kann mich nicht besonders gut leiden. Das spüre ich. Aber wenigstens hat er mit mir geredet. Die anderen Männchen glotzen bloß. Sie wollen mich hier nicht haben. Das spüre ich. Warum lassen sie mich dann nicht einfach laufen?«

»Ich weiß es nicht. Frag Wilson.«

»Wir wissen beide, daß Wilson hier unten nichts zu sagen hat. Ich kenne sonst niemanden hier. Wenn wir auf der Straße wären, könnte ich zu einem Schieber gehen und herausfinden, was ich tun muß, um alles in Ordnung zu bringen. Hier kenne ich niemanden, hier habe ich keine Connections.«

John schaute in ihre dunklen Augen und merkte plötzlich, daß er ihr helfen wollte. »Soll ich mit Wilson reden?«

Sie lächelte und zeigte dabei erstaunlich strahlende Zähne. »Ich dachte eigentlich, du könntest mit diesem Wie heißt er noch gleich, mit dem Boß von allem hier reden.«

»Kranekin.«

»Ja, wie auch immer. Mit ihm.« Sie war näher gekommen, während sie mit ihm sprach. Jetzt legte sie John die Hand auf den Arm. »Ich würde mich dankbar erweisen.«

In dieser Aussage lag ein Versprechen. John wußte, was dies auf der Straße bedeutet hätte. Er war sicher, daß sie es ebenfalls wußte. Nach allem, was er bisher von ihr auf der Straße gehört hatte – was nicht so viel war –, gab sie derartige Versprechen nicht oft. Und er gehörte auch nicht zu denjenigen, welche so etwas auf die leichte Schulter nahmen. Ihm gefiel das Gefühl nicht besonders, die Zuneigung von jemandem gekauft zu haben. Zu seiner Überraschung stellte er fest, daß er sie nicht enttäuschen wollte.

»Ich werde ihn fragen«, sagte er.

»Das würdest du wirklich tun?«

Sicher. Mehr als nein sagen konnte Kranekin nicht. Was hatte er zu verlieren? Er spürte die Wärme ihrer Handfläche durch den Hemdstoff. Und er hatte vielleicht etwas zu gewinnen.

Am nächsten Tag tat er, was er ihr versprochen hatte, und fragte Kranekin, bevor die nächste Sitzung mit Bär begann, doch Kranekin sagte hinsichtlich der Freilassung von Spillway Sue lediglich: »Wenn die Zeit reif ist«. Es war im Grunde keine Antwort, aber Kranekin ließ keinen Zweifel daran aufkommen, daß John für den Augenblick keine andere Antwort bekäme. Später gab John die Auskunft an Spillway Sue weiter, und sie hörte sie sich mit versteinerter Miene an.

»Du hast gefragt, wie du versprochen hast«, sagte sie nur, bevor sie sich in ihr Schlafzimmer zurückzog und die Tür schloß. Sie kam nicht zum Essen heraus, als das Essenswägelchen eintraf. John aß allein. Als er fertig war, stellte er das schmutzige Geschirr wieder auf den Wagen, ließ aber ihre nicht angerührten Sachen auf dem Tisch. Sie bekam vielleicht später noch Hunger. Er schickte das Wägelchen fort und zog sich in sein Schlafzimmer zurück.

Ihm schwirrte immer noch der Kopf von der Simulation, und er war müde, nicht so müde wie nach den ersten Sitzungen, aber doch so müde, daß die

Vorstellung, sich hinzulegen und zu schlafen durchaus attraktiv war. Er ließ seine Kleidung dort liegen, wo er sie auszog, ging auf die Toilette und strebte dann der sanften Umarmung seines Betts entgegen. Ihm ging schlagartig auf, daß er vergessen hatte, seine Tür abzuschließen, als ihn Sue aus dem Eingang ansprach.

»Gar kein schlechter Körper, wenn man's blaß mag.«

John erschrak und drehte sich zu ihr um, bevor ihm siedendheiß klar wurde, daß er nackt war. Er schaute sich hektisch nach etwas um, das sich als Bedeckung eignete. Er schnappte sich ein Kissen vom Bett und hielt es vor sich.

»Und schüchtern ist er auch noch. Beruhige dich, mein Freund. Du hast nichts an dir, was ich nicht schon mal gesehen hätte.«

Sie schlenderte ins Zimmer und betrachtete ihn dabei auf eine offen abschätzige Art von oben bis unten. Er wich vor ihr zurück, bis seine Waden gegen das Bett stießen. Sie kam ins Zimmer und geradewegs auf ihn zu. Ihre Hände hoben sich und knöpften ihr Hemd auf. Als sie damit fertig war, ließ sie die Arme hängen und streifte das Hemd mit einem Achselzucken ab. Von der Taille aufwärts nackt blieb sie vor ihm stehen. Ihr Körper war schlank und geschmeidig – mit deutlich modellierten Muskeln. Ihre Brüste waren kleine, aber wohlgeformte Bälle und die Nippel traten groß und fest hervor. John schluckte hart. Schlucken war nicht das einzige, was hart war. Er spürte, wie das Kissen seinem wachsenden Interesse Widerstand leistete. Sie war sehr nah bei ihm.

Es hätte ein Traum sein können, aber er konnte sie riechen. In einem Traum hätte sie aber auch gelächelt.

Das war nicht richtig.

»Ich habe nicht bekommen, was du wolltest«, gelang es ihm zu sagen. »Du mußt das nicht tun.«

»Ich tue nichts, was ich nicht tun will«, sagte sie mit einem Achselzucken.

Die Bewegung lenkte Johns Aufmerksamkeit auf ihre Brüste. Ihm war heiß.

Endlich lächelte sie, aber es war ein ironisches Lächeln. »Du hast nicht gesagt, daß du mich hier rausholen würdest. Die meisten hätten das getan. Du hast nur gesagt, du würdest fragen, und genau das hast du auch getan. Das erkenne ich an.«

Und jetzt war sie hier, um sich zu revanchieren. John spürte, wie seine Härte ein wenig abnahm. »Du mußt deine Anerkennung nicht auf diese Weise zeigen.«

»Eine Abmachung ist eine Abmachung.« Sie öffnete den Knopf ihrer Jeans und zog langsam den Reißverschluß auf. John konnte ihren Slip in der Spalte sehen. Er war dunkelblau und glänzte. Ihr Geruch stieg ihm wieder in die Nase. »Hier kann ich nur mit einer Währung handeln.«

»Ein ziemlich hoher Preis, wenn man dafür nicht das bekommt, was man haben will.«

»Es ist nicht so viel wert, wie du meinst.«

Sie schälte die Jeans über ihre Hüften. Die Situation war außerordentlich seltsam. John hatte davon geträumt, wie ihm schöne Frauen auf diese Weise eindeutige Angebote machten, aber die Wirklichkeit stellte sich als anders heraus. Die Wirklichkeit war in der Tat anders: es war nicht richtig. Er hatte nichts getan, womit er es verdient hätte, daß sie sich ihm hingab.

»Es ist so viel wert, wie du willst, daß es das ist«, sagte er.

Sie erstarrte und zog sich nicht weiter aus. Sie schaute in sein Gesicht – und in ihren Augen stand Verwirrung. »Willst du damit sagen, daß du mich nicht bumsen willst?«

»Nein – ich meine, ja – ich meine, es ist nicht so, daß ich nicht will – äh, ich finde, wir sollten nicht…«

Er fand nicht die richtigen Worte, stand mit offenem Mund da und kam sich albern vor. Sie sah ihn an, zweifellos abwägend. Aber was? Sie durchbrach das Patt, indem sie sich bückte und ihr Hemd aufhob. Sie warf es sich über die Schulter, drehte sich um und ging. In der Tür warf sie noch einen Blick zurück.

»Du bist ein merkwürdiger Bursche, Tall Jack.«

Wer war er, ihr zu widersprechen?

Kopfschüttelnd verschwand sie im Wohnzimmer. Ein paar Sekunden später hörte er, wie sich ihre Tür schloß. John ging zu seiner Schlafzimmertür und schloß sie ebenfalls. Er warf das Kissen aufs Bett und warf sich hinterher. In dieser Nacht hatte er große Mühe, überhaupt einzuschlafen.

Die Episode der vergangenen Nacht wurde am nächsten Morgen beim Frühstück nicht erwähnt. Sue war still, fast zahm. Sie enthielt sich sogar mürrischer Bemerkungen, als Wilson eintraf, um John zu Bär zu bringen.

In den nächsten Tagen stellte sich so etwas wie eine Routine ein. Gemeinsames Frühstück, danach ging John zu seiner Sitzung mit Bär, um rechtzeitig zum Abendessen zurückzukehren. Sie unterhielten sich ab und zu über dies und das, nichts Intimes oder Persönliches. Sue wirkte freundlicher und immer weniger wie das harte Mädchen von der Straße. John gefiel diese Sue sehr viel besser als der vorlaute Punk, dem er in der Fabrik gegenübergestanden hatte. Ihm kam der Gedanke, daß sie ihm mittlerweile vielleicht vertraute.

Jede Nacht, wenn sie sich nach ihren Gesprächen zurückzog, ließ sie ihre Tür offenstehen, doch er konnte es einfach nicht über sich bringen, zu ihr zu gehen. Er wollte nicht, daß sie nur deshalb mit ihm schlief, weil sie ihm etwas schuldig war oder sie hier zusammen hockten oder es nichts Interessanteres zu tun gab. Er wollte es auch nicht aus einem dieser Gründe tun. Trotzdem, ihre Nähe und ihre Verfügbarkeit machten es ihm von Tag zu Tag schwerer, ihre wachsende Anziehung zu leugnen. Aber war es eine echte Anziehung, oder waren es nur zwei Leute, die sich aneinander klammerten, weil es sonst niemanden gab? Ihr Beisammensein wirkte künstlich, da es ihnen von den Zwergen auferlegt war. Ihr gegenseitiges Interesse füreinander mochte ebenso gut nur das Produkt ihrer erzwungenen Nähe sein.

Er ließ seine eigene Tür ebenfalls auf, da er befürchtete, es könne sie beleidigen, wenn er sie abschloß, obwohl er andererseits ein wenig Angst davor hatte, sie könne akzeptieren, was sich leicht als Einladung auslegen ließ. Nach einigen Tagen mußte er sich eingestehen, daß er trotz seiner Zweifel beinahe hoffte, sie nähme die Einladung tatsächlich an.

Er schlief weiterhin allein.

Jeden Tag fragten die Zwerge ihn nach Einzelheiten aus Bärs Leben in der Gegenwart. Sie sagten, sie benötigten diese Informationen, um die Reintegrations-Simulationen zu programmieren. John beantwortete alle ihre Fragen und sah zu, wie sie Daten eingaben und Hintergründe und Simulationspersonae entwarfen. Er korrigierte Details und half ihnen dabei, die Simulationen zu justieren. Ein paar Mal ließen sie ihn sogar die Konstruktionssoftware benutzen. Er hatte nicht das Gefühl, jemanden zu verraten. Eigentlich gab es keine Geheimnisse, jedenfalls keine, von denen er gewußt hätte, daß er sie für sich behalten sollte. Die Zwerge hatten bereits von Nym, Bennett, Faye und der magischen Anderswelt erfahren. Letztere war der einzige Bereich, über den zu erzählen er sich geweigert hätte, aber sie wollten nie Einzelheiten von ihm wissen.

Die Sitzungen mit Bär waren jeden Tag gleich. Eine Woche verging – und es war immer dasselbe. Die Begegnung, die Aufnahme in seine Gruppe auserwählter Kämpfer, der Überfall auf das Sachsenlager, die anschließende Feier. Eine endlose Aneinanderreihung von Verbrüderungen mit Männern, die eine Menge Haare auf der Brust hatten. Für Bär schien es jedesmal eine neue Erfahrung zu sein, doch John erinnerte sich, alles schon zuvor erlebt zu haben. Bär auch? Warum wurde alles wiederholt?

»Um eine grundlegende Vertrautheit zu schaffen«, sagte Wilson.

Es wurde *sehr* vertraut. Die ehrfurchtgebietende Detailtreue und der Realismus der Zwergensimulation waren rasch ein alter Hut. John war es bald leid. Der Mangel an Abwechslung und Herausforderung erstickte ihn. Spielte überhaupt etwas von dem, was er hier tat, eine Rolle? Was würde geschehen, wenn er sich beim nächsten Angriff auf das Sachsenlager die Mühe sparte zu kämpfen? Würde das etwas ändern? Traute er sich, es auf einen Versuch ankommen zu lassen?

Die Versicherungen der Zwerge, daß man Fortschritte erziele, wurden immer fadenscheiniger. Und nicht nur für ihn. Je länger die Woche dauerte, desto mehr bröckelte Sues neue Gelassenheit an den Rändern ab und ihre Gespräche wurden zunehmend von der Verzweiflung über das Eingesperrtsein beherrscht. Ihre innere Unruhe infizierte John. Wie sie fragte er sich langsam, ob ihre seltsame Gefangenschaft je ein Ende finden würde.

Er war bereit, Wilson zu sagen, daß er sich beim nächsten Mal nicht mehr die Mühe machen würde, gegen die Sachsen zu kämpfen, aber der Zwerg überraschte ihn mit einer eigenen Ankündigung, als die Simulation für John beendet war.

»Es sieht ziemlich gut aus. Morgen beginnen wir mit der nächsten Phase.«

Als John Sue die Nachricht überbrachte, explodierte sie.

»Die *nächste* Phase? Soll das heißen, das geht so weiter? Wir werden ewig hier festsitzen!«

»Nur so lange, bis es Bär besser geht.«

»Das haben sie zu dir gesagt?«

»Na ja, nicht wörtlich.«

»Und das werden sie auch nicht tun. Sie werden uns ewig in dieser Konservenbüchse festhalten.«

»Kranekin hat gesagt, daß er dich gehen läßt, wenn die Zeit reif ist.«

»Wenn die Zeit reif ist? Und wann ist sie reif? Wenn mein Leben vorbei ist?« Sie funkelte ihn an. »Du glaubst diesen Männchen zu viel, Jack.«

Das Essenswägelchen traf ein und sie aßen in angespannter Stille. John belud das Wägelchen und Sue half ihm dabei. Sie sprachen noch immer nicht miteinander, aber das Schweigen schien geselliger zu sein als zuvor.

Als das Wägelchen abgefahren war, sagte Sue: »Ich habe über diese ganze Situation ziemlich eingehend nachgedacht, Jack. Und es läuft immer wieder auf eine Sache hinaus. Du bist mir was schuldig, Jack. Und zwar eine ganze Menge. Denn wenn du nicht wärst, wäre ich nicht hier.«

In gewisser Weise stimmte das sogar. »Ich kann mich dunkel erinnern, daß du etwas davon gefaselt hast, einen guten Preis für meine Augen zu bekommen, als wir unsere Einladung von den Zwergen erhielten.«

»Das hatte nichts zu bedeuten. Es war nur so dahergeredet. Um dich einzuschüchtern. Es hatte nichts zu bedeuten.«

Damals hatte er einen anderen Eindruck gehabt. Sie

hatte ihm immer noch nicht verraten, was sie in die Fabrik geführt und warum sie ihn gesucht hatte. »Wolltest du mir wirklich die Augen ausstechen und sie verkaufen?«

»Nee. Ich hab's zwar gesagt, aber es hatte nichts zu bedeuten.«

»Warum hast du mich überhaupt gesucht? Es kommt mir so vor, als hätte das einen Einfluß darauf, ob ich dir was schuldig bin oder nicht.«

»Es war ein Job. Nichts Persönliches. Ein paar Pinkel wollten die Bude abreißen lassen, in der du gewohnt hast. Sie wollten dich verscheuchen.«

»Tja, das hat sich erledigt.« John war nicht mehr da, aber vielleicht war die Fabrik trotzdem nicht leer. Faye mochte noch dort sein. Wartete sie dort auf ihn, wie sie es in der WoGe getan hatte? Schuldbewußt wurde ihm plötzlich klar, daß er lange nicht mehr an sie gedacht hatte.

»Scheint so, als wären wir beide verscheucht worden, und zwar ziemlich nachhaltig«, sagte Sue. »Wir haben jeden zurückgelassen, den wir kannten.«

Das stimmte nicht ganz. Bär war hier. Aber Faye nicht.

»Glaubst du, die Männchen haben die Burschen umgelegt?«

»Nein.« Was sie auch sonst sein mochten, die Zwerge schienen keine kaltblütigen Mörder zu sein. Sues Leute hatten für niemanden eine Gefahr dargestellt, als Wilson aufgetaucht war.

»Ich glaube, du könntest recht haben. Wenn Wilson sie hätte erledigen wollen, hätte er damit nicht zu warten brauchen, bis wir weg waren.« Sie lächelte in sich hinein. »Ein Glück, daß die Pinkel nicht wußten, wo ich dich mir vorknöpfen wollte. Sie wären wie geschmolzener Kunststoff über die Burschen gekommen. Die Burschen wissen von nichts, aber die Pinkel hätten

garen Fluchtplan einlassen. Morgen beginnt die nächste Phase, und Bär braucht mich. Ich bin ihm was schuldig.«

»Was ist mit mir? *Mir* bist du auch was schuldig.«

Alle rationalen Argumente besagten, daß er nicht verantwortlich war. Ihre Situation war Schicksal. Warum fühlte er sich also mit diesen Argumenten nicht wohl? War er ihr wirklich etwas schuldig, oder wollte er nur nicht, daß sie ein entsprechendes Gefühl hatte? War der Unterschied wichtig?

»Laß mich darüber schlafen«, sagte er.

Zu seiner Überraschung war sie dazu bereit. Zu seiner noch größeren Überraschung brachte sie das Thema beim Frühstück nicht zur Sprache. Sie wünschte ihm sogar viel Glück bei den Simulationsläufen des Tages. Ihre Fröhlichkeit machte ihn ein wenig mißtrauisch, gab ihm aber auch ein gutes Gefühl. Es gefiel ihm, sie lächeln zu sehen.

Seine Laune besserte sich noch mehr, als er sah, daß Bär aus dem Tank heraus war. Doch die neue Lage weckte nicht viel weniger Unbehagen in ihm. Die Zwerge hatten Bär in eine Art klobigen Overall gesteckt, der an allen Gelenken mit glänzenden Silberklumpen besetzt war. Glasfaserkabel ragten aus den Klumpen und verschwanden unter dem Bett.

»Ein progressiver Widerstandsmantel«, sagte Wilson. »Vielleicht müssen wir einige von den Neurosperren für seine motorische Kontrolle lösen. Der PWM wird ihn daran hindern, sich zu verletzen, wenn er anfängt, um sich zu schlagen.«

Wenigstens mußte Bär die Atemmaske nicht mehr tragen.

»Ohne Bart sieht er ganz anders aus«, stellte John fest.

»Eine peinliche Notwendigkeit«, sagte Wilson. »Wir haben seine Barthaare bereits mit einer Wachstumsstimulanz behandelt. Wenn alles glatt geht, hat er seinen Bart wieder, bevor er sich der Öffentlichkeit stellen muß.«

»Und wenn nicht alles glatt geht?«

»Seinen Bart bekommt er in jedem Fall wieder. Kommen Sie jetzt. Holen Sie sich den Stuhl und setzen Sie den Helm auf.«

John tat, wie ihm geheißen. Bei der Simulation handelte es sich um eine Wiederholung von Bärs Erwekkung durch die verrückte Zauberin Nym, der erste Schritt bei dem Versuch, Bärs Gedächtnis wiederherzustellen. John war nicht recht klar, wie das gelingen sollte, aber die Zwerge schienen zuversichtlich zu sein. Er nahm an, daß sie auch zuversichtlich gewesen waren, als sie damit begonnen hatten, in Bärs Verstand herumzupfuschen, aber er versuchte sich einzureden, daß sie es mittlerweile besser wußten. Und das schien auch tatsächlich der Fall zu sein. Bisher war bei den Simulationen nichts schiefgegangen.

»Wir fangen jetzt an«, verkündete Wilson. »Zuerst führen wir Sie ein, damit Sie sich an den Simulationsrahmen gewöhnen können. Melden Sie sich, falls es irgendwelche Anomalien geben sollte.«

John nickte – und dann war er wieder im Woodman Waffenmuseum und trug seine neue Nachtwächter-Uniform. Der Strahl der Taschenlampe in seiner Hand wanderte über die stummen Rüstungen und Waffen. Im Gebäude war es jedoch überhaupt nicht still. In der Dunkelheit raschelte und zwitscherte es. Damals hatte er geglaubt, Ratten seien für die Geräusche verantwortlich. Mittlerweile wußte er es besser.

Die Umgebung war so wirklich, daß John tatsächlich hätte glauben können, wieder im Museum zu sein. Aber die Umgebung war auch der leichte Teil. Er hörte den Krach im Bereich der Sonderausstellung und schlug die entsprechende Richtung ein. Diesmal wußte er, was er dort vorfände, gleichwohl empfand er denselben Anflug von Unsicherheit und Furcht wie in jener Nacht, weil die Simulation ihn als Bestandteil der Wiederholung mit einer analogen Gefühlsmischung fütterte.

Nym war da, lief in der Vitrine hin und her und bereitete ihre Zauber vor. Die Simulationsmeister der Zwerge hatten ein paar Einzelheiten des magischen Aspekts falsch dargestellt. Nicht, daß es eine Rolle spielte. Bär war an dieser Stelle noch bewußtlos gewesen.

»Kommt, Herr, wacht auf. Es ist an der Zeit«, sagte die Simulations-Nym.

Nackt wie bei seiner Geburt tauchte Bär in einem Nimbus aus Magie auf. Er hatte seinen Bart wieder. Obwohl John sein Gesicht mittlerweile vertraut war, weckte es die entsprechenden Gefühle von Ehrfurcht und Staunen in ihm.

»Du wirst ihn wahrscheinlich unter dem Namen Arthur kennen«, sagte die Simulations-Nym zu ihm.

Er zieht Bär vor, dachte John. Wilson hatte gesagt, Bärs Gehörsinn aktiviere vor seinen anderen Sinnen, also sagte der Simulations-John dasselbe wie in jener Nacht. »Wie in *König* Arthur?«

Die Simulations-Nym nickte. »Erhebt Euch, o König. Der Kampf muß ausgetragen werden.«

Bennett erschien. »Wie ich sehe, habe ich die Show verpaßt.«

Bär fing an, sich in Johns Simulationsarmen zu wehren. In dem rekonstruierten Museum begannen Nym und Bennett mit ihrem Kampf. Bär öffnete die Augen, was es John ermöglichte, das Entsetzen darin zu erkennen, und fing an, um sich zu schlagen. So war es nicht gewesen. Bär fing an zu fluchen. Einige der Wörter kannte John, andere entstammten der alten Sprache, die Bär sprach. So war es nicht gewesen.

Wilson beendete die Simulation.

John schwirrte der Kopf nach dem jähen Abbruch. Einen Augenblick lang war er an zwei Orten gleichzeitig, dann nur noch an einem. Im medizinischen Labor der Zwerge. Auf dem Simulationsstuhl. Unter dem Helm. Er öffnete die Augen, immer noch ein wenig verwirrt von den wirbelnden Punkten, die alles überlagerten.

Bär lag still in dem PWM, aber seine Gesichtsmuskeln waren starr, als unternehme er irgendeine gewaltige Anstrengung. Der Zwerg hinter der Kontrolltafel für die Überwachungsgeräte ließ ihn nicht aus den Augen und tippte auf einer Tastatur herum. John wußte nicht, was der Zwerg tat, aber es schien eine gewisse Wirkung zu haben. Bärs Kiefer entspannte sich, die Runzeln auf seiner Stirn glätteten sich. Nach einigen Minuten wirkte er schlafend.

Die Weißkittel versammelten sich um ihre Konsolen und unterhielten sich aufgeregt.

Wilson schaute auf und sagte: »Halten Sie sich bereit, John. Wir müssen ihn stabilisieren.«

Das medizinische Labor wirbelte davon und wich einem Wald. John erkannte ihn sofort. Sie spielten wieder den Überfall auf die Sachsen. John machte mit. Am Ende der Simulation fand John Wilson neben sich vor.

»Alles in Ordnung mit Ihnen?«

»Ja.«

»Schaffen Sie noch einen Testlauf?«

»Ich habe die Sachsen satt.«

»Keine Sachsen. Wir versuchen es mit einer weiteren Aktualisierung. Etwas weniger Traumatisches, wo er die Situation unter Kontrolle hat. Etwas aus dem Frühjahr. Klingt das okay?«

»Vermutlich.«

»Wollen Sie etwas trinken, bevor wir beginnen?«
»Einen Schluck Wasser?«
»Sie sagen es.«

Sie spulten etwas aus MaxMix Manor ab, und zwar aus den Anfängen, kurz nachdem Bär Ferdy entthront hatte und Anführer der Dons geworden war. Alle waren da, und John registrierte zu seiner Überraschung nostalgische Gefühle in sich. Vielleicht lag es daran, daß Bär ihn sofort erkannte und Jack nannte, ohne daß er seinen Namen nennen mußte. Alles war wieder ganz einfach, besser denn je. Die Kameradschaft mit Bär erinnerte ihn daran, warum er hier war und den Zwergen dabei half, sein Gedächtnis wiederherzustellen.

Alles fiel auseinander, als die Zwerge Mülltonnen-Harry in die Simulation einführten. Bär flippte völlig aus und plapperte wieder in der alten Sprache.

Wilson sagte, sie hätten eine halbe Stunde Simulationszeit geschafft – und das sei ein gutes Zeichen. John war nicht so optimistisch.

Für die letzte Simulation des Tages kehrten sie erneut zu den Sachsen zurück.

John war vollkommen erledigt und deprimiert, als er in sein Quartier zurückkehrte. Sue erwartete ihn und weckte weitere Schuldgefühle in ihm. Sie wartete nicht erst auf das Essenswägelchen, sondern legte sofort los.

»Es gibt Leute, die mich vermissen. Verdammt, mittlerweile halten sie mich wahrscheinlich für tot. Hast du keine Familie, Jack?«

Hatte er noch eine Familie? Die Frage war nicht gerade leicht zu beantworten. Er hatte Kopfschmerzen und wollte sich in diesem Augenblick nicht mit ihr und ihren Problemen auseinandersetzen. »Hör mal, ich verstehe ja deine Situation, aber ich glaube nicht, daß ich irgendwas daran ändern kann.«

»In diesem Punkt irrst du dich, Jack. Ich hab mich umgesehen, etwas herumgeschnüffelt, weißt du? Es gibt da diese Tür, verstehst du, da, wo sie mich trainieren lassen. Ich habe schon ein paarmal bemerkt, wie die Männchen sie geöffnet haben. Ich sage dir, auf der anderen Seite von dieser Tür ist Tageslicht. Wir brauchen nur hindurchzugehen, und schon sind wir draußen.«

»Wenn es so leicht ist, warum bist du dann noch hier?«

»Ich habe den Schlüssel nicht.«

»Ich verstehe. Wer hat ihn?«

»*Du* könntest ihn ganz leicht bekommen, Jack. Ganz leicht. Wir könnten von hier verschwinden.«

John war nicht überrascht. Alle wollten, daß er die Arbeit für sie tat. »Bär braucht immer noch meine Hilfe.«

»Hast du denn immer noch nicht begriffen, daß sie dich nur benutzen?«

Und du tust das nicht? »Vielleicht tun sie das, aber ich muß Bär helfen, wenn ich kann. Hör mal, was ist, wenn ich dir helfe, von hier wegzukommen? Was dann?«

Sie grinste. »Das Leben wäre ein Traum. Meine ewige Dankbarkeit wäre dir Gewiß.«

Dieselbe Art Dankbarkeit, die du letztes Mal angeboten hast? wollte er fragen. Sie mußte erraten haben, was er dachte, weil ihr Lächeln verblaßte. Er hatte schon genug um die Ohren und wollte nicht auch noch die sexuelle Spannung zwischen ihnen auf die Liste setzen. Er versuchte das Thema zu wechseln. »Du vergißt das Geschäft mit meinen Augen?«

»Wie oft muß ich dir noch sagen, daß das nichts zu bedeuten hatte.«

Er hatte auf den richtigen Knopf gedrückt, um sie abzulenken. »Okay. Was ist mit den Pinkeln?«

»Du bist nicht mehr in ihrer Bude, oder?«

»Also ist der Job erledigt?«

»Ich sehe nicht, wie es anders sein könnte.«

»Okay.« Ihm fiel nichts mehr ein, womit er sie hinhalten konnte. »Okay. Sag mir, wie du es dir vorgestellt hast.«

Kapitel 16

Spae öffnete die Augen und erwartete halb und halb, die schattenhafte Gestalt vor ihr aufragen zu sehen. Kein schwarzer Mann stand vor ihr. Wie auch? Sie war immer noch auf ihren Sitz gezwängt. Die Sitzanordnung in einem Flugzeug machte es unmöglich, daß eine Person vor einem sitzenden Passagier stehen konnte.

Eine Decke, die zuvor nicht da gewesen war, deckte sie zu. David, der auf dem Sitz neben ihr schlief, fehlte seine. Konnte sein Akt des Zudeckens auf diese Weise einen Ausdruck in ihrem Traum gefunden haben?

Nein. Der Blick des schwarzen Mannes ließ sie immer noch frösteln. David hätte niemals so ein Gefühl der Furcht in ihr wecken können. Im eisigen Starren des Schattenmanns hatte kein Interesse an ihrem Wohlergehen gelegen.

Sie streckte die Hand aus und berührte David, um sich zu vergewissern, daß sie tatsächlich aus ihrem Traum erwacht war. Er rührte sich nicht und schlief weiter, ließ sich nicht davon stören, was auch immer sich in ihren Traum gedrängt hatte. Wie schaffte er es, so tief zu schlafen?

Davids Ankündigung zu schlafen hatte sie überrascht, und es hatte sie beeindruckt, wie schnell er dann eingeschlafen war. Sie hatte sich nicht in der Lage gefühlt, die Augen zu schließen. Sie war zu aufgeregt, zu unruhig gewesen. Der Lärmpegel in der Kabine war zu hoch. Offensichtlich hatte sie diese Hindernisse dann doch überwunden. Sie konnte sich nicht mehr an das Einschlafen erinnern und entsann sich auch nicht mehr, was sie geträumt hatte – aber sie wußte, was sie geweckt hatte.

Wußte sie das wirklich? Tatsächlich hatte sie nur so etwas wie die Anwesenheit einer Person gespürt und das Gefühl gehabt, beobachtet zu werden. Und hatte das dunkle, schattenhafte Bild eines Mannes vor Augen.

Nein, nicht nur eines Mannes. Eines Magiers.

Sie hatte es für erstaunliches Glück gehalten, auf ihrer Flucht nicht der Abteilung in die Arme gelaufen zu sein. Bis zu dem Augenblick, als die 9767 die Startbahn verließ, hatte sie damit gerechnet, daß Agenten das Flugzeug besteigen und sie verhaften würden. Doch das war nicht geschehen. Die Maschine von Shabrique Airways hatte abgehoben und ungestört den Atlantik überquert. Sie waren der Abteilung entkommen.

Waren sie das tatsächlich?

Sie konnte ihrer Besorgnis nicht Herr werden. Noch vor wenigen Tagen hätte sie keine andere Möglichkeit gehabt, als sie für sich zu behalten. Die Dinge hatten sich verändert, und darüber war sie froh. Sie stieß David an, nannte ihn leise beim Namen und vertraute darauf, daß das durchdringende Dröhnen der Triebwerke ihre Stimme übertönen und sie keinen der Passagiere in der Nähe wecken würde. Ihr beharrliches Drängen weckte David schließlich auf.

»Was ist los?« fragte er schläfrig.

»Ich glaube, sie wissen, wo ich bin.«

Plötzlich hellwach, setzte er sich aufrecht hin. »Woher?«

»Jemand war im Traum bei mir.«

»Ich dachte, du hättest gesagt, dazu sei keiner von den anderen in der Lage.«

»Das habe ich auch gedacht.«

»Aber jetzt hast du deine Meinung geändert.« Er runzelte besorgt die Stirn. »Hast du erkannt, wer es war?«

»Nein.«

»Woher willst du dann wissen, ob es jemand aus der Abteilung gewesen ist?«

»Ich weiß es nicht mit Bestimmtheit.«

»Bist du sicher, daß es nicht nur ein Traum war? Wir haben große Strapazen hinter uns und sind erschöpft. Wir haben beide ständig unter der Angst gelitten, die Abteilung könnte uns erwischen. Du sagst, du hast geträumt. Vielleicht war es nicht mehr als ein Traum. Ängste haben die Eigenart, unsere Träume heimzusuchen.«

Und Träume hatten die Eigenart, einen mit mystischen Wirklichkeiten in Berührung zu bringen. Aber er hatte recht. Sie war erschöpft und hatte sich große Sorgen gemacht, die Abteilung könne versuchen, sie auf magische Weise ausfindig zu machen, falls ihre normalen Methoden versagten. Hatte man dort tatsächlich so einen Versuch unternommen, oder hatte David recht? Hatte ihre Furcht den Traum wirklich erscheinen lassen? Gewiß hätte sie einen Magier der Abteilung im Augenblick des Kontakts sofort erkannt.

Sie unterhielten sich noch eine Weile, und schließlich gelangte sie zu der Überzeugung, daß Davids Erklärung einfach die vernünftigste war.

Doch für alle Fälle blieb sie wach.

*

Pamela beobachtete Nakaguchi dabei, wie er sich vor den versammelten Yamabennin-Wachen in Rage redete. Das war die andere Seite seiner Reputation, die feurigen Tiraden als Ausgleich für die legendäre Gelassenheit. Er beendete Karrieren in der Sicherheitstruppe, besiegelte das Schicksal guter Konzernangestellter.

Er war jämmerlich.

Er war eindeutig außer sich. Mit gutem Willen hätte sie seine Fehleinschätzung auf einen schmerzumwölkten Verstand zurückgeführt, aber wenn ihm sein gebrochener Arm derartige Schmerzen bereitete, hätte er sich von den Ärzten ein besseres Schmerzmittel verabreichen lassen sollen. Sie wußte, was für seine Wut verantwortlich war. Er war bestürzt über den Verlust seines Schoßungeheuers.

Hagen tauchte neben ihr auf. »Es ist, wie ich befürchtet habe. Kurita steht unter Quetzals Kontrolle.«

Erst da wurde ihr klar, daß Nakaguchis persönlicher Sicherheitsrowdy nicht anwesend war. »Wo ist er?«

»Verschwunden.«

»Was ist mit Joel Lee?«

»Er war nicht so wachsam. Ich habe alles zu seiner Herbeischaffung veranlaßt.«

Wenigstens hatten sie einen der Lakaien des Ungeheuers behalten. Wenn er ihnen nicht sagen konnte oder wollte, wohin die Kreatur geflohen war, mochte er sich anderweitig als nützlich erweisen. Sie neigte den Kopf in Richtung des tobenden Nakaguchi. »Weiß *er*, daß Sie Lee haben?«

»Nein.«

»Gut. Lassen Sie Lee so schnell wie möglich in die Anlage nach Brookfield bringen.«

»Die Polizei und die Presse werden bald hier sein«, stellte Hagen fest.

»Tsuroboru aus der Abteilung Öffentlichkeitsarbeit kümmert sich darum. Sie ist gut und die hiesige Polizei ist uns einiges schuldig. Die Sache müßte unter Verschluß bleiben.« Anders als andere Leute besaß sie genügend Geistesgegenwart, um mit der Schadensbegrenzung zu beginnen, anstatt ihre Zeit damit zu verschwenden, einen Sündenbock zu suchen, wie Nakaguchi es tat.

Jede weitere Diskussion mit Hagen würde warten müssen. Nakaguchi hatte sie beide bemerkt und war bereits unterwegs zu ihnen. Wegen seiner ausgedehnten Strafpredigten war er ein wenig außer Atem. Während er noch nach Luft schnappte, ergriff sie die Initiative.

»Mitsutomo-sama wird es nicht gerade freuen zu erfahren, daß Ihr Ungeheuer entkommen ist.«

Nakaguchis Augen verengten sich zu Schlitzen. »Sie werden es ihm nicht sagen.« Er formulierte es wie einen Befehl.

»Nein. Das werde ich nicht.« *Erst, wenn dein Ungeheuer dich ausreichend in Mißkredit gebracht hat. Erst, wenn ich mich von deinem Fiasko genügend distanziert habe.* »Aber er wird es trotzdem erfahren.«

»Es ist unvermeidlich«, stieß Hagen ins gleiche Horn.

Nakaguchi funkelte ihn kurz an, dann wandte er sich wieder an Pamela. »Irgendetwas muß unternommen werden, um zu verheimlichen, was heute nacht tatsächlich geschehen ist.«

»Das wird bereits erledigt«, sagte sie.

»Das sehe ich.« Ein verächtlicher Blick an die Adresse Hagens. Er sah ihr in die Augen. »Holen Sie bereits zum Schlag aus?«

»Ich diene Keiretsu«, erwiderte sie. »Wie wir es alle tun sollten.«

»Ich bin Mitsutomo-samas Stimme. Mein Wort ist das Wort Keiretsus.«

»Ich werde alles tun, was Keiretsu rechtmäßig von mir verlangt.«

»Seien Sie vorsichtig, Martinez. Ich kenne die Schliche des nagenden Wurms in der Seele besser als Sie«, warnte Nakaguchi. »Es ist noch nicht vorbei.«

»In der Tat, das ist es nicht. Mit Beharrlichkeit werden wir diesen Sturm überstehen. Hat die Stimme Mitsutomo-samas Befehle für mich?«

»Wir müssen Quetzal wiederfinden. Ich erwarte binnen einer Stunde Aktionspläne in meiner Konsole.«

Sie verbeugte sich vor seinem Rücken.

»Wir müssen Quetzal vernichten«, sagte Hagen.

»Das sind die Pläne, die wir entwickeln müssen«, stimmte sie ihm zu.

*

Spae erwachte wiederum mit dem Gefühl der Anwesenheit eines anderen. Diesmal gab es jedoch keine Furcht oder Unruhe, nur ein langsames, träges Verschmelzen von Traum und Wirklichkeit. David. Sie konnte die Wärme seines Körpers neben sich unter dem Laken spüren.

So nah.

Ihre Gedanken wanderten zu ihrer Ankunft im Hotelzimmer zurück. Sie waren erschöpft gewesen. Sie hatte ihn eingeladen, noch zu bleiben und ihrer keineswegs vorgeschobenen Sorge Ausdruck verliehen, er sei zu müde, um sicher zum Haus seiner Freunde zu fahren. Schließlich sei es ein Doppelbett. Sie hatte tatsächlich die Absicht gehabt, einfach nur zu schlafen. Oder jedenfalls hatte sie ihm das gesagt. Und sich selbst eingeredet. Dann, als sie langsam eindöste, hatte er sich bewegt und sein Arm hatte den ihren berührt. Sie hatte den Arm gestreichelt, die Kraft der Muskeln unter der Haut und die federleichte Berührung der Haare gespürt. Als sie sich umdrehte, hatte sie festgestellt, daß seine bodenlosen Augen sie anschauten. Seine Hand war plötzlich an ihrer Wange gewesen und hatte ihr die Haare nach hinten gestrichen, bevor er ihren Kopf zu sich heranzog. Ihre Lippen waren sich begegnet, und eine Zeit lang hatte keiner von ihnen an Schlaf gedacht. Als aber der Schlaf schließlich kam, fand er sie in den Armen des anderen.

Sie kuschelte sich unter das Laken und schmiegte sich an ihn. Ihre Hand glitt über die Wölbung seiner Hüfte.

»Suchst du irgendwas?« fragte er schläfrig.

»Schon gefunden«, sagte sie. Nicht alles an ihm war schläfrig. Er drehte sich um, aber sie hielt ihn fest. Wenn auch nicht lange. Bald hielt sie ihn auf eine andere Art fest. Sie hakte die Knöchel ein, um ihn sicher dort zu behalten. Ihr Liebesakt wurde noch schöner als in der Nacht zuvor. Er hatte bereits mehrere ihrer Knöpfe entdeckt.

Als sie fertig waren, blieb sie im Bett, während er aufstand, um zu duschen. Er hatte ihr geholfen, sich daran zu erinnern, daß sie mehr als nur eine Magierin war. Wie hatte sie das nur vergessen können? Im Bett ihrer Wiedererweckung schwor sie wie schon einmal zuvor, sich nicht von ihrer Kunst verschlingen zu lassen. Diesmal würde sie den Schwur halten. Sie würde David niemals mit dieser Ausrede konfrontieren. Sie erwog, zu ihm unter die Dusche zu gehen, entschied sich jedoch dagegen. Ein wenig Zeit für sich selbst war im Augenblick gar nicht schlecht. Sie kannten sich noch gar nicht richtig und sie setzte bereits voraus, daß sie ein Paar waren.

Aber waren sie das denn nicht?

Sie hatte diesen Eindruck. Doch was war mit ihm?

Sie ging nach ihm unter die Dusche, und als sie herauskam, saß er vor der Konsole des Zimmers und beendete gerade ein Gespräch. Sie hatte das Summen eines eingehenden Anrufs nicht gehört.

»Wen hast du angerufen?«

»Meine Freunde. Sie haben bereits für heute nachmittag ein Gespräch mit dir angesetzt.«

»Schon?«

»Warum bist du überrascht? Du bist etwas Besonderes, meine Liebe.«

»Für wen?«

»Für mich.«

Sie freute sich zwar, das zu hören, aber als Antwort reichte ihr das nicht. »Nein, ich meinte, mit wem ist dieses Gespräch?«

»Lowenstein Ryder Priestly und Partner.«

»Nie gehört. Wer ist das?«

»Eine Konzeptentwicklungsfirma. Eine Tochtergesellschaft von Metadynamics.«

»Von *dem* Metadynamics?«

»Wenn jemand anders den Namen benutzt, hat er einen Augenblick später eine Klage am Hals.«

Sie setzte sich aufs Bett. »Ich weiß nicht, David. Nach allem, was ich gesehen habe, ist es genau so schlimm, für einen Megakonzern zu arbeiten wie für eine Regierung. In manchen Fällen sogar noch schlimmer.«

»Sieh mal, es kann nicht schaden, mit diesen Leuten zu reden. Vielleicht haben sie ja ein interessantes Angebot. Schließlich mußt du von etwas leben – und Lebeaus zusammengeschustertes Ausweispaket wird keiner ernsthaften Überprüfung standhalten. Du bist ein illegaler Einwanderer. Ohne Arbeitserlaubnis kannst du nicht in diesem Land bleiben.«

»Ich dachte, in den Vereinigten Staaten gibt es ein Gesetz, wonach ein Ausländer im Land bleiben kann, wenn er einen amerikanischen Staatsbürger heiratet«, sagte sie. Sie war nicht sicher, wie ernst sie es meinte.

»Ich glaube, meine empfindliche Spürnase riecht ein Komplott«, sagte David. Sein Tonfall legte nahe, daß er sie nicht ernst nahm. »Du würdest nicht versuchen, mich auszunutzen, oder?«

»Das geht alles sehr schnell, David.«

Er setzte sich neben sie auf das Bett und legte beruhigend einen Arm um sie. »Wenn es dir zu schnell geht, treten wir auf die Bremse.«

»Vielleicht will ich gar nicht auf die Bremse treten.«

»Was willst du denn nun tatsächlich, Elizabeth?«

»Ich bin nicht sicher, aber ich weiß, daß ich dir nicht zur Last fallen will. Ich will auch nicht, daß du das Gefühl hast, ich sei eine Last. Ich will, daß alles zwischen uns aufrichtig und ungekünstelt ist.«

»Das will ich auch. Um das zu erreichen, halte ich es für uns beide für das Beste, wenn du eine ehrbare Möglichkeit findest, in Amerika zu bleiben.«

Ehrbar? Indem man unter falschem Namen einreiste und dann nach einer ehrbaren Möglichkeit suchte zu bleiben? Andererseits hatte das Wort *ehrbar* viele Bedeutungen. Konnte David an diejenige denken, an die sie sich soeben erinnerte? »Habt ihr Amerikaner nicht ein Sprichtwort, daß die Heirat aus der Braut eine ehrbare Frau macht?«

»Willst du damit sagen, daß du keine ehrbare Frau bist?« Er wich in gespieltem Entsetzen vor ihr zurück. »Gott, ich bin betrogen worden! Benutzt! Hintergangen!«

Sie versetzte ihm einen Stoß und er fiel rücklings aufs Bett.

»Und jetzt kommt noch körperliche Mißhandlung dazu«, beklagte er sich.

Seine Albernheit zeigte ihr nur, wie rührselig sie wurde. Sie hatte sich genug Sorgen gemacht. Sie ging auf seine Albernheit ein und bearbeitete ihn spielerisch mit den Fäusten. Während sie die kitzlige Stelle zwischen seinen Rippen suchte, rief sie: »Ich zeige dir, was körperliche Mißhandlungen sind!«

*

Charleys Eingangsverzeichnis wies eine neue Botschaft von Caspar auf, in der der Liste von Toten nach Modus 112 fünf weitere hinzugefügt wurden. Nur waren es diesmal nicht alles Leute von der Straße. Es war die höchste Anzahl von Neuzugängen, die Caspar je auf einmal angegeben hatte, was Charley neugierig machte. Sofort fiel ihm eine weitere Merkwürdigkeit auf. Alle fünf hatten dieselbe Fallnummer, eine ganz neue mit dem Datum von letzter Nacht.

Er rief die Nummer auf, und sein Magen krampfte sich zusammen, als er die Ortsangabe las. Das Settawego Building. Er haßte Zufälle.

Es mußte Zufall sein, oder nicht?

Er wünschte es. Aufgabe der SEE war es, die vernünftige Erklärung für Fälle zu finden, bei denen die Umstände unvernünftig waren. Manchmal gelang ihnen das nicht. Diese Fälle waren die echten, diejenigen, von denen Charley Albträume bekam, diejenigen, die sie so unauffällig wie möglich abschlossen. Alles in allem gab es viel mehr Hunde von Baskerville als Barrington-Schlitzer unter den Fällen der SEE, aber ab und zu stießen sie eben auf einen Schlitzer. Albtraumzeit. Es war viel angenehmer, wenn es eine vernünftige Erklärung gab.

Auf der Suche nach einer Erklärung las er weiter. Vuong und Falerio hatten den Fall für die SEE untersucht und abschließend als nicht in die Zuständigkeit der SEE gehörig beurteilt. In ihrem Bericht wurde das vorläufige Ergebnis der Voruntersuchung zitiert: Explosion unbekannten Ursprungs mit dem Ergebnis von sechs Unfalltoten. Die Untersuchung war noch im Gange.

Caspar war nicht der Ansicht von Vuong und Falerio, daß die Todesfälle nicht in die Zuständigkeit der SEE gehörten. Warum nicht? Was wußte Caspar, das sie nicht wußten? Was war an diesen sechs Todesfällen, das Caspar sah und die Beamten der SEE übersahen?

Sechs Todesfälle?

Charley warf einen Blick auf das andere Fenster, in dem immer noch Caspars Nachricht angezeigt wurde. Caspar sprach nur von fünf Toten. Vuongs und Falerios Bericht enthielt sechs Urteile des Leichenbeschauers, also gab es sechs Leichen.

Bei fünf der Urteile war als Todesursache traumatischer Blutverlust infolge von Verletzungen, verursacht durch herabfallende Glasscherben angegeben. Die Scherben mußten sie ziemlich übel zugerichtet haben. Bei einer Leiche war die Todesursache unbestreitbar: der Kopf war abgetrennt worden. Dieser Bursche hatte vermutlich Glück gehabt – der Tod war augenblicklich eingetreten. Die anderen waren praktisch verblutet. Der Leichenbeschauer hatte sich nur ihre Wunden angesehen und dann den Totenschein ausgestellt. Andererseits, warum hätte er nach einer anderen Todesursache suchen sollen? Es mochte technische Unterschiede bei der Einstellung der Körperfunktionen jedes einzelnen geben, aber die eigentliche Todesursache lag klar auf der Hand. Jedenfalls klar genug für jeden Versicherungsdetektiv.

Es war der letzte Bericht auf der Liste, der Charley zu seinen Magentabletten greifen ließ. In dem Bericht hieß es, die Verletzungen durch die Glassplitter seien nur leichter Natur gewesen, durchaus ernst, aber nicht lebensbedrohlich. Todesursache: Herzversagen. Irgendein Witzbold aus dem Büro des Leichenbeschauers hatte hinzugefügt: »Muß nach oben geblickt und es kommen sehen haben.«

Modus 112 war eine Liste von Personen, deren Todesursache Herzversagen war.

Charley überprüfte die fünf Nummern, die Charley in seiner Nachricht angegeben hatte. Sie entsprachen fünf von den Unfallopfern. Auf Caspars Liste fehlte der Enthauptete. Bei einem der fünf stand als Todesursache ohnehin bereits eine fest, die zu Modus 112 paßte. Würde eine Autopsie ergeben, daß die anderen vier tatsächlich auch an Herzversagen gestorben waren? Offiziell waren sie an zu hohem Blutverlust nach zahlreichen traumatischen Verletzungen gestorben. Ein klarer Fall, nicht? Die Todesursache lag auf der Hand, richtig? Warum noch eine vollständige Autopsie anstellen? Wenn ein Mensch durch einen Fleischwolf gedreht wurde, wer würde dann noch nachsehen, ob auf halbem Weg hindurch das Herz versagt hatte? Jedenfalls kein überarbeiteter Leichenbeschauer.

Charley nahm noch eine Magentablette. Er hatte das dumpfe Gefühl, daß Modus 112 sich als einer der echten Fälle erweisen würde.

*

Davids Lächeln war das einzig Beruhigende, was sie zu Gesicht bekommen hatte, nachdem das Taxi sie vor dem Haupteingang des höchsten Wolkenkratzers in Hartfords Innenstadt abgesetzt hatte. Die feudale Lobby war mit ihrer Fülle von Naturhölzern, poliertem Messing und uniformierten Türstehern schon schlimm genug gewesen, aber verglichen mit dem Luxus im Empfangsbereich von Lowenstein Ryder Priestly und Partner sah die Lobby unten wie eine U-Bahn-Station aus.

Spae war so nervös wie am Tag ihrer ersten Begegnung mit Magnus. Sie hatte dasselbe Gefühl, das ihr sagte: ›Ich gehöre nicht hierher‹. Die Kleidung, die Davids Freunde für sie geschickt hatten, saß besser, als sie hatte hoffen können, aber sie war nicht besonders förmlich. Und die Schuhe waren zu eng und hatten

Absätze, auf denen sie schwankte. Die Auffassung, zu der sie beim Verlassen des Hotels gelangt war, sie sei zumindest präsentabel, verflüchtigte sich im Angesicht der luxuriösen Einrichtung.

Sie brauchte nicht lange unter ihren Unzulänglichkeitsgefühlen zu leiden. David stellte sie bei der Empfangsdame vor – von der Spae sicher war, sie schon einmal auf dem Titelbild von *Fashion Forward* gesehen zu haben – und gleich darauf wurden sie in Hershall Ryders palastartiges Büro geführt.

Ryder erwies sich als leutseliger Mann Ende fünfzig, der gut gekleidet und distinguiert aussah, aber auf eine freundliche, onkelhafte Art. Selbst in seinem Sarmondi-Seidenanzug schien er mit dem eckigen Konzerndekor des Zimmers ein wenig auf dem Kriegsfuß zu stehen. Wenn er Spae für unpassend gekleidet hielt, ließ er es sich mit keiner Miene oder Silbe anmerken. Er bot ihnen einen Stuhl an und entschuldigte sich für Mr. Priestlys Abwesenheit. Allem Anschein nach war Mr. Priestly derzeit außer Landes.

»Was ist mit Lowenstein?« fragte David.

Spae fand Davids Frage ein wenig dreist, doch Ryder schien sie nichts auszumachen.

»Ist seit fast fünfzehn Jahren tot.« Mit einem verschwörerischen Zwinkern fügte er hinzu: »Aber der Name lockt immer noch Kunden an, also lassen wir sein Schild einfach an der Tür.«

»Ich muß gestehen, daß ich ein wenig verwirrt bin, Mr. Ryder«, sagte Spae.

»Sie fragen sich, warum wir an Ihnen interessiert sind.«

»Offen gestanden, ja.«

Ryder lächelte überschwenglich.

»Man braucht nur eine Zeitung aufzuschlagen oder einen der Klatschkanäle einzuschalten, dann weiß man, daß die Öffentlichkeit sich ziemlich ausgiebig mit sonderbaren und merkwürdigen Dingen beschäftigt. Früher waren diese Dinge eher ein Kuriositätenkabinett, aber das scheint sich zu ändern. Haben Sie die letzte Ausgabe von *Supernova* gesehen, die über den McKutchen-Wald? Gehört in die Kategorie Bermuda-Dreieck, aber sie haben alles ohne Erklärung gesendet. Eine Sendung wie *Supernova* steht in dem Ruf, sich einem Thema ernsthaft und wissenschaftlich zu nähern. Die Produzenten müssen beunruhigt gewesen sein, daß sie keine wissenschaftliche Erklärung vorweisen konnten, aber sie haben die Sendung trotzdem gemacht. Gegenwärtig haben wir es mit vielen derartigen Phänomenen zu tun. Viele Leute runzeln die Stirn und fragen sich, was wohl als nächstes kommt. Das Klima verändert sich. Manche Leute – und nicht etwa solche, die zu wüsten Übertreibungen neigen, das kann ich Ihnen versichern – mutmaßen, daß eine ganze neue Welt vor uns liegt.

Unser Motto lautet *Mit der Zeit gehen oder sterben*, Dr. Spae. Wir haben nicht die Absicht zu sterben, also müssen wir mit der Zeit gehen. Wir bei LRP richten den Blick immer in die Zukunft. Und wenn wir nach vorn schauen, stellen wir fest, daß wir vielleicht nicht über all das verfügen, was nötig ist, um sich in dieser veränderlichen Welt zu behaupten. Wir brauchen Leute mit besonderen Begabungen, Leute, die eine ungewöhnliche – ich wage zu sagen, visionäre – Sichtweise von der Welt haben. Sie scheinen genau zu der Sorte zu gehören, die wir suchen. Mr. Beryle hat Sie uns als eine Art neuen Darwin beschrieben.«

Was hatte David ihnen erzählt? Er wich ihrem Blick aus.

»Ich glaube, daß Sie möglicherweise falsch informiert worden sind.« Sie machte Anstalten, sich zu erheben. »Es tut mir leid, daß wir Ihre Zeit verschwendet haben.«

»Bitte, Doktor, bleiben Sie. Wenn dieser Vergleich unangebracht ist, dann ist das meine Schuld. Ich war in jungen Jahren zu lange in der Werbung tätig. Immer auf der Suche nach einem griffigen Spruch, der das rechte Feuer entzündet. Wie es scheint, habe ich die Sache falsch beurteilt. Vergeben Sie mir, falls ich Sie beleidigt haben sollte.«

Ryders überschwengliche Begeisterung hatte sie nicht beleidigt, nur erschreckt. »Es gibt nichts zu vergeben. Ich glaube, Sie sind hinsichtlich meiner Fähigkeiten und Interessen irregeführt worden.«

»Doktor, ich mag Sie bereits. Aber zu glauben, daß wir nicht wissen, was vorgeht, hieße, Mr. Beryle und seine Freunde herabzusetzen. Ich mag manchmal übermäßig dramatisch klingen und sehr weit ausholen, aber ich bin sicher, daß ich mich in Ihnen nicht täusche. Ich versichere Ihnen, daß ich eine realistische Vorstellung von dem habe, was Sie zu leisten vermögen.«

»Und was, glauben Sie, kann ich leisten?«

»Ich beziehe mich selbstverständlich auf ihr arkanes Wissen und ihre entsprechenden Fähigkeiten. Und genau danach halten wir Ausschau. Wir stellen ein Programm für Leute wie Sie zusammen. Bisher befinden wir uns noch im Organisationsstadium, also ist noch eine Menge Platz für eine kenntnisreiche, ambitionierte Person wie Sie, dem Projekt ihren Stempel aufzudrükken. Sie würden sozusagen im Erdgeschoß zusteigen. Eine seltene Gelegenheit. Ihre Referenzen als Mitglied der Abteilung M – o ja, wir kennen Sie – legen nahe, daß Sie ein perfekter Projektleiter wären. Wir können Ihnen hier bei LRP ein Zuhause anbieten. Selbstverständlich mit einer entsprechenden Vergütung. Ja, ein sehr glückliches Zuhause.«

Das Letzte, was sie wollte, war, wieder einer Abteilung anzugehören, aber der Gedanke, ganz auf sich allein gestellt zu sein, war ein wenig beängstigend. Es war so lange her, sie hatte sich sehr an die Mittel gewöhnt, die eine Organisation zur Verfügung stellen konnte – und sie mußte sich tatsächlich irgendwie ihren Lebensunterhalt verdienen. Wahrscheinlich würde sie auch so etwas wie Schutz vor der Abteilung brauchen. »Ich weiß nicht…«

»Wie klingt Leiterin der Esoterischen Forschung?«

Er fuhr fort, eine Einrichtung und ein Programm zu beschreiben, wie sie es sich immer erträumt hatte. Sie sah David an. Er nickte ihr aufmunternd zu. Wie konnte sie ablehnen? Es klang alles so wunderbar. Andererseits würden Fesseln damit verbunden sein, und sie hatte gerade erst ihre Fesseln durchtrennt.

Ryder ließ ihr nicht viel Zeit, um darüber nachzudenken. »Wahrscheinlich lehne ich mich hier unnötigerweise viel zu weit aus dem Fenster, aber Ihre Erfahrung ist für uns sehr wichtig. Wir sind bereit, Zugeständnisse zu machen, um uns Ihre Talente zu sichern.«

»Ich weiß Ihr Angebot wirklich zu schätzen, Mr. Ryder. Es ist nur so, daß ich nicht recht weiß, ob ich im Augenblick irgendeiner Organisation angehören möchte.«

»Das kann ich respektieren. Wirklich, das kann ich. Und ich muß zugeben, daß ich nicht überrascht bin, etwas derartiges von Ihnen zu hören. Nicht im geringsten überrascht. Wie ich schon sagte, wir sind zu Zugeständnissen bereit. Wenn Sie jetzt noch nicht mit uns zusammenarbeiten wollen, kann ich das verstehen. Ich gehe davon aus, daß Sie Ihre Meinung im Laufe der Zeit ändern werden. Aber man muß in der Gegenwart leben, nicht wahr. Vielleicht könnten wir eine Interimsvereinbarung treffen, die Ihnen Gelegenheit gibt, uns besser kennenzulernen. Wie klingt das? Wir könnten Sie als eine Art Berater auf Honorarbasis verpflichten. Natürlich hätten Sie dennoch Zugang zu unseren Einrichtungen – und wir *würden* erwarten, daß Sie an der

Entwicklung dieser Einrichtungen mitarbeiten. Und selbstverständlich würden wir auch erwarten, bevorzugt Anspruch auf Ihre Dienste zu haben.«

David unterbrach das Rühren der Werbetrommel. »Wenn sie nicht direkt für Sie arbeitet, bleibt da die Frage der Arbeitserlaubnis.«

»Ach ja. Habe ich das noch nicht erwähnt? Die Sache ist bereits erledigt. Betrachten Sie es als Zeichen unserer Aufrichtigkeit und als Ausdruck unserer Dankbarkeit, daß Sie zuerst mit uns gesprochen haben. Sie können sich den Papierkram nach Beendigung unseres Gesprächs bei meiner Sekretärin abholen.«

»Vielen Dank«, sagte Spae. Sie fühlte sich irgendwie überwältigt. Sie hatte gehört, daß die Amerikaner sehr freigebig sein konnten, aber das hier war einfach – überwältigend. Sie mußte sich fragen, ob die Sache einen Haken hatte.

Ryder runzelte die Stirn. »Sie scheinen nicht sehr glücklich zu sein, Dr. Spae.«

Sie zwang sich zu einem Lächeln. Ryder erwiderte das Lächeln. »Es ist nur so, daß – nun ja, ich hatte nicht mit dieser Art von Großzügigkeit gerechnet. Ich weiß nicht, was ich sagen soll.«

»Versuchs mit einem Danke«, schlug David vor.

»Ja, gewiß, ich danke Ihnen.«

Ryder strahlte sie an. »Ich bin sicher, daß Sie eine bessere Möglichkeit finden, Ihre Dankbarkeit auszudrücken, Doktor. Zum Beispiel könnten Sie in Erwägung ziehen, Ihre Arbeitserlaubnis gleich auszunutzen. Ich würde Ihnen gern so etwas wie eine Probeanstellung vorschlagen. Würde Ihre Dankbarkeit so weit gehen, daß Sie bereit wären, in einer aktuellen Angelegenheit mit uns zusammenzuarbeiten? Selbstverständlich bei vollen Bezügen. Was halten Sie davon? Sie hätten etwas zu tun und wir Gelegenheit, Ihnen unser Bestreben zu demonstrieren, eine ausfüllende und für beide Seiten profitable Beziehung herzustellen.«

Das schien das mindeste zu sein, was sie tun konnte.

David wählte ausgerechnet diesen Augenblick, um mißtrauisch zu sein. »Was für eine Angelegenheit? Und für welche Bezüge?«

Ryder richtete seine Antwort an sie. »Wir hätten gern Ihre Expertenmeinung hinsichtlich eines Vorfalls gehört, der sich kürzlich ereignet hat. Nun weiß ich, daß es für eine Person Ihres Fachgebiets keine vergleichbaren Tarife gibt, also lassen Sie uns unsere eigene Gehaltsskala als Richtlinie nehmen. Sagen wir zweitausend pro Tag? Natürlich bezahlen wir alle Auslagen gesondert, die Sie im Zuge Ihrer Untersuchungen haben. In erster Linie Reisekosten, nehme ich an. Die Situation erfordert vor allem Beobachtung und Voraussicht, denke ich. Natürlich könnte hier und da auch ein Test erforderlich sein, so etwas in der Art. Was halten Sie davon? Sind Sie zu einem Versuch bereit?«

Bei dieser Bezahlung wäre sie verrückt, wenn sie ablehnte. Die Abteilung hatte ihre Konten eingefroren, und sie wollte nicht auf David angewiesen sein. Alles andere würde ihrem Entschluß im Weg stehen, ihre Beziehung frei und unbelastet zu gestalten.

»Einverstanden«, sagte sie.

»Hervorragend, ganz hervorragend.« Ryder hob eine buschige weiße Augenbraue. »Unter Berücksichtigung Ihrer Umstände könnte ich mir vorstellen, daß Sie im Augenblick keine dringenden Verpflichtungen haben. Habe ich recht? Das dachte ich mir. Was halten Sie davon, gleich anzufangen?«

Es war nicht das, was sie erwartet hatte, aber wie konnte sie sich weigern? »Einverstanden.«

»Hervorragend, ganz hervorragend. Dieser spezielle Vorfall, den wir gern von Ihnen untersuchen ließen, hat sich erst letzte Nacht in Norwood ereignet.«

»Norwood?« fragte Spae. Sie kannte sich in dieser Gegend nicht aus, wenn Norwood überhaupt in dieser Gegend lag.

»Südwestlich von Boston«, erklärte David.

Boston kannte sie. Wenn Norwood südwestlich davon lag, war es weniger als zweihundert Kilometer entfernt. Wie viel weniger wußte sie nicht, aber wahrscheinlich war das auch nicht wichtig. »Was ist passiert?«

»Ja, nun, das ist die Frage. Es scheint einen unerklärlichen Energieanstieg im Elektrizitätsnetz gegeben zu haben, der an mehreren Orten zu einem vollständigen Stromausfall geführt hat. Etwa um dieselbe Zeit ereignete sich eine mysteriöse Explosion in der Penthouse-Suite eines Gebäudes ganz in der Nähe.«

»In den Nachrichten heute morgen ist keine Explosion erwähnt worden«, sagte sie.

»Und es wird auch keine Erwähnung geben.«

»Jetzt sind *Sie* mysteriös«, klagte David ihn an.

»Verzeihung. Der Hang zum Dramatischen, wissen Sie. Der Grund dafür, daß Sie nichts davon gehört haben, ist die Tatsache, daß das Gebäude Mitsutomo Keiretsu gehört und sie die Geschichte unterdrücken. Sie behaupten, es habe gar keine Explosion gegeben. Sie sagen, der Grund dafür, daß Glas aus dem Fenster des Penthouses gefallen sei, seien bauliche Mängel. Und – und das wird wohlgemerkt alles heruntergespielt – sie entschädigen die Verwandten derjenigen, die bei dem Zwischenfall ums Leben gekommen sind, ohne eine Untersuchung der Versicherung abzuwarten.«

»Das ist merkwürdig«, sagte David. »Ich würde meinen, daß ihnen daran gelegen sein müßte, den Architekten oder der Baufirma die Schuld in die Schuhe schieben, damit sie um eine Entschädigung herumkommen.«

»Offen gesagt, genau damit haben wir gerechnet. Sehen Sie, dieses Gebäude ist von Carenellicorp gebaut worden. Das ist eine Gesellschaft, die zufällig Teil unserer eigenen Konzernfamilie ist.«

»Noch ein Grund mehr, Ihnen die Sache anzuhängen«, sagte David.

»Kurios, nicht wahr?«

Spae schüttelte den Kopf. »Ich sehe nicht, wo ich dabei ins Spiel komme. Ich bin weder Bauingenieur noch Versicherungsdetektiv.«

»Nun, Dr. Spae, hier geht es um mehr als um bauliche Dinge. Ich glaube, wir können mit einiger Sicherheit sagen, daß es keine baulichen Mängel gibt. Es hat keinen Pfusch beim Bau gegeben. Heute morgen hat Carenellicorp Teams ausgeschickt, um den Schaden zu begutachten und den Rest des Gebäudes zu überprüfen. Selbstverständlich nur von außen, da Mitsutomo niemanden hineinläßt. Die Tests haben ergeben, daß es keine Mängel gibt. Der Bau ist noch so solide wie am Tag der Fertigstellung.«

»Dann hat also doch eine Explosion stattgefunden?«

»Tja, das ist ja das Rätselhafte. Unser Team war nicht in der Lage, irgendeinen Schaden *in* der Suite auszumachen, dennoch ist die gesamte Fensterfront, drei Zentimeter dickes bruchsicheres Monoacryl, verschwunden. Der Rahmen enthält nicht einmal mehr einen winzigen Splitter.«

»Und Sie glauben, daß dies durch Magie hervorgerufen wurde«, sagte David.

»Wir wüßten gerne, ob es sich so verhält«, sagte Ryder. »Können Sie das herausfinden, Dr. Spae?«

»Vielleicht. Aber nicht von hier aus. Ich muß mir die Sache aus der Nähe ansehen. Eine Untersuchung des Penthouses wäre noch besser.«

»Ich fürchte, ein Besuch ist unmöglich. Die Mitsutomo-Sicherheit, wissen Sie. Aber eine Besichtigung von außen ließe sich errichten. Einem Mitglied unserer Konzernfamilie gehört ein Hotel-Hochhaus mit einem ausgezeichneten Blick auf das Settawego Building.« Ryder kam mit ausgestreckter Hand hinter seinem Schreibtisch hervor. Spae erhob sich und schüttelte ihm die Hand. Er hatte einen festen Griff, doch nicht übertrieben fest. »Ich bin hocherfreut, Sie an Bord zu wissen, Dr. Spae. Ich bin sicher, wir werden eine höchst befriedigende Beziehung haben.«

Kapitel 17

Spillway Sue bedachte John mit einem breiten Lächeln, als die Kontrolleiste bei seiner Berührung aus der Wand glitt.

»Toll«, freute sie sich. »Siehst du, dein Zugriff reicht aus, um uns durchzubringen. Wir sind so gut wie weg.«

»Da wäre ich mir nicht so sicher.« Die Leuchtanzeigen auf der Leiste verrieten ihm, daß die Tür verschlossen war.

»Sechs-drei-zwei-sieben-sieben-Stern-zwei-drei«, sagte sie immer noch lächelnd.

Er tippte die Zahlen ein.

»Raus und frei«, sagte Sue, als die Anzeige auf unverschlossen wechselte. Die Tür glitt auf, sie schob sich an ihm vorbei und trat ohne Zögern in den grellen Schein, der von der anderen Seite der offenen Tür hereinflutete.

Johns Augen hatten sich an das matte Licht der Zwergenkorridore gewöhnt, so daß das grelle Licht ihn blendete. Er schirmte die Augen ab und blinzelte, konnte aber dennoch kaum den schlanken Schatten erkennen, von dem er wußte, daß es sich um Sue handelte. Sie war gleich hinter der Stelle stehengeblieben.

»Scheiße!«

In Spillway Sues Stimme lag eine Menge Zorn, aber auch Enttäuschung. Irgendwie war ihr Fluchtplan fehlgeschlagen. Aber warum? Johns Augen gewöhnten sich rasch an die veränderten Verhältnisse. Er ging durch die Tür, um sich selbst ein Bild zu machen.

Ein wild wuchernder Wald stand jenseits eines schmalen Kiesstreifens vor ihm. Tageslicht überflutete ihn, doch obwohl er Erde und Pflanzen roch und die Feuchtigkeit in der Luft spürte, hatte er nicht das Gefühl, draußen zu sein. Es war sehr merkwürdig.

Er schaute auf, um die Sonne zu suchen, aber das Licht war weich, als werde es durch Wolken zerstreut, obwohl es viel heller wirkte als an jedem bedeckten Tag, an den John sich erinnern konnte. Als er die Augen abschirmte, konnte er ein Gitternetz dunkler Linien am Himmel erkennen. Die dicksten Linien bildeten Rechtecke. Die dünneren verliefen zwischen den dickeren und knickten teils ab, hörten manchmal aber auch einfach in der Mitte auf. Verstrebungen, die Lichtpaneele definierten und unter denen Rohre und Leitungen verliefen.

Es gab eine Decke über ihnen!

Das Licht fiel durch die rechteckigen Paneele, aber diese Paneele waren nicht transparent. Es ließ sich unmöglich sagen, ob es sich um Milchglasscheiben nach draußen handelte oder ob das Licht von – hinter dem milchigen Weiß verborgenen – Glühbirnen stammte. Die Gleichmäßigkeit der Beleuchtung ließ auf letzteres schließen.

Eine Decke! John konnte es kaum glauben. Wenn es eine Decke gab, mußten sie sich in einem Raum befinden, einem Raum, der größer war als alles, was John jemals an Ummauertem gesehen hatte!

Die einzige Mauer, die er erkennen konnte, war diejenige unmittelbar hinter ihm. Vor ihm war nur Wald zu sehen. Konnte man es einen Wald nennen, wenn er sich unter einem Dach befand? Es gab Grün in Hülle und Fülle, so weit das Auge reichte, wahrhaftig ein Pflanzendschungel. Es gab Bäume und Sträucher, Obstbäume und Unterholz, Büsche und Gras, Pinien und Farne – und alles wuchs in einer Fülle, die das schönste Konzern-Gewächshaus hätte armselig erscheinen lassen. So stellte er sich den legendären unberührten Regenwald vor.

Und sie befanden sich immer noch im Reich der Zwerge!

Sie standen auf einem drei Meter breiten Kiesweg, der um die Mauer verlief, durch die sie soeben getreten waren. Ein schmaler Weg führte gleich vor ihnen ins Grüne. Ein Blick den Weg entlang in den Schatten des Waldes zeigte ihm, daß er sich kurz hinter dem Waldrand gabelte. Als er den Blick nach rechts und links wandte, sah er, daß noch andere Wege wie dieser von der Mauer in den Wald führten.

John fand, daß dies hier der freundlichste Ort war, den er bisher in der Zwergendomäne gesehen hatte. Er war lebendig und voller Energie! Ganz anders als die steinige Kälte, die er sonst überall empfand.

Warum hatten die Zwerge einen solchen Ort angelegt? War es ein Park, ein Gewächshaus, eine Art landwirtschaftlicher Betrieb oder etwas ganz anderes? Welchen Zweck erfüllte ein überdachter Wald für die Zwerge? Während er staunend den Wald anstarrte, glitt die Tür hinter ihm zu.

Sue spannte sich und warf einen giftigen Blick auf das Paneel. Sie sah sich argwöhnisch um. Als nichts geschah, entspannte sie sich wieder.

»Kein Alarm. Ich nehme an, wir sind erst mal sicher.«

Es war fast so, als dränge sie jemand weiterzugehen.

Der Weg rings um die Mauer verlief sowohl nach rechts als auch nach links ein ganzes Stück weit in gerader Richtung. Es war schwer zu sagen, aber es sah aus, als dehne sich der Wald in weiter Ferne bis zur Mauer aus. Oder vielleicht wich die Mauer auch zurück, und der Wald folgte ihr. Sie konnten in die eine oder auch die andere Richtung gehen und es herausfinden, aber irgendwie war der Weg in den Wald ein lohnenderer Erkundungspfad, obwohl er im Schatten der Bäume lag, deren Äste ein Dach über ihm bildeten und alles in rätselhaftes Dunkel hüllten.

Sue machte einen Schritt in Richtung Wald. »Komm. Irgendwo muß es einen Ausgang geben.«

Der Wald mochte der einladendste Ort sein, den John bisher im Zwergenreich gesehen hatte, aber er zögerte, ihn zu betreten. »Ich war nur bereit, dir durch diese Tür zu helfen. Ich kann Bär noch nicht verlassen.«

»O nein. So leicht wirst du mich nicht los. Wir sind noch nicht draußen. Komm jetzt. Auf der anderen Seite der Bäume muß es nach draußen gehen.«

Für John klang das nach Wunschdenken, aber er hatte tatsächlich versprochen, ihr bei ihrer Flucht zu helfen, obwohl sie unterschiedlicher Ansicht waren, was eine gelungene ›Flucht‹ war. Wie schlimm konnte es werden? Wenn sie die Tür nach draußen gefunden hatten, würde er zurückkehren und dafür sorgen, daß die Zwerge Bär wieder auf die Beine halfen. Und da er Sue dann bei ihrer Flucht geholfen hatte, würde er den Weg nach draußen ebenfalls kennen.

Er folgte Sue unter das kühle und angenehme Dach der Blätter. Der Geruch nach Wald lag in der Luft, durchsetzt vom Aroma einer verblüffenden Vielfalt von Wildblumen und anderer blühender Pflanzen. Insekten summten und schwirrten durch die Luft, krochen im Laub auf dem Boden umher und an Ästen und Pflanzenstengeln entlang. John empfand das gefilterte Licht als angenehmer für seine Augen, als es der grelle Schein zwischen Wald und Mauer gewesen war. Die Umgebung lud anders als in der Stadt zu angenehmem und friedlichem Spazierengehen ein.

Sie nahmen die Abzweigung nach links und waren nicht weiter als ein paar Dutzend Meter gekommen, als der Weg sich erneut gabelte. Sue nahm wieder die linke Abzweigung. Sie ignorierte alle Nebenwege, die ab und zu vom Hauptweg abzweigten. Nach kurzer Zeit war John davon überzeugt, daß sie sich parallel zur Mauer bewegten, durch die sie nach draußen gegangen waren. Wie lange würde es dauern, bis sie auf eine andere Mauer stießen?

Sue blieb plötzlich stehen, duckte sich und lauschte. Einen Augenblick später flüsterte sie: »Jemand kommt«, dann verschwand sie im Grün neben dem Weg. Als John leise Stimmen hörte, folgte er ihr gerade noch schnell genug, um zu sehen, daß sie sich durchs Unterholz in die Richtung vorarbeitete, in der seiner Ansicht nach die Mauer lag. Da sie kleiner war als er, kam sie besser voran und war nach kurzer Zeit nicht mehr zu sehen. Er folgte ihr mit dem Gedanken, daß es besser gewesen wäre, sich zu verstecken und abzuwarten, während er sich Mühe gab, sich leise zu bewegen. Er stieß auf einen schmalen Weg und konnte die Stimmen der sich nähernden Zwerge hören. Sie klangen nah und kamen näher. Da er dachte, daß sie den Weg benutzten, den er soeben entdeckt hatte, überquerte er ihn und tauchte auf der anderen Seite wieder ins Unterholz ein. Er hoffte, daß Sue nicht diesen Weg genommen hatte. Wenn die Zwerge ihn tatsächlich benutzten, würden sie sie mit Sicherheit erwischen.

Nach kurzer Zeit machte John hinter den Blättern und dem Gebüsch eine Helligkeit aus. Die Mauer. Er hielt sich in der Deckung der Büsche, blieb stehen und beobachtete den Weg, der um die Mauer führte. Sue war nirgendwo zu sehen. Er konnte die Zwerge jetzt deutlicher hören. Sie kamen zweifellos näher. Wenn er Sue rief, würden sie ihn hören. Bei sich wünschte er, sie würde sich bedeckt halten und außer Sicht bleiben. Er selbst verhielt sich still, indem er sich duckte und sich so klein wie möglich machte.

Schade, daß Faye nicht hier war. Ihr Unsichtbarkeitstrick wäre jetzt sehr nützlich gewesen.

Wie sich herausstellte, brauchte er Fayes Trick nicht. Drei Zwerge kamen aus dem Gebüsch. Das Trio betrat den Kiesweg und ging in Richtung Tür. Und John – John dachte unverdächtige Gedanken, da er unbemerkt bleiben wollte. Die drei Zwerge spazierten an seinem Versteck vorbei und unterhielten sich dabei in einer Sprache, die er nicht verstand. Nichts wies darauf hin, daß sie ihn im Schatten der Pflanzen bemerkt hatten.

Er war ein wenig überrascht, daß die Zwerge sie nicht zu suchen schienen. Er war sicher, daß ein Alarm ausgelöst worden sein mußte, auch wenn er nichts gehört hatte. Vielleicht suchten die Zwerge woanders und kamen nur nicht auf die Idee, daß Sue und John hierher gekommen waren.

Er wartete, bis das Trio durch die Tür gegangen und verschwunden war, und wartete dann noch etwas länger, bevor er wieder auf den Weg zurückkehrte. Er schaute sich in der Hoffnung um, daß Sue ihn sähe und ebenfalls aus dem Gebüsch käme. Das tat sie aber nicht.

Leise rief er ihren Namen.

Sie gab keine Antwort. Hatte sie sich von ihm getrennt?

Er glaubte nicht, daß sie auf eigene Faust versuchen würde zu fliehen, bevor sie nicht sicher war, den Weg nach draußen gefunden zu haben.

Wo steckte sie also?

Er zog sich wieder in den Schutz des Gebüschs zurück. Es hatte keinen Sinn, im Freien herumzustehen.

Sollte er auf ihre Rückkehr warten oder sie suchen? Wenn sie zurückkehrte, wohin würde sie dann zurückkehren? Sie hatten keinen Treffpunkt vereinbart. Er würde sie suchen müssen. Aber dieser Wald war riesig. Sie konnten beide stundenlang darin herumstolpern, ohne einander zu begegnen. Er wagte nicht, sie laut zu rufen, und sie würde es ebensowenig wagen. Vielleicht waren noch andere Zwerge in der Nähe.

Es mußte eine Möglichkeit bestehen, sie aufzuspüren, ohne jeden Zwerg zu alarmieren. Mit einer Infrarotbrille hätte er ihr Versteck ausfindig machen können, indem er nach ihrer Körperwärme Ausschau hielt. Aber er besaß keine Infrarotbrille – und sich eine zu wünschen, würde ihm keine bescheren. Da konnte er sich auch gleich wünschen, sie mit Magie zu finden.

Andererseits, vielleicht konnte er das ja tatsächlich. Bisher war es ihm nicht gelungen, die Magie wiederherzustellen, die er in der Anderswelt gewirkt hatte. Zwar hatte er keine Wirkung erzielt, aber er hatte fast immer das Gefühl gehabt, daß *irgendetwas* geschah, wenn er es versuchte. Er erinnerte sich an das Gefühl der Resonanz, als er in diese Welt zurückgekehrt war. Hier hatte er ein ähnliches Gefühl. In den Korridoren der Zwerge hatte er nichts dergleichen gespürt, aber hier empfand er es. Vielleicht würde hier ein Zauber gelingen.

Wenn er einen gekannt hätte.

Was nicht der Fall war.

Er kam sich nutzlos vor. Konnte er irgendetwas versuchen? In phantastischen Geschichten konnte ein Magier manchmal jemanden finden, indem er einfach an die betreffende Person dachte. Ein Kleidungsstück half, ein Stück Fingernagel oder eine Haarlocke war noch besser. Etwas mit einer psychischen Verbindung zur gesuchten Person. John besaß nichts dergleichen, aber er konnte es dennoch versuchen. Mehr als fehlschlagen konnte ein Versuch nicht.

Im Schutz des Unterholzes konzentrierte er sich auf Spillway Sue. Er versuchte nicht daran zu denken, wie albern er aussähe, wenn ein Zwerg oder Sue über ihn stolperte. Er versuchte nur an Sue zu denken und stellte sie sich so gut vor, wie er es konnte. Er sah sie vor sich stehen, mit nacktem Oberkörper und geöffneter Hose. Die Andeutung ihres blauen Slips zog seinen Blick wie magisch an. Solche Bilder sahen die Magier in den Fantasy-Filmen jedenfalls nicht.

Das unbestimmte Gefühl einer Präsenz überlagerte seine Verlegenheit. Er öffnete die Augen und schaute schuldbewußt nach rechts.

Da war niemand.

Die ganze Sache war einfach albern.

Er würde ganz einfach horchen und nach ihr Ausschau halten. Früher oder später würde sie sich zeigen. Der Weg rings um die Mauer war nach wie vor verlassen. Langsam, da sie nicht mehr gestört wurden, nahmen die Insekten in der näheren Umgebung ihre Arbeitsroutine wieder auf. John wartete und wurde dabei immer unruhiger. War sein Entschluß zu warten ein Fehler gewesen?

Sein Blick irrte immer wieder nach rechts. Das Warten brachte ihn nicht weiter. Er erhob sich langsam, um seine verkrampften Muskeln zu strecken, und arbeitete sich dann parallel zur Mauer durch das Unterholz. Ihm fiel auf, daß er nicht im Wald suchte, sondern seine Aufmerksamkeit auf die Mauer richtete, ohne daß er einen Grund dafür hätte nennen können. Die Paneele, Gitter und Rohre sahen auch nicht anders aus als aus seinem Versteck, bis ihm auffiel, daß sich die an einem der Lüftungsgitter befestigten farbigen Streifen nicht bewegten. Wenn Luft ausströmte, flatterten die Streifen. Was war dort anders?

John verließ das Unterholz und überquerte den Pfad, um sich den Luftaustritt anzusehen. Die Öffnung war mit einem etwa einen halben Meter durchmessenden Gitter bedeckt und befand sich für einen

Zwerg ungefähr in Kopfhöhe. John mußte in die Hocke gehen, um durch die Schlitze schauen zu können. Drinnen war es pechschwarz, er konnte nichts erkennen. Als er mit der Hand über das Gitter fuhr, stellte er fest, daß es einen leichten Luftzug gab, aber nur in den Ecken.

Etwas verstopfte den Abzug.

»Sue, komm raus. Sie sind weg.«

Sie antwortete nicht.

War sie darin, oder machte er sich nur zum Narren?

Er fand den Riegel. Er gehörte zu der Sorte, die automatisch schlossen, hatte aber nicht richtig gefaßt. Er öffnete ihn, und das Gitter schwang ohne sein Zutun auf.

Das Mehr an Licht, das in die Öffnung fiel, reichte aus, um ihn eine zusammengekauerte Gestalt erkennen zu lassen. Er erkannte die Turnschuhe wieder. Sie antwortete nicht, als er ihren Namen rief, also griff er hinein und packte ihren Knöchel. Ihr anderes Bein bewegte sich in einem schwachen Versuch, seine Hand wegzutreten. Er packte einfach fester zu und umklammerte auch ihren anderen Knöchel.

Er zog sie heraus. Sie war totes Gewicht. Was war los mit ihr? Er fühlte sich schon besser, als sie sich schwach gegen seine Versuche wehrte, sie aus der Öffnung zu ziehen.

»Beruhige dich«, sagte er. »Ich bin's nur.«

»Jack?«

Sie klang so weggetreten wie ein Junkie, hörte aber auf, sich zu wehren. Ihre Knie waren zu wacklig, um sie zu tragen, also half er ihr dabei, sich hinzusetzen. Der rötliche Farbton ihrer Haut gefiel John gar nicht. Ihre Atmung war ebenfalls unregelmäßig. Sie schien krank oder irgendwas.

»Ich bin schläfrig geworden«, murmelte sie. »Nicht sehr schlau, einfach einzuschlafen.«

»Du wirst schon wieder.« Er hoffte, daß er damit nicht log.

»Hab mich versteckt. Konnte die Augen nicht offen halten.«

»Bleib einfach eine Minute hier sitzen.«

»Okay«, fügte sie sich lethargisch.

John trat zurück und steckte den Kopf in die Öffnung. Die Luft strömte wieder frei aus. Er spürte sie im Gesicht. Es roch ganz leicht nach altem Schweiß und verdorbener Nahrung. Er hatte kurz die Vision eines Mülleimers in einer Umkleidekabine und erkannte, daß ihm ein wenig schwindlig war. Nicht genug Sauerstoff. Er zog den Kopf aus dem Luftstrom.

Ein wenig benommen setzte er sich neben Sue. Sie kippte zur Seite und lehnte den Kopf an seine Schulter.

»Was ist passiert?« Ihre Stimme klang schon wieder vertrauter.

»Du bist in den Schacht gestiegen, um dich zu verstecken?«

»War das einzige Versteck, das ich gesehen habe.«

»Du bist ohnmächtig geworden.«

»Ohnmächtig? Ich dachte, ich wäre eingeschlafen.«

»Ich vermute, es ist ein Abluftschacht. Vielleicht leiten sie das Kohlendioxid aus den Korridoren hier zu den Pflanzen. Jedenfalls ist es keine gewöhnliche Luft. Du hast Glück gehabt, daß ich dich in deinem Versteck gefunden habe.«

»Du hast mich rausgeholt?«

»Ja.«

Eine Zeit lang sagte sie gar nichts. »Du hättest mich liegen lassen können.«

»Warum hätte ich das tun sollen?«

»Warum nicht? Ich bedeute dir nichts. Du hättest zu Bär gehen und so tun können, als wäre nichts passiert.«

Ihre Hand glitt über seine Rippen und sie drückte ihn kurz mit einem Arm.

»Wir müssen weiter«, sagte sie. »Sie werden uns bald suchen. Bevor das passiert, müssen wir von hier verschwinden.«

»Du bist in keiner guten Verfassung«, protestierte er. Sie atmete und sprach zwar jetzt fast schon wieder normal, aber die Färbung ihrer Haut bereitete ihm immer noch Sorgen.

Sie zog sich an der Mauer hoch. »Ich werd's überleben.«

»Ich finde, wir sollten zurückkehren. Vielleicht vermissen sie uns noch gar nicht. Wir sollten es an einem anderen Tag noch mal versuchen.«

»Wir sind bis hierher gekommen.« Sie machte ein paar unsichere Schritte, bevor sie den Arm ausstreckte und sich an der Mauer abstützte. »Ich will jetzt noch nicht aufgeben.«

Das hatte er im Grunde auch nicht angenommen. »Sollen wir es noch mal mit dem Hauptweg versuchen?«

»Klingt gut.«

Sie ging wieder zum Weg zurück, blieb aber bei der Mauer, um sich abstützen zu können. John holte sie ein und legte ihr einen Arm um die Schulter.

Sie sah ihn mit unergründlicher Miene an und legte ihm den Arm um die Hüfte.

»Also los«, sagte sie.

Sie hatten die Öffnung im Grün fast erreicht, als sich die Tür in der Mauer öffnete. Zwei Zwerge standen darin. Die Zwerge starrten John und Sue überrascht an. John war jedenfalls überrascht, die Zwerge zu sehen.

»Das ist Reddy«, sagte der blonde Zwerg. »Schnapp ihn dir!«

Sein dunkelhaariger Begleiter warf sich förmlich

durch die Tür. John löste sich von Sue. Der Zwerg achtete nicht auf das schwankende Mädchen und ging auf John los. Sue stellte ihm ein Bein, verlor dabei jedoch selbst das Gleichgewicht. Beide gingen zu Boden, wobei der Zwerg in Johns Richtung fiel. John hieb ihm die Faust an den Kopf, als er vornüber kippte. Der Schock des Aufpralls zuckte durch seinen ganzen Arm. Der Zwerg fiel zu Boden und blieb reglos liegen. Der blonde Zwerg näherte sich John vorsichtiger und machte dabei einen Bogen um die gefallene Sue.

Etwas in Sues Hand reflektierte Licht: der gestohlene Hantelstab. Am Boden liegend, schnellte sie vorwärts, schwang die Waffe und traf den Zwerg am Schienbein. Er heulte auf und hüpfte auf einem Bein herum. John versetzte ihm einen Stoß, so daß er durch die Öffnung in der Mauer taumelte. Sue rappelte sich auf und schlug in dem vergeblichen Versuch gegen die Mauer, den Verschlußmechanismus zu betätigen. John trat neben sie und fuhr mit der Hand über den Rahmen. Er konnte die verborgene Kontrolleiste neben einer Tür nicht immer finden, aber diesmal schon. Er drückte auf den Knopf. Die Tür schloß sich und die wütenden Schreie des Zwergs verstummten.

Sie hatten es immer noch mit einem Gegner auf ihrer Seite der Tür zu tun. Sue stieß den am Boden liegenden Zwerg mit dem Fuß an. Er stöhnte, machte jedoch keine Anstalten, sich zu bewegen.

»Du steckst jetzt mit drin, Tall Jack.« Sie zog an Johns Arm. »Nun heißt es verschwinden oder für immer bleiben.«

John ließ sich in den Wald ziehen. Er schaute sich wieder und wieder zu dem gestürzten Zwerg um und hoffte dabei, daß er keinen bleibenden Schaden davongetragen hatte. Sue ließ seinen Arm los und machte sich mit einem »Komm jetzt!« daran, dem Weg zu folgen. John konnte sich nicht dazu überwinden. Er stand im Schatten der Bäume und betrachtete den Zwerg, den er niedergeschlagen hatte.

Die Tür öffnete sich wieder, diesmal für drei Zwerge, den Blonden und zwei neue Burschen in grauem Overall. Alle hatten grimmige Mienen und eine Pistole in der Hand. Sie gingen nach draußen und sahen sich nach allen Seiten um, schienen John aber nicht zu bemerken, der noch immer im Dunkel des Waldrands stand. Die drei blieben bei ihrem bewußtlosen Kameraden stehen und halfterten ihre Waffen. Die beiden neuen Zwerge hielten Wache, während der Blonde sich bückte und den Bewußtlosen untersuchte.

»Ein Glück, daß Corey so einen Dickschädel hat«, sagte der Blonde.

»Gesham, du glaubst also, sie sind in den Wald gegangen?« fragte einer der stehenden Zwerge.

»Wohin sonst?« fragte Gesham. »Geh mit Lorenkin los und schnappt sie euch.«

Die beiden Zwerge in Grau nickten und folgten dem Pfad in Johns Richtung. Sie hatten eine tödlich grimmige Miene aufgesetzt.

Die Zwerge zögerten am Waldrand, als widerstrebe es ihnen, unter die Äste zu treten. Als Lorenkin einen Schritt vorwärts machte, hielt der andere Zwerg ihn fest und flüsterte ihm etwas zu, das klang wie: »Erschrick ihn nicht.« Lorenkin sah ihn an und schaute dann in Johns ungefähre Richtung.

John kam sich vor wie in der Jagdszene aus *Stellar Wars,* die im versteinerten Wald spielte, aber da hatte Zan zumindest eine Betäubungspistole gehabt, mit der er sich gegen die Verfolger wehren konnte.

»Ich sehe nichts«, flüsterte Lorenkin.

»Ich schon«, sagte der andere. Er zog etwas aus seinem Gürtel und richtete es auf John. Ein lauter Knall ertönte – und etwas schlug ein Loch in den Baum neben John.

Eine Kugel! Das war eine Kugel!

Wie erstarrt fixierte John die Stelle im Stamm, wo das Holz gesplittert war.

Sie schossen auf ihn. Mit richtigen Kugeln! Nicht mit Betäubungswaffen.

Er wich einen Schritt zurück. Lorenkin sah die Bewegung offenbar, denn er griff nach seiner Waffe. Der andere Zwerg schoß noch einmal. Rindenstücke flogen John um die Ohren, als ein zweites Loch in den Stamm gerissen wurde.

Warum schossen sie auf ihn?

John hielt es nicht für klug, abzuwarten und zu fragen. Er fuhr herum und lief, so schnell er konnte, wobei er auf dem Weg blieb, um besser voranzukommen. Mit seinen längeren Beinen war er der bessere Läufer. Die Entfernung zwischen ihm und den Zwergen vergrößerte sich rasch.

Doch wohin sollte er sich wenden?

Er folgte einer Kurve und sah Sue vor sich auf dem Weg stehen.

»Ich dachte, ich hätte Schüsse gehört«, sagte sie.

»Das hast du auch.« Im Vorbeilaufen streckte er den Arm aus und riß sie herum. »Lauf!«

Sie folgte ihm sofort.

Wenn er an eine Weggabelung kam, blieb er nicht stehen, um darüber nachzudenken, welcher Weg wohl der bessere sein mochte. Er nahm die Abzweigung, die ihm das schnellste Vorankommen zu ermöglichen schien. Er lief ein wenig langsamer, so daß Sue Schritt halten konnte, blieb aber erst stehen, als er eine Biegung nahm und beinahe eine Gestalt umgerannt hätte, die mitten auf dem Weg stand.

Er konnte nur glotzen.

Sue kam hinter ihm um die Biegung gelaufen und rannte in John hinein.

»Mein Gott, warum bleibst du stehen? Bist du verrückt ...«

Sie hielt inne, als sie sah, warum John stehengeblieben war. Sie starrte mit offenem Mund auf die Gestalt, die ihnen den Weg versperrte. Das Aussehen des Mannes wäre auch ohne den schillernden bunten Glanz, der ihn umgab, ein Schock gewesen.

Er war extravagant gekleidet und sah ganz wie der Elfenprinz aus dem Märchen aus, sowohl im Hinblick auf seine Züge als auch was die Kleidung betraf. Die spitzen Ohren, die wallenden silbernen Haare und die schillernden Schlitzaugen waren John vertraut, aber den funkelnden Kettenpanzer, die grünen Schaftstiefel und den wallenden Umhang hatte er noch nie gesehen. Der hochgewachsene Elf machte einen höflichen Diener vor Sue, der völlig fehl am Platze wirkte.

»Ich heiße Bennett«, sagte er. »Gerade noch rechtzeitig, um meine Dienste anzubieten, nehme ich an.«

John konnte es nicht glauben. Er hatte Bennett noch nie so merkwürdig gekleidet gesehen, hatte aber keine Mühe, ihn zu erkennen. Doch seine Montur? Der Elf hätte geradewegs aus einem schlechten Fantasy-Film stammen können, nur daß Bennett kein Schauspieler und der schillernde bunte Glanz hinter ihm kein Spezialeffekt aus Hollywood war.

Dasselbe galt für das ungeschlachte graue Ding, das aus dem Regenbogenvortex trat und sich hinter Bennett aufbaute. Sue hielt sich an John fest und vergewisserte sich, daß er zwischen ihr und dem Ding stand. Das Ungeheuer sah wie eine unheilige Mischung aus Echse und Affe aus. Graue Schuppenhaut bedeckte den keilförmigen Reptilienkopf und den stämmigen anthropoiden Körper, dessen Arme länger als die Beine waren. Den Flügeln auf dem Rücken nach zu urteilen, war auch eine Fledermaus an der genetischen Mischung beteiligt.

»Saagte dooch, Zweerge haaben iihn«, knirschte es.

Sue stieß einen leisen Schrei aus, als das Wesen

sprach, doch Bennett achtete nicht darauf und wandte sich an John.

»Es freut mich, daß du endlich so weit gekommen bist, Jack, obwohl du länger dafür gebraucht hast, als ich gehofft hatte. Ich hatte schon gedacht, ich würde nie wieder etwas von dir hören.«

»Ich hatte dasselbe gehofft.« Warum befürchtete er gerade, vom Regen in die Traufe zu geraten? »Was machst du denn hier?«

»Ich bin natürlich hier, um dir bei deiner Flucht zu helfen.«

»Hast du das gehört, Jack?« fragte Sue, indem sie hinter Jack hervortrat. Sie bedachte den Echsenaffen mit einem wachsamen Blick, um Bennett dann ein strahlendes Lächeln zu schenken. »Hören Sie, Mister, ich weiß zwar nicht, wer Sie sind, aber wenn Sie uns einen Weg zeigen können, wie wir hier rauskommen, folgen wir Ihnen.«

»Wer ist deine reizende Begleiterin, Jack?«

»Ich werde Spillway Sue genannt«, antwortete sie für sich selbst. »Hören Sie, Mister, uns sitzen ein paar Unverbesserliche im Nacken, die ziemlich sauer sind. Wir müssen uns beeilen. Also, wo ist der Ausgang?«

»Es besteht kein Grund zu übertriebener Eile. Eure Verfolger haben die falsche Abzweigung genommen.«

»Dein Werk?« fragte John.

»Ich habe etwas nachgeholfen. Nichts, was du mit ein wenig Übung nicht auch könntest.«

»Zweerge«, sagte das Ungeheuer, indem es sich duckte. Es fixierte den Weg hinter John mit der Anspannung einer Katze, die vor einem Mauseloch lauert.

John glaubte, in der Ferne eilige Schritte zu hören. So viel dazu, daß die Zwerge die falsche Abzweigung genommen hatten. Trotz der Gefahr freute es ihn, daß die Zauber des Elfs nicht so glückten, wie er sich das vorgestellt hatte. »Dein Nachhilfezauber scheint nicht so richtig zu funktionieren.«

»Vielleicht ist dir schon aufgefallen, daß die Dinge in dieser Domäne etwas schwieriger sind.«

John wußte nicht genug über Magie, um schwierig von leicht zu unterscheiden. Nur um Bennett zu ärgern, sagte er: »Eigentlich nicht.«

Bennett hob eine Augenbraue – ob ungläubig oder zur Kenntnisnahme, wußte John nicht.

»Ich regle das«, sagte der Elf, indem er die Augen schloß und leise vor sich hin summte.

John erwog zu fliehen. Da Bennett sich auf seinen Zauber konzentrierte und der Echsenaffe vollkommen darin aufzugehen schien, den Weg zu beobachten, kamen sie möglicherweise an ihnen vorbei. Sue zupfte an Johns Arm, zog ihn zu sich herunter und flüsterte ihm ins Ohr.

»Woher kennst du diesen Bennett?«

»Sagen wir einfach, daß wir uns schon begegnet sind.«

»Wer ist dieser Bursche?«

»Er ist ein verlogener, mörderischer Bastard«, erwiderte John, ohne sich die Mühe zu machen zu flüstern.

»Also wirklich, Jack«, sagte Bennett in verletztem Ton. Offenbar war er mit der Korrektur seines Zaubers fertig. John hörte die Zwerge nicht mehr, und das Ungeheuer mit den Fledermausflügeln hatte sich entspannt. »Sprich man so mit seinem Vater?«

Kapitel 18

Charley fuhr vor dem Settawego Building vor und parkte vor der Polizeiabsperrung. Wie erwartet, fragte Manny: »Warum parkst du hier?«

»Dauert nur eine Minute«, erwiderte Charley.

»Das ist nicht das Hilton. Wir sollen doch zum Hilton.«

»Ich will mich nur mal umsehen.«

»Das wird den zuständigen Beamten aber nicht gefallen«, warnte Manny unnötigerweise. »Besonders deshalb nicht, da Vuong und Falerio den Fall schon längst abgehakt haben.«

»Ich werde ihnen nicht dazwischenfunken.«

»Das hast du beim letzten Mal auch gesagt.«

Wie sich herausstellte, hatte Charley recht. Er funkte den zuständigen Untersuchungsbeamten nicht dazwischen, weil sie gar nicht da waren. Andererseits erfuhr er auch nichts. Der Schauplatz sah aus wie hundert andere Verbrechensschauplätze: das gelbe Absperrungsband, Kreideumrisse der Leichen auf dem Boden, die Videoüberwachungskamera und die Flecken, die nicht schnell genug verschwinden würden. Jemand hatte bereits den größten Teil der Glasscherben weggeräumt. Charley achtete darauf, nicht in den Aufnahmebereich der Überwachungskamera zu treten.

Caspar behauptete, daß dies mit Modus 112 zu tun hatte.

Charley sah sich das Loch in der Fassade des Settawego Building an. Es war kein Problem, eine vernünftige Erklärung dafür zu finden. Eine Explosion, behauptete die Voruntersuchung. Gerüchteweise hieß es, ein hohes Tier sei dabei getötet worden, ein zu hohes Tier, um in den Nachrichten als Opfer eines Gewaltverbrechens aufzutauchen. Auf dem Revier wettete man, daß der Pinkel im Laufe der nächsten Woche ›sterben‹ würde. Die Meinungen waren geteilt, ob als Todesursache ein Gesundheitsproblem oder ein Unfall herhalten müßte. An der ganzen Situation war nichts Merkwürdiges. Nur ein paar Todesopfer als Begleiterscheinung der Machtspielchen der Megakonzerne.

Gott, er haßte die Konzerne.

»Willst du den ganzen Tag hier stehen?« Manny war nicht glücklich. Der Tag war nicht so warm wie vorhergesagt, und er zitterte in seinem leichten Überzieher. Manny mochte kaltes Wetter nicht einmal dann, wenn er entsprechend gekleidet war. Charley begriff nicht, wie Manny in New England hatte aufwachsen können, ohne zu lernen, wie man dem Wetter begegnete.

»Du hättest im Wagen warten können.«

»Ich hätte in der Lobby des Hilton warten können, wenn du dort geparkt hättest, wo wir jetzt sein sollten. Ich hätte tun können, was wir eben tun sollen. Vielleicht solltest du daran mal etwas Interesse zeigen. Ich könnte längst mit der Vernehmung des zugeknöpften Geschäftsführers in diesem zugeknöpften Hilton fertig sein. Ich könnte schon damit angefangen haben, unseren Bericht über die verdammten zugeknöpften Poltergeister einzugeben. Ich könnte…«

»Schon gut, schon gut. Also bringen wir's hinter uns.«

»Der Captain wird ja so zufrieden sein.«

»Hancock kann mich mal.«

Der Geschäftsführer ließ sie warten, als sie im Hilton eintrafen. Sie bedienten sich aus der Kaffeekanne in dessen Büro. Schließlich bequemte der Geschäftsführer sich zu ihnen, und sie begannen in einer ruhigen Ecke der Lobby mit der Befragung. Charley schaltete seine Gürteleinheit auf AUFZEICHNEN. Es war alles ziemlich ermüdend und hätte auch über das Telefon erledigt werden können, aber die ›Von-Angesicht-zu-Angesicht‹-Politik von Captain Hancock verlangte von ihnen, daß sie die Angelegenheit persönlich regelten. In den monotonen Beschwerden des Geschäftsführers verbarg sich auch die Information, daß die Hotelrezeption in den letzten vierundzwanzig Stunden ein neues Hoch in der Anzahl der Beschwerden über Poltergeist-Vorfälle sowohl seitens der Gäste als auch seitens der Angestellten verzeichnet hatte. Die einzigen wirklichen Verbrechen waren jedoch ein paar kleine Diebstähle. Die Versicherung des Hotels würde den Schaden ersetzen, wenn jemand beschloß, die ›Nicht-zuständig‹-Schilder zu ignorieren und einen Pinkel unter Druck zu setzen. In den letzten sechs Stunden waren keine weiteren Vorfälle gemeldet worden. Es klang so, als sei das Phänomen zum Erliegen gekommen – eine Erkenntnis, zu der sie auch telefonisch gelangt wären. Tatsächlich war der Besuch im Hotel sinnlos und ärgerlich. Wäre Captain Hancocks Politik nicht Captain Hancocks Politik gewesen, hätte Charley geglaubt, der alte Furz habe ihn und Manny hergeschickt, um sie leiden zu lassen.

Hancock konnte ihn mal.

Verkehrslärm drang zu ihnen durch und übertönte den konstanten Geräuschpegel in der Lobby. Charley spürte einen Schwall kalter Luft.

»Jesus, welcher Idiot hat die Tür geöffnet?« Mannys Tonfall verhieß nichts Gutes für den ›Idioten‹, wenn Manny ihn erwischte.

»Sieh doch nach«, schlug Charley vor. Mehr, um Manny außer Hörweite des Geschäftsführers zu bekommen, als alles andere. Unter den gegebenen Umständen war dies die bestmögliche Maßnahme, um Hancocks Politik des ›professionellen Image‹ zu schützen. Charley beobachtete Manny aus dem Augenwinkel, um ganz sicher zu gehen, daß Manny nicht mehr Ärger verursachte, als er bereinigte.

Mannys ›Idiot‹ war nicht einer, sondern ein halbes Dutzend. Sechs Burschen kämpften sich mit vier schwer beladenen Karren durch die geöffneten Türen. Die Träger benutzten keine Gepäckkarren des Hotels und trugen auch keine Hotelpagenkleidung. Als Manny die Arbeiter zu piesacken begann und ihnen damit drohte, sie wegen eines Verstoßes gegen das Gesetz zur Erhaltung der Ressourcen zu verhaften, fragte Charley den Geschäftsführer: »Was ist da los?«

Der Mann brauchte etwas zu lange für seine Antwort. »Eine Privatparty. Die Leute müssen zur Band gehören.«

Sie sahen nicht wie Roadies aus. »Zu welcher Band?«

»Ich habe den Namen vergessen. Oh, entschuldigen Sie bitte, ich muß den Anruf entgegennehmen.«

Die Konsole auf dem Empfangspult summte, aber sie hatte auch schon zuvor ein paarmal unbeachtet gesummt. Da hatte der Geschäftsführer es überhört und vorgezogen, sich weiterhin darüber zu beklagen, daß die Abteilung keine Resultate bei der Lösung seiner Probleme erzielte. Er hatte keinen von den anderen Anrufen entgegennehmen ›müssen‹. Es hatte sogar den Anschein, als müsse er den Anruf in seinem Privatbüro entgegennehmen.

Das brachte einen ins Grübeln.

Charley warf noch einen Blick auf die Koffer. Metall, mit Schlössern und Verstärkungen, die Art Koffer, in der elektronische Vorrichtungen transportiert wurden. Danach zu schließen, wie die Träger sich abmühten, war das Zeug schwer. Charley sah ihnen zu, wie sie die Karren zu den Aufzügen schoben. Einer der Träger drückte auf den Rufknopf für die Aufzüge zu den Gästeetagen. Nicht zu den Veranstaltungsräumen? Nachdem sie ihre Last an Bord gebracht hatten, behielt Charley die Etagenanzeige im Auge. Der Aufzug hielt im zweiundvierzigsten Stock.

Manny kam zurück. »Ist dem Arschloch die Luft ausgegangen?«

»Wußte plötzlich was Besseres mit seiner Zeit anzufangen.«

»Gut. Dann laß uns zum Revier zurückfahren.«

»Ich glaube, ich sehe mich erst noch mal oben um.« Er machte sich auf den Weg zu den Fahrstühlen.

»Nicht so gut.« Manny hängte sich an ihn. »Sag mir nicht, daß wir diesmal irgendwas Handfestes haben.«

Eine der Kabinen wartete bereits im Erdgeschoß. Charley und Manny stiegen ein.

»Okay«, sagte Charley. »Ich sag's dir nicht.«

»Etage, bitte«, sagte die Kabine.

»Zweiundvierzig«, erwiderte Charley.

Der Aufzug ließ sie in der gewünschten Etage aussteigen. Manny hatte während der Fahrt geschwiegen, doch als die Türen sich hinter ihm schlossen, fragte er: »Wonach suchen wir?«

»Ich will mich nur mal umsehen.«

»Du hast wieder diesen Blick drauf.«

»Ich will nur mal einen Blick werfen, okay?«

»Soll ich schon mal Unterstützung anfordern?«

»Du solltest auf jeden Fall die Klappe halten.«

»Komm schon, Charley. Was wollen wir hier oben? Von so weit oben sind keine Poltergeist-Aktivitäten gemeldet worden.«

»Das kommt vielleicht noch.«

Manny ließ es nicht dabei bewenden. »Die höchste Etage, aus der etwas gemeldet wurde, ist die zwanzigste.«

»Nenn es eine Ahnung.«

»Vielleicht sollte ich doch Verstärkung anfordern.«

»Echt witzig. Warum nimmst du dir nicht den Nordflügel vor, während ich mich im Südflügel umsehe.« Der Teppich im Korridor wies immer noch die Furchen schwerbeladener Gepäckkarren auf, die vor kurzem hindurchgerollt waren.

»Meinst du wirklich, wir sollten uns trennen?«

»Das ist hier kein Horrorfilm.«

»Schalte trotzdem deine Gürteleinheit ein«, verlangte Manny.

Die Gürteleinheit konnte so eingestellt werden, daß Partner einander beobachten und auf ein Codewort optische und akustische Aufnahmen ihrer Umgebung senden konnten. Die Videoüberwachung nützte nicht viel, wenn man selbst herumlief, aber mit der Audioübertragung konnte man den Fortschritten des Partners lauschen, wenn man wollte. Ein potentieller Lebensretter, wenn Ärger im Anflug war. Hier im Hilton war es eine unnötige Vorsichtsmaßnahme, aber wenn Manny sich einmal in den Kopf gesetzt hatte, eine Glucke zu sein, hatte es keinen Sinn, sich mit ihm zu streiten. Vielleicht empfand Manny in Bezug auf Charleys Ahnungen so. Charley öffnete das Fach mit dem Ohrhörer und spürte, wie das nach Maß gefertigte Teil in seine Hand fiel. Er steckte es sich ins linke Ohr und schaltete demonstrativ seine Gürteleinheit ein.

»Okay? Fühlst du dich jetzt besser?«

»Viel besser«, sagte Manny. »Jetzt kannst du dich erschießen lassen, ohne daß ich vor einen Untersuchungsausschuß muß.«

Sie trennten sich. Als Charley um die erste Ecke bog, sah er gerade noch einen Mann in einer Safarijacke aus Leder ein Zimmer etwa in der Mitte des Korridors betreten. Neben dieser Tür standen zwei leere Gepäckkarren.

Charley hatte keinen besonders guten Blick auf das Gesicht des Burschen werfen können, aber etwas daran ließ ein paar Schaltkreise in seinem Gedächtnis anspringen. Er hatte diesen Burschen schon mal gesehen. Mehr als einmal. Dann fiel ihm wieder ein, wer so eine Jacke trug: David Beryle.

Wenn Beryle hier war, gab es hier vielleicht doch etwas Interessantes.

Die Tür des Zimmers stand immer noch offen. Charley ging durch den Korridor und ließ sich dann absichtlich viel Zeit dabei, die Karren zu umgehen, so daß er einen ausgiebigen Blick in das Zimmer werfen konnte. Die Anwesenden waren alle beschäftigt, was Charley Gelegenheit gab, sich gründlich umzusehen, bevor ihn jemand bemerkte. Neben dem Fenster war eine Apparatur aufgebaut. Zwei Burschen in grauen Overalls fummelten daran herum. Zwei weitere packten einen der Metallkoffer aus und brachten noch mehr elektronische Geräte zum Vorschein.

Eine Frau, die Charley auf Mitte vierzig schätzte, schaute aus dem Fenster. Sie trug zwar einen Anzug und hatte das Haar streng zurückgekämmt, aber sie sah nicht nach Konzern aus. Merkwürdig. Noch merkwürdiger war, daß der Träger, der gerade zu ihr ging, sich nicht sonderlich ehrerbietig benahm. Vielleicht war er gar kein Träger? Wer er auch war, er setzte zu einem leisen Monolog an, den Charley nicht verstand, und zeigte dabei aus dem Fenster. Charley reckte den Hals und versuchte zu erkennen, worauf der Mann zeigte. Es lag knapp außerhalb seines Blickfelds, doch kurz bevor der Türrahmen seinen Blick beschnitt, konnte er gerade noch das dunkle Loch in der Fassade des Settawego Building erkennen.

Hatten diese Leute etwas damit zu tun?

Und wie paßte Beryle in die Sache hinein?

Beryle fachte oft die Feuer an, die die SEE zu löschen

versuchte. Die Anwesenheit des Reporters ließ vermuten, daß es bei dieser Sache nicht nur um Konzernrivalitäten ging. Vuong und Falerio waren vielleicht etwas zu voreilig gewesen. Caspar glaubte es jedenfalls.

Vielleicht war es eine gute Sache, daß Charley beschlossen hatte, neugierig zu sein.

Andererseits würde es Vuong und Falerio nicht gefallen, wenn der Settawego-Vorfall sich als SEE-würdiger Fall erwies, nachdem sie zu einem gegenteiligen Schluß gelangt waren.

Die Tür nebenan öffnete sich, und Beryle betrat den Korridor. Es mußte eine Verbindungstür geben. Charley stand im Korridor und konnte nicht mehr so tun, als gehe er gerade zufällig vorbei, also beschloß er, in die Offensive zu gehen.

»Schau schau. Wenn das nicht Beryle, ›der Mann für die Nachrichten aus dem Grenzbereich‹, ist. Sind Sie letztlich auf ein paar gute Axtmorde von Außerirdischen gestoßen?«

»Hallo, Gordon. Sie habe ich hier nicht erwartet. Wo ist Ihr Schatten?«

»Manny ist auch da.«

»Ich wußte gar nicht, daß es einen Donut-Laden auf dieser Etage gibt.«

»Ein uralter Witz. Waren Sie wieder zu Gast beim Nostalgie-Comedy-Sender?«

»Nicht mehr, seitdem Sie dort Gastgeber gewesen sind. Was machen Sie denn hier, Gordon?«

»Ich wollte Sie gerade dasselbe fragen.«

»Ich war schneller.«

»Fragen Sie aus beruflicher Neugier?«

»Ja, sicher. Warum nicht?«

»Kein Kommentar.«

Beryle sah aus, als hätte Charley ihm gesagt, er könne ihn mal, was Charley ausnehmend gut gefiel.

»David, mit wem redest du?« Die Frau kam aus dem

Zimmer, um sich ihre Antwort persönlich abzuholen. Sie hatte einen strengen Blick, der Charley taxierte. Zu seiner Verblüffung stellte er fest, daß sie ein grünes und ein blaues Auge hatte.

»Das ist – immer noch nur ein Detective?« fragte Charley. Charley nickte. »Das ist Detective Gordon, einer der bemerkenswerteren Angehörigen der Gespensterbrigade der Kooperative.«

Charley haßte diesen Spitznamen. »Sonderermittlungseinheit, Ma'am.« Beryle schien die einseitige Vorstellung zu reichen. Charley nicht. »Und Sie sind?«

»Elizabeth Spae.«

»*Doktor* Elizabeth Spae«, stellte Beryle klar. »Sie ist eine Autorität in gewissen obskuren Dingen.«

Dr. Spae runzelte angesichts dieser Beschreibung ihres Fachgebiets die Stirn, so daß Charley sich fragte, auf welchem Gebiet sie selbst sich wohl als Autorität sah.

»Freut mich, Sie kennenzulernen, Doktor. Ich muß sagen, Sie scheinen eine Klasse besser zu sein als die ›Autoritäten‹, die Beryle sonst mit sich herumschleppt.«

Dr. Spae sah noch verwirrter aus. »Jetzt sollte ich mich wohl bedanken.«

Beryle drängte sich zwischen Charley und Spae. »Also, was machen Sie denn nun wirklich hier, Gordon?«

»Ich sehe mich nur mal um.«

»Die Poltergeist-Sache?«

»Sie wissen davon?«

»Das ist mein Beruf, schon vergessen? Aber was wollen Sie dann hier oben? Zwischenfälle hat es nur auf den unteren zwanzig Etagen gegeben.«

Er war gut informiert. »Sie kennen mich, ich bin gerne gründlich. Kann ich mich mal in Ihrer Suite umsehen?«

»Haben Sie einen Durchsuchungsbefehl?«
»Brauche ich einen?«
»Ja. Diesmal schon, würde ich sagen.«
Es sah aus, als sei jetzt Charley an der Reihe, jemanden mal zu können. Er bedachte Beryle mit einem dünnen Lächeln. »Ich werd's mir merken.«
Beryle führte Dr. Spae wieder in die Suite. Diesmal schloß er die Tür. Charley ging zum Fahrstuhl zurück und fragte sich, was es für eine Verbindung gab.

*

Anton Van Dieman vom inneren Zirkel stellte das Fahrzeug zur Verfügung. Er nannte es einen LeRoyale und bezeichnete es als die beste Limousine der Welt. Der Wagen war weder so groß noch so umfassend eingerichtet wie die Mitsutomo-Limousinen, genügte aber Quetzals Ansprüchen. Das Ambiente des Fahrzeugs war längst nicht so wichtig wie dessen Vermögen, ihn von einem Ort zum anderen zu bringen. Es gab nur eine Annehmlichkeit, die er unverzichtbar fand: die getönten Scheiben, die ihn vor der sengenden Sonne abschirmten.
Bald würde es wieder Nacht sein, und dann brauchte er diesen Schutz nicht mehr.
Van Dieman saß neben ihm und beantwortete seine Fragen hinsichtlich der Aktivitäten und verfügbaren Mittel der Anhänger. Einige indirekte Fragen ergaben, daß Nakaguchi noch nichts unternommen hatte, um Quetzals Pläne zu durchkreuzen. Der Asiat hatte es in der Hand, gewisse Operationen zu verhindern. Quetzal hoffte, daß der Mann begriff, was etwaige Verzögerungen ihn letzten Endes kosteten.
Wenn der Glitzernde Pfad sich öffnete, würde das Leiden derjenigen groß sein, die andere am Betreten des Pfades gehindert hatten.

Bis dahin ließen sich Maßnahmen ergreifen, um die Schwierigkeiten so geringfügig wie möglich zu halten.

»Nakaguchi ist unzuverlässig«, sagte er zu Van Dieman. »Er sollte nicht mehr als Angehöriger des innersten Zirkels betrachtet werden.«

»Aber Meister Jeffries hat ihm vertraut.«

»Jeffries hat nicht begriffen, wo Nakaguchis wahre Interessen liegen. Ich schon. Du mußt das ebenfalls begreifen. Solange seine Handlungen uns nützen, mag er am Leben bleiben. Aber wir müssen wachsam sein. Er *wird* uns verraten. Sein Herz ist nicht wirklich auf dem Glitzernden Pfad.«

»Er soll eingehend überwacht werden, Hochverehrter.«

Van Diemans Einstellung gefiel Quetzal viel besser als Nakaguchis. Dieser Mann würde einen Platz in seiner neuen Ordnung haben.

Draußen vertiefte sich die Dunkelheit. Sein Abschied aus Mitsutomos Gefängnispalast hatte ihn stärker ermüdet als erwartet. Die Energie, die er den Leuten vor dem Hochhaus entzogen hatte, war viel rascher verbraucht worden als vermutet. Er hatte einen Hunger, den der Delikatessenvorrat der Limousine nicht stillen konnte.

»Ist die Fahrerin diskret?«

Stolz sagte Van Dieman: »Sie ist ein Initiat des achten Zirkels.«

»Gut. Sie soll uns an einen Ort bringen, wo sich Menschen für Geld auf der Straße verkaufen.«

Die Anweisung überraschte Van Dieman ganz offensichtlich. Er antwortete zögernd. »Hochverehrter, wenn Ihr eine Frau wollt, gibt es viele Anhänger, die mit Freuden…«

»Nein, es gibt *nicht* viele. Es gibt zu wenige Anhänger, und deshalb muß ich Alternativen suchen.«

Die Anhänger würden geben, aber er konnte es sich

noch nicht leisten, von ihnen zu nehmen. Sie waren zu wichtig. Es gab zu wenige Gläubige, die zu wichtig für andere Zwecke waren.

Van Dieman gab seine Anweisungen.

Umgebung, Sprache und Kleidung der Betreffenden mochte sich ändern, aber die Interaktion blieb bemerkenswert konstant. Er wählte eine Stelle aus und bedeutete Van Dieman, die Fahrerin anhalten zu lassen.

Sie warteten.

Van Dieman war nervös und schaute beständig aus dem Fenster. Zweimal sagte er der Fahrerin, sie solle etwas im Auge behalten, das Annäherungssensor genannt wurde. Quetzal lehnte sich einfach zurück und wartete ab. Er war davon überzeugt, daß sich bald eine Gelegenheit ergäbe.

Und so war es.

Nach einiger Zeit fuhr einen halben Block entfernt ein Wagen an den Randstein und hielt an. Eine blondgelockte Frau stieg aus. Nachdem der Wagen abgefahren war, trat ein Mann zu ihr – und sie gab ihm etwas. Er lächelte ihr zu, gab ihr einen Klaps auf den Hintern und verschwand wieder in der Dunkelheit der Gasse, aus der er gekommen war. Sie glättete ihren kurzen Rock und zog ihn über eine Laufmasche in ihrem Strumpf, bevor sie ihren Platz in dem mit Graffitis übersäten Unterstand einer ehemaligen Bushaltestelle einnahm. Trotz der Kälte des Abends warf sie sich ihren Mantel nur über die Schulter, um ihren Körper aufreizender zur Schau stellen zu können.

Sie würde reichen.

»Der Wagen soll vorfahren und neben der blonden Frau anhalten.« Van Dieman gab die Anweisung an die Fahrerin weiter.

Er beobachtete, wie die Augen der Hure der langsamen Fahrt der Limousine folgten. Als der Wagen neben dem ramponierten Unterstand anhielt, warf sie sich in eine Positur, von der Quetzal annahm, daß sie verführerisch wirken sollte. Ihre Bewegungen waren jedoch zu plump, zu abgehackt und zu gestelzt, um wirklich sexy zu sein. Als er die Tür öffnete, lächelte sie einladend.

Sie legte eine Hand auf das Wagendach und bückte sich, um hinein zu schauen. Ihre Augen weiteten sich, als sie den in ihren Augen üppigen Luxus im Innern der Limousine sah.

»Was sucht ihr, Freunde?«

Quetzal antwortete. »Was könnten wir anderes suchen als das, was du anzubieten hast?«

Von jäher Scheu erfüllt, neigte sie den Kopf. Woher die Feindseligkeit und das Mißtrauen? Van Dieman flüsterte ihm ins Ohr, daß sie eine Falle der Polizei befürchte, daß er offener sein müsse, um ihre Befürchtungen zu zerstreuen.

»Wir sind nicht von der Polizei«, sagte Van Dieman. »Mein Freund möchte deine Dienste kaufen.«

»Wer sagt, daß ich verkaufe?«

»Die Brüder Franklin«, sagte Van Dieman, indem er drei Hundertdollarscheine zückte. »Wie heißt du?«

»Kandi. Mit einem K und einem I.« Mit einem gierigen Blick auf das Geld fügte sie hinzu: »Das reicht für einen kurzen Ausflug.«

»Ist das zufriedenstellend?« fragte Van Dieman ihn.

»Ja, ich glaube schon.« Zur Hure sagte er: »Komm, steig ein.«

Doch sie blieb, wo sie war, und sagte: »Ihr seid zu zweit. Und ich gebe keinen Rabatt bei flotten Dreiern, aber ich kann mehr als genug Frau für euch beide sein, wenn ihr wollt. Mit dem richtigen Anreiz, meine ich.«

Van Dieman verdoppelte den sichtbaren Anreiz.

Sie kam aus eigenen freien Stücken. Sie hatte ihre Vorstellung von seinen Begierden. Es spielte keine Rolle, daß sie falsch war. Mit den Worten dieses Zeitalters würde sie sagen, daß er sie ›wollte‹. Das tat er auch, aber nicht so, wie sie glaubte. Er würde sie ›nehmen‹. Wiederum nicht so, wie sie glaubte. Ihr Einverständnis gab ihm den Ansatzpunkt, den er brauchte.

Er setzte die Scharade fort, indem er die sinnlosen Worte sagte, die sie erwartete. Was sie betraf, so gurrte sie und schmeichelte ihm. Sie spielten beide eine Rolle, Schauspieler in verschiedenen Stücken, bei denen es sich nur scheinbar um ein und dasselbe handelte.

Er drehte sie um, beugte ihren Rücken über seinen Schoß und verbarg seine Absichten unter Küssen. Er hielt kurz inne, um die dünne Fadenscheinigkeit ihres Hemds und die glänzende Andeutung eines Büstenhalters zu öffnen, der unter dem durchsichtigen Stoff schimmerte. Der Augenblick, als sie sich aus den Kleidungsstücken schälte, hatte etwas Peinliches, dann legte sie sich wieder hin, bog den Rücken durch und bot ihm ihre nackten Brüste dar.

Er lächelte sie an und berührte ihre harten Brustwarzen mit federleichter Liebkosung. Sie erbebte.

Sie spielte ihre Rolle gut. Doch unter der Oberfläche schlummerte eine ehrliche Wahrheit. Sie hatte ihre Zustimmung gegeben. Natürlich gegen Bezahlung. Sie würde auch eine Art Bezahlung bekommen, eine Bezahlung, die andere für die größtmögliche Belohnung überhaupt hielten.

»Bist du bereit, dich mir hinzugeben?«

»Ich bin heiß, Baby. Ich bin bereit.«

Er strich ihr über die Wange, zwang Entspannung in ihre Glieder, kühlte ihre Erregung ab. Es war eine Gnade, nahm er an, aber eine unabsichtliche, eine Art Nebenwirkung. Es war nicht gut, wenn sie sich ihm entwand und die Zustimmung zurückzog.

Die weichen Hügel ihrer Brüste sackten zur Seite. Er schlug zwischen sie und brach ihr Brustbein.

»Hey, nicht so grob«, protestierte sie.

In ihrem Tonfall lag jedoch keine Ernsthaftigkeit, weil sie nicht spüren konnte, was er mit ihr gemacht hatte. Diese Empfindung hatte er ihr genommen. Ihre Hände spielten mit den Falten ihres Rocks. Die Zustimmung blieb.

Zeit, den Akt zu vollenden.

Kraft seines Willens wurden seine Finger granithart, die Nägel so scharf wie Obsidian. Er schlug einmal zu und durchtrennte Haut, Muskeln und Knochen. Er tauchte die Hand hinein. Er bog die Rippen auseinander. Seine Finger sondierten ihr Inneres. Immer tiefer drangen sie vor, bis sie sich um ihr pulsierendes Herz schlossen.

Er riß es heraus.

Das Blut spritzte, wie es das immer tat, und verteilte sich über das gesamte Innere der Limousine. Das Blut war sehr rot im Vergleich zu Van Diemans aschfarbenem Gesicht. Quetzal glaubte, daß der Mann damit nicht gerechnet hatte.

Lachend hob er das pulsierende Herz an die Lippen.

Er verzehrte das Leben der Hure, da er den Muskel aß, der es unterhalten hatte. Mit jedem Bissen entfernte er einen Teil dessen, was sie zu einer Person machte, und überantwortete es dem Vergessen. Er verschlang ihre Lebenskraft, wie eine Schlange eine Eidechse verschlingt. Ihre Essenz gehörte ihm, ganz ihm.

Es war so lange her, seit er zuletzt Herzblut geschmeckt hatte.

Als eine Art Nachtrag bot er Van Dieman den letzten Bissen vom Herz der Hure an. Der Gläubige sollte belohnt werden. Van Dieman nahm den Leckerbissen, mehr aus Furcht denn aus Verlangen. Er schluckte, ohne zu kauen. Dann veränderte sich der Ausdruck in seinen Augen, als er begriff, was er empfing.

Quetzal lachte wieder.

Die Limousine war kein Altar, der dafür eingerichtet

war, einen Fokus für die Freisetzung der Lebensenergie zu sein. Die Hure war kein vollkommen williges Opfer gewesen, das seine Essenz wissentlich gab. Aber das Opfer war dennoch gut gewesen. Er fühlte sich erneuert, stärker als je zuvor nach seinem langen Schlaf.

Er hatte die Macht!

In diesem ausgelaugten Zeitalter gab es niemanden, der sich ihm widersetzen konnte. Seine Wille würde Gesetz sein.

Kapitel 19

»Ohne Bär gehe ich nicht.«

John rechnete damit, daß diese Erklärung eine Reaktion bei Bennett hervorrufen würde, doch die Miene des Elfs veränderte sich nicht.

»Dann ist Artus also hier«, sagte er. »Ich hatte mich schon gefragt, wo er sich wohl versteckt hat. Aber es sollte mich wohl nicht überraschen, ihn hier vorzufinden. Wo ist er übrigens?«

»Er ist, äh, im Krankenrevier.«

»Verletzt?«

War das ein echter Unterton der Besorgnis in Bennetts Stimme? Eigentlich unwahrscheinlich. John hielt es nicht für klug, Bärs tatsächlichen Zustand zu verraten. Wahrscheinlich hätte er das gar nicht erwähnen dürfen. Aber jetzt mußte er so etwas wie eine Erklärung liefern.

»Er war krank.«

»Ich würde ja meinem Mitgefühl Ausdruck verleihen, aber wahrscheinlich glaubtest du nicht an die Aufrichtigkeit meiner Beteuerungen.« Er klang nicht sehr mitfühlend. »Ich muß sagen, ich bin doch überrascht, daß ihr zwei noch miteinander redet.«

»Was bestimmt nicht dein Verdienst ist.«

Bennett seufzte. »Mir liegen nur deine ureigensten Interessen am Herzen, Jack.«

»Warum glaube ich dir das nicht?«

»Eine interessante Frage, Jack. *Warum* glaubst du mir nicht?«

Weil du ein Lügner bist. Weil du Mülltonnen-Harry

getötet hast. Weil du beinahe Faye getötet hättest. Weil du versucht hast, mich zu töten. Weil. Weil. Weil.

Aber dies war nicht der rechte Zeitpunkt, auch nur einen dieser Punkte zu vertiefen.

»Du sagtest, du bist hier, um zu helfen.«

Bennett nickte. »Um dir dabei zu helfen, von diesem Ort zu entkommen, ja.«

»Warum?« wollte John wissen.

»Wen *kümmert*, warum, Jack?« fragte Sue. »Er ist unsere Fahrkarte nach draußen. Laß uns mit ihm gehen.«

»*Mich* kümmert, warum.«

Unschuldig fragte Bennett: »Ist die Tatsache, daß ich dein Vater bin, nicht Grund genug, dir zu helfen?«

»Für dich? Ich glaube nicht.«

»Du kränkst mich«, sagte Bennett, dem es tatsächlich gelang, auch gekränkt zu klingen.

John war nicht beeindruckt. »Das bezweifle ich.«

»So gefühllos. Du hast eine schlechte Erziehung genossen«, sagte Bennett.

»Was weißt du schon davon, wie ich erzogen wurde?« schnauzte John zurück.

»Scheiße, John! Schrei nicht so«, mahnte Sue zur Vorsicht.

John wußte, daß sie recht hatte. Die Zwerge waren irgendwo dort draußen und suchten sie. Laute Stimmen konnten Aufmerksamkeit erregen, was die Lage auch nicht besserte.

»Unsere Zeit hier ist begrenzt«, sagte Bennett. »Die Zwerge kommen näher. Wenn wir von hier verschwinden sollen, müssen wir uns langsam auf den Weg machen.«

»Ich sagte doch schon, daß ich nicht ohne Bär gehe. Außerdem gehe ich mit dir nirgendwohin, bis ich den wirklichen Grund deines Hierseins kenne. Was willst du?«

»Nun ja, am Horizont braut sich eine Angelegenheit

zusammen, von der ich meine, du könntest Interesse daran haben.«

»Also hast du tatsächlich einen anderen Grund. Du willst meine Hilfe bei einer deiner Ränke.«

»Du formulierst es so kalt.«

»Aber offensichtlich treffend. Tja, wenn du meine Hilfe willst, mußt du mir die Hilfe zukommen lassen, die ich erwarte.«

Bennett hob eine Augenbraue. »Du willst einen Handel abschließen?«

»Ich will Bär von hier wegschaffen.«

»Und mich«, warf Sue ein. »Vergiß mich nicht.«

»Und Sue. Uns alle. Weg von hier.«

»Und wenn Artus meine Hilfe nicht möchte?« fragte Bennett.

Was nur allzu wahrscheinlich war. »Schaffst du ihn trotzdem von hier weg.«

»Das wird ihm nicht gefallen.«

»Er wird es überleben.«

Bennett lächelte. »Eine hervorragende Einstellung.«

Der Beifall des Elfs kümmerte John nicht. »Sind wir uns einig?«

»Bist du bereit, meinen Preis zu bezahlen?«

»Ich habe kein Geld.«

»Nicht alle Schulden werden mit Geld bezahlt.«

»Ich zahle deinen verdammten Preis«, sagte John, um dann rasch hinzuzufügen: »Solange ich niemanden umbringen muß.«

»Ich verspreche dir, daß ich in dieser Angelegenheit nicht von dir verlangen werde, jemanden umzubringen. Schön, wir haben Zeugen hier, Jack. Erklärst du dich vor ihnen bereit, den von mir verlangten Preis für die Hilfe zu bezahlen?«

»Du kannst uns alle von hier weg schaffen?«

»Natürlich«, sagte Bennett. »Eine Selbstverständlichkeit.«

»Sicher?«

»Zweifelst du an mir?«

»Du hast nicht gesagt, daß du uns alle sicher von hier wegschaffen kannst.«

»Ja, sicher«, sagte Bennett kurz und bündig. »Antworte. Wirst du den Preis bezahlen?«

»Schaff uns hier raus, dann bezahle ich ihn.«

Bennetts schnippische Art war plötzlich wie weggeblasen. Er lächelte warm. »Dann haben wir eine Abmachung.«

Er drehte sich um und flüsterte seiner Kreatur etwas zu. Die fremdartigen Züge des Echsen-Affen verzogen sich zu einer Miene, aus der John nicht schlau wurde. Dann nickte das Wesen. Bennett wirkte vollkommen sachlich, als er sich wieder an John wandte.

»Gorshin bleibt hier, um die Zwerge noch etwas länger abzulenken. Ms. Sue bleibt hier bei ihm, während wir zwei Artus holen gehen.«

»Jack?« Sue umklammerte seinen Arm wie mit einem Schraubstock. Ihre Augen waren weit aufgerissen, da sie die Kreatur anstarrte, die Bennett Gorshin genannt hatte.

»Sue bleibt bei mir«, sagte John.

»Danke, Jack«, flüsterte sie.

»In Gorshins Obhut würde sie sicherer sein«, wandte Bennett ein. »Sie ist eine zusätzliche Komplikation, wenn sie mitkommt.«

»Ich sagte, sie bleibt bei mir.«

Bennett gab mit einer Verbeugung nach. »Dann führ uns zu Artus, auf daß wir ihn unter unsere Fittiche nehmen können.«

Zum Waldrand zurück zu finden, war schwerer, als John erwartet hatte. Auf seiner Flucht vor den Zwergen hatte er mehrfach Abzweigungen genommen, ohne es zu bemerken. Von Zeit zu Zeit blieben sie stehen und verbargen sich neben dem Pfad, wenn eine

Gruppe von Zwergen vorbei stapfte. Manchmal hörten sie Zwerge und versteckten sich, konnten aber niemanden sehen.

Bei einem solchen Halt flüsterte Sue John zu: »Ist Bennett wirklich dein Vater, Jack?«

»Ich will nicht darüber reden«, flüsterte John zurück.

»Ihr seht euch nicht besonders ähnlich.«

»Ich *sagte*, ich will *nicht* darüber *reden*.«

Sie ließ nicht locker. »Hey, Jack, du bist hier nicht der einzige, weißt du. Ich will wissen, ob man ihm trauen kann.«

»Nein. Aber ich sehe keinen anderen Ausweg.«

Das war ganz eindeutig nicht die Antwort, die sie hatte hören wollen. Sie schien sich Sorgen zu machen. Ihre nächste Frage zeigte, daß sie sich mit der Tatsache vertraut machte, daß man Bennetts Wort in keiner Hinsicht vertrauen konnte. »Woher wissen wir, daß er uns hier rausbringen kann?«

»Er ist hereingekommen, oder nicht?«

»Mehr haben wir nicht?« Die Vorstellung schien sie aufzubringen.

»Mehr haben wir nicht.«

»Alles frei«, flüsterte Bennett nur etwas lauter als zuvor John und Sue.

Sie gingen weiter.

Vor der Tür, die die Schleusenkammer zum Wald vor dem Rest des Zwergenkomplexes abschottete, stand eine Wache. Bennett sagte: »Darum kümmere ich mich«, und beschrieb eine Geste. Schon im nächsten Augenblick schien im Gebüsch auf der rechten Seite ein Tohuwabohu loszubrechen. Der Zwerg lief hin, um nachzusehen. John, Sue und Bennett liefen über den Rundweg und betraten die kahlen Korridore der Zwergendomäne.

Die Gänge waren verlassen. Wo waren all die Zwerge? War es möglich, daß sie alle den Wald durchsuchten?

John hatte eine ganze Menge Zwerge über die Wege stapfen und durch das Unterholz trampeln sehen; er hatte noch nie viele von den kleinen Leuten zu Gesicht bekommen.

Er entschloß sich zu hoffen, daß sie alle draußen waren und suchten.

Sie erreichten das medizinische Labor, ohne jemandem zu begegnen. John öffnete die Tür und führte die anderen hinein. Bär war allein in dem Zimmer und lag im Bett. Abgesehen vom Pegelstand des Tropfs hatte sich nichts verändert.

»Das ist der Bursche aus Wilsons Video?« Sue klang überrascht. »Er sieht wie Scheiße aus. Was soll der Taucheranzug?«

»Das ist kein Taucheranzug«, erklärte ihr John. »Es ist ein progressiver Widerstandsmantel. Er hindert ihn daran, sich zu verletzen, wenn sie die Simulationen fahren.«

»Er ist nicht bei Bewußtsein, Jack«, stellte Bennett fest. »Hast du vor, ihn zu tragen?«

»Wenn es nötig ist«, erwiderte John, aber er glaubte nicht, daß es richtig sein würde, Bär einfach von den Apparaten abzukoppeln und wegzutragen.

John hatte nicht weiter darüber nachgedacht. Was sollte er tun? Die Wiedererweckungssimulation noch einmal fahren und hoffen, daß sie diesmal funktionierte?

Das Programm der Zwerge hatte es nicht geschafft, Bärs Verstand in die Gegenwart zurückzuholen. Zwar hatten sie die wichtigsten Teile von Bärs Erweckung richtig hinbekommen, darunter auch den magischen Kampf zwischen Nym und Bennett, aber Bär hatte nicht wie vorhergesehen reagiert. Anstatt der Simulation in dem Versuch zu folgen, seine Erinnerungen zu stärken, war er ausgerastet. Die MaxMix-Manor-Simulation war auch nicht viel besser gelaufen.

Was konnte John tun, um zu verbessern, was die Ärzte und Psychologen der Zwerge getan hatten?

Es mußte etwas geben, etwas grundlegend anderes.

Johns Ziel unterschied sich von dem der Zwerge. Vielleicht lag ihre Chance in diesen Unterschieden. Bär auf die Beine zu helfen, war wichtiger, als ihn auf das einundzwanzigste Jahrhundert einzustimmen. Zuvor war Bär auch ganz gut allein zurechtgekommen. John war zuversichtlich, daß Bär das wieder schaffen konnte. Wenn der Bursche überhaupt irgendetwas war, dann ein Überlebenskünstler. Doch wie konnte man ihm den nötigen Anstoß geben? Was konnte John anderes tun?

Bär war ausgeflippt, wenn die negativen Geschehnisse in den Simulationen ihren Lauf nahmen. Vielleicht half es Bär dabei, mit der Erweckung fertigzuwerden, wenn sie nicht alle Traumata der echten enthielt.

»Nun, Jack?« fragte Bennett. »Wir können nicht die ganze Nacht hierbleiben.«

Was sollte er tun? John fiel einfach nichts anderes ein, was er ausprobieren konnte. »Laß mir ein paar Minuten Zeit.«

John setzte sich vor die Kontrollkonsole und rief die Hauptsimulation im Editiermodus auf. Er veränderte sie ein wenig, indem er Bennett herauslöschte, eine sonderbar genüßliche Tat. Er ersann einen neuen Handlungsablauf, indem er die Erweckung sich so abspielen ließ, wie sie hätte ablaufen können, wenn Bennett nicht aufgetaucht wäre. Er dachte sich ein paar hochgestochene Abschiedsworte für Nym aus und fügte auch noch echte Kleidung für Bär hinzu – anstelle des armseligen Kostümgewands, das Bär bei seiner Flucht aus dem Museum tatsächlich getragen hatte. Würden diese Änderungen reichen? Er hoffte es. Er schaltete von Editiermodus auf Interaktion.

John setzte den Helm auf und startete die Simulation, indem er zu dem Zeitpunkt einstieg, als er Nym entdeckt hatte. Die falsche Geschichte spulte sich ab, und Bär spielte nach seiner Erweckung mit. Nym hielt ihre kleine Ansprache. John führte Bär durch das Museum. Der Einbruch der falschen Bundespolizisten begann, und John erlebte ein paar kitzlige Minuten, als Bärs Persönlichkeit flatterte. Aber schließlich ließ Bär sich von den Ereignissen mittragen. Die Nacht war noch immer kalt, als er und Bär auf die Straße liefen. Bär stand die Simulation bis zu dem sicheren Abgang durch, den John gewählt hatte. Das Interface spielte die Schlafphase für Bär ein.

Für John wich die Simulation dem medizinischen Labor.

Hatte es funktioniert?

»Jack?«

Bärs Stimme klang schwach, knarrend, aber er hatte John beim Namen gerufen. John riß sich den Helm vom Kopf und ging zum Bett. Bär hatte die Augen geöffnet und schien zum ersten Mal, seitdem John ihn hier bei den Zwergen wiedergesehen hatte, anwesend zu sein.

»Ich bin hier, Bär.«

»Jack, was geht hier vor? Ich kann meine Arme nicht bewegen.«

»Mach dir keine Sorgen. Du warst krank.«

Bär nickte, akzeptierte die Auskunft. »Ich bin froh, dich zu sehen, Jack.«

Froh, ja? *Darüber* würde John später nachdenken. »Wir unterhalten uns später. Jetzt müssen wir erst mal weg von hier.«

»Aber ich kann mich nicht bewegen.«

»Kämpf nicht dagegen an. Es ist alles in Ordnung. Es ist nur der Mantel. Wir werden dich da rausholen.« Gott, er *hoffte*, daß es nur der Widerstandsmantel war.

Bär hatte sich lange nicht mehr bewegt. Wie schwach würde er sein? Bär aus diesem Ding zu schälen, war kein Ein-Mann-Job.

»Helft mir mal«, sagte er zu den anderen.

Sue war sofort bei ihm, und mit ihrer Hilfe holte John Bär aus dem PWM heraus. Bennett rührte keinen Finger, sondern stand nur reserviert in der Ecke und sah zu.

Bärs Augen verengten sich, als er den Elf sah. Offenbar hatte er Bennetts Anwesenheit bisher übersehen. Woran erinnerte sich Bär im Zusammenhang mit Bennett nach seiner Erweckung? John spürte, wie er sich innerlich spannte. Er spürte auch das Zittern in Bärs Muskeln – Bär war nicht in der Verfassung, es mit dem Elf aufzunehmen. Das schien auch Bär zu wissen; er entspannte sich. Ein wenig.

»Was machst *du* hier?« knurrte er Bennett an.

»Ich bin auch hier, um zu helfen.« Er hob eine Hand, aus der Kleider baumelten, die er beschworen haben mußte. Zuvor hatten sich keine im Raum befunden. »Du kannst nicht nackt herumlaufen. Nicht vor einer Dame.«

Bär hatte seine Nacktheit bisher nicht gestört. »Ich will keine Geschenke von dir.«

»Dann nimm sie nicht an.« Bennett öffnete die Hand und die Kleider fielen zu Boden. »Wenn ich du wäre, Jack, würde ich ihm gut zureden, sie anzuziehen. Ohne sie wird er ziemlich verdächtig aussehen.«

Als seien sie nicht ohnehin verdächtig. Sue, die kleinste von ihnen, überragte jeden der Zwerge um mehr als Kopfeslänge. Dennoch, wenn sie einmal draußen waren – *falls* sie nach draußen kamen –, würde Bär Kleidung brauchen. Es war immer noch Herbst draußen.

»Bär«, begann John.

»Ich will einem Elf nichts schulden«, sagte Bär entschieden.

»Dafür schuldest du mir nichts«, sagte Bennett. »Ich bin auf Jacks Bitte hier. Er ist derjenige, der deine Freiheit erkauft hat.«

Bär starrte John an. »Ist das wahr, Jack?«

»Ich sagte doch, wir unterhalten uns später. Zuerst müssen wir von hier weg – und das bedeutet, daß du dich anziehen mußt.«

Bär war zu wacklig auf den Beinen, um es selbst zu schaffen. Er ließ sich von John und Sue in die Kleidung helfen, die Bennett zur Verfügung gestellt hatte. Die Sachen paßten gut. John wandte sich an Bennett.

»Wie geht es jetzt weiter?«

»Wir gehen wieder zurück ins Grüne«, sagte Bennett.

»In den Wald? Ist das der Weg nach draußen?« fragte Sue.

»Für uns ja.«

Sie kehrten auf demselben Weg in die Schleusenkammer und in den Wald zurück. Wie zuvor begegneten sie unterwegs wunderbarerweise nicht einem einzigen Zwerg. Hatten sie so viel Glück, oder wollten die Zwerge sie nur in Sicherheit wiegen? Oder hatte es etwas mit Bennetts Magie zu tun? John hatte mehr Interesse daran, von hier wegzukommen, als Antworten zu erhalten.

Sie erreichten den Wald ohne Zwischenfälle und gingen dorthin, wo sie Gorshin zurückgelassen hatten. Der Echsen-Affe wartete nicht an dieser Stelle, tauchte aber kurz darauf auf, wobei er sich fast lautlos durchs Gebüsch bewegte. Bär versteifte sich, als er das Ding sah, doch zu Johns Erleichterung versuchte er es weder zu bekämpfen noch verfiel er in eine Katatonie.

»Zweerge nooch suuuchn«, verkündete Gorshin.

»Sind welche in der Nähe?« fragte Bennett.

»Niicht naa.«

»Wir haben mehr Glück, als wir verdienen, Jack«, sagte Bennett.

»Eine Falle?« fragten Bär und Sue gleichzeitig.

Der Gedanke war John auch gekommen.

»Ich glaube nicht«, sagte Bennett. »Aber wir werden genug Ärger bekommen, wenn wir herumtrödeln.«

»Dann laß uns nicht trödeln«, gab John zurück.

»Der Weg ist schwer zu erkennen«, verkündete Bennett. »Ich gehe voran.«

Bär schüttelte Johns stützenden Arm ab. »Ich gehe jetzt ohne Hilfe.«

»Bist du sicher?« fragte John. Bär sah aus, als würde er jeden Augenblick umkippen.

Bärs Antwort bestand aus einem finsteren Blick.

Bennett setzte sich in Bewegung und ging langsamer, als John erwartet hatte. Nahm er tatsächlich Rücksicht auf Bärs Schwäche? Bär ging fast an Bennetts Schulter. John und Sue setzten sich hinter die beiden. Gorshin bildete den Abschluß.

»Bleibt alle dicht zusammen«, warnte Bennett. »Zu eurer eigenen Sicherheit.«

Zu Johns Überraschung hielt Bär Schritt und blieb dicht hinter Bennett, wie dieser gesagt hatte. John versuchte ganz nah bei Bär zu bleiben, darauf vorbereitet, ihn aufzufangen, sollte er stolpern. Sue war unmittelbar neben John. Bennetts Warnung schien unnötig zu sein. Angesichts der Tatsache, daß der mit Klauen und Zähnen bewehrte Gorshin die Nachhut bildete, war es wenig wahrscheinlich, daß sich jemand mit ihnen anlegen wollte.

Der Charakter des Waldes veränderte sich unterwegs. John spürte, wie seine Haut zu kribbeln begann. Die Blätter ringsumher schienen in einem blauen Feuer zu leuchten und reflektierten das Licht in allen Regenbogenfarben. Das grellweiße Licht, das von den Dekkenpaneelen auf sie fiel, wurde grauer und verdunkelte sich mit einer Plötzlichkeit, die jene der Sommerdämmerung übertraf. Es wurde kühler.

Sue zitterte und drängte sich näher an John. Er legte den Arm um sie und sie schlang ihren um seine Hüfte, so daß sie im Gleichschritt gehen mußten. Mit der freien Hand ergriff sie die Hand, die er ihr auf die Schulter gelegt hatte, und zog sie weiter herunter. Ihr Kopf schwang rastlos hin und her, da sie versuchte, jedes neue Funkeln zu bemerken und den Ursprung jedes neuen Geräusches auszumachen. Das war alles sehr fremdartig für sie.

Was keine Überraschung war. John erinnerte sich noch, wie er es das erste Mal erlebt hatte. Was das betraf, so fand auch er die Erfahrung immer noch ziemlich sonderbar. Ach was, wem wollte er etwas vormachen? Die Anderswelt war für ihn noch immer ganz und gar erstaunlich.

Wie viel seltsamer mußte sie Sue da vorkommen, die nicht wußte, daß sie ins Reich der Elfen und Feen marschierte.

Teil 3

ZU GEFÄHRLICH

Kapitel 20

Auf der anderen Seite stellte Bennett ihnen allen außer Gorshin ein elfisches Roß zur Verfügung. Die Tiere kamen mit lautem Hufgetrappel aus dem Nebel und blieben scharrend und schnaubend stehen. Zu Johns Überraschung bestieg Bär eines der Tiere, ohne ein Wort zu verlieren. Sue weigerte sich trotz Bennetts Versicherung, das Roß werde ihr nichts tun, auch nur in die Nähe eines der Tiere zu treten.

»Die sehen hungrig aus«, protestierte sie.

Es bedurfte einer Menge Überredungskunst, aber schließlich erklärte sie sich bereit, sich eines der Rösser mit John zu teilen. Sie klammerte sich an ihn, kaum daß er sie hinaufgezogen hatte. Mit Bennett an der Spitze galoppierten sie los.

Abgesehen von dem Gras unter ihren Füßen sahen sie wenig von der Anderswelt, weil sie durch einen dichten Nebel ritten, von dem Bennett behauptete, ihn ›zu eurem eigenen Schutz‹ beschworen zu haben.

Obwohl der Nebel die genaue Einschätzung ihrer Geschwindigkeit erschwerte, kam es John so vor, als liefen die Rösser schneller, als es dies ein irdisches Pferd je vermocht hätte. Nicht, daß er viel Erfahrung mit Pferden hatte, eigentlich gar keine. Er war selbst überrascht, daß es ihm gelang, sich im Sattel zu halten. Doch angesichts der Tatsache, daß Sue sich an ihn klammerte, wagte er nicht, den Halt zu verlieren.

Er wußte, das die Zeit in der Anderswelt seltsame Kapriolen schlug, also hatte er keine Ahnung, wie lange sie ritten. Sie schwiegen unterwegs und das einzige Geräusch war das Trommeln der Hufe auf dem Boden. Als Bennett sein Roß schließlich zügelte, schwankte Bär im Sattel, und Sue schien einen Graben in Johns Taille geklammert zu haben. Sie stiegen ab, wobei Bär beinahe zusammenbrach. John eilte zu ihm, um ihn zu stützen, und ignorierte alle Proteste, es gehe ihm gut – es ging ihm zweifellos nicht gut, und seine Unfähigkeit, Johns Hilfe abzuwehren, bestätigte diese Einschätzung. Gorshin, der in den Nebel geflogen war, gesellte sich in einem Tumult schlagender Fledermausflügel wieder zu ihnen, während Bennett die Rösser in einem Halbkreis um sich versammelte. Er redete mit ihnen in einer Sprache, bei der es sich nur um Elfisch handeln konnte, und schickte sie dann mit einem abschließenden Wort weg.

»Von hier aus gehen wir in die sonnenbeschienene Welt«, verkündete Bennett.

Und das taten sie. Der Elf führte sie in den Nebel, der immer schillernder wurde. Bär bestand darauf, ohne Hilfe zu marschieren, und fand auch tatsächlich irgendwo die Kraft dazu. Sue hielt sich an John und suchte bei ihm inmitten der Fremdartigkeit Trost. Was ihm nichts ausmachte. Tatsächlich gefiel es ihm sogar. Ihre Nähe und menschliche Wärme bewirkten, daß er sich besser fühlte. Eng umschlungen, wanderten sie durch den Nebel. Das Schillern in allen Regenbogenfarben verstärkte sich mit jedem Schritt.

Nach nur ein paar Dutzend Schritten bemerkte John, daß die wirbelnden Farben ringsumher eine Spur blasser wurden. Zwar verbarg der magische Nebel immer noch ihre Umgebung, aber die Farbenpracht wurde schwächer und schien auch langsamer umherzuwirbeln. John wurde klar, wo sie herauskamen, noch bevor seine Augen sich an die Helligkeit der wirklichen Welt gewöhnt hatten. Er erkannte die hohen Fenster wieder, durch die das Licht in den höhlenartigen Raum fiel, das riesige Schatten von den Metallkonstruktionen über den Holzboden wandern ließ. Der Geruch nach Staub, Rost und altem Öl war ihm vertraut.

Sie waren in der Fabrik angelangt, die er zu seinem Heim gemacht hatte.

Er sah sich um. Nichts hatte sich verändert, soweit er es beurteilen konnte, doch wo ihm zuvor die Wände grimmig und kahl vorgekommen waren, kamen sie ihm jetzt, nach seinem Aufenthalt bei den Zwergen, viel heller und lebendiger vor. Vielleicht hatte er noch Staub aus der Anderswelt in den Augen.

Oder vielleicht war er auch zu Hause.

Zu Hause oder nicht, hier zu sein, bedeutete...

Faye!

Er spürte ihre Anwesenheit überall um sich herum, warm wie ein Sommerwind, aber mit einer emotionalen Anteilnahme geladen, wie sie kein Wind je vermitteln konnte. Ihre Aufmerksamkeit hatte nicht die Greifbarkeit oder Wärme von Spillway Sues Arm um seiner Hüfte, aber Faye war auch nicht weniger wirklich für ihn.

»John! Ist alles in Ordnung? Haben sie dir irgendwas getan?«

»Es geht mir gut.« Viel besser, jetzt, da er wußte, daß es *ihr* gut ging.

»Artus sieht nicht so gut aus.«

Artus? John hatte damit gerechnet, daß sie wegen Sue neugierig sein würde. Schließlich standen Sue und er immer noch Arm in Arm da. Er und Sue. Verlegen sagte er: »Bär hat eine schwere Zeit hinter sich.«

»Bleibt er bei uns?«

Uns? Sue bewegte sich und rieb ihre Hüfte an Johns Schenkel. Wer – *uns*?

»John? Bleibt Artus bei uns?«

»Zumindest vorübergehend.«

»Jack?« Sue löste sich von ihm und sah ihn an, als hielte sie ihn für verrückt. »Mit wem sprichst du, Jack?«

»F-« Er biß sich auf die Lippen. Sogar für ihn war Faye unsichtbar. Er hörte zwar ihre Stimme und spürte ihre Anwesenheit auch viel deutlicher, aber für gewöhnliche Menschen existierte sie immer noch nicht. Spillway Sue war ein sehr körperliches Mädchen, in mehr als einer Hinsicht. In der letzten Zeit hatte sie viele Dinge erlebt, die nicht zu ihrer Welt gehörten, und sie war damit nicht besonders gut zurechtgekommen. Wie sollte sie trotz all der Merkwürdigkeiten an Johns unsichtbare Freundin glauben? Faye würde verstehen, daß John sie verleugnete. Sie war daran gewöhnt.

»Ich habe nur laut gedacht«, sagte er.

Sue sah ihn nachdenklich an, sagte jedoch nichts. Unter ihrem forschenden Blick wurde ihm unbehaglich.

Der Nebel, der sie aus der Anderswelt begleitete, hatte sich mittlerweile vollkommen gelichtet. Bär starrte die ungeschlachten stummen Maschinen an. In mancherlei Hinsicht mußte ihm dieser Ort seltsamer vorkommen als Faery. Er stolperte, und John sprang ihm bei und fing ihn auf. Mit Sues Hilfe ließ er den erschöpften Bär langsam zu Boden gleiten.

Sue sah sich um. »Sind wir da, wo ich glaube...?«

John nickte. Sue sah sich weiterhin um, den Mund ein wenig geöffnet, die Augen geweitet. Faye kicherte. John forderte sie auf zu schweigen. Als er damit Sues Aufmerksamkeit erregte, tat er so, als beschäftige er sich mit Bär. Fayes Belustigung nahm zu, um gleich darauf zu verschwinden, als Bennett neben John trat. John spürte, wie sie zurückwich.

»Sterbliches Fleisch ist so schwach«, sagte der Elf, während er Bär betrachtete.

»Er hatte eine schwere Zeit«, erklärte John rechtfertigend.

Bär schien sich der Tatsache bewußt zu werden, daß

er von Leuten umgeben war. Er öffnete die Augen und sah John an.

»Wo sind wir?« fragte er.

»Zu Hause«, sagte John, ohne nachzudenken.

Bär nickte. »Ich hatte befürchtet, daß der Elf uns hinterginge. Elfen sind tückische Wesen.«

Sue sah Bennett beunruhigt an und lenkte dann Johns Blick auf sich. Ihr Gesicht war eine einzige Miene der Besorgnis. Sie kannte nicht einmal die lange gemeinsame Geschichte der beiden. John sah Bennett an. Der Elf schien ein wenig spöttisch zu grinsen. John wandte sich wieder an Bär.

»Weißt du noch, in welcher Zeit du bist?« In Wahrheit wollte er fragen, ob Bär noch wußte, daß John ebenfalls ein Elf war.

Die Frage schien Bär zu verwirren. »Was soll das für eine Frage sein?«

Der Bär aus dem einundzwanzigsten Jahrhundert hätte gewußt, daß es eine durchaus angebrachte Frage war.

»Ich bin so müde«, verkündete Bär. Seine Augen schlossen sich.

»Schwach«, sagte Bennett. »Kümmere dich um ihn. Wir haben noch etwas Zeit. Ich werde warten.«

John weckte Bär und war ihm beim Aufstehen behilflich. Sue half ihm unaufgefordert. Gemeinsam gelang es ihnen, Bär die Treppe hinauf und auf den ersten Absatz zu schaffen. Bär war zu erschöpft, um die Treppe bis ganz nach oben zu erklimmen, und eine zu schwere Last, um ihn zu tragen. John nahm Abstand von seiner Absicht, Bär auf seine eigene Matratze zu legen. Sie schafften ihn in den nächsten Raum. Früher war hier ein mit einer langen Couch möbliertes Büro gewesen. Der Rahmen der Couch war jetzt zerbrochen, die Polster waren verschimmelt. Sue nahm die ramponierten Polster und legte sie auf dem Boden zu einer

Reihe aus, während John Bär zu ihnen hinüber half. Bär war noch einigermaßen bei sich und konnte sich selbst hinlegen.

»Wo ist Caliburn?« fragte er. »Hast du es?«

John hatte das Schwert zuletzt in Bärs Händen gesehen. Er hatte es ihm selbst gegeben. »Kannst du dich nicht mehr daran erinnern, daß du es geholt hast?«

»Geholt?«

»Aus dem Palast der Herrin.«

»Die Herrin.« Er lächelte schwach. »Du warst auch da.«

»Also erinnerst du dich?« *Woran? Erinnerst du dich auch noch daran, daß du mich Verräter nanntest?*

»Vielleicht. Alles ist so verwirrend. Ich habe Erinnerungen, die sich widersprechen. Ich sehe mich an Orten, und manchmal tue ich eine Sache und manchmal eine andere. Die Leute bei mir wechseln. Das ist merkwürdig. Einige meiner Erinnerungen müssen wirklich und andere Träume sein, aber ich kann das eine nicht vom anderen unterscheiden. Cei wird es wissen. Ich muß ihn fragen.«

»Du kannst Cei nicht fragen.«

»Ist er nach Camulodunum gegangen?«

»Camulodunum war ein alter Name für Camelot. Bär war nicht im geringsten auf dem laufenden. Hatte John seinen Verstand vollkommen durcheinander gebracht?«

»Cei ist nicht mehr da.«

Bär nickte wissend. »Nicht in Camulodunum. Nirgendwo.«

»Das stimmt.«

»Dies ist eine andere Zeit.«

»Das stimmt auch. Erinnerst du dich noch an das Museum? Erinnerst du dich an Nym?«

»Ist sie bei den Dons? Hectors Mädchen?«

Carla war Hectors Mädchen gewesen, und die Dons

waren Teil von Bärs Leben nach der Erweckung. Bär war vollkommen durcheinander. Was sollte John tun? Was konnte er tun?

»Du mußt dich erst mal ausschlafen«, sagte er zu Bär. »Wir klären das alles, wenn du dich ausgeruht hast.«

Bär nickte zögernd und legte sich hin. Er schien augenblicklich einzuschlafen. John wollte sich erheben, doch Bärs Hand schoß vor und hielt seinen Arm fest. Bär schaute ihm ernst in die Augen.

»Dann hast du Caliburn nicht?«

»Nein. Als ich es zuletzt sah, hatte ich es gerade dir gegeben.«

»Die Herrin«, murmelte Bär.

»Hast du es ihr zurückgegeben?«

»Ich weiß es nicht. Ich glaube schon, aber ich weiß nicht, ob es vielleicht nur ein Traum war.«

Bär ließ Johns Arm los. Diesmal wartete John, bis er sicher war, daß Bär schlief. Sue stand in der Tür.

»Haben ihn die Zwerge so zugerichtet oder ist er immer so?«

John drehte sich noch einmal zu dem schlafenden Bär um. Er wollte lieber nicht glauben, daß es vielleicht doch nicht die Zwerge waren, die ihn so zugerichtet hatten. Es würde sich schon alles fügen. Es mußte. »Er kommt wieder in Ordnung. Wenn er sich erst mal richtig ausgeschlafen hat, wird es ihm schon viel besser gehen.«

»Da ist er nicht der einzige.« Sie nahm seine Hand. »Komm. Du schläfst oben, nicht?«

Hatte er ihr das erzählt? Was er ihr auch erzählt oder nicht erzählt haben mochte, sie kannte den Weg. Nicht, daß es viele Möglichkeiten gegeben hätte, sich zu verlaufen. Das einzige, was es am Ende der Treppe gab, war die oberste Etage, die er zu seinem Heim gemacht hatte.

Sie sah sich nur so lange um, bis sie die Matratze entdeckt hatte – sein Bett. Es war noch genauso ungemacht, wie er es verlassen hatte. Sie schleifte ihn zur Matratze, blieb stehen und drehte sich zu ihm um. Ihr Stoß überraschte ihn, und dank des Knöchels, den sie hinter sein Knie einhakte, fiel er zur Seite und auf die Matratze, die ordentlich durchgeschüttelt wurde, als sie sich neben ihn warf.

Er wollte wieder aufstehen, doch sie packte ihn und zog ihn auf sich. Er spürte ihre Lippen auf seinem Kinn, dann glitten sie hoch zu seinen Lippen. Sie küßte ihn hart und fordernd. Überrascht, doch erfreut, erwiderte er den Kuß.

Nach mehreren atemlosen Augenblicken beendete er ihn und stützte sich auf einen Arm, um sie zu betrachten. Ihre Haare waren nicht so lang wie Fayes Haare in der Anderswelt, und sie waren auch nicht fein und seidig. Sie waren dunkel wie die Nacht und nicht wie Fayes Sternenlicht. Aber sie standen ihr und umrahmten ein Gesicht, dessen Miene weicher war, als er es je bei ihr gesehen hatte. Sie war keine vollkommene Schönheit wie Faye, denn ihre Haut trug die Spuren ihrer Menschlichkeit und die Male, die ihr die Notwendigkeit aufgedrückt hatte, sich in einer feindseligen Welt den Lebensunterhalt verdienen zu müssen.

Faye war nicht hier und – für den Augenblick – war er auch froh darüber.

Was nützte einem Schönheit, die man nicht sehen konnte?

»Was ist?« fragte sie.

Wie die Dinge lagen, spürte er sie hier in seinem Bett. Sie war wirklich und greifbar.

Er beugte sich nieder und küßte sie. Ihre Lippen waren warm und lebendig. *Sie* war warm und lebendig. Wirklich. Greifbar. Warm. Ihre Arme schlossen sich um seinen Nacken. Sie zog ihn zu sich herunter.

»Danke«, sagte sie, als sie sich geliebt hatten. Er wußte nicht, was er sagen sollte, also drückte er sie nur fest an sich. Sie erwiderte den Druck. Sie lagen stumm, einer in den Armen des anderen. Trotz seiner Müdigkeit konnte John nicht einschlafen. Sue hatte darunter nicht zu leiden. Es dauerte nicht lange, bis ihre Atemzüge die Tiefe und Regelmäßigkeit des Erholungsschlafs angenommen hatten. Enttäuscht öffnete John die Augen.

Gorshin hockte am Fuß der Matratze.

Einen Augenblick lang begegnete er dem Blick der Kreatur mit den Fledermausflügeln. Wie lange saß Gorshin schon da? Was wollte er? Granitfarbene Lippen kräuselten sich und enthüllten spitze Zähne. War das ein Knurren oder ein Lächeln?

»Eer wiil reeden miit diir«, knirschte Gorshin.

John brauchte nicht erst zu fragen, wer ›er‹ war.

Mit Bennett zu reden, stand nicht ganz oben auf seiner Prioritätenliste, aber er konnte ohnehin nicht einschlafen.

John zog seinen Arm unter Sues Kopf hervor, ohne sie aufzuwecken, und stand auf. Gorshins Augen funkelten in der Dunkelheit der hereinbrechenden Dämmerung. Der starre Blick des Echsen-Affen war beharrlich. John nahm eines der löchrigen Laken und deckte Sue damit zu. Gorshin zuckte nicht mit einer Wimper. Er sah weiterhin geduldig zu, wie John seine Kleidung aufhob. Wenigstens nahm John an, daß der Echsen-Affe geduldig war: Miene und Körper waren wie versteinert und regten sich nicht.

Bennett saß auf einem niedrigen Geländer an der Seite einer der Maschinen. Er trug nicht mehr die Kleidung des Elfenprinzen, sondern dasselbe wie bei seiner ersten Begegnung mit John: einen Trenchcoat über einem gewöhnlichen Anzug. Er hatte sogar seine menschlichen Züge aufgelegt.

Bennett erhob sich, als John sich näherte. Seine Nüstern blähten sich, als nehme er eine Witterung auf. Seine Lippen verzogen sich zur Andeutung eines Lächelns. »Hast du dich amüsiert?«

Was ging ihn das an? »Du wolltest mit mir reden. Ich hatte angenommen, es ginge nicht um meine persönlichen Angelegenheiten.«

»Wenn deine Angelegenheiten nicht persönlich wären, was würde sie dann zu deinen Angelegenheiten machen?«

»Ich bin nicht in der Stimmung für deine Rätsel.« John gefiel Bennetts Anwesenheit in der alten Fabrik nicht. Er wollte ihn nicht hier haben. »Sagtest du nicht, daß du mich für irgendein dringendes Problem brauchst?«

»Jemand, den du kennst, ist in Gefahr.«

»Meine Mutter?«

»Du meinst Marianne Reddy?«

»Du weißt, wen ich meine.«

»Wenn sie in Gefahr ist, weiß ich nichts davon.«

»Ich bin es langsam leid. Warum sagst du mir nicht einfach, was du willst?«

»Erzähl mir zuerst, wie du in die Domäne der Zwerge gelangt bist.«

Was hatte das damit zu tun? »Sie sind hergekommen und haben mich geholt.«

»Haben sie dir zu Verstehen gegeben, daß sie wissen, wer du bist?«

»Wilson kannte meinen Namen, wenn du das meinst.«

»Dieser Wilson kannte deinen Namen und kam her und hat dich gefragt – und du bist mitgegangen? Freiwillig?«

»Er hatte eine Nachricht von Bär, in der er mich bat, mit Wilson zu gehen.«

Bennett schüttelte den Kopf. »Und du hast natürlich angenommen, daß Artus ihn tatsächlich geschickt hat.«

»Ich hielt es immerhin für möglich.«

»Nach allem, was bei eurer letzten Begegnung vorgefallen ist? Ich denke nicht.«

John war überrascht, wie sehr Bennetts Spott ihn traf. Was kümmerte es ihn, was der verdammte Elf dachte? »Schön, es kam mir schon merkwürdig vor. Was ändert das?«

»Vieles. Und nichts.« Bennett zuckte die Achseln. »Ich weiß, daß du in allen Fragen deiner Abstammung erbärmlich ungebildet bist, aber ich hatte dich für intelligenter gehalten.«

»Laß mich eines klarstellen«, schnauzte John. »Es ist mir völlig egal, was du von mir hältst!«

Bennett betrachtete John aus dem Augenwinkel. »Tatsächlich?«

»Ja.«

»Nun gut, Jack. Wenn du meinst.«

»Was interessiert es dich, warum ich mit Wilson gegangen bin? Seit wann interessiert es dich, warum ich *irgendwas* tue?«

»Ich bin dein Vater, Jack.«

»Das sagst du. Meine *Mutter* sagt etwas anderes.«

»Vergiß Marianne Reddy. Sie ist nicht mehr Teil deines Lebens.«

»Was willst du damit sagen?« Was wußte er?

»Ich will damit sagen, daß du deine wahre Abstammung kennst und dich nicht mehr auf die Erfindungen berufen mußt, mit denen du aufgewachsen bist. In der Vergangenheit zu leben, kann sehr gefährlich sein, besonders für Elfen. Es wäre mir lieber, wenn du nicht in diese Falle liefest.«

»Ach? In was für Fallen soll ich denn laufen? In deine?«

»Ich versuche gar nicht, dir eine Falle zu stellen. Aber ich hatte befürchtet, die Zwerge könnten es getan haben. Sie sind nicht unsere Freunde, Jack. Tatsächlich sind sie von alters her Feinde unseres Bluts. So war es schon immer. Weißt du denn nicht mehr, wie sie Harry gefoltert und ihm einen Sender eingesetzt haben, damit sie uns in die Anderswelt folgen konnten?«

John hatte diesen Vorfall anders im Gedächtnis. »Ich dachte, das wäre Mitsutomos Werk gewesen.«

»Mitsutomo dachte das auch. Natürlich waren bei diesem Unternehmen einige Angehörige des Konzerns willige Partner. Aber sie waren auch die Gelackmeierten. Letzten Endes waren es die Zwerge, die für die Anschläge auf Artus verantwortlich waren.«

»Mach dich nicht lächerlich. Die Zwerge verbindet einen alte Freundschaft mit Bär. Sie wollen ihm helfen.«

»Du glaubst, sie wollten ihm helfen? Ich will ja nicht dein Geschick im Umgang mit Elektronik herabsetzen, aber warum, glaubst du, war es so leicht für dich, Artus zu wecken, als sie einmal nicht in der Nähe waren, um zu *helfen*?«

»Warum? Was hätten sie davon?«

»Caliburn vielleicht.«

»Aber nur Bär kann es benutzen.«

»Glaub nicht alles, was du liest«, entgegnete Bennett warnend. »Aber sie brauchen den Talisman gar nicht benutzen zu können, um ihn haben zu wollen. Ihre Absicht könnte ganz einfach die sein, Caliburn nicht in die Hände derer fallen zu lassen, die es können. Die Zwerge werden von Motiven getrieben, die du und ich nie verstehen werden. Sie sind magisch tot. Das ist eine Tatsache. Und deshalb wollen sie nicht, daß andere Magie besitzen.«

»Warum ist das ein Problem? Viele Leute wollen dies haben und das nicht. Wenn sie keine Magie wollen, ist das doch in Ordnung. Sie müssen ja keine haben.«

»Sie sind kein tolerantes Volk. Sie neigen dazu, aus ihren Problemen die Probleme anderer zu machen.«

John versuchte Bennetts Heuchelei mit einer geringschätzigen Handbewegung abzutun.

»So einfach kannst du das Problem nicht lösen«, beharrte der Elf. »Die Zwerge könnten selbst dann keine Magie haben, wenn sie welche wollten. Das ist ein Manko ihrer Rasse und verzerrt ihre Sichtweise, wie die Dinge sein sollten. Es war schon immer ihr ganzes Trachten, die Magie unter Verschluß zu halten. Nichts würde sie glücklicher machen als die dauerhafte Trennung unseres Gefildes von der sonnenbeschienenen Welt.«

»Das ist vielleicht gar keine so schlechte Idee.«

»Da befindest du dich in einem großen Irrtum, Jack. Magie ist die Hoffnung der Welt. Beider Welten. Die Zwerge sind nur zu dumm, um die Wahrheit zu erkennen.«

»Vielleicht halten sie das nicht für die Wahrheit.«

»Ich bin sogar sicher, daß sie das nicht für die Wahrheit halten. Aber noch so viele Gedanken und Wünsche können nichts an der Wahrheit ändern, Jack. Ebenso, wie noch so viel Selbsttäuschung nichts an der Tatsache ändert, daß sie dich für ihre Zwecke mißbraucht haben.«

»Als hätte *das* noch nie jemand getan«, sagte John, indem er Bennett anklagend anstarrte.

»Jack, ich bin nicht aus eigennützigen Motiven zu dir gekommen.«

»Ach, nein?«

»Ich verstehe deine Feindseligkeit. Du begreifst so viele Dinge nicht, und im Augenblick ist keine Zeit, dir alles zu erklären.«

Diese Platte schon wieder! »Wird jemals Zeit dafür sein?«

Bennett ignorierte seine Frage. »Erinnerst du dich noch daran, daß ich sagte, jemand sei in Gefahr?«

»Also kommen wir jetzt endlich zur Sache. Hat ja

auch lange genug gedauert. Vergiß nur nicht, was ich gesagt habe – ich werde niemanden für dich töten.«

»Ich bin vollauf damit zufrieden, dir die Entscheidung zu überlassen, ob jemand getötet wird oder nicht.« Eine Pause. »Erinnerst du dich noch an Dr. Elizabeth Spae?«

Natürlich erinnerte er sich. Sie war einer der beiden ausländischen Geheimdienstler, die sie in die Anderswelt begleitet hatten. Etwas reserviert, aber ganz in Ordnung für eine ältere Dame. John hatte sie irgendwie gemocht.

»Die Gefahr, die in der sonnenbeschienenen Welt umgeht, bedroht sie. Ein Ding, eine tödliche Kreatur, hat sie aufs Korn genommen. Sie ist in Gefahr und braucht deine Hilfe.«

»Ist die Gefahr echt oder bist du dafür verantwortlich?«

»Ich habe mit dieser Scheußlichkeit nichts zu tun«, gab Bennett ernst zurück.

John glaubte ihm. Der Unterton des Widerwillens in seiner Stimme war zu tief, um vorgetäuscht zu sein. »Was kann ich tun, was du nicht kannst? Oder auch sie, was das betrifft? Sie ist doch eine Magierin, oder nicht? Ich habe Schwierigkeiten, mit meiner Magie eine Kerze anzuzünden.« Ihm kam noch ein anderer Gedanke. »Wenn du über diese Gefahr so gut Bescheid weißt, warum hilfst du ihr dann nicht selbst?«

»Artus hat sie gegen mich eingenommen. Ich fürchte, sie wird nicht glauben, was ich ihr sage.«

»Tja, manche Leute sind eben nicht zu dumm, um die Wahrheit zu erkennen.«

»Deine Einstellung ist nicht besonders hilfreich, Jack. Ich hatte gehofft, dir würde genug an ihr liegen, um sie vor der Gefahr zu warnen. Dir wird sie vertrauen. Sie wird dir glauben und deine Hilfe annehmen.«

»Ich kenne die Gefahr nicht einmal.«

»Ich werde sie dir schildern.«

»Ich weiß nicht…«

»Willst du dich abwenden und zulassen, daß sie getötet wird?«

Wider Johns besseres Wissen stach Bennetts ›Verantwortlichkeits‹-Karte bei ihm. Aber er hatte so viele Fragen. »Woher weißt du davon? Woher weißt du, daß dieses Was-auch-immer hinter Dr. Spae her ist?«

»Willst du sie sterben lassen, obwohl du weißt, daß du sie hättest warnen können?«

»Du hast meine Fragen nicht beantwortet.«

»Vielleicht bleibt nicht mehr genug Zeit, sie zu retten, wenn du noch länger zauderst.«

Irgendwo mußte eine Hinterlist in Bennetts Tun verborgen sein, aber John hatte nicht genug Informationen, um auch nur ansatzweise zu erahnen, wo. »Warum tust du das?«

»Ob du es glaubst oder nicht, ich mag Dr. Spae«, sagte Bennett glatt. »Ich sähe es nicht gern, wenn ihr etwas zustieße.«

Es klang aufrichtig, wahrhaftig. Da Bennett gerade verwundbar war, konnte John sich eine weitere Spitze nicht verkneifen. »Hast du noch eine Verwendung für sie im Hinterkopf?«

»Jack, ich benutze nicht alle Leute, die ich kennenlerne.«

»Nein? Dann sparst du dir deine Machenschaften also für deine Familie auf.«

Bennett sah ihn ernst an. »Wirst du sie warnen?«

»Wie? Ich habe keine Ahnung, wo sie ist.«

»Ich schon.«

»Dann warne *du* sie.«

»Sie wird mir nicht glauben. Willst du sie sterben lassen?«

Konnte es etwas Schlimmes sein, Dr. Spae eine Warnung zu überbringen? Zumindest würde Bennett aufhören, ihn damit zu belästigen. Wenn die Gefahr tatsächlich existierte, rettete er Dr. Spae vielleicht sogar.

»Also schön«, sagte er, während er beschloß, Dr. Spae nicht zu verheimlichen, woher die Information stammte. Er würde sie entscheiden lassen, ob sie sie glaubte oder nicht.

»Du hast eine gute Entscheidung getroffen, Jack.« Hinter Bennett lag plötzlich ein buntes Funkeln in der Luft. Bennett streckte die Hand aus. »Komm. Ich bringe dich zu ihr.«

»Jetzt?«

»Jetzt. Die Zeit wird knapp. Unterwegs erzähle ich dir von Quetzal.«

John nahm die dargebotene Hand. Das Kribbeln des Überwechselns in die Anderswelt bekam langsam etwas Vertrautes.

Kapitel 21

Quetzal trieb inmitten der Sterne und badete in ihren Strahlen. Sie waren wunderbar in ihrer Vielfalt und erhebend in ihrem Glanz. Hätte er sie doch nur mit den Augen seines Körpers ebenso mühelos betrachten können wie mit seiner Astralsicht. Er hatte nicht damit gerechnet, daß die Bedingungen, die zur Öffnung des Pfades erforderlich waren, ihn der Sterne berauben würden.

Nach erfolgtem Wandel würden die Dinge anders sein.

Unter ihm gab es ebenfalls Sterne. Es waren keine echten Sterne, und sie waren auch trüber als echte Sterne, funkelten aber dennoch. Bei diesen scheinbaren Sternen handelte es sich um das Aufflackern von Macht, um Anzeichen dafür, daß die Magie auf die Erde losgelassen worden war.

Die meisten der falschen, erdgebundenen Sterne markierten eine Stelle, wo ein Mensch stand und die kosmischen Energien berührte. Die Kraft des Lichts variierte je nachdem, wie die Macht manipuliert wurde und welche allgemeine Befähigung das betreffende Individuum besaß. Die stärksten Individuen waren für das geübte Astralauge bis zu einem gewissen Grad immer zu sehen. Die Meisterschaft der Mysterien beleuchtete den Meister wie ein Leuchtfeuer eine entfernte Küste.

In dieser Landschaft war das Funkeln der Sterne spärlich.

Er bemerkte die Anwesenheit seiner hiesigen Anhänger. Es gab auch andere Praktizierende, aber Quetzal beobachtete nur einen einzigen signifikanten Punkt: die Magierin, die er zuerst auf ihrem Flug über den Ozean gespürt hatte. Die magische Zurückgebliebenheit dieses neuen Zeitalters war enttäuschend. Worin lag das Vergnügen, der Beste in einem so erbärmlichen Haufen zu sein?

Es gab andere lichte Stellen inmitten der Leuchten auf der Erde. Die größten davon markierten Plätze der Macht, Konvergenzpunkte der thaumaturgischen Energie und der ätherometrischen Linien. Diese Stellen wurden von den Studenten der Großen Kunst dieses Zeitalters, die seiner Tradition am nächsten standen, *lucernae* genannt. Quetzal kannte diese energetischen Orte unter vielen Namen und zog einige der anderen der lateinischen Bezeichnung vor. Von nun an würde er sie um der Allgemeinverbindlichkeit willen ebenfalls als *lucernae* bezeichnen. Die Allgemeinverbindlichkeit war eines von Luciferius' liebsten Gesetzen der Magie – was nicht weiter überraschend war, wenn man seine Vorliebe für Wörter berücksichtigte. Das Gesetz lautete, daß die Magie der Namensgebung und des Zwangs besser funktionierte, wenn die Beteiligten eine gemeinsame Sprache hatten – ganz ähnlich dem Prinzip hinter den Wahren Namen, was die Allgemeinverbindlichkeit sehr wahrscheinlich zu einem Hilfssatz *dieses* Gesetzes machte, worüber er mit Luciferius oft gestritten hatte. Doch dies war die Zeit der Harmonie, nicht die Zeit des Streits. Und laut dem Gesetz der Allgemeinverbindlichkeit würde sich Quetzals Harmonie mit dem gegenwärtigen Zeitalter verbessern, wenn er Latein benutzte. Eine nicht unbeträchtliche Nebenwirkung würde eine Zunahme seiner relativen Macht über seine Anhänger sein – andere Zauberer stammten ebenfalls von seiner Tradition ab.

Derartige Überlegungen sollten jedoch besser zu

einem anderen Zeitpunkt angestellt werden. Der Astralzustand führte leicht zu einer gedanklichen Flatterhaftigkeit. Er konzentrierte sich wieder auf seine Absicht und ging tiefer, um die Energien in der astralen Landschaft zu beobachten.

Diese Landschaft war mit kleinen Lichtpunkten gespickt, die wesentlich trüber waren, als das diffuse Leuchten der *lucernae*. Diese Lichter zeigten, wo Gegenstände der Macht ruhten. Einen davon, einen *telesmon*, suchte er auf dieser Exkursion.

Die für ihn am leichtesten wahrzunehmenden Gegenstände waren die Resonatoren. Für ihn waren sie bei weitem die hellsten ihrer Art, und zwar wegen seiner Verbindung zu ihnen. Er konnte nicht alle Resonatoren sehen – selbst die Astralsicht hatte ihre Grenzen –, aber alle innerhalb der Reichweite seines Blicks befanden sich an Ort und Stelle, wie er es angeordnet hatte. Einmal miteinander verbunden, würden sie ein leuchtendes Netz von einer theurgischen Geometrie bilden, wie sie angenehm für die Sterne war.

Das Tor.

Und *er* hatte für seine Errichtung gesorgt!

Zum Verständnis dieser Form war er schon vor langer Zeit gelangt, Jahrhunderte, bevor er sich für den tiefen Traumschlaf entschieden hatte. Die Erschaffung der Resonatoren war eine vergleichsweise unbedeutende Leistung gewesen. Für ihre Errichtung zu sorgen, hatte sich als trivial erwiesen. Die Anhänger des Pfades waren mit Hilfe des geheimen Kanons vorbereitet worden und bereit gewesen, die Vorrichtungen an Ort und Stelle zu bringen. Doch das Tor blieb wertlos ohne den Schlüssel – und der Schlüssel entzog sich ihm nach wie vor.

Die Prophezeiungen behaupteten, daß sich das Wesen des Schlüssels in der Zeit der Öffnung enthüllen würde. Sie behaupteten auch, daß der Suchende fände, ohne es zu wissen, daß sich das Wissen aber im Augenblick des Fundes einstellte. Dann würde der Suchende das Tor zum Glitzernden Pfad mit diesem Wissen öffnen.

Alle Anzeichen sprachen dafür, daß die Zeit gekommen war.

Er würde der Suchende sein.

Der Schlüssel wartete darauf, gefunden zu werden. Er suchte ihn, wobei er zwar weder Form oder Wesen kannte, sich aber seinen Zweck vor Augen hielt. Er durfte nicht daran zweifeln, daß er den Schlüssel erkannte, wenn er ihn gefunden hatte.

Ihn oder einen Hinweis darauf, wo er verborgen war.

Immer wieder wurde seine Aufmerksamkeit auf eine bestimmte *lucerna* unter den versprengten Orten der Macht gelenkt. Macht gesellte sich zu Macht. Er konzentrierte sich darauf. Das ganze Gebiet war vom sanften Glanz thaumaturgischer Energien durchdrungen. Blitze, die von Aktivität kündeten, zuckten unruhig von einem Ende zum anderen. Erst, als er sich vollkommen auf die *lucerna* konzentrierte, nahm er wahr, daß eines der Lichter dort nicht verblaßte und sich auch nicht bewegte. Es war kein Magier oder Geist, sondern ein *Etwas*, das von Macht umzäunt war.

Konnte es das sein, was er suchte?

Er fühlte sich gezwungen, über die Energien hinaus zu schauen, die das *Ding* einhüllten. Vorsichtig untersuchte er den Zwang und stellte fest, daß er ihm auf eine Art auferlegt wurde, die er nicht verstand.

Das Licht der Sterne wärmte und erfüllte ihn mit einer übernatürlichen Weisheit. Sanfte, zischende Stimmen flüsterten in seinem Kopf, versprachen ihm die Erfüllung all seiner Träume und drängten ihn zu handeln. Er begriff, was er sah, wußte es mit einer Klarheit, die gewöhnlich Dingen vorbehalten blieb, welche im vollen Licht der Sonne betrachtet wurden, der er sich nicht mehr stellen konnte.

Diese *lucerna* enthielt einen Schlüssel für den Schlüssel.

Seine einzigartige Rolle im Gang der Dinge war deutlich. Er war der größte Magier. Der Ruhm war sein.

Er *war* der Suchende aus der Prophezeiung!

Seine Essenz trieb höher, der liebenden Umarmung der Sterne entgegen.

Das alles würde ihm gehören!

Doch es war noch jemand anders in der Nähe, der in der Lage war, den Schlüssel zu benutzen. Ihre Kraft war geringer als seine, aber nichtsdestoweniger ausreichend.

Die Magierin, die geflogen war.

Unter ihm schimmerte ihr Funke.

Wußte sie, wie nah die Zeit der Öffnung war? War sie sich seiner und seiner Absichten bewußt? Er spürte nicht die Aura der Opposition an ihr, aber sie mußte ihr auch nicht angehören, um sich ihm entgegenzustellen. Ungebundene Kräfte hatten seine Pläne schon einmal durchkreuzt. Und er mochte sich exponieren, wenn er den Schlüssel für den Schlüssel in seinen Besitz brachte. Er konnte es sich nicht leisten zu handeln, ohne zu wissen, welche Partei sie in dem großen Ringen ergreifen würde. Weil sie nahe genug war, um eine Gefahr darzustellen, sollte sie sich gegen ihn wenden.

Wenn sie andererseits tatsächlich ungebunden war, konnte er sie vielleicht überzeugen, sich ihm anzuschließen. Ihre Kräfte würden nützlich sein. Nicht erforderlich, selbstverständlich, aber nützlich.

Und wenn sie eine Bedrohung darstellte, würde er sich ihrer entledigen. Er war jetzt stärker, wacher. Er war zuversichtlich, daß er sie besiegen könnte, falls es zu einem Duell kam.

Er kehrte in seine fleischliche Hülle zurück, begierig, die nächsten Schritte auf dem Weg der Bestimmung zurückzulegen.

*

Spae war müde, nachdem sie den ganzen Tag über die Ausdrucke der Maschinen studiert hatte, die das Settawego Building beobachteten, und versucht hatte, die Daten mit ihren eigenen Eindrücken in Übereinstimmung zu bringen. Es blieben immer noch ein halbes Dutzend ausdruckbare Dateien, die es durchzusehen galt, aber sie kam zu dem Schluß, daß sie für heute vermutlich genug geleistet hatte. Sie stocherte in den Überresten ihrer Mahlzeit herum, die sie sich vom Zimmerservice hatte bringen lassen, merkte aber sehr schnell, daß sie genug davon hatte. Sie lehnte sich zurück und sah sich um.

Das Zimmer, das Mr. Ryder ihr im Hartford Nikko besorgt hatte, war viel schicker als das, in dem David und sie ihre erste gemeinsame Nacht verbracht hatten. Tatsächlich war es eine Suite mit vier Schlafzimmern und einem Gemeinschaftsraum, die eine ganze Etage des Nordwesthochhauses des Hotels belegte. Zwei der Schlafzimmer waren nicht belegt. Eigentlich drei, jetzt, da sich David bei irgendeiner Redaktionssitzung befand. Nicht, daß er dort geschlafen hätte. Die Suite war geräumiger als ihr Haus in Chardonneville. Sie war sicher, daß die Miete unerhört war, und sie war froh, daß die Suite Teil der ›Spesen‹ in ihrer Vereinbarung mit LRP und Partner war.

Doch obwohl die Suite gut eingerichtet, geräumig und komfortabel war, fehlte ihr etwas, wie dies bei allen Hotelzimmern der Fall zu sein schien. Sie empfand sie als leer. Und nicht nur deshalb, weil David nicht da war. Hotels vermittelten ihr immer das Gefühl, in einem Schaufenster ausgestellt zu sein.

Es erinnerte sie ein wenig an das Gefühl, das sie in ihrer letzten Woche in Chardonneville gehabt hatte.

Nach dieser Überlegung hatte sie noch weniger Lust, sich wieder an die Arbeit zu machen.

Sie ging in ihr Zimmer und nahm eine lange heiße Dusche. Danach fühlte sie sich besser, zog ihr neues Nachthemd an – eines von Davids T-Shirts – und ging mit der Absicht in den Gemeinschaftsraum zurück, auf David zu warten. Sie erwog, irgendein Unterhaltungsprogramm in der Zimmerkonsole aufzurufen, entschied sich jedoch dagegen. Ruhe hatte ihre Vorteile. Sie streckte sich mit der Überlegung auf dem Sofa aus, sich ein paar Gedanken über ihre Zukunft zu machen, aber es gelang ihr einfach nicht, ihren Gedanken eine bestimmte Richtung zu geben. Offenbar war sie müder, als sie gedacht hatte. Zum Teufel damit. Sie konnte sich auch morgen noch Gedanken darüber machen. Sie brauchte Ruhe. Sie ließ sich gehen und wurde sofort schläfrig. Sie brauchte tatsächlich etwas Ruhe.

Sie brauchte tatsächlich etwas...

Sie brauchte...

Sie...

Sie öffnete die Augen und sah einen Mann vor sich stehen. Er war groß und hatte pechschwarze Haut und schneeweiße Haare. Obwohl seine Haut faltenlos war und jugendlich glänzte, stand in seinen Augen die Weisheit des Alters. Diese Augen verrieten ihr, daß er ein Zauberer war.

Nachdem sie das erkannt hatte, sah sie, daß er wie der Hierophant gekleidet war. Lange Gewänder umhüllten seinen Körper und fielen elegant von seinem erhobenen rechten Arm, den er so hielt, als bereite er sich darauf vor, sie zu segnen. In der anderen Hand hielt er einen Bischofsstab, der vor Diamanten funkelte und vor Macht leuchtete. Er trug eine mehrschichtige Krone auf dem Kopf, doch anders als die Krone in ihrem Tarot-Spiel, die aus Gold und Juwelen gemacht war, bestand seine aus schillernden Federn, die in drei Schichten aus einem Band aus Jade, Turmalin und Türkis sprossen.

In der Ferne hinter ihm erregte ein flackerndes Bild ihre Aufmerksamkeit. Sie konnte schwach eine blasse Silhouette ausmachen, die auf sie zulief. »David«, rief sie – aber es war nicht David. David war nicht so blaß. Der Hierophant stand zwischen ihr und dem blassen Mann. Sie versuchte an ihm vorbei zu schauen, versuchte zu erkennen, wer der blasse Mann war, wenn nicht David. Für einen Augenblick verschwand der Hierophant, und der blasse Mann stand vor ihr. Mit einer höflichen Verbeugung bot er ihr eine Tasse an. Sie wollte sie nehmen, doch als sie die Hand danach ausstreckte und sie am Henkel fassen wollte, war nichts mehr da. Der blasse Mann runzelte die Stirn und stellte sich auf den Kopf. Er schien zwar in ihre Richtung zu laufen, entfernte sich aber immer mehr, anstatt näher zu kommen.

Der Hierophant kehrte zurück und stand vor ihr, so zweidimensional wie die Abbildung auf der Tarotkarte. Nein, das konnte nicht sein. Sie spürte die Macht, die den Mann umhüllte. Er war echt. Bei diesem Gedanken lösten sich die Gewänder und der Schmuck des Mannes auf, Papier, das von jähen Flammen verzehrt wurde. Hinter der Fassade kam ein glaubhafteres Bild zum Vorschein, ein hagerer, weißhaariger Schwarzer in einem eleganten italienischen Seidenanzug. Trotz seiner offenbar afrikanischen Abstammung ließ sie etwas in seinen Zügen an Mittelamerika denken.

Der schwarze Zauberer schwebte gelassen in der Luft vor dem Fenster des Gemeinschaftsraums.

Schwebte vor dem Fenster?

»*Iacé*«, gebot er.

Eigentlich hätte sie ihn durch das Fenster gar nicht

hören dürfen, aber sie tat es trotzdem. Sie hätte ihn auch gar nicht sehen dürfen. Sie hatte die Vorhänge geschlossen, bevor sie sich auf die Couch legte. Es mußte ein Traum sein. Um es zu beweisen, öffnete sie die Augen – gerade in dem Augenblick, als die Vorhänge sich ganz geöffnet hatten.

Der Mann schwebte tatsächlich draußen vor ihrem Fenster.

Kein Traum.

Wenn es kein Traum war, hätte sie in der Lage sein müssen aufzuspringen, wie sie es wollte, aber sie konnte sich nicht bewegen. Der Befehl des Zauberers, still zu liegen, hatte die Macht, sie dort zu binden.

Mit einem hörbaren Knacken erschien ein Loch in der Fensterscheibe. Spinnwebartige Sprünge breiteten sich davon aus und bildeten ein Gitter von Zickzacklinien. Einzelne Stücke Glas fielen, aber nicht einfach nach unten. Manche glitten zur Seite, andere sogar nach oben. Die Scherben bewegten sich in Zeitlupe, doch nur so weit, bis die Öffnung groß genug für ihn war, um einzusteigen. Kühle Luft und die Geräusche der Außenwelt begleiteten ihn in die Suite.

Der Mann schwebte auf die Fensterbank und ließ sich dort nieder. Mit affektierter Eleganz machte er den Schritt von der Fensterbank in das Zimmer. Hinter ihm krochen die Glasscherben aufeinander zu und verschmolzen wieder zu einer vollkommen unversehrten Scheibe.

Er trat durch das Zimmer und schaute auf sie herab. Spae wollte sich unter seinem durchdringenden Blick winden. Sie fühlte sich wie das sprichwörtliche Kaninchen vor der Schlange, stellte jedoch fest, daß sie nicht einmal wegsehen konnte. Ihr Geist schien ebenso gelähmt zu sein wie ihr Körper. Die Zeit kroch dahin. Endlich sprach er sie an.

»Kennst du den Glitzernden Pfad?«

Den Glitzernden Pfad? Der Name kam ihr seltsam bekannt vor. Hatte es nicht eine amerikanische Aufrührerbewegung dieses Namens gegeben? Dieser Mann – dieser Zauberer – war nicht der Aufrührertyp. Er mußte etwas anderes meinen, höchstwahrscheinlich etwas Arkanes. Ihre Gedanken überschlugen sich und hielten plötzlich an, als sie sich an ein unvollständiges Zauberbuch namens *Callis Luxorum Dubiaria* erinnerte.

»*Dicé*«, gebot er.

Sie hörte sich sagen: »*Callis Luxorum Dubiaria*?«

Sein Nicken war das einer Person, die ihre Befürchtungen bestätigt sieht. »Also kennst du Luciferius.«

»Ich habe *Callis* gelesen«, räumte sie ein. Über den Autor – der Name war ganz zweifellos ein Pseudonym – wußte sie nichts.

»Und glaubst du Luciferius' Worten?«

»Es gibt viele Symbole, die ich nicht verstehe.« Tatsächlich war das Geschreibsel schlicht und einfach konfus. »Es ist nicht vollständig.« Luciferius hatte versprochen, daß in seinem dritten Band alles aufgeklärt und enthüllt würde. »Das dritte Buch fehlt.«

»Luciferius hat das dritte Buch nie geschrieben«, sagte der Mann kategorisch. »Erzähl mir, ob du glaubst, daß die Zeit, von der er geschrieben hat, die Zeit der Menschen-Plage, über die Welt gekommen ist.«

Schon richtig, die Welt befand sich nicht im allerbesten Zustand. Schon richtig, vieles davon war die Schuld der Menschheit, zum Beispiel die Betonschluchten der Sprawls, das Abholzen der Wälder und die Umweltverschmutzung. Aber Luciferius' apokalyptische Menschen-Plage? Tja… vielleicht.

Der Magier lächelte. »Ja, ich sehe, daß du es glaubst. Studierst du deshalb die Große Kunst?«

Sie hatte seit Jahren nicht mehr über das *Warum*

nachgedacht. Die Kunst bedeutete ihr alles. So war es ganz einfach. Es war ihr unmöglich, sie *nicht* zu studieren.

»Haßt du die Plage?« fragte er. »Spürst du das Bedürfnis, die Welt davon zu kurieren?«

Ob sie die Plage haßte? Wer würde das nicht? Aber die Welt davon kurieren? Sie hatte die Dinge noch nie in diesem Licht betrachtet. Sicher, die Welt befand sich in einem furchtbaren Zustand, aber was sollte eine einzelne Person dagegen unternehmen?

»Von *der* Seite habe ich es noch nie betrachtet«, sagte sie.

»Und wenn du eine Möglichkeit sehen würdest, der Plage ein Ende zu bereiten? Was tätest du? *Cogitá et dicé.*«

Es gab eine Menge zu bedenken, aber die Entscheidung war im Grunde nicht schwer. Wenn sie etwas tun konnte, um den Zustand der Welt tatsächlich zu verbessern oder ihren Verfall aufzuhalten oder auch nur zu verlangsamen, sie würde es tun. Wer nicht?

»So«, sagte der Mann mit finsterer Miene. »Dann sind wir also Feinde.«

Plötzlich spürte sie eisige Krallen in ihrem Verstand. Sie schrie auf. Die Lähmung abschüttelnd, die sie erfaßt hatte, krümmte sie sich wie ein Fötus zusammen. Und schrie.

Die Krallen wühlten in ihr, zerfetzten Spae die Beraterin, schnitten durch Spae, die thaumaturgische Gelehrte, bohrten sich einen Weg zu Spae, der Magierin – und versuchten ihr innerstes Selbst zu erreichen.

»Nein!« flehte sie.

Der Hierophant beugte sich über sie. Seine Krallen schlugen gezackte Risse in die Gewänder der Königin der Scheiben. Die Königin wurde von ihrem Thron gestoßen – und der Thron zersprang, was die Waldwesen, von denen sie umringt war, dazu veranlaßte, um ihr Leben zu laufen. Ihre Krone fiel in den Dreck und rollte davon.

Der Bischofsstab des Hierophanten verwandelte sich in ein Paar schwarzer Handschellen aus Eisen, die durch eine glänzende Kette miteinander verbunden waren. Er öffnete die Verschlüsse.

»Nein!« schrie sie, als sie endlich begriff, was er ihr antat. »NEIN!«

Wissen wurde zu Macht.

Ein goldener Diskus mit eingraviertem Scheiben-Symbol erschien zwischen ihr und dem Hierophanten. Er scheute zurück. Sie schlug mit aller Kraft zu und fegte die Handschellen beiseite.

Die Eisenglieder der Kette wanden sich wie eine Schlange, als die Handschellen auf den Boden fielen. Zorniger orangefarbener Rost breitete sich auf ihnen aus. Überall schauten die Waldwesen aus ihren Verstecken hervor, um die sich windenden Handschellen zu beobachten. Die Königin der Scheiben erhob sich aus dem Dreck und richtete sich zu voller Größe auf.

»*Abitá*«, sagte sie.

Die Handschellen zerfielen zu rostigem Staub. Der Hierophant war verschwunden, doch der schwarze Magier blieb. Er funkelte sie an.

»Wenn ich nicht von dir Besitz ergreifen kann, muß ich dich eben vernichten.«

Ihre Welt verwandelte sich in Feuer.

Kapitel 22

John und Bennett kamen aus der Anderswelt auf der kleinen, parkähnlichen Promenade heraus. Trotz des Grüns ringsumher und des Teichs vor ihnen befanden sie sich nicht auf Höhe der Straße, das verriet John ein Blick auf die benachbarten Gebäude. Sie standen in einem riesigen Park, der von meterhohen Betonmauern eingefaßt war. Vor ihnen reckten sich vier Wolkenkratzer in den Himmel. Ein kleineres verglastes Bauwerk stand in der Mitte des Platzes, dessen Ecken die vier Wolkenkratzer bildeten. Durch die Fenster des Mittelbaus konnte John eine Lounge oder Lobby und ein Aufzugsystem erkennen. Die Anordnung war ein wenig verwirrend. In der Anderswelt hatten sie sich auf der Kuppe eines kleinen Hügels befunden.

Die vier Wolkenkratzer und der Mittelbau mit der Lobby waren, wie er annahm, wohl ihr Ziel: das *Hartford Nikko Hotel.*

»Der Nordwesttower«, sagte Bennett, indem er auf den Wolkenkratzer zeigte, den er meinte.

Auf der der Lobby zugewandten Seite des Wolkenkratzers schoß ein Aufzug die Röhre empor. Die Röhre endete unten in einer eingeschlossenen Galerie, die den Wolkenkratzer und das verglaste Gebäude mit der Lobby verband. In der Galerie gab es eine Tür zum Garten. Bennett führte ihn darauf zu.

»Die Aufzugtür öffnet sich geradewegs in den Gemeinschaftsraum ihrer Suite im 42. Stock«, sagte Bennett, als sie die Galerie betraten. Sie war leer, angesichts der Uhrzeit nicht weiter verwunderlich. »Der

Zugangscode ist 42 Leerzeichen 7723. Nicht sehr phantasievoll. 42_S-P-A-E.«

»Woher kennst du den Code?«

»Ich habe Beziehungen.« Bennett zeigte auf den Fahrstuhl. »Beeil dich, es bleibt nicht mehr viel Zeit.«

Das war Bennetts Platte auf dem ganzen Weg hierher gewesen. John drückte auf den Rufknopf und drehte sich um, weil er – noch einmal – versuchen wollte, Bennett zu überreden mitzukommen. Der Elf war nicht mehr da, verschwunden.

Und überließ John die Drecksarbeit?

Die Tür, ein transparenter Zylinder innerhalb des transparenten Zylinders der Kabine, drehte sich auf, und John stieg ein.

»Willkommen im *Nikko*«, sagte eine angenehme weibliche Stimme. »Welche Etage möchten Sie aufsuchen, bitte?«

»Zweiundvierzig.«

»Es tut mir leid«, sagte die Stimme emotionslos. Der Türzylinder drehte sich zu und schloß ihn in der Glaskabine ein. »Für zweiundvierzig ist keine Besuchserlaubnis registriert. Bitte nennen Sie Ihren Namen und den Namen des Gasts, den Sie besuchen wollen, dann frage ich am Empfang nach.«

Und rufe auch gleich die Cops, nahm er an. Wahrscheinlich blinkte bereits eine Warnlampe im Sicherheitsbüro. John legte eigentlich keinen Wert auf eine Begegnung mit der Hotelsicherheit, und er würde gewiß nicht seinen Namen nennen. Er drückte auf den Knopf mit der Aufschrift ›Tür öffnen‹, doch ohne Erfolg. Nicht gut. Er gab Bennetts Code in die Kontrolltafel ein und hoffte, der Code würde das System zufriedenstellen.

»Ich danke Ihnen«, sagte der Aufzug.

John war selbst dankbar, und zwar dankbar, daß der Softwareentwickler für das *Nikko* nicht paranoid war.

Der Aufzug fuhr langsam nach oben. Sein erster Gedanke war, daß er das System doch nicht getäuscht hatte und der Aufzug nur deshalb langsam fuhr, um der Sicherheit Gelegenheit zu geben, sich auf ihn vorzubereiten. Doch dann fiel ihm wieder ein, daß der Aufzug auch langsam gefahren war, als er ihn von draußen beobachtet hatte. Um den Gästen einen guten Ausblick auf die Stadt zu gewähren, nahm er an. Für ihn fuhr er jedoch zu langsam. Er wollte diese Sache endlich hinter sich bringen. Nach einer unbestimmten Zeitspanne verkündete der Aufzug: »Zweiundvierzig.«

Die Gebäudeseite der Kabine war ein Spiegel, der den Himmel und die Skyline hinter ihm reflektierte und ihm vorübergehend das Gefühl vermittelte, im Raum zu schweben. Der Spiegel teilte sich, da der Türzylinder der Kabine sich drehte und ein Eingang sichtbar wurde.

John hörte die Schreie sofort.

Er schob den Zylinder an, damit er sich schneller öffnete.

Er klemmte.

Er drückte fester, gab aber nicht nach. Die Öffnung war sehr schmal, doch er quetschte sich hindurch. Es war knapp, aber er schaffte es und dankte dem Himmel dafür, daß er so hager war.

Als er sah, was in der Suite vorging, wußte er nicht mehr, ob er dem Himmel dafür danken sollte.

Es war tatsächlich Dr. Spaes Suite. Sie war da und krümmte sich auf dem Boden. Sie war auch diejenige, die schrie.

Ein hochgewachsener Bursche mit einer komischen Robe hatte sich wie ein menschlicher Geier über Dr. Spae gebeugt. Die Robe sah aus, als sei sie aus durchsichtigen Federn gefertigt, was den Geier-Eindruck noch verstärkte. Sie raschelte trocken bei jeder Bewegung des Burschen und fiel von den Schultern zu Boden, wo sie sich zu einem Kreis ausbreitete, in dessen Schatten Spae lag. Nicht, daß der Bursche sich viel bewegte. Er schien sich ganz auf Dr. Spaes Qualen zu konzentrieren.

»Hey!« rief John. »Laß sie los!«

Der Geiermann hob den Kopf und schaute in Johns Richtung. Sein Gesicht wirkte wie eine gelassene und leere Maske aus Gold, deren Gelöstheit in krassem Gegensatz zu den Emotionen der Gewalt stand, die in dem Raum tobten. Der Mann sagte nichts und richtete seine Aufmerksamkeit wieder auf Dr. Spae, da er Johns Anwesenheit offenbar als unwichtig abtat.

John konnte es nicht leiden, wenn man ihn mit Herablassung behandelte. Der Bursche war groß, aber nicht so groß wie John. Vielleicht hatte er einen kleinen Gewichtsvorteil, aber er stand ruhig da. John stürmte mit dem Gedanken los, den Burschen einfach über den Haufen zu rennen.

Er prallte gegen etwas, das sich wie eine Wand anfühlte. Doch es war eine Wand mit Zähnen. Seine Nerven schrien beim Aufprall auf, und für einen Augenblick verstärkten seine Empfindungen die Emotionen der Qual, die den Raum durchfluteten. Als er wieder bei sich war, saß er drei Meter entfernt auf dem Boden.

Irgendein magischer Energiestoß.

Wäre John ein Magier gewesen, hätte er einen Feuerball auf den Angreifer schleudern oder ihn mit einem Blitzschlag treffen können. Sich den Kerl so richtig vornehmen können. Doch trotz allem, was der elfische Ritter gesagt hatte, besaß John keine wirkliche Macht, und selbst wenn der Ritter hinsichtlich Johns magischer Fähigkeiten die Wahrheit gesagt hatte, war er nicht ausgebildet. Er kannte keine Zauber.

John mußte etwas tun. Den Burschen zumindest ablenken. Dann kam er vielleicht an der Wand vorbei –

oder Dr. Spae konnte sich selbst helfen oder irgendwas. Wenn Bennett hier gewesen wäre, er hätte etwas ausrichten können. Selbst der elfische Ritter hätte –

Magie! Der Ritter! Der Ritter hatte ihm gezeigt, wie man eine Flamme erzeugte. Es war nicht viel, mochte aber als Ablenkung reichen. Die Robe des Geiermannes sah furchtbar leicht entzündlich aus. Es würde tatsächlich eine Ablenkung sein. Im Augenblick des Kontakts mit dem Angreifer hatte John gespürt, daß Dr. Spae ihn bekämpfte. Eine Ablenkung gab ihr vielleicht eine Gelegenheit.

John versuchte sich zu erinnern, was der Ritter zu ihm gesagt hatte. Das war nicht schwer. Er hatte die Szene nach seiner Rückkehr aus der Anderswelt oft vor seinem geistigen Auge ablaufen lassen. Bisher hatte er nicht viel Erfolg bei seinen Bemühungen gehabt, eine Flamme zu beschwören, aber hier war Magie im Spiel. Vielleicht konnte er hier –

Er stellte sich die Flamme vor. Spürte die Hitze. Roch den Brandgeruch. *Der* Teil war leicht. Das Zimmer roch bereits verbrannt. Licht, Hitze, Geruch. *Brenne.*

Das Feuer war da.

John stellte sich vor, wie es nach den Federn des Geiermanns leckte. Die winzige Flamme erlosch beinahe.

Nein!

Feuer! Brenne! Verzehre den Umhang!

Die Flamme loderte auf. Mit einer verblüffenden Plötzlichkeit hüllte sie den Federumhang ein. Der Geiermann heulte auf.

Es klang mehr überrascht und wütend als schmerzerfüllt.

Der Federumhang war verschwunden, die goldene Maske auch. Nicht mehr da. Aber der Geiermann war noch da, nur war er kein Geiermann mehr. Er war ein

Schwarzer in einem eleganten Anzug, auf den Bennetts Beschreibung von Quetzal zutraf, dem Burschen, vor dem John Dr. Spae warnen sollte. John konnte sich nicht vorstellen, daß das ein Zufall war.

Quetzal wirkte sauer.

Es war eine Sache, sich in Gefahr zu begeben, aber wenn man die Gefahr selbst heraufbeschworen hatte…

John fühlte sich mehr als nur ein wenig unbehaglich, während Quetzal in seine Richtung schaute. Diesmal wurde seine Anwesenheit nicht als unwichtig abgetan. Quetzal kam auf ihn zu.

»Was willst du, warum mischst du dich ein? Wer bist du?«

John wollte dem Burschen seinen Namen nicht nennen. Er hielt den Mund.

Quetzal kam und umklammerte Johns Schulter. Es war kein sonderlich fester Griff, aber er hinderte ihn daran, sich davonzumachen, wie er es eigentlich vorgehabt hatte. So wie seine Schulter brannte, hätte Quetzals Hand auch aus weißglühendem Eisen bestehen können. John konnte sich unter der Hitze nur winden.

»Wie verbirgst du dich vor meinem Blick?« wollte Quetzal wissen.

Wovon redete der Bursche? Es war doch offensichtlich, daß er John sehen konnte.

»*Dicé*«, sagte Quetzal im Befehlston.

John wollte nicht sprechen, aber er sah, daß Dr. Spae sich langsam aufrappelte. Er mußte Quetzal hinhalten. Sie war ihre einzige Chance. Wenn er Quetzal noch etwas beschäftigen konnte, vergaß der Bursche Dr. Spae vielleicht, bis es zu spät war.

»Hey, ich verstecke mich doch gar nicht. Ich bin gleich hier.«

Schmerzen durchzuckten John.

Quetzal grinste ihn höhnisch an. »Ich bin nicht in

der Stimmung für Unverschämtheiten. Rede – und ich mache dich nur zu meinem Sklaven.«

»Eine andere Möglichkeit wäre mir lieber«, sagte John. Er glaubte, diesmal auf den Schmerz vorbereitet zu sein, aber er raubte ihm dennoch den Atem und ließ ihn schluchzen.

»Ich würde dich für einen Dummkopf halten, wenn ich nicht wüßte, daß du etwas vor mir verbirgst. Vielleicht bist du aber auch nichts weiter als ein Dummkopf. Ich habe die Absicht, es herauszufinden.«

Diesmal stach der Schmerz in Johns Verstand hinein. Bevor er schreien konnte, war der Schmerz verschwunden. Verschwunden war auch das Brennen in seiner Schulter. Quetzal hatte ihn aus der Klammer seines physischen Griffs entlassen. John konnte sich bewegen, aber nur langsam und unter großen Mühen.

»Ein Seelenloser!« rief der Magier haßerfüllt. »Was führt dich hierher, Elf?«

Ohne den subtilen geistigen Anstoß zur Kooperation würde John Quetzal nichts, aber auch gar nichts sagen. Wenigstens nichts Nützliches. Aber er mußte seine Aufmerksamkeit noch ein wenig fesseln. Dr. Spae war noch nicht wieder richtig auf den Beinen.

Quetzal schien zu wissen, daß er ein Elf war. Vielleicht konnte er das ausnutzen.

»Wir befehlen dir, Dr. Spae in Ruhe zu lassen!«

»Befehlen?« Quetzal lachte.

Also, das *war es nicht.*

Der Magier griff wieder nach ihm. Die Erinnerung an den Schmerz verlieh John die Kraft, nach links auszuweichen. Die Bewegung überraschte Quetzal. Er zögerte. Als er das tat, war der dichte schwere Schleier um John plötzlich verschwunden. Des Widerstands beraubt, stolperte John vorwärts. Seine Schulter traf Quetzal an der Hüfte. Der Magier wankte einen Schritt zurück und ging hart zu Boden.

John rappelte sich auf und wollte fliehen, wußte aber, daß er nirgendwohin konnte.

Quetzal erhob sich, aus seinen Augen sprühte förmlich die Wut. Energie knisterte rings um ihn und ließ Flammen um seine Hände aufzüngeln.

John schluckte schwer.

Wieder falsch.

»Hey, Arschloch!« schrie Dr. Spae Quetzal an. Sie war endlich auf den Beinen. Sie hielt ihren Gehstock wie einen Quarterstaff, und die Metallenden sprühten Funken wie ein Bandgenerator. »Jetzt bin ich nicht mehr im Halbschlaf.«

Sie hob ihren Stab, als Quetzal sich zu ihr umdrehte.

Die Blitze lösten sich knisternd von den Enden ihres Stabs und vereinigten sich zu einem einzigen Strahl, der Quetzal entgegenzuckte. Er hob abwehrend die Hand, als der Blitz ihn traf. Ein Lichtblitz! Ein Donnerschlag ertönte. John roch Ozon.

Als John wieder sehen konnte, lief der dunkelhäutige Magier zum Fenster. Kurz bevor er es erreichte, splitterte die Scheibe nach außen. Er sprang auf die Fensterbank und fuhr zu ihnen herum.

»Ihr tragt mein Zeichen«, schrie er, als er nach draußen trat. »Ihr tragt beide mein Zeichen!«

»Hier ist mein Zeichen!« schrie Dr. Spae zurück.

Ein weiterer Blitz zuckte ihm entgegen. Wiederum wurde John vom Lichtblitz geblendet, während der Donner in seinen Ohren dröhnte. Als er diesmal wieder sehen konnte, war Quetzal verschwunden. Dr. Spae näherte sich vorsichtig dem Fenster, wobei sie nach oben und unten sowie nach links und rechts schaute, bevor sie ganz nah herantrat. An der Fensterbank wiederholte sie ihre Rundumschau.

»Er ist verschwunden«, verkündete sie.

John gesellte sich zu ihr ans Fenster. Er schaute nach unten. Im Garten unter ihnen lag keine Leiche. Hatte sie Quetzal in seine Atome aufgelöst? John hatte nicht vor, sie danach zu fragen.

Dr. Spae zitterte, was unter Berücksichtigung der kalten Luft und ihrer leichten Bekleidung nicht weiter verwunderlich war. Sie löste sich vom Fenster und trat in die Kochnische. Aus einer der Schränke holte sie eine Flasche mit einem alkoholischen Getränk und aus einem anderen zwei Gläser. Die Gläser klirrten in ihren Händen. Dr. Spae versuchte sich ein Glas einzuschenken, aber ihre Hände zitterten zu stark. Sie goß das meiste daneben.

John nahm ihr die Flasche ab und schenkte zwei Fingerbreit in eines der Gläser.

»Was, zum Teufel, machen Sie hier, Reddy?« fragte sie.

Er reichte ihr das Glas und sagte: »Ich bin gekommen, um sie vor Quetzal zu warnen.«

»Sie sind etwas zu spät gekommen.«

»Vielleicht wäre es Ihnen lieber, ich wäre gar nicht gekommen.«

Sie trank das Glas aus und hielt es ihm für eine weitere Füllung hin. »Wie, zum Teufel, haben Sie von ihm erfahren?«

»Bennett hat es mir erzählt.«

»Bennett, ja?«

Er nickte.

»Irgendwas sagt mir, daß wir uns eine Menge zu erzählen haben.«

Kapitel 23

Die Magierin Spae aufzusuchen, war ein Fehler gewesen. Hätte er sie in Ruhe gelassen, wäre ihm diese Schande erspart geblieben. Aber der Rückzug war klug gewesen. Im Lichte der Einmischung der Seelenlosen war der Rückzug tatsächlich sogar das einzig Vernünftige gewesen.

Wenigstens kannten weder die Magierin noch der Elf seine unmittelbaren Absichten. Er wußte jetzt mit Bestimmtheit, daß Spaes Sympathien bei der Opposition lagen, obwohl sie kein eingeschworenes Mitglied dieser Bruderschaft war. Ihre Feindschaft war eine Angelegenheit, mit der es sich später zu beschäftigen galt. Er konnte immerhin hoffen, daß sie nicht vor der Öffnung des Pfades zuschlagen würde. Wenn sie bis dahin wartete, würde er mit ihr verfahren wie der Wind mit einer Handvoll Sand.

Der Seelenlose war eine ganz andere Angelegenheit, ein größeres und bestürzenderes Rätsel. Eigentlich hätte er einen Elf von derartiger Macht bemerken müssen, aber das hatte er nicht. Wie war das möglich? Er hatte von der Ankunft des Elfs erst dann etwas bemerkt, als es fast zu spät war, und bei seinem ersten Auftritt hatte er den Seelenlosen für einen Menschen gehalten, noch dazu für einen ohne Macht. Wie war es ihm gelungen, seine Natur vor ihm zu verbergen?

Eine Frage, über die es nachzudenken galt.

Er bereitete das Räucherpfännchen vor und entzündete das Feuer mit einem Gedanken. Er warf Weihrauch in das Gefäß. Das Aroma stieg auf und erfüllte den Raum, ein reiner, schwerer Duft. Er fügte den Rest der Kräuter hinzu, setzte sich in den großen Sessel und gab sich seiner ledrigen Umarmung hin.

Er wurde kurz aus seiner Trance gerissen, als er die Klagen des Computers über den Rauch zum Verstummen bringen mußte und ihm befahl, die Feuermelder abzuschalten und ihn nicht mehr zu stören. Wenn in diesem Haus tatsächlich ein Feuer ausbrach, würde er es unweigerlich merken.

Daher bemerkte er die Eindringlinge erst, als sie sein Allerheiligstes betraten, doch dann erkannte er sie sofort.

»Nakaguchi.« Er drehte den Sessel zu ihnen um. »Und Bwaatu. Van Dieman sagte, daß du zu dem Asiaten gehörst.«

»Ich bin dem Zirkel treu ergeben«, protestierte Bwaatu. »Van Dieman ist ein Ausbund der Lüge. Er steht unter Eurem Bann und wandelt nicht mehr auf dem wahren Pfad.«

Bwaatus Haut war so dunkel wie Quetzals, aber damit waren die Ähnlichkeiten zwischen den beiden auch schon erschöpft. Bwaatu war ein Mitläufer. Quetzal konzentrierte seine Aufmerksamkeit auf Nakaguchi.

»Ich hatte nicht damit gerechnet, daß du die Fähigkeiten besitzt, mich aufzuspüren.«

»Ein subkutaner Sender«, antwortete der Asiat. »Er ist bei einer der medizinischen Untersuchungen unter die Haut verpflanzt worden.«

»Ach, das. Ich hatte mich schon gefragt, welchen Sinn das hat.«

»Ihr wußtet davon?«

»Natürlich. Wie könnte ich nicht wissen, daß ihr mir etwas eingesetzt habt? In Wahrheit begreifst du das Ausmaß der Verschiedenheit zwischen mir und allem, was du sonst kennst, überhaupt nicht.«

»Und Ihr begreift dieses Zeitalter nicht, in dem Ihr Euch jetzt befindet«, erwiderte der Asiat. »Ich hätte auch eine Bombe implantieren lassen können. Vielleicht hätte ich das tun sollen.«

»Das hätte auch nichts genützt. Ich hätte die Gefahr erkannt und beseitigt.«

»Die Gefahr des Senders habt Ihr nicht beseitigt.«

»Das war keine Gefahr.«

»Da irrst du dich, Quetzal.«

Die Vertraulichkeit des Asiaten scherte Quetzal nicht. Was sie motivierte, verstand er nur zu gut. »Ich kann keine Gefahr darin erkennen.«

»Nein?« Nakaguchi griff mit der linken Hand in seine Jacke und zückte eine kleine schwarze Pistole.

Die Zeit war gekommen, die Farce zu beenden.

»Bei euren Schwüren binde ich euch«, sagte Quetzal im Befehlston der Kunst. »Bei euren Eiden lähme ich eure Hand. Der Zirkel umgibt euch. Der Zirkel bindet euch. Einmal, zweimal und dreimal, ihr seid gebunden. Euer Körper ist wie aus Stein. Bewegt euch nicht.«

Nakaguchi und Bwaatu wehrten sich, innerlich als auch äußerlich, aber sie waren gebunden. Als ihnen ihre Lage klar wurde, hörten sie auf, sich zu wehren. Bwaatus Augen weiteten sich in der Erkenntnis dessen, was mit den Gläubigen geschieht, die ihren Glauben verlieren. Nakaguchi blieb trotzig.

»Du hättest unsere Zungen ebenfalls binden sollen«, sagte der Asiat. »*Tasukeru!*«

Der Hilferuf des Asiaten ließ zwei Männer in der Tür erscheinen. Soldaten. Sie trugen die Rüstung des modernen Zeitalters, ballistische Korsetts und Plastikhelme mit dunklem Visier. Die beiden Männer richteten jeder ein Sturmgewehr auf Quetzal. Er spürte die Berührung ihrer Laserzielrohre auf der Brust.

»Sie sind weder Anhänger noch Mitglieder des Zirkels«, sagte Nakaguchi zu ihm. »Sie sind geschützt. Sie werden nicht leicht zu binden sein – und bevor dir das gelingt, bist du tot.«

»Also willst du mich töten.«

»Du bist zu gefährlich.«

»In dieser Beziehung hast du recht.« Doch anders als Nakaguchi war es bei ihm nicht immer offensichtlich. »Sollte es dir gelingen, mich zu töten, wer öffnet dann den Pfad? Von den Anhängern besitzt keiner das Wissen, die Fähigkeit oder die Macht dazu, du selbst eingeschlossen.«

»Es gibt andere, die noch auf ihre Erweckung warten.«

Der Asiat war trotz seiner magischen Bande selbstsicher. Zu selbstsicher. »Gut möglich, daß sie weniger umgänglich sind als ich.«

»An dieser Stelle sehe ich keine andere Möglichkeit. Ich denke, einer von ihnen wird die Probleme besser verstehen, mit denen wir zu kämpfen haben. In Zukunft wird die Schulung besser strukturiert sein, um den Magier umgänglicher zu machen. Ich werde denselben Fehler nicht zweimal begehen. Du bist am Ende deines langen Weges angelangt, Quetzal.«

»In dieser Beziehung irrst du dich.«

Nakaguchi spürte etwas von der Veränderung der Lage. In scharfem Tonfall fragte er: »Wie meinst du das?«

»Kurita.« Quetzal empfand keine Notwendigkeit, mehr zu sagen.

Der Sicherheitsmann war unentdeckt eingetroffen. Er schlug gnadenlos zu.

Der erste Soldat bekam Kuritas Fuß in den Rücken. Er flog gegen einen der Tische und brach zusammen. Der zweite reagierte, doch zu langsam. Als er sich umdrehte, fegte Kurita den Lauf der Waffe mit der einen Hand weg und landete mit der anderen einen Hieb auf der Brust des Mannes. Der Schlag lähmte ihn. Kurita trat dem Soldaten die Beine weg, kniete nieder und verpaßte ihm drei kurze Schläge auf die Brust. Der Soldat blieb so gut wie tot liegen. Quetzal konnte seinen unregelmäßigen Herzschlag spüren.

Kurita richtete seine Aufmerksamkeit auf den ersten Soldaten. Der Mann war von seinem Zusammenstoß mit dem Möbelstück immer noch benommen. Er leistete praktisch keinen Widerstand, als Kurita ihn zu Boden warf und ebenso mit ihm verfuhr wie mit dem anderen.

Doch während Quetzal seine Aufmerksamkeit auf die Kampfkunst seines Dieners richtete, nutzte Nakaguchi die Gelegenheit und befreite sich von den mystischen Banden, wobe. er sich als stärker erwies, als Quetzal es ihm zugetraut hatte. Gleichzeitig erwies er sich auch als dümmer. Er wendete sich gegen Kurita.

»Kurita«, sagte Quetzal warnend.

Der Sicherheitsmann sah auf und ging sofort auf seinen ehemaligen Vorgesetzten los.

Nakaguchi ließ ihm keine Chance. Er schoß und traf Kurita in den Bauch.

Schlecht gewählt oder schlecht gezielt? Nakaguchi benutzte nicht seine geübte Hand, also war es wahrscheinlich letzteres. Er hätte es eigentlich besser wissen müssen.

Kurita war aus hartem Holz geschnitzt, hart genug, um Nakaguchi auch mit solch einer Wunde noch zu erledigen. Dennoch ließ Quetzal seinem Diener Kraft zukommen. Er hatte Nakaguchi heute schon einmal unterschätzt und würde es nicht noch ein zweites Mal tun.

Nakaguchi schoß wieder. Kurita schluckte den Treffer und ging weiter. Panik erfaßte Nakaguchi – und er gab in rascher Folge drei Schüsse ab. Wie ein Dummkopf zielte er weiterhin auf den Rumpf. Einer seiner Schüsse verfehlte dennoch das Ziel.

Kurita schwankte, ging aber weiter.

Schließlich zielte Nakaguchi höher. Zu seinem Pech schoß er daneben. Kurita war fast nah genug, um einen Tritt zu landen, und setzte dazu an.

Nakaguchis nächster Schuß zerschmetterte Kuritas Kiefer. Der anschließende traf ihn ins linke Auge.

Quetzal konnte nichts mehr tun, um den Mann in Bewegung zu halten.

Kurita brach vor Nakaguchi zusammen.

Nakaguchis Schultern hoben und senkten sich vor Erleichterung. Er holte noch einmal tief Luft, bevor er sich umdrehte und die Waffe auf Quetzal richtete.

»Du bist an der Reihe«, sagte er und drückte ab.

Nichts geschah.

Er schaute auf seine Waffe und sah, was Quetzal längst erkannt hatte. Der Schieber an seiner halbautomatischen Pistole war zurückgezogen. Das Magazin enthielt keine Patronen mehr. Nakaguchi war zu nervös gewesen, um zu bemerken, daß er seine gesamte Munition verbraucht hatte.

Quetzal lachte ihn aus.

»Nicht *ich* bin an der Reihe.« Er stand auf, ging zu dem Asiaten und packte ihn an der Kehle. »Du.«

»Das kannst du nicht«, protestierte Nakaguchi. »Ich bin ein Anhänger des Pfads!«

»Immer gläubig?«

»Ich verneige mich vor dem Wurm.«

»Wofür du eine Belohnung erwartest?«

Der Asiat, dem die Augen aus den Höhlen quollen, versuchte zu nicken.

»Dummkopf! Ich kenne dich. Du hast weder mich verstanden noch je gewußt, wo dein Platz ist. Dein Schutz war nie mehr als das, was ich zuzugestehen bereit war.«

Quetzal trank Nakaguchis Leben und ließ die leere Hülle zu Boden fallen.

Bwaatu, der Mitläufer, war die ganze Zeit über gebunden geblieben. Schließlich fand er seine Stimme wieder und winselte damit um Gnade, während Quetzal ihn leerte. Er nahm auch die Soldaten. Dieses Problem war bereinigt. Es wurde Zeit, sich wichtigen Dingen zuzuwenden.

Kapitel 24

»Nakaguchi ist tot«, erklärte Hagen.

Pamela konnte keinen emotionalen Unterton aus der Stimme des Zwergs heraushören, keine Spur von Triumph in seiner Miene erkennen. Sie gestattete sich selbst ein dünnes Lächeln. Und warum auch nicht? Sie war endlich frei vom *Kansayaku* und seinen Einmischungen. Doch das war noch kein Grund zum Feiern. Sein Tod bedeutete vermutlich nur eine Verlagerung ihrer Probleme, nicht ihr Ende. »Und diese Kreatur?«

»Ist noch immer auf freiem Fuß.«

Und war noch immer eines ihrer Probleme. »Der Sender?«

»So tot wie Nakaguchi.«

»War das Ding diskreter als bei seiner Flucht aus dem Settawego?«

»Erheblich diskreter. Es hat seine Macht nicht öffentlich zur Schau gestellt. Andererseits haben wir fünf Leichen.«

»Fünf?«

»Es hat den Anschein, als sei Kurita bei der Konfrontation zugegen gewesen.«

Ein Problem weniger. »Was ist passiert?«

»Es hat den Anschein, als hätte Nakaguchi seinen ehemaligen Sicherheitschef erschossen. Quetzal hat die anderen getötet.« Hagen schüttelte den Kopf. »Die Einzelheiten sind ziemlich dürftig. Der Schadensbegrenzungstrupp aus der Abteilung Öffentlichkeitsarbeit arbeitet bereits mit der Polizei zusammen. Unter Berücksichtigung des Schauplatzes – kein Keiretsu-Besitz –

und der klaren Beweise für offene Feindseligkeiten zwischen zwei Angehörigen Keiretsus haben wir hier den Ansatz einer plausiblen Geschichte über konzerninterne Rivalität und Subversion. Es scheint so, als sei Mr. Kurita von einem unbekannten rivalisierenden Konzern gekauft und mit der Ausschaltung seines ehemaligen Vorgesetzten beauftragt worden. Er hat versucht, Mr. Nakaguchi zu vergiften. Die anderen sind gestorben, um zu verschleiern, wer sein eigentliches Ziel war. Zu Kuritas Unglück ist Nakaguchi erst gestorben, nachdem er sich gerächt hatte.« Hagen zuckte die Achseln. »Die Geschichte ist nicht wasserdicht, sollte aber ausreichen. Wir bekommen vielleicht ein paar Schlagzeilen in den Revolverblättern, doch es sieht so aus, als könnten wir die Sonderermittlung raushalten.«

Hagens Organisation der Vertuschung war löblich, aber er hatte eine Menge als selbstverständlich vorausgesetzt. Er hätte ihr früher von seiner Strategie erzählen sollen. Dies war eine zu heikle Situation für sie, um nicht genau zu wissen, was geschah, wenn es geschah. Höchstwahrscheinlich wäre sie ebenso vorgegangen wie er, aber vielleicht auch nicht. Die ganzen Probleme, die sich um Quetzal rankten, hatten in ihr die Frage aufgeworfen, ob ihr bisheriger Kurs noch stimmig war. Vielleicht war es an der Zeit für neue Lösungen.

»Vielleicht sollten wir die Polizei nicht heraushalten. Wir könnten es ihr überlassen, sich um das Ungeheuer zu kümmern.«

Hagen musterte sie sehr ernst. »Das wäre nicht besonders klug.«

Noch vor kurzer Zeit hätte sie ihm von ganzem Herzen zugestimmt. Jetzt wollte sie seine Gründe hören. »Erklären Sie das.«

»Erstens würden sie von Quetzals Natur erfahren,

wenn sie sich damit beschäftigten. Ich kann nicht glauben, daß bisher noch niemand bei der Polizei damit angefangen hat, Quetzals andere Morde miteinander in Zusammenhang zu bringen. Zumindest würde ihnen klar werden, daß Nakaguchi und die anderen nicht an Gift gestorben sind, und das würde sie argwöhnisch machen.

Zweitens würde die Polizei erfahren, welche Rolle Mitsutomo bei der Freisetzung des Ungeheuers gespielt hat. Die Wirkung, die Berichte der Revolverblätter über sensationelle Mehrfachmorde in der Öffentlichkeit haben, ist bedauerlich. Die Enthüllung, daß Keiretsu ein Ungeheuer ausgegraben und auf die Menschheit losgelassen hat, wäre katastrophal.«

»Aber nicht Keiretsu hat das Monster losgelassen. Das war Nakaguchi.«

»Das ließe sich nur schwerlich beweisen. Und selbst wenn es sich zweifelsfrei beweisen ließe, gäbe es immer noch viele, die nicht glauben würden, daß Keiretsu nicht verantwortlich war.«

»Es gibt immer Leute, die bereit sind, das Schlimmste von Mitsutomo oder jedem anderen Konzern anzunehmen. Damit sind wir früher auch zurechtgekommen.«

»Die Zeiten ändern sich.«

»Das tun sie in der Tat, Mr. Hagen. Neue Zeiten erfordern neue Lösungen. Ich stelle fest, daß ich mir Gedanken über Ihre Art mache, das Problem anzugehen, und mir fällt die Reihenfolge Ihrer Einwände gegen eine Hinzuziehung der Polizei auf. Das Wohlergehen Keiretsus steht in Ihrem Denken *nicht* an erster Stelle.«

Hagen lehnte sich zurück, die Augen zu schmalen Schlitzen verengt, als er sie ansah. Sie hatte soeben die Richtung ihrer Unterhaltung verändert. Sie ließ ihm Zeit, um über die Implikationen dieser Richtungsänderung nachzudenken. Sie wollte sehen, wie er sich aus der Affäre zöge.

Nach einer längeren Pause sagte er: »Ms. Martinez, Sie wissen bereits, daß meine Loyalität primär woanders liegt. Ich hoffe, es ist Ihnen klar, daß ich aufgrund dieser Tatsache in keiner Weise in Opposition zu Keiretsu und seinen Interessen in dieser Angelegenheit stehe. Ihr Charybdis-Projekt hat bewundernswerten Erfolg dabei gehabt, das Eindringen unnatürlicher Dinge auf ein Minimum zu begrenzen oder zu verhindern. Ich sehe keinen Grund, diese Politik, die Sie bisher verfolgt haben, zu verändern, aber ich sehe sehr viele, sie beizubehalten. Dies ist nicht der rechte Zeitpunkt, an die Öffentlichkeit zu gehen. Publizität würde den weiteren Erfolg von Charybdis nur schmälern.«

»Nakaguchi hat Charybdis bereits verändert«, stellte sie fest.

»Nakaguchi ist tot. Sie haben wieder das Kommando.«

»Ganz genau, Mr. Hagen.«

Er begegnete ihrem Blick. »Ich verstehe.«

»Das hoffe ich, Mr. Hagen.«

»Was wünschen Sie, was getan werden soll?«

»Ich glaube, daß wir unsere Verluste in Grenzen halten sollten. Wir müssen Keiretsus Anteil an dieser Affäre so weit wie möglich herunterspielen, aber das Ungeheuer soll vernichtet werden. Wenn wir der Hintergrundgeschichte die richtige Wendung geben, können wir Keiretsu von jeglicher Verantwortung für das Ungeheuer freisprechen und der Polizei das Problem aufbürden.«

»Wenn Sie dem Problem auf diese Weise begegnen wollen, kann ich Sie nicht daran hindern.«

»Ich will es in der Tat auf diese Weise angehen, Mr. Hagen.«

Hagen nickte zögernd. »In diesem Fall hätte ich einen Vorschlag, wie man den Schaden so gering wie möglich halten könnte.«

Dieser Zwerg gefiel ihr viel besser als Sörli. Er war fügsamer. Sie lauschte seinem Vorschlag mit großem Interesse.

*

An diesem Morgen änderte Charley seine übliche Vorgehensweise beim Lesen seiner E-Mail, indem er gleich zu den anonymen Absendern überging. Er hatte das Gefühl, daß eine Nachricht von Caspar auf ihn wartete, und sein Gefühl trog ihn nicht.

>>21.10.19 * 13.02.13.79 * XXXXX.XXX
LOG #1019.49
AN: GORDONC@NECPOL-
NET*0004.13.00*874334
VON:<UNBEKANNT>
BETR: MODUS 112.
NACHRICHT: NEHMEN SIE VERBRECHENSAKTE
33*1018*F103 HINZU

Er forderte die Akte vom Computer an und bekam als Antwort: »Nur als Vorbericht gespeichert.«

»Ich will die Akte trotzdem.« Als Detective genoß er einige Privilegien. Als Streifenpolizist hätte er warten müssen, bis der Abschlußbericht gespeichert war.

Er fügte die Akte seinem Modus-112-Dossier hinzu und sah sie dabei rasch durch. Eines der digitalen Bilder erregte seine Aufmerksamkeit. Er hielt den Durchlauf an und sah sich das Bild genauer an. Die Aufnahmen aus dem Leichenschauhaus zeigten einen Japaner, der mit einem Ausdruck nackter Angst im Gesicht gestorben war. Irgendwas an dem Burschen kam ihm bekannt vor, aber woher?

Im Vorbericht war der Name dieses Burschen mit Ryota Nakaguchi und als Konzern Mitsutomo angegeben. Seine Anstecknadel, die sich in der Liste der Habseligkeiten fand, besagte, daß er der Heimatniederlassung des Konzerns angehörte. Im Vorbericht hieß es, er sei ein Nachwuchsmann, der noch ziemlich weit unten in der Verwaltungshierarchie des Konzerns stehe, aber das konnte nicht stimmen.

Charley sah sich die Liste der Habseligkeiten genauer an. Alles Qualitätsprodukte, teures Zeug. Zu ausgefallen für einen Nachwuchspinkel. Nakaguchi war nicht das, was der Vorbericht behauptete.

Weshalb war den Untersuchungsbeamten das nicht aufgefallen?

Während Charley noch darüber nachdachte, kam Manny in die Bürozelle, die sie sich teilten. Er machte ein mürrisches Gesicht, als er seine leere Kaffeetasse sah. »Du wirst schlampig, Gordon.«

»Johnston hatte die Maschine nicht eingeschaltet, als ich kam«, log Charley. Er versuchte sich zu erinnern, wo er Nakaguchis Gesicht schon einmal gesehen hatte, und wollte sich wegen des Kaffees nicht streiten.

»Sicher, schieb deine Sünden ruhig auf andere. Willst du welchen?«

»Okay.« Was er wirklich wollte, war: wissen, wer Nakaguchi tatsächlich war.

Als Manny ging, spielte Charleys Gedächtnis ihm eine Vision von Nakaguchis Gesicht ein – nicht zu einer Grimasse der Furcht erstarrt, sondern ausdruckslos und aufgeblasen. Derselbe Anzug, dieselbe Anstecknadel. Hinter seinem Kopf prangte ein Mitsutomo-Logo.

Dieses Logo befand sich in der Lobby des Settawego Building, und Nakaguchi war der Bursche, der hinter Pamela Martinez aus dem Fahrstuhl gekommen war, und zwar an dem Tag, als Caspar Charley ins Settawego geschickt hatte. Der verstorbene Mr. Nakaguchi war ganz gewiß kein Nachwuchspinkel, wenn er höher rangierte als die Chefin von Mitsutomo NAG.

Wer war er also?

Eine schlichte Anfrage bei Mitsutomos Abteilung für Öffentlichkeitsarbeit bescherte ihm eine Antwort, die zu Nakaguchis Stellung im Aufzug paßte. Der öffentliche Eintrag besagte, daß Ryota Nakaguchi ein *Kansayaku* war, ein Buchprüfer, der gegenwärtig bei Mitsutomo Nordamerika beschäftigt war. *Kansayaku* war ein ausgefallener *Nihongo*-Name für einen Konzern-Feuerwehrmann. Keineswegs eine Stellung für einen Nachwuchsmann.

Herzversagen, ja? Nakaguchi gehörte zu den Burschen, die Herzanfälle *verursachten*.

Entweder war die Öffentlichkeitsabteilung des Konzerns übermäßig selbstsicher oder Charley war gerade noch hineingeschlüpft, bevor sie den Makel hatten übertünchen können.

Manny brachte den Kaffee, Charley wechselte die zwischen Partnern üblichen Bemerkungen mit Manny, aber seine Gedanken waren bei Nakaguchi, bei seiner Verbindung zu Modus 112 und beim plötzlichen Tod des *Kansayaku*. »Hey, Manny, kennst du jemanden im Dreiunddreißigsten?«

»Im Dreiunddreißigsten?« Darüber mußte Manny erst einmal nachdenken. »Ja, da kenne ich jemanden.«

»Mach mich mit ihm bekannt, ja?«

»Willst du uns wieder in Schwierigkeiten bringen?«

»Nee. Ich habe nur eine Frage zu einem Bericht von da.«

»Worum geht's dabei?«

»Das sag ich dir, wenn was dabei herauskommt.«

Mannys Jemand konnte Charley an jemanden verweisen, der wiederum jemanden kannte, der Ramierez an den Apparat brachte. Ramierez war Untersuchungsbeamter im Fall 33*1018*F103. Er war nicht besonders erfreut, als er herausfand, daß Charley von der SEE war.

»Was wollen Sie, Mr. Spook? Gibt überhaupt keinen Grund für Sie, in dieser Geschichte herumzurühren.«

Charley versuchte freundlich zu bleiben. »Ich habe nur gerade Ihren Vorbericht gelesen und finde, daß er etwas seltsam aussieht, wissen Sie. Vier Fälle von Herzversagen und keiner älter als vierzig.«

»Hören Sie, das ist kein Fall für Ihre Abteilung.«

»Für mich hört sich das schon nach was Besonderem an.«

»Wir haben hier alles im Griff.«

Noch ein Versuch. »Ich dachte nur, daß Sie vielleicht Hilfe brauchen.«

Ramierez' Gesicht verzerrte sich, als habe ihm gerade jemand gesagt, seine Frau bumse mit anderen Männern. »Wieviel wollen Sie?«

Jetzt ergab die Falschidentifizierung Nakaguchis einen Sinn. Es lief eine Vertuschung. »Hören Sie, ich habe mich nur gefragt, ob es vielleicht eine Verbindung zwischen dieser Geschichte und einer anderen Sache geben könnte, an der ich gerade arbeite. Ich bin nicht scharf auf ein Stück von irgendeinem Kuchen, der vielleicht gerade die Runde macht. Ich versuche hier nur, etwas Polizeiarbeit zu machen.«

»Wir haben hier nichts Unheimliches, verstanden? Wir haben es hier mit einem Haufen Pinkel zu tun, die mit harten Bandagen gekämpft haben und zu dämlich waren, es in ihrem eigenen Revier zu tun. Der Konzern will, daß die Sache nicht an die große Glocke gehängt wird, mehr nicht. In dieser Geschichte steckt nicht viel drin, also werden Sie nicht gierig.«

Charley war nicht hinter einem Anteil am Schweigegeld her. »Vergessen Sie's.«

Ramierez wurde mißtrauisch. »Was wollen Sie eigentlich, Gordon? Ich schwöre, wenn Sie mit der Dienstaufsicht unter einer Decke stecken, verspeise ich Ihren Arsch zum Mittag.«

»Bleiben Sie ruhig, Ramirez. Ich bin nicht von der Dienstaufsicht, und ich tue den Jungens hier auch keinen Gefallen. Ich erledige nur meine Arbeit. Tun Sie *mir* einen Gefallen und schicken Sie mir eine Kopie des Abschlußberichts.«

»Ziehen Sie sich die Kopie doch selbst«, sagte Ramierez und unterbrach die Verbindung.

Wunderbar. Charley machte sich am Computer zu schaffen, um sich die Kopie zu ziehen.

Konzernvertuschung, wie? Das ergab einen Sinn, wenn irgendein Nachwuchsmann in eine schmutzige Sache verwickelt war, aber Mr. Nachwuchspinkel Nakaguchi war kein Nachwuchsmann. Hinter dieser Sache mußte mehr stecken.

Er fragte sich, was Pamela Martinez wohl dazu zu sagen hatte, daß ihr Buchprüfer im Bezirk 33 tot aufgefunden worden war. Oder war sie diejenige, die hinter der Vertuschung steckte?

Der Computer summte und zeigte an, daß ein Anruf kam. Er überprüfte die Identität des Anrufers. Es mußte etwas Unheimliches vorgehen, weil der Computer sagte, der Anrufer sei Pamela Martinez.

Solche Dinge konnten einen glatt dazu bringen, an Magie zu glauben.

Kapitel 25

Etwa eine Stunde nach dem Scharmützel mit Quetzal tauchte ein Bursche namens David Beryle auf, der ganz besorgt und beunruhigt war. Als Beryle aus dem Fahrstuhl stieg, glaubte John zuerst, er könne Dr. Spaes Partner sein, wie es Holger Kun gewesen war, aber ihre Begrüßung ließ keinen Zweifel daran, daß sie etwas mit dem Burschen hatte. Einige peinliche Minuten lang wurde John stehengelassen und war deshalb mehr als nur ein wenig verlegen.

Er und Sue hatten ihre Zärtlichkeiten wenigstens privat ausgetauscht.

Nachdem sie sich aus ihrer Umarmung gelöst hatten, bestand Beryle darauf, ihm alles über den Zwischenfall mit Quetzal zu erzählen. John hatte diesen Burschen noch nie zuvor gesehen und war nicht sicher, ob er ihn mochte, aber Dr. Spae schien ihm zu vertrauen. Jedenfalls verheimlichte sie ihm nichts. John paßte sich dem an und erzählte ihm, daß die Sache mit der Warnung Bennetts Idee gewesen sei. Als Dr. Spae anfing, detaillierte Fragen zu stellen, um herauszufinden, was zwischen John und Quetzal eigentlich vorgegangen war, klinkte Beryle sich mit der Behauptung aus dem Gespräch aus, er gehe ins Bett.

Kurz danach glitten Spaes Fragen in den Bereich ab, den sie wohl mit ihrer Bemerkung gemeint hatte, sie hätten sich ›einiges zu erzählen‹. Ihre Unterhaltung dauerte bis tief in die Nacht. Bevor sie in ihrem Zimmer verschwand – demselben, welches Beryle Stunden zuvor betreten hatte –, wies sie John noch eines der anderen Schlafzimmer der Suite zu.

Seinen gegenwärtigen Maßstäben nach war das Zimmer luxuriös, sogar nach seinen alten Maßstäben, aber es war ein kaltes Bett. Er hätte woanders sein sollen, wußte aber, daß er vor morgen einfach keine Möglichkeit hatte, zur Fabrik zurückzukehren. Vielleicht hätte er zurückkehren können, wenn er von sich aus in der Lage gewesen wäre, in die Anderswelt überzuwechseln und ein Elfenroß herbeizupfeifen, aber diesen Trick hatte Bennett für sich behalten.

Am Morgen bestand Dr. Spae darauf, sofort mit Bär zu sprechen. Sie wollte auch mit Bennett reden. In Bezug auf das zweite konnte John nichts für sie tun – sie würde mit Bennett sprechen, wenn Bennett mit sich reden lassen wollte. Er konnte sie jedoch zu Bär bringen, obwohl er einige Befürchtungen hinsichtlich ihrer Tätigkeit für den Geheimdienst der Europäischen Gemeinschaft hatte – für den sie, wie sie natürlich gesagt hatte – nicht mehr arbeitete. Er beschloß, es darauf ankommen zu lassen. Er wußte nicht, ob es ihm gelänge, Bärs Gedächtnis auf die Sprünge zu helfen, so daß er sich wieder im einundzwanzigsten Jahrhundert zurechtfand, und er kannte sonst niemanden, an den er sich hätte wenden können.

Als Beryle von Dr. Spaes Entscheidung hörte, sprang er sofort darauf an.

»Wann brechen wir auf?« fragte er.

John sah ihn stirnrunzelnd an. Ihm gefiel nicht, daß Beryle einfach davon ausging, er werde mit zu Bär gehen. »Wir?«

»Ja. Wann brechen wir auf?«

»Die Einladung bezog sich nur auf Dr. Spae«, sagte John.

»Wenn sie geht, gehe ich auch«, verkündete Beryle.

Dr. Spae schwieg dazu. Sie beobachtete lediglich

John und hatte dazu eine neutrale Miene aufgesetzt. Was sollte er jetzt sagen? Er hatte sich bereits damit einverstanden erklärt, Dr. Spae mit zurück in die Fabrik zu nehmen. War dies eine Art Test?

»Stimmt das, Doktor?«

»Ich halte es für eine gute Idee«, sagte sie. »Ich würde mich wohler fühlen.«

»Schön«, sagte Beryle, als habe das alles entschieden. »Ich miete einen Wagen.«

John hatte angenommen, sie nähmen ein öffentliches Verkehrsmittel. »Und was machen Sie damit, wenn wir dort sind?«

»Sind die Parkmöglichkeiten so schlecht?«

Beryle war zweifellos nicht so gewitzt wie Kun. Dr. Spaes letzter Begleiter hätte die Andeutung sofort verstanden. »Es gibt dort nicht so sonderlich viele Mietwagen.«

»Ich glaube, es ist die Gegend, die schlecht ist, David«, sagte Dr. Spae.

Beryle nickte. »Ich besorge uns etwas, das nicht so viel Aufmerksamkeit erregen wird.«

John kam zu dem Schluß, daß Beryle doch kein völlig hoffnungsloser Fall war, als er den Schrotthaufen sah, den der Bursche für die Fahrt organisiert hatte. Der alte Hernando bestand äußerlich nur aus verschiedenfarbigen Ersatzteilen und nackten Meshglaz-Flekken. In der Nähe der Fabrik hatte John haufenweise Zwillinge dieses Wagens gesehen. Irgendwie hatte Beryle sogar das Glück gehabt, einen mit Kennzeichen aus Rhode Island zu bekommen.

Oder war es gar kein Glück? Der ECSS hatte Verbindungen in den Staaten, das hatte John von Kun erfahren.

Sie brauchten drei Stunden, um die Entfernung zurückzulegen, die John und Bennett auf den Elfenrössern in weniger als einer Stunde bewältigt hatten.

Beryle parkte dort, wo John es ihm sagte, und beschwerte sich dann während der letzten drei der vier Blocks ihres Fußmarschs zur Fabrik. John ignorierte seine Nörgelei. Der Hernando sah vielleicht so aus, als gehöre er in diese Gegend, aber er wollte dennoch nicht, daß er vor seinem Unterschlupf parkte.

Faye begegnete ihnen in der Verladebucht mit einer warmen Begrüßung für John. Wie er es manchmal tat, wenn andere Leute anwesend waren und er mit ihr reden wollte, wandte John den Kopf von ihnen ab und formte ein stummes Hallo mit den Lippen.

»Bär hat nach dir gefragt, aber im Augenblick schläft er. Gorshin bewacht ihn. Bär war nicht viel wach. Ich hoffe, er kommt wieder auf die Beine«, sagte Faye. »Ich bin froh, daß du wieder da bist. Er sagte, du würdest mit Gesellschaft zurückkehren. Das sind Leute aus der sonnenbeschienenen Welt. Soll Gorshin sich verstecken?«

Ihre Frage ging gezielt an John vorbei. Er hatte Mühe mitzukommen. »Warte mal«, sagte er laut. »*Wer* hat gesagt, ich käme mit Gesellschaft zurück?«

»Bennett.«

Wer sonst? Er hätte es sich denken können.

»Hallo, Faye«, sagte Dr. Spae.

John sperrte vor Überraschung Mund und Nase auf.

»Hallo, Doktor«, sagte Faye zaghaft.

»Sie können sie hören?« fragte John.

»Gewiß«, sagte Dr. Spae. »Andernfalls würde ich kaum mit ihr reden.«

John wußte nicht, wie ihm diese neue Entwicklung gefiel. Faye war bisher seine ganz private Freundin gewesen. Irgendwie fühlte er sich ein wenig betrogen. Als sei ein Vertrauen gebrochen worden.

»Können Sie sie sehen?« fragte Dr. Spae.

Als John zugab, es nicht zu können, äußerte sie ein nachdenkliches ›Hmm‹.

»Wovon redet ihr zwei?« fragte Beryle.

Dr. Spae betrachtete ihn neugierig. »Ach, richtig. Du kannst sie ja gar nicht hören, nicht wahr, David?«

»Wen kann ich nicht hören?«

»Das ist wirklich sehr interessant. Es wirft eine ganze Reihe von Fragen auf. Ich frage mich, ob –« Dr. Spae hielt einen Augenblick inne, da sie über etwas nachzudenken schien. »Faye, ich würde gern ein paar Experimente anstellen. Wären Sie bereit, mit mir zusammenzuarbeiten? Ich würde gern…«

»Elizabeth!« Beryle klang nicht sonderlich amüsiert. »Wir sind nicht hergekommen, um Experimente durchzuführen.«

Dr. Spae bedachte Beryle mit einem hitzigen Blick. John wußte aus Erfahrung, daß sie es überhaupt nicht mochte, wenn man sie unterbrach. Um die Dinge ein wenig abzukühlen, sagte John: »Bär ist oben.«

Er führte sie in das Büro, aus dem Bärs Zimmer geworden war.

Das Licht der Morgensonne schien durch das schmierige Fenster des Zimmers und machte wenig Eindruck auf die Düsternis. Später am Tag würde es heller werden, aber nicht viel. Bär lag auf der Couch und schlief. Jemand hatte ihn mit einer Decke zugedeckt. Faye hatte gesagt, Gorshin bewache Bär, aber John glaubte, der Echsen-Affe mit den Fledermausflügeln habe seinen Posten aufgegeben, bis er eine in der dunkelsten Ecke des Zimmers zusammengekauerte Gestalt bemerkte. Er ignorierte Gorshin und ging durch das Zimmer, um nach Bär zu sehen. Er hatte noch nicht die Mitte des Zimmers erreicht, als Dr. Spae aufschrie.

»David, nicht!«

Der Ausruf Spaes ließ John geduckt herumfahren. Er wußte nicht, was er erwartet hatte, aber jedenfalls nicht, Beryle eine klobige Pistole auf Gorshins Ecke richten zu sehen. Gorshin war aus seiner Ecke gekommen und stand in aggressiver Haltung da, die Schwingen halb entfaltet. Dr. Spae sprach leise auf Beryle ein, die Waffe einzustecken, doch Beryle hörte nicht auf sie. Er hielt die Waffe auf den Echsen-Affen gerichtet. Gorshin fing an zu knurren.

»Was ist das?« fragte Beryle. Seine Stimme war unstet, aber die Hand, die die Waffe hielt, zitterte nicht im geringsten.

»Eines von Bennetts Schoßtierchen«, sagte John zu ihm.

»Gorshin«, sagte Faye.

»Woher haben Sie die Kanone?« fragte John Beryle.

»Ist es gefährlich?« fragte Beryle niemanden im besonderen.

»Bist du ein Gargyl?« fragte Dr. Spae Gorshin.

Das Stimmengewirr entlockte Bär eine Reaktion.

»Macht nicht so einen Krach, Compadres, sonst muß ich euch rauswerfen«, schalt er sie, wie er es mit den lärmenden Dons in MaxMix Manor getan hatte.

Beryle unterbrach seinen Anstarrwettbewerb mit Gorshin, um einen Blick auf Bär zu werfen. »Arthur?«

»Artus«, verbesserte Bär.

»Wie geht es Ihnen, Artus?« fragte Dr. Spae.

»Es ging mir schon mal besser, Doktor.«

»Also erinnern Sie sich an mich?«

»Ich weiß, daß wir uns schon begegnet sind. Oder wenigstens glaube ich das.«

»Ich hatte gehofft, Dr. Spae könnte dir helfen«, sagte John.

»Keine Egel«, sagte Bär mit fester Stimme.

John befürchtete schon, Bär habe wieder die Zeitalter durcheinander gebracht, bis er das Funkeln in seinen Augen sah. »Vielleicht brauchst du gar keinen Doktor.«

»Vielleicht«, stimmte Bär zu. Seine Zittrigkeit, als er sich aufrichtete, strafte seine Worte Lügen. Er war nackt unter der Decke, doch das schien ihn nicht zu stören, bis ihm die plötzliche Steifheit Spaes auffiel. Ohne sich zu entschuldigen oder auf die Situation einzugehen, raffte er die Decke um sich. »Ich scheine mich zu erinnern, daß Dr. Spae ohnehin nicht so ein Doktor ist. Habe ich recht?«

»Ich habe eine medizinische Ausbildung«, sagte Spae. »Aber mit Egeln kenne ich mich nicht aus, es sei denn, es zählt schon, für einige gearbeitet zu haben.«

Die Mühelosigkeit, mit der Dr. Spae diese bittere Ironie über die Lippen kam, ließ John zum ersten Mal glauben, daß sie den ECSS tatsächlich verlassen hatte. Dieser Gedanke warf andere Fragen auf, aber er hatte ohnehin schon zu viele Fragen. Nicht die geringste davon lautete: Wo war Spillway Sue? Mittlerweile hätte sie längst herunterkommen müssen, um nachzusehen, was vorging.

Dr. Spae begann wieder mit ihrer ›Sich-einiges-zu-erzählen-haben‹-Routine, diesmal mit Bär als Zielscheibe für ihre Fragen. Beryle behielt weiterhin Gorshin im Auge, doch der Gargyl gab nach und kehrte wieder in seine Ecke zurück. John wurde hier eigentlich nicht gebraucht. Er wußte bereits mehr über Quetzal, als er eigentlich wissen wollte. Er nutzte die Gelegenheit, um nach oben zu gehen.

Sie war nicht da.

Es gab keine Nachricht. Sie hatte nichts hinterlassen. Andererseits hatte sie auch nichts zu hinterlassen. Er starrte auf die Matratze, die sein Bett war.

Sie hatte etwas empfunden, oder nicht? Er war der Ansicht gewesen. Er jedenfalls hatte.

Die zerknitterte Bettwäsche auf der leeren Matratze weckte in ihm selbst ein Gefühl der Unordnung. Er ging zum Fenster und sah hinaus. Sie war irgendwo dort draußen. Und tat was? Alle paar Minuten drehte er sich um und starrte auf das leere Bett.

War es doch nur eine Bezahlung gewesen?

Er wollte das nicht glauben. Er konnte es nicht glauben. Ihre Nähe, so plötzlich sie auch entstanden war, hatte sich nicht so angefühlt.

Warum war sie dann aber nicht da?

Der Raum war ihm plötzlich zu leer. Er ging wieder dorthin zurück, wo Leute waren, doch anstatt das Zimmer betreten, wartete er im Flur. Faye kam zu ihm.

»Sie ist weg, John«, sagte sie.

Das brauchte sie ihm nicht zu sagen. Faye war sicher nicht die richtige Ansprechpartnerin dafür, aber wen hatte er sonst? »Hat sie noch etwas gesagt, bevor sie gegangen ist?«

»Sie kann mich nicht hören – und sie hat Angst vor Gorshin.«

War das schon alles? Sue hätte wenigstens eine Nachricht hinterlassen können. In Johns Zimmer lagen Papier und Bleistift. Andererseits, vielleicht konnte sie das auch nicht. John wußte nicht, ob sie lesen und schreiben konnte. Nur eines von vielen Dingen, die John über Spillway Sue nicht wußte

John kam sich wie ein Idiot vor, wie er dort in der Tür von Bärs Zimmer stand. Er sollte entweder hineingehen oder verschwinden. Aber wohin sollte er verschwinden?

Sue suchen?

Er wußte in groben Zügen, wo sie sich gewöhnlich herumtrieb, aber er wußte nicht, wo sie schlief. Sie war hier in der Gegend aufgewachsen und er war neu hier. Wenn sie nicht gefunden werden wollte, würde er sie wohl auch nicht finden.

Wenn Bennett ihn nicht mitgeschleift hätte, um Dr. Spae zu retten, wäre sie immer noch da gewesen. Aber Dr. Spae vielleicht nicht. War das ein fairer Tausch? Fair oder nicht, es war ein weiterer Punkt auf der Liste dessen, was Bennett ihm angetan hatte.

»Wo ist Bennett?«

Faye zögerte. »Er ist auch nicht da.«

»Aber er kommt zurück, oder? Er muß zurückkommen, weil er sein Schoßtierchen zurückgelassen hat.«

»Gorshin ist kein Schoßtierchen, John.«

»Nein? Dann weiß er es vielleicht.« John ging zu dem Gargyl. »Wo ist Bennett?«

»Weg.«

»Wenn er weg ist, was machst du dann noch hier?« wollte er wissen.

»Gefäällt miir hiier«, krächzte Gorshin. »Blaaiiben.«

Wunderbar.

»Jack!« Das war Bär. »Ich brauche Kleidung. Bennetts Geschenke sind genauso dauerhaft wie seine Versprechungen.«

»Sie sind nicht in der Verfassung, irgendwas zu unternehmen«, sagte Dr. Spae zu Bär.

»Jemand muß etwas unternehmen. Jack, der Doktor glaubt, daß dieser Zauberer immer noch frei herumläuft.«

Bei diesem Gedanken lief es John kalt über den Rücken, aber er versuchte unbesorgt zu klingen. »Und?«

»Er ist ein Wurmfreund«, sagte Bär. »Man muß etwas gegen ihn unternehmen.«

»Wir können zur Polizei gehen«, sagte John. Er hatte mehr als genug mit Quetzal zu tun gehabt. Dr. Spae war vor ihm gerettet worden. War das nicht genug?

»Die Polizei wird nicht mit ihm fertig«, sagte Dr. Spae.

Wenn nicht die Polizei, was sollte dann Bär – insbesondere ein geschwächter Bär – tun? »Du bist nicht in der Verfassung, gegen irgendjemanden zu kämpfen, Bär.«

»Aber Artus hat recht«, sagte Dr. Spae. »Irgendetwas muß unternommen werden.«

Warum tun Sie es dann nicht, Doktor? »Sie haben ihn schon einmal vertrieben.«

»Mit Ihrer Hilfe, John.«

»Sie sind diejenige, die die Blitze geschleudert hat.«

Dr. Spae tat ihre Bemühungen mit einem Achselzucken ab. »Quetzal hatte sehr viel Zaghaftes an sich. Ich bin ziemlich sicher, daß er sich zurückgehalten hat. Zumindest hat er seine Aufmerksamkeit zwischen uns geteilt.«

»Jetzt könnten wir Caliburn gut gebrauchen«, sagte Bär. »Es hat eine gewisse Wirkung auf solche wie ihn.«

»Tja, wir haben Caliburn aber nicht«, sagte Dr. Spae entschlossen. »Wir haben das doch alles längst besprochen, Artus. Sie sind nicht in der Verfassung, gegen irgendetwas zu kämpfen.«

»Du könntest wahrscheinlich nicht mal gerade schießen, geschweige denn ein Schwert benutzen«, fügte John hinzu, der dankbar war, daß Dr. Spae wenigstens in einer Beziehung vernünftig war. »Du bist immer noch durcheinander, Bär, und deine Koordination ist praktisch nicht vorhanden.«

Bär schien kurz vor der Rebellion zu stehen. »Der Schlangenfreund muß aufgehalten werden. Der Doktor braucht Hilfe.«

»Dann wird sie ihre Hilfe anderswo finden«, sagte John. »Sie hat Verbindungen.«

»Du wirst ihr helfen, Jack.«

Wer war Bär, für John die Entscheidungen zu treffen?

»Ich glaube nicht, daß ich stark genug bin, um Quetzal allein zu besiegen«, sagte Dr. Spae. »Wir werden Ihre Hilfe brauchen.«

»Quetzal ist ein Magier«, stellte John fest. »Sie brauchen magische Hilfe, ich aber wirke keine Magie.«

»Sie sind vielleicht nicht darin ausgebildet, aber Sie haben Talent«, sagte Beryle.

Was verstand er davon?

»Sie haben ein starkes natürliches Talent«, stimmte Spae zu.

Faye fiel in den Chor ein. »Die Magie liegt dir im Blut, John.«

Danke, Faye. Warum schlägst du dich auf ihre Seite?

»Ich habe einige Lehrerfahrung«, fuhr Dr. Spae fort. »Ich glaube, daß Sie sehr schnell lernen werden.«

Warum wehrte er sich gegen die Gelegenheit, Magie zu lernen? Seine Schulter zuckte in Erinnerung an Quetzals brennende Hand. Weil Dr. Spaes Begleiter, wer immer das auch sein mochte, es mit Quetzal zu tun bekäme. Darum.

Hatte er Angst?

Was für eine Frage! Natürlich hatte er Angst. Aber wovor?

Quetzal war die leichte Antwort. Und eine ehrliche.

Doch John argwöhnte, daß noch mehr hinter seinem Widerstreben steckte. Was, wenn er nicht besonders gut in Magie war? Was, wenn er seinem Blut keine Ehre bereiten konnte? Er würde kein Elfenprinz sein, wenn sich herausstellte, daß er zu nicht mehr als der einfachsten Magie befähigt war. Seine Abstammung war alles, woran er sich halten konnte, nachdem er Bennetts Version eines idyllischen Lebens in der Anderswelt von sich gewiesen hatte. Was, wenn sich herausstellte, daß Johns Träume sich ebenso in Rauch auflösten wie Bennetts Versprechungen?

Er brauchte eine konkretere – und persönlich weniger verdammende – Entschuldigung vor Bär. Er griff nach der ersten, die ihm einfiel. »Wie lange hat es gedauert, bis Sie Magie wirkungsvoll einsetzen konnten, Doktor?«

»Wir reden nicht von mir, wir reden von Ihnen. Sie haben gewisse natürliche Vorteile.«

»Sie meinen, weil ich…« John hielt inne, bevor er

sagen konnte: ›ein Elf bin‹. Bisher hatte Bär sich offenbar noch nicht daran erinnert, daß John ein Elf war. John wußte noch ganz genau, wie Bär darauf reagiert hatte. Er wollte nicht schon wieder mit dieser Ablehnung konfrontiert werden. Ziemlich lahm beendete er den Satz: »Weil ich schon Erfahrung damit habe?«

»Erfahrung hilft«, sagte Dr. Spae. »Aber es gibt einige Dinge, von denen ich glaube, daß Sie damit sofort zurechtkommen.«

Sie klang zuversichtlich genug für sie beide. Konnte sie ihn tatsächlich lehren, sich die Magie gefügig zu machen?

»Hör ihr zu, Jack«, drängte Bär.

Konnte sie es ihn lehren? Konnte er es lernen?

Selbst wenn er lernte… »Was würde uns das nützen? Wir wissen nicht mal, wo Quetzal sich aufhält. Wollen wir ihn mit einer Glaskugel finden?«

»Das wird eines der ersten Dinge sein, an denen wir arbeiten«, antwortete Dr. Spae.

Wir? John hatte noch nicht zugestimmt, aber Dr. Spae ging davon aus, er hätte. »Ich weiß nicht.«

»Kommen Sie, Reddy. Sie können Elizabeth nicht allein gegen diesen Zauberer antreten lassen.«

»Das wäre nicht ritterlich, John«, sagte Faye.

Sie kannte ihn besser als alle anderen.

»Ich schätze, wir müssen es versuchen«, sagte er.

»Guter Junge, Jack«, sagte Bär. »Cei wird stolz auf dich sein, wenn er davon erfährt.«

John versuchte Bärs Ausrutscher zu ignorieren.

Dr. Spae gab ihm einen Klaps auf die Schulter. »Uns bleibt vielleicht nicht viel Zeit. Wir müssen sofort anfangen.«

Kapitel 26

Zum zweiten Mal hintereinander schlief Spae nicht, nachdem sie John Reddy ins Bett geschickt hatte. Nicht, daß sie nicht müde war. Das war sie. Bis ins Mark. Sie hatte vergessen, wie erschöpfend es war, mit einem Anfänger Grundlagentraining zu betreiben. Aber sie konnte es sich noch nicht leisten zu schlafen. Sie holte die Schachtel Wach-EZ-Pillen, die sie sich von David hatte mitbringen lassen, als er eingekauft hatte, und starrte sie an. Es gab so viel zu tun – und sie hatte so wenig Zeit. Drogen waren eine riskante Angelegenheit für einen Magier, sogar leichte Drogen wie diese. Hätte sie doch nur das Gefühl gehabt, die Zeit zu haben, sich einmal ausschlafen zu können. Danach wäre sie beträchtlich frischer und in der Lage gewesen, klarer zu denken.

Und *er* mochte sie wieder finden, während sie schlief.

Sie nahm die Tablette. Mit etwas Glück würden die Nebenwirkungen nur geringfügiger Art sein. Sie legte sich auf die aufblasbare Matratze, die David ebenfalls gekauft hatte, bis sie spürte, wie die Wirkung der Tablette einsetzte.

Sie glitt von der Matratze, ohne David zu wecken, und wühlte in seinem Koffer herum, bis sie ihren Computer fand. Er gehörte zu den wenigen Dingen, die sie aus Chardonneville mitgenommen hatte, und er enthielt ihre Forschungsdateien und ihre Bibliothek. Sie klemmte ihn sich unter den Arm, verließ den Raum und ging in einen anderen, wo sie arbeiten konnte, ohne David aufzuwecken oder von seinen gelegentlichen Anfällen unruhigen Herumwälzens gestört zu werden.

Ihre Maschine, ein alter Sonymac Romer, war mit einer virtuellen Tastatur ausgerüstet. An die optischen Tastaturen hatte sie sich nie gewöhnen können. Sie zog die Handschuhe an und startete ihn. Als erstes schaltete sie die Stimmenwiedergabe aus. Sie wollte niemanden stören. Stimmen in der Nacht würden jeden aufhorchen lassen, der in dieser Fabrik noch wach war – sie hatte gesehen, daß der Gargyl immer noch umherschlich – und sie wollte in Ruhe gelassen werden, wenn sie arbeitete.

Der tragbare Minicomputer besaß nicht die Rechenkapazität und Speicherfähigkeit ihres PCs im Hotel, aber er ermöglichte es ihr, mit Hilfe eines Funktelefons eine Verbindung zu ihm herzustellen. Die Übertragung von Dateien per Funk war nicht die beste. Einige der übertragenen Dateien waren verstümmelt und unbrauchbar, aber ihr blieb mehr als genug, um sich Stunden zu beschäftigen – die Programme, die sie hatte laufen lassen, hatten ihre Arbeit geleistet.

Sie hatte sich erinnert, daß *Callis Luxorum Dubiaria* das einzige bekannte Werk von Luciferius war, und es sah so aus, als hätte sie in der Tat recht damit. Die Suche hatte keine anderen Werke ans Licht gebracht. Nachdem ihr Suchprogramm keine weiteren Werke fand, hatte es auf ihre anderen Suchparameter zurückgegriffen und war okkulte Datenbanken mit unbegrenzten und begrenzten Zugangsmöglichkeiten durchgegangen, und zwar in dem Versuch, so viel wie möglich von *Callis* zusammenzutragen. Auf der Uni hatte sie entdeckt, daß von diesem Werk nur wenig in digitalisierter Form vorlag. Die Lage war noch schlimmer, als sie sie in Erinnerung hatte. Das Verzeichnis, das sie für die Suchergebnisse eingerichtet hatte, enthielt nur ein Dutzend Einträge. Der

Größe dieser Dateien konnte sie entnehmen, daß keine von ihnen mehr als zehn Seiten umfaßte.

Sie hatte das *Callis* einmal gelesen, wie sie Quetzal gesagt hatte, aber das lag schon Jahre zurück. Sie hatte es bei einem Besuch auf einem Regal in Joseph Wyngardes Arbeitszimmer entdeckt. Zu ihrer Überraschung hatte sie auch entdeckt, daß es sich bei dem Exemplar um eine handschriftliche Kopie handelte, die Eigenübersetzung des Professors aus dem Lateinischen. Für sie war es ein neues Buch gewesen, zweifellos ein bedeutendes arkanes Werk, und sie war ziemlich aufgeregt gewesen. Als sie darum gebeten hatte, es lesen zu dürfen, hatte Joseph ihr diesen Wunsch zu ihrer Überraschung abgeschlagen, seine erste Ablehnung einer ihrer Bitten um Zugang zu okkultem Wissen. Natürlich hatte sie sofort damit begonnen, im Bibliotheksnetz nach dem *Callis* zu suchen, doch dort war sie nur auf Fragmente gestoßen. Als sie damit begonnen hatte, diese Fragmente mit Joseph zu diskutieren, hatte er nachgegeben und darauf bestanden, daß sie seine Ausgabe las, doch unter der Bedingung, dies ausschließlich in seinem Arbeitszimmer zu tun. Nach all der Mühe und den Schwierigkeiten, die sie damit gehabt hatte, war sie enttäuscht gewesen, da sie das Buch beschränkt und ernüchternd fand. Sie hatte die Verbots-Arbeits-Belohnungs-Routine auf einen Ausbildungskniff Josephs zurückgeführt.

Zwar verstand sie Josephs Einstellung in dieser Angelegenheit noch immer nicht, aber mittlerweile wußte sie, daß hinter dem *Callis* mehr steckte als nur ein Scherz oder Kniff.

Es gab keinerlei Hinweise auf die Reihenfolge der Fragmente innerhalb des *Callis*, also begann sie mit dem längsten. Es war im ursprünglichen Latein abgefaßt. Kein Problem wie damals an der Uni, als sie noch schwach in dieser Sprache gewesen war. Sie hatte vergessen, wie beunruhigend und bestürzend sie die Metaphern und Bilder gefunden hatte. Während sie sich durch die Fragmente arbeitete, nahm ihre Unruhe unter Berücksichtigung von Bärs Bezeichnung Quetzals als Schlangenfreund und Wurmanhänger nur noch zu. Das Nachdenken in diesen Bahnen eröffnete ihr Interpretationsmöglichkeiten, die sie zuvor übersehen hatte. Johns Beschreibung der psychischen Erscheinung, die er rings um den Magier wahrgenommen hatte, paßte ebenfalls bestürzend gut.

›Die geflügelte Schlange, die wie Licht durch ein Prisma leuchtete.‹

Je mehr sie las, desto beunruhigter wurde sie. Luciferius' geflügelte Schlange würde angeblich die Welt verändern und ein neues Zeitalter einläuten. Luciferius drängte seine Leser, ›dem Pfad des Lichts in das neue Zeitalter zu folgen‹.

Der Pfad des Lichts? Konnte das eine falsche Übersetzung für den Glitzernden Pfad sein?

Quetzal hatte sie gefragt, was sie über den Glitzernden Pfad wußte. Der Titel, unter dem das Werk bekannt war, *Callis Luxorum Dubiaria,* konnte als Glänzender oder Leuchtender Pfad übersetzt werden. Dieser Titel wurde zugegebenermaßen nicht von Luciferius benutzt. Joseph zu Folge hatte der mysteriöse Autor sein Werk unbetitelt gelassen. Der Titel war an eine Version aus dem zwölften Jahrhundert angehängt worden. Nichtsdestoweniger waren die Assoziationen zu stark.

Assoziation war ein Gesetz der Magie. Man konnte eine Wesenheit berühren, indem man etwas mit ihr Assoziiertes berührte. Assoziationen funktionierten auch in der Forschung.

Da sie die wenigen Auszüge aus dem *Callis,* zu denen sie Zugang hatte, nicht befriedigen konnten, wandte sie sich den Sekundärdateien zu, die den Großteil dessen ausmachten, was ihre Programme zusammengetragen hatten. Sie hatten alles kopiert, was mit dem Buch oder seinem Autor zusammenhing. Es gab eine Menge Dateien, aber bei den meisten war die Verbindung sehr dünn. Sie ging sie der Reihe nach durch.

Der Name Luciferius war der eines Geistes, der von mehreren obskuren Kulten angebetet wurde. Spae hatte noch nie auch nur von einem dieser Kulte gehört, was darauf schließen ließ, daß sie in der Tat obskur waren. Die meisten Forscher, die sich mit den Kulten beschäftigten, taten den Namen als Variation Lucifers ab, doch ein Autor stellte kategorisch fest, der Name beziehe sich nicht auf den Teufel. Dieser Autor hatte über einen englischen Kult geschrieben, dessen Mitglieder vor Puritanischer Verfolgung in die Neue Welt geflohen waren, um dort noch vor dem Ende des siebzehnten Jahrhunderts in Providence ausgerottet zu werden.

Assoziationen.

Sie startete einen Vergleich der Dateien mit dem Suchbegriff Providence.

Zu Spaes Belustigung war die erste Übereinstimmung, die das Programm fand, ein Artikel von David. Er stammte aus einer Serie namens ›Seltsame Hexenkulte in New England‹ und erzählte die Geschichte einer Sekte, die sich Glitzerndes Erwachen genannt und ebenfalls Verbindungen zu Providence hatte. David zitierte aus einem alten Zeitungsarchiv, und zwar aus der Schilderung einer Polizeiaktion gegen eine ›schwarze Messe‹ auf der East Side der Stadt – vor fast hundert Jahren.

Assoziationen.

Providence.

Providence war ein anderer Name für Gott, der insbesondere in Verbindung mit Seiner Obhut und Fürsorge benutzt wurde.

Luciferius hatte etwas über eine spezielle Fürsorge von ›jenseits der Zeit‹ geschrieben. John wußte zu berichten, Bennett habe behauptet, daß Quetzal aus der Vergangenheit stamme, in einem gewissen Sinn also von ›jenseits der Zeit‹.

Diese Formulierung hatte sie in einem der Fragmente gelesen. Sie beschloß, die Stelle noch einmal zu suchen. Sie rief sie auf, doch der Computer reagierte mit einer Warnung, in der er sich über verdächtige Aktivitäten beklagte und um Anweisungen bat. Bevor sie welche geben konnte, schloß sich das Fenster mit der Warnung, um sich dann abwechselnd und in schneller Folge wieder zu öffnen und zu schließen. Als das Blinken aufhörte, waren nur noch Teile des Bildschirmhintergrunds zu sehen. Er schien, als sei er angenagt worden.

Spae versuchte den Virenschutz des Romer zu aktivieren, aber die Tastatur war eingefroren. Sie überprüfte die Verbindungen ihrer Handschuhe: in Ordnung. Die Batterie: in Ordnung. Sie versuchte es mit allen üblichen Tricks, die sie jedoch nicht weiterbrachten. Sie gab auf und startete den Computer neu. Die Tastatur funktionierte wieder, nachdem das Gerät neu hochgefahren worden war. Sie rief die Datei neu auf und bekam eine Fehlermeldung der Art: ›Datei nicht gefunden‹. Als sie das Verzeichnis überprüfte, in dem alle Dateien über das *Callis* abgelegt waren, stellte sie fest, daß es leer war. Das Datensicherungsprogramm behauptete, dort habe sich nie etwas befunden.

Es handelte sich offenbar um eine ausgefeilte Techno-Sabotage. Irgendwie glaubte sie nicht, daß Quetzal die Zeit gehabt hatte, sich derartige Fähigkeiten anzueignen. Aber irgend jemand dort draußen wollte nicht, daß sie Luciferius' Werk las.

*

Duncan Middleton war Pamela Martinez' persönlicher Assistent. Also wußte Charley, daß er nicht das Opfer eines schlechten Scherzes war, als der lächelnde Middleton ihn am Sicherheitspult in Empfang nahm. Middleton war so schnell eingetroffen, daß er auf Charley gewartet haben mußte.

Charley war nicht sicher, ob das ein gutes Zeichen war oder nicht. Er fragte sich, ob er sein Herkommen trotz Martinez' Abraten als offiziellen Besuch hätte eintragen sollen.

Nach der erforderlichen höflichen Plauderei führte Middleton ihn nach oben. Anstatt Charley zu einer Besprechung mit Martinez zu bringen, ging er mit ihm in ein leeres Büro. Das Licht in dem Raum war gedämpft, um eine optimale Betrachtung des Wandschirms zu gewährleisten. Auf dem Bildschirm war die grafische Darstellung eines Karteikastens mit Charleys Namen darauf zu sehen.

»Ms. Martinez wird in Kürze mit Ihnen sprechen«, sagte Middleton. »Der Computer ist auf Ihre Stimme eingestellt worden. Sie können ihn so benutzen wie Ihren eigenen. Wenn Sie das Material gelesen haben, sagen Sie einfach, daß Sie fertig sind, dann führe ich Sie zu Ms. Martinez.«

Mit einer Konzernverbeugung und einem Konzernlächeln verschwand Middleton, und Charley war mit seinem auf dem Schirm blinkenden Namen allein.

*

Pamela postierte sich neben dem Einwegfenster, als sie von Duncan hörte, er sei mit Detective Gordon zu ihr unterwegs. Während sie wartete, beobachtete sie Joel Lee. Der Mann war irgendwann letzte Nacht völlig durchgedreht und brabbelte ständig vor sich hin, sein Meister brauche ihn. Auch jetzt marschierte er in der

Enge seines Raums hin und her wie ein Tiger im Käfig und murmelte dabei unzusammenhängend. Pamela befahl dem Computer, den Tönungsgrad des Fensters in Joel Lees Zimmer zu verringern. Als das Licht in dem Zimmer daraufhin zunehmend heller wurde, sah der Mann sich hektisch um. Er fing an, in zielloser Hast hin und her zu laufen. Er rannte zur Tür und hämmerte dagegen. Niemand reagierte darauf. Seine Wärter hatten bereits gelernt, ihn zu ignorieren. Seine Handrücken überzogen sich mit Blasen. Pamela war beeindruckt von der Geschwindigkeit, mit der das Sonnenlicht ihm zusetzte. Lee schrie, als litte er Höllenqualen. Er warf sich neben dem Bett, dem einzigen Möbelstück im Zimmer, zu Boden, drückte sich in dessen mageren Schatten, hielt seine Hände und murmelte vor sich hin.

Joel Lee zu beobachten, war äußerst lehrreich. Die Veränderung, die der Welt bevorstand, schien ebenso unvermeidlich wie der Sonnenaufgang. Das wußte sie jetzt. Nakaguchi und sein Ungeheuer hatten sie erkennen lassen, daß sie nicht aufzuhalten war. Sie konnte wie Lee sein und versuchen, sich vor dem, was sie fürchtete, zu verstecken. Sie konnte fliehen und sinnloserweise nach einem Versteck suchen und sie konnte erbärmliche Versuche unternehmen, das Unvermeidliche aufzuhalten. Die Sonne würde aufgehen, und mit scheinbar gleicher Unvermeidlichkeit würde die Magie die Welt verseuchen. Das Chaos käme. Sie konnte es nicht daran hindern.

Sie hatte nicht die Absicht, zu einem Spielball zu werden wie Lee.

Sie würde sich nicht von ihrer Furcht beherrschen lassen. Sie hatte sich darüber erhoben, indem sie ihr Leben in die Hand genommen hatte. Sie mußte es nur wieder in die Hand nehmen.

Nakaguchis Ableben nützte ihr mehr als seinem

flüchtigen Ungeheuer. Der unmittelbare Vorteil war der, erfahren zu haben, daß er sie in Bezug auf Mitsutomo-samas Beteiligung an der ganzen Angelegenheit in die Irre geführt hatte. Aus Nakaguchis Dateien ging eindeutig hervor, daß der *Kansayaku* ohne Mitsutomo-samas Wissen und Zustimmung gehandelt hatte. Ohne jede Angst, den Herrn Keiretsus zu verärgern, hatte Rearden sich Nakaguchis Datenbank vornehmen können. Eine erste Sichtung der Dateien ließ auf vielversprechende Informationen schließen, insbesondere im Hinblick auf ihren neuen Kurs.

Wenn der Pöbel die Tore stürmt, öffne sie und führe ihn in den Palast.

Sie würde Nakaguchis Bemühungen fortsetzen, einen Ableger Keiretsus zu entwickeln, der sich mit dieser neuen Weltordnung befaßte. Thaumatechnics war der Name, den er sich für Keiretsu hatte patentieren lassen. Sie würde den Namen behalten, nicht nur wegen der finanziellen Wirtschaftlichkeit, sondern weil er sie daran erinnerte, wie wichtig es war, das zu nehmen, was einem über den Weg lief. In ihrer Angst vor dem Chaos hatte sie das vergessen, als sie das Charybdis-Projekt ins Leben gerufen hatte.

Manchmal war es gut, das zu fürchten, worüber man herrschte. Es sorgte dafür, daß man wachsam blieb. Und herrschen würde sie. Sie würde aus Thaumatechnics eine Kraft machen, mit der man rechnen mußte, und sich damit einen ungefährdeten Platz in der Welt sichern. Sie würde ihr Imperium innerhalb Keiretsus neu aufbauen. Es sogar erweitern.

Sie würde sich nicht ducken, sich nicht vor dem Unvermeidlichen verstecken.

Die Tür zum Beobachtungsraum öffnete sich, und Pamela wandte sich zur Tür. Duncan führte Detective Gordon hinein. Sie machte sich nicht die Mühe, sich vorzustellen. Er wußte, wer sie war.

»Sie haben sich die Datei angesehen, die Mr. Middleton Ihnen gezeigt hat?«

Gordon forschte in ihrem Gesicht, suchte offenbar nach einem Hinweis darauf, wie er reagieren sollte. »Ziemlich weithergeholter Kram.«

»Geeignet für die Sonderermittlungseinheit?«

»Ich hatte den Eindruck, Mitsutomo wolle unsere Einmischung nicht.«

»Was hat Ihnen diesen Eindruck vermittelt, Detective?«

»Etwas, das ich von jemandem gehört habe.«

Sie hatte zwar eine ganz gute Vorstellung, wen und was er meinte, doch sie würde sich nach dem Gespräch vergewissern. »Was Sie gehört haben, ist nicht ganz richtig. Obwohl ich nicht daran zweifle, daß derjenige, von dem Sie es gehört haben, es glaubt. Was Mitsutomo wünscht – was ich wünsche –, ist, daß der Gerechtigkeit Genüge getan und den Gesetzen Geltung verschafft wird. Mitsutomo wünscht bei diesen Bemühungen zu helfen, lehnt aber eine öffentliche Beteiligung ab.«

»Ich würde sagen, daß Keiretsu bereits beteiligt ist.«

»Ich könnte darauf hinweisen, daß eine derartige Sichtweise äußerst eingeengt erscheint. Vielleicht haben Sie sich die Informationen nicht gründlich genug angesehen.«

»Geben Sie mir eine Kopie, dann nehme ich sie mit nach Hause. Ich verspreche Ihnen, daß ich sie mir ganz genau ansehen werde.«

Die Art, wie er Selbstvertrauen ausstrahlte, erinnerte sie ein wenig an McAlister. Gordons Art schien ein wenig rauher als die ihres Agenten, aber sie mußte die Initiative des Mannes bewundern. Andererseits war seine Initiative der Grund seines Hierseins. Dennoch, zu viel fehlgeleitete Initiative konnte schnell lästig werden. Sie mußte einfach dafür sorgen, daß er genügend Anstöße in die richtige Richtung bekam.

»Sie werden gewiß erkennen, daß nur ganz bestimmte Einzelpersonen in die Sache verwickelt sind. Keiretsu ist manipuliert worden. Die Situation ist sehr beschämend. Doch eine Enthüllung all dieser Dinge wäre noch beschämender. Das würde ich lieber nicht sehen. Sie verstehen das natürlich.«

»Tun wir mal so, als wäre ich wirklich begriffsstutzig, Ms. Martinez. Was haben Sie sich dabei gedacht? Sie haben mich doch gewiß nicht herbestellt, um mir ihr Herz auszuschütten und mir dann zu sagen, ich solle alles für mich behalten.«

»Kooperation lautet das Motto des Tages, Detective.«

»Kooperation, wie?« Er lächelte schief. »Die Abteilung ist immer froh, wenn Leute mit ihr kooperieren, denen das öffentliche Wohl am Herzen liegt, Ms. Martinez. Ich bin ganz besonders dankbar, wenn sich herausstellt, daß einem Megakonzern das öffentliche Wohl am Herzen liegt.«

Sie hielt seinen Sarkasmus für unangebracht, bewahrte jedoch ihre freundliche Miene. »Mitsutomo Keiretsu lag schon immer das öffentliche Wohl am Herzen.«

Er setzte zu einer Entgegnung an, überlegte es sich dann jedoch anders. Er sagte: »Wir haben immer noch nicht klargestellt, was Sie von mir wollen.«

»Schauen Sie, Detective.« Sie zeigte auf den Raum hinter dem Einwegfenster. »Der Mann, den Sie dort sehen können, ist Joel Lee. Er galt einmal als Musterbeispiel für Loyalität und Hingabe. Er war einer der ersten, der mit Quetzal in Kontakt gekommen ist. Jetzt ist er ohne eigenes Verschulden zu einem Verräter geworden.«

»Er sieht wie ein sehr unglücklicher Verräter aus.«

»Seine Bestürzung hängt direkt mit seiner Beziehung zu Quetzal zusammen, den er Gebieter nennt. Ja, Gebieter. Der bedauerliche Mr. Lee ist nicht mehr das, was Sie und ich vernünftig nennen würden.«

»Das ist kein Grund, ihn zu foltern.«

»Sie meinen seine Hände? Das ist eine Reaktion auf das Sonnenlicht. Ein psychosomatisches Leiden. Wir haben Mr. Lee nicht mißhandelt, und seine Inhaftierung ist nach dem Konzernsicherheitsgesetz von 2015 absolut legal.«

»Würde es Ihnen etwas ausmachen, wenn ich den näheren Umständen auf den Grund ginge?«

Ja, das würde es. »Duncan, sorgen Sie dafür, daß der Detective einen Blick in Mr. Lees Akte werfen kann, bevor er geht.«

Gordon starrte weiterhin durch das Beobachtungsfenster. »Wenn das Licht ein Problem für ihn ist, können Sie es nicht dämpfen?«

»Gewiß.« Sie befahl, das Fenster wieder zu verdunkeln. »Mr. Lees Aversion gegen Sonnenlicht ist eine sympathische Reaktion, eine Reflexion des Zustands seines Gebieters, der unter einer ähnlichen Beeinträchtigung leidet. Diese Beziehung zwischen den beiden ist es, die Mr. Lee sehr wertvoll für uns macht.«

Gordon wandte den Kopf und sah sie an, sagte jedoch nichts.

»Wenn Sie Quetzal ausfindig machen«, fügte sie hinzu.

»Was?«

»Wir haben die Absicht, Mr. Lee freizulassen. Man wird ihm gestatten, sich mit Kleidung und gewissen anderen Dingen auszurüsten, darunter auch einer dunklen Sonnenbrille. Die Sonnenbrille wird mit dem Tsurei-Seeing-Eyes-System ausgerüstet sein. Damit können Sie sehen, was er sieht, und hören, was er hört.«

»Das System ist mir bekannt.«

»Dann ist Ihnen auch klar, wie Sie dieses System benutzen können, um jeden zu überwachen, mit dem Mr. Lee Kontakt aufnimmt. Sie werden sehen, wo er

Quetzal findet. Dann können Sie dorthin gehen und ihn vernichten.«

»Das kann ich nicht tun«, sagte Gordon plötzlich.

»Sie sind nicht der Ansicht, daß das Ungeheuer vernichtet werden muß?«

»Ich bin kein Richter.«

»Dies ist eine außergewöhnliche Situation. Auf Quetzal können die normalen Gesetze nicht angewandt werden. Das sehen Sie doch gewiß ein.«

»Ich sehe ein, daß er aufgehalten werden muß.«

»Also stimmen wir wenigstens darin überein.«

»Aber ich kann nicht jedesmal, wenn ich einen Verbrecher unschädlich mache, selbst das Gesetz brechen.«

»Quetzal ist mehr als ein gewöhnlicher Verbrecher.«

»Tja, Lady, *ich* bin jedenfalls nur ein gewöhnlicher Cop.«

Sie hatte nicht mit derartigem Widerstand gerechnet. Hatte Hagen sich in ihm getäuscht? Sie würde es sehen. Es gab immer noch genügend Karten auszuspielen. »Auch von einem gewöhnlichen Cop erwartet man, daß er die Unschuldigen schützt, oder nicht?«

Der mißtrauische Blick, den er ihr zuwarf, war Antwort genug.

»Was passiert, wenn Sie von einem Verbrechen erfahren, das gerade im Gange ist, Detective? Gehen Sie zu einem Richter und bitten ihn darum, Ihnen einen Haftbefehl für den Verbrecher auszustellen?«

»Sie kennen die Antwort darauf«, sagte er mürrisch.

»Sogar außerhalb Ihrer Dienstzeit?«

»Ja, ja. Sogar außerhalb meiner Dienstzeit. Was soll das? Wenn wir diesen Burschen mit einer illegalen Seeing-Eyes-Vorrichtung ausstatten und ihn uns dann schnappen, sobald er das Gesetz übertritt, hat das vor Gericht nicht eine Minute Bestand.«

»Ich sagte Ihnen doch, daß wir nicht darin verwickelt werden wollen. Sie brauchen die Seeing Eyes nicht zu erwähnen. Sie brauchen nur zur richtigen Zeit am richtigen Ort zu sein. Sicherheitspersonal von Mitsutomo, das den entflohenen Mr. Lee sucht, könnte anwesend sein und Ihnen die Rückendeckung geben, die Sie brauchen, um mit Quetzal fertigzuwerden. Der richtige Ort und die richtige Zeit, Detective. Damit können Sie Leben retten.«

»Ich kann keine Zivilisten in die Sache verwickeln«, widersprach er.

»Alle einsatzfähigen Mitglieder von Mitsutomos Yamabennin-Sicherheitsdienst sind voll lizensierte polizeiliche Helfer. Abschnitt 232 der Gründungsurkunde der Yamabennin stellt ausdrücklich fest, daß alle Mitglieder sich im Falle ziviler Unruhen unter den Befehl entsprechend autorisierter Personen zu stellen haben. Ein Polizeibeamter in Ausübung seiner Pflicht ist eine entsprechend autorisierte Person. Tatsächlich gibt es sogar einen Präzedenzfall, wo ein Polizeibeamter in Paris mit einem Trupp Yamabennin bei den Unruhen im Jahre 03 eine Barrikade gestürmt hat. Dieses Vorgehen ist gesetzlich einwandfrei.«

»Ganz der Aufsichtsratsanwalt, Ms. Martinez.«

»Ich respektiere das Gesetz, Detective.«

»Was zweifellos der Grund dafür ist, daß Sie sich so bemühen, um seinen Buchstaben herumzukommen.«

»Ich bin bemüht, dafür zu sorgen, daß die Allgemeinheit vor einer gefährlichen Bedrohung geschützt wird, ohne eine unnötige Panik zu verursachen. Man hat mir zu verstehen gegeben, daß dieses Ziel in einer gewissen Übereinstimmung mit dem Mandat der Sonderermittlungseinheit steht.«

»Unser Mandat schließt Mord nicht mit ein.«

»Quetzal zu töten, ist nicht Mord, sondern Gerechtigkeit. Das Ungeheuer ist ein Mörder. Bisher ist die Anzahl seiner Opfer noch gering.«

»Gering?« Gordon klang einigermaßen entsetzt. »Laut Ihrer Akte hat er bisher fünfundzwanzig Menschen getötet!«

»Quetzal ist zu weit größeren Verbrechen fähig. Bisher ist die Anzahl seiner Opfer noch gering, aber die Zahl wird sehr schnell ansteigen. Quetzal plant etwas… Größeres.« Das hatte jedenfalls Nakaguchi geglaubt. »Dem Ungeheuer muß *bald* Einhalt geboten werden.«

»Wissen Sie, was Quetzal vorhat? Haben Sie einen Beweis dafür?«

»Nein.«

»Dann kann ich Ihnen nicht helfen.«

Die letzte Karte. »Hatten Sie einen Beweis für die Pläne des Barrington-Schlitzers?«

Er musterte sie mit zusammengekniffenen Augen. »Was wissen Sie darüber?«

»Genug.«

»Ich lasse mich nicht gern drängen, Ms. Martinez.«

»Wir werden *alle* auf die eine oder andere Art gedrängt, Detective. Ich mag das noch weniger als Sie. Aber das Ungeheuer wird wieder morden, Ich biete Ihnen eine Möglichkeit an, es daran zu hindern.«

Gordon starrte lange in Joel Lees Raum, bevor er etwas sagte. Pamela wußte, daß sie ihn hatte, noch bevor er sich umdrehte und sagte: »Wann lassen Sie diesen Burschen frei?«

»Mr. Hagen wird als Verbindungsmann für mich fungieren. Er wird alles arrangieren.«

*

Als Charley Martinez verließ, fühlte er sich weitaus unwohler als bei seinem Eintreffen. Und er war auch um einiges beunruhigter. Martinez' Quetzal war die dritte Person in dem Aufzug gewesen. Charley wußte jetzt, daß *er* Caspars Antwort auf Modus 112 war.

Was Mitsutomo auch vorgehabt hatte, es war schiefgegangen. Die Computer wiesen es nicht aus, aber Martinez steckte bis zum Hals in dieser Angelegenheit. Jetzt, da der Fisch zu stinken anfing, wollte sie gründlich aufräumen und hatte sich Charley als Putzfrau auserkoren.

Er wollte sie im eigenen Saft schmoren lassen, aber wenn es stimmte, daß Quetzal etwas Großes plante…

Er konnte nicht herumstehen und zulassen, wie dieser Bastard noch mehr Menschen umbrachte.

Und er hatte nichts, was konkret genug war, um es der Abteilung vorlegen zu können. Jedenfalls noch nicht.

Sie brachten ihn in die Sicherheitszentrale ihrer Anlage in Brookfield, die als Kommandozentrale für die Säuberung dienen würde. Er saß im Hintergrund und war zu sehr damit beschäftigt, sich alle Aspekte der Angelegenheit durch den Kopf gehen zu lassen, um den Techs bei der Arbeit zuzusehen. Das überließ er Hagen. Wie viele kleine Männer schien er beweisen zu müssen, daß er das Kommando hatte.

Der Wandschirm erwachte zum Leben. Joel Lee hatte die Anlage in Brookfield verlassen.

»Wir sind am Ball«, verkündete Hagen.

Oder auf dem schnellsten Weg in die Hölle, dachte Charley.

*

»Dr. Spae?«

Fayes Stimme war schwach, fast wie ein Gedanke, aber sie schreckte Spae auf. Sie hatte sich im Halbschlaf befunden. Am Rande eines schlimmen Traums.

Das Elfenmädchen klang besorgt. Worüber machte ihre Art sich Sorgen? Spae versuchte freundlich und mitfühlend anstatt klinisch zu klingen.

»Was ist los, Faye?«

»Sie haben ziemlich beunruhigt geklungen.«

Hatte sie etwa im Halbschlaf gesprochen? Es mußte wohl so sein. »Was habe ich gesagt?«

»Sie sind sehr beunruhigt wegen dieses schwarzen Magiers.«

»Quetzal?«

Spae spürte eine Bestätigung.

»Ja, ich mache mir Sorgen darum, wie wir mit ihm fertigwerden können.«

»Wissen Sie, wer er ist?« fragte Faye.

»Ich wünschte, es wäre so. Ich wollte morgen mit John einen Blick in die Kristallkugel werfen.«

»Morgen ist es vielleicht schon zu spät.«

Zu spät? Was wußte sie? »Wie meinen Sie das? Haben Sie irgendeine verborgene Informationsquelle, eine Art elfischen sechsten Sinn?«

»Ich – ich bin keine Elfe, Doktor.« Sie klang verlegen. »Ich weiß, ich bin nicht wichtig, also wollen Sie eigentlich gar nicht mit mir reden. Doch ich habe so ein Gefühl, daß es Ärger geben wird. Bald. Ich glaube, Sie sollten den schwarzen Magier *sofort* suchen.«

»Warum sofort?«

»Ich weiß es nicht.«

Spae gefiel die Furcht nicht, die sie aus Fayes Stimme heraushörte. Ein Wesen Faerys mußte Sinne haben, die den Menschen fehlten. Faye mochte nicht verstehen, was sie empfand, aber deswegen konnte die Empfindung an sich nicht abgetan werden. Wenn Magie im Spiel war, gab es kaum etwas, das zufällig geschah.

»Also gut. Ich wecke John, dann fangen wir sofort an.«

Als sie Anstalten machte, sich zu erheben, spürte sie eine kaum merkliche Berührung am Arm, nicht mehr als ein Windzug, der an ihrem Ärmel zupfte.

»John ist kein Sucher, Dr. Spae. Er wird keine sonderliche Hilfe sein. Außerdem braucht er seinen Schlaf.

Bitte, Doktor, wecken Sie ihn nicht. Ich werde Ihnen helfen.«

Tausend Fragen schossen durch Spaes Kopf, aber laut formulierte sie lediglich: »Können Sie das? Sind *Sie* ein Sucher?« Was immer ein Sucher war.

»Ich glaube, ich kann Ihnen helfen, wenn Sie einmal in Trance sind«, sagte Faye.

»In Ordnung. Versuchen wir es.« Als ihr wieder einfiel, daß sie höflich sein wollte, fügte sie hinzu. »Und danke.«

»Sie sind ein guter Mensch, Dr. Spae.«

Was hatte sie jetzt dazu veranlaßt?

Faye begann zu singen, so leise, daß Spae keines der Worte verstehen konnte. Trotzdem hatte sie das Gefühl, daß es sich weder um Englisch noch um eine andere Sprache handelte, die Spae kannte. Das Lied war beruhigend, entspannend, beinahe einschläfernd. Spae ließ sich treiben.

Sie setzte sich, da sie ihre wackligen Füße nicht mehr trugen. Das Lied ging weiter. Spae nahm wie aus weiter Ferne zur Kenntnis, daß sie unbewußt eine vollständige Lotusstellung eingenommen hatte. Faye sang noch immer, deutlicher jetzt, aber die Worte verstand Spae trotzdem nicht. Sie folgte der Melodie und glitt in einen Trancezustand.

Fayes Präsenz wurde greifbarer. Spae konnte sie als hauchdünnes Gespinst aus Rauch wahrnehmen. Sie selbst war in ein kräftiges Leuchten gehüllt, als sie sich erhob. Sie faßten sich bei den Händen und flogen los, um den schwarzen Magier zu suchen.

Kapitel 27

Quetzal stand an der Ecke Hopkins und Benefit Street und betrachtete das Haus dort. Eine Bronzeplakette verkündete, daß es sich um das Wohnhaus eines gewissen Stephen Hopkins handelte, eines Mannes von einiger lokalhistorischer Bedeutung. Das weiße Schindelhaus im Kolonialstil galt für die Stadt als alt, und die Stadt galt als alt für den Kontinent. Er hatte praktisch die gesamte Zeit ihrer Existenz geschlafen.

Er ging weiter bergauf und nahm dabei die George Street. Nach einem Block marschierte er parallel zum großen schwarzen Gitterzaun aus Eisen, der ihn von seinem Ziel trennte. Er passierte vier der großen gemauerten Pfeiler, in denen das Eisen verankert war, bevor er innehielt, um einen Blick auf seinen Bestimmungsort zu werfen.

Scheinwerferlicht erfaßte ihn. Er zuckte zurück, bevor ihm klar wurde, daß dieses Licht wenig enthielt, was ihm schadete. Und das Licht entfernte sich ohnehin. Ein Anwohner, ein Student, ein Familienmitglied, das zu Besuch kam, eine Campusstreife? Egal. Niemand von denen hatte irgendein Interesse an ihm. Er war nur ein Fußgänger, der zum Schutz vor Wind und Kälte Mantel und Hut trug. Niemand von Bedeutung.

Er ließ den Wagen vorbeifahren.

Das gepflegte Grün auf der anderen Seite des Zauns stieg an bis zu einer Reihe von Gebäuden. Die meisten waren alt – für diese Stadt, aber nicht so ehrwürdig wie das Hopkins-Haus. Er hatte nur Augen für eines davon, das nächste, eine kleine, pseudoklassizistische Monstrosität aus Beton. Van Dieman hatte ihn mit einer Menge Informationen über das Gebäude, seine Geschichte, die Stadt, in der es stand, und *deren* Geschichte versorgt. Nützlichen Informationen. Er war gerade dabei, einige dieser Informationen zu benutzen.

Er hob sich auf den ätherometrischen Linien über den Zaun. Es wäre leichter gewesen, zum Tor zu gehen und es zu öffnen, aber danach stand ihm nicht der Sinn. Nicht, da er so nah war. Er ging den Abhang hinauf.

Das Gebäude hatte eine der Stadt zugewandte Tür, die weiter unter ihm am Fluß lag, obwohl sich die Haupttür des Gebäudes auf der anderen Seite befand und dem Grün der Universität zugewandt war, wo die Studenten an ihm vorbeigingen. Auf dieser Seite des Gebäudes gingen die Studenten nur bergab zum Tor, zur großen Bibliothek oder zu anderen, weniger wichtigen Einrichtungen außerhalb des Zauns.

Dieser Haupteingang mochte immer noch unverschlossen sein – die Studenten hier waren angeblich vergeßlich –, aber wiederum hatte er nicht das Bedürfnis, vom direktesten Weg abzuweichen. Er legte die Hand auf das Schloß. Es war komplizierter als diejenigen, mit denen er sich auskannte, aber kein größeres Hindernis. Das galt noch weniger für die massiven Riegel, mit denen die Tür oben und unten gesichert war.

Er betrat das Gebäude.

Der Korridor verlief geradewegs bis zum Haupteingang. Trotz der Dunkelheit gestattete ihm sein magisches Sehvermögen zu erkennen, daß diese Tür verschlossen war. Mattes Licht fiel aus der ersten Etage die Treppe herunter. Jemand war dort oben. Egal. Er interessierte sich für den Keller, nicht für die erste Etage. Er nahm die Treppe nach unten.

Der Kellerflur war ebenso schmal wie der im Erdgeschoß, aber wegen der Kisten und Kästen darin, die scheinbar wahllos an den Wänden standen, war es dort wesentlich beengter. Früher hatte dieses Gebäude einmal die geologische Fakultät der Universität beherbergt. Tatsächlich gehörte es noch immer zu dieser Abteilung, aber die Fakultätszentrale war in die geräumigeren und moderneren Anlagen auf der Ostseite des Campus gezogen. Anders als andere Fakultäten hatte die Geologie einen Begriff von der Bedeutung der Zeit und der Tradition. Ein Dekan nach dem anderen hatte sich geweigert, sich von dem alten Gebäude zu trennen, obwohl klar war, daß es kaum einen Nutzen hatte. In Büros, die früher einmal bedeutende Professoren beherbergt hatten, waren jetzt rangniedrige Assistenten untergebracht. Das Gebäude war nun eine Abstellkammer für Unwichtiges und Vernachlässigtes.

Vernachlässigtes, ja – aber Unwichtiges?

Nicht, wenn sich tatsächlich das hier befand, was Quetzal vermutete.

Er fand den Raum, den er suchte, erkannte ihn daran, wie sich die Luft anfühlte. Nur ein Magier konnte wissen, daß sich dieses Büro von den anderen unterschied.

In dieser Stadt hatte einmal ein Romanautor gelebt, ein Mann, der vieles gewußt hatte, was er besser nicht gewußt hätte. Tatsächlich hatte er sogar einen gewissen Anteil daran, einige der Anhänger bloßgestellt zu haben. Doch im Großen und Ganzen hatte der Autor die erschreckenden Wahrheiten in seine Geschichten gekleidet. Eine jener Wahrheiten, die er derart verborgen hatte, war die Geschichte einer Universitätsexpedition in die öden Weiten des Südpols. In jener Einöde war vieles entdeckt worden, was die rationalen Wissenschaftler der Universität nicht verstehen konnten. Jemand hatte dem Autor von diesen Dingen erzählt. Zu ängstlich, die Wahrheit auszusprechen, hatte der Autor das, was er erfahren hatte, in die Lügen des Dichters gekleidet und war dabei sogar so weit gegangen, eine fiktive Universität zu erfinden, die die fiktive Expedition finanzierte.

Doch die Expedition hatte wirklich stattgefunden. Was sie entdeckt hatte, war ebenfalls wirklich gewesen. Und dieser Raum – dieser Raum war einmal das Büro eines jungen Professors gewesen, der mit auf die Expedition gegangen war und auf den Personallisten der Universität immer noch als Professor Emeritus geführt wurde. Der junge Professor hatte kluge Investitionen getätigt und war reich geworden – reich genug, um der Universität einen Lehrstuhl zu stiften. Der Inhaber dieses Lehrstuhls sollte dieses Büro benutzen. Staub auf dem Mobiliar und den Büchern besagte, daß der gegenwärtige Inhaber seine Pflichten nicht ernst nahm.

Die falsche Wand, hinter der der junge Professor seine Geheimnisse verborgen hatte, hätte jeden gewöhnlichen Besucher getäuscht, aber Quetzal war kein gewöhnlicher Besucher. Was vor einem sterblichen Auge verborgen wurde, konnte seiner magischen Sicht nicht entgehen. Es dauerte nur ein paar Minuten, alle störenden Gegenstände aus dem Weg zu räumen, so daß er das Versteck öffnen konnte.

Der geheime Raum war klein, nicht größer als ein Wandschrank, und stand voller Regale. Quetzal betrachtete ihren Inhalt. Ein Regal enthielt eine Sammlung ritueller Hilfsmittel, die vermuten ließen, daß der junge Professor mehr studiert hatte als nur Geologie. Der Rest der Regale enthielt Gegenstände aus bearbeitetem Stein, Holz, Knochen und Elfenbein. Die meisten waren bedeutungslos, nur Fetische, mehr aus dem Aberglauben als aus tatsächlichem Wissen geboren. Eine Handvoll waren mehr als das. Diese Gegenstände teilten sich das Regal mit einem in Leinen gewickelten Buch und einem weiteren Gegenstand – der in getrocknetes Kalbsfell gehüllt und mit Streifen dieses Materials zusammengebunden war, deren lose Enden in einem gebrannten Tonsiegel endeten. In den noch feuchten Ton des Siegels waren die Symbole und Sigillen der Opposition eingeritzt worden.

Was Quetzal hierher geführt hatte, befand sich unter jener Umhüllung. Das Siegel hatte den Gegenstand so gut verborgen, daß die Anhänger ihn nicht entdeckt hatten, aber Quetzal war er nicht entgangen, dafür reichte der Schutz nicht aus. Er konnte die Macht in dem Gegenstand spüren.

Er nahm ihn. Er war schwer, zweifellos aus Stein. Begierig zerstörte er das Siegel. Die latente Macht des Gegenstands erblühte. Atemlos zerrte er an den Kalbsfellschnüren, bis die letzte sich löste und auf den Boden fiel. Er schlug die Umhüllung auf.

Er wußte, daß es der Gegenstand war, den er suchte, noch bevor er ihn freigelegt hatte. Dennoch empfand er große Erregung, als er ihn zuerst sah. Es handelte sich um einen *telesmon* in Wurmgestalt. Er war aus einem dunklen, aber durchscheinenden Stein gefertigt worden und jede Windung, jede Schlinge, war in raffinierten Facetten geschliffen, die merkwürdige Winkel erkennen ließen, wo verborgene Oberflächen durch den rauchigen Stein sichtbar waren. Hätte es Licht gegeben, wäre es vielfältiger reflektiert worden als von hundert Prismen. Seine Schönheit raubte ihm den Atem.

Schwach, so schwach, daß ihre Anwesenheit durch bloße Berührung nicht zu erkennen war, sah er Male auf den Oberflächen des *telesmon*. Einige der Sigillen erkannte er sofort. Dies war nicht nur ein Gegenstand der Macht, sondern ein Gegenstand, der der Macht gewidmet war, der er folgte.

Der Schlüssel zum Schlüssel.

Wäre die Opposition nicht noch tiefer gefallen als die Anhänger, hätte sie alle Kräfte mobilisiert, um Quetzal diesen Schatz zu verwehren. Sie hatte es nicht getan. Sie hatte ihre selbstauferlegte Pflicht versäumt.

Er war in Hochstimmung.

Er legte den ausgewickelten *telesmon* wieder auf das Regal und setzte sich ungeachtet des Staubs auf einen Stuhl, um ihn zu bewundern. Der Schlüssel zum Schlüssel! Dies hatte er gesucht, dies hatte er gewollt – das Herz für das Netz der Resonatoren. Mit diesem *telesmon* konnte er den Glitzernden Pfad öffnen.

Hätten sie das gewußt, hätten sie ihn zerstört.

Oder hatten sie in ihrem Stolz gedacht, sie brauchten ihn nicht zu zerstören, sondern könnten ihn auf ewig verstecken?

Er nahm das in Leinen gewickelte Buch. Dabei mußte es sich um das Tagebuch des Professors handeln. Er brauchte nicht viel zu lesen, um sich zu vergewissern, daß der junge Mann und seine Helfer nicht begriffen haben konnten, was sie gefunden hatten. Sie hatten gewußt, daß der *telesmon* mächtig war, daher die Schutzmaßnahmen, aber von seiner wahren Bedeutung hatten sie nicht die leiseste Ahnung gehabt.

Doch Quetzal begriff sie.

Er schob das Tagebuch in seine Manteltasche und starrte den *telesmon* an, während er von dem neuen Zeitalter träumte, das er herbeiführen würde.

Kapitel 28

John erwachte aus einem Traum, in dem die Welt sich in Stücke bebte, nur um festzustellen, daß er selbst durchgeschüttelt wurde. Dr. Spae hatte seine Schulter umklammert und hielt sie fest wie ein Terrier eine Ratte.

»Kommen Sie, John. Wachen Sie auf!«

Er fühlte sich, als habe er kaum geschlafen. Es war noch dunkel, also konnte er auch nicht lange geschlafen haben. Sein Kopf schmerzte noch immer von den Übungen, die Dr. Spae ihn unzählige Male hatte wiederholen lassen. Sie hatte gesagt, sie werde ihn bis zum Morgen schlafen lassen. Warum stand sie dann aber jetzt vor ihm und schrie ihm ins Ohr, er solle aufstehen? Er murmelte einen Protest.

»Wir haben keine Zeit mehr. Er ist hier.«

Johns Verstand arbeitete noch nicht richtig. »Wer ist hier?«

»Quetzal.«

Die Schläfrigkeit verließ ihn, als seine Gedanken schlagartig von trägem Schneckentempo auf Höchstgeschwindigkeit beschleunigten. »Was?« Hatte er richtig gehört? Quetzal war hier? »Wie das?« Hatte er sie durch den Astralraum hierher verfolgt? »Wo ist er?« Wenn Quetzal hier war, warum stand Dr. Spae dann noch herum? »Wir müssen etwas tun!«

»Genau.«

»Warum stehen Sie noch hier herum? Was macht er? Wo ist er? Sie sagten, er sei hier.«

»Beruhigen Sie sich, John. Ich meinte, er ist hier in

der Stadt«, sagte Dr. Spae. »Was schlimm genug ist. Faye und ich haben ihn auf der East Side entdeckt. Er hat etwas Furchtbares gefunden.«

John nahm ihren letzten Satz kaum noch zur Kenntnis. »Faye? Wo ist sie? Geht es ihr gut?«

»Soweit ich weiß. Ich habe sie zur Beobachtung dort gelassen...«

»Sie haben sie doch nicht etwa allein in Quetzals Nähe zurückgelassen?«

»Sie ist kein Kind mehr, John. Sie wird sich von ihm fernhalten.« Dr. Spae bückte sich, hob Johns Hose auf und warf sie ihm zu. »Aber wir können sie die Festung nicht allein halten lassen. Ziehen Sie sich an.«

»Was werden wir tun?« fragte John, während er die Hose unter das Laken zog.

»Was wir tun müssen! Wir reden unterwegs darüber.«

»Aber Sie haben mir noch keine Kampfzauber gezeigt.« Er mühte sich, die Hose unter dem Laken überzustreifen. »Wie können wir ihn bekämpfen?«

»Ich habe Ihnen gezeigt, wie man eine Verbindung eingeht. Das muß reichen.«

»Der Wagen steht vor der Tür«, rief Beryle, der in diesem Augenblick außer Atem in der Tür erschien. Er warf John einen mißbilligenden Blick zu. »Jesus, sind Sie denn noch nicht fertig?«

»Es kann losgehen!« John schlug das Laken zurück und sprang auf. Die Aktion wurde durch seinen nicht hochgezogenen Reißverschluß gebremst, da seine Hose ins Rutschen geriet.

Beryle schüttelte den Kopf. »Bist du sicher, daß wir diesen Jungen brauchen, Elizabeth?«

»Laß ihn in Ruhe, David. Er kommt schon zurecht.«

Verlegen griff John nach seinem Hemd. Seinen Stiefeln. Seiner Jacke. Draußen würde es kalt sein.

Auf ihrem Weg die Treppe hinunter ging Beryle

voran. Er passierte den Absatz von Bärs Stockwerk. John blieb stehen.

»Was ist mit Bär?«

»Gorshin wird ihn bewachen«, sagte Dr. Spae.

»Sie haben es ihm nicht gesagt?«

»Er ist nicht in der Verfassung für einen Kampf.« Beryle starrte zu John hinauf. Er sah verärgert aus. »Er wird eine Last sein, wenn wir nicht nur auf unseren eigenen, sondern auch noch auf seinen Arsch aufpassen müssen. Es ist besser, wenn er hier bleibt.«

»Es wird ihm nicht gefallen, ausgeschlossen zu werden«, sagte John. »Und wir könnten vielleicht seine Hilfe brauchen.«

»Nicht heute nacht, John«, sagte Spae. »Die Welt braucht ihn vielleicht mehr, wenn wir heute nacht scheitern.«

Sie ging die Treppe hinunter. John schaute durch den Korridor auf Bärs Zimmer. Sie hatten recht, Bär war nicht in der Verfassung zu kämpfen. Außerdem, was konnte er gegen einen Magier ausrichten? Warum hatte John dann aber kein gutes Gefühl dabei, Bär zurückzulassen?

John holte Beryle und Spae ein, als sie das Erdgeschoß erreichten.

Dr. Spae erläuterte ihren Plan, während Beryle in halsbrecherischem Tempo durch die Straßen zur East Side raste. Sie würden draußen vor dem Gebäude warten, in dem Quetzal sich befand. Sie war zuversichtlich, daß er dort nicht bleiben würde, weil sie glaubte, er wolle vor Sonnenaufgang in seinen Schlupfwinkel zurückkehren. In diesem Fall mußte er bald aufbrechen. Es waren keine zwei Stunden mehr bis Sonnenaufgang.

Sie würden ihn gemeinsam überfallen, wenn er nach draußen kam. Zu diesem Zweck würden sich Dr. Spae, John und Faye verbinden und ihre thaumaturgische

Kraft miteinander teilen. Dr. Spae würde die rituelle Kette verankern und ihre vereinte Kraft in dem Bemühen lenken, Quetzal einzuhüllen. Dr. Spae zeigte John eine Kordel, die aus ihrem eigenen Haar geflochten war.

»Sie werden das eine Ende halten und ich das andere«, sagte sie zu ihm. »Wir werden das hier benutzen, anstatt uns bei den Händen zu halten. Dann ist es weniger offensichtlich, daß wir uns verbunden haben. Wir haben eine bessere Chance, wenn er glaubt, daß wir unabhängig voneinander handeln, da er uns unter diesen Umständen schon einmal besiegt hat.«

Es war ein schrecklich dünner Faden, um einen Sieg daran aufzuhängen.

»Wir sind gleich da«, verkündete Beryle.

Der Hernando mühte sich unter solchen Schwierigkeiten die College Street hinauf, daß John nicht sicher war, ob der Schrotthaufen es tatsächlich bis oben schaffte. Offenbar war Beryle auch nicht sicher. Er bog in die Benefit Street ein und versuchte es mit der weniger steilen Steigung der George Street. Er bog in die Magee Street und fuhr an den Straßenrand.

»Ich meine, näher sollten wir mit dem Wagen nicht heranfahren«, sagte er.

»Wohin gehen wir überhaupt?« fragte John.

Dr. Spae zeigte durch das Rückfenster auf das erste Gebäude innerhalb des Universitätszauns. Es war nicht groß, nur zwei Stockwerke hoch – und es schien nicht sehr ausgefallen. Was enthielt es, das einen uralten Magier anzog?

Beryle war bereits ausgestiegen. »Schließt die Türen nicht ganz. Für den Fall, daß wir es eilig haben, wenn wir zurück kommen.«

Sie gingen rasch zur George Street zurück und überquerten sie. Der hohe Zaun stand zwischen ihnen und dem Gebäude. Das nächste Tor war geschlossen.

»Wie kommen wir am Zaun vorbei?« fragte John. »Ich wette, um diese Uhrzeit sind alle Tore geschlossen.«

»Mit einer Fakultätskarte«, sagte Beryle, indem er ein dünnes Rechteck aus Plastik hochhielt. Wie hatte er die bekommen? Beryle zog die Karte durch den Schlitz am Tor. Das Schloß öffnete sich, und er winkte sie hinein. Er ging als letzter hindurch und schloß das Tor hinter sich.

»Warum lassen wir das Tor nicht auch geöffnet?« fragte John.

»Es ist mit einer Sicherheits-Zeitschaltung gekoppelt.«

Die Antwort war als Erklärung unzureichend, doch Beryle sagte nichts weiter. Er strebte dem Gebäude entgegen, das Dr. Spae ihnen gezeigt hatte. Spae nahm Johns Arm und führte ihn zur Rasenfläche vor dem Gebäude. Gut zehn Meter vor der Tür zog sie ihn auf den Boden. Das Gras war naß und kalt, doch wegen der Steigung waren sie von der Tür aus praktisch nicht zu sehen.

Nicht, daß irgendjemand nach ihnen Ausschau zu halten schien. In dem Gebäude war alles dunkel. Es machte einen verlassenen Eindruck.

»Warum ist Beryle nicht hier bei uns?« fragte John.

»Er darf nicht in die Schußlinie geraten.«

Keine sonderlich beruhigende Antwort.

»Faye?« rief Dr. Spae plötzlich.

»Ich bin hier«, antwortete Faye. »Es ist alles ruhig geblieben. Jemand hat das Gebäude verlassen, aber das war nicht er.«

»Sind Sie sicher?«

»Sehr.«

»Dann ist er immer noch drinnen«, sagte John.

»Wahrscheinlich«, stimmte Dr. Spae ihm zu. Sie klang jedoch nicht überzeugt. »Faye, würden Sie das überprüfen?«

»Sie können nicht von ihr verlangen, daß sie allein dort hinein geht«, sagte John.

»Ist schon gut, John«, sagte Faye. »Ich bin vorsichtig.«

Und dann war sie verschwunden. Dr. Spae begann mit der Vorbereitung astraler Konstrukte für ihren Zauber. Faye kehrte nach weniger als einer Minute zurück.

»Ich fürchte, er weiß, daß ich da war.«

»Er hat dich gesehen?« John hielt das für ausgeschlossen.

»Nicht ganz. Es spielt eigentlich keine Rolle. Er kommt.«

»Machen wir uns bereit«, sagte Dr. Spae. Sie gab John sein Ende der Kordel. »Faye soll tun, was dem Halten Ihrer Hand am nächsten kommt. Ich brauche Sie beide.«

John spürte, wie Faye sich neben ihm niederließ. Er streckte die Hand aus. Sie konnte sie zwar nicht wirklich halten, aber die Geste kam ihm wichtig vor. Er versuchte sich zu beruhigen, sich für die Verbindung zu öffnen. Er wurde sich der Anwesenheit Fayes bewußter, bis er wußte, daß sie tatsächlich neben ihm stand und ihre schlanke, immaterielle Hand in der seinen ruhte. Er wußte auch, daß sie nervös war, aber ob diese Erkenntnis die Folge der Verbindung zwischen ihnen oder die seiner langen Erfahrung mit ihr war, konnte er nicht sagen.

Ihm wurde ein wenig schwindlig, als Dr. Spae die Kontrolle über die Verbindung übernahm. Er verbrachte einen Augenblick im Strudel verwirrender Wahrnehmungen und mit dem Versuch, sie auseinanderzuhalten, aber er mußte die Augen schließen, um die Verstörung einigermaßen in Grenzen zu halten. Selbst mit geschlossenen Augen blieb noch der Eindruck einer fremden Sicht, als laufe die schlechte Kopie eines Videos aus dem letzten Jahrhundert vor seinen Augen ab. Er wußte, daß er sah, was Dr. Spae sah. Sie dominierte die Verbindung, also waren ihre Gefühle und Sinneseindrücke ebenfalls dominierend.

Doktor Spae beobachtete das Gebäude in gespannter Erwartung. Sie war zuversichtlicher, als John zuvor erwartet hätte. Tatsächlich spürte er sogar etwas, das er als Zufriedenheit deutete, als sich die Tür des Gebäudes öffnete. Die Zufriedenheit wich Verärgerung, als Quetzal zwar in der Tür erschien, das Gebäude jedoch nicht verließ.

»Unten bleiben«, flüsterte Spae.

Quetzal schaute in ihre Richtung, als sie das zu ihm sagte. Da sie entdeckt war, erhob sie sich.

»Komm nach draußen«, befahl sie Quetzal.

»Spae?« Quetzal ließ ein gutgelauntes Kichern hören. »Ich hätte damit rechnen müssen, daß du den *telesmon* spüren und sofort kommen würdest. Es war richtig von mir, dich als Gefahr einzustufen.«

»Aber falsch, mich nicht zu erledigen, als du Gelegenheit dazu hattest.«

Der Magier zuckte die Achseln. »Übertriebene Gier nach einem guten Diener. In letzter Zeit hatte ich so wenig Glück damit. Vielleicht wird sich das heute nacht ändern.«

»*Heute nacht* endet dein Glück.«

Dr. Spae begann damit, ihre Zauber-Konstrukte mit Kraft zu versorgen. John ließ sie auf seine Kraftreserven zurückgreifen, um dem Zauber Energie zu verleihen. Fast augenblicklich fühlte er sich, als habe er einen halbstündigen Dauerlauf hinter sich.

Quetzal wußte, daß Dr. Spae einen Zauber vorbereitete. John spürte die Berührung des Magiers, als dieser die Strukturen von Spaes Zauber untersuchte. Zum Schaden von Dr. Spaes Plan blieb Quetzal jedoch innerhalb des Gebäudes. Das Konstrukt war nicht dafür geschaffen, die störenden Einflüsse des Gebäudes zu überwinden.

»Komm schon, du Bastard«, schrie Spae. »Komm raus und kämpfe!«

»Ich hielt es für klüger zu warten, bis das Kräfteverhältnis ein wenig ausgeglichener sein würde.«

Was meinte er damit? John blieb keine Zeit darüber nachzudenken. Mit drei raschen Schritten verließ Quetzal das Gebäude. Er hob die Hände und rief etwas mit lauter Stimme. Sofort verspürte John einen gewaltigen Druck auf sich lasten.

Quetzal wehrte sich gegen den Zauber. Spae ließ Kraft in ihr Konstrukt fließen. John keuchte ob der damit verbundenen Anstrengung.

»Jetzt«, sagte Dr. Spae leise. »Tu es jetzt.«

Was sollte er tun? John spürte ihre Anspannung durch die Verbindung. Das Gefühl drohte ihre Herrschaft über die Magie zu beeinträchtigen.

Quetzal erhöhte den Druck.

John schrie vor Schmerzen auf, als Dr. Spae ihm wiederum Kraft entzog. Neben ihm fiel Faye in Ohnmacht.

»David?« Diesmal sprach Dr. Spae lauter.

Trotz ihrer vereinten Kräfte drohte Spaes Zauber unter Quetzals Druck auseinanderzubrechen. Fayes Ausscheiden aus der Verbindung hatte ihre Lage nicht gerade verbessert.

»David!«

Auf den verzweifelten Ruf Spaes erfolgte keine Antwort. John spürte, wie ihre Konzentration vom Zauber-Konstrukt abirrte.

»Nein!« schrie sie.

John sah, was sie sah.

Beryle lag an einer Ecke des Gebäudes auf dem

Boden. Ein Mann stand über ihn gebeugt, mehr wie ein Leichenfledderer denn wie ein siegreicher Krieger. Beryles Angreifer war gekleidet wie ein Manager auf einem Abendspaziergang. Der Mann trug ein Rundumvisier, das wie eine VR-Brille aussah, aber er bewegte sich nicht wie ein VR-Süchtiger, als er sich bückte und etwas aufhob. Beryles Kanone.

Das Zauber-Konstrukt kräuselte sich und löste sich auf, als Dr. Spae die Kontrolle darüber verlor. Das jähe Nachlassen der Konzentration blendete John und machte ihn benommen.

Er hörte einen Schuß.

Und Quetzals Stimme, die sagte: »Du hättest einen aufmerksameren Attentäter auswählen sollen, Spae.«

John war noch so weit beieinander, daß ihm klar wurde: seine Blindheit war eine Folge seiner geschlossenen Augen. Er öffnete sie und sah gerade noch einen Strahl aus reiner Energie aus Dr. Spaes Stab schießen. Anders als die Blitze in ihrer Hotelsuite war dieser nicht auf den Magier gezielt, sondern auf Beryles Angreifer.

Er war kein Magier. Er hatte keinen Schutz. Der Energiestoß riß ihn von den Beinen und wirbelte ihn durch die Luft. Mit rudernden Armen prallte er gegen die Spitze eines Stützpfeilers für den Zaun und fiel auf einen der Eisenstäbe. Das spitze Ende durchbohrte seinen Leib und beulte die Rückseite seines Mantels aus. Beryles Kanone entglitt seiner schlaffen Hand und fiel auf den Gehsteig.

Quetzal rächte den Tod seines Handlangers, indem er einen eigenen Energiestrahl sandte. Der Blitz schleuderte John und Spae in verschiedene Richtungen und schlug einen Krater in den Rasen. John landete zerschlagen und erschöpft, doch bei Bewußtsein, ein Stück weiter hangabwärts. Spae mußte ebenfalls noch bei Bewußtsein sein. Er spürte das Wechselspiel der

Energien, als Quetzal sich bemühte, einen weiteren Energieblitz zu schleudern. Jemand – es mußte Dr. Spae sein, weil John es nicht war – bekämpfte ihn.

Weg! Du mußt weg!

Der Kampf der beiden Zauberer überstieg Johns Fähigkeiten. Er konnte nur daran denken, außer Reichweite eines weiteren Magieblitzes zu gelangen. Er glaubte nicht, daß er den nächsten überleben würde. Kriechend machte er sich daran, sich vom Gefahrenherd zu entfernen.

Er mußte weg!

Über den Nachthimmel schienen Blitze zu zucken, da die Magier ihren Kampf ausfochten. Müde und benommen kroch John weiter. Ihm schwirrte der Kopf, bunte Lichter tanzten vor seinen Augen. Von sehr weit entfernt schienen Geräusche an seine Ohren zu dringen.

Jemand lag ihm im Weg. Ein Mädchen, offenbar bewußtlos. Noch jemand, der bei der Katastrophe dieser Nacht zu Schaden gekommen war.

Er kroch auf sie zu. Er hatte heute nacht nicht viel ausgerichtet. Vielleicht konnte er sie vor der Gefahr in Sicherheit bringen. Das mindeste, was er versuchen konnte.

Das Mädchen war Faye.

Weg! kreischte ihm sein Verstand zu.

Ja! Er mußte sie beide fortschaffen. John erhob sich mühsam auf die Knie und stand dann auf. Er umklammerte ihre Handgelenke und zog sie hinter sich her. Ihm wurde schwindlig von der Anstrengung, doch er ließ nicht locker. Wenn sie sich in Sicherheit bringen wollten, mußten sie von hier weg.

Wenigstens zuckten keine Blitze mehr über den Himmel. Die Luft roch frisch und sauber. Kein Gewitter tobte hier.

Hier?

Er ließ Fayes Arme los und schaute auf. Trotz eines verschwommenen Aufblitzens am Horizont wurde der Himmel von Milliarden leuchtender Sterne erhellt. Sie funkelten und tanzten und blinkten. John drehte sich einmal um die eigene Achse und fiel zu Boden.

Die klamme, kalte Dunkelheit war überall.

Kapitel 29

Spae fühlte sich, als zerreiße es sie innerlich. Als sie Quetzals Sklaven gesehen hatte, wie er sich über David beugte, war sie ein wenig ausgerastet. Sie hatte den Sklaven erledigt, aber um welchen Preis? Sie hatte die Verbindung zu Reddy und Faye verloren. Sie hatte die Kontrolle über ihren Zauber verloren. Und sie hatte David verloren.

Und jetzt war alles verloren.

Quetzal bombardierte sie mit seiner Macht. Sie wehrte sich. Solange sie ihn daran hindern konnte, eine zusammenhängende Zauber-Struktur zu bilden, würde sie leben. Doch was hatte das überhaupt für einen Sinn?

Sie hatten versagt.

David war gestorben, in den Rücken geschossen, während er hilflos am Boden lag.

Die Kinder Faerys, der stoffliche Reddy und die unstoffliche Faye, waren ebenfalls nicht mehr da, in Quetzals Energieblitz verdampft.

Nur sie war noch übrig. Einstweilen.

Sie war im Stich gelassen worden.

Allein.

Es war nur noch eine Frage der Zeit.

Quetzal schuf Struktur um Struktur rings um sie. Sie riß sie alle nieder. Er fabrizierte neue, und jede neue war schwerer zu vernichten als die vorherige. Sie wußte, daß die Verzweiflung ihre Fähigkeit untergrub, Quetzal zu widerstehen. Was spielte es für eine Rolle? Sie konnte ihn nicht besiegen. Ihr waren die Tricks ausgegangen, die sie noch gegen ihn zum Einsatz bringen konnte. Er kannte sie alle.

Dennoch kämpfte sie weiter.

Aber er war stark, stärker als alle, mit denen sie bisher ihre Kräfte gemessen hatte. Sie konnte ihn nicht schlagen. Seine Zauber-Strukturen näherten sich immer mehr der Vollendung. Sie würde sterben. In ihren Ohren fing der Wind an zu rauschen. Vielleicht starb sie bereits. Nun, zumindest war das besser, als Quetzals Sklave zu werden. Unendlich viel besser.

Er ragte vor ihr auf, wie er einmal vor ihr in einem Traum aufgeragt war. Er war Dunkelheit, nur Schatten und unheilvolle Finsternis. Ihre Abwehrmaßnahmen erfolgten langsamer, sie war schwach.

Dem Tode nah.

Am Himmel hinter Quetzal leuchtete plötzlich ein Licht auf, ein strahlendes, blendend weißes Licht. Manche Leute sagten, daß man ein großes strahlendes Licht sah, wenn man vom Leben zum Tod befördert wurde.

Hatten Engel Positionslichter?

*

John lag auf dem Rücken und starrte – nachdem er die Augen geöffnet hatte – in den Himmel. Sterne! Milliarden! Er kannte diese Sterne. Sie bevölkerten den Himmel der Anderswelt.

Er befand sich in der Anderswelt!

Und er war aus eigener Kraft hergekommen!

Aber nicht allein. Faye? »Faye?«

Er fand sie ein paar Meter entfernt auf dem Boden, die Arme über dem Kopf ausgestreckt, wie er sie hatte liegen lassen. War alles in Ordnung mit ihr? Er konnte nicht erkennen, ob sie atmete. Er kniete sich neben sie.

Tatsächlich, sie atmete! Er hatte schon befürchtet, sie sei…

Ihre Augenlider flatterten, und sie schlug die Augen auf, als seine Tränen auf ihre Wange fielen.

»John?« Ihre Stimme war schwach, aber in ihren Armen war Kraft, als sie seinen Kopf herunterzog und ihn küßte.

»Ich bin so froh, daß du noch lebst«, rief sie. »Als der schwarze Magier zuschlug, dachte ich, du – ich dachte, wir – ich dachte – ich weiß nicht, was ich dachte. Seine Zauber waren so stark. Wie geht es Dr. Spae?«

Ihre Frage verjagte seine Freude. Er hatte Spae im Stich gelassen. Er schaute in die Richtung, aus der er gekommen zu sein glaubte. Es waren keine Gebäude zu sehen, nur ein paar Bäume, die ihm bekannt vorkamen, und eine Menge mehr, die er noch nie gesehen hatte. Die dunklen Blätter reflektierten diffuse Lichtblitze, aber John konnte den Ursprung der Reflexionen nicht sehen.

»Ich nehme an, sie kämpft immer noch gegen ihn«, sagte er leise.

»Sie braucht Hilfe, John. Sie kann ihn allein nicht besiegen.«

»Was soll ich denn tun? Ich kann ihn auch nicht besiegen. Jeder Versuch, sich mit Spae zu verbinden, während sie Quetzal bekämpft, ist aussichtslos. Wenn ich mehr über Magie wüßte, könnte ich vielleicht etwas unternehmen. Elfenprinzen sollen doch angeblich große Zauberer sein, nicht wahr? Warum bin ich dann so ein Versager? Weißt du, warum? *Ich* weiß es. Weil ich ein verdammter Wechselbalg bin. Weißt du, was ein Wechselbalg ist? Ich werd's dir sagen! Ein Wechselbalg ist eine verdammte Elfenwaise. Ich wüßte vielleicht genug, um etwas zu unternehmen, wenn mein *Vater* sich je die Mühe gemacht hätte, mir etwas beizubringen. Was ich gelernt habe, habe ich ohne *seine* Hilfe gelernt!«

Seine Tirade endete im Schluchzen.

»Er ist stark, John«, sagte Faye sanft. »Er könnte ihr helfen. Ich glaube, er würde ihr auch helfen, wenn du ihn darum bätest. Ich könnte ihn für dich suchen.«

Wie konnte sie nach allem, was er *ihr* angetan hatte, auch nur in Erwägung ziehen, sich ihm zu verpflichten? »Ich kann nicht.«

»Dr. Spae braucht Hilfe, John. Sie wird sterben.«

»Kennst du keine anderen Elfen?«

Sie schlug die Augen nieder und sagte traurig: »Ich gehöre nicht ihrer Art an.«

»Dann vergiß es.« Es war am besten so. Es mußte am besten sein. Außerdem, wenn sie zu Bennett ging, hörte er ihr vielleicht nicht einmal zu. Und selbst wenn er ihr zuhörte, blieb vielleicht keine Zeit mehr, etwas zu unternehmen. »Vielleicht können wir selbst etwas tun. Ich habe uns hergebracht. Vielleicht kann ich zurückkehren und sie ebenfalls holen.«

»Wenn sie sich mit dem schwarzen Magier duelliert, wirst du nie nahe genug herankommen, um den Weg zu öffnen.«

Dann mußten sie jemanden finden, der ihnen half. »Weißt du, wo wir hier sind?«

Die Frage schien sie zu überraschen. »Zu Hause.«

»Du lebst hier in der Nähe?« In diesem Fall würde sie jemanden kennen. Vielleicht jemanden, der ihnen helfen konnte.

»Nur in der sonnenbeschienenen Welt«, erwiderte sie.

Nur in der… Seine Hoffnungen sanken. Für sie war die Anderswelt ihr Zuhause, die ganze Anderswelt. »Du kennst diese Gegend überhaupt nicht, oder?«

»Nur in der sonnenbeschienenen Welt. Wie du, John.«

Wunderbar.

Er konnte nicht herumstehen und zulassen, wie Quetzal Dr. Spae tötete.

»Wir brauchen Hilfe, aber ich kenne mich hier nicht aus und kenne auch ganz gewiß niemanden, den ich um Hilfe bitten könnte.« Er haßte sich dafür, aber er fragte: »Kannst du Bennett finden?«

Sie nickte.

»Also gut. Dann geh und hole ihn.«

»Was ist mit dir, John?«

»Ich bleibe hier und sehe mal, ob mir irgendwas einfällt.«

»Aber John...«

»Geh! Du verschwendest Zeit!«

Ihre Lippen verzogen sich zu einem Schmollmund, doch er funkelte zurück. Sie drehte sich um und lief davon. Nach wenigen Augenblicken war sie im Nebel verschwunden, der – in der merkwürdigen Art der Anderswelt – immer in der Nähe zu sein schien.

John drehte sich wieder zu der Stelle um, wo die Lichter blitzten. Wenn er die Augen zusammenkniff und an die wirkliche Welt dachte, konnte er schwach und flüchtig die Umrisse des Zauns und des Gebäudes erkennen, aus dem Quetzal gekommen war. Es war, als hoben sie die Blitze irgendwie hervor. Auf eine Weise, die er nicht mit Worten beschreiben konnte, spürte er sowohl Quetzals als auch Dr. Spaes Ausstrahlung. Er schien zu wissen, wo sie sich aufhielten.

Er konnte zurückkehren. Wenigstens glaubte er das.

Aber was sollte er tun, wenn er wieder bei ihnen war?

*

Die Spannung im Brookfielder Sicherheitszentrum nahm schlagartig zu, als Joel Lees Blick über eine Gebäudefront streifte und dabei einen Mann zeigte, der in einer Tür stand. Charley erkannte den Burschen nicht, Hagen hingegen schon.

»Quetzal«, sagte er, als benenne er eine Giftschlange.

Zu Charleys Überraschung ging Lee nicht geradewegs zu seinem sogenannten Gebieter. Er umrundete einen Häuserblock und näherte sich dem Gebäude dann aus einer anderen Richtung. Ein hoher eiserner Gitterzaun versperrte Lee den Weg, und er überkletterte ihn mit größerer Gewandtheit, als Charley sie je bei einem Schreibtischhengst gesehen hatte. Danach verschob Lees Blickfeld sich nur langsam, als beschleiche er irgendetwas.

Es stellte sich heraus, daß er auch genau das tat. In seinem Blickfeld tauchte ein Mann auf, der neben dem Gebäude kauerte, in dessen Tür Quetzal gestanden hatte. Es war nicht Quetzal. Charley konnte eine Kanone in der Hand des Mannes erkennen. Außerdem fiel ihm auch die Angespanntheit auf, mit der der Mann dort kauerte – der Bursche lag im Hinterhalt.

Für Quetzal?

Auf wen er auch wartete, er würde gleich selbst überfallen werden.

»Wir müssen doch etwas unternehmen können«, sagte Charley.

Hagen befahl den Start.

Das letzte, womit Charley rechnete, als er sich bereit erklärt hatte, mit Martinez und ihrer geheimen Truppe zusammenzuarbeiten, war, auf den Kopilotensitz einer Omni Dynamics MRVWC-7 Mamba verfrachtet zu werden. Das Flugzeug mit den variablen Tragflächen – jedem, der eines flog, als Verrie bekannt – besaß ziemlich große Ähnlichkeit mit einer Libelle. Die Mambas mochten wie Libellen aussehen, aber Insekten verfügten nicht über Stummelflügel mit Waffenhalterungen wie die Mambas. Als Charley Einspruch dagegen erhoben hatte, militärische Verries zu benutzen, hatte Hagen gesagt: »Das sind *zivile* Maschinen.«

Er hatte darauf hingewiesen, daß die Bewaffnung ausschließlich aus einem Paar aktinischer Scheinwerfer bestand und die untere vordere Geschützhalterung nicht die übliche 25mm-Schnellfeuerkanone trug. »Die Nachtsicht- und Zielsysteme«, räumte er ein, »sind allerdings noch installiert.«

Zivile Maschinen oder nicht, eine Staffel von fünf Mambas war keine Standardausrüstung für eine Konzernniederlassung wie die Anlage in Brookfield. Dasselbe galt für die anderen acht Besatzungsmitglieder. Sie trugen alle Yamabennin-Fluganzüge, womit Charley gerechnet hatte. Nicht die Ausrüstung hatte ihn überrascht, sondern das Personal. Keiner dieser Leute war größer als Hagen und der Bursche war das, was man in einer weniger sensiblen Welt als Zwerg bezeichnet hätte. Charley wußte, daß aus einer ganzen Reihe von Gründen kleine Piloten bevorzugt wurden, aber Yamabennin folgte dieser Maxime mit diesen Winzlingen bis aufs Äußerste.

Die Hektik vor dem Start ließ Charley keine Zeit, auf etwas anderes als die knappe – und zweifellos unvollständige – Einweisung zu achten, die er vom Bodenpersonal bekam, während sie ihm einen Helm aufsetzten und ihn in das Verrie stopften. Das meiste verstand er ohnehin nicht, weil es im ungedämpften Heulen der warmlaufenden Triebwerke unterging. Charley hatte schon in Kampfverries gesessen, aber noch nie in einem Kampfhubschrauber. Er war bereits davon überzeugt, daß es ihm nicht besser gefiele. Hagen startete die Maschine, kaum daß sich die Kanzelhaube geschlossen hatte.

Die Verries hoben mit vertikal gestellten Tragflächen ab, um sie dann für den Vorwärtsflug in die Waagerechte zu klappen. Die Maschinen waren schnell und kamen im illegalen Tiefflug gut voran. Charley beschwerte sich nicht.

Charley war nicht so zuversichtlich wie Hagen, daß sie in Providence ankämen, bevor es dort rundging.

Beim Überflug über den Seekonk, dem letzten Fluß vor ihrem Bestimmungsort, verlangsamte Hagen die Mamba und schaltete auf Helikopter-Konfiguration um. Das Verrie wurde noch langsamer, als er die Geräuschdämpfer für die Triebwerke einschaltete.

Sie hatten die mehr als fünfzig Kilometer in unter acht Minuten zurückgelegt. Ein Blick auf seine Helmprojektion dessen, was die Nachtsichtgeräte der Mamba sahen, verriet Charley, daß sie nicht schnell genug eingetroffen waren.

Als sie sich dem Gebäude näherten, sah Charley, daß Lee seinen Mann erreicht hatte. Der Bursche lag reglos auf dem Boden. Lee war auf den Spitzen des Eisenzauns der Universität aufgespießt.

Einer der anderen Piloten bat um Anweisungen, doch Charley entging das meiste. Die Verbindung wurde von starken Interferenzen gestört. Der Verkehr mußte über die E-M-Wellenbereiche erfolgen, um die automatischen Frequenzwechsler zu übergehen.

»Abwarten«, sagte Hagens Stimme in seinem Ohr. Zumindest die interne Verbindung war rauschfrei. »Ich überfliege das Gebäude.«

Das erste, was Charley sah, nachdem sie das Dach überflogen hatten, war der Krater. Er sah aus, als habe jemand eine Bombe auf den Rasen geworfen. Das zweite, was er sah, war die Frau, die an einem Baum lehnte und mit den Armen wedelte, als wolle sie Wespen verjagen. Das dritte war Quetzal, der sich der Frau langsam näherte. Weder die Frau noch Quetzal reagierten auf die Annäherung des Verrie.

»Heute geht die Sonne früher auf, du Mißgeburt«, sagte Hagen. »Los, Gordon! Schalten Sie das Licht ein!«

Charley drückte auf den entsprechenden Knopf auf seiner virtuellen Konsole – zwei Lichtstrahlen zuckten abwärts und erhellten die Szenerie. Quetzal wand sich wie ein Käfer, der von einem Insektizid getroffen worden war.

*

Die Blitze veränderten sich, änderten sich ihrem Wesen nach. In der wirklichen Welt ging etwas Bedeutsames vor. Die Farbe, die John weniger häufig sah – und mit der er Dr. Spaes Magie assoziierte –, erschien jetzt noch seltener. Er mutmaßte, daß Dr. Spaes Kampf gegen Quetzal keinen guten Verlauf nahm. Mutmaßte? Ach was, er *wußte*.

Und Faye war noch nicht zurückgekehrt.

Spae blieb nicht mehr viel Zeit.

Er mußte etwas tun.

Vielleicht konnte er hinter Quetzal in die wirkliche Welt zurückkehren. Sich anschleichen. Ihn überraschen und ablenken. Ihn abzulenken, hatte schon einmal funktioniert.

Es war im Grunde kein Plan, aber John glaubte nicht, daß Zeit genug blieb, sich etwas Besseres zu überlegen.

Er lief auf das Gebäude zu oder zumindest in die Richtung, wo er das Gebäude vermutete. Als er dort angekommen war, wo er die Tür wähnte, wandte er sich in die Richtung, in der er Quetzal zu finden hoffte.

Also, wie wechselte man zwischen den Welten?

Er wußte es nicht.

Wie hatte er es zuvor angestellt?

Er hatte weg gewollt, irgendwohin, und es war ihm gelungen. Aber nun mußte er wieder zurück und noch dazu an einen ganz bestimmten Ort.

Er starrte auf das flackernde Licht und fühlte sich

hilflos. Es war lange her, seit er Dr. Spaes Farbe zuletzt hatte aufblitzen sehen.

Sie brauchte ihn.

Er mußte zu ihr.

Die Luft rings um ihn fing an zu funkeln.

Er mußte…

Regenbogenfarben leuchteten.

Er mußte!

Er nahm verschwommen die schattenhafte Gestalt Quetzals wahr. Der Magier hatte Spae zu einem Baum zurückgedrängt. John konnte den Baum deutlich sehen. *Sie brauchte ihn.* John stürmte vorwärts und klammerte sich dabei mit eisernem Willen an die Tatsache, daß er in die sonnenbeschienene Welt zurückkehren mußte.

Beim Laufen änderte sich der Boden unter seinen Füßen. Die Veränderung schockierte ihn, er stolperte und fiel auf die Nase. In seinen Ohren dröhnte es.

Was war er doch für ein Esel!

Er rappelte sich wieder auf. Ein Gewitter war während seiner Abwesenheit aufgezogen. Vielleicht war das eine Nebenwirkung der Magie – es interessierte ihn nicht. Er war wieder in der sonnenbeschienenen Welt! Überall war Licht, hell und durchdringend. Er hatte es geschafft!

Jetzt mußte er mit dem Hintern hochkommen und Dr. Spae helfen.

Aber mußte er das tatsächlich?

Dr. Spae war vor dem Baum zusammengesunken, doch Quetzal bedrohte sie nicht mehr. Statt dessen wand er sich wie unter großen Qualen und schleuderte unkontrolliert Energieblitze in den Himmel.

Was in aller Welt ging da vor?

Laut schreiend lief Quetzal über den Rasen. Lichtkegel verfolgten ihn vom Himmel aus, da er zum großen Tor rannte. John rechnete damit, daß er innehalten oder versuchen würde, es zu überklettern, aber der Magier lief gezielt auf das Tor zu. Es gab einen Blitz und einen Knall wie ein Donnerschlag. Als John wieder sehen konnte, klaffte ein gezacktes Loch im Tor. Die Enden der Eisenstäbe leuchteten in einem matten Rot.

Quetzal war verschwunden.

Kapitel 30

»Halten Sie die Scheinwerfer auf ihn gerichtet! Lassen Sie ihn nicht entwischen!«

Charley wußte nicht, ob die andere Besatzung, die Quetzal immer noch verfolgte, ihn hörte. Der wechselnde Erfolg ihrer Bemühungen ließ vermuten, daß dem nicht so war, aber vielleicht hatten sie dieselben Schwierigkeiten wie Hagen. Quetzal tat irgendetwas, das die Elektronik störte.

Die Mamba legte sich in eine enge Kurve und wich gerade noch einem Kirchturm aus. Charley hätte die Dachpfannen zählen können, so knapp war es. Eines der anderen Verries hatte bereits ein Haus gestreift und abdrehen müssen, um einen sicheren Landeplatz zu finden.

»Passen Sie auf, wohin Sie fliegen«, sagte er.

»Sie kümmern sich um die Scheinwerfer«, schnauzte Hagen zurück. »Ich fliege das Verrie.«

Zwei Verries hätten mehr als genug sein müssen, um Quetzal auf den Fersen zu bleiben, aber für einen Burschen, der angeblich nicht wußte, daß er von Flugzeugen verfolgt wurde, war er ziemlich gut darin, jede Deckung auszunutzen, die die Stadt ihm bot.

»Wir sind auf dem Universitätsgelände.« Das war der Pilot eines der beiden Verries, die gelandet waren. »Keine Spur von dem Burschen, der aus dem Nichts aufgetaucht ist. Die Frau ist auch verschwunden. Lee ist tot. Der andere Bursche hat eine Kugel in der Brust. Sollen wir uns verziehen?«

»Negativ«, erwiderte Hagen.

»Rufen Sie 911 an«, ordnete Charley an. »Sagen Sie ihnen, daß Sie einen Mann mit einer Schußwunde haben.« Auf der anderen Seite herrschte einen Augenblick lang Stille. »Machen Sie schon.«

Noch ein Augenblick der Stille. »Ist das bestätigt?«

»Bestätigt«, sagte Hagen. »Seht zu, daß ihr zuerst wieder in die Luft kommt.«

»Wilco.«

Hagen legte die Maschine wiederum in eine enge Kurve. Charley lernte langsam, daß die Mambas mehr als nur optische Ähnlichkeit mit Libellen hatten – zumindest mit Hagen auf dem Pilotensitz. Das Verrie tanzte wie eine Libelle über den Himmel, im Zickzack und mit plötzlichen Höhenveränderngen. Da traf es sich ganz gut, daß Charley nicht leicht luftkrank wurde.

Sie hatten Quetzal wieder verloren, und bis die beiden anderen Verries wieder in der Luft waren, hatten sie nicht genügend Augen am Himmel, um Blickkontakt zu dem verschlagenen Bastard zu halten.

Hagen flog ihre Mamba in einer sich erweiternden Spirale, deren Mittelpunkt die Stelle war, wo sie den Flüchtigen zuletzt gesehen hatten. Das andere Verrie hatte Position an eben dieser Stelle bezogen. Ob er weitergelaufen war oder nicht, sie waren für alles bereit. Charley schaltete die Scheinwerfer aus und verließ sich lieber auf die Nachtsichtgeräte. Mit etwas Glück dachte Quetzal, sie hätten ihn verloren, und tauchte auf, damit sie ihn wieder festnageln konnten.

»Da!«

Hagen schaltete sich lange genug in Charleys Nachtsicht ein, um die genaue Richtung einzuschlagen. Quetzal eilte eine steile Böschung hinab. Hagen flog in seine Richtung und gab der anderen Mamba über Funk Anweisungen, wohin sie zu fliegen hatte. Sie flogen tief und näherten sich dem Flüchtigen mit hoher

Geschwindigkeit, als Charley sah, wohin Quetzal unterwegs war.

»Scheiße! Was ist das für eine Mauer?«

»Ein Eisenbahntunnel«, sagte Hagen.

»Ein Tunnel?«

»Sehen Sie auf der Karte nach.«

»Wie rufe ich die auf?«

Die Karte erschien auf dem Konsolenmonitor. Hagen mußte dafür gesorgt haben. Charley hatte jedenfalls nichts getan. Er brauchte ein paar Sekunden, bis er den Tunnel gefunden hatte. »Aber er ist versiegelt.«

»Nur für Fahrzeuge«, sagte Hagen. »Er kommt rein.«

Hagen klang so, als wisse er, wovon er redete. »Nicht gut. Der Tunnel endet auf der anderen Seite des Hügels nicht weit vom Fluß. Sind Ihre anderen Vögel wieder in der Luft?«

Ein Augenblick verstrich. »Roger.«

»Schicken Sie sie dorthin. Dann haben wir ihn in der Falle.«

»Wir haben Zivilisten dort unten.« Das war einer der anderen Piloten.

»Wo?« wollte Charley wissen.

»Nähern sich dem Tunneleingang.«

Scheiße! Tatsächlich, er sah zwei zerlumpte Gestalten, einen Mann und eine Frau, die sich entlang der Mauer der Tunnelmündung näherten. Sie sahen wie Leute von der Straße aus. Wahrscheinlich schliefen sie in dem Tunnel. »Hat dieses Ding eine Tröte, Hagen?«

»Eine was?«

»Einen Lautsprecher.«

»Positiv.«

»Schalten Sie ihn ein und koppeln Sie mich damit. Wir müssen sie da rausholen. Sie haben keine Ahnung, worauf sie sich einlassen.«

*

John und Dr. Spae ignorierten die hallende Stimme aus dem Verrie, die sie aufforderte, umzukehren und das Gebiet zu verlassen. Sie behauptete, sie sei von der Polizei, aber das glaubte John nicht. Die Polizei flog keine Militärverries wie diese Mamba. Er ignorierte den Lärm so gut wie möglich, während er Dr. Spae durch den Spalt am Rande der Mauer half. Einmal im Tunnel, verstummte die Stimme, was John nur recht war. Sie gingen weiter, bis sie eine Stelle erreichten, wo der Tunnel eine Biegung beschrieb, so daß der größte Teil des Lichts, der von der Stadt her durch den Spalt fiel, abgehalten wurde.

»Wo sind wir hier?«

»Eisenbahntunnel. Geht durch. Den Hügel.« Spae japste, völlig außer Atem. »Lassen Sie mir eine Minute Zeit. Ich muß mich erholen.«

John blickte zur Biegung zurück. Er sah einen helleren Streifen, dunkelgrau vor dem Pechschwarz des dunklen Tunnels. Er war breiter, als er gedacht hätte, mindestens zehn Meter. Auf der einen Seite verliefen zwei Gleise parallel zueinander. Die andere Hälfte war überhaupt nicht für Züge eingerichtet. Es roch schlecht, und der unter den Füßen knirschende Kies war fast völlig mit Abfällen und Müll bedeckt. Dr. Spae hatte Stein und Bein geschworen, daß Quetzal in diesen Tunnel fliehen würde. Nun, da sie einen Augenblick verschnauften, hatte er Gelegenheit sie zu fragen: »Woher wissen Sie, daß er hierher flieht?«

»Er muß sich vor den Suchscheinwerfern schützen. Das war kein gewöhnliches Licht.«

»Ich weiß. Das habe ich gesehen. Aber warum sollte er gerade hierher kommen? Würde nicht auch ein ganz normales Haus reichen?«

»Um sich vor dem Licht zu schützen, ja, aber die Männer in den Verries würden sehen, in welchem

Haus er verschwindet. Sie könnten ihn belagern. Hier unten hat er eine Überraschung für sie.«

»Eine Falle?« John gefiel die Vorstellung nicht, Quetzal in eine Falle zu folgen.

»Ein Fluchtweg«, sagte Spae. Sie kam langsam wieder zu Atem. »Einer der mit seinem Glitzernden Pfad verbundenen Kulte hatte eine Sekte hier in Providence. Sie besaßen ein Haus oben auf dem Hügel und hielten hier unten angeblich Rituale ab. Es ist viel darüber spekuliert worden, ob der Kult einen Verbindungsgang zu diesem Tunnel gegraben haben könnte. Mir kommt es sehr wahrscheinlich vor. Es paßt zu den Fakten. Ein Gang von hier zum Haus auf dem Hügel hätte es den Mitgliedern der Sekte ermöglicht, ungesehen zur Stätte ihrer Rituale zu gelangen. Der Eisenbahntunnel bietet Quetzal denselben Schutz vor dem Licht, den er den Sektenmitgliedern vor neugierigen Blicken geboten hat. Der Geheimgang wird sein Fluchtweg sein. Wenn er durch den Gang verschwindet, werden die Männer dort oben keine Ahnung haben, wohin er verschwunden ist. Sie können unmöglich wissen, wo er wieder auftaucht.«

»Aber wir wissen es?«

»Nein, aber wir können ihm folgen. Können Sie ihn nicht spüren?«

John war nicht sicher. An diesem Tunnel war etwas. John hatte die Empfindung eines ausgedehnten Raums, der sich weit vor ihm erstreckte. Er konnte beinahe das Gewicht der Erde spüren, die auf dem Tunnel lastete. Tiefer im Tunnel war ein Glimmen, wo kein Licht hätte sein dürfen.

»Sind Sie bereit, John?«

Er war es nicht. »Sicher.«

Sie hielten sich dicht an der Wand und benutzten sie, um sich im Dunkeln zu orientieren. Selbst Johns ausgezeichnete Nachtsicht war hier überfordert. Doch je länger sie sich in der Dunkelheit aufhielten, desto besser wurde sie. Bald reichten die schwächsten Lichtreflexe, die noch so tief in den Tunnel drangen, aus, um ihn Dinge erkennen zu lassen.

Hier unten lebten Menschen. Leute von der Straße. John und Spae passierten mehrere sorgfältig angeordnete Müll- und Schutthaufen. Für jemanden, der nichts Besseres besaß, waren diese Haufen geradezu so etwas wie ein Zuhause.

Sie stießen auf zwei der Bewohner.

Sie lagen da, schlaff und leblos. John brauchte keinen genaueren Blick auf sie zu werfen, um zu wissen, daß Quetzal sie leergesogen hatte. Ein Gestank lag in der Luft, der nicht natürlich war, ein Gestank, den er jetzt mit dem schwarzen Magier in Verbindung bringen konnte.

Quetzal war hier entlang gekommen.

Dr. Spae fand schließlich den Eingang zum Geheimgang. Er war in der Rückwand einer Nische in der Tunnelmauer verborgen. Ein drehbares Paneel öffnete sich auf einen verrotteten schwarzen Vorhang, hinter dem sich eine kleine Kammer befand, die vom schwachen Leuchten einer uralten Glühbirne erhellt wurde. Ein schräger Schacht führte aufwärts in den Hügel. Irgendwo höher oben leuchtete noch ein schwaches Licht.

John bestand darauf voranzugehen.

»Seien Sic vorsichtig«, riet Dr. Spae.

Er hatte die Absicht, diesem Rat peinlich genau zu folgen.

Der Schacht verlief so steil, daß er sich zum Aufstieg der verrosteten Eisensprossen bedienen mußte, die in die Wand getrieben waren. Nach fünf, sechs Metern verbreiterte sich der Schacht zu einer weiteren Kammer. Diese war sehr unregelmäßig geformt, ein sonderbarer Ort, wo in dem matten Licht ein Schatten eine

Öffnung sein mochte, die in dunklere Gefilde führte, oder nur ein Schmutzfleck auf dem Fels. John mußte an ein Spiegelkabinett denken, in dem man die echten Gänge auch nicht von den Spiegelbildern unterscheiden konnte. John entdeckte einen aufwärts führenden Schacht, aus dem leise Geräusche drangen.

Quetzal auf seiner Flucht.

Dr. Spae gesellte sich zu ihm und lauschte. Sie pflichtete ihm bei, daß die Geräusche, die sie hörten, von Quetzal stammten, aber sie war anderer Ansicht, was die Richtung betraf, in die der Magier ging.

»Er kommt zurück.«

Das gefiel John ganz und gar nicht. »Warum? Die Männer in den Verries können ihm nicht den Weg abgeschnitten haben. Sie haben selbst gesagt, sie könnten nicht wissen, zu welchem Haus er unterwegs ist.«

»Vielleicht kommt er nicht durch. Vielleicht ist der Gang weiter oben eingestürzt. Es ist ziemlich viel Zeit vergangen. Vielleicht kommt er zurück, weil er weiß, daß wir hier sind.« Spae zuckte die Achseln. »Seine Gründe sind unerheblich.«

»Was werden wir tun?«

»Gegen ihn kämpfen.«

»Das ist schon einmal schiefgegangen.«

»Dann bringen wir den Tunnel über ihm zum Einsturz.«

Die Erde über ihnen fühlte sich sehr, sehr schwer an. »Dann sterben wir auch.«

John wollte nicht unter Tonnen von Gestein sterben. »Ist es denn so wichtig?«

»Haben Sie nichts von dem *telesmon* gespürt, den er entdeckt hat?«

John wußte nicht, was ein *telesmon* war, aber er hatte einen Eindruck von dem Gegenstand bekommen, den Quetzal bei sich trug. Er hatte ihm überhaupt nicht gefallen. Er hatte sich… böse angefühlt. »Doch.«

»Dann *wissen* Sie, wie wichtig es ist.«

»Können Sie den Tunnel auch nur über ihm und nicht über uns zum Einsturz bringen?«

»Ich glaube nicht, daß ich so wählerisch sein kann, insbesondere dann nicht, wenn er mich dabei bekämpft.«

»Versuchen Sie es, Doktor.«

»Ich werde tun, was ich kann, John. Jetzt geben Sie mir ihre Hand. Wir müssen uns verbinden.«

Während Spae ihr Zauber-Konstrukt wob, huschten Schatten über den Boden der Kammer. Quetzal kam näher. Dr. Spae verkündete, sie sei den Umständen entsprechend zufrieden. Quetzals Fuß erschien in der Schachtöffnung.

Warum *tat* Dr. Spae nichts?

Sein anderer Fuß. Die Beine. Dies wäre ein guter Zeitpunkt.

Tun Sie's! Begraben Sie ihn!

Spae mußte Johns Bestürzung gespürt haben. »Er muß an der richtigen Stelle sein«, flüsterte sie.

Quetzal stand auf dem Boden der Kammer. Er drehte sich um und erblickte sie. Mit einem grimmigen Lächeln sagte er: »Wie ich sehe, war ich nicht der einzige, der von diesem Gang wußte.«

Spae antwortete nicht, also schwieg John ebenfalls.

»Was führt dich und deine schüchterne Elfenmarionette her, Spae? Hat dir das letzte Mal noch nicht gereicht?«

»Wir sind hier, um dich aufzuhalten«, sagte Spae.

»Ich bin bereits aufgehalten worden. Die Zeit und die Erde sind euch zuvorgekommen. Der Gang ist unpassierbar und der einzige Weg hinaus ist der Weg, auf dem wir hergekommen sind.«

»Für dich gibt es keinen Weg hinaus«, sagte Dr. Spae.

»Hier wäre ein Duell sehr gefährlich. Die Erde mag

unsere Art nicht. Wenn du darauf bestehst, von meiner Hand zu sterben, laß es uns draußen tun. Hier drinnen würden die Wände einstürzen.«

»Ich helfe ihnen dabei.«

Quetzal schüttelte den Kopf. »Das wirst du nicht tun. Du würdest ebenfalls sterben.«

»Ich bin dazu bereit.«

John spürte, wie sie Energie in ihr Zauber-Konstrukt leitete. Ein Geräusch wie kilometerweit entfernter Donner hallte durch den Fels. Quetzals Blick irrte einen Moment lang hektisch umher, dann machte er sich daran, Spaes Zauber zu neutralisieren. Über die Verbindung zu Spae spürte John, wie sie an dem Zauber arbeitete, der die Erde ringsumher beeinflussen und dazu veranlassen sollte, sich um sie zu schließen. Er spürte ebenfalls die Maßnahmen, die sie zu ihrem Schutz ergriffen hatte. Sie kamen ihm furchtbar dürftig und schwach vor.

Das Spiel der Magie in der Kammer ließ verrückte Schattenmuster über die Felswand huschen. Das arkane Licht beleuchtete einen dunklen Fleck an der Wand, einen Fleck, der ein Schatten zu sein schien, doch kein gewöhnlicher war. Wenn das Zusammenspiel arkaner Kräfte nicht seine Sinne geschärft hätte, würde er in ihm nicht das erkannt haben, was er war.

Die Erde ächzte ringsumher und rückte näher. Staub erhob sich von den Wänden, und Erdklumpen und kleine Steine rieselten von der Decke.

Dr. Spaes Konstrukt wurde Wirklichkeit. Die Decke würde bald einstürzen.

John packte ihre Hand fester und zog sie in Richtung des Schattens, der eigentlich keiner war. Sie stieß ein wortloses Protestgeheul aus, als Quetzal auf ihre unterbrochene Konzentration reagierte. Über die Verbindung zu Dr. Spae spürte John, wie Quetzal die Herrschaft über die Magie gewann. Das Ächzen hörte ebenso auf wie das Rieseln der Steine und Erdklumpen. Quetzal lachte und trat einen Schritt vor.

John kümmerte es nicht.

»John, lassen Sie mich los!«

John ließ sie nicht los. Er hatte die Absicht, sie dort festzuhalten, wo er sie haben wollte. »Bleiben Sie ruhig stehen, Doktor! Übergeben Sie mir den Zauber.«

»Aber Sie haben nicht…«

»Sofort! Wir haben keine Zeit für eine Diskussion!« Er setzte darauf, daß ihre gemeinsame Verbindung ihr dabei helfen würde, ihm das nötige Vertrauen entgegenzubringen. Er versuchte gelassen zu sein. Und warum auch nicht? Schließlich stand nur ihrer beider Leben auf dem Spiel.

»Du hast einen Fehler gemacht, Elf. Ich besitze den Zauber jetzt.«

»Wir werden sehen«, sagte John zu ihm.

Er riß an dem Gitter, das Spae zu ihrer Rettung gewoben hatte.

»Nicht, John! Du zerstörst es!«

Das wußte er. Aber durch die Zerstörung ihrer Hintertür würde der Zauber neu energetisiert werden.

Quetzal durchschaute Johns Absicht. Der schwarze Magier beeilte sich, die Herrschaft über die astralen Schutzvorrichtungen zu übernehmen. John überließ ihm die unbedeutenderen kampflos und konzentrierte seine Bemühungen darauf, die Hauptstütze über der Stelle auszulöschen, wo Spae gestanden hatte. Wo jetzt Quetzal stand.

John zwang die Erde über sich, sich zur Erde unter sich zu gesellen.

Der Fels ächzte in seinem Verlangen, sich zu vereinen und die Höhle in seiner Mitte auszufüllen.

»Du hättest schon vor langer Zeit begraben werden sollen«, sagte John, als er spürte, wie sich die letzte Stütze in Nichts auflöste. Er vergaß den Zauber, vergaß den Fels, vergaß, daß die Erde sich um sie schloß und gab sich ganz dem *Müssen* hin, dem *Müssen*, woanders zu sein. Er zog sich und Spae seitlich in den Schatten.

Hinter ihnen wurde das Rieseln fallenden Gesteins zu einem Sturzbach. Ein Schulterblick zeigte John, daß Quetzal beide Hände zu einer abwehrenden Geste erhoben und seinen kostbaren *telesmon* fallen gelassen hatte. Das Artefakt dröhnte wie ein Gong, als es auf den Boden fiel. Das leise Geräusch ging im Getöse der Felslawine unter.

Selbst Quetzal hatte nicht die Macht, die Bewegung der Erde aufzuhalten. Seine Schreie wurden mit ihm unter Tonnen Erde und Gestein begraben.

John zog heftiger an Spae. Sie konnten sich kein Zaudern erlauben. Die Lawine konnte sie immer noch erwischen. Sie stolperte. Nur seine Hand in ihrer hielt sie aufrecht. John spürte etwas gegen sein Schienbein prallen. Es flog in der Dunkelheit davon. Der Gesteinsstaub ließ sie heiser husten, während sie vorwärts taumelten.

Als John der Ansicht war, daß sie weit genug gekommen waren, um in Sicherheit zu sein, ging er noch ein Stück weiter. Er lauschte. Die Erde war ruhig. Sie konnten gefahrlos innehalten. Er lehnte sich gegen die Tunnelwand und glitt langsam an ihr herab, bis er saß.

Dr. Spae setzte sich neben ihn. »Was ist passiert? Warum sind wir nicht verschüttet?«

»Wir befinden uns in der Anderswelt, Doktor.«

Sie schaute sich um, obwohl sie von fast völliger Finsternis umgeben waren und es wenig zu sehen gab. Ihr Mund stand offen, als könne sie einen Unterschied in der Luft schmecken. »Sie haben uns hergebracht?«

Er nickte. »Ich scheine den Dreh rauszuhaben.«

Sie ruhten sich eine Weile schweigend aus.

John durchbrach die Stille. »Es tut mir leid wegen Mr. Beryle.« Spae antwortete nicht. Vielleicht war es falsch gewesen, das zu sagen. Nach einer Weile versuchte er es erneut: »Wir sehen besser zu, daß wir hier rauskommen.«

Dr. Spae nickte. »Können wir eine Weile in Faery bleiben? Ich weiß nicht, ob ich schon bereit bin, in die wirkliche Welt zurückzukehren.«

»Sicher. Ich denke schon. Der Tunnel scheint dennoch in die richtige Richtung zu führen.«

Sie folgten dem Tunnel. Aus irgendeinem Grund konnte John in der Dunkelheit dieses Tunnels in Faery besser sehen als in dem Eisenbahntunnel. Dr. Spae schien es ebenso zu ergehen. Sie schritten gemeinsam in der Mitte des breiten Ganges voran.

»Warum gibt es hier überhaupt einen Gang?« fragte Dr. Spae plötzlich.

»Ich weiß es nicht.«

»Aber wir sind unter dem Hügel, nicht wahr? Die natürlichen Landformationen sollen doch in beiden Dimensionen gleich sein. Da es keine Züge in der Anderswelt gibt, müßte dies eigentlich ein solider Hügel in Faery sein.«

Daran hatte John gar nicht gedacht. Hätte er das getan, hätte er vielleicht nicht versucht, was er getan hatte, und dann wären sie beide mit Quetzal verschüttet worden. Er wollte nicht daran denken. »Ich nehme an, daß es in der Anderswelt auch Tunnelgräber gibt. Ich habe ihn jedenfalls nicht gegraben, Doktor. Ich habe ihn nur gefunden und uns hierher gebracht.«

»Aber was würde einen Tunnel dieser Größe benötigen? Er ist groß genug für einen Elef...«

Sie blieb plötzlich stehen und starrte mit weit aufgerissenen Augen auf eine bestimmte Stelle. John spürte, wie er selbst große Augen machte, als er sah, was sie anstarrte.

Der Tunnel vor ihnen wurde von gewaltigen schuppigen Beinen und einem stacheligen Schwanz ausgefüllt. Ein großer keilförmiger Kopf ruhte auf dem Schwanz. Auf dem Schädel der Kreatur saßen zwei spiralig gewundene Hörner. Viele kleinere Hörner bildeten beginnend an der Basis der beiden großen zwei Reihen, die sich zwischen den Augen vereinten und den langen Kiefer entlang bis zu einem vorspringenden Nasenhorn verliefen. Zähne verschiedener Größe ragten aus dem geschlossenen Kiefer, und dünne Rauchschwaden erhoben sich aus den geblähten Nüstern.

Es konnte kaum ein Zweifel daran bestehen, worum es sich bei dieser Kreatur Faerys handelte.

»Ein Drache«, hauchte Dr. Spae. »Das hier ist eine Drachenhöhle.«

Die Bestie hatte sich wie eine schlafende Katze zusammengerollt. Die fliesenartigen Flanken hoben und senkten sich ungeachtet der Stimme Spaes. John hoffte, daß es so blieb.

Er zeigte auf den schmalen Freiraum zwischen der Höhlenwand und dem schlafenden Drachen. So leise sie konnten schlichen sie auf Zehenspitzen an der Bestie vorbei. Zu ihrer unausgesprochenen Erleichterung rührte sich der Drache nicht. Zu ihrer noch größeren Erleichterung tauchten bald die Sterne der Anderswelt auf, eingerahmt von der Tunnelmündung. Sie liefen aus dem Hügel, was das Zeug hielt.

Sie waren keine zehn Meter weit gekommen, als Faye im Gebüsch auftauchte. Ohne ein Wort nahm sie ihre Hände und zog sie beide dorthin, woher sie gekommen war. Sie wartete, bis sie alle zwischen den Bäumen waren, bevor sie etwas sagte.

»Dr. Spae, Sie sehen furchtbar aus. Ist alles in Ordnung?«

Spae lächelte matt. »Ich bin nur müde, das ist alles. Ich werde es überleben. Das habe ich bisher immer.«

Faye lächelte zur Ermutigung und Unterstützung,

dann wandte sie sich an John. »Warum hast du sie dorthin gebracht, John? Weißt du denn nicht, was dort drinnen haust?«

Woher hätte er das wissen sollen? Dies war nicht gerade sein Heimatrevier. Dies war das Revier seines Vaters. Und da er gerade dabei war… »Wo ist Bennett?«

»Er konnte nicht kommen, John. Aber ich habe Hilfe. Größtenteils niederes Volk, aber gewillt zu kämpfen.«

John sah außer Faye niemanden. »Wo ist denn deine Hilfe?«

»Sie hatten Angst, sich Urre'shk noch weiter zu nähern.«

»Wem?«

»Dem Drachen«, sagte ein Elf, der praktisch aus dem Nichts erschien. Der Neuankömmling war so groß wie John, aber dunkel, wo John hell war.

»Wer sind Sie?« fragte John ihn.

»Du hast dir meinen Namen nicht verdient, Wechselbalg. Ich bin gekommen, um gegen den Schlangenfreund zu kämpfen.«

»Wir auch!« fiel ein Stimmenchor ein. Glänzende Augen blickten hinter Büschen und Baumstämmen hervor. Nasen, manche lang und spitz, andere stummlig und glänzend, wieder andere völlig menschlich, ragten aus Verstecken im Grün. Die Vegetation verbarg Dutzende von Faery-Bewohner, John konnte keinen von ihnen gänzlich sehen. Ein scheues Völkchen – doch dem Glitzern von Zähnen, Krallen und gezückten Waffen nach zu urteilen, auch ein kriegerisches Völkchen. Selbst wenn sie Angst vor Drachen hatten. Das größte Exemplar der Versammelten lauerte dort, wo es fast vollständig verborgen war. John erhaschte einen Blick auf einen leuchtend roten Hut und hörte das Klirren von Metall auf Metall. Eine tiefe Stimme grollte: »Wir sind jetzt zum Kampf bereit.«

»Das ist die Armee«, stellte der Elf fest. »Bist du bereit, ihr Anführer zu sein?«

»Es wird keinen Kampf geben«, sagte John. »Die Schlacht ist vorbei.«

Der dunkelhaarige Elf sagte nichts. Er drehte sich einfach um und ging weg. Ein Rascheln im Gebüsch kündete vom Abmarsch vieler anderer. Doch manche blieben, deren Augen in der Dunkelheit ihrer Verstecke funkelten und deren Gesichter flüchtig hinter den Bäumen auftauchten.

»Ist das wahr, John? Quetzal wurde vernichtet?«

»Er ist unter dem Berg begraben.«

Faye warf die Arme um ihn und drückte ihn an sich. Schrille Pfeifstimmen und Froschquaken erhoben sich zu einem heiseren Jubelschrei.

John war sich Dr. Spaes Anwesenheit sehr deutlich bewußt und so erwiderte er Fayes Umarmung nur kurz. »Tun Sie so, als wäre ich nicht hier«, sagte Spae, aber das konnte John nicht. Sie mußten zurück. Außerdem gab es bessere Orte zum Feiern als diesen hier mitten im Wald, wo wer weiß wie viele Bewohner Faerys zusahen.

Dr. Spae hatte recht, daß sich die Landformationen in der Anderswelt und der sonnenbeschienenen Welt glichen. John wußte, daß der Hügel der Hügel war, was bedeutete sein Heim lag…

Er drehte sich um und stellte fest, daß Faye bereits in die Richtung zeigte.

Sie lächelte ihn an, und er mußte das Lächeln einfach erwidern. Sie lachten.

John half Dr. Spae auf, aber sie verweigerte jede Hilfe darüber hinaus und sagte: »Ich bin nicht so – wie sagt man gegenwärtig? Ach ja – ausgelutscht.«

Begleitet vom Rascheln und Knacken hinter Büschen und Bäumen marschierten sie los. Eine dünne, schrille Stimme sang den Refrain eines Lieds, das John noch nie zuvor gehört hatte, und Augenblicke später hallte der ganze Wald von dem Lied wider. Es war ein wildes Lied – und dazu paßte die wahnsinnige Mischung der Stimmen, die es sang, genau. Ihr Marsch wurde zu einer Parade, wie sie ein Blinder erlebt hätte. Trotz all des Lärms waren die einzigen Marschierer, die John sehen konnte, Faye und Dr. Spae.

Doch das spielte keine Rolle. Sie hatten Quetzal geschlagen und die Welt gerettet vor – wovor eigentlich? Vielleicht war es auch nicht wichtig, das Wesen der Gefahr zu kennen. Es hatte getan werden müssen und er hatte Anteil an der Tat gehabt. Und vielleicht – nur vielleicht hätte es ohne ihn nicht getan werden können.

Am Flußufer angekommen, führte John sie zurück in die sonnenbeschienene Welt. Es war Zeit, nach Hause zu gehen.